ワーグナー
ニュルンベルクの
マイスタージンガー

日本ワーグナー協会監修
三宅幸夫/池上純一 編訳

白水社

箱の絵：ハンス・ザックス、19世紀前半のガラス絵
　　　　オリジナルは1563年のハンス・ヴァイゲルによる木版画
　　　　（ニュルンベルク・ゲルマン博物館所蔵）

目次

前奏曲 ———— 5
第1幕　第1場 ———— 8
　　　　第2場 ———— 18
　　　　第3場 ———— 30
第2幕　第1場 ———— 68
　　　　第2場 ———— 72
　　　　第3場 ———— 76
　　　　第4場 ———— 80
　　　　第5場 ———— 88
　　　　第6場 ———— 96
　　　　第7場 ———— 118
第3幕　第1場 ———— 134
　　　　第2場 ———— 142
　　　　第3場 ———— 154
　　　　第4場 ———— 166
　　　　第5場 ———— 180
解題　　台本 ———— 208
　　　　音楽 ———— 211
歴史的背景 ———— 214
作品の成立/テクストの確定/訳出の指針 ———— 224
5つの異稿 ———— 231
あとがき ———— 236

ドイツ語の台本（偶数ページ）とその日本語訳（奇数ページ）を見開きに配した。ドイツ語の台本の行頭に付した数字はト書きを除く詩の行数を示す。音楽注、訳注、解題の文中にある（→○○○）は詩の行数を指し、その箇所を参照することを勧めている。なお、Rhは『ラインの黄金』、Wは『ヴァルキューレ』、Sは『ジークフリート』、Gは『神々の黄昏』、Trは『トリスタンとイゾルデ』、Pは『パルジファル』の略。行数表記のあとのf.は参照箇所がその行と次行にわたることを、ff.は次行以降にまで及ぶことを示す。

　　　　　　　　＊

偶数ページの小口側（左半分）は音楽注である。音楽的に注目すべき箇所を台本で確認できるように隣接させた。注のための譜例は原則として各見開き内におさめるようにした。音楽注の文中にゴチックで表記された譜例は原則としてその見開きに配した。
奇数ページの小口側（右半分）は訳注である。相当する箇所を日本語訳に隣接させたのは、音楽注に同じである。
音楽注、訳注にそれぞれ番号を付した。文中にある（→注○○）はそれぞれの分野の該当箇所の参照を勧めるものであり、他分野の参照の場合のみ（→訳注○○）、（→音楽注○○）とした。なお、音楽注でT.○○とあるのは総譜の小節Takt番号を指す。

登場人物

ハンス・ザックス（靴屋）	バス
ファイト・ポークナー（金細工師）	バス
クンツ・フォーゲルゲザング（毛皮屋）	テノール
コンラート・ナハティガル（板金屋）	バス
ジクストゥス・ベックメッサー（市書記）	バス
フリッツ・コートナー（パン屋）	バス
バルタザール・ツォルン（錫細工師）	テノール
ウルリヒ・アイスリンガー（香料屋）	テノール
アウグスティン・モーザー（仕立屋）	テノール
ヘルマン・オルテル（石鹸屋）	バス
ハンス・シュヴァルツ（靴下屋）	バス
ハンス・フォルツ（銅細工師）	バス
ヴァルター・フォン・シュトルツィング（フランケンの若き騎士）	テノール
ダフィト（ザックスの徒弟）	テノール
エファ（ポークナーの娘）	ソプラノ
マクダレーネ（エファの乳母）	ソプラノ
夜警	バス
ありとあらゆる同業組合に属する市民と妻たち	
職人たち、徒弟たち、娘たち、民衆	

物語の舞台

16世紀半ば頃のニュルンベルク
第1幕　カタリーナ教会の内部
第2幕　通りに面したポークナーとザックスの家の前
第3幕　a）ザックスの工房
　　　　b）ペグニッツ河畔の広々とした野原

楽器編成

フルート3（第3はピッコロ持ち替え）
オーボエ2
クラリネット2
ファゴット2
ホルン4
トランペット3
トロンボーン3
バス・テューバ1
ティンパニ1
トライアングル1
シンバル1
大太鼓1
グロッケンシュピール1
ハープ1
リュート（スチール・ハープ）1
弦5部

舞台上の楽器：夜警の角笛、ピッチの異なるトランペット（適当数）、中太鼓

前奏曲
Vorspiel

『マイスタージンガー』前奏曲は、前作の『トリスタン』前奏曲にくらべると親しみやすい印象を与える。それは調性が崩壊する寸前まで推し進めた「半音階法」から、一見すると穏やかな「全音階法」へと立ち戻り、形式も「高揚と持続」の徹底的な追求から、一見すると古典的な「ソナタ形式」へと立ち戻っているからだろう。実際、ソナタ形式の図式を援用すれば、前奏曲は次のように明確に区分することができる。

```
呈示部第1主題群      第  1- 96小節  （ハ長調）
      第2主題群     第 97-121小節  （ホ長調→イ長調）
展開部              第122-157小節  （変ホ長調）
再現部              第158-210小節  （ハ長調）
コーダ              第211-221小節  （ハ長調）
```

ひとつだけ問題になる点があるとすれば、それは再現部の開始点だろう。冒頭の〈マイスタージンガーの動機〉は、すでに第151小節から回帰している。この事実にのみ着目する聴き手は、ここが再現部の開始と認識するわけだが、ハ長調の偽終止から始まる和声は不安定で、むしろハ長調の確定に向けた経過句の様相を呈している（バスにハ長調属音の保続音）。さらに他の楽器が「ff」なのに、肝心の冒頭動機を担当するトランペットとトロンボーンが「f」としか指定されていないことも考慮に入れるべきだろう。このことから再現部の開始はトライアングルがシグナルを鳴らす第158小節にあり、第151-157小節は当時の実作品に数多くみられる再現の予示、あるいは「みせかけの再現」なのである。

しかし、こうして楽式論を振りかざしてみたところで、得るものは少ない。冒頭動機が「呈示」部で入念に「展開」されてゆくことからも知れるように、ソナタ形式は前奏曲にとって単なる容器(いれもの)にすぎないからである。またワーグナーは1863年12月2日のレーヴェンベルクにおける演奏会のために標題的注釈を残しているが、この第3幕の幕切れをイメージした文章も分析の道しるべとはなりえない。したがって以下の分析では「示導動機相互の関連性」を実証することに主眼を置いた。

第1-96小節：『トリスタン』前奏曲は半音階で始まり、この前奏曲は全音階で始まる。双方とも調号なしで、ドラマ全体の音楽語法を先取りするかのように、モットーふうの凝縮された性格を有しているといえよう。この〈マイスタージンガーの動機 Meistersinger-Thema〉[譜例1a]の上声部は、決然とした完全4度跳躍下行に始まり、同音反復につづいて1点ホ音から2点ホ音までの1オクターヴを順次上行し（完全4度枠が2つ）、さらにオクターヴを突き抜ける2点ヘ音から今度は2点ハ音へと完全4度順次下行する。すべては臨時記号なしの全音階進行だ。これに対して低声部は、順次下行からオクターヴ跳躍上行して、ふたたび順次下行（上声部に対して反行）し、第4小節では8分音符で順次上行「イ→ヘ」へと折り返される（上声部に対する縮小カノン）。これも、すべては臨時記号なしの全音階進行だ。

しかし、個別的にみれば上声部と低声部は単純な全音階進行だが、楽曲構造の外枠としてみると両外声のあいだには明らかな摩擦が生じている。つまり第2小節第2拍から第3小節第1拍にかけて外声に不協和音程（イ-トないしト-イ）があり、ヴェルナー・ブライクも指摘しているように、これが和声的な仲介を必要としているのである（Breig 1986：445-454）。この不協和音程をひとつの和音のなかに取り込むために、ワーグナーは第2小節第4拍と第3小節第1拍に音階固有音ではない「嬰ハ音」を導入し、イ音上の属七和音を形成した。ところが予想されるニ音上の短三和音は訪れず、音楽は強引にハ長調に固定される。おそらく、この一例は『マイスタージンガー』の音楽語法にとって重要な鍵となるだろう。たしかに『トリスタン』の半音階法と一線を画すかのように、ワーグナーは『マイスタージンガー』で全音階法を多用したが、それは自然な全音階法ではなく、きわめて人工的な全音階法なのである。

さて〈マイスタージンガーの動機〉は、ゼクウェンツ（模続進行）によって息長く紡ぎ出されるが、属和音に終止する第27小節で木管楽器による新たな〈求愛の動機 Liebeswerben-Motiv〉に取って代わられる[譜例2]。まったく異なるエスプレッシーヴォ楽想 Ausdrucksvoll ではあるが、音高線は4度下行→（3度上行）→4度下行→（3度上行）→4度（順次）下行と動き、ここでも完全4度が支配的であることが明らかとなる。さらに、つづく完全4度の

枠内「嬰ヘ→ロ」で、短2度→増1度→短3度という新しい性格的な音程配置がみられることに留意されたい。われわれはこの音形（とその転回形）にしばしば出会うことになるが、このことは完全4度内部の音程配置が全音階的半音のみならず半音階的半音もふくみうることを示唆している。なお〈求愛の動機〉にはシンコペーションのリズムも組み込まれているが、これは〈マイスタージンガーの動機〉の低声部に端を発したもので、第32小節以降のヴァイオリンとホルンにも受け継がれてゆく。

そして第41小節、ユニゾンの下行走句のなかからマイスタージンガーたちの旗印〈ダヴィデ王の動機 König David-Motiv〉が、ダヴィデのアトリビュートたる「竪琴（ハープ）」を伴って現われる[譜例3]。この動機は分散和音を基調とした全音階からなり、和声も中世の木彫りの像のように素朴このうえなく（第52小節第1拍でホ音上の短三和音が使われていることに注目）、さらに行進曲ふうに縦のリズムがそろったテクスチュアがこれを裏打ちする。なお冒頭の同音反復と、オクターヴを突き抜けたイ音は〈マイスタージンガーの動機〉で経験ずみの要素にほかならない。

これに対して第58小節からの〈（マイスタージンガーの）芸術の動機 Meistersingerkunst-Motiv〉は、完全4度順次上行を核としているが、ホルン、ヴィオラ、チェロによる対旋律（ここにも完全4度順次上行）が加わることによって、より芸術的＝対位法的になっている[譜例4]。この動機はトゥッティによって幅広く歌い上げられてハ長調で締めくくられると予想されるが、第89小節は偽終止に逸脱し、同時にオーボエが〈（愛の）情熱の動機 Liebesleidenschaft-Motiv〉を呈示する[譜例5]。ここからの8小節はホ長調に転調するための経過句とみてよいが、同音反復とシンコペーション、そして旋回音形を用いた動機自体の性格ばかりでなく、転調の成りゆきが緊張をはらんだ効果をもたらしている。バス声部は1小節単位でイ→ト→イ→変ロと進み、さらに3度上でこの音程関係ハ→変ロ→ハ→変ニ（＝嬰ハ）を繰り返して、変ハ長調（＝ロ長調、ホ長調の属調）の属和音へと達し、来るべきホ長調への突破口を開くのである。

第97-121小節：調性とテンポの変化も手伝って、ホ長調の〈愛の動機 Liebesthema〉は、これまでとは異なる世界を開く印象を与えるが、冒頭の完全5度下行音程は〈マイスタージンガーの動機〉（ハ長調：ド→ソ）の転回音程（ホ長調：ソ→ド）にほかならない[譜例6]。それと同時に、4度の枠組みを保った冒頭動機と、それを打ち破って幅広い音程をとる〈愛の動機〉は、そのままマイスタージンガーの芸術とヴァルターの芸術（「今日という日の恵みの深さよ Huldreichster Tag」→3015）の関係を象徴している。また視点を変えれば5度下行→3度上行→6度下行の音形は〈求愛の動機〉の拡大形といえるし、つづく主和音の分散音形は〈ダヴィデ王の動機〉で経験ずみのものだ。示導動機相互の関連性は、ここに極まった感がある。

この〈愛の動機〉から紡ぎ出されるのが、〈（愛の）衝動の動機 Liebesnot-Motiv〉[譜例7]。字面どおりに訳せば〈愛の苦悩の動機〉となるが、ここではワーグナー好みの Not を「やむにやまれぬ衝動」と解した。この動機は、ブルックナーが好んだ2連符と3連符が交替するリズムと冒頭の減4度音程（跳躍下行→順次上行）が特徴で、やがてヴァルターの試験歌「はじめよ！ Fanget an！」（→728）の背景に現われ、さらには〈ニワトコのモノローグ〉を支配する〈春の促しの動機〉へと変容することになる。

第122-157小節：イ長調から変ホ長調へと転じた音楽は、同時にスケルツォふうの楽想へと転じる。〈マイスタージンガーの動機〉は木管のみ、縮小リズム、スタッカートによって喜劇的な楽想へと変容するが、これは標題的注釈の「マイスターたちのもとで働く、やきもちやきの徒弟たちが、子供じみた学者気取りで割って入り、（心情を吐露するヴァルターの）邪魔をする」に対応する箇所で、つづく弦楽器群による〈衝動の動機〉は、それに苛立つヴァルターの心理描写とみてよい。

そして第138小節からは〈芸術の動機〉が、この場の〈マイスタージンガーの動機〉と同じく木管のみ、縮小リズム、スタッカートで再現され、さらにフーガとして処理される。初出の際にも対旋律を施されて芸術的＝対位法的に扱われた動機だったが、ここでは飛び跳ねるような〈哄笑の動機 Heiterkeit-Motiv〉[譜例8]を伴って現われる。かつては憧れに満ちていた〈芸術の動機〉も、動機そのものの変容、新しい対旋律、そしてお定まりのフーガ書法によって揶揄の対象と化すのである（第151小節以降の〈マイスタージンガーの動機〉は前述のとおり）。

第158-210小節：冒頭から〈マイスタージンガーの動機〉が30小節の長さにわたって再現されるが、割り振られた声部はバス（コントラバス、バス・テューバ、ファゴット／mf／鋭く強調して）で、その上に〈ダヴィデ王の動機〉（木管楽器、ホルン、第2ヴァイオリン、ヴィオラ／p／スケルツァンド）と、さらには〈愛の動機〉（第1クラリネット、第1ホルン、第1ヴァイオリン、チェロ／p／きわめて表情ゆたかに）が折り重なる[譜例9]。『トリスタン』第3

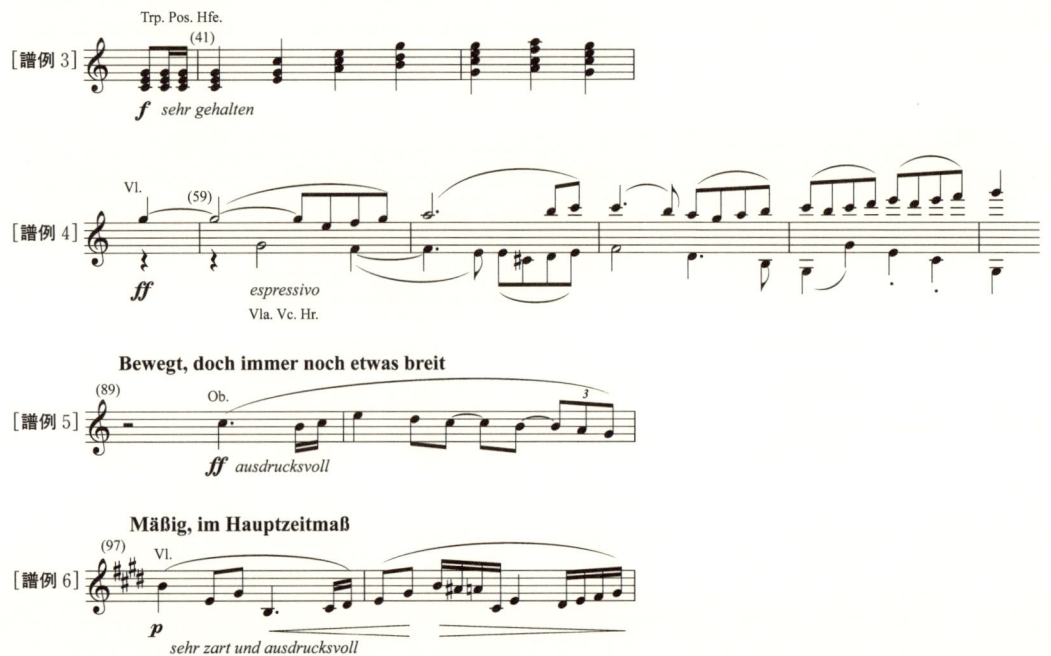

幕（→Tr1968）にもみられたような、すぐれて対位法的な処理であるが、いわゆる再現効果という点ではいまひとつ。おそらく、このあたりに前奏曲の理念を読み解く鍵があるのかもしれない。いずれにせよ、この再現部の規模（53小節）は、呈示部（121小節）のそれに対して極端に切り詰められ、再現される動機の種類も限られている。第170小節からの〈哄笑の動機〉、第174小節からの〈芸術の動機〉、そして第188小節アウフタクトからの〈ダヴィデ王の動機〉で構成される音楽は、再現部というよりも、むしろ第211小節からのコーダに向けた高揚部とでも呼びたいほどだ。

第211-221小節：長いドミナントの保続と、トリル音形の度重なる上昇によって（第207-210小節）、前奏曲はシンバルの一撃を伴った最終的な頂点を迎える。音楽は輝かしい〈マイスタージンガーの動機〉、飛び跳ねるような〈哄笑の動機〉、そして祝祭的なトランペットのファンファーレ音形によって高揚を重ねつつ、カタリーナ教会の礼拝の場へとなだれこむ。

以上、各動機の分析結果から、『マイスタージンガー』前奏曲の特徴が「示導動機相互の関連性」にあることは明らかである。そして、これが前奏曲にとどまらず作品の隅々にまで浸透していることも、いずれ明らかになるだろう。ただ「示導動機相互の関連性」は音素材の次元の問題であって、その素材を用いて前奏曲を組み立てる「理念」を直接に語ってくれるわけではない。また前述のようにソナタ形式による分析も、標題的注釈による分析も、おのずと限界がみえている。そこで前奏曲冒頭の〈マイスタージンガーの動機〉が第211小節の頂点で回帰してくることに注目し、この動機に的を絞って、それぞれの出現形態を比較検討することにしよう。

1）第1小節以降：〈マイスタージンガーの動機〉を単旋律として捉えれば問題のない呈示だが、先に記述したようにバス声部も視野に収めると、和声的にも対位法的にも複雑な様相をみせてくる。また第1小節でヴァイオリンとヴィオラが動機呈示に加わらないのも異例だし、リズムを強調すべきティンパニがこれを放棄しているのも異例である［譜例1a］。

2）第14小節以降：主題確保と展開開始の機能をもつため、ここでは問題にしない。ただし第1ヴァイオリンの動き（展開開始）と、第3・4ホルンの入り（第1-2小節との相違）は、精妙な描き分けの実例とみてよいだろう。

3）第151小節以降：バスの保続音（ハ長調の属音）と、担当楽器トランペット／トロンボーンの強弱法（ffのなかのf）によって出現効果は意図的に減じられている。冒頭で述べたように再現の予示、あるいは「みせかけの再現」。

4）第158小節以降：調性と動機が大々的に再現されるが、動機がバス声部に移動させられ、その上に〈愛の動機〉と〈ダヴィデ王の動機〉が折り重なるため、〈マイスタージンガーの動機〉のみに着目するならば、その出現効果は意図的に減じられている［譜例9］。

5）第211小節以降：息長い高揚の頂点に置かれているため、最も強い出現効果が生じる。そして1）と比較すれば明らかなように、バスがロ音に進行しない和声法も、第1ヴァイオリンとトライアングルを除く全楽器が、縦にそろって付点リズムと同音反復を強調する管弦楽法も型通りだ。とくに冒頭とは異なるティンパニのリズム打ちに注目されたい［譜例1b］。

これで明らかだろう。前奏曲における〈マイスタージンガーの動機〉は、出現するたびに一筋縄では行かない和声法・対位法・管弦楽法の洗礼を受けて変容してきた。また、どの動機を最初に発想したかは特定できないものの、論理的には前奏曲で用いられる主要動機のすべてが〈マイスタージンガーの動機〉から派生していることも明らかになった。いってみればソナタ形式でいう呈示部から〈マイスタージンガーの動機〉は数々の動機を生み出し、再現部に至って、みずからが生み出した〈愛の動機〉と〈ダヴィデ王の動機〉に重ね合わされる。

しかし単純から複雑へというプロセスではない。そもそも冒頭の動機処理じたいが思ったよりも複雑であり、それは展開部における変容や再現部における動機の重ね合わせによって、さらに複雑な様相を呈してくる。〈マイスタージンガーの動機〉が本来の単純さを獲得するのは、ようやくコーダに至ってから。つまり『マイスタージンガー』前奏曲（と第3幕大詰め）の理念は、まさしく「祖型への回帰」にほかならないのである。

（1）前奏曲の終止和音が、そのまま会衆の歌うコラールの開始和音となる。古今のオペラのなかで最も印象的な幕開けのひとつだが、ここにもワーグナーが提起した問題、すなわち芸術における「古さ」と「新しさ」の関係が投影されている。第2幕〈ニワトコのモノローグ〉におけるザックスの台詞「古い響き、それでいて新しい響き——／愛しき五月の鳥の歌声」を待つまでもなく、すでに冒頭からこの問題が音楽によって論議されるというわけだ。ドラマが要求するのは「時空を超えた」（→訳注2）崇高なコラール（古さ）と、舞台上の「いま、ここ」でおこなわれる熱烈な求愛（新しさ）を対照づけることにほかならないが、ワーグナーは、会衆がオルガンの伴奏でコラールを1行歌い終わるたびに、オーケストラの間奏を挿入して両者を截然と描き分けた［譜例10］。

（2）身動きしない会衆と、仕草ゆたかなヴァルターとエファは——詳細なト書きに注目——「合唱＋オルガン」対「オーケストラ」という編成面のみならず、「全音階」対「半音階」という旋律・和音面によっても描き分けられる（内声部に埋め込まれたクラリネットの半音階下行ハ→ロ→変ロ→イ→変イ→ト）。またヴァルターとエファは、前者に低音域の弦チェロ／ヴィオラを、後者に高音域の木管クラリネット／オーボエを割り振ることによって区別され、さらに個々のト書き、たとえば「応えようとするが〜視線を落とす」は、楽器に与えられた詳細な発想指示「活気づいて〜弱まって」にも反映されている。

（3）しかしワーグナーは、このような型通りの描き分けのままでは満足しない。独奏オーボエ「エファは困ったそぶりを見せるが、すぐにまた心のこもったまなざしをヴァルターに投げかける」は長く尾を引いてコラール「われら汝の洗礼により けがれをはらい」におおいかぶさり、さらに独奏チェロ「ヴァルターはその視線に魅せられ、確かな手ごたえを感じ、天にも昇る心地」が間奏なしに進んだコラール「救い主の犠牲に ふさわしき身とならん」を突き上げる［譜例11］（次頁）。あるいはオルガンが、この場の終止和音を強調するために、途中で合唱の伴奏を放棄しているところに着目してもよいだろう。ワーグナーの設定した「型」は、総じて打ち破られるために存在するのである。

Erster Aufzug

Erste Szene

Die Bühne stellt das Innere der Katharinenkirche in schrägem Durchschnitt dar; von dem Hauptschiff, welches links ab, dem Hintergrunde zu, sich ausdehnend anzunehmen ist, sind nur noch die letzten Reihen der Kirchstühlbänke sichtbar: den Vordergrund nimmt der freie Raum vor dem Chor ein; dieser wird später durch einen schwarzen Vorhang gegen das Schiff zu gänzlich abgeschlossen.

In der letzten Reihe der Kirchstühle sitzen Eva und Magdalene; Walther von Stolzing steht, in einer Entfernung, zur Seite an eine Säule gelehnt, die Blicke auf Eva heftend, die sich mit stummem Gebärdenspiel wiederholt zu ihm umkehrt.

DIE GEMEINDE Da zu dir der Heiland kam,
   (*Walther drückt durch Gebärde eine schmachtende Frage an Eva aus.*)
willig deine Taufe nahm,
   (*Evas Blick und Gebärde sucht zu antworten; doch beschämt schlägt sie das Auge wieder nieder.*)
weihte sich dem Opfertod,
   (*Walther: zärtlich, dann dringender*)
gab er uns des Heils Gebot:
   (*Eva: Walther schüchtern abweisend, aber schnell wieder seelenvoll zu ihm aufblickend*)
5 daß wir durch dein' Tauf uns weihn,
   (*Walther: entzückt; höchste Beteuerungen; Hoffnung*)
Seines Opfers wert zu sein.
   (*Eva: selig lächelnd; dann beschämt die Augen senkend*)
Edler Täufer!
   (*Walther: dringend, aber schnell sich unterbrechend*)
Christs Vorläufer!
   (*Er nimmt die dringende Gebärde wieder auf, mildert sie aber sogleich wieder, um Eva sanft um*

［譜例10］

第1幕

第1場

舞台はカタリーナ教会内部を斜めに切った空間。左手奥へ向けて身廊がのびているという見立て。腰掛けの最後の何列かが見えているだけ。舞台前縁は会衆席と合唱隊席のあいだの何もない演技空間、のちに黒い幕で身廊から完全に仕切られることになる。

最後列の腰掛けにエファとマクダレーネが座っている。ヴァルター・フォン・シュトルツィングはやや距離をおいて脇の柱にもたれかかり、じっとエファを見つめる。エファは黙ったまま、もの言いたげな身ぶりで何度もヴァルターの方を振り向く。

会衆　かくして汝のもとに　救い主きたりて
（ヴァルターはエファに訴えるような身ぶり）

すすんで　汝の洗礼を受け
（エファはまなざしと身ぶりで応えようとするが、また恥ずかしそうに視線を落とす）

犠牲の死に　身を捧げ
（ヴァルターはやさしく、しかし、しだいに迫るように）
救いの道を　示したもう。
（エファは困ったそぶりを見せるが、すぐにまた心のこもったまなざしをヴァルターに投げかける）
われら汝の洗礼により　けがれをはらい
（ヴァルターはその視線に魅せられ、確かな手ごたえを感じ、天にも昇る心地）
救い主の犠牲に　ふさわしき身とならん。
（エファは至福の笑顔を返すが、恥じらって目を伏せる）

けだかき洗礼者
（ヴァルターはなおも迫ろうとするが、急にその動きを止める）

キリストの道を整えしひとよ
（ヴァルターはふたたび迫るような身ぶりをするが、すぐにまた、ふたりで話ができるようエファに懇願するおだやかな身ぶり）

（1）第2散文稿までの舞台はニュルンベルクを代表する「聖ゼバルドゥス教会」だが、韻文台本からは「カタリーナ教会」。ヨハン・クリストフ・ヴァーゲンザイル『ニュルンベルク年代記』（1697年、以下『年代記』と略記）を踏襲して文芸の守護聖女の名を冠した小さな教会（→220頁図21、22）に場を移したものの、ワーグナーは歴史的ディティルにこだわらず、あくまでも大伽藍の内部を思わせる舞台空間を描き出す。──「身廊 Hauptschiff」は教会の長軸に沿って柱列に囲まれた空間。信者たちの座る長椅子が並べられている。──「合唱隊席」と訳した Chor は、聖職者が儀式を行なう祭壇空間（内陣）を指すこともあるが、ここではプロテスタント教会で楽曲を演奏する回廊状の二階席と解す。

（2）幕開けの鮮烈な一声「かくして Da」は、それまで歌われてきたコラールがいよいよ締めくくりの一節にかかったことを示すと同時に、ヨルダン河畔の「かつて、あそこ Da」をニュルンベルクの「いま、ここ Da」に取り込み、時空を超えたユートピア的なドラマ空間を瞬時にして押し開く（→音楽注1）。だが、その広がりはたちまち引き絞られて「汝 dir」に焦点を結び、聴く者は一瞬、自分に向かって語りかけられているような厳粛な想いに誘われる。──しかし会衆が「汝」と呼びかける相手は、ヨルダン河のほとりでイエスに洗礼を施し、「主の道を整える者」（マタイによる福音書3）と呼ばれた洗礼者ヨハネであることが順を追って明らかになる。

（3）ワーグナー自身が作詞した神さびたコラールは、2行1組の対韻を踏むトロカイオス（→歴史的背景10）。反復される聖書のキイタームは、これから始まる「洗礼」→「犠牲」→「救い」というドラマの「道」筋を暗示する。

（4）ためらいながらも引かれ合うふたりは（ヴァルターのほうが積極的だが）まだ自分の気持ちを表現できぬまま、コラールのリズムと共振しながら感情の揺らぎを視線や表情で示すのが精一杯。合唱が「救い主の犠牲に　ふさわしき身とならん」と昇りつめると、ヴァルターは「天にも昇る心地」となり、エファは「至福の笑顔を返す」（→音楽注3）。だが「なおも迫ろうとする」ヴァルターは、「けだかき洗礼者／キリストの道を整えしひとよ」とたたみかける合唱の圧倒的な力にたじろぐ。

DIE MEISTERSINGER VON NÜRNBERG

（4）上記のように、コラールと間奏が古い音楽語法と新しい音楽語法によって対置されていることは明らかだが、その歴史的な位置づけについては問題が残る。古めかしい印象を与えるコラールは筋書きの時代（16世紀）の旋律・和声法よりも新しいし、新しい印象を与える間奏は半音階的とはいえ『トリスタン』（19世紀）よりも古い。つまりワーグナーは両者を対置させることを前提として、古さと新しさ、いずれの方向においても表現手段を抑制した。言い換えれば、芸術における古さと新しさは相対的効果として生じるものであり、彼は正確な時代考証に基づいた「そのもの」よりも、意識的なアナクロニズム（時代錯誤）による「それらしさ」を優先させているのである。ちなみにコラールの行間に器楽を挿入する方法そのものも、バッハの『クリスマス・オラトリオ第1部』のコラール（BWV248-9）を想い起こせば「古い」し、オルガニストが即興で間奏を弾く19世紀の演奏習慣を想い起こせば「新しい」。

（5）『マイスタージンガー』は深遠な芸術論議であると同時に市井の人間模様を扱った「喜劇」でもある。もし喜劇の魂がディテイルに宿るとすれば、さしあたりヴァルターの「大仰な咳呵」（→訳注7）がその一例だろう。頂点の「ひと言だけ (Mit) ei (-nem Worte)」に向けられたゼクウェンツ（模続進行：同じ音形を、規則的に高さを変えて反復すること）は、型通りの効果を上げているものの、常套句の域を出るものではない。このあたりにヴァルターに対する作者の皮肉な視線を読み取ることもできよう。なお「お嬢さん——どうか……」（→19、26）をさえぎるマクダレーネの入声のタイミングや、彼女の「あらいやだ O weh!」（→29）を導き出す和声の不意打ち（弦楽器群のピッツィカートによる強調）も、喜劇的ディテイルのひとつに数えられる。

（6）マクダレーネに二度もさえぎられたヴァルターは、「お嬢さん、どうか——」で休符を短縮し（mein Fräulein のあとの4分休符を8分休符に）、ようやく三度目にして問いを発することに成功する。

eine Unterredung zu bitten.)
Nimm uns gnädig an,
10 dort am Fluß Jordan!

Die Gemeinde erhebt sich. Alles wendet sich dem Ausgange zu und verläßt unter dem Nachspiele allmählich die Kirche. — Walther heftet in höchster Spannung seinen Blick auf Eva, welche ihren Sitz langsam verläßt und, von Magdalene gefolgt, langsam in seine Nähe kommt. — Da Walther Eva sich nähern sieht, drängt er sich gewaltsam, durch die Kirchgänger durch, zu ihr.

WALTHER
Verweilt! Ein Wort — Ein einzig Wort!
EVA *(sich schnell zu Magdalene wendend)*
Mein Brusttuch... schau! wohl liegt's im Ort.
MAGDALENE
Vergeßlich Kind! Nun heißt es: such!
(Sie geht nach den Kirchstühlen zurück.)
WALTHER   Fräulein! verzeiht der Sitte Bruch.
15 Eines zu wissen, eines zu fragen,
was müßt' ich nicht zu brechen wagen?
Ob Leben oder Tod? Ob Segen oder Fluch?
Mit einem Worte sei mir's vertraut: —
mein Fräulein, — sagt...
MAGDALENE   *(wieder zurückkommend)*
20 Hier ist das Tuch.
EVA   O weh! die Spange?
MAGDALENE   Fiel sie wohl ab?
(Sie geht abermals suchend nach hinten.)
WALTHER
Ob Licht und Lust, oder Nacht und Tod?
Ob ich erfahr', wonach ich verlange,
25 ob ich vernehme, wovor mir graut: —
Mein Fräulein, sagt...
MAGDALENE   *(wieder zurückkommend)*
Da ist auch die Spange.
Komm, Kind! Nun hast du Spang und Tuch...
O weh! da vergaß ich selbst mein Buch!
(Sie geht nochmals eilig nach hinten.)
30 **WALTHER**   Dies eine Wort, ihr sagt mir's nicht?
Die Silbe, die mein Urteil spricht?
Ja oder nein! — ein flücht'ger Laut:
mein Fräulein, sagt —

[譜例11]

われらを受け入れたまえ、
ヨルダン河畔の彼の地にて。

会衆は立ち上がる。全員が出口へと向かい、後奏のあいだに三々五々、教会をあとにする。——ヴァルターのまなざしは思いきわまってエファに釘づけ。彼女は少し遅れて席をあとにし、マクダレーネに付き添われて彼の近くに寄ってくる。——エファが近づいてくるのを見て、ヴァルターは人並みをかき分け彼女のもとに駆け寄る。

ヴァルター
お待ちください——ひと言、ひと言だけ！
エファ（すばやくマクダレーネを振り返り）
スカーフが……ほら！　あそこに置いてきたみたい。
マクダレーネ
忘れんぼさん、しょうがないわね。
　（腰掛けに戻る）
ヴァルター　お嬢さん、失礼とは存じますが、
ただひとつだけ知りたい、ただひとつだけ問いたい、
礼儀などかなぐり捨てようか。
生か死か、恵みか呪いか
ひと言だけお洩らしください、
お嬢さん——どうか……
マクダレーネ（ふたたび戻ってきて）
ほら、ありましたよ。
エファ　あら、ピンは？
マクダレーネ　落ちたのかしら。
　（もう一度探しに舞台奥へ）
ヴァルター
生の光か、死の闇か、
求めていた答えか、
恐れていた答えか——
お嬢さん、どうか……
マクダレーネ（また戻ってきて）
ピンもありましたよ。
さあ、行きましょう。ピンもスカーフもそろいましたし……
あらいやだ、私も本を忘れちゃった。
　（舞台奥へ急いでとって返す）
ヴァルター　そのひと言、おっしゃっていただけませんか？
私の運命を決めるたったひと声
是か、非か——それだけでも
お嬢さん、どうか——

（5）「ヨハネ祭の始まりを告げる午後の礼拝をしめくくるコラール」（韻文台本）によって、ワーグナーはドラマ空間の精神的な奥行を一挙に開示すると同時に、午後（ないし夕方）にドラマが始まり、翌日の昼間に終わるという、フランス古典演劇の「三単一の法則」を踏まえている。

（6）一片の言葉のやりとりもないまま状況は進行し、内に溜まったエネルギーが一気に爆発する。「お待ちください——ひと言、ひと言だけ！」——「スカーフ」の原語はBrusttuch。デューラーの『教会用衣裳のニュルンベルクの女』（→214頁図2）に描かれた、修道女が肩から垂らしているような胸当ての布をいうが、礼拝のあいだは席に置いてあったと思われることから、ここはショールかストールのように取り外し可能な布であろう。「ピン Spange」（→ 21）も一般的な用法の「髪飾り」などではなく、Brusttuchを留める金具と考えられる。

（7）「生か死か、恵みか呪いか」、「生の光か、死の闇か」といった大仰な啖呵は、思いつめた真情の発露であると同時に、騎士ヴァルターのドン・キホーテ的なアナクロニズム（→注227、歴史的背景5）のあらわれ。またシラー『ドン・カルロス』第1幕第5場で王妃に想いの丈を打ち明けて迫る主人公の台詞「生であれ、死であれ、それが我が運命」を彷彿とさせる、いかにも芝居がかった調子は、それ自体が既存の演劇に対するパロディーにもなっている。

（8）「本 Buch」（→ 29）は聖書か、あるいは「讃美歌集 Gesangbuch」（第3散文稿）か。いずれにせよマクダレーネのような下層階級の女が、教会の備え付けではなく「私の本 mein Buch」と言えるところに、新時代の息吹が感じられる（→歴史的背景5）。ワーグナーはマクダレーネの忘れ物について、第3散文稿では「とうとうエファの頼みに負けて、さりげなくユンカーとの出会いの機会を作る」と明記していたが、韻文台本からはそれを曖昧にして読者の想像にゆだねた。

（9）「そのひと言」→「たったひと声」→「それだけでも」は、「（どうか）言葉 Wort（を）」＞「綴り Silbe（ひとつでも）」＞「音 Laut（だけでも）」と漸減法によって絞り込むようにたたみかけ、ヴァルターの気持ちの高ぶりを伝える。

DIE MEISTERSINGER VON NÜRNBERG ——11

（7）エファは決定的なひと言を聞いて衝撃を受け（弦の急激な落下音形）、これを聞き逃したマクダレーネは年増女の落ち着きをみせて（木管の緩やかな和声進行）ヴァルターを揶揄するかのよう（鋭い付点リズム）。音楽における変わり身の速さも喜劇にとって不可欠な要素である。——第37-38行の音楽は先立つ第35-36行とほぼ同じで4小節単位だが、つづく第39-40行は2小節単位へと切迫。いわくありげな「やんごとないお方 Helden」と「お知らせしましょうか melden」の口調とあいまって、マクダレーネの発言は慇懃な言葉づかいながら「挑発」のおもむきを呈してくる。オーケストラが乱高下する走句で、ヴァルターの激した胸の内を代弁。

（8）エファはふたりの言い争いの外にいる。「どなたか決まった方が？」（→34）の衝撃が尾を引いて「なにか夢のなかにでもいるような心地」（→50）になってしまったのだろう。ヴァルターがエファに声をかけた第11行以降、示導動機はひとつも姿を現わさなかったが、ここで〈求愛の動機〉[譜例2]がふたたび回帰してくる。ただし断片的な呈示にとどまっているのは、エファの逡巡「どう答えたものやら」を反映したものとみてよい。——なお『トリスタン』の引用は、有名な第3幕第4場のザックスの言葉「なあエフヒェン／トリスタンとイゾルデの／悲しい末路はよく知っている／ハンス・ザックスは賢いから／マルケ殿の幸福を望まなかったのさ」（→2641ff.）だけではない。トリスタン和音がエファの「お聞きになりたいのは——私がもう許婚かどうかと」（→51）を引き出しているのは、きわめて意味深長である[譜例12]。

（9）エファもふくめた三人のやりとりが緊迫の頂点に達したところで〈マイスタージンガーの動機〉が断片的に再現され、この場の緊張をやわらげる[譜例13]。およそ場違いな音楽の出現と、何も知らないダフィトの登場。つまり喜劇における相対化の手法によって、ヴァルターとエファの要請「まずは答えを！／答えて！」は宙に浮いてしまう（→訳注14）。それに加えてマクダレーネの関心も、ダフィトの方向へ大きく逸脱する。これまで世慣れた人間を演じてきたマクダレーネだが、ここで思わずボロを出す。

(entschlossen und hastig)
seid ihr schon Braut?
MAGDALENE *(die wieder zurückgekehrt ist und sich vor Walther verneigt.)*
35 Sieh da! Herr Ritter?
Wie sind wir hoch geehrt:
mit Evchens Schutze
habt ihr euch gar beschwert!
Darf den Besuch des Helden
40 ich Meister Pogner melden?
WALTHER *(bitter leidenschaftlich)*
O, betrat ich doch nie sein Haus!
MAGDALENE   Ei! Junker, was sagt ihr da aus?
In Nürnberg eben nur angekommen,
wart ihr nicht freundlich aufgenommen?
45 Was Küch und Keller, Schrein und Schrank
euch bot, verdient' es keinen Dank?
EVA   Gut' Lenchen, ach! das meint er ja nicht;
doch von mir wohl wünscht er Bericht, —
wie sag' ich's schnell? Versteh' ich's doch kaum!
50 Mir ist, als wär' ich gar wie im Traum! —
Er frägt, — ob ich schon Braut?
MAGDALENE *(heftig erschrocken)*
Hilf Gott! Sprich nicht so laut!
Jetzt laß uns nach Hause gehn; —
wenn uns die Leut hier sehn!
55 WALTHER   Nicht eh'r, bis ich alles weiß!
EVA *(zu Magdalene)*
's ist leer, die Leut sind fort.
MAGDALENE   Drum eben wird mir heiß!
Herr Ritter, an andrem Ort!

David tritt aus der Sakristei ein und macht sich darüber her, die schwarzen Vorhänge zu schließen.

WALTHER *(dringend)*
Nein! Erst dies Wort!
EVA *(bittend zu Magdalene)*
60 Dies Wort!
MAGDALENE *(die sich bereits umgewendet, erblickt David und hält an. — zärtlich, für sich)*
David? Ei! David hier?
EVA *(zu Magdalene)*
Was sag' ich? Sag du's mir!
MAGDALENE *(Sie wendet sich wieder zurück*

（意を決して、口早に）
　どなたか決まった方が？
マクダレーネ
　　　（戻ってきて、ヴァルターに一礼し）
　おやまあ、これは騎士殿
　身に余る光栄ですこと。
　エフヒェンのお相手とは
　お邪魔ではなかったでしょうか。
　やんごとないお方のお出ましを
　ポークナー殿にお知らせしましょうか？
ヴァルター（苦々しく、語気を強めて）
　あの家に足を踏み入れなければよかった！
マクダレーネ　何をおっしゃる、ユンカー殿。
　ニュルンベルクにお着きになったばかりで
　丁重にもてなされなかったとでも？
　食事も、お部屋も、御用意したのに
　なんというおっしゃりよう。
エファ　いいの、レンヒェン、そうじゃないの、
　この方は私の口からお聞きになりたいの。
　すぐに答えたいけれど、どう答えたものやら、
　なにか夢のなかにでもいるような心地。
　お聞きになりたいのは――私がもう許婚かどうかと。
マクダレーネ（驚愕して）
　まあ、なんということを！　大声をたてないで。
　さあ帰りましょう
　ひとに見られたらたいへん。
ヴァルター　知らずに帰るものか！
エファ（マクダレーネに）
　だれもいないわよ、みんな行っちゃった。
マクダレーネ　だから困るんです。
　騎士殿、では場をあらためて。

ダフィトが聖具室から出てきて、黒い幕を閉めながらこちらへやってくる。

ヴァルター（迫って）
　いや、まずは答えを！
エファ（マクダレーネをうながし）
　答えて！
マクダレーネ（すでにヴァルターに背を向けていたが、ダフィトを見て立ち止まり、声をやわらげて独白）
　ダフィト、あら、ダフィトがここに。
エファ（マクダレーネに）
　どう言ったらいいの、教えて。
マクダレーネ（ふたたび向きなおり、ヴァルターに――しきりに

(10) 騎士と市民の身分差をわきまえたマクダレーネの慇懃な対応は、警戒の姿勢が高じてか、つい権高な調子をおびる。縮小辞 -chen を伴う「エフヒェン」はエファの愛称だが、マクダレーネは彼女が自分の庇護下にあると釘を刺した感もある。

(11) 「お出まし Besuch」とは、あらためてポークナー家を訪ねること。動詞 betrat (→ 41) は過去形だが、接続法第II式 beträte の代用と解す。ヴァルターは「昨日」(→ 81) ポークナー家を訪れて歓待され、宿泊 (Schrein und Schrank 直訳：衣裳戸棚と箪笥) したのだろう。――「ユンカー」は19世紀以降、プロイセンの大土地所有貴族の総称として定着したが、ここは「騎士に列せられていない貴族の子弟」= Jungherr (若殿) を意味する中世末以来の用法に従っており、いくぶん見下した感じもある。――47行「レンヒェン」はマクダレーネの愛称。

(12) エファの言葉「私がもう許婚かどうかと (ob ich) schon Braut？」は、ヴァルターの問い「どなたか決まった方が？(seid ihr) schon Braut？」(→ 34) をうわの空で繰り返しているように見えるが、エファは「夢のなかにでもいるような心地」にとらわれた者に特有の本質直観で、ヴァルターとマクダレーネの下世話な応答にも超然として、本質的な点にずばりと言及する (→音楽注8、13)。

(13) 「聖具室」には「マイスター歌登録簿」を納めた「櫃」(→歴史的背景9) をはじめ組合の備品が保管されている。韻文台本によれば、幕は「舞台前縁を身廊に向かって斜めに引かれる」。

(14) ヴァルターの挑戦的な口調「まずは Erst 答えを！ dies Wort！(直訳：この言葉を)」を、エファが「答えて！ Dies Wort！(直訳：この言葉を)」と鸚鵡返しにすることで生まれる滑稽な味わいに、ふと緊張がやわらぐ (→音楽注9)。エファがヴァルターと一体になってマクダレーネを懐柔にかかったところへダフィトが登場することにより、煮詰まりかけた状況がいったんほぐれる。

(10) マクダレーネは〈芸術の動機〉[譜例4]に乗って完全終止を果たす。もったいぶったオーボエのトリルにも、騎士に大打撃を与えてやろうとの魂胆が見て取れる[譜例14]。

(11) マクダレーネの「花嫁 Braut」が終わりきらないうちに、エファの「でも Doch」が「割って入」る。先行する発言と後続する発言のあいだに休符を挿入するか、休符を挿入せずに両者を連続させるか、それとも前者の末尾と後者の冒頭を重ね合わせるかという選択は、会話のテンポ、ひいては発言者の精神状態を表現する重要な要素となる(第40-42行、マクダレーネとヴァルターのやりとりも参照されたい)。これに加えて第69-70行では〈マイスタージンガーの動機〉が両者を結ぶ絆となり、マクダレーネに与えられた上行線の上限ホ音「賞 Preis」が、エファのヘ音「手ずから selbst」によって突破される。ヴァルターだけでなく「熱に浮かされたよう」なエファもまた「力強い春の声 Lenzes Gebot」(→1121)に促されたのだろう、とうとう我を忘れて「あなた、あなたでなければ選ばない！」(→78)を口にしてしまう。

(12) うろたえるマクダレーネの背景には、ヴァイオリンによる〈動揺の動機 Beunruhigungs-Motiv〉(初出)。この動機はエファの「ひと目見て胸が苦しくなった」(→82)の背景にも現われる[譜例15]。

(13) エファの「ダフィトそっくりだったでしょう？」に対して、マクダレーネが「狐につままれたよう」になるのは恋人の徒弟ダフィトと勘違いしたから〈ダフィトの動機〉初出[譜例16])。それがダヴィデ王と思い当たってからも、マクダレーネは年老いて「髭の長い」「組合の紋章に描かれた」ダヴィデ王しか想像できない(〈ダヴィデ王の動機〉)。苛立ったエファは「波打つ髪が光り輝く」若いダヴィデ王だと説明するが、ここには『トリスタン』第1幕におけるイゾルデとブランゲーネのやりとりが再現されているとみてよい(Tr→105ff.)。夢想的な女主人と現実的な侍女。両者の身分差と性格の違いが対話に行き違いをもたらすというわけだ。──なお音楽も、軽快な〈ダフィトの動機〉、堂々たる〈ダヴィデ王の動機〉、そして高音域におけるフルートの「光り輝く」音色と「波打つ」音形によってイメージの違いを裏打ちする。

und zu Walther. — zerstreut, öfter nach David sich umsehend)
Herr Ritter, was ihr die Jungfer fragt,
das ist so leichtlich nicht gesagt.
65 Fürwahr ist Evchen Pogner Braut!
EVA *(lebhaft unterbrechend)*
Doch hat noch keiner den Bräut'gam erschaut!
MAGDALENE
Den Bräut'gam wohl noch niemand kennt,
bis morgen ihn das Gericht ernennt,
das dem Meistersinger erteilt den Preis...
EVA *(enthusiastisch)*
70 Und selbst die Braut ihm reicht das Reis.
WALTHER *(verwundert)*
Dem Meistersinger?
EVA *(bang)*
Seid ihr das nicht?
WALTHER   Ein Werbgesang?
MAGDALENE   Vor Wettgericht.
75 WALTHER   Den Preis gewinnt?
MAGDALENE   Wen die Meister meinen.
WALTHER   Die Braut dann wählt?...
EVA *(sich vergessend)*
Euch, oder keinen!
(Walther wendet sich, in großer Aufregung auf- und abgehend, zur Seite.)
MAGDALENE *(sehr erschrocken)*
Was, Evchen! Evchen! Bist du von Sinnen?
80 EVA   Gut' Lene, laß mich den Ritter gewinnen!
MAGDALENE
Sahst ihn doch gestern zum ersten Mal?
EVA   Das eben schuf mir so schnelle Qual,
daß ich schon längst ihn im Bilde sah!
Sag, trat er nicht ganz wie David nah?
MAGDALENE *(höchst verwundert)*
85 Bist du toll? Wie David?
EVA   Wie David im Bild.
MAGDALENE
Ach! Meinst du den König mit der Harfen
und langem Bart in der Meister Schild?
EVA   Nein! der, dess' Kiesel den Goliath warfen,
90 das Schwert im Gurt, die Schleuder zur Hand,
das Haupt von lichten Locken umstrahlt,
wie ihn uns Meister Dürer gemalt!
MAGDALENE *(laut seufzend)*

ダフィトの方を見やりながら、気もそぞろに）
騎士殿、この娘御におたずねになった
そのことは軽々にお答えできません。
まことポークナー家のエフヒェンは花嫁――
エファ　（むきになって割って入り）
でも、まだ誰も花婿を見たひとはいなくってよ。
マクダレーネ
花婿の名は、誰も知らぬこと
明日、審判が勝ち名乗りを上げ
マイスタージンガーに賞を授けるまでは……
エファ　（熱に浮かされたように）
花嫁となる私が手ずから若枝を渡すのよ。
ヴァルター　（いぶかしげに）
マイスタージンガーに？
エファ　（不安そうに）
あなた、マイスタージンガーではないの？
ヴァルター　求婚の歌？
マクダレーネ　歌くらべの場で。
ヴァルター　賞を授かる？
マクダレーネ　マイスターたちの意にかなった人が。
ヴァルター　それから花嫁が選ぶのか？
エファ　（われを忘れて）
あなた、あなたでなければ選ばない！
　　（ヴァルターは、ひどく取り乱して行きつ戻りつ脇の方へ）

マクダレーネ　（びっくりして）
なんてことを、エフヒェン！　エフヒェン！　気は確か？
エファ　お願い、レーネ、どうか騎士様を勝たせてあげて。
マクダレーネ
昨日お会いしたばかりだというのに。
エファ　ひと目見て胸が苦しくなったのは
ずっと前から絵で見ていたからよ。
ねえ、あの方のお姿、ダフィトそっくりだったでしょう？
マクダレーネ　（狐につままれたように）
何を言うの、ダフィトですって？
エファ　絵に描かれたダフィトよ。
マクダレーネ
ああ、竪琴を手にした王様のことね、
マイスター組合の紋章に描かれた、あの髭の長い。
エファ　そうじゃないの。ゴリアテを石で撃った王様よ、
腰に剣、手には石紐
顔のまわりには波打つ髪が光り輝く、
ちょうどデューラー親方が描いたように。
マクダレーネ　（深い吐息をついて）

(15)「娘御 Jungfer」は平民の未婚娘を指す。マクダレーネはまだ取りつくしまもないが、ダフィトの姿に気をとられて警戒の姿勢がゆるんだのか、少しずつエファについての情報を漏らし始める。

(16)「若枝 Reis」は勝利の栄冠であると同時に、古い家系に外部から注入される新しい血の象徴。結婚受諾のしるしでもある。賞を渡す娘自身が褒賞となるのは『タンホイザー』のエリーザベトと同じ。――「いぶかしげに」聞くヴァルターは、マイスタージンガーについてどの程度まで知っているのだろうか（→164ff.）。――Werbgesang は、動詞 werben の二通りの意味に応じて「求婚の歌」であると同時に「応募の歌」。

(17) ヴァルターが「ひどく取り乱」すほどに激しく噴き出すエファの言葉「あなた、あなたでなければ選ばない！」は、娘心の芯の強さをあらわすと同時に、『オランダ人』のゼンタや『ローエングリン』のエルザ同様、「ひと目見て胸が苦しくなる so schnelle Qual ほど」（→82）激しく彼女をとらえた宿命的な愛の力のなせるわざ。「恐るべき苦しみ furchtbare Qual としての愛」（アウグスト・レッケル宛書簡、1856.8.23）を描いた『トリスタン』や、『パルジファル』（「おお、愛に悶える Qual der Liebe」→P908）にも通じる。

(18) ダフィトは旧約聖書に登場するイスラエルの王ダヴィデのドイツ語読み。ペリシテ人の豪傑ゴリアテを討つ際に、父親譲りの剣を外して石紐だけで戦ったとされる（サムエル記上17）。また「竪琴を巧みに奏で」（同16）、芸術、とくに音楽の守護神として崇められた。ニュルンベルクのマイスタージンガー組合のシンボルとして、旗（→2798 行上のト書き）やメダル（→歴史的背景8）、公示板（→同9）などに描かれたが、ここでいう「（盾型の）紋章」は教会の壁に掛けられたものか。マクダレーネが対象を取り違えたのは、思いがけず見かけた同名の恋人ダフィト（→61）のことが頭にあったから。

(19) デューラーがダヴィデを描いた絵は確認できないが、「顔のまわりには波打つ髪が光り輝く」（サムエル記上17によれば「血色の良い、姿の美しい少年」）という形容はデューラーの有名な自画像（→214頁図3）を彷彿とさせる。エファの頭のなかにあるのは、若い娘らしく、楽師ではなく勇士ダヴィデ、老人ではなく青年ダヴィデのイメージ。

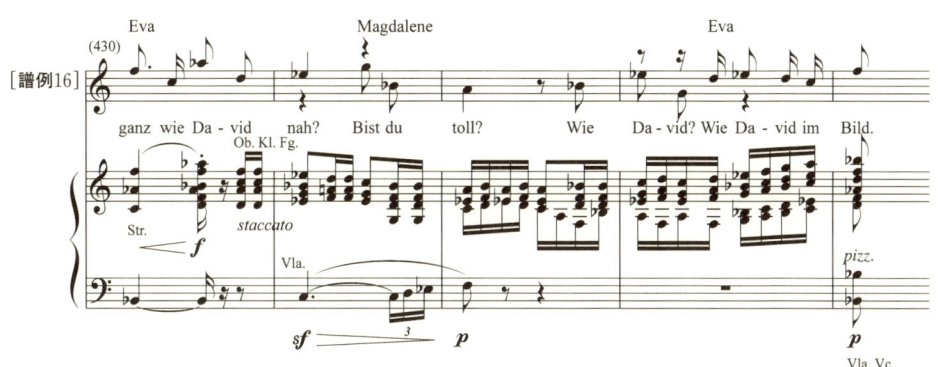

[譜例16]

(14)「(まあ、ダフィト)とんだ疫病神ね!」(→95)の背景にオーボエによる〈情愛の動機 Zärtlichkeit-Motiv〉(初出)が現われるが、この動機の核音(ホ→イ)もまた4度[譜例17]。なお Zärtlichkeit には、優しさ、情のこまやかさに加えて、愛撫やいちゃつきの意もある。

(15) 現実的な愛のカップル(ダフィトとマクダレーネ)が観念的な愛のカップル(ヴァルターとエファ)の水先案内人を務めるというオペラのトポス。もちろん両者の落ち着き先は異なるわけだが、ダフィトの〈情愛の動機〉をなぞる「(この)胸 Herz (に)」と、マクダレーネの上気した「憎いひと Das treue Gesicht」には、ヴァルターとエファの二重唱(→137ff.)を導き出す起爆剤のような趣がある。

(16) 背景には〈マイスタージンガーの動機〉が現われるが、ヘ音が嬰ヘ音に変化しているのは「歌の集まり」ではなく「資格試験だけ」だからか(→前奏曲第152小節)。——またダフィトの歌い収め「(みごとプローベに)通れば(直訳：後悔しなければ nicht reut)」と、マクダレーネの「(騎士殿)運のいいお方だこと am rechten Ort」が、いずれも偽終止になっていることに注目しよう。ここでは音楽の流れが途切れないようにするためというよりも、むしろ資格試験の思わしくない結果を先取りした措置と解釈すべきかもしれない(音楽による言葉の相対化)。

(17) この箇所の旋律と和声は不可解である。旋律は先取音を伴う完全5度と完全4度の跳躍上行音程、和声は嬰ハ(=変ニ)の保続音上に $A_5^6 → Es^2$ という異例な進行がみられる。マクダレーネの「言葉」に曖昧なところはないが、「内心」に屈折したところがあることは間違いない[譜例18]。そもそもヴァルターに対して防御姿勢を崩さなかったマクダレーネが、なぜダフィトの助力を要請するまでに心境の変化をきたしたのだろうか?……口では辛辣なことを言いながら、相思相愛のカップルに対する連帯意識が心に芽生えてきたのかもしれない。

Ach, David! David!
DAVID (*der hinausgegangen und jetzt wieder zurückkommt, ein Lineal im Gürtel und ein großes Stück weißer Kreide an einer Schnur schwenkend*)
Da bin ich: Wer ruft?
MAGDALENE
95 Ach, David! Was ihr für Unglück schuft!
  (*beiseite*)
Der liebe Schelm! Wüßt' er's noch nicht?
  (*laut*)
Ei, seht, da hat er uns gar verschlossen?
DAVID (*zärtlich*)
Ins Herz euch allein!
MAGDALENE (*feurig*)
Das treue Gesicht! —
100 Ei, sagt! Was treibt ihr hier für Possen?
DAVID Behüt' es! Possen? Gar ernste Ding':
für die Meister hier richt' ich den Ring.
MAGDALENE Wie? Gäb' es ein Singen?
DAVID Nur Freiung heut:
105 der Lehrling wird da losgesprochen,
der nichts wider die Tabulatur verbrochen:
Meister wird, wen die Prob nicht reut.
MAGDALENE
Da wär' der Ritter ja am rechten Ort! —
Jetzt, Evchen, komm! Wir müssen fort.
WALTHER (*schnell zu den Frauen sich wendend*)
110 Zu Meister Pogner laßt mich euch geleiten!
MAGDALENE Erwartet den hier, er ist bald da.
Wollt ihr Evchens Hand erstreiten,
rückt Zeit und Ort das Glück euch nah.
  (*Zwei Lehrbuben kommen dazu und tragen Bänke herbei.*)
Jetzt eilig von hinnen!
115 **WALTHER** Was soll ich beginnen?
MAGDALENE Laßt David euch lehren,
die Freiung begehren. —
Davidchen! hör, mein lieber Gesell:
den Ritter hier bewahr mir wohl zur Stell!
120 Was Feins aus der Küch
bewahr' ich für dich,
und morgen begehr du noch dreister,
wird hier der Junker heut Meister.

[譜例17]

ああ、ダフィト、ダフィト！
ダフィト　（いったん幕の外へ出ていたが、ちょうど戻ってきたところ。腰に物差しをはさみ、紐の先に結んだ大きな白墨を振りまわしながら）

はい、ここですよ。呼んだのは誰？
マクダレーネ
まあ、ダフィト、とんだ疫病神ね！
　（傍白）
しょうがない子ね、まだ気がつかないのかしら。
　（声を大にして）
あら、私たちを閉じこめる気？
ダフィト　（甘い調子で）
君だけを、この胸に！
マクダレーネ　（上気して）
憎いひと──
でも、ここで何をしでかそうというの？
ダフィト　ちぇっ、しでかすはひどいな。重大な任務さ。
マイスターたちの椅子を並べる円を引くんだ。
マクダレーネ　なんですって、歌の集まりがあるの？
ダフィト　今日は資格試験だけ。
タブラトゥーアに一点も違反しなければ
徒弟の年季も明けようというもの。
みごとプローベに通れば、マイスターにもなれる。
マクダレーネ
騎士殿は運のいいお方だこと──
さあ、エフヒェン、失礼いたしましょう。
ヴァルター
　（女たちの方へさっと向きなおり）
どうかポークナー親方のもとへお送りさせてください。
マクダレーネ　ここでお待ちを。すぐお見えになりますわ。
エフヒェンの花婿に名乗りを上げる騎士殿には
またとない好機到来。
　（さらに二人の徒弟があらわれ、長椅子を運んでくる）

さあ、急いで出なくては。
ヴァルター　いったい、どうすればよいのか？
マクダレーネ　試験をお受けになりたければ
どうぞダフィトにお聞きください──
ねえ、ダフィトヒェン、いいこと、
くれぐれも騎士殿をよろしくね！
うんと御馳走を
とっておくから、
ユンカー殿が今日この場でマイスターになれば
明日はもっとすごい御褒美よ。

(20) マクダレーネの「とんだ疫病神ね！」は、ダフィトが引いた幕に危うく閉じ込められそうになったから。それに加えて、ダヴィデの絵がエファの想いに火をつけたことで、同名のダフィトに八つ当たりしたとみてよい。マクダレーネとダフィトは、隣どうしで年齢差のあるカップル（ザックスとエファの関係に相似）。ふたりは軽口をたたき合うだけでなく、わりない仲(→122)。

(21) マクダレーネの言う「歌の集まり ein Singen」とは、日曜や祭日の午後に教会で催される「歌学校 Singschule」のこと。その名が示すような教育の場ではなく、誰でも参加できる公開の歌唱コンテスト（→歴史的背景8、9）。──マイスターへの昇格は「歌学校」の場を借りた「昇格試験 Freiung」によるが（→同8）、ワーグナーは下級の審査も含めて Freiung と呼んでいる（→300f.）。──社会的な階級と芸術上の階梯は必ずしも一致しないはずだが、ここでは、作品の組み立てを見通しよくするために、マイスターは実社会でも親方、下級会員は徒弟という設定（「プローベに通れば／徒弟の年季も明けようというもの」→107/105）。

(22) ダフィトの姿に「上気」（→99行上のト書き）したのか、二人の将来にからむ打算がはたらいたのか、にわかにマクダレーネはヴァルターに好意的になるが（「くれぐれも騎士殿をよろしくね！」→119）、ここでドラマの先行きが見えてくる。それでも、あるいはそれだからこそ、急いでエファをこの場から連れ出さねばと、マクダレーネの気持ちははやる。

(23) 「いいこと」の原文は mein lieber Gesell。ダフィトは靴屋の「徒弟」であり、まだ「職人 Geselle」ではない。ここでの Gesell は若者に対する一般的な呼称にすぎないが、あるいはダフィトの昇格→結婚というマクダレーネの無意識の願望もまじっているのかもしれない。──「もっとすごい御褒美」とはマクダレーネ本人のことか。直訳すれば「もっと厚かましく求めてもいいのよ」という誘い。乳母のとりすました顔の陰から、はしなくも本心が顔をのぞかせる。

[譜例18]

(18) ここからは、しばしの別れに向けた小さなアンサンブル・フィナーレ。オーケストラが〈情熱の動機〉［譜例5］を反復し、和声が「新たに neu (ist mir alles)」でフラット系からシャープ系へと大きく切り換わることによって、音楽はヴァルターがまったく「見知らぬ道」へと足を踏み入れたことを暗示する［譜例19］。——なお、ヴァルターの芝居がかった口調（これも笑いの対象のひとつ）を訳文に反映させるよう試みたが、その根拠は「全霊を挙げて／あなたをわが手に！」の音楽にもある。ここで〈愛の動機〉が再現されるのは筋が通っているが、テンポの遅延と、歌い収めの装飾音形によって、ほとんどバロックふうに音楽が大見得を切るからである［譜例20］。

(19) ヴァルターの大見得（ハ長調の属七和音）は主和音に解決することなく、クラリネットの〈求愛の動機〉［譜例2］と唱和しながら、「生命も財産もあなたのもの」に当てられた〈愛の動機〉［譜例6］で短い三重唱を導き出す。このエファ（〈愛の動機〉と〈情熱の動機〉の連結）と、マクダレーネが加わった三重唱は、脚韻 Hut-gut-Mut で縦線がそろって旋律的には終止するが、和声的には解決をみないまま終わる（付加六度を伴うイ音上の短三和音は『指環』における〈災いの和音〉に相当→W：解題）。これはダフィトの反発「いきなりマイスターだって、せいぜい気張りなよ！」を裏打ちし、さらには資格試験の成り行きを指し示したものとみてよい。

(20) この場の後奏は、ヴァルターとエファの〈愛の動機〉を幅広く歌い上げる。さながら舞台を立ち去ったエファの「残り香」といった趣で、ダフィトの揶揄にもかかわらず、ここには束の間のユートピアが立ち現われる。

(21) 第1場の後奏で用いられた〈求愛の動機〉が4度の枠音程（跳躍進行ないし順次進行）を保ちながら自由に展開される。

(22) この場の徒弟たちの群唱は、第1声部（アルト4人）、第2声部（テノール4人）、第3声部（テノール4人）の3声からなり、低い音域から高い音域へと第3声部→第2声部→第1声部の順で入声してくる。また弦楽器群と木管楽器群＋ホルンを対置させた管弦楽法は、前奏曲の変ホ長調の部分（→第122小節以降）を想い起こさせる。

(Sie drängt Eva zum Fortgehen.)
EVA　Seh' ich euch wieder?
WALTHER　*(sehr feurig)*
125　Heut Abend gewiß!
Was ich will wagen,
wie könnt' ich's sagen?
Neu ist mein Herz, neu mein Sinn,
neu ist mir alles, was ich beginn'.
130　Eines nur weiß ich,
eines begreif' ich:
mit allen Sinnen
euch zu gewinnen! —
Ist's mit dem Schwert nicht, muß es gelingen,
135　gilt es als Meister euch zu ersingen.
Für euch Gut und Blut,
⎡für euch
⎣Dichters heil'ger Mut!
EVA　*(mit großer Wärme)*
Mein Herz, sel'ger Glut,
140　für euch
liebesheil'ge Hut!
MAGDALENE
Schnell heim! Sonst geht's nicht gut!
(Magdalene zieht Eva eilig durch die Vorhänge nach sich fort.)
DAVID　*(der Walther verwundrungsvoll gemessen)*
Gleich Meister Oho! viel Mut!

Walther wirft sich, aufgeregt und brütend, in einen erhöhten, kathederartigen Lehnstuhl, welchen zuvor zwei Lehrbuben, von der Wand ab, mehr nach der Mitte zu, gerückt hatten.

Zweite Szene ─────────

Noch mehrere Lehrbuben sind eingetreten; sie tragen und stellen Bänke und richten alles zur Sitzung der Meistersinger her.

LEHRBUBEN　David! Was stehst?
145　Greif ans Werk!
Hilf uns richten das Gemerk!
DAVID　Zu eifrigst war ich vor euch allen;
schafft nun für euch, hab' ander Gefallen!
LEHRBUBEN　Was der sich dünkt!

（エファを急き立て、連れ出そうとする）
エファ　またお会いできますわよね。
ヴァルター　（思いの丈をこめて）
かならずや今晩には！
火も水も厭わぬこの覚悟
とても言葉には尽くせない。
身も心も新たに
見知らぬ道へ踏み入る私、
知るは、ひとつ
想いも、ひとつ、
全霊を挙げて
あなたをわが手に！――
剣の勝負ならずとも、ここは勝たずばなるまい、
マイスターとなって歌であなたを勝ち得ねばならぬのなら。
生命も財産もあなたのもの。
「きよらかな歌びとの志を
　あなたに。
エファ　（温かく包み込むように）
いとしいお方、炎のようなお方、
きよらかな愛の護りを
あなたに。
マクダレーネ
早く家へ。困ったことにならないうちに。
　　　（エファの手を引き、あわただしく幕をくぐって退場）

ダフィト　（あっけにとられてヴァルターを見ていたが）
おいおい、いきなりマイスターだって、せいぜい気張りなよ！

ヴァルターは興奮さめやらぬ面持ちで考えこみ、先ほど二人の徒弟が壁際から少し中央寄りに動かしておいた、ものものしい背の高い椅子にどっかと腰を下ろす。

第2場

さらに何人か徒弟が登場。ベンチを運んできては並べ、マイスタージンガーの寄り合いの準備に忙しい。

徒弟たち　ダフィト、なにを突っ立ってるんだ。
仕事にかかれ。
記録席の設営を手伝ってくれ。
ダフィト　おれはもう人一倍はたらいた
お前たちでやってくれ、こっちは取り込み中だ。
徒弟たち　お高くとまりやがって。

(24) 決意表明のなかで三度も文頭に繰り返される「新（しさ）neu」（→128f.）こそヴァルターの売り物。しかし裏を返せば無一物。これを「知るは、ひとつ」だけと受けて、エファへの一途な想いを歌い上げるわけだが、自分の問い「ただひとつだけ知りたい、ただひとつだけ問いたい」（→15）に自分で答えを出した格好の「知るは、ひとつ／想いも、ひとつ」には、いささか独り合点の気配がある。

(25) 最後にエファ（そしてマクダレーネ）との重唱になり、ふたりの想いはひとつに燃え上がるかに見えるが、それぞれのト書き「思いの丈をこめて」（直訳：火のように）と「温かく包み込むように」が示すように、そこには男女の愛のありようの違いがにじみ出ている。歌いおさめの押韻も、Mut（勇気＝激しい勝利への意志）／Hut（庇護＝平穏な愛の祈り）と、逆向きのヴェクトルをはらむ（→音楽注19）。ダフィトも「あっけにとられ」ながら、つられて「気張りなよ！Mut！」と合わせる。――「いとしいお方、炎のようなお方」は、直訳すれば「わが心、きよらかな炎」。直接にはエファ自身の心のありようを描写しながら、それがそのままヴァルターへの呼びかけになるという主客照応の趣向。

(26) いわゆる「歌唱席Singstuhl」のこと（→221頁図27）。もともとは、いちばん偉いマイスターが座る席を言い、歌い手は皆の中央に立って歌ったが、やがて「ものものしい背の高い椅子」に座って歌うようになった。原語katheder(artigen)は、katha（上から下へ）＋hedra（席）という成り立ちが示すように、聴衆を見下ろす高脚の演壇。斜面机（これもまたkathederと呼ばれる）と一体になったものもある。マイスタージンガー組合のペダンティックで権威主義的な性格を誇示する道具立てのひとつ。

(27) 「記録席」の原語Gemerkは元来、歌われた曲に判定を下す「記録係Merker」（→歴史的背景9）の合議体を意味したが、やがて判定作業を行なう場所（机を置き、四方をカーテンで囲った台）を指すようになった（→221頁図27）。

(23) 行末に押韻した「(徒弟の)鑑 Muster」や「靴屋 Schuster」などの跳躍上行音程は、それ自体で揶揄の調子をもっているが、ワーグナーは徒弟たちが囃立てる様子をさらに強調するために、この箇所でファルセット（裏声）を用いるよう指示した。

(24) ダフィトは徒弟たちの挑発に乗らず、ヴァルターに向かって「はじめよ！ Fanget an!」と叫ぶ。徒弟たちに向けられるべき反発のエネルギーが、突然「考えこんでいる騎士」に向かって方向転換するため、観客もヴァルターも不意打ちを食らう。なお、試験開始の決まり文句「はじめよ！」の繰り返しは「語気を強めて」と指示されているだけでなく、音程が長3度から完全4度へと拡がり、しかも鋭い増三和音を形成する（相手に対する威嚇？→注192）。

(25) 背景の弦楽器群にトリルつきの2度下行音形が頻出し、これ以降の音楽に統一性をもたらすが、同時に音域が上昇し、リズムが切迫していることにも注目。ダフィトの問いとヴァルターの答えが単に並列されるのではなく、しだいに緊張が高まり、その頂点で音楽が急に弛緩することによってヴァルターのお手上げ状態「なにもかも耳新しいことばかり」が明らかにされるのだ。

(26) ダフィトの恨み節は、突然フラット系へと転じる和声や、3度下行→4度下行→（8度上行）→5度下行と拡大する音程にみられるように、大仰な悲愴感をかもしだす[譜例21]。なお彼が「いずまいを正して」ヴァルターに説き聞かせようと気を取り直すのは、マクダレーネとのやりとりを思い出したからだろう（オーボエに〈情愛の動機〉[譜例17]）。

(27) 説明の背景には「トリルつきの2度下行音形」が頻出するが、この箇所ではイ長調に完全終止する装飾音形〈勤勉の動機 Motiv des Fleißes〉が初めて現われる[譜例22]。

150 Der Lehrling' Muster!
Das macht, weil sein Meister ein Schuster!
Beim Leisten sitzt er mit der Feder!
Beim Dichten mit Draht und Pfriem!
Sein' Verse schreibt er auf rohes Leder.
(mit der entsprechenden Gebärde)
155 Das, dächt' ich — gerbten wir ihm!
(Sie machen sich lachend an die fernere Herrichtung.)
DAVID *(nachdem er den sinnenden Ritter eine Weile betrachtet)*
Fanget an!
WALTHER *(verwundert)*
Was soll's?
DAVID *(noch stärker)*
Fanget an! So ruft der Merker: —
nun sollt ihr singen! Wißt ihr das nicht?
160 WALTHER   Wer ist der Merker?
DAVID   Wißt ihr das nicht?
Wart ihr noch nie bei'nem Singgericht?
WALTHER
Noch nie, wo die Richter Handwerker.
DAVID   Seid ihr ein „Dichter"?
165 WALTHER   Wär' ich's doch!
DAVID   Seid ihr ein „Singer"?
WALTHER   Wüßt' ich's noch?
DAVID
Doch „Schulfreund" wart ihr und „Schüler" zuvor?
WALTHER   Das klingt mir alles fremd vorm Ohr!
170 DAVID   Und so gradhin wollt ihr Meister werden?
WALTHER
Wie machte das so große Beschwerden?
DAVID   O Lene! Lene!
WALTHER   Wie ihr doch tut!
DAVID   O Magdalene!
175 WALTHER   Ratet mir gut!
DAVID   *(setzt sich in Positur)*
Mein Herr! Der Singer Meisterschlag
gewinnt sich nicht an einem Tag.
In Nüremberg der größte Meister,
mich lehrt die Kunst Hans Sachs;
180 schon voll ein Jahr mich unterweist er,
daß ich als Schüler wachs'.
Schuhmacherei und Poeterei,
die lern' ich da alleinerlei;

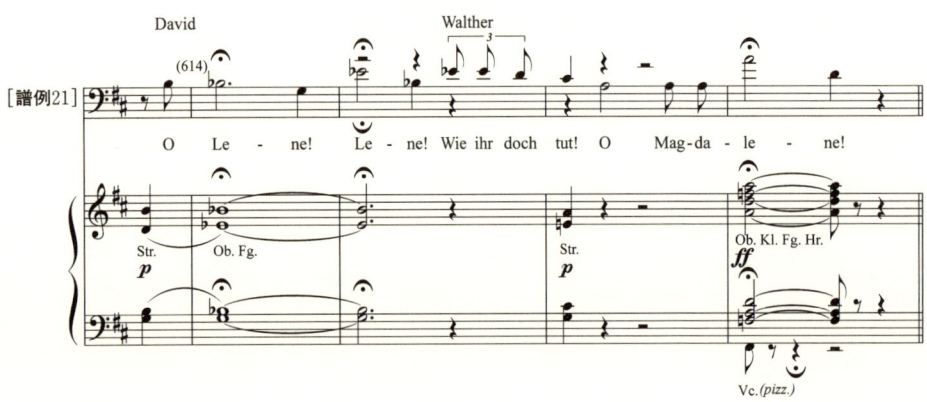

徒弟の鑑！
なにせ親方が靴屋だからな。
靴型に向かうときも、親方の手にはペン！
紐と錐とで句を綴り
ざらざら皮にまで詩を書きつけるんだってさ。
　　（それらしい仕草を真似て）
そいつを──なめしてやりたいもんだ！
　　（笑いながら、みんなで少し離れた場所の設営に向かう）

ダフィト
　　（考えこんでいる騎士をしばらく眺めてから）
はじめよ！
ヴァルター　（けげんそうに）
なんのことだ？
ダフィト　（語気を強めて）
はじめよ！　という記録係の合図で
歌いだすのです。知らないのですか？
ヴァルター　記録係とは誰のことだ？
ダフィト　知らないのですか。
歌の審判を受けたことはないのですか？
ヴァルター
職人が審判をつとめるような場には一度も。
ダフィト　あなたは「詩人」？
ヴァルター　そうありたいものだが。
ダフィト　では「歌手」？
ヴァルター　知らんな。
ダフィト
でも「生徒」をやって「学友」になったんでしょう？
ヴァルター　なにもかも耳新しいことばかり。
ダフィト　なのに、いきなりマイスターになろうとは。
ヴァルター
そんなに難しいことなのかい。
ダフィト　ああ、レーネ、レーネ！
ヴァルター　君だってそうしてきたんだろう、それを
ダフィト　ああ、マクダレーネ！
ヴァルター　どうかじっくり教えてくれ。
ダフィト　（いずまいを正して）
いいですか、マイスターの歌を修めるには
とても一日では足りない。
私だってニュルンベルク随一の
ハンス・ザックスから
たっぷり一年、わざを仕込まれたが
今も修業の徒弟の身。
靴作りも、詩作りも
極意はひとつと教えられ、

(28) ダフィトは徒弟の仲間内で一目置かれる存在であり、本人もそれを自覚している。年齢的にも最年長の部類に入るのではないかと想像される。ここでは「鑑 Muster」と「靴屋 Schuster」の語呂合わせによって、ダフィトの優等生ぶりが靴屋であるザックスの威光に負っていることが、やっかみ半分に揶揄されている。──「なめす gerbten」には、散々にぶん殴るという意味もある。

(29) ダフィトの虚を突くような「はじめよ！」は、徒弟仲間に唆したてられ、応えずにいたエネルギーをそのままヴァルターにぶつけたもの。「せいぜい気張りなよ！」（→143）を受けて、まずはお手並み拝見という挑発だが、いつもはザックスにやられていることを、自分が師匠役になってやってみるという快感も手伝っている。

(30) 知らぬづくしのヴァルターがザックスに導かれて歌の奥義をきわめ、マイスタージンガーの芸術に新風を吹き込むにいたる過程は、「けがれなき愚者」パルジファルや、「恐れを知らぬ」ジークフリートがたどったのと同じ教養小説仕立て。ただし以下の場面は、下積みの徒弟が騎士の若殿をいいようになぶる喜劇調。一方で、職人ごときに裁かれてたまるかというヴァルターの身分意識には根深いものがある（→163）。

(31) ヴァルターは「詩人」という言葉を漠然と理解しているだけで、厳密な規定（→272ff.）があるとは思いもよらない。「生徒 Schüler」は、まだ歌の規則「タブラトゥーア」を会得していない新米。完全に規則を覚えると「学友 Schulfreund」に昇格する（→歴史的背景 8、11）。

(32) 176行以下、得々と教えを垂れるダフィトだが、対象を持ち上げるのに一生懸命になればなるほど、自分を偉く見せようとする姿勢が表に出てしまうのは、第3場のコートナーによるタブラトゥーアの説明と同様。

(33) 接尾辞 -rei には侮蔑ないし卑下のニュアンスもある。Schuhmacherei は「靴屋稼業」といったところか。Poeterei は歴史上のハンス・ザックス自身が一貫して用いた用語だが、ここは Schuhmacherei と韻を踏むことで、芸術的な「創作」というよりは、職人技としての「詩作り」であることを強調したともとれる。

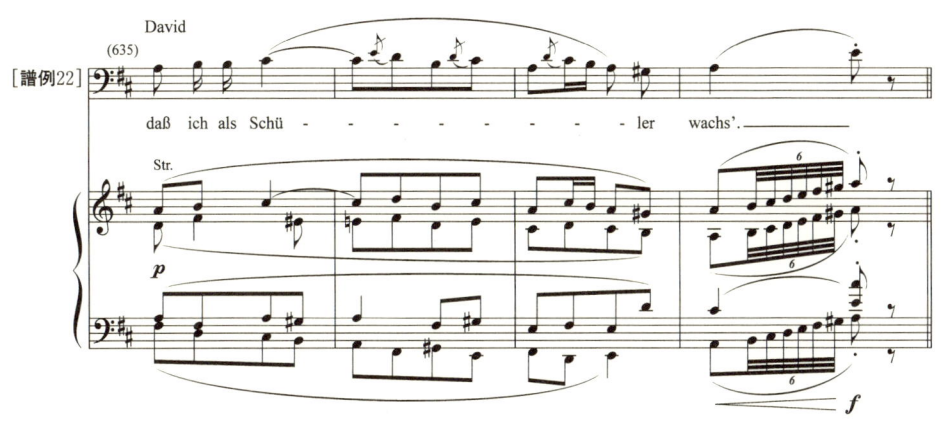

DIE MEISTERSINGER VON NÜRNBERG

(28)「皮を打ってなめしながら」(核音：嬰ヘ-嬰ハ、ホ-ロ)と「糸にしっかり蠟を引くうちに」(ト-ニ、嬰ヘ-嬰ハ)にも4度音程が浸透している[譜例23]。——またダフィトが早口で対になった語句を列挙する際にも、言葉と音楽はぴたりと連動している。「長く lang」は8分音符二つ、「短く kurz」は8分音符一つ。「硬く hart」にはアクセント、「軟い lind」にはスラー。「明るい hell」は高いヘ音、「暗い blind」は低いイ音……等々。しかし最も効果的なのは「糊づけ Klebsilben」の、貼りついてしまったかのような付点4分音符だろう。

(29) ダフィトの(さしあたっての)歌い収めは大仰で、自己満足の響きさえ感じられる。おどけた装飾音を多用しながら、突然カンタービレ・スタイルに転じるのは、同じキャラクター・テノールが演じるミーメに通じるところがある。自分の発言に酔って、相手のことなどお構いなしになるのも同様の趣向。

(30) この場を支配する6/8拍子は「底づけ versohlen」で突然2/4拍子に切り換わり、加えてトリル音形の連鎖が拍節に大きな混乱を生じさせる。つづくヴァイオリンの不完全な3連音の音形もふくめて、この混乱ぶりはダフィトの自己陶酔、あるいはヴァルターの(理解不能ゆえの)苛立ちを反映したものとみてよい。いずれにせよ kennt-genennt (正しくは genannt) などと脚韻の辻褄合わせをしているようでは、ダフィトも「まだまだマイスターと呼ぶには程遠い」。ただ「歌の道 Singekunst」の背景をなすホルンの〈求愛の動機〉[譜例2]が、混乱した音楽を一時的にせよ救ってみせる。

(31) ホルンとチェロによる〈歌の道の動機 Singekunst-Motiv〉(初出)[譜例24]を歌が繰り返す。歌詞は煩瑣な芸術について語っているが、音楽は全音階の滑らかな旋律線。マイスターゲザングに疑義をさしはさむことを知らないダフィトの絶対的信頼があらわになる。それだけに「短い調子、長い調子」以降のスケルツォふう楽想が際立つというものだ。

hab' ich das Leder glatt geschlagen,
185 lern' ich Vokal und Konsonanz sagen;
    wichst' ich den Draht erst fest und steif,
    was sich dann reimt, ich wohl begreif'.
    Den Pfriemen schwingend,
    im Stich die Ahl,
190 was stumpf, was klingend,
    was Maß, was Zahl,
    den Leisten im Schurz,
    was lang, was kurz,
    was hart, was lind,
195 hell oder blind,
    was Waisen, was Milben,
    was Klebsilben,
    was Pausen, was Körner,
    was Blumen, was Dörner,
200 das alles lernt' ich mit Sorg und Acht:
    wie weit nun, meint ihr, daß ich's gebracht?
    WALTHER
    Wohl zu'nem Paar recht guter Schuh'?
    DAVID Ja, dahin hat's noch gute Ruh!
    Ein „Bar" hat manch Gesätz' und Gebänd':
205 wer da gleich die rechte Regel fänd',
    die richt'ge Naht
    und den rechten Draht,
    mit gut gefügten Stollen
    den Bar recht zu versohlen.
210 Und dann erst kommt der „Abgesang",
    daß der nicht kurz, und nicht zu lang,
    und auch keinen Reim enthält,
    der schon im Stollen gestellt.
    Wer alles das merkt, weiß und kennt,
215 wird doch immer noch nicht Meister genennt.
    WALTHER
    Hilf Gott! Will ich denn Schuster sein?
    In die Singkunst lieber führ mich ein.
    DAVID
    Ja, hätt' ich's nur selbst schon zum Singer gebracht!
    Wer glaubt wohl, was das für Mühe macht!
220 Der Meister Tön und Weisen,
    gar viel an Nam und Zahl,
    die starken und die leisen,
    wer die wüßte allzumal!
    Der kurze, lang und überlang Ton;
225 die Schreibpapier-, Schwarztintenweis;

皮を打ってなめしながら
母音と子音の発音を学び、
糸にしっかり蠟を引くうちに
韻の踏み方を会得する。
千枚通しを振るい
錐を刺しながら
どこで余韻を断ち、どこで余韻を残すか
韻律と音数を学び、
靴型を前掛けに入れたまま
どれが長くて、どれが短いか
どれが硬くて、どれが軟いか
どれが明るくて、どれが暗いかを知り、
孤児とは何か、ダニとは何か
糊づけとは何か
休止とは何か、穀粒とは何か
花とは何か、棘とは何か、
なにからなにまでしっかり覚えこんで、
いったいどこまで進んだと思います？
ヴァルター
極上の靴が一足、仕上がったろうに。
ダフィト　まだまだ序の口、お聞きなさい。
「バール」には分け目もあれば、継ぎ目もある。
正しい規則を要領よく見つけて
正しい糸と
正しい縫い方で
上手にシュトレンを当て
きちんとバールに底づけできる者などいやしない。
次はようやく「アプゲザング」、
長からず、短からず、
一度シュトレンに用いた韻を
使ってはいけない。
すべてに目配りをきかせ、奥義をきわめた者も
まだまだマイスターと呼ぶには程遠い。
ヴァルター
なんてことだ！　私を靴屋にさせる気か。
どうか歌の道の手ほどきを。
ダフィト
それができれば私だって、とうの昔に歌手の仲間入り！
その苦労たるや、とても信じてはもらえますまい。
マイスターともなると、調子や旋律の
名前だけでも数えきれぬほど。
激しい調子あり、穏やかな旋律あり
とても一度には覚えきれない。
短い調子、長い調子、長い長い調子
筆記用紙の旋律、黒インクの旋律

(34)「余韻を断ち (stumpf：鈍い)」と「余韻を残す (klingend：響く)」は、「男性韻」(Ahl/Zahl) と「女性韻」(schwingend/klingend) のこと（→歴史的背景10）。

(35) 音節の性質には、母音の長短（Bad ↔ lang）と明暗（e, i ↔ o, u）、子音の硬軟（Gott ↔ Tod）などがある（→同上）。

(36)「孤児」「休止」「穀粒」は押韻の方法（→歴史的背景10）。「ダニ」と「糊づけ」は作詩上の禁則（→同11）。「花」はメリスマ（1音節に数多くの音符を与えること）を指す。「棘 Dörner」にあたる専門用語は見あたらない。「花」と対をなし、前行の「穀粒 Körner」と韻を踏む言葉を虚仮おどしに（勢い余って）並べたのか。

(37)「分け目」の原語は Gesätz'（→歴史的背景10）。「継ぎ目」と訳した Gebänd' は行と行の結びつき方、すなわち押韻のパターンをいう（→916）。

(38)「マイスター歌 Meister(ge)sang, Meisterlied」は、行数・韻型が同じ詩節「シュトレン Stollen」(A) を2つ並べ、行数・韻型とも A と異なる「アプゲザング Abgesang」(B) で受ける A–A–B の3部構造。これを「バール Bar」と呼び、普通は3連をつらねる（→歴史的背景10）。

(39) この台詞から判断するかぎり、ダフィトは「歌手」の前段階にあたる「学友」で足踏みしているようだ。

(40)「旋律 Weise」は音楽的な「メロディー Melodie, Melodei」を意味し、「調子 Ton」は、それに詩の韻律・拍節構造を加味したものを言うが、両者を互換可能な概念として用いることもある（→歴史的背景10の Metrik の概念を参照）。

[譜例24]

(32) ここでは単語の直接的な描写（たとえば「小夜啼鳥の旋律 Nachtigallweis」や「五色鶸の旋律 Stieglitzweis」ばかりでなく、フレーズのさまざまな歌い収めの装飾音形が例示される。なお「（死んだ）貂〔「大食漢」の意もある〕の旋律 Vielfraß-weis」（→235）に与えられた奇妙な音程関係が、第3幕第5場のパン屋の合唱「腹ぺこだけは願い下げ（／パン屋が毎日パンを焼かなけりゃ／みんなこの世とおさらばさ）」（→2779）と似通っているのは偶然だろうか［譜例25］。

(33) 背景のオーケストラにトリル音形が回帰して、音楽は一時的に沈静化するが、ふたたび言葉の活発な描写が始まる。歌唱声部は上行して「張り上げ steigt」に、下行して「落とし fällt」に達し、「（歌いだしは）高からず、低からず」も音域の高低で描き分けられる。また作曲家は「雑音（を入れず）summt」と「唸り（を残さぬこと）brummt」の4分音符上に波線を書き込み、声をふるわすよう指示した。なお、この場だけで即断することはできないが、「ブルーメ（花）」に旋回的装飾が、「コロラトゥーラ」に直線的装飾が当てられているのは、両者の違いを際立たせる目的か。

(34) 「失敗し（nicht ge-)lingt」に第2幕で頻出する〈靴屋の動機 Schuster-Motiv〉が初めて現われる［譜例26］。嬰への同音反復が核となり、これに嬰ヘ―変ロの減4度進行（上行・下行／順次・跳躍）が加わる性格的な動機。試験に落第すると、その先には親方の鞭（→訳注46）が待ち受けているというダフィトの嘆き節には、『ジークフリート』第1幕のミーメのそれがこだましている。

    der rote, blau und grüne Ton;
    die Hageblüh-, Strohhalm-, Fengelweis;
    der zarte, der süße, der Rosenton;
    der kurzen Liebe, der vergeßne Ton;
230 die Rosmarin-, Gelbveigleinweis,
    die Regenbogen-, die Nachtigallweis;
    die englische Zinn-, die Zimtröhrenweis;
    frisch Pomeranzen-, grün Lindenblühweis;
    die Frösch-, die Kälber-, die Stieglitzweis;
235 die abgeschiedne Vielfraßweis,
    der Lerchen-, der Schnecken-, der Bellerton;
    die Melissenblümlein-, die Mairanweis,
    gelb Löwenhaut-,
      (gefühlvoll)
    treu Pelikanweis,
      (prunkend)
240 die buttglänzende Drahtweis!
WALTHER
    Hilf Himmel! Welch endlos Tönegeleis!
DAVID
    Das sind nur die Namen; nun lernt sie singen,
    recht wie die Meister sie gestellt.
    Jed Wort und Ton muß klärlich klingen,
245 wo steigt die Stimm und wo sie fällt;
    fangt nicht zu hoch, zu tief nicht an,
    als es die Stimm erreichen kann.
    Mit dem Atem spart, daß er nicht knappt,
    und gar am End ihr überschnappt;
250 vor dem Wort mit der Stimme ja nicht summt,
    nach dem Wort mit dem Mund auch nicht brummt.
    Nicht ändert an Blum und Koloratur,
    jed Zierat fest nach des Meisters Spur.
    Verwechseltet ihr, würdet gar irr,
255 verlört ihr euch und kämt ins Gewirr:
    wär' sonst euch alles gelungen,
    da hättet ihr gar versungen!
    Trotz großem Fleiß und Emsigkeit,
    ich selbst noch bracht' es nicht so weit:
260 so oft ich's versuch', und 's nicht gelingt,
    die Knieriemschlagweis der Meister mir singt.
      (sanft)
    Wenn dann Jungfer Lene nicht Hilfe weiß,
      (greinend)
    sing' ich die eitel Brot- und Wasserweis.
    Nehmt euch ein Beispiel dran,

［譜例25］ (745) David
die ab-ge-schied-ne— Viel---fraß-weis,

(Dritter Aufzug) Die Bäcker (1858)
Hungers-not! Das ist ein greulich Lei--den:

赤い調子、青い調子、緑の調子
さんざしの花の旋律、麦藁の旋律、茴香の旋律
やさしい調子、甘い調子、薔薇の調子
束の間の恋の調子、忘却の調子
ロスマリンの旋律、黄色スミレの旋律
虹の旋律、小夜啼鳥の旋律
百日草の旋律、肉桂皮の旋律
もぎたて橙の旋律、菩提樹の若芽の旋律
蛙の旋律、仔牛の旋律、五色鶸の旋律
死んだ貂の旋律
雲雀の調子、蝸牛の調子、吠え犬の調子
メリッサの可憐な花の旋律、マヨラナの旋律
黄色い獅子皮の旋律
　　（しんみりと）
忠実なペリカンの旋律
　　（誇らしげに）
てらてら光る糸の旋律！
ヴァルター
よくもまあ並べたてたもの。
ダフィト
ただ名前を挙げただけさ。これからが歌の勉強。
マイスターたちが定めた通りに歌うのです。
声を張り上げたときも、落としたときも
一語一音はっきり響かせること。
声域をはみ出さぬよう
歌いだしは高からず、低からず。
息は、足らなくならないよう、
あとで声が裏返らぬよう、小出しにすること。
歌詞の前には雑音を入れず
後には唸りを残さぬこと。
花もコロラトゥーラも規則通り
音の飾りひとつまで、しっかり手本をなぞるべし。
節の取り違えや混乱は
周章狼狽のもと、
ほかが完璧でも
落第まちがいなし。
私もたゆまず精進したが
まだ合格は遠い夢。
挑戦するたびに失敗し
親方から膝紐の歌を一発見舞われる。
　　（表情をゆるませて）
レーネさんの助けなしでは
　　（哀れっぽく）
パンと水の歌をむなしく口にするのみ。
あなたもこれを戒めに、

(41) マイスター歌の歴史において、考案者の名を冠したり、初出の詩行を引いたりして命名された「調子」や「旋律」の数は1000を越える。生涯に4374篇のマイスター歌を作ったハンス・ザックスが用いたのは、そのうち270余り（自作は13）。ダフィトが並べ立てた旋律名は、次注に挙げた二つを除き、すべてワーグナーが『年代記』から抜き出したものだが、ハンス・ザックスの作は（彼を含め複数の作者が確認される224行の三点を除けば）「薔薇の調子」の一例のみ。

(42) 「虹 Regenbogen（の旋律）」と「小夜啼鳥 Nachtigall（の旋律）」（韻文台本では Nachtigal）は『年代記』に記載された旋律ではなく、歴史上の人物名からとったワーグナーの創作。それぞれ Barthel Regenbogen（→歴史的背景 7）と、この作品の登場人物でもある K(C)onrad Nachtigal（→同）に由来するが、ダフィトはそれを普通名詞のように扱っている。

(43) ダフィトは修業に励む我が身に引き寄せて、旋律名の列挙を「てらてら光る糸の旋律」で「誇らしげに」締めくくる。

(44) 「しっかり手本をなぞるべし」（→ 253）とあるように、マイスター芸術は先例重視。

(45) タブラトゥーアによれば、声の強弱、高低をコントロールし、歌いはじめよりも高く（低く）ならぬこと、行末ごとの息継ぎを守ること、旋律の前後に雑音を入れないこと、メリスマやコロラトゥーラは短過ぎても長過ぎてもいけないこと、歌う前に申告した旋律から外れることは許されず、取り違えたり、途中で歌詞や旋律が乱れてしまった場合には完全な「歌いそこね versungen」になることが定められていた（→歴史的背景 9、11）。

(46) 「膝紐の歌（旋律 -weis）」と「パンと水の歌（旋律）」はワーグナーの創作。「～の旋律」「～の旋律」と得意げに羅列してきた徒弟が、自分の惨めな境遇を愚痴るのに同じ調子を使ってしまう（しかも weiß/-weis と韻まで踏んでしまう）ところに、悲しくも滑稽な調子がにじみ出る。「膝紐 Knieriem」は、靴職人が膝の上にのせた靴を固定するための革紐。これで鞭がわりにぶたれたのであろう（→歴史的背景 3）。

(35) 音楽は前頁の「レーネさんの助け」でいったん「優しく（表情をゆるませ）sanft」なるが、最後は「重々しく」虚勢を張ったような歌い収めとなる（〈ダヴィデ王の動機〉[譜例3]）。なお「馬鹿な考え-wahn」に増4度跳躍上行が用いられていることにも注目されたい（→注131）。

(36) この場のダフィトの説明は、しだいに真剣さを増してゆくものの、最初のうちは一般論というよりも、むしろヴァルターをからかっているような趣がある。「正しく（歌えるようになったなら）rich-tig」のトリル音形と、単語を分断する8分休符には「あんたには、できっこないだろう」が合意されているとみてよい [譜例27]。

(37) 歌唱声部はハ音に終止するが、C⁷→F⁶→G⁴₃→と進んできた和声は旋律の終止点で沈黙し、一歩遅れて期待されるCではなく C⁷が現われる。典型的な解決の回避。

(38) 「思わせぶり」な和声進行のあとに小さな希望が芽生える。しかしフルートの〈愛の動機〉[譜例6] が、よりによって「新しい neu（調べ）」で、オーボエの〈ヴェルズングの愛の動機〉へとすりかわるのはなぜだろうか [譜例28]。

(39) 人の言葉を自分の都合の良いように受け取るヴァルターは「（音をつないで）新しい調べ（をつくる）」に飛びついて（→訳注51）、決意のほどを高らかに歌い上げる。オーケストラに〈求愛の動機〉[譜例2]。そして歌唱声部「それ（詩）にぴったりの調べを編み出す find' ich zum Vers auch den eignen Ton」には、「音をつないで（新しい調べをつくる）」のオーケストラに触発されたかのように〈愛の動機〉が現われる。しかし希望に満ちたヴァルターの歌も、すぐに武骨な〈ダフィトの動機〉[譜例16] と、記録席の配置を崩す荒々しい物音に呑み込まれてしまう。

265 und laßt vom Meisterwahn!
Denn Singer und Dichter müßt ihr sein,
eh ihr zum Meister kehret ein.
LEHRBUBEN (während der Arbeit)
David!
WALTHER Wer ist nun „Dichter"?
270 **LEHRBUBEN** David! Kommst' her?
DAVID (zu den Lehrbuben)
Wartet nur! Gleich!
(schnell wieder zu Walther wendend)
Wer „Dichter" wär'?
Habt ihr zum Singer euch aufgeschwungen
und der Meister Töne richtig gesungen;
275 fügtet ihr selbst nun Reim' und Wort',
daß sie genau an Stell und Ort
paßten zu eines Meisters Ton, —
dann trügt ihr den Dichterpreis davon.
LEHRBUBEN
He! David! Soll man's dem Meister klagen?
280 Wirst' dich bald deines Schwatzens entschlagen?
DAVID Oho! Ja wohl! denn helf' ich euch nicht,
ohne mich wird alles doch falsch gericht'!
(Er will sich zu ihnen wenden.)
WALTHER (ihn zurückhaltend)
Nur dies noch: —
wer wird „Meister" genannt?
DAVID (schnell wieder umkehrend)
285 Damit, Herr Ritter, ist's so bewandt: —
(mit sehr tiefsinniger Miene)
der Dichter, der aus eignem Fleiße,
zu Wort' und Reimen, die er erfand,
(äußerst zart)
aus Tönen auch fügt eine neue Weise:
der wird als Meistersinger erkannt!
290 **WALTHER** So bleibt mir einzig der Meisterlohn!
Muß ich singen,
kann's nur gelingen,
find' ich zum Vers auch den eignen Ton.
DAVID (der sich zu den Lehrbuben gewendet hat)
Was macht ihr denn da? Ja, fehl' ich beim Werk,
295 verkehrt nur richtet ihr Stuhl und Gemerk!
(Er wirft polternd und lärmend die Anordnungen der Lehrbuben, in Betreff des Gemerkes, um.)
Ist denn heut Singschul? Daß ihr's wißt!

馬鹿な考えはおやめなさい。
歌手であり、詩人でなければ
マイスターにおさまることはできないのですから。
徒弟たち （仕事の手を休めずに）
ダフィト！
ヴァルター その「詩人」とは？
徒弟たち ダフィト、来いったら！
ダフィト （徒弟たちに向かって）
待ってろ、すぐ行くから。
　（ふたたびヴァルターの方へさっと向きなおり）
「詩人」とは誰かとおたずねか。
みごと歌手へと昇りつめ
マイスターの調べを正しく歌えるようになったなら
今度は自分の言葉を連ねて韻を踏み、
その場でぴたりと
マイスターの調べに合わせる——
そうなれば詩人の栄冠はあなたのもの。
徒弟たち
おい、ダフィト、親方に言いつけようか、
それとも、すぐにおしゃべりをやめるか？
ダフィト ちぇっ、わかったよ。おれが手伝ってやらなきゃ、
ひどいことになるからな。
　（仲間の方へ行こうとする）
ヴァルター （ダフィトを引きとめ）
もうひとつだけ——
「マイスター」と呼ばれるには、どうすれば？
ダフィト （さっと振り向き）
騎士殿、それは——
　（ひどく思わせぶりに）
みずから精進し
自分で考えた言葉や韻に
　（うんとやさしい口調で）
音をつないで新しい調べをつくる、
その者こそマイスタージンガーと認められるのです。
ヴァルター ならばマイスターの位を頂戴するだけだ。
歌わねばならぬ以上、詩だけでなく
それにぴったりの調べを
編み出すしかあるまい。
ダフィト
　（すでに徒弟たちの方を振り向いて）
何をやってるんだ。おれがついていないと
椅子も、記録席も、でたらめじゃないか。
　（ダフィトは荒々しく音をたてて、徒弟たちがしつらえた記録席の配置を崩す）
今日は歌学校じゃないぞ。しっかりしろよ。

(47)「馬鹿な考え」の原語Wahnは、第3幕第1場〈迷妄のモノローグ〉でザックスが思索を繰り広げるメインテーマ（→注356）。しかしダフィトはWahnがWahnを呼ぶ、これから先のドラマの展開を知るよしもない。

(48)「詩人Dichter」とは、先人の旋律にのせて自作の新しい詞を作れる者をいう。ハンス・ザックス『冷たい泉を讃えて』（1517年）によれば、歌手は「棺台に横たわれば、その芸術もいっしょに死んでしまう」が、詩人は「埋葬されてはじめて、その芸術が文字と（後世の人の）口を通して世間に広まる」。

(49) 原文an Stell und Ortには「その場で」の即興という意味のほかに、「最初から最後まで一箇所も外さず」というニュアンスも含まれる。

(50) よくぞ聞いてくれたと、ここぞとばかり大見得を切るダフィト（「思わせぶり tiefsinnig」は、『ヴァルキューレ』第2幕第1場のフリッカの台詞「思わせぶりなことを言ってMit tiefem Sinne」W776に通じる用法→音楽注38）。だが「みずから（精進し）eignem」という言葉には、「歌手」の前段階で修業中の我が身には届かぬ理想という想いが込められている。そして語るうちに、自分もそうなれたらなあ、と思わず口もとがほころび「うんとやさしい口調」になる。

(51) マイスターに至る煩瑣な手順を聞かされて、あきらめかけていたヴァルターだが、「新しい調べ」と聞いて一挙に希望が湧いてくる。290行、韻文台本には「勢い込んでrasch」というト書きがある。——形容詞eignen（→293）には「自前の」という意味に加え、詩に「ぴったりの（直訳：固有の）」というニュアンスが込められている。言葉に新しい旋律を「つなぐfügen（直訳：はめこむ）」ことをマイスターの条件と考えるダフィトに比べ、ヴァルターはザックスの教えを受ける前からすでに一日の長がある。

DIE MEISTERSINGER VON NÜRNBERG

(40) オーケストラは〈ダフィトの動機〉[譜例16] を展開してゆくが、第2ファゴットと第3・4ホルンが「資格試験だけだぞ！Nur Freiung ist！」の4度音程を鋭いリズムで反復しているところに注目。

(41) ダフィトの台詞（→ 294）からオーケストラで対位法的に処理されてきた〈ダフィトの動機〉が、ここから合唱に引き継がれる。「資格試験 Freiung」にひっかけたオーボエによる〈情愛の動機〉[譜例17] は、言外にダフィトが資格試験に受かってマグダレーネに「求婚 Freiung」したいという意味が込められている。なお合唱の基本音価は16分音符だが、歌い収め「しっかり hart und fest（踏んでくれるとさ）」は半小節間隔に置かれた8分音符（仕草つき）。

(42) ダフィトの言葉に揶揄の調子が込められていることは、「生徒 Schüler」や「歌手 Singer」につけられたトリル音形からも明らか。とくに「（なにしろ）ユンカー Junker（だから）」では旋律が上向きに転じて、ほとんど蔑視の調子を帯びてくる。――なお歌詞の段落では、旋律も和声もハ長調に完全終止するものの、区切りにアウフタクトつきの〈ダフィトの動機〉が重ね合わされ終止感を弱めていることに注目したい [譜例29]。音楽は「区切れ」なければならないが、「途切れ」てはならないというわけだ。

(43) 第319行からは細かい16分音符のリズムが消えて、拍子は6/8拍子に転じる。「記録係 Merker」の背景にある8分音符の同音反復は、のちに完全な姿を現わすことになる〈記録係の動機 Merker-Motiv〉の後半部分を予告し（→ 687）、「歌いそこねた versang」の直後に現われるヴァイオリンの下行音形は、前半部分を予告しているとみてよい [譜例30]。

Das kleine Gemerk! Nur Freiung ist!

Die Lehrbuben, welche in der Mitte der Bühne ein größeres Gerüste mit Vorhängen aufgeschlagen hatten, schaffen auf Davids Weisung dies schnell beiseite und stellen dafür ebenso eilig ein geringeres Brettergerüst auf; darauf stellen sie einen Stuhl, mit einem kleinen Pult davor, daneben eine große schwarze Tafel, daran die Kreide am Faden aufgehängt wird; um das Gerüst sind schwarze Vorhänge angebracht, welche zunächst hinten und an den beiden Seiten, dann auch vorn ganz zusammengezogen werden.

LEHRBUBEN *(während der Herrichtung)*
Aller End ist doch David der allergescheitst;
nach hohen Ehren ganz sicher er geizt.
300 's ist Freiung heut:
gewiß er freit;
als vornehmer Singer er schon sich spreizt!
Die Schlagreime fest er inne hat,
arm Hungerweise singt er glatt!
305 Doch die harte Trittweis, die kennt er am best',
die trat ihm der Meister hart und fest.
(mit der Gebärde zweier Fußtritte — Sie lachen.)
DAVID Ja, lacht nur zu! Heut bin ich's nicht.
Ein Andrer stellt sich zum Gericht;
der war nicht Schüler, ist nicht Singer,
310 den Dichter, sagt' er, überspring' er;
denn er ist Junker,
und mit einem Sprung er
denkt ohne weitre Beschwerden
heut hier Meister zu werden.
315 Drum richtet nur fein
das Gemerk dem ein!
(während die Lehrbuben vollends aufrichten)
Dorthin! Hierher! Die Tafel an die Wand,
so daß sie recht dem Merker zur Hand!
(zu Walther sich umwendend)
Ja ja: dem Merker! Wird euch wohl bang?
320 Vor ihm schon mancher Werber versang.
Sieben Fehler gibt er euch vor,
die merkt er mit Kreide dort an:
wer über sieben Fehler verlor,
hat versungen und ganz vertan!

記録席は小さい方！　今日は資格試験だけだぞ！

徒弟たちは幕のついた大きな台を舞台中央に設置していたが、ダフィトの指示に従ってすぐに片づけたかと思うと、あわただしく木製の小さな台を引き出してきて、その上に椅子を一脚のせ、前に卓を置く。隣に置かれた大きな黒板には紐でチョークが結ばれている。台は四方に黒い幕がついており、まず背面と両側面、ついで前面がすっかり閉じられる。

徒弟たち　（設営の手を動かしながら）
なんといっても、お利口さんダフィトのこと、
高望みは間違いなし。
今日の資格試験に
応募は確実、
もうすっかり名歌手気どりだ。
殴りの韻は、しっかり身につけ
哀れな飢えの旋律は、すらすら歌える。
でも十八番は、きつい足蹴の旋律、
親方がしっかり踏んでくれるとさ。
　（両足で踏みつける仕草――笑い）
ダフィト　ふん、笑うがいいさ。今日はおれの出番じゃない。
歌の審判を受けるのは別の人、
生徒になったこともなく、歌手でもなく
詩人でさえも飛び越すつもりだ。
なにしろユンカーだから
一足飛びに
何の苦もなく
今日この場でマイスターになろうというお考え。
だから念には念を入れて
記録席をしつらえろ。
　（徒弟たちが記録席の設置をすっかりやり直すのを横目に）
そっちへ持って行け、こっちだ、銘板は壁に掛けて！
記録係のすぐそばに。
　（ヴァルターの方を振り返り）
そうだ、記録係もいました。御心配でしょう。
それで歌いそこねた応募者もいます。
間違いが許されるのは七つまで、
それをチョークであそこに記してゆくのです。
七つを超すと
歌いそこねで落第。

(52) マイスターの昇格試験は「歌学校」の場を利用して行なわれることになっていた（→歴史的背景8）。記録席に大小の二種類があったことは確認できないが、「小さい方」は記録係をベックメッサーひとりに絞り込むための伏線と思われる。

(53) マイスター以前の階梯への資格試験は教会ではなく、酒亭での集まりで行なわれることになっていた（→同上）。教会での試験に徒弟ダフィトが応募する可能性があったという示唆は史実に反するが、ドラマの設定を単純化するとともに、マイスタージンガー組合の昇格制度が実力本位であったかのごとく理想化して描き出そうというワーグナーのねらいが感じられる。

(54)「殴りの韻（打ちつけ韻）Schlagreime」については（→歴史的背景10）。ここは Schlag（殴り）の原義を生かし、「哀れな飢えの旋律」「きつい足蹴の旋律」と呼応する地口として使われている。「哀れな飢えの旋律」はワーグナーの創作だが、「きつい足蹴の旋律」と訳した「厳しい歩みの旋律 die harte Trittweis」はダニエル・シュタイクライン作として『年代記』に収録されている。

(55) 飛び入りのユンカーに対する反感を募らせるダフィトの反応には、相手をいじめることに快感を覚える「嗜虐嗜好 Schadenfreude」の気配がある。「念には念を入れて fein」には、ユンカー殿に「粗相のないように」という表向きの意味のほかに、この記録席でこってり絞ってやれという底意がうかがえる。

(56)「銘板」と訳した Tafel（→ 317）は記録係が違反を書きつける「黒板」（→ 297 行下のト書き）をも意味するが、ここは「歌之掟」（→ 703 行下のト書き）の表を指す。黒板は記録台の中に置かれ、「歌之掟」は教会の壁（ただし記録係が指させるほどの近さ）に掛けられる。

(57) 最後にとってつけたように、実は最も手強い記録係の存在に触れ、心配してみせるダフィトの親切ごかし。――「タブラトゥーア」に定められた規則違反については（→歴史的背景11）。歌学校も、資格試験も、どれだけ規則通りに歌えたかを判定する減点主義で、芸術性や独創性は問題にされなかった。

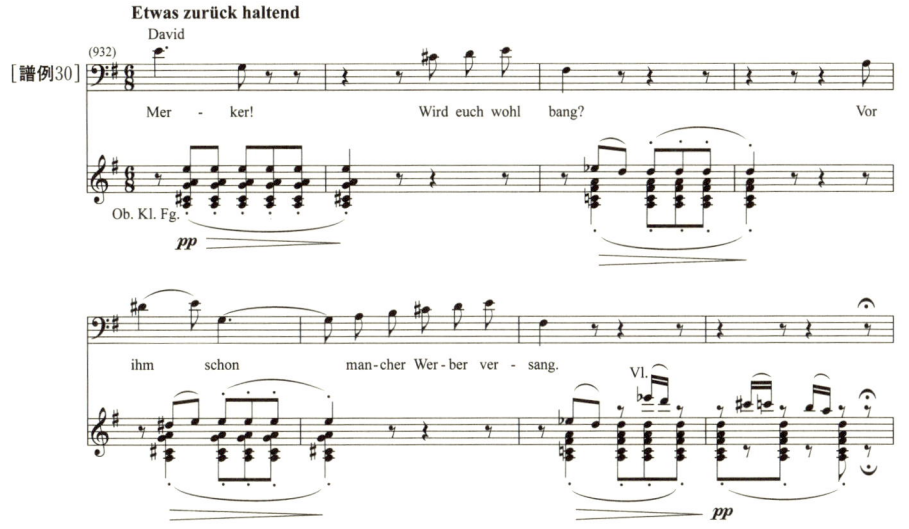

(44) 前頁の「御心配でしょう？ wohl bang?」と「歌いそこねた versang」は、ネガティヴな言葉に多く用いられる短7度下行（ホ→嬰ヘ）で音楽的にも脚韻を踏んでいる。──記録係の説明に当てられた音楽が不安定だっただけに、つづく「みごと歌いおさめてマイスターとなり Glück auf zum Meistersingen!」のト長調（本来の基本調）が際立つ（〈花の冠の動機 Blumenkranzlein-Motiv〉初出）。──つづく徒弟たちの合唱だが、歌詞は単なる繰り返しにすぎないが、旋律がダフィトのそれといささか異なる点に注目。ダフィトは旋律の後半をニ長調に向けて転調したが、徒弟たちはト長調にとどまったまま[譜例31]。ダフィトのひとひねりした和声（短三和音化された下属和音）に比べて、徒弟たちの和声は単純そのもの。素朴な輪舞にふさわしい和声とも言えるが、いずれにせよダフィトが徒弟仲間たちから、やや浮き上がった存在になっていることは間違いないだろう（→訳注28）。

325 Nun nehmt euch in acht:
der Merker wacht!
　　(derb in die Hände schlagend)
Glück auf zum Meistersingen!
Mögt euch das Kränzlein erschwingen!
Das Blumenkränzlein aus Seiden fein,
330 wird das dem Herrn Ritter beschieden sein?
LEHRBUBEN (welche zu gleicher Zeit das Gemerk geschlossen haben, fassen sich an und tanzen einen verschlungenen Reigen um dasselbe.)
Das Blumenkränzlein aus Seiden fein,
wird das dem Herrn Ritter beschieden sein?

Die Lehrbuben fahren sogleich erschrocken auseinander, als die Sakristei aufgeht und Pogner mit Beckmesser eintritt; sie ziehen sich nach hinten zurück.

Dritte Szene

Die Einrichtung ist nun folgendermaßen beendigt: — Zur Seite rechts sind gepolsterte Bänke in der Weise aufgestellt, daß sie einen schwachen Halbkreis nach der Mitte zu bilden. Am Ende der Bänke, in der Mitte der Bühne, befindet sich das „Gemerk" benannte Gerüste, welches zuvor hergerichtet worden. Zur linken Seite steht nur der erhöhte, kathederartige Stuhl („der Singstuhl") der Versammlung gegenüber. Im Hintergrunde, den großen Vorhang entlang, steht eine lange niedere Bank für die Lehrlinge. — Walther, verdrießlich über das Gespött der Knaben, hat sich auf die vordere Bank niedergelassen.
Pogner und Beckmesser sind im Gespräch aus der Sakristei aufgetreten. Die Lehrbuben harren ehrerbietig vor der hinteren Bank stehend. Nur David stellt sich anfänglich am Eingang bei der Sakristei auf.

POGNER (zu Beckmesser)
Seid meiner Treue wohl versehen,
was ich bestimmt, ist euch zu Nutz:
335 im Wettgesang müßt ihr bestehen,
wer böte euch als Meister Trutz?

(45) チェロに〈資格試験＝求婚の動機 Freiungs-Motiv〉が初めて現われる[譜例32]。ポークナーの旋律には、胸に秘するところあってか（→訳注67）、外面的には穏やかな順次進行が数多くみられる。とくに小節の頭に向けた4度順次上行は『マイスタージンガー』の基本素材。

さあ心して、
記録係は油断なりません。
（あけすけに手を打って）
みごと歌いおさめてマイスターとなり
花の冠を獲得されますよう！
はて、きれいな絹の花環、
騎士殿のものになるか。

徒弟たち
（ちょうど記録席を閉め終えたところで手をとり合い、そのまわりで輪を作り、もつれ合いながら踊る）
はて、きれいな絹の花環、
騎士殿のものになるか。

聖具室が開いて、ポークナーがベックメッサーとともに登場。徒弟たちは驚き、すぐに輪を崩して奥手へ下がる。

第3場

次のように設営が完了する——右手には、中央に向かってゆるやかな半円形を描いて、クッションを置いたベンチが並べられている。ベンチの並ぶ先には、舞台中央に、先ほど設置された「記録席」と呼ばれる台がある。左手には、マイスターたちと向き合うところに、ものものしい背の高い椅子「歌唱席」だけが置かれている。奥には大きな幕に沿って、徒弟たちの座る低く長いベンチがある。——ヴァルターは囃したてる徒弟たちにうんざりして、手前のベンチに腰を下ろしている。

ポークナーとベックメッサーが話し込みながら聖具室から出てくると、徒弟たちは奥のベンチの前に立ち、いずまいを正して待ち受ける。ダフィトだけは、最初のうち、聖具室の側の入り口に立っている。

ポークナー　（ベックメッサーに）
どうか意のあるところをお汲み取りください。
今回の決定は、あなたにとっても悪くない話。
マイスターたるあなたに、いったい誰がかなうでしょう、
あなたはきっと歌くらべの勝者。

(58) 326行 Merker wacht は、直訳すれば「記録係は目ざめて（見張って）います」。もともと Merker は、マイスター歌の源流とされるミンネザングにおいて、恋人たちの夜の逢瀬を見張り、邪魔する人物。記録係の判定の厳しさに加えて、『トリスタン』で「見つめる男」（→Tr869）と呼ばれたメーロトのように、ベックメッサーもふたりの恋路を邪魔する「見つめる男」となることを暗示している。

(59)「（きれいな）絹の花環」は本来、歌学校の二等賞であったが（→歴史的背景 8）、ワーグナーは資格試験合格の証しとした。また「きれいな花環」は花嫁（または処女性）の象徴でもある。したがって徒弟たちの囃し歌「はて〜／騎士殿のものになるか」は、はからずも二重の意味を担うことになる。

(60) ポークナーとベックメッサーは、礼拝もそっちのけで聖具室に閉じこもっていたのだろうか。そうなると礼拝後に同じ「聖具室から出てき（た）」（→58行下のト書き）ダフィトがそれに気づかなかったのは、なぜだろう。

(61) ワーグナーは、裕福な手工業者の親方が美人で評判のひとり娘に婿を取るというドラマの骨格を、E・T・A・ホフマンの『樽屋の親方マルティンと徒弟たち』（1817/18年→作品の成立1）から譲り受けた。マイスタージンガーの話題を随所に折り込みながらも、マルティンが三人の徒弟に課す花婿としての条件はあくまでも樽作りの技能であるという点に違いはあるが、小説のなかでパウムガルトナー老の薦める「名流」（→歴史的背景2）の息子と、騎士ハインリヒ・フォン・シュパンゲンベルクの推す彼の息子は、それぞれベックメッサーとヴァルターを思わせる。ワーグナーの第2・第3散文稿での青年騎士の名は、シュパンゲンベルクの息子と同じ「コンラート」。またマルティンの後妻に入り、なにくれとなく娘ローザを助けるマルテはマクダレーネの原型。

(46) ポークナーとは反対に、ベックメッサーの旋律は自身の焦りを反映してか、性急な跳躍進行が多い[譜例33]。歌というよりも、むしろオーケストラ（チェロによる〈資格試験の動機〉の反復と連鎖、ヴァイオリンによる〈愛の動機〉の断片）を背景にした「語り」の感がある。——また「(何の)役に立ちましょう nützt」に前打音がつけられているのは、ポークナーの言葉「(あなたにとっても)悪くない話 Nutz」に対する不賛同の表明とみてよい。

(47) 「いや」とポークナーの「ははあ」（→341）は同じ原語 Ei だが、入りのタイミングは異なる。ポークナーはベックメッサーの言葉尻をとらえて間髪を入れずに疑念を呈したが、ベックメッサーは図星を指されてうろたえたのだろう、ポークナーの言葉が終わらないうちに「いや Ei」と性急に話し始める（→注11）。——なお「お願いしている bitt' ich」と「折り目正しく sittig」は苦しまぎれの脚韻だが、これに同じ装飾音形を施しているところにも、ベックメッサーの衒学趣味が見て取れよう。

(48) 「あやしげな嘘 schlechtes Geflun(-ker)」と「詩よりも all Poesie」は同じ旋律で、小節の頭に最も強いアクセントをもつ音節を置いているのは模範的な作例。また、ひとつの単語の弱音節には16分音符（e-ben, re-chten）、異なる単語には8分音符（ich's）を当てているように、ワーグナーは言葉の自然な語り口を正確にリズムに置き換えている[譜例34]。したがって「(芸術への)一途な想い die Lieb」の定冠詞に旋回音形を施しているのは、なんらかの意図が働いているとみてよい。ヴァルターの「芸術への一途な想い」があくまでも建て前で、狙いが他にあることは、〈愛の動機〉が、そして「マイスタージンガーになりたいのです」に重ね合わされた〈求愛の動機〉が雄弁に物語っている（→訳注65）。

(49) これまで〈資格試験の動機〉（と付点リズムの順次進行）はチェロが、〈愛の動機〉の断片（順次上行と5度下行）はホルンが担当していたが、ここからは上下が逆転し、前者はホルンをふくむ木管が、後者はチェロが担当する。使用する動機は同じだが、調性（ヘ長調からイ長調へ）と管弦楽法の変化でドラマの進行に区切りをつける。

BECKMESSER
Doch wollt ihr von dem Punkt nicht weichen,
der mich — ich sag's — bedenklich macht:
kann Evchens Wunsch den Werber streichen,
340 was nützt mir meine Meisterpracht?
POGNER   Ei sagt, ich mein', vor allen Dingen
sollt' euch an dem gelegen sein?
Könnt ihr der Tochter Wunsch nicht zwingen,
wie möchtet ihr wohl um sie frein?
BECKMESSER
345 Ei ja! Gar wohl! Drum eben bitt' ich,
daß bei dem Kind ihr für mich sprecht,
wie ich geworben zart und sittig,
und wie Beckmesser grad euch recht.
POGNER   Das tu ich gern.
BECKMESSER   *(beiseite)*
350 Er läßt nicht nach.
Wie wehrt' ich da 'nem Ungemach?
WALTHER   *(der, als er Pogner gewahrt, aufgestanden und ihm entgegengegangen ist, verneigt sich vor ihm.)*
Gestattet Meister!
POGNER   Wie, mein Junker?
Ihr sucht mich in der Singschul hie?
(Pogner und Walther wechseln Begrüßungen.)
BECKMESSER   *(immer beiseite)*
355 Verstünden's die Fraun; doch schlechtes Geflunker
gilt ihnen mehr als all Poesie.
(Er geht verdrießlich im Hintergrunde auf und ab.)
WALTHER   Hier eben bin ich am rechten Ort:
gesteh' ich's frei, vom Lande fort
was mich nach Nürnberg trieb,
360 war nur zur Kunst die Lieb.
Vergaß ich's gestern euch zu sagen,
heut muß ich's laut zu künden wagen:
ein Meistersinger möcht' ich sein!
(sehr innig)
Schließt, Meister, in die Zunft mich ein!
(Kunz Vogelgesang und Konrad Nachtigal sind eingetreten.)
POGNER   *(freudig zu den Hinzutretenden sich wendend)*
365 Kunz Vogelgesang! Freund Nachtigal!
Hört doch, welch ganz besonderer Fall:

ベックメッサー
だがひとつだけ、どうもあなたは頑固だ、
正直に申し上げて、そこが気がかりでしてね。
エフヒェンに拒否権があるとなれば、
マイスターたる私の威光も何の役に立ちましょう。
ポークナー　ははあ、察するところ
それが気になってしかたがないと？
娘の気持ちひとつ自由にできないで
どうして結婚などできましょう。
ベックメッサー
いや、それはそうだが、だからこそ
お嬢さんへの口添えをお願いしているのです。
私がどんなに心をこめて折り目正しく求婚したか、
ベックメッサーとなら、お宅にとっても悪い話じゃないと。
ポークナー　それは喜んで。
ベックメッサー　（傍白）
強情なやつめ。
それにしても、何かひっかかるな。
ヴァルター
（ポークナーの姿を認めると立ち上がって歩み寄り、お辞儀をする）
ごきげんよう、マイスター！
ポークナー　これはこれは、ユンカー殿ではないか。
今日は歌学校を訪ねておいでか？
（ポークナーとヴァルターは挨拶を交わす）
ベックメッサー　（傍白を続ける）
女どもが、ものわかりがよければなあ。
なにしろ、詩よりも、あやしげな嘘を有難がる。
（腹立たしげに舞台奥を行きつ戻りつする）

ヴァルター　ちょうどよいところに来合わせたようです。
正直に申し上げれば、所領をあとに
まっすぐニュルンベルクをめざしたのは
芸術への一途な想いから。
昨日は申し上げるのを忘れましたが
今日は思いきって打ち明けなければなりません。
マイスタージンガーになりたいのです。
親方、どうかお仲間に加えてください。
（クンツ・フォーゲルゲザングとコンラート・ナハティガルが入ってくる）

ポークナー
（にこやかに二人の方を向いて）
クンツ・フォーゲルゲザング！　やあ、ナハティガル！
聞いてくれ、まこと奇特なことに

(62) マイスタージンガー組合のメンバーは、ほとんどが手工業者だが、ときに聖職者や教師、法曹人が加わることもあった。ここではベックメッサーだけが毛色の異なる「市書記 Stadtschreiber」。正式には「参事会書記 Ratsschreiber」と呼ばれ、市政の記録を任された顕職であり（「参事会に議席をお持ちだとか」→ 2876）、とりわけ市民生活の隅々まで統制する法律網の整備を積極的に押し進めたニュルンベルクでは枢要な地位を占め、政治的にも社会的にも親方衆より明らかに格上。そこで「お宅にとっても悪い話じゃない」となる（→歴史的背景2）。

(63) ポークナーは、この場を歌の会と思っているわけではない（「幸い今日は資格試験」→ 392）。マイスターの推薦を必要とする資格試験の場に思いがけずヴァルターが現われたので、相手が公開の「歌学校」と勘違いしたと思ったのだろう（→歴史的背景8）。

(64) ベックメッサーには抜きがたい女性不信がある。「あやしげな schlecht」は、「下手くそな」と「けしからぬ」の両方のニュアンスを含む。

(65) 「まっすぐニュルンベルクをめざしたのは／芸術への一途な想いから」というヴァルターの言葉には、ベックメッサーの言う「嘘」がある。「貧窮した騎士の息子」（第1散文稿）が「荒廃した騎士の城」（第2散文稿）を捨ててニュルンベルクに流れ込んできたというのが真相であろう（→歴史的背景5）。

(66) フォーゲルゲザングには名前から呼び捨て。ナハティガルには姓だけで、Freund（友よ）という呼称を付けるが、こちらはむしろ距離を置いた慇懃な対応。マイスターどうしでも親しさに濃淡があることがわかる。

[譜例34] (1027) Walther
Hier e-ben bin ich am rech-ten Ort: ge-steh' ich's frei, vom Lan-de fort was mich nach Nürn-berg trieb, war nur zur Kunst die Lieb.

(50) ダフィトとのやりとり（→156）で無知をさらけだしたことからも察せられるように、ヴァルターの言葉「まっすぐニュルンベルクをめざしたのは／芸術への一途な想いから」には「嘘」がある（→訳注65、67）。ここでは事実に反する発言という本来の意味だが、これからは、思ってもいないことを口にすること、知っているのに答えないこと、言うべきときに言わないこともふくむ広い意味での「嘘」に出会うことになるだろう。喜劇の常として、この「嘘」が『マイスタージンガー』のドラマトゥルギーに活力を与える。

(51) ベックメッサーがヴァルターの存在に気づくところから、ふたたびチェロが〈資格試験の動機〉を担当する。ただし動機末尾の5度跳躍上行は6度ないし7度に拡大されて、しだいに緊張感を増してゆく。ヴァイオリンにも〈愛の動機〉や〈求愛の動機〉が現われるが、この場を主導する楽器は、やはり（ホルンのオブリカートつき）チェロということになろう。また以下でポークナーとベックメッサーの台詞が交叉するところにも注目（→注11）。

(52) ヴァルターはここで「賞（エファ）を手にするために」と本心を打ち明けるわけだが、この「賞 Preis」に向けた音程は、前の小節で準備されていた増4度の跳躍進行。ここに音楽外の想念を読み取ることもできるが、この音程はむしろ「マイスター」に向けた確固たる完全5度音程を引き出すための布石として捉えるべきだろう［譜例35］。──またベックメッサーの「円錐 Kegel」（→訳注71）とポークナーの「しきたり Regel」に脚韻。『マイスタージンガー』では異なる人物相互の言葉でも脚韻を踏んでしまうことが少なくないが、「円錐」ならぬ「しきたり」を逆さに立ててしまう筋書きの結末を考えると、この押韻はすぐれて意味深長だ。──〈資格試験の動機〉［譜例32］が順次上行音形に導かれて、あるいは付点リズムの順次下行音形に変容して繰り返し反復される。そして、まったくさりげないハンス・ザックスの登場［譜例36］。この役柄は、台本の上でも、音楽の上でも、幕を追うごとに存在感が増すように設定されている。

der Ritter hier, mir wohlbekannt,
hat der Meisterkunst sich zugewandt.
  (Vorstellungen und Begrüßungen: andre Meistersinger treten noch dazu.)
BECKMESSER *(wieder in den Vordergrund tretend, für sich)*
Noch such' ich's zu wenden;
370 doch, sollt's nicht gelingen,
versuch' ich des Mädchens Herz zu ersingen:
in stiller Nacht, von ihr nur gehört,
erfahr' ich, ob auf mein Lied sie schwört.
  (Walther erblickend)
Wer ist der Mensch?
POGNER *(sehr warm zu Walther fortfahrend)*
375 Glaubt, wie mich's freut!
Die alte Zeit dünkt mich erneut.
BECKMESSER   Er gefällt mir nicht!
POGNER   Was ihr begehrt,
so viel an mir, sei's euch gewährt.
BECKMESSER
380 Was will er hier? Wie der Blick ihm lacht!
POGNER
Half ich euch gern bei des Guts Verkauf,
in die Zunft nun nehm' ich euch gleich gern auf.
BECKMESSER
Holla! Sixtus! Auf den hab acht!
WALTHER   Habt Dank der Güte
385 aus tiefstem Gemüte!
Und darf ich denn hoffen?
Steht heut mir noch offen,
zu werben um den Preis,
daß Meistersinger ich heiß'?
BECKMESSER
390 Oho! Fein sacht! Auf dem Kopf steht kein Kegel!
POGNER
Herr Ritter, dies geh' nun nach der Regel.
Doch heut ist Freiung; ich schlag' euch vor:
mir leihen die Meister ein willig Ohr!
  (Die Meistersinger sind nun alle angelangt, zuletzt auch Hans Sachs.)
SACHS   Gott grüß' euch, Meister!
395 **VOGELGESANG**   Sind wir beisammen?
BECKMESSER   Der Sachs ist ja da!
NACHTIGAL   So ruft die Namen!
FRITZ KOTHNER *(zieht eine Liste hervor, stellt*

［譜例35］ (1077) Walther
Steht heut mir noch of-fen, zu wer-ben um den Preis,— daß Mei - ster-sin - ger ich heiß'?

こちらの、私がよく存じ上げている騎士殿は
マイスターの芸術にぞっこんでな。
　　（ヴァルターを仲間に紹介し、挨拶が交わされる。ほかのマイスタージンガーたちも次々に加わる）

ベックメッサー
　　（ふたたび舞台前景に戻りながら、傍白）
もうひと押ししてみるが、
うまくいかなければ
歌で娘心をつかむまで。
静かな夜に娘ひとりの窓辺で歌い、
なびくかどうか試してみよう。
　　（ヴァルターを見やり）
誰だ、あいつは。

ポークナー　（相好を崩してヴァルターと話し続ける）
やれうれしや
まるで昔がよみがえったようです。

ベックメッサー　いけ好かぬやつ。

ポークナー　御希望に沿えるよう
微力を尽くしましょう。

ベックメッサー
いったい何用だ。ポークナーも目尻を下げやがって。

ポークナー
御領地の売却にお力添えいたしましたが
今度は早急に組合への加入を取りはからいましょう。

ベックメッサー
おい、ジクストゥス、あいつには気をつけろ。

ヴァルター　御親切
まことに痛み入ります。
まだ望みはありましょうか、
今からでもかなうでしょうか、
賞を手にするために
マイスタージンガーを名乗ることは。

ベックメッサー
おっと、お手やわらかに。無理が通ったためしはないぞ。

ポークナー
騎士殿、ここは、しきたりに従うのが賢明。
幸い今日は資格試験、あなたを皆に推薦しましょう、
マイスターたちは私の言葉に喜んで耳を貸してくれるはず。
　　（ハンス・ザックスを最後にマイスタージンガー全員が到着する）

ザックス　皆さん、ごきげんよう。
フォーゲルゲザング　これでそろいましたかな。
ベックメッサー　ザックスも来たし。
ナハティガル　じゃあ、点呼をお願いします。
フリッツ・コートナー　（名簿を取り出すと一歩脇へ踏み出し、

(67)「御領地の売却にお力添え」(→381)したくらいだから、「私がよく存じ上げている」という言葉も、あながちその場限りの遁辞ではない。ただヴァルターのとっさの嘘（→注65）を知ってか知らずか、ポークナーが間髪入れずその言葉に乗ったのは、前日から心中に期するところがあったからだろう。

(68) ポークナーとヴァルターの会話をよそに、心ここにあらぬ体の傍白。「マイスターたる〜威光」(→340)も「お嬢さんへの口添え」(→346)も頼りになりそうもないと判断したベックメッサーは、一挙に直接行動へと振れる。一見ロマンチックな思いつきだが、「市書記」(→注62)ともあろう者が町娘を相手にセレナーデとは、確たる成算があるわけでなし、はなから自殺行為に等しい（→歴史的背景4）。

(69) 騎士がマイスター組合に入っていた時代もあったという意味ではなく、身分差を超えた芸術共同体という、いわばユートピアの原像に触れて心やわらぐ懐かしさのあまり、思わず口をついて出た言葉。「昔がよみがえ」るのは、単なる懐古趣味でなく、作品全体をつらぬく重要なモティーフ（→注191、360、362、374、音楽注1、解題、解題「音楽」）。

(70) ヴァルターとポークナーは経済的にかなり深い関係にあったと推測される。ニュルンベルクの特産品を扱う金細工師とはいえ、ポークナーが「神の導きにより〜財を成（す）」(→461)には、こうした手広い商業活動も与っていたと思わせる設定（しかし実際には→歴史的背景3）。

(71) 不審な新参者を視界にとらえ、いぶかしく見ていたベックメッサーの聴覚のなかに、ここではじめてヴァルターの声が入ってきて輪郭を結ぶ。「無理が通ったためしはないぞ」は、直訳すれば「円錐は逆さには立たない」。ポークナーはベックメッサーの言葉が耳に入ったのだろうか、とっさに「円錐 Kegel」と韻を踏んで「ここは、しきたり Regel に」と相手に合わせてみせるが、ヴァルターの希望を通すことに自信を示す。その自信は人柄ゆえか、はたまた財力に裏打ちされたものか。なお第3散文稿までは、いずれもポークナーを「組合の最長老」としている。

(72)「ザックス（も来たし）」は、どこか引っかかりのある定冠詞付き。ベックメッサーから見れば常に気になる「目の上の瘤」ということか。

[譜例36]

Gott grüß' euch, Mei-ster! Sind wir bei-sam-men? Der Sachs ist ja da! So ruft die Na-men!

(53)〈資格試験の動機〉と付点リズムの順次下行音形、それと反行する16分音符の順次上行音形がオーケストラを支配する。そしてコートナーのフレーズが紋切り調に〈資格試験の動機〉から始まるのは、彼が頭の固いマイスターである証拠[譜例37]。しかも自分の名前にやたらと長い音符を当てることによって、自意識過剰の「仕切り屋」であることがあらわになる。

(54)「返事がない Schweigt?」「病気です Ist krank」「御快癒を Gut Bessrung dem Meister!」「お大事に Walt's Gott!」「ありがとうございます Schön Dank!」は、いずれも切り詰められた言葉で、音楽にもそれが反映されている。そのためにニクラウス・フォーゲルの病気に対する思いやりの言葉が上滑りし、通り一遍であるような印象しか与えない。

(55)上声部に〈愛の動機〉[譜例6]の断片、下声部に〈資格試験の動機〉[譜例32]と付点リズムの下行音形。ただし、ここにおける〈愛の動機〉は「愛」そのものを指し示すというよりも、むしろ『マイスタージンガー』の音楽に統一性を与える4度音程として理解すべきだろう。この動機はベックメッサーが語り始めると、とたんに乱れてくるが、それでも点呼が終わって皆が居ずまいを正す音形(トロンボーンのf)まで持続し、いわば総括への期待を高める機能を有している。——なおベックメッサーの「ザックス Sachs」と「栄えよ wachs'」の押韻には、音楽的にもかなり屈折した響きが感じられる。単なる言葉遊びではなく、流行歌作者(→569)に対するやっかみ半分の見下しということか[譜例38]。

sich zur Seite auf und ruft laut:)
Zu einer Freiung und Zunftberatung
ging an die Meister ein' Einladung:
400 bei Nenn und Nam,
ob jeder kam,
ruf' ich nun auf als letztentbotner,
der ich mich nenn' und bin Fritz Kothner.
Seid ihr da, Veit Pogner?
405 **POGNER** Hier zur Hand.
(Er setzt sich.)
KOTHNER Kunz Vogelgesang?
VOGELGESANG Ein sich fand.
(setzt sich)
KOTHNER Hermann Ortel?
ORTEL Immer am Ort.
(setzt sich)
410 **KOTHNER** Balthasar Zorn?
ZORN Bleibt niemals fort.
(setzt sich)
KOTHNER Konrad Nachtigal?
NACHTIGAL Treu seinem Schlag.
(setzt sich)
KOTHNER Augustin Moser?
415 **MOSER** Nie fehlen mag.
(setzt sich)
KOTHNER Niklaus Vogel? — Schweigt?
EIN LEHRBUBE *(von der Bank aufstehend)*
Ist krank.
KOTHNER Gut Bessrung dem Meister!
DIE MEISTER Walt's Gott!
420 **DER LEHRBUBE** Schön Dank!
(Er setzt sich wieder nieder.)
KOTHNER Hans Sachs?
DAVID *(vorlaut sich erhebend und auf Sachs zeigend)*
Da steht er!
SACHS *(drohend zu David)*
Juckt dich das Fell?
Verzeiht, Meister! — Sachs ist zur Stell!
(Er setzt sich.)
425 **KOTHNER** Sixtus Beckmesser?
BECKMESSER Immer bei Sachs,
(während er sich setzt)
daß den Reim ich lern' von „blüh' und wachs'".
(Sachs lacht.)

[譜例37]
Zu einer Frei-ung und Zunft-be-ra-tung ging an die Mei-ster ein' Ein-la-dung:

大声で呼ばわる）
資格試験と組合の議事のため
皆さんに御案内を出しました。
ひとりずつ名前を呼び
出欠を確認します。
まずは不肖
フリッツ・コートナーから。
ファイト・ポークナーはおられるか。
ポークナー　はい。
　（座る）
コートナー　クンツ・フォーゲルゲザング。
フォーゲルゲザング　おります。
　（座る）
コートナー　ヘルマン・オルテル。
オルテル　いつも皆勤。
　（座る）
コートナー　バルタザール・ツォルン。
ツォルン　欠席したことはない。
　（座る）
コートナー　コンラート・ナハティガル。
ナハティガル　元気にさえずってますよ。
　（座る）
コートナー　アウグスティン・モーザー。
モーザー　休みは嫌いさ。
　（座る）
コートナー　ニクラウス・フォーゲル──返事がないが。
ひとりの徒弟　（ベンチから立ち上がり）
病気です。
コートナー　御快癒を。
マイスターたち　お大事に。
徒弟　ありがとうございます。
　（ふたたび腰を下ろす）
コートナー　ハンス・ザックス。
ダフィト
　（つられて立ち上がり、ザックスを指さし）
あそこです。
ザックス　（ダフィトをどやしつけ）
生意気なやつめ。
皆さん、失礼しました──ザックスです。
　（座る）
コートナー　ジクストゥス・ベックメッサー。
ベックメッサー　いつもザックスといっしょ。
　（座りながら）
「花咲き、栄えよ」の韻を学ぶためにね。
　（ザックス、笑う）

(73) マイスタージンガーたちの召集法については（→歴史的背景9）。「不肖 letztentbotner」は、直訳すれば「最後に通知を受けた者」だが、ここは組合のリストの最後に名前が載っている者という意味。おそらくコートナーは最年少のマイスターであろう。

(74) 『年代記』から名前を抜き出した13名の親方衆のうち（→作品の成立3、歴史的背景7）、ニクラウス・フォーゲルを病欠扱いで外し、出席者は12名。12使徒を思わせる構成（異質な分子1名を含む→注62）は、「いにしえの12人のマイスター」の再来を印象づけるねらいもある。わずか12名の顔見知りなのに仰々しく点呼をとるあたりにも、マイスタージンガー組合の事大主義がうかがえる。

(75) 「いつも皆勤 Immer am Ort」は、直訳すれば「いつもその場に」。「オルテル Ortel」と「場所 Ort」をかけた洒落。

(76) 「元気にさえずってますよ Treu seinem Schlag」は、直訳すれば「自分の種族に忠実に」。普通名詞の Nachtigall は、スズメ属ヒタキ科の鳥(Nacht＝夜＋galan＝中高ドイツ語で「歌う」)。4〜8月に北アフリカからヨーロッパへ渡り、この間、雄は昼夜を問わず歌う。その習性にならって、ということか。

(77) フォーゲルの徒弟の行動は、欠席者は人を立てて理由を申し述べさせる、という規則に合致している。ダフィトは考えごとでもしていて、「つられて」立ったのだろうか。

(78) 「生意気なやつめ Juckt dich das Fell?」(→ 423) は、直訳すれば「皮が痒くて、むずむずしているのか」。靴屋の仕事に引っかけた地口。

(79) 「ザックスといっしょ bei Sachs」は「一生懸命 bei der Sache」という言いまわしにかけてある。「花咲き、栄えよ」は、ハンス・ザックスの自伝詩『わが詩業のすべて』(1567年) の結びからとったもので、ワーグナーは随所に決め台詞として用いている(→ 561、1587、2495)。出欠をとるだけの場面だが、ザックスの押韻 Fell/Stell に、すかさずその名を織りこんだ韻 Sachs/wachs’ を踏んで嫌味な返事を返すベックメッサーの強烈なライバル意識に、ザックスも思わず苦笑したのであろう。

[譜例38]
Beckmesser: Im - mer bei Sachs, daß den Reim ich lern' von „blüh' und wachs'"

(56) 背景には〈歌の道の動機〉[譜例24]。しかしヴァイオリンの旋律は原形をとどめないほどに変容し、動機を簡単に特定できないことが、ある種の緊張感を生み出す。

(57) 音楽は〈資格試験の動機〉[譜例32]の連鎖によって高揚・切迫し、久しぶりに金管群を伴ったトゥッティ（総奏）が立ち現われる。しかし、期待される〈マイスタージンガーの動機〉は現われず、音楽は付点リズムによるヘ長調主和音の分散形のまま。このような「期待の先送り」は、『マイスタージンガー』の音楽における基本的な表現形態とみてよいだろう。

(58) 〈愛の動機〉断片のゼクウェンツから、〈ヨハネ祭の動機 Johannistag-Motiv〉（初出）が導き出される[譜例39]。この動機の特徴は冒頭の長6度跳躍上行にあるが、核になる音程はハ→ヘの完全4度にほかならない。このことは第3幕第1場の〈迷妄のモノローグ〉において、ザックスが「ヨハネ祭 Johannistag」を4度の順次上行で歌うことからも裏づけられる（→2100）。また冒頭の旋回音形は〈情熱の動機〉[譜例5]で経験ずみ。──歌詞は典型的なバール形式だが、第1シュトレン（443-449）と第2シュトレン（450-456）の最初の2行は旋律が異なり、第1シュトレンと第2シュトレンの区切りは木管による〈ヨハネ祭の動機〉で橋渡しされている。なお、リズム交換（付点8分音符と付点4分音符の位置に注目）による力点の移動が「祭り Fest (-es)」と「民衆 Volk」を際立たせているところは模範的な作例といえよう[譜例40]。

(59) 第459-460行の旋律は、第457-458行の旋律を長3度高めて反復したもの。これによって生じる高揚と「賞 Gabe」に当てられた長い音符が、ポークナーの胸中を語って余すところなし。つづく第461行と第462行の、淡々とした同じ高さの反復と好対照をなしている。──なおアプゲザングは「不名誉な誇り Schand」（ヘ長調：VII度上の七の和音）で一呼吸おき、「どうかお聞きください」で締め括られる。修辞学または弁論術でいう頓呼法にほかならない。

	KOTHNER　Urlich Eisslinger?
	EISSLINGER　Hier!
	(setzt sich)
430	KOTHNER　Hans Foltz?
	FOLTZ　Bin da.
	(setzt sich)
	KOTHNER　Hans Schwarz?
	SCHWARZ　Zuletzt: Gott wollt's!
	(setzt sich)
	KOTHNER　Zur Sitzung gut und voll die Zahl.
435	Beliebt's, wir schreiten zur Merkerwahl?
	VOGELGESANG　Wohl eh'r nach dem Fest?
	BECKMESSER　*(zu Kothner)*
	Pressiert's den Herrn?
	Mein' Stell und Amt laß' ich ihm gern.
	POGNER
	Nicht doch, ihr Meister; laßt das jetzt fort!
440	Für wicht'gen Antrag bitt' ich ums Wort.
	(Die Meister stehen auf, nicken Kothner zu und setzen sich wieder.)
	KOTHNER　Das habt ihr; Meister, sprecht!
	POGNER　Nun hört, und vesteht mich recht!
	Das schöne Fest, Johannistag,
	ihr wißt, begehn wir morgen:
445	auf grüner Au, am Blumenhag,
	bei Spiel und Tanz im Lustgelag,
	an froher Brust geborgen,
	vergessen seiner Sorgen,
	ein jeder freut sich wie er mag.
450	Die Singschul ernst im Kirchenchor
	die Meister selbst vertauschen;
	mit Kling und Klang hinaus zum Tor,
	auf offne Wiese ziehn sie vor;
	bei hellen Festes Rauschen
455	das Volk sie lassen lauschen
	dem Freigesang mit Laienohr.
	Zu einem Werb- und Wettgesang
	gestellt sind Siegespreise,
	und beide preist man weit und lang,
460	die Gabe, wie die Weise.
	Nun schuf mich Gott zum reichen Mann;
	und gibt ein jeder, wie er kann,
	so mußte ich wohl sinnen,
	was ich gäb' zu gewinnen,
465	daß ich nicht käm' zu Schand:

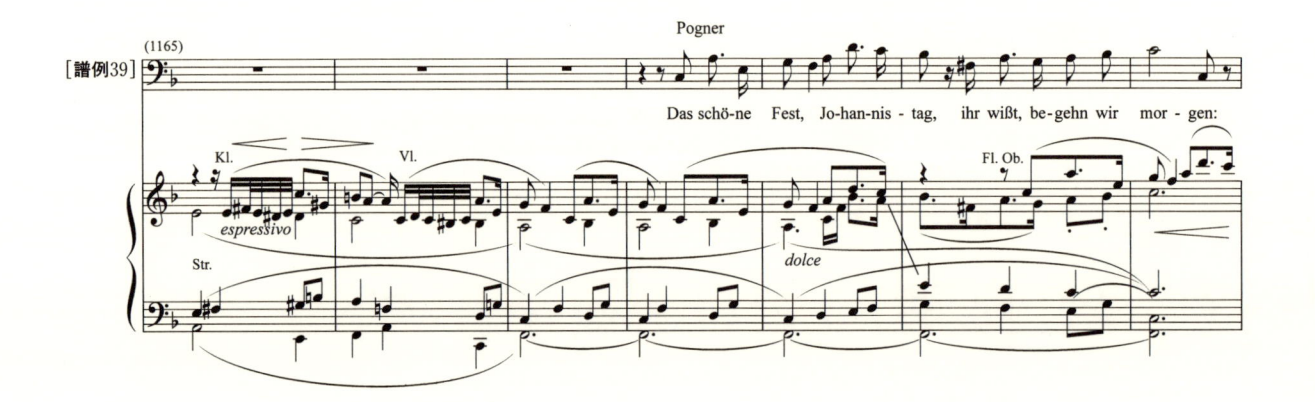

コートナー　ウルリヒ・アイスリンガー。
アイスリンガー　ここです。
　　（座る）
コートナー　ハンス・フォルツ。
フォルツ　出席。
　　（座る）
コートナー　ハンス・シュヴァルツ。
シュヴァルツ　最後の締めに、神の思召しを。
　　（座る）
コートナー　定足数は充分に満たしています。
よろしければ記録係の選出に移りましょう。
フォーゲルゲザング　祭りの後にした方がよいのでは。
ベックメッサー　（コートナーに）
皆さん、なにかお急ぎでしょうか、
私の職務は喜んで譲りますが。
ポークナー
いや、皆さん、その件はひとまず置くとして
発言の許しをいただき、大事な提案をしたいのです。
　　（マイスターたちは起立し、コートナーに向かってうなずき、また
　　腰を下ろす）
コートナー　認められました。親方、お話ください。
ポークナー　私の話をよくお聞きください。
知っての通り
明日は麗しのヨハネ祭を迎えます。
緑なす野の花陰に
にぎやかに集い、踊り、戯れ
はずむ胸に心なごませ
憂さも忘れて
思いのままに楽しむ日。
私たちマイスターも
教会の歌学校で見せるしかつめらしい顔を捨て
歌声も高らかに市門へ向かい
広々とした野原へ繰り出します。
晴れやかな祭りのざわめきのなかで
自由な歌を民衆に披露し
素人衆の耳を楽しませるのです。
歌くらべの勝者には
賞品が与えられ、
人々はこぞって
歌と賞の両方を末永く讃えます。
さて、神の導きにより私は財を成しました。
だれもが応分の寄進をするならい、
不名誉な謗りを招かぬためには
賞をどうすべきか、
頭を悩ました末に出した結論を

(80) 議長役はコートナーだが、寄り合いの召集をかけるのは記録係（の合議体）（→歴史的背景９）。しかも議題が議題だけに、ベックメッサーが（一見）寝耳に水の風情なのはどうしたことか。記録係の改選を提案しようとした張本人はだれか。あるいは前からの懸案だったのか。真相を曖昧にしたまま、一同の関心はポークナーの「大事な提案」に移る。437行の den Herrn は単数「議長殿」の対格とも読めるが、ここは複数「皆さん」の与格と解す。

(81) 西方教会では聖アウグスティヌス以来、６月24日が洗礼者ヨハネの誕生日とされ、これがキリスト教伝来以前の夏至祭と習合して祝われるようになった。ヨハネの洗礼にちなんだ水浴や、夏至の火渡りの習俗があり、「ヨハネの晩 Johannisnacht」と呼ばれる前夜には霊験あらたかな（あるいは逆に危険な）力がはたらくと考えられていた。ポークナーの説明によれば、ニュルンベルクではヨハネ祭の当日は無礼講ということになる。

(82) ポークナーの挨拶は 443-466 行が A（７行）-A（７行）-B（10行）のバール形式。それに続く長い演説「ドイツ各地へ旅を重ねるたびに〜」（→ 467-492）は、ドイツの芸術を背負って立つという気概において終幕のザックスの演説と呼応する。

(83) ポークナーの頭にある「自由な歌 Freigesang」は、内容、出演者、聴衆ともオープンであるという点で「自由歌唱」（→歴史的背景８）の延長上にあるが、さらに「野外 das Freie」で歌うという意味も含まれる。

(84) 461行のポークナーの発言は、財産に関するルター派の見解に沿ったもの。「(聖書には)《貧しい人は幸いである》と明言されているが、そこには《霊的に貧しい人》とある。金銭、財貨、領地を持つことは、それ自体として不正ではなく、神の賜物であり、秩序である」（ルター『《山上の教え》による説教』1530-32年）。

(60) ここから音楽はレチタティーヴォ（叙唱）のスタイルに切り換わり、オーケストラも弦楽器のみに縮小される（第483行「そこで～お聞き願いたい」まで）。——また「吝嗇で狭量 verschlossen」を反映して、〈ヨハネ祭の動機〉にも翳りが生じてくる（短6度跳躍上行、短3度＝増2度の累積ではなく、長3度をひとつふくんだ「半」減七和音）。

(61) しだいに上ずってゆくポークナーの演説に〈芸術の動機〉［譜例4］が加わってくる。ワーグナーの意図はさておき、ここには「崇高な気持ちで mit hohem Mut」が「思い上がって mit Hochmut（美と善と／芸術の価値を重んじる）」と聞こえてしまうような、ある種の滑稽さがにじみ出る。

(62) ポークナーの呼びかけは突如として、この場の基本調ヘ長調と増4度の関係にある「ロ長調」へと転じる。この転調は音楽外の想念から生じたものではなく、つづく歌い収めにおける基本調への回帰を印象づけるためとみてよい。ここでは〈ヨハネ祭の動機〉だけでなく、〈資格試験の動機〉も本来の姿で回帰してくる。——「エファ」の名前は、「ポークナー」で準備されていた最高音のヘ音で告げられ、和声もふっきれたように単純明快な進行となる（ただし最後は偽終止）［譜例41］。

(63) テンポは速くなるが、基本素材はいままで通りの〈資格試験の動機〉（動機連鎖による切迫効果）と〈ヨハネ祭の動機〉。つづいて音楽は16分音符の走句を回転軸（完全4度→増4度の順次上行）としてホ長調に転じる。

(64) 大騒ぎは16分音符の走句が下向きに転じ、シンコペーションのリズムが導入されることによって沈静化する。ヴァイオリンの不安定な動きは、やがて「審判(Ge-)richt」において「スケルツァンド」と指示された〈民衆判定役の動機 Volksrichter-Motiv〉を導き出す［譜例42］。この時点では、まだザックスの提案「民衆も審判に加えたらいかがでしょう」（→533）はなされていないわけだが、ポークナーの発言「本人も同席させていただきたい」が引き金となっていることを考えれば、ここに動機が初めて現われるのは筋が通っている。

so hört denn, was ich fand.
In deutschen Landen viel gereist,
hat oft es mich verdrossen,
daß man den Bürger wenig preist,
470 ihn karg nennt und verschlossen.
An Höfen, wie an niedrer Statt,
des bittren Tadels ward ich satt,
daß nur auf Schacher und Geld
sein Merk der Bürger stellt'.
475 Daß wir im weiten deutschen Reich
die Kunst einzig noch pflegen,
dran dünkt ihnen wenig gelegen.
Doch wie uns das zur Ehre gereich',
und daß mit hohem Mut
480 wir schätzen, was schön und gut,
was wert die Kunst, und was sie gilt,
das ward ich der Welt zu zeigen gewillt;
drum hört, Meister, die Gab,
die als Preis bestimmt ich hab'!
485 Dem Singer, der im Kunstgesang
vor allem Volk den Preis errang,
am Sankt Johannistag,
sei er, wer er auch mag,
dem geb' ich, ein Kunstgewogner,
490 von Nürenberg Veit Pogner,
mit all meinem Gut, wie's geh' und steh',
Eva, mein einzig Kind, zur Eh!
DIE MEISTER   (*sich erhebend und sehr lebhaft durcheinander*)
Das heißt ein Wort, ein Wort ein Mann!
Da sieht man, was ein Nürnberger kann!
495 Drob preist man euch noch weit und breit,
den wackren Bürger Pogner Veit!
DIE LEHRBUBEN   (*lustig aufspringend*)
Alle Zeit! Weit und breit! Pogner Veit!
VOGELGESANG   Wer möchte da nicht ledig sein!
SACHS   Sein Weib gäb' mancher gern wohl drein!
500 **KOTHNER**   Auf, ledig Mann!
Jetzt macht euch ran!
(*Die Meister setzen sich allmählich wieder nieder; die Lehrbuben ebenfalls.*)
POGNER
Nun hört noch, wie ich's ernstlich mein'!
Ein' leblos Gabe geb' ich nicht;
ein Mägdlein sitzt mit zu Gericht:

どうかお聞きください。
ドイツ各地へ旅を重ねるたびに
胸ふさがる思いで聞かされたのは
吝嗇で狭量だという
わが市民の芳しからぬ評判。
宮廷でも、下々のあいだでも
うんざりするほど耳にしたのは
市民は暴利と銭しか
眼中にないという酷評。
ドイツ広しといえども
今なお芸術を大切に育んでいるのは、われわれだけ、
その努力はほとんど認められていません。
しかし、それを誇りとし
崇高な気持ちで
美と善と
芸術の価値を重んじるわれらの想いを
世に知らしめたいと私は考えました。
そこで皆さん、私が決めた賞を
どうかお聞き願いたい。
聖ヨハネの日に
大群衆の前でみごとな歌を披露し
栄冠を勝ち得た者には、
たとえそれが誰であれ、
芸術を愛してやまぬ
ニュルンベルクのファイト・ポークナーから
その持てる限りの財産とともに
一人娘のエファを花嫁として与えることにしたい。

マイスターたち (立ち上がり、興奮して蜂の巣をつついたように)
言いも言ったり、男のなかの男だ。
これぞニュルンベルクの心意気。
豪気な市民ファイト・ポークナーの名は
いよいよ国中に広まりましょう。

徒弟たち (大はしゃぎで跳び上がり)
末代までも国中に！ ポークナー・ファイト万歳！

フォーゲルゲザング 独り身ならば、と誰しも思うはず。

ザックス 女房を捨てても、と思う者もいるだろう。

コートナー さあ、独身者なら
名乗りを挙げよ！
(マイスターたちは、徐々にまた腰を下ろし、徒弟たちもそれにならう)

ポークナー
さて、私の切なる希望をお聞きください。
褒賞は血の通った生身の娘、
審判には本人も同席させていただきたい。

(85) ここに言う「市民 Bürger」とは、行政区画としての市域の住民という今日的な意味での市民ではなく、市壁に囲まれた城砦都市（Burg）に住み、最高統治機関である「参事会」に代表を送る資格を有する中流以上の自由身分を指す。ドイツではイギリスや北フランスと異なり、職人 Geselle 以下は「市民」として扱われなかった（→歴史的背景 2）。

(86) ニュルンベルクの繁栄は、一方で過度の利益追求の風潮を生んだ。ハンス・ザックスも『強欲など社会の悪徳についての対話』（1524年）において、利益のためなら敵にさえ武器を売る商人根性を批判している。「暴利 Schacher」は「盗っ人 Schächer」にも通じる（→ Rh 注24）。

(87) 芸術のパトロンたらんとするポークナー像は、チューリヒ時代の支援者である豪商オットー・ヴェーゼンドンクに捧げた「記念碑」であるとワーグナーは語っている（同人宛、1863.7.26）。すると娘エファのモデルは、ワーグナーが一時の愛に迷ったオットーの妻マティルデか（→作品の成立 5）。

(88) ポークナーは「たとえそれが誰であれ」と言うが、ほんとうに誰でもよいと考えていたわけではない。第 3 散文稿に「極貧の者であれ、同業組合の最下層メンバーであれ」とあるように、社会的身分の如何を問わぬという意味（→ 521）。

(89) ポークナーの提案は「芸術を愛してやまぬ」「豪気な市民」の大盤振舞として片づけるには大胆すぎる。事前にベックメッサーから結婚の申し込みを受けていることを考えれば（→注62）、むしろ最悪の事態を回避するために打った起死回生の一手と見るのが妥当ではないか。

(90) 女房持ちのフォーゲルゲザングと、独り身のザックスによる邪気のない応酬。——第1散文稿でのポークナーの提案は「民衆に第1票、マイスターたちに第2票」を認め、両者が食い違った場合には娘が決定するというもの。マイスターたちの審判→娘に決定権（以上ポークナーの提案）→民衆も審判に加える（ザックスの提案）という現行の流れになったのは第2散文稿から。芸術は民衆に根ざすべしという信念をザックスに開陳させる機会を設けるための変更と思われる。

(65) 〈民衆判定役の動機〉（前頁）は、4度音程をふくむ全音階順次進行という点で既出の動機と関連づけられるが、音価（16分音符）とアーティキュレーション（スタッカート）によって新たな様相を呈する。なおポークナーの発言がもたらす波紋は偽終止が体現。

(66) 「娘（は拒むことはできても）die Maid」に向けて、より明瞭なかたちで〈民衆判定役の動機〉（オーボエ）が現われる。ポークナーは娘に拒否権を与えることによってマイスターたちの絶対的権威に楔を打ち込むわけだが、一方では「花婿はどうあってもマイスタージンガーでなければ」とマイスターたちを持ち上げることを忘れない（音価を縮小した〈マイスタージンガーの動機〉）。

(67) 「乙女の胸」の背景にあるクラリネットの5度「ト→イ→ロ→ニ」と「マイスター（の芸術）Meister(-kunst)」の4度「ホ→嬰ヘ→ト→イ」が対置される [譜例43]。

(68) 〈民衆判定役の動機〉（ヴァイオリン）がザックスの大胆な提案「民衆も審判に加えたら」を裏打ちする。より過激な提案をすることによって、ポークナーの提案が通りやすくなることを見越した上での発言か。

(69) マイスターたちの反発とコートナーの異議は、アンサンブル全体のバス声部、つまり1オクターヴを越える長い半音階下行で表現される（嘆き「これでマイスターの技も節も、おしまいだ」）。これに対するザックスの反論「しきたりを守るべく～尽力してきました」は、全音階進行のバス声部を土台とした〈芸術の動機〉[譜例4]。さらに「しかし年に一度」からは、ホルンの保続音が楽想を安定化させる。

505 den Preis erkennt die Meisterzunft;
doch, gilt's der Eh, so will's Vernunft,
daß ob der Meister Rat
die Braut den Ausschlag hat.
BECKMESSER *(zu Kothner gewandt)*
Dünkt euch das klug?
510 **KOTHNER**　Versteh' ich gut,
ihr gebt uns in des Mägdleins Hut?
BECKMESSER　Gefährlich das!
KOTHNER　Stimmt es nicht bei,
wie wäre dann der Meister Urteil frei?
BECKMESSER
515 Laßt's gleich wählen nach Herzens Ziel,
und laßt den Meistergesang aus dem Spiel!
POGNER
Nicht so! Wie doch? Versteht mich recht!
Wem ihr Meister den Preis zusprecht,
die Maid kann dem verwehren,
520 doch nie einen andren begehren.
Ein Meistersinger muß er sein,
nur wen ihr krönt, den soll sie frein.
SACHS *(erhebt sich)*
Verzeiht,
vielleicht schon ginget ihr zu weit.
525 Ein Mädchenherz und Meisterkunst
erglühn nicht stets von gleicher Brunst:
der Frauen Sinn, gar unbelehrt,
dünkt mich dem Sinn des Volks gleich wert.
Wollt ihr nun vor dem Volke zeigen,
530 wie hoch die Kunst ihr ehrt,
und laßt ihr dem Kind die Wahl zu eigen,
wollt nicht, daß dem Spruch es wehrt,
so laßt das Volk auch Richter sein:
mit dem Kinde sicher stimmt's überein.
DIE MEISTER
535 Oho! Das Volk? Ja, das wäre schön!
Ade dann Kunst und Meistertön!
KOTHNER
Nein, Sachs! Gewiß, das hat keinen Sinn!
Gebt ihr dem Volk die Regeln hin?
SACHS　Vernehmt mich recht! Wie ihr doch tut!
540 Gesteht, ich kenn' die Regeln gut;
und daß die Zunft die Regeln bewahr',
bemüh' ich mich selbst schon manches Jahr.
Doch einmal im Jahre fänd' ich's weise,

勝者を決定するのは組合の皆様ですが、
こと結婚に関しては
マイスターたちの判定を受けて
花嫁となる者が決めるのが道理。
ベックメッサー　（コートナーに向かって）
どうする、とんだ名案だが。
コートナー　聞き間違いでなければ
われわれを娘さんの下に置くということのようだが。
ベックメッサー　それはまずい。
コートナー　娘さんが同意しない場合には
マイスターたちの判定権はどうなるのです。
ベックメッサー
いっそ、はなから彼女の思い通りに選ばせて、
マイスターの歌くらべは条件から外したら。
ポークナー
いや、とんでもない。どうか誤解なきように。
皆さんが勝利を認めた者を
娘は拒むことはできても、
それ以外の者を夫に望むことはできません。
花婿はどうあってもマイスタージンガーでなければならず、
皆さんから栄冠を受けた相手を選ぶしかないのです。
ザックス　（立ち上がり）
失礼ながら
議論が先走り過ぎてはいませんか。
乙女の胸とマイスターの芸術に
いつも同じ炎が燃え立つとは限りません。
学識に曇らされぬ女心は
民衆の心と変わらぬもの。
芸術を敬う皆さんの気持ちを
民衆に示そうとする、
また、娘の選択は許すが
判定と違う決断は認めないのなら
民衆も審判に加えたらいかがでしょう。
その判断はきっとあの娘と一致するはずです。
マイスターたち
なんだって、民衆だと！　結構じゃないか。
これでマイスターの技も節も、おしまいだ。
コートナー
おい、ザックス、馬鹿も休み休み言え。
しきたりを捨てて、民衆に手綱を渡すつもりか。
ザックス　よくお聞きください、どうかいつものように。
私が規則に明るいのは御存知の通り。
組合のしきたりを守るべく
先頭に立って、もう何年も尽力してきました。
しかし年に一度、そのしきたりを

(91) 冷静に議長役をつとめてきたコートナーだが、娘の決定が優先されると聞き、にわかに権威主義的な体質を露呈する。

(92) ベックメッサーには、エファが自分を選ぶという自信があるわけではない。ポークナーが条件を撤回することはあり得ないと承知の上で、あくまでも本人の決定権を言い張るのなら、いままでの話は全部ぶちこわしと揺さぶりをかける。

(93) 遠まわしな言い方ながら、エファの拒否権は一度拒んだら生涯を独身で過ごさねばならぬという厳しいもの。そうした苛酷な事態まで想定することを、ザックスは「議論が先走り過ぎて」いると諫めるが、マイスターたちには民衆の判断を取り入れるというザックスの主張こそ過激に映る。

(94) ワーグナーは「民衆」と「女性」を、芸術の根底にある無意識の世界を象徴する互換可能な概念と考えており、こうした意識下の源泉に根ざさない知性の空転を「学識ぶり Gelehrtheit」と呼んで批判する。

(95) ポークナーが自分の娘を客観視して Mägdlein, Maid と呼ぶのを受けて、ザックスも最初のうちは Mädchen と呼んでいたが、しだいに Kind という親しい間柄の呼び方（「あの娘」→ 534）に変わってゆく。

(96) マイスターたちにとって「民衆」は単なる群衆ではなく、「市民」（→注85）と対立する階級概念。都市貴族や大商人に抑えつけられていた手工業者も、自分たちより下の階層に対しては差別意識をむき出しにする。――「技 Kunst」は、ここでは広い意味での「芸術」ではなく、具体的な「歌の道 Singkunst」（→ 217）を指す。

(97) 普段からザックスの発言は重きを置かれており、本人もそれを自覚していたということか。

(70) ここでは4度順次上行／下行が「自然の示す／正しい道」と呼応するかのように、音域の異なるさまざまな楽器によって繰り返し反復される。音楽に引き寄せて言うならば、基本素材（自然）の示す展開技法（正しい道）ということになろう。――このザックスのアナーキーな発言に、ふだんからタブラトゥーア（歌之掟）に悩まされている徒弟たちは大喜び〈花の冠の動機〉［譜例31］）。

(71) ト書き「たたみかけるように」は、ザックスの入声のタイミングと、〈花の冠の動機〉を断ち切る弦楽器の断片的走句によって音楽面からも補強される［譜例44］（→訳注99）。――ここではザックスの、ひいてはワーグナーの考えている芸術と民衆 Volk の関係が披瀝されるわけだが、「民衆に受け入れられたい Dem Volke wollt ihr behagen」のくだりで、第3幕、祝祭の野原における民衆の大合唱「目ざめよ！」（→ 2803）の一部が先取りされていることに注目したい。また「彼らの口からじかに／感想を聞き出す」の背景には〈民衆判定役の動機〉［譜例42］が現われ、ザックスの演説は、誰もが納得せざるをえないような〈芸術の動機〉［譜例4］によって締め括られる。

(72) コートナーの発言はマイスターたちの意見を集約したものとみてよいだろう。とくに「(芸術はどんどん堕落し) 衰えてしまう Schwach」からのオーケストラは、拍の表にバス、拍の裏に和音といったお定まりの「非芸術的な」処理を故意におこなっている［譜例45］。コートナーの、ひいては作者ワーグナーの底意地の悪さが透けて見える瞬間だが、それはベックメッサーの「流行歌ばかり～」に〈花の冠の動機〉を重ね合わせたところにも現われている。ザックスが徒弟たちにも人気があることを、ベックメッサーはやっかみ半分に嘲る。

(73) ザックスがはやばやと自説を撤回して「よしとしよう」と妥協するのは高等戦術（→注68、第3幕では民衆による審判が大きな役割を果たすことになる）。また彼の言葉に刺があることは「鶴の一声 (Ausschlag-)stimm」に当てられた増三和音からも明らかだ。

daß man die Regeln selbst probier',
545 ob in der Gewohnheit trägem Gleise
ihr Kraft und Leben nicht sich verlier'.
Und ob ihr der Natur
noch seid auf rechter Spur,
das sagt euch nur,
550 wer nichts weiß von der Tabulatur.
　　(Die Lehrbuben springen auf und reiben sich die Hände.)
BECKMESSER
Hei! wie sich die Buben freuen!
SACHS *(eifrig fortfahrend)*
Drum mocht' es euch nie gereuen,
daß jährlich am Sankt Johannisfest,
statt daß das Volk man kommen läßt,
555 herab aus hoher Meisterwolk
ihr selbst euch wendet zu dem Volk.
Dem Volke wollt ihr behagen,
nun dächt' ich, läg' es nah,
ihr ließt es selbst euch auch sagen,
560 ob das ihm zur Lust geschah!
Daß Volk und Kunst gleich blüh' und wachs',
bestellt ihr so, mein' ich, Hans Sachs!
VOGELGESANG　Ihr meint's wohl recht!
KOTHNER　Doch steht's drum faul.
NACHTIGAL
565 Wann spricht das Volk, halt' ich das Maul.
KOTHNER
Der Kunst droht allweil Fall und Schwach,
läuft sie der Gunst des Volkes nach.
BECKMESSER
Drin bracht' er's weit, der hier so dreist:
Gassenhauer dichtet er meist.
POGNER
570 Freund Sachs! Was ich mein', ist schon neu;
zu viel auf einmal brächte Reu.
　　(Er wendet sich zu den Meistern.)
So frag' ich, ob den Meistern gefällt
Gab und Regel, so wie ich's gestellt?
　　(Die Meister erheben sich beistimmend.)
SACHS　Mir genügt der Jungfer Ausschlagstimm.
BECKMESSER
575 Der Schuster weckt doch stets mir Grimm!
KOTHNER　Wer schreibt sich als Werber ein?
Ein Junggesell muß es sein.

吟味してみるのも賢明なやり方ではないでしょうか。
惰性に流されて
生き生きとした伝統の力が失われていないか、
自然の示す
正しい道を踏み外していないか、
それを教えてくれるのは
タブラトゥーアなどまるで知らぬ者たちだけです。
　　（徒弟たちは跳び上がり、両手をこすり合わせて大喜びする）

ベックメッサー
ほら見ろ、餓鬼どもの喜ぶまいことか。
ザックス　（たたみかけるように続ける）
ですから、けして後悔することはないでしょう、
毎年、聖ヨハネの祭りに
民衆を呼びつけるのではなく
こちらからマイスターの雲の高みを下りて
民衆のもとへ赴いたとしても。
民衆に受け入れられたいと望むのなら
当然のことではないでしょうか、
彼らの口からじかに
感想を聞き出すのは。
芸術が民衆と共に花咲き、栄えるように
誰もが念じておられると、私ハンス・ザックスは考えます。
フォーゲルゲザング　まことにごもっともだが。
コートナー　どこか、すっきりしないな。
ナハティガル
民衆がしゃべるなら、おれは黙る。
コートナー
やつらのお情けにすがっていたら
芸術はどんどん堕落し、衰えてしまう。
ベックメッサー
大きな顔をして、とんでもないことを言い出すのは
流行歌ばかり作っているからかね。
ポークナー
なあザックス、私の提案だけでも未曾有の出来事、
急いては禍根を残す。
　　（マイスターたちに向かって）
さあ、皆さんにおたずねしたい、
私の提案した取り決めと褒賞はいかがでしょう。
　　（マイスターたちは賛意を示して立ち上がる）
ザックス　あの娘の鶴の一声でよしとしよう。
ベックメッサー
靴屋め、いちいち癪にさわることを！
コートナー　申し込みの資格は？
未婚に限るだろうな。

(98) ドイツ語の「芸術 Kunst」の語源が「人為の技 Können」にあることを考えれば、芸術が「自然の〜／道を踏み外」さぬよう求めるのは奇異な感じもする。しかしワーグナーにとって「自然 Natur」は「人為」の対極ではなく、ショーペンハウアーが「意志」と呼んだ世界の究極原理に通じる人間の「内なる本性 Natur」にほかならない（→注356）。歴史上のハンス・ザックスにもタブラトゥーアの不毛さを批判した詩『怠惰な記録係の罰』（1518年）がある。

(99) ト書き eifrig は「熱っぽく、激しく」とも読める。しかし内容は挑発的だが、ザックスはきちんと詩型を守って語っている。対韻4組＋交差韻（→歴史的背景10）2組＝12行×3節にわたるザックスの発言（523-534/539-550/552-562）のうち、最終節だけは1行少ないが、冒頭の552行は直前のベックメッサーの1行を食って対韻をなす。つまりザックスは相手の発言内容など意に介さず、「たたみかけるように」自分の演説の流れに取り込んでしまったのだ。それゆえ接続詞「ですから Drum」が受けるのは、ベックメッサーの台詞（→551）ではなく、ザックス自身の前節最後の言葉「タブラトゥーアなどまるで知らぬ者たちだけです」（→550）と解した。──なお「マイスターの雲の高み hoher Meisterwolk」は、組合の威光を神々の集うオリンポス山になぞらえ、ちくりと皮肉ったもの。

(100) 「おれは黙る halt' ich das Maul」の Maul は「獣の口」。つぐむのは自分（ナハティガル）の口だが、相手（民衆）を見下し、そのレベルに合わせるという嫌味な語法。ナハティガルは、ごりごりの守旧派ぶりを露呈する。──「お情け Gunst」も、直訳すれば「（神の）恩寵」で、これも嫌味な当てつけ。身分秩序の逆転に対する揶揄の調子は音楽のリズムにもあらわれている（→音楽注72）。

(101) ザックスの発言は、民衆を審判に加えるという提案に固執しないという意志表示だが、エファの「鶴の一声」が自分を指名することに自信があるとも聞こえる。それが「娘の気持ちひとつ自由にできない」（→343）ベックメッサーの「癪にさわ」ったのであろう。ザックスの過激な発言に引っかかり、高等戦術（→音楽注73）にしてやられた悔しさもにじみ出ている。

[譜例45] (1373) Kothner: Der Kunst droht all-weil Fall und Schwach, läuft sie der Gunst des Vol-kes nach.

DIE MEISTERSINGER VON NÜRNBERG ─── 45

(74) ザックスの発言「（賞を）受ける(ver-)leihn（者は／私やあんたより若くなければ）」では御丁寧に二度も増三和音が現われる。──ザックスの「若くなければ(Aus jüngrem) Wachs」はベックメッサーの「ザックス Sachs」と脚韻を踏んでいるだけでなく、靴屋に欠かせない「蠟」の意味がある（正しくはGewachsene）。──「あの娘の鶴の一声でよしとしよう」以降は、ふたたび〈資格試験の動機〉[譜例32]と〈ヨハネ祭の動機〉[譜例39]が支配的になる。

(75) 木管群とホルンによる〈シュトルツィングの動機 Stolzing-Motiv〉（初出）。軽妙なスケルツォふうの楽想は、騎士の身分を描くには相応しくないし、冒頭のリズムと音程は〈記録係の動機〉[譜例30]に酷似している[譜例46]。ワーグナーもヴァルターを「ユンカーくずれの若造」（→614）として人物設定をしたのかもしれない。──いずれにせよ、ザックスとベックメッサーを除くマイスターたちの当惑と懐疑の重唱は、提案者ポークナーの社会的地位をおもんばかる言葉で一致をみる。

(76)「氏素性 frei und ehrlich（は確かかな）」では、期待されるニ音上の長三和音の代わりに、ハ音上の短三和音（第一展開形）が現われて、ヴァルターがムッとするさまを描写。つづくポークナーの「身元なら私が保証します／自由な身分の正式な結婚から生まれた～」で、調性は遠い変ト長調から基本調の変ロ長調へと戻り、険悪になった状況を救う（初出の高さで〈シュトルツィングの動機〉）。──ポークナーの説明は変ロ長調の主和音に落ち着くが、ベックメッサーの決めつけ「ユンカーくずれの若造、碌なことはない」の変ト音によって、これまでは晴れやかだった〈シュトルツィングの動機〉も翳りを帯びてくる[譜例47]。

BECKMESSER
Vielleicht auch ein Witwer? Fragt nur den Sachs!
SACHS
Nicht doch, Herr Merker! Aus jüngrem Wachs,
580 als ich und ihr, muß der Freier sein,
soll Evchen ihm den Preis verleihn.
BECKMESSER
Als wie auch ich? — Grober Gesell!
KOTHNER
Begehrt wer Freiung, der komm' zur Stell'!
Ist Jemand gemeld't, der Freiung begehrt?
POGNER
585 Wohl, Meister! Zur Tagesordnung kehrt,
und nehmt von mir Bericht,
wie ich auf Meisterpflicht
einen jungen Ritter empfehle,
der will, daß man ihn wähle
590 und heut als Meistersinger frei'! —
Mein Junker Stolzing, kommt herbei!
(Walther tritt vor und verneigt sich.)
BECKMESSER *(beiseite)*
Dacht' ich mir's doch! Geht's da hinaus, Veit?
(laut)
Meister, ich mein', zu spät ist's der Zeit.
DIE MEISTER
Der Fall ist neu. — Ein Ritter gar?
595 Soll man sich freun? — Oder wär' Gefahr?
Immerhin hat's ein groß Gewicht,
daß Meister Pogner für ihn spricht.
KOTHNER Soll uns der Junker willkommen sein,
zuvor muß er wohl vernommen sein.
POGNER
600 Vernehmt ihn wohl! Wünsch' ich ihm Glück,
nicht bleib' ich doch hinter der Regel zurück.
Tut, Meister, die Fragen!
KOTHNER So mög' uns der Junker sagen:
ist er frei und ehrlich geboren?
605 **POGNER** Die Frage gebt verloren,
da ich euch selbst dess' Bürge steh',
daß er aus frei und edler Eh:
von Stolzing Walther aus Frankenland,
nach Brief und Urkund mir wohl bekannt.
610 Als seines Stammes letzter Sproß
verließ er neulich Hof und Schloß
und zog nach Nürnberg her,

ベックメッサー
男やもめも含むのかな。ひとつザックスに聞いてみたら。
ザックス
記録係殿よ、とんでもない。
エフヒェンから賞を受ける者は
私やあんたより若くなければ。
ベックメッサー
人まで巻き添えにする気か——食わせ者め。
コートナー
資格審査を受ける者は前へ。
誰か希望者は？
ポークナー
さあ皆さん、定例の議題に戻って
私から報告させてください。
マイスターのつとめにより
若い騎士を推薦します。
当人は、皆様のお眼鏡にかない
今日にもマイスターとして認められたいと望んでいます。
ユンカーのシュトルツィング殿、こちらへ！
　　（ヴァルターは前へ進み出て、お辞儀をする）
ベックメッサー　（傍白）
やっぱりそうか、そういうことか、ファイトめ。
　　（声を大にして）
皆さん、もう時間も遅いようですし。
マイスターたち
こんなことは初めてだ——しかも騎士とは。
喜ぶべきか——それとも災いのもとか。
ともあれポークナー親方の口添えには
おろそかにできぬ重みがあるからな。
コートナー　ユンカー殿を仲間に迎えたものかどうか、
その前にしっかり事情を聞かずばなるまい。
ポークナー
存分におたずねください。彼の成功を祈りこそすれ、
規則を曲げるつもりはありません。
さあ皆さん、質問を。
コートナー　ではユンカー殿にうかがいたい、
氏素性は確かかな。
ポークナー　その問いは御無用、
身元なら私が保証します。
自由な身分の正式な結婚から生まれた
フランケンはシュトルツィング家のヴァルター殿、
その素性は公の記録に明らかです。
一門の掉尾を飾る嫡子でありながら
最近、その城館を捨てて
市民となるべく

(102) ベックメッサーの露骨な嫌味に対して、ザックスはそれなら相討ちと鋭く切り返す。ザックスが「エフヒェン」との関係で自分の年齢を意識するのは、これがはじめて。

(103) 何者も紹介なしには組合に入れず、マイスターには新参者の身元を保証する義務があった（→歴史的背景8）。だが第2・第3散文稿に「これまでは手工業組合の成員だけが加入を認められた」とあるように、騎士の加入は前代未聞の事態（→注62）。「市民となるべく／ニュルンベルクへ参られた」（→ 612f.）というポークナーの説明は辻褄合わせにすぎず、ヴァルターの言い分「芸術への一途な想いから」（→ 360）とも食い違う。

(104) 新人がいきなりマイスターに挑戦するというルール破りに一同は驚き呆れるが、ポークナーの「（おろそかにできぬ）口添え」が効を奏し、いつのまにか資格試験に漕ぎつける。マイスター組合の規則ずくめも鉄壁とはいかないようだ。

(105) いきなりマイスターの資格試験にのぞむヴァルターは、身元確認という初心者向けの関門をくぐらされる。騎士としては屈辱的な試練だが（→音楽注76）、紹介者のポークナーも「規則を曲げるつもりは」ないと一度は引き下がる。だが「存分におたずねください」という舌の根も乾かぬうちに「その問いは御無用」と遮るところに、ポークナーの逸る気持ちが出ている。

(106) 「氏素性は確か frei und ehrlich（直訳：自由で名誉ある）か」という質問は、職人ギルドの加入儀式に則ったもの。「ギルドに加入しようとする者は、自由民の身分に属し、両親が賤民でないという出生証明を求められた」（平凡社『大百科事典』）。ここでは相手が騎士であり、ehrlich は身分上の問題よりも ehelich（婚外子ではない）という意味のほうが大きい。

[譜例47]

(77) 取ってつけたようなナハティガルの賛同に対して、ザックスの言葉には──〈歌の道の動機〉[譜例24]が現われるように──芸術至上主義の理想「求められるのは芸術だけ」が込められている。

(78) ヴァルターの答えは、求められてもいないのに、すでにマイスタージンガーのバール形式で歌われる。天才は苦労なしに正しい形式を探り当てるということか。──詩にも詠み込まれているように、この歌は古めかしいが、それでいて新しい。フレーズが基本的に2＋2小節で、脚韻が基本的に倚音で処理されているのは型通りだが（lacht'-erwacht'など）、全音階の旋律に付加六の和音が当てられたり、急に旋律が半音階に傾いたりするところには、あふれんばかりの創意がみられる [譜例48]。──また倚音とその解決（フェルマータ／ラレンタンド／リテヌート）で止められていた音楽の流れは、〈フォーゲルヴァイデの動機 Vogelweid-Motiv〉（初出）で一気に加速する [譜例49]。

(79) 第2シュトレンの音楽は、第1シュトレンのようにフェルマータ／ラレンタンド／リテヌートで遅滞することなく一気に流れる。歌唱声部は「（輝かしい）森に in Waldes(-pracht)」で、1＋1小節の並列反復（→626）ではなく2小節単位に拡大され、高いト音も用いているが、基本的には第1シュトレンと変わりはない。むしろオーケストラにハープが加わり、響きに色彩感が増していることに注目（第1シュトレンの冬から、第2シュトレンの夏へ）。──なおベックメッサーは意地悪く〈フォーゲルヴァイデの動機〉を鸚鵡返しに反復する。相手の旋律や言葉を引き取って、攻撃に打って出るのは『トリスタン』でも多くみられた用法。さしあたりヴァルターの答えを「歌」として評価するのはフォーゲルゲザングのみ。

(80) ザックスの「とりなし」の背景には、ヴァルターの歌にあった半音階上行音形が深く浸透している。

daß er hier Bürger wär'.
BECKMESSER Neu Junkerunkraut tut nicht gut!
615 **NACHTIGAL** Freund Pogners Wort Genüge tut.
SACHS
Wie längst von den Meistern beschlossen ist,
ob Herr, ob Bauer, hier nichts beschließt:
hier fragt sich's nach der Kunst allein,
wer will ein Meistersinger sein.
620 **KOTHNER** Drum nun frag' ich zur Stell:
welch Meisters seid ihr Gesell?
WALTHER Am stillen Herd in Winterszeit,
wenn Burg und Hof mir eingeschneit,
wie einst der Lenz so lieblich lacht',
625 und wie er bald wohl neu erwacht',
ein altes Buch, vom Ahn vermacht,
gab das mir oft zu lesen:
Herr Walther von der Vogelweid,
der ist mein Meister gewesen.
630 **SACHS** Ein guter Meister!
BECKMESSER Doch lang schon tot;
wie lehrt' ihn der wohl der Regeln Gebot?
KOTHNER Doch in welcher Schul das Singen
mocht' euch zu lernen gelingen?
WALTHER
635 Wann dann die Flur vom Frost befreit,
und wiederkehrt' die Sommerszeit;
was einst in langer Winternacht
das alte Buch mir kund gemacht,
das schallte laut in Waldespracht,
640 das hört' ich hell erklingen:
im Wald dort auf der Vogelweid
da lernt' ich auch das Singen.
BECKMESSER Oho! Von Finken und Meisen
lerntet ihr Meisterweisen?
645 Das wird denn wohl auch danach sein!
VOGELGESANG
Zwei art'ge Stollen faßt' er da ein.
BECKMESSER
Ihr lobt ihn, Meister Vogelgesang,
wohl weil vom Vogel er lernt' den Gesang?
KOTHNER
Was meint ihr, Meister, frag' ich noch fort?
650 Mich dünkt, der Junker ist fehl am Ort.
SACHS Das wird sich bäldlich zeigen:
wenn rechte Kunst ihm eigen,

ニュルンベルクへ参られたのです。
ベックメッサー ユンカーくずれの若造、碌なことはない。
ナハティガル ポークナーの言葉で充分だ。
ザックス
昔からマイスターの掟に定められているように
ここでは領主も農民も一切関係なし。
マイスタージンガーを志す者に
求められるのは芸術だけ。
コートナー では、さっそくおたずねするが、
いかなるマイスターに師事されたか。
ヴァルター 静まり返った冬の日の炉端で
城がすっぽりと雪に降りこめられたとき
かつてやさしく微笑んだ春を慕い
やがて目ざめる新たな春を想って
繰り返し読みふけった
父祖伝来の古い一巻。
ヴァルター・フォン・デア・フォーゲルヴァイデの殿こそ
わが師と仰ぎしお方。
ザックス 師に不足はないな。
ベックメッサー だが、とうに死んじまってるぜ。
どうやって厳格な規則を教えたというのだ。
コートナー では、いずれの学校で
歌を修業されたか。
ヴァルター
やがて野の霜も溶け
ふたたび夏の日がめぐり来て、
かつて冬の夜長に
古の書から受けた息吹が
輝かしい森に響き渡る
その音がはっきりと聞こえた。
鳥たちの憩う森の草地こそ
わが歌の学び家。
ベックメッサー これはこれは。ヒワやシジュウカラに
マイスターの節まわしを習ったとは。
それで鳥みたいな歌い方をするんだろうて。
フォーゲルゲザング
シュトレンがきれいに二つまとまったな。
ベックメッサー
フォーゲルゲザングの親方、
歌の師匠が鳥だからって、褒め上げるのはいかがなものか。
コートナー
どうだろう、皆さん、まだ質問を続けたものだろうか。
どうもユンカー殿には場違いなような気がするのだが。
ザックス それもやがて判明するはず。
正しいわざを身につけて

(107) 614行 Neu には、「きょうびの」あるいは「にわかに生え出た（雑草 Unkraut）」という新参者への侮蔑が込められている。——「ポークナー」の前につけられた親称 Freund（友人）は、むしろ心理的な隔たりを感じさせる（→注66）。

(108) 「さっそく zur Stell」は、身元調べを早々に切り上げようという気持ちのあらわれ。民衆を審判に参加させるという提案に激昂したコートナーだが、議題が資格試験に移ってからは淡々と議事を進行させ、無用な争いを避ける気配がある。——師事したマイスターの名も、歌学校への参加歴（→633f.）も、入門希望の初心者に対する質問事項であるが（→歴史的背景8）、新参者には不可欠なのであろう。

(109) ヴァルター・フォン・デア・フォーゲルヴァイデ（1170？-1230？年）は『タンホイザー』にも登場するミンネザングの詩人。第1散文稿には、騎士ヴァルターは「自分が足を踏み入れた場所がミンネザングの集まりだと思い込む」とある。ここではフォーゲルヴァイデの名は時代遅れと受け取られているが（「だが、とうに死んじまってるぜ」→631）、歴史上のマイスタージンガーはミンネゼンガーを祖と仰いでいた（→歴史的背景7）。ワーグナー自身もこの作品を、「（ミンネゼンガーが一堂に会する）『ヴァルトブルクの歌合戦』に真に続き得る喜劇」として強く意識していた（→作品の成立2）。

(110) 「輝かしい森 Waldespracht」は単なる自然描写ではなく、「世界を覆っていた夜が追い払われ、喜ばしい太陽が輝き出す瞬間に味わう、この世界こそかけがえのない私の宝」（『ヴィーベルンゲン』1848年）という再生のよろこびの象徴。『パルジファル』第1幕の「（痛みに悶える夜も去り）／森の朝のみごとさよ Waldes-Morgenpracht」（→P53）にも通じる。

(111) 対をなすシュトレンの各7行目（「フォーゲルヴァイデ Vogelweid」→628／「鳥たちの憩う森の草地 Vogelweid こそ」→641）に師の名を織り込んで「穀粒」韻（→歴史的背景10）を踏んだのは、ミンネゼンガーの遺産を独習した成果か。——ベックメッサーの嫌味は「フォーゲルゲザング」という姓が「鳥の歌」を意味することに引っかけたもの。

[譜例49]

a tempo
Walther (1484)
Herr Wal - ther von der Vo - gel - weid,____ der ist mein Mei - ster ge - we - sen.

(81) ここでザックスが歌う半音階上行音形は、「かつてやさしく微笑んだ春を慕い／やがて目ざめる新たな春を想って」(→624) の余韻であると同時に、第２幕の〈ニワトコのモノローグ〉における「古い響き、それでいて新しい響き──／愛しき五月の鳥の歌声」(→1115) の伏線とみてよい。それに対してコートナーは、オーケストラの〈フォーゲルヴァイデの動機〉に反発するかのよう。

(82) ここからがアプゲザング。まず第１シュトレンには短い序奏が、第２シュトレンにはホルンの単音が先行していたが、ここでは何の準備もなしにヴァルターが歌い始める。これは、同じことの繰り返しによる音楽の遅滞を避けるためだが、そこにはヴァルターのはやる気持ちも反映されている。──アプゲザングの歌い出しは先立つシュトレンとかなり異なるようにみえるが、同じリズムを踏襲し、音程も逆行形（３度下行→５度上行から５度下行→３度上行へ）をとっていることに注目［譜例50］。ただ人間界に眼を転じた 664-668 行は、前後との対照効果を狙ったものと思われるが、いささか取ってつけたような印象は否めない。

(83) なお「やや幅広く」と指示された 670 行以降は、シュトレンの冒頭動機と半音階動機が順序を逆にして現われ、最後は〈フォーゲルヴァイデの動機〉で締め括られる。ヴァルターはコートナーから説明を受ける前に、すでに古い「ミンネザング」を通じてバール形式を知っていたのだろう。いずれにせよ、彼の歌が「古い響き、それでいて新しい響き」なのは、それなりの理由があるわけだ。

(84) オーケストラのテクスチュアは、ニ音の執拗な反復（ヴァイオリンとヴィオラ）と、〈マイスタージンガーの動機〉の断片（ファゴットとコントラバス）のみからなる。たしかに全音階ではあるが、「手を煩わす be(-stellt)」までニ短調の導音（嬰ハ音）は現われず、空虚な印象を与える。

(85) ここで〈記録係の動機 Merker-Motiv〉が完全なかたちで現われる［譜例51］（初出→注43）。この〈記録係の動機〉が、これから判定を受ける〈シュトルツィングの動機〉と酷似しているのは、双方ともが「誇り高い／鼻っ柱が強い stolz」ことを表明しているのだろうか。いずれにせよベックメッサーの嫌みたらたらの言葉の背景には、この二つの動機が交互に幾度も反復される。

und gut er sie bewährt,
was gilt's, wer sie ihn gelehrt?
KOTHNER *(zu Walther)*
655 Seid ihr bereit, ob euch geriet
mit neuer Find ein Meisterlied,
nach Dicht und Weis eu'r eigen,
zur Stunde jetzt zu zeigen?
WALTHER Was Wintersnacht,
660 was Waldespracht,
was Buch und Hain mich wiesen,
was Dichtersanges Wundermacht
mir heimlich wollt' erschließen;
was Rosses Schritt
665 beim Waffenritt,
was Reihentanz
bei heitrem Schanz,
mir sinnend gab zu lauschen:
gilt es des Lebens höchsten Preis
670 um Sang mir einzutauschen,
zu eignem Wort und eigner Weis
will einig mir es fließen,
als Meistersang, ob den ich weiß,
euch Meistern sich ergießen.
BECKMESSER
675 Entnahmt ihr was der Worte Schwall?
VOGELGESANG Ei nun, er wagt's!
NACHTIGAL Merkwürd'ger Fall!
KOTHNER Nun, Meister! Wenn's gefällt,
werd' das Gemerk bestellt.
(zu Walther)
680 Wählt der Herr einen heil'gen Stoff?
WALTHER Was heilig mir,
der Liebe Panier
schwing' und sing' ich mir zu Hoff'.
KOTHNER Das gilt uns weltlich. Drum allein,
685 Meister Beckmesser, schließt euch ein!
BECKMESSER *(erhebt sich und schreitet wie widerwillig dem Gemerk zu.)*
Ein saures Amt und heut zumal!
Wohl gibt's mit der Kreide manche Qual!
(Er verneigt sich gegen Walther.)
Herr Ritter, wißt:
Sixtus Beckmesser Merker ist;
690 hier im Gemerk
verrichtet er still sein strenges Werk.

［譜例50］

大切に育んできた者であれば
誰が師匠でもよいではないか。
コートナー　（ヴァルターに）
よろしければ——もしも
自前の詞と調べで
マイスターたるにふさわしい新作を思いつかれたのなら
それをこの場で披露していただけまいか。
ヴァルター　冬の夜と
森の朝、
書物と自然に教えられた私。
かの詩人の歌が妙なる力で
ひそかに解き明かしてくれた世界。
戦におもむく
馬の蹄の音や
明るい丘の上での
輪舞の声に
ひたすら耳を澄ませた。
そして今、生涯にまたとない褒賞を
歌によって得んとするとき、
これまでの想いは、わが詞、わが調べと化して
身内よりあふれ出し
皆様の耳へと流れ込む、
これぞ——思いつく限りの——マイスターの歌。
ベックメッサー
この言葉の洪水を何と聞く。
フォーゲルゲザング　ほう、大胆な歌いっぷり。
ナハティガル　なんとも妙な具合だ。
コートナー　さあ皆さん、よろしければ
記録係の手を煩わすことにしましょう。
　　（ヴァルターに向かって）
ところで騎士殿は宗教歌を選ばれるか。
ヴァルター　神にも等しい
愛の旗を高く掲げ
希望に向かって歌い上げます。
コートナー　ここの分け方では、世俗歌になりますな。
それではベックメッサー親方、お入りください。
ベックメッサー
　　（立ち上がり、さもいやそうに記録席へ向かう）
つらい役目だ。とりわけ今日は気が重い。
どうやらチョークで幾つも印をつける破目になりそうだ。
　　（ヴァルターに向かって一礼する）
騎士殿、どうかお見知りおきを、
記録係のジクストゥス・ベックメッサーと申します。
この記録席の内にて
粛々とあいつとめます。

(112) 第3散文稿までは、ここで「虹の旋律、薔薇の調子、小夜啼鳥の旋律といった有名な旋律を示し」、そのなかからヴァルターに選ばせる運びになっていた。既成の旋律についての説明を第1場のダフィトにまかせて、マイスターの資格試験（→ 286ff.）にふさわしくヴァルターに自由に歌わせることで、ワーグナーはドラマの筋道をすっきりとさせた。

(113) いきなり was, was, was とたたみかけるアプゲザングは、未熟さゆえの単調とも、若者特有の気負いとも聞こえる（→音楽注82）。——「冬の夜」と「森の朝」、「書物」と「自然」（原語 Hain は「神苑の森」）という対立項の系列は、それぞれ「言葉」と「音楽」の寓意と考えられる（→注123）。

(114) おそらくヴァルター自身は「戦におもむく／馬の蹄の音」（凛々しい闘い＝騎士の理想）にも、「明るい丘の上での／輪舞の声」（平和な楽しみ＝庶民の理想）にも縁遠い生活を送ってきたのだろう（→注65）。だが書物と自然を通じて聞こえてくるはるかなざわめきは、はからずも失われたアルカディア（桃源郷）の記憶を呼び戻すよすがとなった。この（夢のなかのような）情景は、そこはかとなく明と暗、生と死のコントラストをたたえており、鬱蒼とした「森陰の輪舞」と陽光降り注ぐ「明るい丘の上」にたたずむ人影を描いたアルノルト・ベックリン『ローマの五月祭』（1872年、ミュンヘン・ノイエ・ピナコテーク蔵）に通じるものがある。

(115) 資格試験の場ではあるが、議長役のコートナーの口ぶりからは、歌学校の「本歌唱」（→歴史的背景8）のジャンルである宗教歌を一段高く見るマイスターたちの習性がうかがえる。そんなことにはおかまいなく「神にも等しい／愛の旗」を讃えるヴァルターは、神をも恐れぬ大胆さ。

(116) たとえ世俗歌を選ぶにせよ、記録係が1名という設定は史実に反する（→注52）。もちろんベックメッサーの敵役ぶりを決定的に印象づけるために欠かせない詩的虚構である。

(117) 以下のベックメッサーの台詞は自分を三人称で語る、しかつめらしい官庁風。

(86) のちのト書きに「さも小馬鹿にしたような愛想笑いを浮かべて」とあるように、ベックメッサーの言葉のはしばしに、人を小馬鹿にしたような音形が頻出する。とくに「(神の)御加護を！(Gott euch be-)foh(-len sein)」における前打音がよい例だ。おまけに、この旋律「神の御加護を！」は偽終止を伴ってファゴットで、さらにはファゴットとホルンの不気味な和音（ハ音上の七の和音、第5音下方変位）に導かれてチェロとコントラバスで嫌味たっぷりに反復される [譜例52]。

(87) コートナーの言葉の背景には、色褪せたく マイスタージンガーの動機〉（本来のハ長調ではなく平行調のイ短調）と、無意味なトリル音形の連続。このような人間によって、いかにマイスターゲザングの芸術が硬直化されているかが、あからさまに示される。

(88) コートナーの歌は「歌之掟」にふさわしく、同音反復を旨とする「詩篇唱」のスタイルに固執し、シュトレン／シュトレン／アプゲザングの歌い収めでは、たとえ装飾する必然性がなくとも（715行の sei）、華麗な「コロラトゥーラ（歌詞の1音節に数多くの音符を当てる）」を披露してみせる。オーケストラが音をころころ転がすコロラトゥーラを鸚鵡返しになぞるに至っては、戯画ここに極まれりの感がある[譜例53]。――また脚韻の処理も、同じ拍節上の位置で、同じ高さの音を当てる基本原則を守ろうとしている（Bar-dar, Stollen-sollen, Abgesang-lang, Melodei-sei, Baren-bewahren, usw.）。それからすると、第718-719行の gericht'-nicht は「歌いそこね」ということか。――なお第720-721行の「マイスター」に当てられる音符は、4分音符から2分音符へと拡大される。この大仰な歌い収めは、みずからを大きく見せたいというコートナーの願望にほかならないだろう。

(89) ヴァルターが「ぎくりとする」さまは弦楽器のトレモロが描写。また突き放すようなコートナーの言葉のあとに置かれたゲネラルパウゼ（総休止）も、すぐれて意味深長だ。

Sieben Fehler gibt er euch vor,
die merkt er mit Kreide dort an:
wenn er über sieben Fehler verlor,
695 dann versang der Herr Rittersmann.
   (Er setzt sich im Gemerk.)
Gar fein er hört;
doch, daß er euch den Mut nicht stört,
säh't ihr ihm zu,
so gibt er euch Ruh,
700 und schließt sich gar hier ein,
   (Er streckt den Kopf, höhnisch freundlich nickend, heraus und verschwindet hinter dem zugezogenen Vorhange des Gemerkes gänzlich.)
läßt Gott euch befohlen sein.
KOTHNER *(winkt den Lehrbuben — zu Walther)*
Was euch zum Liede Richt und Schnur,
vernehmet nun aus der Tabulatur!
   (Die Lehrbuben haben die an der Wand aufgehängte Tafel der „Leges Tabulaturae" herabgenommen und halten sie Kothner vor; dieser liest daraus.)
„Ein' jedes Meistergesanges Bar
705 stell' ordentlich ein Gemäße dar
aus unterschiedlichen Gesätzen,
die keiner soll verletzen.
Ein Gesätz besteht aus zweenen Stollen,
die gleiche Melodei haben sollen;
710 der Stoll aus etlicher Vers Gebänd,
der Vers hat seinen Reim am End.
Darauf so folgt der Abgesang,
der sei auch etlich Verse lang,
und hab' sein' besondre Melodei,
715 als nicht im Stollen zu finden sei.
Derlei Gemäßes mehre Baren
soll ein jed Meisterlied bewahren;
und wer ein neues Lied gericht',
das über vier der Silben nicht
720 eingreift in andrer Meister Weis,
dess' Lied erwerb' sich Meisterpreis!"
   (Er gibt die Tafel den Lehrbuben zurück; diese hängen sie wieder auf.)
Nun setzt euch in den Singestuhl!
WALTHER *(mit einem Schauer)*
Hier in den Stuhl?
KOTHNER   Wie's Brauch der Schul.

[譜例52]

許される間違いは七つまで、
記録係がチョークでそこに記します。
間違いが七つを超えたら、
騎士様の歌いそこねとなります。
　（記録席に座る）
耳を澄ませて聴きますぞ。
だが、その姿が目に触れて
気を殺がれることのなきよう
音もたてずひっそりと
中に引きこもるのです。
　（頭だけ突き出し、さも小馬鹿にしたような愛想笑いを浮かべてうなずくと、記録席を囲んで引かれたカーテンの奥へ姿を隠してしまう）
神の御加護を！
コートナー（徒弟たちに合図し──さらにヴァルターに向かって）
歌われる際の決まりとして
タブラトゥーアを読み聞かそう。
　（徒弟たちは壁に掛けてあった「歌之掟」を下ろし、コートナーに差し出す。コートナーはそれを読み上げる）

「マイスターの歌うバールは
相異なる詩段からなるも
必ずや正統なる詩型を守り、
何人もこれに違背すべからず。
一段にはシュトレン二連ありて
いずれも同じ旋律にて歌い、
各シュトレンは数行を組み
行末に押韻すべし。
かくしてアプゲザングへと続き
しばし詩行を重ぬるも
シュトレンの含まぬ
新たな旋律にてこれを歌うべし。
マイスターの歌はすべからく
かかる詩型を連ねしバールたるべし。
かくて新しき歌を作りなし、
他のマイスターの旋律を取り込めども
その長さ四音節を超えぬ者には
マイスターの栄誉を授くべし！」
　（「歌之掟」を徒弟たちに返す。徒弟たちはそれを壁に掛けなおす）
さあ、歌唱席についてください。
ヴァルター（ぎくりとして）
この椅子に？
コートナー　ここの決まりです。

(118) 第3散文稿までは「記録係がチョークで記す」のではなく、ダフィトに印をつけさせるという設定。──何が「間違い」とされるのか、タブラトゥーアに定められた規則の具体的な説明が事前にないのは、ベックメッサーの不公正さを際立たせるためか。またマイスターの資格試験の必須項目であるマイスタージンガーの歴史に関する質問（→歴史的背景8）も省かれる。

(119) 徒弟たちは「歌之掟」をコートナーの前に「差し出す（捧げ持つ）halten～vor」。ただし後から「徒弟たちに返す」（→721行下のト書き）とあるので、コートナーは差し出されたタブラトゥーアに手を添えて読み上げ、しかる後に手を放したと解す。

(120) ワーグナーは『年代記』に記された「ニュルンベルクのタブラトゥーア」（1540年）の文面をほぼそのまま利用して──各シュトレンの末尾に十字の印を書き入れるべしという、書面提出にあたっての規則と、アプゲザングの後にアウフゲザングの一部を同じ旋律で繰り返すという、当時頻繁に行なわれていた歌唱法に関する説明を削除したうえで──すべて対韻による4-4-4-6行の詩型に組み直した。ただし古い規則の文言をそのまま引いたため、たとえば「（詩）段 Gesätz」を意味する「バール」が、ここでは詩全体を指すことになっているように、用語法に齟齬をきたしている（→注38、歴史的背景10）。

(121) ヴァルターはマイスター組合の権威を誇示するような「ものものしい背の高い椅子」（→143行下のト書き、注26）にひるむ。第724行は、直訳すれば「歌学校の習慣に従って」。今日は「資格試験だけ」（→297）で、「歌学校じゃない」（→296）ことなど百も承知のコートナーだが、ことあるごとに「歌学校」の権威をふりかざす（→注115）。

[譜例53]

DIE MEISTERSINGER VON NÜRNBERG

(90)「えい、ままよ (sei's) getan!」と、つづく弦楽器群、そして「(歌い手) 着席せり (Der Sän-)ger sitzt」には同じ「ニ→ト」の5度下行音程が現われる。さらに弦楽器群と「はじめよ！Fanget an!」には同じ「イ→ホ」の5度上行音程。

(91)「はじめよ！Fanget an!」は、すでに第1幕第2場でダフィトが口にしている言葉だが、そのときは最初が長3度で、次が完全4度（→注24）だった。この場で音程が完全5度にまで拡大されているのは、ベックメッサーの「威嚇」と取るべきかもしれない。いずれにせよ完全4度が支配するなかで緊張が走る瞬間だが、ふたたびヴァルターの「はじめよ！」で基本的な完全4度（属音→主音）へと戻る。この確固たる和声進行と弦楽器の上行走句は、ヘ長調とト長調という調性の違いはあれ、第3幕の大合唱「目ざめよ！」を先取りしているとみてよいだろう[**譜例54**]。そして「その響きはいや増しに高まり」や「明るく高らかなどよめき」も〈春の促しの動機 Lenzes Gebot-Motiv〉[**譜例63**]の先取り。――なお背景には、弦楽器による〈衝動の動機〉[**譜例7**]と、一対のホルンによる〈自然の動機 Natur-Motiv〉（初出）が重なり合って現われる[**譜例55**]。この〈自然の動機〉は第2幕でザックスの〈ニワトコのモノローグ〉を導き出す重要な役割を果たすことになるが、いずれの場面も、当人が現実の枷から解き放たれた心境に達している点で共通するところがある。

(92) ヴァイオリンがベックメッサーの「不機嫌そうな溜息」を〈記録係の動機〉[**譜例51**]の断片で裏打ちする。まだ第1シュトレンの途中にもかかわらず（全体の構造→訳注122）、ベックメッサーの牽制（→訳注125）に対し、ただちに応戦に転じるのは並大抵の腕前ではない。ただ、詩型はともかくとして、音楽そのものは「静まり返った～炉端で Am stillen Herd」（→622）に比べると、いささか性急にして自己陶酔的な感は否定できない。

(93) 弦楽器が「椅子から立ち上がる」さまを上行走句で描写する。第2シュトレンの「はじめよ！」も完全4度だが、今回はニ音上の短三和音の第3音に向けた跳躍。ここから音楽はふたたび〈衝動の動機〉と〈自然の動機〉を展開してゆく。

WALTHER *(besteigt den Stuhl und setzt sich mit Widerstreben. — beiseite)*
725 Für dich, Geliebte, sei's getan!
KOTHNER *(sehr laut)*
Der Sänger sitzt.
BECKMESSER *(unsichtbar im Gemerk, sehr laut)*
„Fanget an!"
WALTHER Fanget an!
So rief der Lenz in den Wald,
730 daß laut es ihn durchhallt:
und, wie in fern'ren Wellen
der Hall von dannen flieht,
von weither naht ein Schwellen,
das mächtig näher zieht.
735 Es schwillt und schallt,
es tönt der Wald,
von holder Stimmen Gemenge;
nun laut und hell,
schon nah zur Stell,
740 wie wächst der Schwall!
Wie Glockenhall
ertost des Jubels Gedränge!
Der Wald,
wie bald
745 antwortet er dem Ruf,
der neu ihm Leben schuf:
stimmte an
das süße Lenzeslied.
(Man hört aus dem Gemerk unmutige Seufzer des Merkers und heftiges Anstreichen mit der Kreide. Auch Walther hat es bemerkt; nach kurzer Störung fährt er fort:)
In einer Dornenhecken
750 von Neid und Gram verzehrt,
mußt' er sich da verstecken,
der Winter, grimmbewehrt:
von dürrem Laub umrauscht,
er lauert da und lauscht,
755 wie er das frohe Singen
zu Schaden könnte bringen. —
(Er steht vom Stuhle auf.)
Doch: fanget an!
So rief es mir in die Brust,
als noch ich von Liebe nicht wußt'.

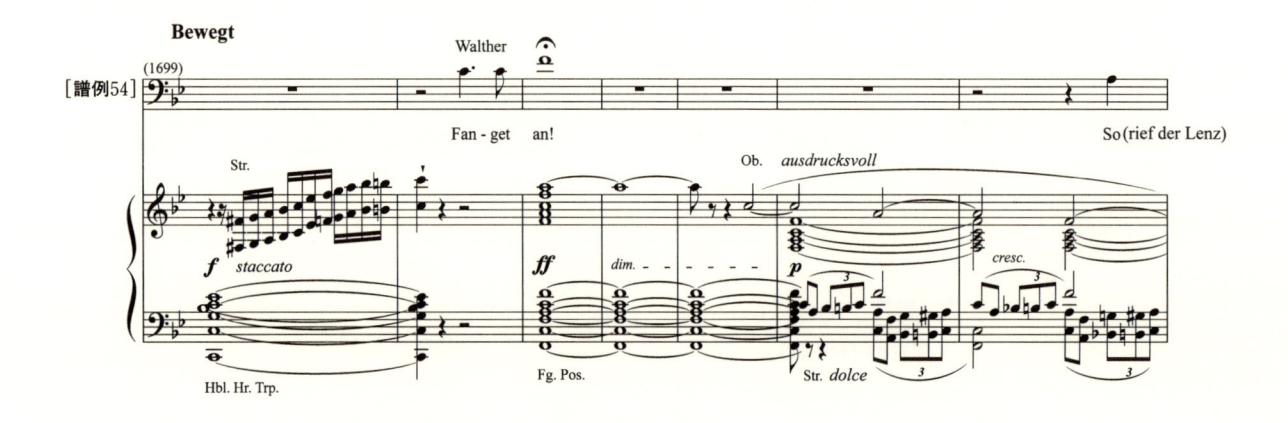

ヴァルター　（歌唱席に上がり、しぶしぶ腰を下ろす——傍白）

いとしい人、あなたのために……えい、ままよ。

コートナー　（大音声を発する）

歌い手、着席せり！

ベックメッサー

（姿は見えないが、記録席から大声で）

はじめよ！

ヴァルター　はじめよ！　と
春が森へ呼びかけると
その声は隅々まで轟き渡った。
そして遙かな波のように
彼方へ消え失せると、
遠い果てから湧き起こったうねりが
滔々と押し寄せてきた。
その響きはいや増しに高まり
やさしく混じり合う声また声に
森はざわめく。
明るく高らかなどよめきは
ついそこまで迫ると
一気に膨れ上がり、
響き交わす歓喜の声は
鐘のごとくに高鳴る。
森は
たちまち
新たな命を生み出す
呼び声に応え、
甘美なる春の歌を
歌いはじめた。

（記録席の中から記録係の不機嫌そうな溜息と、激しく書きつけるチョークの音が聞こえてくる。ヴァルターもそれに気づき、わずかに中断するが、歌い続ける）

恨み、嫉みに身を焦がし
茨の茂みに
追い込まれた冬は
憤怒の鎧を着込み
枯れ枝の葉ずれの向こうに
こっそり聞き耳を立てている。
この楽しげな歌声を、どうして
ぶち壊してやろうかと——

（椅子から立ち上がる）

だが、はじめよ！　と
呼びかける声は
まだ愛を知らぬ私の胸に響いた。

(122) 記録係は歌い手の着席を待って「はじめよ」と命じ、バールの終わりでいったん休止させ、あらためて「続けよ」（→ 1696、2995）と促すのが決まり。ところがヴァルターの歌に「続けよ」の声がかからないのは、バールを歌い切らぬうちに止められ、混乱に巻きこまれてしまったから。〈資格試験の歌〉全体はA(728-756)-A(757-777／長い中断／883-890)-B(891-913)という一個の長大なバールだが、「過大の調べ」の禁則（→歴史的背景10）には触れない。ベックメッサーが第2シュトレンの途中で止めたのは、詩の構造を把握できていない証拠。あるいはA(728-748)-B(749-756)-A'(757-777)のリート形式と誤解したのか。

(123) 第1シュトレンを支配する「森」のイメージは、技巧以前の自然な歌心を象徴し、第3幕〈夢解きの歌〉でマイスター組合を寓意する「庭」（→注377）と対置される。また「森のざわめき」は意識下の世界に通じ（→S音楽注173）、「遠い果てから湧き起こったうねり」が無数の「声また声」となって「鐘のごとくに高鳴る」さまは、ワーグナーの「無限旋律」生成の秘密を伝える。「一心不乱に耳を澄ますと、森のなかで目をさましはじめた数え切れぬほどさまざまな声が、しだいにはっきり聞こえてくる。それまで聞いたこともなかったようないろいろな声が新たに加わり、しだいにその数を増すにつれて、音は不思議な具合に強まってゆく。声はどんどん大きくなり、彼の耳はあれほど多くの声と旋律をひとつずつ聞き分けているのに、しじまを圧して冴えざえとした調子に膨れ上がったどよめきは、どうみても一本の大きな旋律なのだ」（『未来音楽』1860年）。

(124) ここまでの範囲で、しいて規則違反を挙げれば、Wald/durchhallt, schallt/Waldの押韻が、無気音tと有気音dの「硬軟」取り違え（→注35）にあたることくらいか。

(125) ベックメッサーの牽制に、ヴァルターはにわかに調子を転じ、眼前の状況を歌に織り込む。「シュトレンの間には《つぎはぎ》がはさまっている」（→ 920）とベックメッサーが誤解したのは、この変調ゆえ。グリムのメルヘン「藪の中のユダヤ人」（KHM110）を連想させる「茨」の陰に身を隠す「冬」（生命枯渇の寓意）は記録係への当てこすり。「嫉みNeid」は『指環』の重要なモティーフのひとつ（→Rh注41）。ハンス・ザックスも「歌学校の内に目ざめる嫉みneitこそ庭を荒らす獣」（『歌学校の芸術』1527年）と指摘している。

(126) 現存するタブラトゥーアに該当する規則は見あたらないが、ハンス・ザックス『歌学校の罰則一覧』（1516年）には「歌唱席から飛び上がらぬこと」と記されている。

[譜例55]

(94) 〈衝動の動機〉と〈自然の動機〉が語るように［譜例55］、「未知の想い」とは、愛 Liebe＝春 Lenz によって促された、やむにやまれぬ衝動とみてよい。これについては『ヴァルキューレ』第1幕の、ジークムントを「春」、ジークリンデを「愛」になぞらえたくだりが参考になる（「愛と春とが結ばれるのだ！」→ W 461）。

(95) 第1シュトレンの「森は／たちまち Der Wald／wie bald」（→ 743）と同じく、ここからオーケストラは3連音のリズムを刻む。『タンホイザー』第2幕の「歌の殿堂」でおなじみの、胸の高鳴りを表わす常套手段［譜例56］。

(96) ベックメッサーが第2シュトレンの途中で歌を打ち切った理由は（→訳注122、125）、彼が詩の構造を理解できていなかったことに加えて、ヴァルターの大仰な歌い収めも誤解の引き金となったのだろう。「これで終わりかな」と「え、なぜですか」に同じ減5度音程が当てられているのも、行き違いに対する作曲家のあてこすり。つづいて〈シュトルツィングの動機〉［譜例46］が完全なかたちで回帰してくるが、すぐに旋律が落下してゆくのはヴァルターの失望感の表明とみてよい。そして木管とホルンのスタッカートによる〈嘲りの動機 Spott-Motiv〉（初出）［譜例57］。

(97) ヴァルターの抗議は「許しておかれるのか (Er-)laubt」や「どなたも al(-len)（〜聞いてくださらぬのか）」に長い音価を当てているため、いささか間延びした印象を与える。

(98) これに対してベックメッサーは〈嘲りの動機〉に乗って息もつかせずたたみかけてくる（ポークナーの gereizt を引き取って geizt と韻を踏む）。とくに「協議 der Meister Rat（を待つまでもなく）」の、もったいぶった節回しには悪意があるとしか思えない。ベックメッサーの台詞は「情けない」と嘆くが、音楽は「ざまあみろ」と快哉を叫んでいる。

760 Da fühlt' ich's tief sich regen,
   als weckt' es mich aus dem Traum;
   mein Herz mit bebenden Schlägen
   erfüllte des Busens Raum:
   das Blut, es wallt
765 mit Allgewalt,
   geschwellt von neuem Gefühle;
   aus warmer Nacht,
   mit Übermacht,
   schwillt mir zum Meer
770 der Seufzer Heer
   in wildem Wonnegewühle.
   Die Brust,
   wie bald
   antwortet sie dem Ruf,
775 der neu ihr Leben schuf;
   stimmt nun an
   das hehre Liebeslied.
   BECKMESSER (den Vorhang aufreißend)
   Seid ihr nun fertig?
   WALTHER   Wie fraget ihr?
780 BECKMESSER   Mit der Tafel
     (grell)
   ward ich fertig schier!
     (Er hält die ganz mit Kreidestrichen bedeckte Tafel heraus. Die Meister brechen in ein Gelächter aus.)
   WALTHER   Hört doch, zu meiner Frauen Preis
   gelang ich jetzt erst mit der Weis.
   BECKMESSER   (das Gemerk verlassend)
   Singt wo ihr wollt! Hier habt ihr vertan!
785 Ihr Meister, schaut die Tafel euch an:
   so lang ich leb', ward's nicht erhört!
   Ich glaubt's nicht, wenn ihr's all auch schwört!
   WALTHER
   Erlaubt ihr's, Meister, daß er mich stört?
   Bleib' ich von allen ungehört?
790 POGNER   Ein Wort, Herr Merker! Ihr seid gereizt.
   BECKMESSER
   Sei Merker fortan, wer danach geizt!
   Doch daß der Junker hier versungen hat,
   beleg' ich erst noch vor der Meister Rat.
   Zwar wird's 'ne harte Arbeit sein:
795 wo beginnen, da wo nicht aus noch ein?
   Von falscher Zahl und falschem Gebänd

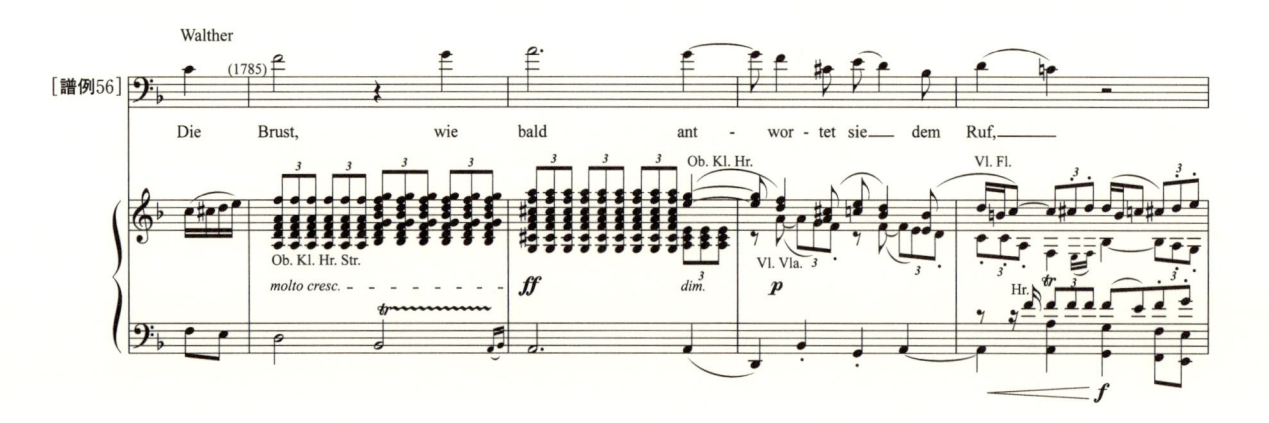

まるで夢からさめたように
深くうごめくものを感じ、
ふるえる鼓動に
胸は、はち切れんばかり。
たぎる血潮は
有無をいわせず
未知の想いに沸き立つ。
夜のぬくもりのなかから
さながら海のように
澎湃と湧き上がるのは
狂おしき歓喜ゆえの
溜息の数々。
胸は
たちまち
新たな命を生み出す
呼び声に応え、
気高い愛の歌を
歌いはじめた。
ベックメッサー (カーテンを乱暴に押し開き)
これで終わりかな。
ヴァルター え、なぜですか。
ベックメッサー 黒板が
(とげとげしく)
終わったと言っているんだ。
(チョークの線でいっぱいになった黒板を取り出す。マイスターたちはどっと吹き出す)

ヴァルター どうか、お聴きください。
やっと女性を讃えるところまできたのですから。
ベックメッサー (記録席をあとにして)
どこへでも行って歌うがいい。だが、ここでは落第だ。
皆さん、黒板をよく御覧ください。
生まれてこの方、こんな歌は聞いたことがない。
たとえ皆さんがなんと言おうと、断じてない。
ヴァルター
皆さん、妨害を許しておかれるのか。
どなたも私の歌を聴いてくださらぬのか。
ポークナー もし、記録係殿、おさえて、おさえて。
ベックメッサー
記録係なんか、やりたい奴にやらせるがいい。
だがユンカーが歌いそこねたことは
協議を待つまでもなく、私が太鼓判を押す。
それにしても右も左もわからぬ歌いっぷりに
付き合わされるのはつらい仕事。
音数や韻の踏み方の間違いは

(127)「未知の想い(直訳：新しい感情) neuem Gefühle」とは愛のことだが(→音楽注94)、その芽生えと成長について物語る第2シュトレンのテクストは、『ラインの黄金』序奏のイメージ「生成の暁闇がいまだ大地と海の上に垂れこめている遥かなる劫初」(ドロイゼン)にも通じる。

(128) 772/773行 Brust/bald は韻を踏んでいないが、韻文台本(1862年)では Die Brust/mit Lust ときれいに押韻されていた。すなわちワーグナーはヴァルターの未熟さを示すために、スコア(1867年)の段階でわざと型を崩したことになる。

(129) この一節には、外界からの「呼び声 Ruf」に内面から「応える antwortet」声が溶け合うことで音楽が生まれるというワーグナーの持論が反映している。「音楽が音を通じて聴覚に伝えてよこすのは、われわれが魂の底から外界に向けて発する叫びとまぎれもなく同じものである」(『ベートーヴェン』1870年)。左記の論文においてワーグナーは自身の体験から、ゴンドラ乗りの呼び交わす声がヴェネツィアの運河に響き合う「音にみたされた夜の夢」を例に引いている。

(130) 原語 Frauen Preis には、歌で「女性を讃える」ことのほかに、歌合戦の「褒賞として女性を得る」という意味もある。

(131) ヴァルターの「間違い」を数え立ててマイスターたちに訴えるベックメッサーのふるまいは、歌い手の犯した誤りは「他の人々の嘲笑を浴びぬよう、本人だけに教えること」というタブラトゥーアの定めに反する(→歴史的背景9)。

(132)「音数の間違い」とは、押韻する行の音節数(および、そのうち強勢をともなう「脚」数→歴史的背景10)が不ぞろいなことをいうのであろう。たとえばアプゲザングの終わり近くの押韻行(→910/911)の音(脚)数＝3(2)/8(4)が考えられるが、これは規則上、減点の対象となるような「間違い」ではない。「韻の踏み方の間違い」については(→注124、128)。

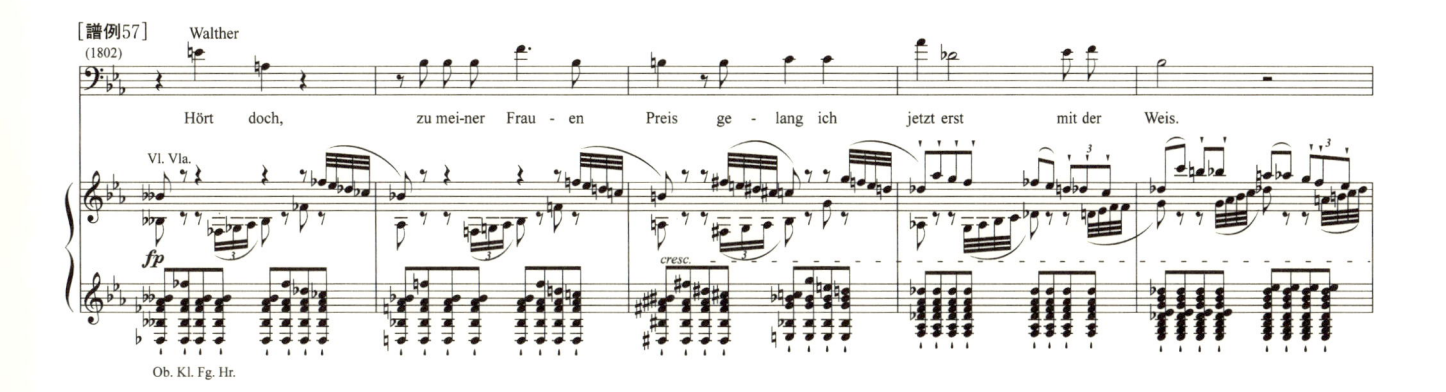

[譜例57]

(99) ベックメッサーのたたみかけは、まず「舌足らず blinde Meinung」の鋭い不協和音で、さらにはホルンのゲシュトプフト奏法による押し潰された響き「でたらめ unsinniger」で頂点に達する［譜例58］。そして「こんなでたらめが通ってよいのか！」の背景にある分散和音下行音形が、そうだ、そうだと煽動に乗る重唱に引き継がれてゆくのは、マイスターたちが烏合の衆である証しと考えるべきだろう。この重唱のバス声部には4度の枠音程を律義に守った半音階下行音形と、つづいて〈嘲りの動機〉［譜例57］が現われる。

(100) たしかにヴァルターの歌には、ベックメッサーが例示するような「コロラトゥーラ」はなかったが、「歌の区切りも〜／旋律の片鱗さえもない」と断じるのは事実に反する。また、この「旋律 Melodei」に当てられた旋律は、ダフィトの「（レーネさんの助けなしでは／）パンと水の歌を Brot- und Wasserweis（むなしく口にするのみ）」（→262）に当てられた旋律と同じ。おそらく、歌学校で習得しなければいけない節回しのひとつなのだろう。──いずれにせよ、烏合の衆たるマイスターたちが口々に言いつのる背景には、彼らが理解できなかった〈衝動の動機〉［譜例7］が繰り返し現われる。

(101) オーケストラに二つの新しい動機が導入される。半音階的な〈懸念の動機 Motiv der Sorge〉（クラリネット、ファゴット、ホルン、第2ヴァイオリン、ヴィオラ）、そして全音階的な〈好意の動機 Motiv des Wohlwollens〉（第1ヴァイオリンのみ、G線）［譜例59］。前者には半音階下行の枠音程として、後者には順次・跳躍音程として、基本的な4度進行が明らかに見て取れる。

(102) 〈嘲りの動機〉に乗ったベックメッサーの勢いは止まらない。短6度跳躍上行→完全5度跳躍下行の音程反復（ト→変ホ→変イ、1小節単位）、および「そこから好きなように出入りさせ da aus und ein nach Belieben」と「したい放題をさせようというのだ ihr Wesen leicht sie trieben!」のゼクウェンツ（2小節単位）を経て、ザックスに対する「あてこすり」へと変化してゆく（流行歌 Gassenhauer →569）。

schweig' ich schon ganz und gar:
zu kurz, zu lang — wer ein End da fänd'?
Wer meint hier im Ernst einen Bar?
800 Auf „blinde Meinung" klag' ich allein:
Sagt, konnt' ein Sinn unsinniger sein?
MEHRERE MEISTER　Man ward nicht klug!
Ich muß gestehn, ein End konnte keiner ersehn.
BECKMESSER
Und dann die Weis, welch tolles Gekreis
805 aus „Abenteuer"- „blau Ritterspornweis",
„hoch Tannen"- „stolz Jüngling"-ton!
KOTHNER　Ja, ich verstand gar nichts davon.
BECKMESSER　Kein Absatz wo, kein' Koloratur,
von Melodei auch nicht eine Spur!
MEHRERE MEISTER　(sind in wachsendem Aufstand begriffen)
810 Wer nennt das Gesang?
Es ward einem bang!
Eitel Ohrgeschinder!
Auch gar nichts dahinter!
KOTHNER
Und gar vom Singstuhl ist er gesprungen!
BECKMESSER
815 Wird erst auf die Fehlerprobe gedrungen?
Oder gleich erklärt, daß er versungen?
SACHS　(der vom Beginn an Walther mit wachsendem Ernst zugehört hat, schreitet vor.)
Halt, Meister! Nicht so geeilt!
Nicht jeder eure Meinung teilt.
Des Ritters Lied und Weise,
820 sie fand ich neu, doch nicht verwirrt;
verließ er unsre Gleise,
schritt er doch fest und unbeirrt.
Wollt ihr nach Regeln messen,
was nicht nach eurer Regeln Lauf,
825 der eignen Spur vergessen,
sucht davon erst die Regeln auf!
BECKMESSER
Aha, schon recht! Nun hört ihr's doch:
den Stümpern öffnet Sachs ein Loch,
da aus und ein nach Belieben
830 ihr Wesen leicht sie trieben!
Singet dem Volk auf Markt und Gassen!
Hier wird nach den Regeln nur eingelassen.
SACHS　Herr Merker, was doch solch ein Eifer?

いちいち挙げつらうのも愚かなこと、
短過ぎたり、長過ぎたり——終わりも定かではない。
これでバールだなどと馬鹿を言ってもらっては困る。
ここは「舌足らず」を指摘するにとどめておくが、
ええ？ こんなでたらめが通ってよいのか！
マイスターたち（多数） なんだかわからなかったな。
正直に言って、どこで終わるのかわからなかった。
ベックメッサー
それから節まわしも、えらく耳ざわりで堂々めぐり。
使った調べは「猪突猛進」と「酔いどれ騎士の拍車」
「ひょろ長樅の木」と「生意気な若造」ばかり。
コートナー そうだ、何が何やらわからなかった。
ベックメッサー 歌の区切りも、コロラトゥーラも、
旋律の片鱗さえもない。
マイスターたち
　（しだいに不穏な空気にのまれてゆく）
こんなものが歌と呼べるか。
気分が落ち込むだけだ。
まったく耳が痛くなる。
それに中身は空っぽ。
コートナー
おまけに席から跳び上がったぞ。
ベックメッサー
ともかく間違いの確認に入りますか。
それとも、この場で歌いそこねと宣告しますか。
ザックス （最初からヴァルターの歌に注目し、しだいに真剣な面
　持ちで聴き入っていたが、ここで前に歩み出る）
お待ちください、皆さん、そう慌てずに。
皆さんの意見には賛成しかねる者もおります。
私は騎士殿の詞や曲を
新しいと感じこそすれ、でたらめだとは思いません。
たしかに、われらの流儀からは外れていますが、
その足どりは迷いもなく、しっかりしています。
こちらの規則に合わない相手を
こちらの規則で測ろうというのなら、
規則に至る筋道を忘れずに
規則のよってきたるところを求めなくては。
ベックメッサー
ふん、そりゃ結構な話だ。お聞きの通り
ザックスは未熟者のために風穴を空けて
そこから好きなように出入りさせ、
したい放題をさせようというのだ。
そこいらで民衆相手に歌うのは勝手だが、
ここでは規則を守らぬ者を仲間に入れるわけにはいかん。
ザックス 記録係殿、何をそんなにむきになる。

(133)「短過ぎ、長過ぎ」や「舌足らず」（→歴史的背景11）に該当する箇所はない。「どこで終わるのかわからなかった」という声は、マイスターたちが歌の構造を理解できていない証拠だが（→注122）、これはワーグナーの「無限旋律」に向けられた揶揄の言葉でもある（→注123）。

(134) ヴァルターをこき下ろそうというベックメッサーの意図を汲んで意訳したが、いずれも実在した旋律名。「猪突猛進」（直訳：冒険の旋律）はハンス・フォルツ（？-1515年）、「酔いどれ騎士の拍車」（直訳：青い騎士の拍車の旋律）と「生意気な若造」（直訳：誇り高き若者の調べ）はW・A・メッツガー（？-1632年）、「ひょろ長樅の木」（直訳：高い樅の木の調べ）はハインリヒ・ヴォルフ（生没年不詳）の作。

(135) ベックメッサーの酷評（→ 808f.）は、ワーグナー自身が反対陣営から浴びたものでもある。ワーグナーは逆に「コロラトゥーラのような何の意味もない音型を歌わせる」（『パスティッチョ』1834年）イタリア・オペラを批判し、楽劇には「旋律の片鱗さえもない」という声に対して、自分の考える「旋律」とは「旋律と並んで無旋律の時間が長く続く絶対旋律」（『オペラとドラマ』1852年）ではなく、「果てしなく続く一本の流れのように作品の隅々まで浸透する無限旋律」（『未来音楽』1860年）であると反論した。マイスタージンガー組合の伝統に挑み、激しい拒絶にあうヴァルターには、音楽界の既成の壁に立ち向かうワーグナーその人の姿が描き込まれているとみてよいだろう。

(136) 825-826行を直訳すれば、「みずからの痕跡（＝マイスタージンガー組合の伝統）を忘れて／そこに davon 規則を求むべし」となるが、これでは辻褄が合わない。「そこ」を「規則（を生み出す）に至る（必然の）筋道」と解し、今ではそれを「忘れてしまっているが」、まずは原点を思い起こし、そこへ立ち返るべし、という根源回帰の趣旨に沿って読む。

(137)「そこいら」の原語は Markt und Gassen（市場や小路）。一般市民を見下すベックメッサーの特権意識（→注62）がにじみ出ている。歴史上のハンス・ザックスも、マイスター歌だけでなく、数多くのリート（通俗歌曲）やシュヴェンケ（→注142）によって大衆的な人気を博した。

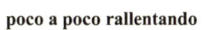

[譜例59]

DIE MEISTERSINGER VON NÜRNBERG

(103) ザックスの説得に入ると、音楽は穏やかな楽想（弦楽器のみ）に転じるが、ベックメッサーの旋律で突出していた変ホ音はここでも際立っている（reifer, besser）。腹に一物ありといったところか。

(104) ベックメッサーの興奮ぶりは誰の目にも明らかだから、〈マイスタージンガーの動機〉［譜例1］や〈芸術の動機〉［譜例4］、そして〈ヨハネ祭の動機〉［譜例39］まで動員したザックスの主張は、いかにも正論のようにみえる。だが、その直前、彼はヴァルターの応募の歌を擁護して「こちらの規則に合わない相手を／こちらの規則で測ろうというのなら／規則に至る筋道を忘れずに／規則のよってきたるところを求めなくては」（→823ff.）と主張している。つまり規則というものが絶対ではないと言いながら、その舌の根も乾かぬうちに、規則を持ち出してベックメッサー批判のよりどころとしているのである。──いや、それよりも問題なのは、もしヴァルターが試験に合格すれば、エファをめぐって、ベックメッサーの手強い競争相手となることは試験の「前」から明らかだった。判定に利害関係のあるベックメッサーが記録係になることに疑義をさしはさむとすれば、ザックスは試験の前に申し出るべきだった。彼は言うべきときには言わず（これも広義の意味での「嘘」）、頃合を見はからって「横車にならなければよいのだが」と切り出し、もっとも効果的なタイミングで「個人攻撃」に出たのである。

(105) ダフィトの「親方から膝紐の歌を一発見舞われる」（→261）以来、久々に〈靴屋の動機〉［譜例26］が現われるが、周囲から孤立して発せられるdaß以降は、その無骨な楽想も姿を消し、バスの保続音上に6/8拍子特有のリズムが揺れる［譜例60］。この軽やかな舞曲ふうのリズムに加えて、旋律線も跳躍上行すれば順次下行に、跳躍下行すれば順次上行に折り返す、しごく自然な流れ。こうして一見のどやかな音楽は、「ロバ乗りEseltreiber」と「市書記殿Stadtschreiber」という辛辣きわまりない台詞（→訳注143）と乖離し、そこにすぐれて喜劇的な効果が生じる。

Was doch so wenig Ruh?
835 Eu'r Urteil, dünkt mich, wäre reifer,
hörtet ihr besser zu.
Darum, so komm' ich jetzt zum Schluß,
daß den Junker man zu End hören muß.
BECKMESSER
Der Meister Zunft, die ganze Schul,
840 gegen den Sachs da sind wir Null!
SACHS Verhüt es Gott, was ich begehr',
daß das nicht nach den Gesetzen wär'!
Doch da nun steht geschrieben:
„Der Merker werde so bestellt,
845 daß weder Haß noch Lieben
das Urteil trübe, das er fällt."
Geht der nun gar auf Freiers Füßen,
wie sollt' er da die Lust nicht büßen,
den Nebenbuhler auf dem Stuhl
850 zu schmähen vor der ganzen Schul?
(Walther flammt auf.)
NACHTIGAL Ihr geht zu weit!
KOTHNER Persönlichkeit!
POGNER Vermeidet, Meister, Zwist und Streit!
BECKMESSER
Ei! Was kümmert doch Meister Sachsen,
855 auf was für Füßen ich geh'?
Ließ er doch lieber Sorge sich wachsen,
daß mir nichts drück' die Zeh!
Doch seit mein Schuster ein großer Poet,
gar übel es um mein Schuhwerk steht:
860 da seht, wie's schlappt,
und überall klappt!
All seine Vers' und Reim'
ließ' ich ihm gern daheim,
Historien, Spiel' und Schwänke dazu,
865 brächt' er mir morgen die neuen Schuh'!
SACHS *(kratzt sich hinter den Ohren)*
Ihr mahnt mich da gar recht:
doch schickt sich's, Meister, sprecht,
daß find' ich selbst dem Eseltreiber
ein Sprüchlein auf die Sohl,
870 dem hochgelahrten Herrn Stadtschreiber
ich nichts drauf schreiben soll?
Das Sprüchlein, das eu'r würdig sei,
mit all meiner armen Poeterei,
fand ich noch nicht zur Stund.

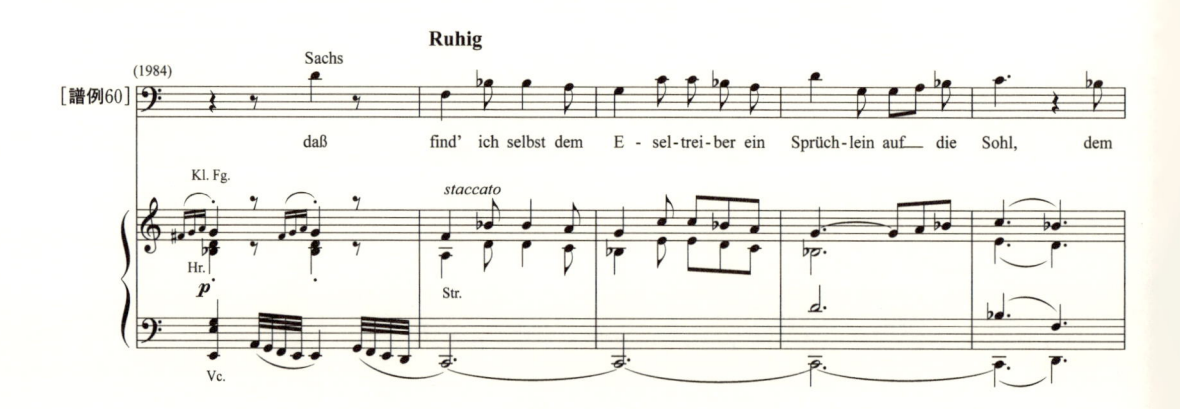

なんでそんなに落ち着かない。
じっくり耳を傾ければ
見方も深まるはず。
結論を申し上げれば
ここはユンカー殿の歌を最後まで聴くべきです。

ベックメッサー
マイスターの組合も、歌学校もすべて
ザックス様に比べれば無きに等しいというわけか。

ザックス　願わくは、私の求めが
横車にならなければよいのだが。
掟にはこう記されているではないか。
「記録係は
判定に際して愛憎に
目の曇らぬ者たるべし」と。
しかも御当人が求婚に足を踏み込んだところとあっては
歌唱席に座る恋敵を
満座のなかで辱めようという誘惑を
とても捨てきれまい。
　　　（ヴァルター、にわかに気色ばむ）

ナハティガル　言葉が過ぎるぞ。

コートナー　個人攻撃だ。

ポークナー　皆さん、どうか諍いはおやめください。

ベックメッサー
これはザックス親方、お気遣い痛み入る。
私の足がどうかしたって？
それよりも、親指に当たらぬ靴を作ることに
少しは気を遣ってもらいたいね。
行きつけの靴屋がお偉い詩人になってからというもの
どうも靴の具合が悪くてね。
ほら、こんなにブカブカで
しかも、あちこち当たるんだ。
詞だろうが、韻だろうが
どうぞ御勝手に。
お話も、お芝居も、お笑いもお任せだ。
ただ、明日までに新しい靴を仕上げてほしいもの。

ザックス　（頭をかき）
こりゃあ図星だ。
だが皆さん、いかがなものだろう。
ロバ乗りの靴の裏にさえ
ちょっとした詞を書いてやる私が
学識めでたい市書記殿の靴底に
何も書いてはいけないというのか。
貴殿にふさわしい言葉を探して
貧しい詩囊を絞ってはいるが
なかなか見つからないのだ。

(138) ザックスの発言には、「じっくり耳を傾け」ることを忘れた19世紀の聴衆や批評家に対するワーグナーの批判が込められている。「真に感動的な作品に耳を傾けながらも〜聴く者の注意をそらす不愉快きわまりない光景が目の前にちらつくのがコンサートホールの常である」（『ベートーヴェン』）。——836行の後に韻文台本ではザックスの発言がさらに6行続き、マイスター（複数）の賛成発言が出はじめるのだが、ワーグナーはスコアでこれを削除し、反対の声を際立たせた。

(139) ワーグナーは『年代記』の一節「記録係の父親や息子、兄弟などが歌うときは、公正をはかるため、記録係に代わって会計責任者等が席につく」をメモにとり、「おそらくは個人的な敵や恋敵の場合も？」と付け加えている。なお『年代記』には「記録係は私情によって判定してはならない」という規則も見られる。——ザックスは事前にベックメッサーの求婚についてポークナーから打ち明けられ、相談を受けていたのだろう。ヴァルターは、ここではじめてベックメッサーが自分の恋敵であることを知る。

(140) 「ニュルンベルクのタブラトゥーア」は、たとえ内輪の「宴会歌唱」（→歴史的背景8）であっても、他の会員を貶める「個人攻撃 Reizer」を禁じている。

(141) 「親指に当た（る）die Zeh drücken」（直訳：足の親指を押す）は、同種の表現「相手の感情を害する die Zeh treten」（直訳：足の親指を踏む）とかけたもの。

(142) 「お話 Historie」は（多くは教訓を織り込んだ）短い物語詩。ハンス・ザックスの「（お）芝居 Spiel」は謝肉祭劇85点のほか、悲劇58点、喜劇70点を数える。「お笑い」と訳した「シュヴェンケ Schwänke」は、風刺を効かせた韻文型の短い滑稽譚。いずれもベックメッサーの目には、マイスター歌よりも低級な余技と映っているようだ。

(143) (hoch)gelahrt(en) という殊更に古風な言いまわしを用いてベックメッサーの大仰な「学識」ぶり（→注94）を揶揄したうえで、押韻によって「市書記殿 Stadtschreiber」を「ロバ乗り Eseltreiber」と同列に貶め、いくら「追い立て treiben」ようと頑として動かないロバの強情ぶりをベックメッサーに重ね合わせる、ザックスの巧妙にして辛辣な手口。「詞（言葉）Sprüchlein」については（→歴史的背景6）。

(106) 〈シュトルツィングの動機〉[譜例46]から始まる一節は、2/2拍子「活気をもって」。ト書きの「大いに発奮して in großer Aufregung」は「かっとなって」とも訳せるが、ここではザックスの台詞に対する反応と解した。あるいは、このト書きは総譜の歌詞第876行の上に位置していることから、以心伝心の行動と捉えることもできよう。──マイスターたちの台詞には〈靴屋の動機〉[譜例26]、ザックスの台詞には〈懸念の動機〉[譜例59]、そしてベックメッサーの以下の台詞には、もちろん〈記録係の動機〉[譜例51]。

(107) ここから中断されていた第2シュトレンの後半(→訳注122)、すなわち第1シュトレンの第749行「恨み、嫉みに身を焦がし〜」以降に相当する部分が始まる。幕切れまでの音楽は「アンサンブル・フィナーレ」だが、ヴァルターを中心に考えれば、喜劇に欠かせない「邪魔される歌」のカテゴリーに入れてもよい(第2幕の「セレナーデ」の先取り)。──第2シュトレンの後半は、トロンボーン群の暗い響きや「漆黒の群れまた群れが/一斉にわめき立てる」の不吉な減三和音に支配されていたが[譜例61]、アブゲザングはハープの分散和音や歌の完璧な全音階によって明るさを取り戻す[譜例62]。なお「輝くばかりに strahlend」には、ホルンによる〈自然の動機〉[譜例53]。

(108) これまでオーケストラには〈衝動の動機〉[譜例7]の変形が繰り返し現われていたが、ここにおいて〈春の促しの動機 Lenzes Gebot-Motiv〉[譜例63](次頁)へと変容を遂げる。この「甘美なる痛みに膨らみ/苦しみは天翔る翼と化す」は、第2幕の「ニワトコのモノローグ」において、ザックスの言葉「力強い春の声と/愛しくも、やむにやまれぬ想い」(→1121)を引き出すことになるだろう。──なお、この場は各人が入り乱れて同時に歌うわけだが、ヴァルターの「わが胸は〜」に、ザックスの懇願「ザックスの頼みだ、どうか聞いてくれ」(→951)、ベックメッサーの攻撃「随所に〈舌足らず〉の箇所がある」(→921)、そしてポークナーの懸念「(ここで押し切られては/)面倒なことになりそうだ」(→965)が時間差をもって重なり合っているところに注目されたい。

(109) 「あの緑なす草地へ帰る」(→906)に〈フォーゲルヴァイデの動機〉[譜例49]が帰ってくるが、すぐに徒弟どもの〈花の冠の動機〉[譜例31]にかき消されてしまう。

875 Doch wird's wohl jetzt mir kund,
　　(Walther steigt in großer Aufregung auf den Singstuhl und blickt stehend herab.)
　　wenn ich des Ritters Lied gehört:
　　drum sing' er nun weiter ungestört!
BECKMESSER　Nicht weiter! Zum Schluß!
DIE MEISTER　Genug! Zum Schluß!
SACHS　*(zu Walther)*
880 Singt dem Herrn Merker zum Verdruß!
BECKMESSER
　　Was sollte man da wohl noch hören?
　　Wär's nicht, euch zu betören?
WALTHER　Aus finstrer Dornenhecken
　　die Eule rauscht hervor,
885 tät rings mit Kreischen wecken
　　der Raben heisren Chor:
　　in nächt'gem Heer zuhauf,
　　wie krächzen all da auf;
　　mit ihren Stimmen, den hohlen,
890 die Elstern, Krähen und Dohlen!
　　Auf da steigt,
　　mit goldnem Flügelpaar,
　　ein Vogel wunderbar;
　　sein strahlend hell Gefieder
895 licht in den Lüften blinkt;
　　schwebt selig hin und wieder,
　　zu Flug und Flucht mir winkt.
　　Es schwillt das Herz
　　vor süßem Schmerz;
900 der Not entwachsen Flügel:
　　es schwingt sich auf
　　zum kühnen Lauf,
　　aus der Städte Gruft,
　　zum Flug durch die Luft,
905 dahin zum heim'schen Hügel,
　　dahin zur grünen Vogelweid,
　　wo Meister Walther einst mich freit';
　　da sing' ich hell und hehr
　　der liebsten Frauen Ehr:
910 auf dann steigt,
　　ob Meisterkrähn ihm ungeneigt,
　　das stolze Liebeslied.
　　Ade, ihr Meister, hienied'!
BECKMESSER *(holt aus dem Gemerk die Tafel herbei und hält sie während des Folgen-*

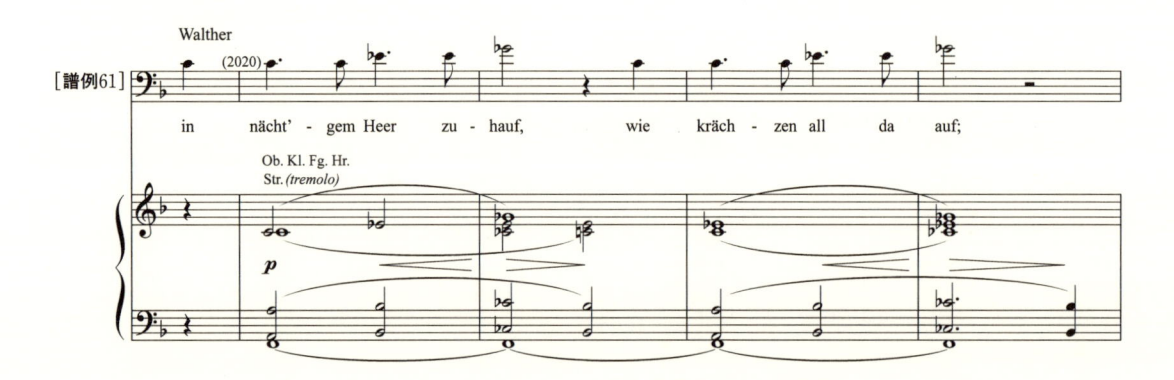

だが騎士殿の歌を聴けば
　(ヴァルターは大いに発奮して歌唱席に駆け上がり、すっくと立ったまま一同を見おろす)
思いつくやも知れぬ。
だから心おきなく先を歌ってもらおうではないか。
ベックメッサー　とんでもない。おしまいだ！
マイスターたち　もう充分。おしまいだ！
ザックス　(ヴァルターに)
お歌いなさい。記録係を歌いのめしてしまいなさい。
ベックメッサー
いまさら何を聴けというのだ。
ひとを馬鹿にするにもほどがある。
ヴァルター　ほの暗い茨の奥から
フクロウが、がさごそ音をたて、
周囲をつんざく声に眠りをさまされて
カラスたちがそろって嗄れ声を上げると、
漆黒の群れまた群れが
一斉にわめき立てる。
虚ろな声の主は
カササギに大カラス、小ガラス。
見よ、そこへ高く舞い上がるは
金色の翼持てる
みごとな一羽。
輝くばかりに明るい羽根を
大気にきらめかせ、
晴れやかに行きつ戻りつしながら
飛び出でて逃げよと合図する。
わが胸は
甘美なる痛みに膨らみ、
苦しみは天翔る翼と化す。
奮い立つ心は
都大路の墓穴から
まっしぐらに
大空へ飛び上がり
あの故郷の丘へ、
かつて師ヴァルターから奥義を受けた、
鳥たちの憩うあの緑なす草地へ帰る。
そこで私は朗々と歌い
いとしき女たちを讃える。
聞け、かくて湧き上がる調べこそ
いかにカラスの親玉たちに嫌われようとも
堂々たる愛の歌。
あばよ、マイスター、これまでさ！
ベックメッサー
　(記録席から黒板を取り出し、次のやりとりの間、マイスターた

(144) 880行 zum Verdruß は「(記録係を)怒らせるほどに」という意味だが、マイスターたちの「おしまいだ Zum Schluß」と押韻するザックスの語気は、「怒らせたってかまうものか」よりもさらに激しい。

(145)「フクロウ」はヨーロッパでは古来、知恵の象徴であると同時に、奇怪で醜悪な存在と見られてきた。ここでは学識をひけらかすベックメッサーへの当てこすり。群がるカラスとの対比は、ヴァルターの矜持を浮き彫りにする。カササギは「お喋り」の代名詞でもある。ハンス・ザックス『ニュルンベルク市を讃える詩』(1530年→歴史的背景6)にも、「みごとに美しい鳥 ein wunderbar-schöner Vogel」が、激しい「嫉みと憎しみ haß und neyd」をいだく「カササギ elster」や「フクロウ ewlen」、「カラス rappen」の群れに突きまわされる一節がある。

(146)「金色の翼持てる」鳥は、ヴァルター自身のことかと思わせるが、「(私に)合図する mir winkt」(→ 897)とあるように、フォーゲルヴァイデの象徴か。第3幕第5場〈目ざめよ〉の合唱に歌われる「鶯」のイメージとも重なる。

(147)「甘美なる痛み」という「撞着語法 oxymoron」については、注191、P注88、Tr解題を参照。「墓穴 Gruft」は、マイスタージンガーたちの生気のない、息のつまるような溜り場を喩えたもの。

(148)「鳥たちの憩う〜草地 Vogelweid」はフォーゲルヴァイデの名にかけたもの。原語 Weid(e) には「草地」のほか、動詞型 weiden（家畜を牧養する）に由来する「心を慰めるもの」(「目の楽しみ der Augen Weide」→ S2525、P828)という意味もあり、ここでは両義にわたって訳した。

(149) 韻文台本に「愛の歌」ではなく「ミンネの歌」とあるように、「女たち」は直接エファを指すのではなく、中世のミンネゼンガーが騎士道に則って「愛 Minne」を捧げた高貴な女性たちを念頭に置いたもの。一方、「これまでさ！」と訳した捨て台詞 hienied' の原語は「この低みに」。苦悩を地上に置き去りにして天上へと昇ってゆくというプロテスタント・コラールの神学的イメージをたたえる。ヴァルターの拠って立つ精神基盤は、古いものと新しいものとが渾然一体となった世界。

[譜例62]

den, von einem zum andern sich wendend, den Meistern zur Prüfung vor.)
Jeden Fehler, groß und klein,
915 seht genau auf der Tafel ein!
„Falsch Gebänd", „unredbare Worte",
„Klebsilben", hier „Laster" gar!
„Aequivoca"! „Reim am falschen Orte".
„Verkehrt", „verstellt" der ganze Bar!
920 Ein „Flickgesang" hier zwischen den Stollen!
„Blinde Meinung" allüberall!
„Unklare Wort'", „Differenz", hie „Schrollen"!
Da „falscher Atem", hier „Überfall"!
Ganz unverständliche Melodei!
925 Aus allen Tönen ein Mischgebräu!
Scheutet ihr nicht das Ungemach,
Meister, zählt mir die Fehler nach!
Verloren hätt' er schon mit dem Acht,
doch so weit wie der hat's noch keiner gebracht:
930 wohl über fünfzig, schlecht gezählt!
Sagt, ob ihr euch den zum Meister wählt?
Nun, Meister, kündet's an!

DIE MEISTER
Ja wohl, so ist's; ich seh' es recht:
mit dem Herrn Ritter steht es schlecht!
935 Mag Sachs von ihm halten, was er will,
hier in der Singschul schweig' er still!
Bleibt einem jeden doch unbenommen,
wen er sich zum Genossen begehrt?
Wär' uns der erste Best willkommen,
940 was blieben die Meister dann wert?
Ei, seht nur an!
Hei! Wie sich der Ritter da quält!
Der Sachs hat sich ihn erwählt.
Ha ha ha!
945 's ist ärgerlich gar! Drum macht ein End!
Auf, Meister! Stimmt und erhebt die Händ'!
(Die Meister erheben die Hände.)
Versungen und vertan!

SACHS *(beobachtet Walther entzückt)*
Ha! Welch ein Mut!
Begeisterungsglut!
950 Ihr Meister, schweigt doch und hört!
(inständig)
Hört, wenn Sachs euch beschwört!
Herr Merker dort, gönnt doch nur Ruh!

[譜例63] (2043) Walther

Es schwillt das Herz vor sü - ßem Schmerz;

ちのあいだをまわり、ひとりひとりに示しては確認させる）

大から小まで黒板に記した間違いを
ひとつ残らず御覧いただきたい。
「結び違い」に「乱れ言葉」。
「糊づけ」に「ふしだら」まである。
「二股がけ」に「場違い」。
バール全体が「逆転」や「転倒」の連続だ。
シュトレンの間には「つぎはぎ」がはさまっている。
随所に「舌足らず」の箇所がある。
「あやふや」に「筋違い」、それに「言葉の団子」。
「息つぎの誤り」や「唐突な一撃」。
旋律はちんぷんかんぷん。
ありとあらゆる調子のごった煮だ。
面倒でなければ
さあ、間違いを数え直してくれ。
八個ですでに落第だが、
これほど派手にやらかした者はいない。
ざっと五十は越しているだろう。
これでもマイスターに選ぶのか、
さあ、判定を！
マイスターたち
そうだ、その通り、間違いない。
騎士殿も、こんなにひどい成績では。
ザックスがどう評価しようと勝手だが
ここは歌学校、発言を慎むんだな。
誰を仲間に迎えたいかは
あくまでも各人の判断。
手当たり次第、来る者拒まずでは
マイスターの値打ちもあったものじゃない。
おい、見ろよ。
へん、騎士のあの身悶えするような歌いぶり。
さすがザックスが選んだだけのことはある。
はっ、はっ、はっ！
腹立たしい限りだ。いい加減に決着をつけよう。
さあ、みんな、声をそろえて挙手といこう！
　　（マイスターたちは手を挙げる）
歌いそこねで、落第！
ザックス　　（呆然とヴァルターを見つめ）
ほう、大胆な！
燃えさかる情熱の調べ！
皆さん、御静聴を。
　　（懇願するように）
ザックスの頼みだ、どうか聞いてくれ。
記録係殿、お静かに。

(150) 黒板を示しながらの糾弾は、中断前の第2シュトレンの途中まで（728-777行）が対象となる。「結び違い」（押韻の間違い→注124、128）と「息つぎの誤り」（741、744、755、760、773行末に休止〔休符〕を欠く「二行一息」の反則）もあるが、指摘された「間違い」は大半が的はずれの言いがかり。「つぎはぎ」に関しては→注125。731行で「遥かな ferneren」を fern'ren に縮めたのは「糊づけ」にあたるが、これは歌学校の同点者どうしの「決定戦」に限定されたルールであり、あまりにも厳格な判定は「あら探し Grübeln」として戒められていた。

(151) 「言葉の団子」と訳した Schrollen (→ 922) の原意は「土の塊」だが、禁則の内容は不明。『年代記』に記載のある schullende Reime (→ 歴史的背景11) を誤って引き写し、Stollen (→ 920) と押韻させたものか。

(152) 「唐突な一撃 Überfall」(→ 923) に相当する用語はタブラトゥーアに見当たらず、ワーグナーの創作と思われる。そこには、ヴァルターの登場を「降ってわいた災難 Überfall」と受け止め、その歌に「驚天動地の衝撃 Überfall」を覚えたベックメッサーの実感が込められている。

(153) 「ここは歌学校」と言っているのは、モーザー、アイスリンガー、フォルツの三人。資格試験ではあるが、いつもは歌学校の会場となる神聖な「場をわきまえよ」という意味か。

(154) 原文 sich～quält は、ヴァルターがベックメッサーにやり込められて「苦しんでいる」とも読めるが、歌唱席の上で「身悶えせんばかりに」身ぶりたっぷりに歌ったと解す。

Laßt andre hören, gebt das nur zu!
Umsonst! All eitel Trachten!
955 Kaum vernimmt man sein eignes Wort;
des Junkers will keiner achten:
das nenn' ich Mut, singt der noch fort!
Das Herz auf dem rechten Fleck:
ein wahrer Dichterreck!
960 Mach' ich Hans Sachs wohl Vers' und Schuh',
ist Ritter der und Poet dazu!
POGNER Ja wohl, ich seh's, was mir nicht recht:
mit meinem Junker steht es schlecht!
Weich' ich hier der Übermacht,
965 mir ahnet, daß mir's Sorge macht.
Wie gern säh' ich ihn angenommen!
Als Eidam wär' er mir gar wert:
nenn' ich den Sieger jetzt willkommen,
wer weiß, ob ihn mein Kind erwählt?
970 Gesteh' ich's, daß mich's quält,
ob Eva den Meister wählt!
DIE LEHRBUBEN *(sind von der Bank aufgestanden und nähern sich dem Gemerk, um welches sie dann einen Ring schließen und sich zum Reigen ordnen.)*
Glück auf zum Meistersingen!
Mögt ihr euch das Kränzlein erschwingen;
(Sie fassen sich an und tanzen im Ringe immer lustiger um das Gemerk.)
das Blumenkränzlein aus Seiden fein,
975 wird das dem Herrn Ritter beschieden sein?

Walther verläßt mit einer stolz verächtlichen Gebärde den Stuhl und wendet sich rasch zum Fortgehen. — Alles geht in großer Aufregung auseinander; lustiger Tumult der Lehrbuben, welche sich des Gemerkes, des Singstuhls und der Meisterbänke bemächtigen, wodurch Gedräng und Durcheinander der nach dem Ausgang sich wendenden Meister entsteht.

Sachs, der allein im Vordergrunde geblieben, blickt noch gedankenvoll nach dem leeren Singstuhl; als die Lehrbuben auch diesen erfassen, und Sachs darob mit humoristisch unmutiger Gebärde sich abwendet, fällt der Vorhang.

(110) 幕切れの音楽の流れは、ヴァルターの台詞、第883行以降に時系列に沿ったコメントを添えてあるので、ベックメッサーの台詞、第914行以降には解説を加えなかった。そもそもザックスが「自分の言葉さえほとんど聞き取れず／誰ひとりユンカー殿には目もくれない」（→955）と言っているように、このアンサンブル・フィナーレは混乱のきわみに達する。いくらヴァルターが「堂々たる愛の歌 das stolze Liebeslied」と見得を切っても（→912）、「あばよ、マイスター、これまでさ！Ade, ihr Meister, hienied'！」と引導を渡しても（→913）、調子づいた〈花の冠の動機〉**[譜例64]** を前にしては「聞き取れ」ないというわけだ。——この混乱を救う〈春の促しの動機〉[譜例63]は、「考えあぐねた様子で、空になった歌唱席を見つめる」ザックスの心境そのもの。

聴いている人の邪魔だけはせぬよう。
だめだ、どうしようもない。
自分の言葉さえほとんど聞き取れず、
誰ひとりユンカー殿には目もくれない。
それでも歌い続けるとは見上げた根性。
肝っ玉のすわった
あっぱれな歌びとぶり。
このザックスも詞と靴を作るが、
彼もまた騎士にして詩人というわけだ。
ポークナー うむ、困ったことだが、その通り。
ユンカー殿は形勢不利。
だが、ここで押し切られては
面倒なことになりそうだ。
またとない娘婿、
なんとか合格してほしいものだが。
ここで勝者にいい顔をしても
娘の眼鏡にかなう保証はない。
あの親方では、エファが選ぶかどうか、
正直言って頭が痛い。
徒弟たち
(ベンチから立ち上がって記録席に近づき、まわりをぐるりと囲んで踊りの列を組む)

マイスターの歌に、万歳!
さあ花環を打ち振ろう。
(手をとり合い、記録席のまわりで輪になって踊る。踊りはしだいに賑やかさを増してゆく)
はて、きれいな絹の花環、
騎士殿のものになるか。

ヴァルターは見くだすような表情を浮かべて歌唱席を下り、足早に出て行く。──全員が入り乱れ、興奮の坩堝と化す。徒弟たちは記録席や歌唱席、それに親方衆の座っていたベンチを占領して陽気に騒ぐ。マイスターたちはその勢いに押しやられ、散り散りになって出口へ向かう。

ひとり前舞台に残ったザックスは、なおも考えあぐねた様子で、空になった歌唱席を見つめる。徒弟たちはザックスもつかまえて仲間に入れようとするが、ザックスは茶目っ気たっぷりに睨みつけるような顔をして身を振りほどく。幕が下りる。

(155) 954行、直訳は「すべては虚しい望み」。仲間の憤激を制止しようという試みが空振りに終わりそうなことに加え、「どいつもこいつも、埒もない迷妄 Wahn (→注356)にとらわれて」という慨嘆の想いが込められている。

(156) 959行は直訳すれば「真の詩の戦士」。18世紀に進んだ中高ドイツ語詩の研究によって復活した古語「戦士 Recke」を用いることによって、ヴァルターのドン・キホーテ的な反時代性(→注7)があらためて強調される。──「騎士にして詩人」という言いまわしは、「靴屋にして詩人」(→1512f.、注255)たる自分との同質性を認めている。

(157)「またとない(直訳:価値のある) wert」には、経済人として功成り名を遂げたポークナーの、財力にものを言わせて娘に騎士身分(「フォン」の称号)を得させたいという、さらなる上昇指向が読みとれる。──「ここで勝者にいい顔をしても」とあるように、ポークナーはベックメッサーがこの場だけでなく、明日の歌合戦の勝者になると予想している。ヴァルターへの評価は、あくまでも「またとない娘婿」候補であり、ザックスのように「あっぱれな歌びとぶり」を認めてのことではない。

(158) 徒弟たちが無人の記録席を取り囲んで歌う「マイスターの歌に、万歳!/さあ花環を打ち振ろう」は、単なる憧れにとどまらず、年齢的にもまぜっ返さずにはいられない精神状況の発露。

(159) 新参者をめぐる親方衆の諍いが、ヨハネ祭の無礼講(→注81)を控えて高ぶっていた徒弟たちのエネルギーを引き出し、一瞬、下剋上的な雰囲気が漂うが、ここではまだ会場が教会内ということもあって爆発に至らず、第2幕〈殴り合いの場〉への伏線となる。

(160) 徒弟たちは無礼講の先触れとしてザックスまで踊りの輪に巻き込もうとする。彼の「茶目っ気たっぷりに睨みつけるような」顔つきは、よそに思案をめぐらしている証し。

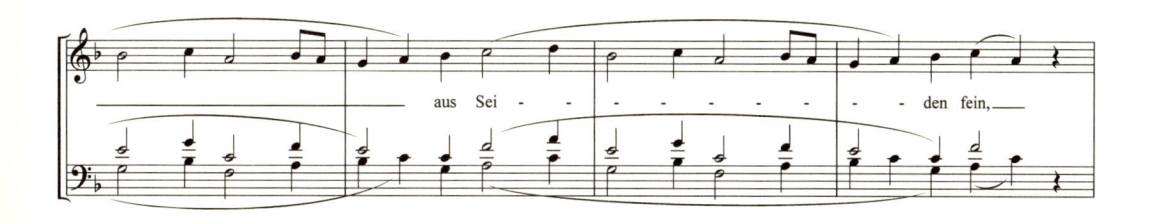

(111) オーケストラ前奏［譜例65］は、第3幕への前奏曲のように独立した部分を形成しているわけではなく、幕が上がってからの音楽を先取りした「導入」の機能をもつ（幕開けの指示は、徒弟たちの合唱が始まる4小節前の第25小節）。ヨハネ祭を明日に控えた「晴れやかな夏の夕方」を反映して、調性は明るいト長調（第2幕の基本調）、拍子は浮き立つような6/8拍子。さらに〈ヴァルキューレの騎行〉と同じく、意図的にバス声部を排した（あるいはバス声部を背景に追いやった）浮遊する響き、木管の長いトリル、そしてピッコロとトライアングルをふんだんに用いた光輝く音色によって、ワーグナーには珍しく華やいだ舞曲ふうの楽想が展開される。また動機素材は、音価を短縮した〈ヨハネ祭の動機〉［譜例26］。

(112) 徒弟たちの合唱は全音階進行と、完全5度・8度の垂直音程が特徴。ダフィトは単純な繰り返しのゆえに「馬鹿な歌」（→982）と決めつけるわけだが、まったく同じ特徴をもつ第3幕の〈徒弟たちの踊り〉になると、彼は「若く美しい娘をつかまえ、火がついたように踊りだす」（→2792以下のト書き）。単純素朴な音楽に対する二通りの反応だ。なおダフィトの台詞は〈花の冠の動機〉で歌われる［譜例66］。

(113) ワーグナーの指示によれば、「徒弟たちは、まずマクダレーネの声色を真似るが、気分が高まるにつれて、少年らしいがさつな声を出す」。

(114) 変形された〈ダフィトの動機〉［譜例16］が、バスの保続音上で16分音符の均一な流れを形作る。

Zweiter Aufzug

Erste Szene

Die Bühne stellt im Vordergrunde eine Straße im Längendurchschnitte dar, welche in der Mitte von einer schmalen Gasse, nach dem Hintergrunde zu krumm abbiegend, durchschnitten wird, so daß sich im Front zwei Eckhäuser darbieten, von denen das eine, reichere, — rechts — das Haus Pogners, das andere, einfachere, — links — das des Sachs ist. — Vor Pogners Haus eine Linde; vor dem Sachsens ein Fliederbaum. — Heitrer Sommerabend; im Verlaufe der ersten Auftritte allmählich einbrechende Nacht.
David ist darüber her, die Fensterläden nach der Gasse zu von außen zu schließen. Alle Lehrbuben tun das gleiche bei andren Häusern.

LEHRBUBEN (*während der Arbeit*)
Johannistag! Johannistag!
Blumen und Bänder so viel man mag!
DAVID (*leise für sich*)
„Das Blumenkränzlein aus Seiden fein"
möcht' es mir balde beschieden sein!
MAGDALENE (*ist mit einem Korbe am Arm aus Pogners Haus gekommen und sucht, David unbemerkt sich zu nähern.*)
980 Bst! David!
DAVID (*heftig nach der Gasse zu sich umwendend*)
Ruft ihr schon wieder?
Singt allein eure dummen Lieder!
(*Er wendet sich unwillig zur Seite.*)
LEHRBUBEN David, was soll's?
Wärst nicht so stolz,
985 schaut'st besser um,
wärst nicht so dumm!
„Johannistag! Johannistag!"
Wie der nur die Jungfer Lene nicht kennen mag!
MAGDALENE
David! Hör doch! Kehr dich zu mir!
990 **DAVID** Ach, Jungfer Lene, ihr seid hier?

[譜例65]

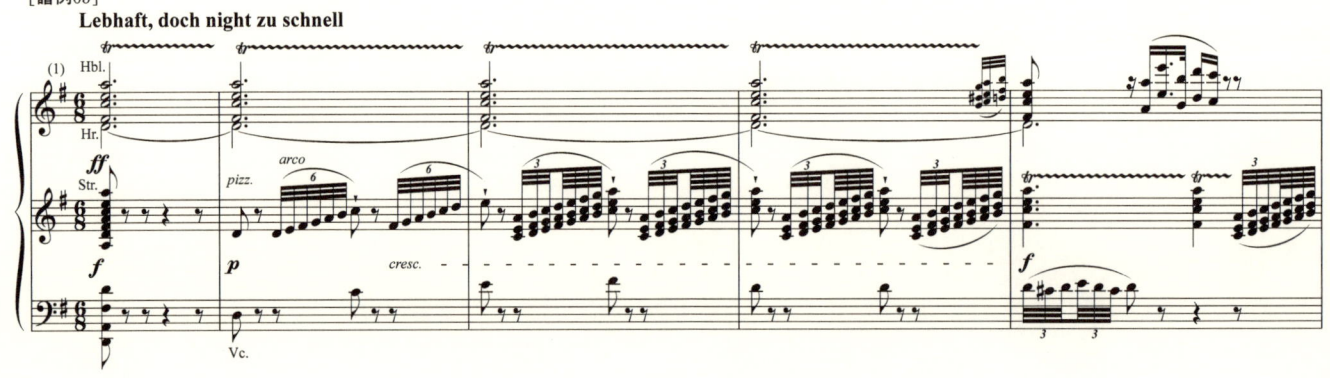

第2幕

第1場

舞台前景は横に延びる家並み。中央には狭い小路が曲がりくねって奥へ続いている。小路をはさんで向き合う角の二軒は客席側に正面を向け、そのうち右側の裕福な構えはポークナーの、左側の簡素な建物はザックスの家。——ポークナーの家の前には菩提樹が、ザックスの家の前にはニワトコが一本生えている。——晴れやかな夏の夕方。第2幕の進行につれて暮れなずむ。

ダフィトが出てきて、小路に面した窓の鎧戸を外側から閉める。ほかの家々でも、徒弟たちが総出で戸締まりにかかる。

徒弟たち (手を休めずに)
ヨハネ祭、ヨハネ祭
花も、飾りも、ふんだんに。
ダフィト (ぶつぶつと独り言)
「きれいな絹の花環」か、
早くそうなりたいものだ。
マクダレーネ
 (腕に籠をかけ、ポークナーの家から出てきて、忍び足でダフィトに近づく)
 ちょいと、ダフィト。
ダフィト
 (振り向いて小路の奥をキッと見すえる)
 またお前たちか。
 勝手に馬鹿な歌でも歌っていろ。
 (不機嫌そうに顔をそむける)
徒弟たち ダフィト、どうしたの？
 そんなにつんつんしないで
 よおく見まわしてごらんなさい
 さあ、お利口になって。
 「ヨハネ祭、ヨハネ祭」
 どうしてレーネさんに気づかないんだろう。
マクダレーネ
 ダフィトったら、ねえ、こっちを向いて。
ダフィト ああ、レーネさんか。

(161) ポークナー家の「裕福な構え」とザックス家の「簡素な建物」は、金細工師と靴屋の経済的格差の反映。ワーグナーに先行するダインハルトシュタインの劇詩『ハンス・ザックス』や、レーガー／ロルツィングによる同名のオペラでも（→作品の成立1）、金細工師に比べて靴職人の「低い身分」が結婚の障害となる。

(162)「菩提樹 Linde」は釈迦が悟りを開いたとされるインドの菩提樹とは別種。Flieder には「リラ Lila」と「ニワトコ Holunder」の両義がある。16世紀半ばにトルコから入った新参種のリラに対して、土着のニワトコは古来「妖精 Holle」の棲む樹として親しまれ、盛夏に勢いが良いことから生命力の象徴とされ、根、皮、花、実など余すところなく民間薬として愛用された。なつかしい香りに誘われて「古い響き、それでいて新しい響き」（→1115）に想いをいたすという文脈から、また開花期（リラは5月／ドイツのニワトコは6月）からしても、ここはリラではなくニワトコ。ゲーテ『ハンス・ザックスの詩的使命』（→作品の成立1）にも Holunder とある。3音節の Holunder では長すぎるので2音節の Flieder にしたのか。

(163)「晴れやかな夏の夕方」という時間設定は、「徒弟たちが総出で戸締まりにかかる」ことから午後9時少し前と推定される（→歴史的背景4）。

(164) Bst!（→ 980）は相手に静粛を求める叱声「しっ！」のほか、他人の耳を憚るひそかな呼びかけ「ねえ！」にもなる。

(165)「馬鹿な歌 eure dummen Lieder」には「馬鹿のひとつ覚え immer alte Lieder」（直訳：毎度の古い歌）という慣用表現も重ね合わされている。第1幕の幕切れでは徒弟たちといっしょに歌ったダフィトだが、ここでは年上の分別が出たのか、あるいはヴァルターの失敗を我が身に引きつけて物思いに耽ったのか（「私もたゆまず精進したが／まだ合格は遠い夢」→ 258f.）、先ほどからの歌が気にさわったようだ。

[譜例66]
„Das Blu-men-kränz-lein aus Sei-den fein" möcht' es mir bal-de be-schie-den sein!

(115) マクダレーネの旋律は一瞬、増5度跳躍上行の「いい人 Schätzel」で胸の内を洩らすが、あとはパルランド（話すように）に徹している。性急に問いをたたみかけたり、結果が思わしくなかったことを知って（鋭い増三和音と〈動揺の動機〉[譜例15]）ダフィトに八つ当たりするくだりは、切羽詰まった心境のあらわれ（→訳注166）。

(116) 徒弟たちの囃し歌は単純明快な楽想だが、最終行「そのお方［マクダレーネ］にお預けを食らうとはな」では、声をひそめておいてから、意味深長な「籠を渡してもらえない (den) Korb nicht gegeben !」（直訳）で急に声を張り上げるなど、念入りで辛辣な口調も忘れない（→訳注168）。

(117) 徒弟たちの囃し歌は「馬鹿のひとつ覚え」（→訳注165）から、あからさまな、あてこすりとなってゆく（→訳注170）。「親方が口説き／弟子が言い寄り」の縦線がそろった6/8拍子特有のリズム、そして「年増［マクダレーネ］die alte Jumbfer」のもったいぶった節回しが、その証拠［譜例67］。

(118) ザックスの登場と叱責は、鋭い増三和音（→注115）と〈靴屋の動機〉[譜例26]によって裏打ちされる。

MAGDALENE *(auf ihren Korb deutend)*
Bring' dir was Guts, schau nur hinein:
das soll für mein lieb Schätzel sein.
Erst aber schnell, wie ging's mit dem Ritter?
Du rietest ihm gut? Er gewann den Kranz?

995 **DAVID** Ach, Jungfer Lene! Da steht's bitter:
der hat versungen und ganz vertan!

MAGDALENE *(erschrocken)*
Versungen? Vertan?

DAVID Was geht's euch nur an?

MAGDALENE *(den Korb, nach welchem David die Hand ausstreckt, heftig zurückziehend)*
Hand von der Taschen!
1000 Nichts zu naschen!
Hilf Gott! Unser Junker vertan!
(Sie geht mit Gebärden der Trostlosigkeit in das Haus zurück. David sieht ihr veblüfft nach.)

LEHRBUBEN *(welche unvermerkt näher geschlichen waren und gelauscht hatten, präsentieren sich jetzt, wie glückwünschend, David.)*
Heil! Heil zur Eh dem jungen Mann!
Wie glücklich hat er gefreit!
Wir hörten's all und sahen's an,
1005 der er sein Herz geweiht,
für die er läßt sein Leben,
die hat ihm den Korb nicht gegeben!

DAVID *(auffahrend)*
Was steht ihr hier faul?
Gleich haltet das Maul!

LEHRBUBEN *(Sie schließen einen Ring um David und tanzen um ihn.)*
1010 „Johannistag! Johannistag!
Da freit ein jeder, wie er mag:
der Meister freit,
der Bursche freit,
da gibt's Geschlamb' und Geschlumbfer!
1015 Der Alte freit
die junge Maid,
der Bursche die alte Jumbfer!
Juchhei! Juchhei! Johannistag!"
(David ist im Begriff, wütend dreinzuschlagen, als Sachs, der aus der Gasse hervorgekommen, dazwischentritt. — Die Buben fahren auseinander.)

SACHS *(zu David)*
Was gibt's? Treff' ich dich wieder am Schlag?

マクダレーネ　（手に提げた籠を指し）
いいものを持ってきたわ。のぞいてごらんなさい。
いい人にあげようと思ってね。
でもその前に、さあ言って、騎士さまはどうだったの？
ちゃんと教えてあげた？　合格できたの？
ダフィト　それが、レーネさん、まずいことに
歌いそこねて、みごと落第さ。
マクダレーネ　（愕然として）
歌いそこね？　落第？
ダフィト　それが、どうかしたのかい。
マクダレーネ
　（ダフィトが手をかけていた籠を引ったくり）
触らないで！
御馳走は、なしよ。
なんてこと、ユンカーさまが落第だなんて。
　（がっくり肩を落として家の中へ戻る。呆然と見送るダフィト）

徒弟たち
　（こっそり忍び寄り、聞き耳を立てていたが、ここでダフィトの前
　に姿をあらわし、囃し立てる）
よう、お若いの、御成婚とはおめでたい、
うまいこと口説きやがって。
見たぞ、聞いたぞ、何もかも。
あなたに真心を捧げ
あなたのためなら命も惜しくない、ときたもんだ。
そのお方にお預けを食らうとはな。
ダフィト　（かっとなり）
油を売ってないで
口に蓋でもしろ！
徒弟たち
　（ダフィトを取り囲み、輪になって踊る）
「ヨハネ祭　ヨハネ祭
愛の告白、好き勝手。
親方が口説き
弟子が言い寄り
無礼講の花が咲き乱れる。
年寄りは
若い娘に声をかけ
若造は年増を誘う。
ヤッホー、ヤッホー、ヨハネ祭」
　（ダフィトがかんかんになって殴りかかろうとするところへ、小路
　から出てきたザックスが割って入る。徒弟たちは驚いて後ずさり
　する）
ザックス　（ダフィトに）
どうした、またぞろ殴り合いか。

(166) 998行の「それが、どうかしたのかい Was geht's euch nur an?」は、直訳すれば「それが君に何の関わりがあるのか？」。マクダレーネがヒステリックな反応を示すのは、ヴァルターの落第がエファの侍女である彼女自身の身の振り方に大いに関わりがあるから。それは「ユンカー」に冠された「われわれの Unser」にも如実にあらわれている。

(167) 「触らないで！ Hand von der Taschen!」（直訳：袋から手を離して！）の Taschen は Tasche（袋）の崩れた形だが、次行の naschen（貪り食う）と語呂を合わせると同時に、複数形に紛らせて「女性器」への連想をねらったものか（→注23）。

(168) 「お預けを食らう」は、直訳すれば「籠を渡してもらえない」。「籠 Korb」に「肉体 Corpus, Körper」を合意させた卑猥な揶揄。

(169) 「無礼講の花」の原文に当たる Geschlamb', Geschlumbfer（→ 1014）は、それぞれ「ふしだらな女」を意味する Schlampe, Schlumpe からの（後者は Jumbfer と語呂を合わせた）ワーグナーの造語。

(170) 定冠詞付きの「弟子」「若造」はダフィトを、「年増」はマクダレーネを指し、「年増を誘う若造」をからかう図。だとすれば「親方」「年寄り」とは誰のことか。ザックスとエファのあいだにひそかに通い合う想いは周囲に知れ渡っている（→音楽注117）。

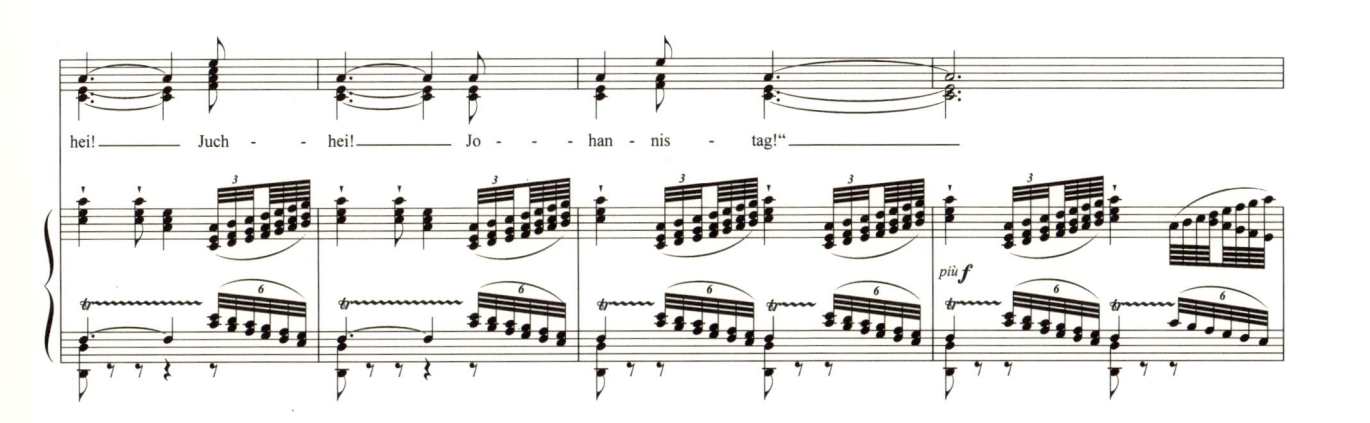

(119) 前頁のザックスの台詞「またぞろ殴り合いか」には、喧嘩のお仕置として「またお前を殴ってやろうか」の響きも混っている。ダフィトがあわてて「おれじゃない。奴ら、たちの悪い歌で……」と取り繕うのも、そのため。なお「たちの悪い歌 Schandlieder」と言っているように、ダフィトは徒弟たちの「あてこすり」（→注117）に対して敏感に反応している。

(120) 音楽は第１場から第２場へと滑らかに移行する。木管楽器群と弦楽器群の軽快な音形（ピッツィカート）を、第１場でも頻出した弦楽器群のトリルつき順次下行音形（スラー）が受ける [譜例68]。この順次下行音形は、ポークナーの台詞のあいだに和声を変えつつ高まって〈靴屋の動機〉[譜例26] を導き出す。なお武骨な〈靴屋の動機〉に対して、オーボエとファゴットが流麗な旋律で同時進行しているところに注目したい。エファの想いは、まだザックスにも向けられているということか。

(121) ポークナーのためらいは、背景のあいまいな和声進行（$E^7 \rightarrow A^9 \rightarrow D^6_5 \rightarrow Es^6 \rightarrow d \rightarrow A^7 \rightarrow B$）によって明らかにされるが、音楽は「前例のないことに足を突っ込もうとする人間が Will einer Seltnes wagen」から、ふっきれたように全音階進行となる（「小さなパラダイス」→P注10）[譜例69]。なおオブリガート声部を担当するホルン・ソロは、２点ハ音にまで達する。リヒャルト・シュトラウスの父で、ホルンの名手だったフランツ・シュトラウスはミュンヘンの初演に向けた練習のさなか、『マイスタージンガー』のホルン声部は「まるでクラリネットのために書かれたようだ」とこぼした。

(122)「これは参った Wie klug！」（変ロ→ニ）から「やられたな Wie gut！」（ロ→嬰ニ）への半音上昇と、それにつづくあいまいな和声進行には、あきらかにポークナーの「複雑な想い」が反映されている（→訳注175）。

1020 **DAVID** Nicht ich: Schandlieder singen die!
SACHS Hör nicht drauf; lern's besser wie sie!
　　Zur Ruh, ins Haus! Schließ und mach Licht!
　　(Die Lehrbuben zerstreuen sich.)
DAVID Hab' ich noch Singstund?
SACHS Nein, singst nicht —
1025 zur Straf für dein heutig frech Erdreisten!
　　Die neuen Schuh' steck mir auf den Leisten!
　　(David und Sachs sind in die Werkstatt eingetreten und gehen durch innere Türen ab.)

Zweite Szene

Pogner und Eva — wie vom Spaziergang heimkehrend, — die Tochter leicht am Arm des Vaters eingehenkt, sind beide schweigsam die Gasse heraufgekommen.

POGNER *(durch eine Klinze im Fensterladen Sachsens spähend)*
　　Laß sehn, ob Meister Sachs zu Haus?
　　Gern spräch' ich ihn; trät' ich wohl ein?
　　(David kommt mit Licht aus der Kammer, setzt sich damit an den Werktisch am Fenster und macht sich an die Arbeit.)
EVA *(spähend)*
　　Er scheint daheim: kommt Licht heraus.
POGNER
1030 Tu' ich's? — Zu was doch! — Besser, nein!
　　(Er wendet sich ab.)
　　Will einer Seltnes wagen,
　　was ließ' er sich dann sagen? —
　　(Er sinnt nach.)
　　War er's nicht, der meint', ich ging' zu weit?...
　　Und, blieb' ich nicht im Geleise,
1035 war's nicht auf seine Weise?
　　Doch war's vielleicht auch Eitelkeit? —
　　(Er wendet sich zu Eva.)
　　Und du, mein Kind? Du sagst mir nichts?
＊**EVA** Ein folgsam Kind, gefragt nur spricht's.
POGNER Wie klug!
　　(sehr zart)
1040 Wie gut! Komm, setz dich hier
　　ein' Weil noch auf die Bank zu mir.

ダフィト おれじゃない。奴ら、たちの悪い歌で……
ザックス とりあうな。うまくなって歌でお返ししてやれ。
さあ、おとなしく中へ入れ。戸締りをして、灯りをつけろ。
　　（徒弟たちは散り散りになる）
ダフィト これからまだ歌の稽古を？
ザックス いや、歌はやめだ──
今日の生意気な態度の罰だ。
靴型に新しい靴をのせておけ。
　　（ダフィトとザックスは仕事場に入り、内扉の奥に姿を消す）

第2場

ポークナーとエファが、ふたりとも押し黙って小路から出てくる。娘は父親の腕に自分の腕をそっとからませている。どうやら散歩帰りのようだ。

ポークナー
　　（ザックスの仕事場の窓越しに、中をうかがい）
どれ、ザックス親方はいるかな。
話してみたいが、入ったものかどうか。
　　（ダフィトが灯りを手に小部屋から出てきて、窓辺の作業台に向かい、仕事にかかる）

エファ（様子をうかがいながら）
いるみたい。光が洩れているもの。
ポークナー
入ろうか──だが、何のために──いや、よそう。
　　（踵を返し）
前例のないことに足を突っ込もうとする人間が
いまさら他人の意見を求めてどうする。
　　（考え込み）
行き過ぎをたしなめたのは、ザックスではなかったか……
だが常識破りに出たのも
ザックスの流儀に倣ってのことではなかったか。
それとも、自分にあせりがあったのか。
　　（エファの方に向きなおり）
なあ、お前、ずっと黙っているが……
エファ 従順な娘は聞かれたことにだけ答えます。
ポークナー これは参った
　　（声を落として）
やられたな。さあ、おいで
このベンチで一服しよう。

(171)「今日の生意気な態度」とは、第1幕第3場でマイスターたちの点呼にダフィトがしゃしゃり出たこと（→ 422）を指す。

(172) ニュルンベルク市中の手工業者の家は3〜4階建てが普通。一階には作業場兼店舗と（その「内扉の奥」に）控えの「小部屋 Kammer」（→ 1028 行下のト書き）があるだけで、居住空間はない。主人一家の居室は2〜3階、使用人や客用の部屋はさらに上階にあった（→歴史的背景3）。

(173)「窓越し」は直訳すれば「鎧戸の切れ目 Klinze を通して」。Klinze は鎧戸の桟と桟の隙間をいうのか、あるいは老朽化して裂け目が入っているのか。

(174) 1033 行は、第1幕第3場でザックスがポークナーの「議論が先走り過ぎて」（→ 524）いるとたしなめたことを指す。ポークナー提案の過激さを打ち消すため、さらに過激な主張を展開してみせたうえで、さっと引いたザックスの高等戦術をポークナーはまだ理解できず、あの場の態度が普段のザックスに似つかわしくないといぶかる。──「あせり Eitelkeit」は、上層階級との縁組をねらうポークナーの虚栄心と、無謀ともいえる虚しい企ての両義にわたる。

(175) エファは、常日頃、父親から言い聞かされてきた言葉をそのまま返したのだろう。ポークナーの応答「これは参った／やられたな Wie klug!／Wie gut!」（直訳：なんと賢い／なんと上手な）には、自分のお株を奪うまでに成長した娘に対する悲喜こもごも複雑な想いが込められており、ト書き sehr zart は単に「とてもやさしく」ではなく「声を落として」となる。

[譜例69]

Pogner: Will einer Seltnes wagen, was ließ' er sich dann sagen? ──

DIE MEISTERSINGER VON NÜRNBERG

(123) エファの台詞の背景には「従順な娘 Ein folgsam Kind」（→1038）のときと同じく、音域の広いクラリネット特有の装飾音形が現われる。「ブロンドの髪」（ベルリオーズ）の音色をもつクラリネットは、エファの「示導」楽器とみてよい。

(124) ポークナーの台詞の背景に、初めて〈ニュルンベルクの動機〉が現われる。この動機は、あたかもポークナーの心を鼓舞するおもむきで高まり、「ニュルンベルクの全市を挙げて wenn Nürnberg, die ganze Stadt」からは歌唱声部をも支配する［譜例70］。ポークナーの人となりは虚栄心（→訳注174）と空元気にありと言わんばかりだが、それにしても昼間ヴァルターが失敗したにもかかわらず、このような物言いになるのはどうしたことか。「若枝 Reis」に〈求愛の動機〉［譜例2］が現われるものの、すぐに〈ニュルンベルクの動機〉がこれを打ち消してしまう。

(125) 昼間の寄り合いで「花婿はどうあってもマイスタージンガーでなければなら」ない（→521）と明言したにもかかわらず、ポークナーは「お前にも選ぶことができる」と逃げを打つ（つづく16分音符の音形は「気もそぞろ」なエファの心理描写か）。おそらく「皆さんが勝利を認めた者を／娘は拒むことはできても／それ以外の者を夫に望むことはできません」（→518ff.）という取り決めを、エファには知らせていなかったのだろう。

(126) のちにエファが「肝心なことは何も言わないの」（→1072）と述べているように、ポークナーはユンカーの名前が出ても言を左右にして「血のめぐりが悪くなった」などと、とぼけてみせる。知っていることを言わないのも、広い意味での「嘘」に当たるだろう（→注50）。

(Er setzt sich auf die Steinbank unter der Linde.)
EVA Wird's nicht zu kühl?
's war heut gar schwühl.
(Sie setzt sich zögernd und beklommen Pogner zur Seite.)
POGNER Nicht doch, 's ist mild und labend,
1045 gar lieblich lind der Abend:
das deutet auf den schönsten Tag,
der morgen soll erscheinen.
O Kind! Sagt dir kein Herzensschlag,
welch Glück dich morgen treffen mag,
1050 wenn Nürnberg, die ganze Stadt
mit Bürgern und Gemeinen,
mit Zünften, Volk und hohem Rat
vor dir sich soll vereinen,
daß du den Preis,
1055 das edle Reis,
erteilest als Gemahl
dem Meister deiner Wahl?
EVA Lieb Vater, muß es ein Meister sein?
POGNER Hör wohl: ein Meister deiner Wahl.
(Magdalene erscheint an der Türe und winkt Eva.)
EVA *(zerstreut)*
1060 Ja, — meiner Wahl. — Doch tritt nun ein —
(laut, zu Magdalene gewandt:)
[gleich, Lene, gleich!] — zum Abendmal!
(Sie steht auf.)
POGNER *(ärgerlich aufstehend)*
's gibt doch keinen Gast?
EVA *(wie zuvor)*
Wohl den Junker?
POGNER *(verwundert)*
Wie so?
1065 **EVA** Sahst ihn heut nicht?
POGNER *(halb für sich, nachdenklich zerstreut)*
Ward sein' nicht froh. —
(sich zusammennehmend)
Nicht doch!... Was denn? —
(sich vor die Stirn klopfend)
Ei! werd' ich dumm?
EVA Lieb Väterchen, komm! Geh, kleid dich um.
POGNER *(während er ins Haus vorangeht)*
1070 Hm! Was geht mir im Kopf doch 'rum?

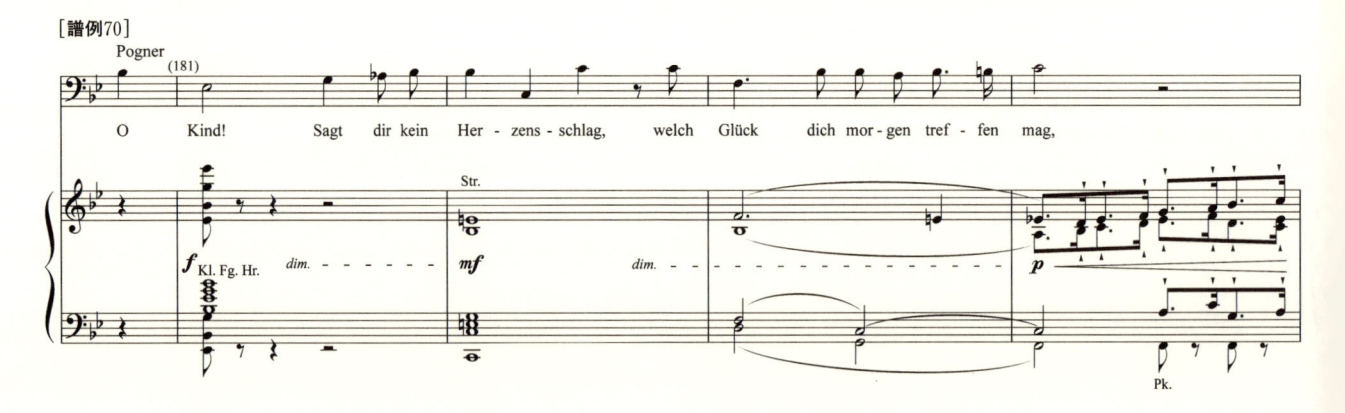

74 ——— 第2幕第2場

　　　　（菩提樹の下の石のベンチに掛ける）

エファ　体を冷やさないかしら。
今日はひどく蒸したものね。
　　　　（浮かぬ顔で、ためらいがちにポークナーの隣に座る）

ポークナー　いや、穏やかな空気が身にしみて
心地よい夕暮れの、なんとやさしいこと。
この分なら明日も
素晴らしい一日になりそうだ。
さあ、胸の奥から聞こえてこないかい、
明日お前を訪れる幸福の鼓動が。
ニュルンベルクの全市を挙げて
旦那衆から下々まで
組合仲間も、庶民も、お歴々も
お前をひと目見ようと集まってくる。
お前は勝利の褒賞として
栄誉の若枝を手渡すのだ、
お前が婿と選んだ
マイスターに。
エファ　お父さま、どうしてもマイスターでなくちゃ駄目？
ポークナー　いいかい、お前にも選ぶことができるのだよ。
　　　　（マクダレーネが戸口にあらわれ、エファに合図を送る）

エファ　（気もそぞろに）
ええ——私が選ぶのね——さあ、もう入りましょう
　　　　（マクダレーネに向かって、はっきりと）
［すぐ行くわ、レーネ、すぐに］——晩御飯ね。
　　　　（立ち上がる）
ポークナー　（腹立たしげに腰を上げ）
客なんか、なかったはずだが。
エファ　（うわの空で）
ユンカーさまかしら。
ポークナー　（いぶかしげに）
また何の用で？
エファ　昼間お会いにならなかったの？
ポークナー　（ぼんやりと物思いにふけり、半ば独白）
結果は思わしくなかったが——
　　　　（気をとりなおして）
いや、そんなことは……で、何だったかな。
　　　　（拳で額を叩き）
うーん、わしも血のめぐりが悪くなったようだ。
エファ　お父さま、さあ参りましょう。着替えなくちゃ。
ポークナー　（先に立って家に入りながら）
ふむ、頭がくらくらする。

(176) 第1散文稿では、ここでポークナーがエファにベックメッサーを婿として薦めることになっていたが、後の諸稿ではこれを採用しなかった。その結果、①かえってベックメッサーの求婚がはるか以前に行なわれ、ポークナーもエファもそれぞれに頭を悩ます大問題になっていることを印象づけ、②この求婚に対するポークナーの態度が曖昧になり、それがエファの不安を倍加させ、③追いつめられたエファの葛藤が内在化することによって、第3幕第4場のザックスとの対話で噴き出す思いを強めるという効果をもたらした。

(177) ニュルンベルクのマイスタージンガー組合は、年に一度、郊外へ繰り出して歌の会を催したが（→歴史的背景8）、それはヨハネ祭の日でもなければ、「全市を挙げて」の行事でもない。また圧倒的多数を占めながら参事会に代表を送れずにいた手工業者たちが1348/49年に反乱を起こし鎮圧されて以来、「同業組合 Zunft」の結成は禁止されており（→同3）、「組合仲間（直訳：さまざまな組合）Zünften」の登場は史実に反する。ポークナーの思い描く歌合戦の場面は、ワーグナーの詩的虚構にほかならない。

(178) 1051行「旦那衆 Bürgern」（直訳：市民）については（→注85）。「下々 Gemeinen」と「庶民 Volk」はほぼ同義語で下層階級を、「お歴々 hohem Rat」は参事会 Rat の会員たちを指す（→歴史的背景2）。

(179) エファはマクダレーネの合図に応じながら（「晩御飯ね」）、同時にそれをポークナーにも聞こえるように「はっきりと」伝え（「晩御飯ですって」）、この場を切り上げる口実とする。Abendmahl は南ドイツでは「夕食 Abendbrot」の同義語だが、ここではイエスの最後の晩餐の故事を反映して、内輪だけでなく客人を招いての晩餐という含みをもたせてある（→「客なんか、なかったはずだが」）。

(180) ポークナーはヴァルターを「またとない娘婿」（→967）と見ているが、そのことをエファに伝えた形跡はない。ここで「ユンカーさまかしら」と言われて、ポークナーは虚を突かれたと見ることもできるだろう。問いをはぐらかされたことによって（→音楽注126）、エファの不安はますます募る（→注176）。

DIE MEISTERSINGER VON NÜRNBERG

(127)「(ダフィトに会ったら)落第 vertan (だって)」に当てられた和音は、ト音上の七の和音から予測されるハ音上の長三和音ではなく、思いもかけないへ音上の短三和音 (sf)。つづく不安定な和声進行も、エファの茫然自失ぶり (→訳注181) を体現したものとみてよい。

(128) ザックスの名を聞いて「ほっとし」たエファ。その背景に初めてクラリネットによる〈エファの動機 Eva-Motiv〉が現われる [譜例71]。この動機は、枠音程を減4度に狭め、3番目の音を抜いた「4度順次上行音形」の変形で、さらには〈春の促しの動機〉[譜例63] の最初の3音 (減4度下行→短2度上行) とも密接に関連づけられる (→解題)。なお第4場におけるザックスとの対話で頻出し、しかも「奥さんを亡くした人は、だめなの?」(→1173) にも用いられていることから、この動機をエファのザックスに対する想い、あるいは、より具体的に媚態と解すこともできよう。

(129) この第3場も第2場と同じく、第1場で頻出した弦楽器群のトリルつき順次下行音形 (スラー) によって導き出される。師弟の対話の背景には〈靴屋の動機〉[譜例26]。

(130) 一見とりとめのない対話だが、そこには早くひとりきりになりたいザックスと、日常生活を共にしているがゆえに疑念 (「今日に限って、どうして夜鍋仕事なんか」) を抱くダフィトの小競り合いが垣間見える。なお〈靴屋の動機〉が音量を弱め、呈示間隔が遠くなるにしたがい〈春の促しの動機〉が入声して〈自然の動機〉[譜例55] へと受け渡してゆく (移行の技法→Tr 解題)。一対のホルンによる〈自然の動機〉は、完全4 (5) 度跳躍下行音程が特徴。これを〈春の動機 Lenz-Motiv〉と名づける解釈者もいるが、上記の完全音程と使用楽器からみて「自然」とするのが妥当であろう。

MAGDALENE *(heimlich zu Eva)*
Hast' was heraus?
EVA Blieb still und stumm.
MAGDALENE
Sprach David, meint', er habe vertan.
EVA *(erschrocken)*
Der Ritter? Hilf Gott! Was fing' ich an?
1075 Ach, Lene, die Angst! Wo was erfahren?
MAGDALENE Vielleicht vom Sachs?
EVA *(heiter)*
Ach! Der hat mich lieb:
gewiß, ich geh' hin.
MAGDALENE Laß drin nichts gewahren;
1080 der Vater merkt' es, wenn man jetzt blieb'.
Nach dem Mahl! Dann hab' ich dir noch was zu
  (im Abgehen, auf der Treppe) ⌊sagen,
was jemand geheim mir aufgetragen.
EVA *(sich umwendend)*
Wer denn? Der Junker?
MAGDALENE Nichts da! Nein! Beckmesser.
1085 **EVA** Das mag was Rechtes sein!
(Sie geht in das Haus; Magdalene folgt ihr.)

Dritte Szene

SACHS *(ist, in leichter Hauskleidung, von innen in die Werkstatt zurückgekommen. Er wendet sich zu David, der an seinem Werktische verblieben ist.)*
Zeig her! 's ist gut. Dort an die Tür
rück mir Tisch und Schemel herfür.
Leg dich zu Bett, steh auf beizeit:
verschlaf die Dummheit, sei morgen gescheit!
1090 **DAVID** Schafft ihr noch Arbeit?
SACHS Kümmert dich das?
DAVID *(während er den Tisch und Schemel richtet, für sich)*
Was war nur der Lene? — Gott weiß, was! —
Warum wohl der Meister heute wacht?
SACHS Was stehst noch?
1095 **DAVID** Schlaft wohl, Meister!
SACHS Gut Nacht!
(David geht in die der Gasse zu gelegene Kammer ab. — Sachs legt sich die Arbeit zurecht, setzt

[譜例71] Magdalene: Viel-leicht vom Sachs? Eva *(heiter)*: Ach! Der hat mich lieb: ge-wiß, ich geh' hin.

マクダレーネ （こっそりとエファに）
何か聞き出せて？
エファ 肝心なことは何も言わないの。
マクダレーネ
ダフィトに会ったら、落第だって。
エファ （驚いて）
騎士さまが？　まあ大変、どうしましょう。
ああ、レーネ、心配だわ。誰に聞けばわかるかしら。
マクダレーネ 　ザックスなら知っているかも。
エファ （ほっとして）
そうよ、ザックスは私の味方
そうだわ、行ってみましょう。
マクダレーネ 　でも、そこは内緒にね。
外にいては、お父さまに気づかれます。
食後になさい。お伝えすることもあるし。
　（家に入ろうとして、石段の上から）
ある方から内密に頼まれましてね。
エファ （振り向いて）
どなたかしら。ユンカーさま？
マクダレーネ 　おあいにくさま、ベックメッサーさま。
エファ 　さぞかし、いい話でしょうよ。
　（家に入る。マクダレーネも後に続く）

第３場

ザックス
　（楽な部屋着に着替えて奥から仕事場へ戻り、まだ仕事台に向かっているダフィトに声をかける）
見せてみろ——よし——あそこの戸口に
おれの机と椅子を出しておけ。
さあ、もう休んでいい。寝坊するんじゃないぞ。
ぐっすり眠って馬鹿な頭をすっきりさせるんだな。
ダフィト 　親方はまだ仕事で？
ザックス 　余計な心配をするな。
ダフィト
　（机と椅子を並べながら、独白）
いったいレーネはどうしたんだ。さっぱり訳がわからない。
親方も今日に限って、どうして夜鍋仕事なんか。
ザックス 　何を突っ立っている。
ダフィト 　おやすみなさい、親方。
ザックス 　おやすみ。
　（ダフィトは小路に面した小部屋に下がる。——ザックスは仕事道
　具を持ち出し、戸口の椅子に腰を下ろすが、ふと手を止め、鎧戸

（181）父親の目を盗みながら交わされる1071行以下のやりとりは、原文も主語抜きのあわただしさ。「誰に聞けばわかるかしら（直訳：どこで　何を　知る？）Wo was erfahren」（→1075）にいたっては、「落第」と聞いて茫然自失のきわみ。

（182）「ほっとして heiter」は「陽気に、明るく」ではなく、心の鬱屈（「浮かぬ顔で」→1043行下のト書き）が一挙に溶ける様子をいう。

（183）1079行、原文はザックスの家に行っていることをポークナーに知られないようにととれるが（当時、未婚の女性が夜ひとりで出歩くことなど許されなかった→歴史的背景4）、ヴァルターとの親密な関係をザックスに気どられぬようにという意味も言外に込められている。

（184）「石段」（→1081行下のト書き）は唐突な感じがするが、韻文台本の第２幕冒頭に「舞台手前の通りからポークナーの家へは何段かの石段が通じている」とあった名残り。——マクダレーネがベックメッサーからの伝言を受けたのは、父と娘が散歩に行っていたあいだのことと考えられる（→注166）。

（185）Schemel（→1087）は肘掛けや背もたれのない椅子。靴職人を描いた絵では、三脚の丸椅子を前へ傾け気味にして座り、作業をしているものが多い（215頁図7参照）。

（186）夜間、灯をともして仕事をすることは、火災予防の見地からも厳禁されていたが（→歴史的背景4）、夜警が「灯火の始末　おこたらず」（→1368）と告げて巡回する午後10時までにはまだ間があり（→注230）、ここはグレーゾーンの時間帯ということか。

（187）ダフィトは「小部屋 Kammer」で眠るのではなく、そこから上階の居室へ上がって休む（→注172）。

(131) 〈ニワトコのモノローグ Flieder-Monolog〉は、ザックスがヴァルターの芸術を支持しようと決心する筋書きの重要な転回点であり、また同時に、古い語法と新しい語法が併置された音楽上のキーポイントでもある。まだザックスはヴァルターの芸術に言及していないが(1106行まで)、第1幕〈資格試験の歌〉の〈春の促しの動機〉(クラリネット)と〈自然の動機〉(ホルン)がモノローグを導き出しているところをみると(→注130)、すでに無意識のうちに記憶を手繰り寄せているとみてよい。そして本来ならば否定的表現に用いる増4度進行を「ニワトコ Flieder」に当てたり、「からだの隅々までとろけて」でニ音上の七の和音→九の和音→七の和音と漂っていた和声進行をホ音上の短三和音に「柔らかく weich」「解決 löst」してみせるなど、心憎いまでに言葉をなぞってみせる。なお弦楽器のトレモロ(夜の静寂)が楽器の「駒の上で」と指定されていることにも注目[譜例72]。

(132) 間奏の武骨な〈靴屋の動機〉[譜例26]につづいて、ふたたび〈春の促しの動機〉。ここからの和声進行は「どんな規則にも当てはまらないが／それでいて間違いはない」とあるように、古典的な機能和声理論には当てはまらないが、だからといって、まったく無秩序というわけでもない。ワーグナーは親近性が強いとされる和音を連ねるのではなく、故意に遠い関係にある和音を連ねて、この場の和声進行を処理したのである。その際、音楽に統一性をもたらしているのは、示導動機の徹底した反復と変容にほかならない。

(133) 「きわめて幅広く」〈春の促しの動機〉が歌い上げられる。和声進行は「七の和音→九の和音→七の和音」だが、古い響き(七の和音)も、長い冬(より不協和な九の和音)をくぐり抜ければ新しい響き(七の和音)となるのだ[譜例73]。

(134) ホルンの同音反復に導かれたザックスの歌い収めは、これまでとは一転して全音階に基づく旋律と和声。ここで初めてヘ長調の主和音に完全終止するのは、ザックスの決意「すっかり気に入ったぞ！」に対応させるための措置である。なおバス声部の3連音(前段の8/9拍子の名残り)は最後に通常の3/4拍子に戻って、この終止を裏打ちする。

sich an der Tür auf den Schemel, läßt aber die Arbeit wieder liegen und lehnt, mit dem Arm auf den geschlossenen Unterteil des Türladens gestützt, sich zurück.)
Was duftet doch der Flieder
so mild, so stark und voll!
Mir löst es weich die Glieder,
1100 will, daß ich was sagen soll.
Was gilt's, was ich dir sagen kann?
Bin gar ein arm einfältig Mann!
Soll mir die Arbeit nicht schmecken,
gäbst, Freund, lieber mich frei:
1105 tät' besser, das Leder zu strecken,
und ließ' alle Poeterei!
(Er nimmt heftig und geräuschvoll die Schusterarbeit vor. — Er läßt wieder ab, lehnt sich von neuem zurück und sinnt nach.)
Und doch, 's will halt nicht gehn:
ich fühl's und kann's nicht verstehn;
kann's nicht behalten, doch auch nicht vergessen:
1110 und fass' ich es ganz, kann ich's nicht messen!
Doch wie wollt' ich auch messen,
was unermeßlich mir schien.
Kein' Regel wollte da passen,
und war doch kein Fehler drin.
1115 Es klang so alt, und war doch so neu,
wie Vogelsang im süßen Mai!
Wer ihn hört
und wahnbetört
sänge dem Vogel nach,
1120 dem bräch't' es Spott und Schmach: —
Lenzes Gebot,
die süße Not,
die legt' es ihm in die Brust:
nun sang er, wie er mußt';
1125 und wie er mußt', so konnt' er's,
das merkt' ich ganz besonders.
Dem Vogel, der heut sang,
dem war der Schnabel hold gewachsen;
macht' er den Meistern bang,
1130 gar wohl gefiel er doch Hans Sachsen!
(Er nimmt mit heiterer Gelassenheit seine Arbeit vor.)

の閉じた下半分の扉に片肘をついて後ろへもたれかかる)

なんとふくよかなニワトコの香りよ、
こんなにやさしく、強く、たっぷりと漂って!
からだの隅々までとろけて
詞のひとつも口にしたくなるではないか。
だが、しょせんは哀れな凡夫
おれの言葉など何になる。
仕事の喜びに水を差そうというのなら
ニワトコの兄弟よ、いらぬお世話だ。
詩も、歌も、みんな放り出し
皮でも叩いている方が、どれだけましか!
　　(勢いよく音をたてて靴作りにとりかかるが、また手を休めて、先
　　ほどと同じく後ろにもたれかかり、物思いにふける)

それにしても、あれが耳から離れない。
感じることはできるが、わからない。
とても憶えきれないが、さりとて忘れがたい。
つかめても、測れない。
そもそも、つかみどころのないものを
どうやって測ろうというのか。
どんな規則にも当てはまらないが
それでいて間違いはない。
古い響き、それでいて新しい響き——
愛しき五月の鳥の歌声。
たとえ、その歌声を聞いて
憑かれたように
啼き声を真似てみても
嘲りと侮蔑を買うだけだろう——
力強い春の声と
愛しくも、やむにやまれぬ想いこそが
胸の奥にあの調べを注ぎ込んだのだ。
あの若者は歌わずにはいられなかった、
だからこそ歌うことができた。
こんなことは初めてだ。
今日、喉を聞かせた歌鳥には
もう立派な嘴が生えていた。
マイスターたちを怯えさせたあの男
このハンス・ザックス、すっかり気に入ったぞ!
　　(晴れやかな表情で落ち着いて仕事にかかる)

(188)「中世の家の入口の戸には、上下二枚に分かれている形がしばしば見られました。都市内でも家畜がときに往来で餌をあさっていたので、下の戸だけ閉めておけば、外の明かりをとりこみながら家畜の侵入を防ぐことができたのです」(阿部謹也『中世の窓から』)。第3散文稿まで、ザックスは「鎧戸の奥に座り、頬杖をつく」ことになっていた。韻文台本以降、家の外に仕事机を持ち出す設定(「下半分の扉に肩肘をついて後ろへもたれかかる」)に変えたのは、自然の息吹の通う戸外で〈ニワトコのモノローグ〉を歌わせるため。

(189)「仕事の喜び」にも徹しきれず、さりとて「詩(も)、歌(も) Poeterei」の道にも迷いをいだくザックス。ワーグナーは、先行するザックス劇(→作品の成立1)にはみられなかった「市民生活」対「芸術的創造」という、すぐれて近代的なテーマを織り込んだ。

(190) 靴作りと芸術家の二足の草鞋に絶望しかけていたザックスの心が反転のきっかけをつかんだのは、「甘やかで少し疎ましく、そこはかとないが芯のある」(ヴァルター・ネルトナー『森や野の植物』1937年) ニワトコの香りが官能中枢をとらえ、「愛しくも、やむにやまれぬ」(→1122) ヴァルターの調べを共感覚(Synästhesie)的に喚起したため(→次注)。

(191)「古い響き、それでいて新しい響き」(→1115)は作品全体のキイワード(→解題、解題「音楽」)。——「愛しき五月 süßen Mai」は第1幕でヴァルターが歌った〈資格試験の歌〉の「甘美なる痛み süßem Schmerz」(→899)に呼応する。このことからも原語 süß は単に「甘い」という一面的な意味にとどまらぬことがわかる。ザックスもすぐ先で süße Not(→1122)という逆向きのベクトルを大胆に結合した表現 oxymoron を用いており、ここでの Not(苦しみ)は、さらに Notwendigkeit(身内から突き上げるやむにやまれぬ衝迫)に通じる。このため süß の訳語として、甘美な気持ちがこみ上げて胸が一杯になるほどのせつなさを表わす古語「愛(かな)し」を当てた。

(192) 1117-1120行、ヴァルターの〈資格試験の歌〉に歌われた「無限旋律」生成の秘密(→注123)は、外形を真似ることによって会得できるものではない。「可愛らしい森の歌鳥を一羽つかまえて家に連れ帰り、あの森の旋律の断片なりと目の前で囀って聞かせるように仕込むなどというのは愚の骨頂である」(『未来音楽』)。

(193) 形容詞 hold(→1128)には「やさしい」と「好ましい」の両義がある。ここは、まだ青いが、ザックスの目には好ましく映るという意味で「もう立派な(嘴)」と訳す。

[譜例73]

DIE MEISTERSINGER VON NÜRNBERG

(135) ザックスの決意（完全終止）に続くのは、第1幕のヴァルターの歌「かつてやさしく微笑んだ春を（慕い）wie einst der Lenz so lieblich lacht」（→624）における半音階進行の余韻［譜例48］。ここでも枠音程は完全4度。

(136) ここで初めて〈優美の動機 Motiv der Anmut〉がクラリネットに現われるが、この動機は完全4度跳躍下行の反復によって〈求愛の動機〉［譜例2］と強く結びつけられている［譜例74］。あるいは〈歌の道の動機〉［譜例24］冒頭の音程関係との類似を指摘することもできよう。また〈優美の動機〉は、のちに冒頭の3音が8分音符に圧縮され、「エフヒェン Lieb Evchen」（→1177）などの背景をなすヴァイオリンの音形へと大きく変容を遂げることになる。

(137) カール・ヴァークがブライトコプフ版ヴォーカル・スコアで「愛の問い Liebesfrage」と呼んでいるように、〈エファの動機〉［譜例71］は「ザックスにぴったり寄り添って」問いかける彼女を音楽によって描写。エファは第2幕第2場で思いついた行動を起こし（→1077f.）、エファとザックスの「腹の探りあい」（→訳注194）が始まるわけだが、むしろここでは動機の最初の3つの音「イ→変ロ→変ニ」に注目したい。音の順序を並べ替えて「変ニ→イ→変ロ」とすれば〈春の促しの動機〉冒頭の音程関係が再現されるように、ヴァルターだけでなくエファも春に促されていることになる。前奏曲の分析から指摘し続けてきた「示導動機相互の関連性」の好例といえよう。

(138) この場を支配する〈優美の動機〉と〈エファの動機〉は、いわゆる「紡ぎ出し Fortspinnung」の手法によって流れるように変容してゆく。たとえば「わからんね」以降の後者の変容ぶりに注目［譜例75］。末尾の音程関係には、第3幕〈迷妄のモノローグ〉を先取りするおもむきすらある。

(139) 同じように〈優美の動機〉も変容を遂げるが、こちらは、むしろドラマの要請に応えた結果とみてよい。「これから縫い上げる朴念仁の靴」と「ベックメッサーさまの靴」には、それぞれ前打音やトリル音形が現われ、さらには流れるような〈優美の動機〉のゼクウェンツの着地点がずれて、動機本来の性格を失う。これはザックスの心境だけでなく、眉をしかめるエファの音楽による描写とみてもよいだろう。

Vierte Szene

EVA *(ist auf die Straße getreten, hat sich schüchtern der Werkstatt genähert und steht jetzt unvermerkt an der Türe bei Sachs.)*
Gut'n Abend, Meister! Noch so fleißig?
SACHS *(fährt, angenehm überrascht, auf.)*
Ei, Kind! Lieb Evchen? Noch so spät?
Und doch, warum so spät noch, weiß ich:
die neuen Schuh'?
1135 EVA Wie fehl er rät!
Die Schuh' hab' ich noch gar nicht probiert;
sie sind so schön und reich geziert,
daß ich sie noch nicht an die Füß mir getraut.
(Sie setzt sich dicht neben Sachs auf den Steinsitz.)
SACHS Doch sollst sie morgen tragen als Braut?
1140 EVA Wer wäre denn Bräutigam?
SACHS Weiß ich das?
EVA Wie wißt ihr denn, daß ich Braut?
SACHS Ei, was! Das weiß die Stadt.
EVA Ja! Weiß es die Stadt,
1145 Freund Sachs gute Gewähr dann hat!
Ich dacht' — er wüßt' mehr.
SACHS Was sollt' ich wissen?
EVA Ei, seht doch! Werd' ich's ihm sagen müssen?
Ich bin wohl recht dumm?
1150 SACHS Das sag' ich nicht.
EVA Dann wärt ihr wohl klug?
SACHS Das weiß ich nicht.
EVA ⌈Sachs,
Ihr wißt nichts? Ihr sagt nichts? — Ei, Freund
jetzt merk' ich wahrlich, Pech ist kein Wachs.
1155 Ich hätt' euch für feiner gehalten.
SACHS Kind,
beid', Wachs und Pech bekannt mir sind:
mit Wachs strich ich die seidnen Fäden,
damit ich dir die zieren Schuh' gefaßt:
1160 heut fass' ich die Schuh' mit dichtren Drähten,
da gilt's mit Pech für den derbren Gast.
EVA Wer ist denn der? Wohl was recht's?
SACHS Das mein' ich!
Ein Meister, stolz auf Freiers Fuß;
1165 denkt morgen zu siegen ganz alleinig:
Herrn Beckmessers Schuh' ich richten muß.

［譜例74］

第4場

エファ
 （通りへ出て、おずおずと仕事場に近づき、ザックスに気づかれないように、そっと戸口に立つ）
今晩は、親方。まだお仕事？
ザックス （驚いて席を立つが、まんざらでもない様子）
やあ、エフヒェンじゃないか、こんな遅くに？
でも、夜更けにやってきた訳は知っているよ
新しい靴だろう？
エファ はずれ！
あの靴はまだ履いてみてないもの。
あんまりきれいで、飾りもみごとだから
もったいなくて、足も入れていないのよ。
 （ザックスにぴったり寄り添って石に座る）
ザックス だが明日は花嫁、あれを履くんだろう？
エファ すると花婿は誰かしら？
ザックス 私が知っているとでも？
エファ じゃあ、花嫁の話はどうして知っているの？
ザックス なんたって町中が噂でもちきりだよ。
エファ そうよね、親しい仲なのに
町の噂ということで逃げを打つの？
少しは知っていると思ったんだけど。
ザックス 何を知っているというんだい？
エファ まあ、私の口から言わせる気？
私って、そんなにお馬鹿さん？
ザックス そうは言ってないさ。
エファ じゃあ、そっちの方がうわ手ってわけ？
ザックス わからんね。
エファ
わからない、わからないで白ばくれる気？
ねえ、ザックス、これで私にもヤニと蠟の違いがわかったわ。
もっといい人かと思ってた。
ザックス おやおや。
蠟も、ヤニも、使い慣れたもの、
君のかわいい靴を縫うのに
絹糸に蠟を引いたものさ。
これから縫い上げる朴念仁の靴は
太紐にヤニを塗り込まなくちゃ。
エファ 誰のこと？ ひょっとして……
ザックス あたり！
自信満々、求婚に足を踏み込んだ大将は
あすはひとり勝ちと、すっかりその気になっている。
そのベックメッサーさまの靴を仕上げにゃならんのさ。

(194)「今晩は Gut'n Abend」（→ 1131）は、南ドイツで一般的な挨拶 Grüß Gott（ザックスも使っている→ 2109、2505）に比べ、とりすました感じで、いかにも訳ありげな様子。エファのザックス訪問と、ふたりのコケティッシュな腹の探り合いは、韻文台本の段階で初めて取り入れられた。

(195) ワーグナーはこの場だけでなく、第3幕第4場でも靴を小道具に用いて暗示効果を上げている。精神分析学派によれば足は男性器、靴は女性器の象徴。シンデレラ伝説が示すように、足と靴がぴったり合うのは結婚の条件が整った証し。

(196) ポークナー家の菩提樹の下にはきちんとした「石のベンチ」（→ 1042 行上のト書き）が置かれているが、ザックスの家の前にあるのは、適当な大きさの石を歩道に埋めこんで腰を下ろせるようにしただけの Steinsitz（直訳：石の腰掛け）。両家の格と財力の違いか。

(197)「少しは知っている」（→ 1146）はず、とエファがほのめかすのは、ヴァルターが試験に落ちたいきさつについてだが、彼女のザックスへのひそかな想いを指す可能性も否定できない（→注205）。

(198) エファは第2場でポークナーに「お前、ずっと黙っているが Du sagst mir nichts?」（→ 1037）と聞かれて、「従順な娘は聞かれたことにだけ答えます」（→ 1038）とやり返し、「これは参った Wie klug!」（→ 1039）、「わしも血のめぐりが悪く dumm なったようだ」（→ 1068）と一本取る。ここで「私って、そんなにお馬鹿さん dumm ?」（→ 1149）、「じゃあ、そっちの方がうわ手 klug ってわけ？」（→ 1151）、「白ばくれる気？ Ihr sagt nichts?」（→ 1153）と詰め寄るのは、逆順による焼き直し。同じ台詞を別の文脈に転用することで滑稽味を演出するのは喜劇の定石（→注 201、204、212）。

(199) 真っ白な「蠟」と対比される真っ黒な「ヤニ Pech」は、ザックスの「駄目男 Pechvogel」ぶりへの当てこすり。「(もっと)いい」（→ 1155）の原語 fein は、蠟のほうがヤニよりも「きれい」という意味だが、ここでは「話のわかる」「男女の機微に通じた」というニュアンスが込められている。

[譜例75]

(140) 第4場が始まってから「9/8拍子」が全体を支配してきたが、それだけに、ときおり挿入される「3/4拍子」の意味を問うことが必要と思われる。ニワトコの濃い香りに包まれて物思いにふけるザックスが、エファの不意の来訪に「驚いて席を立」ち、「やあ、エフヒェンじゃないか、こんな遅くに？」（→1132）と応える1小節は3/4拍子。それまでの9/8拍子の沈思黙考から、ザックスは3/4拍子で我に返るというわけだ。この場の「じゃあヤニをたっぷり、おまけしてあげて〜」（→1167）と、とくにオーケストラも3/4拍子に転じる「あいつめ、歌で君を手に入れようと必死さ〜」（→1169）も、登場人物が現実に向き合う際の3/4拍子と解してよいだろう。——ただ、オーケストラの拍子変換には、純粋に音楽的な理由もある。9/8拍子のような複合拍子を長く続けると、拍子本来の性格が薄れてゆくもので、この箇所のように一時的に3/4拍子に転じると、来るべき9/8拍子、つまりエファのコケティッシュな問い「奥さんを亡くした人は、だめなの？」（→1173）がことさらに際立つのである。——なお、オーケストラが9/8拍子にとどまりながら、歌唱声部のみが3/4拍子に転じる部分、たとえば「歌合戦なんだから／芸術の良き理解者なら求婚の資格があるはずよ」（→1175f.、訳注201）［譜例76］や「男心は変わりやすいって認めちゃいなさいよ」（→1179、訳注202）には、9/8拍子では思ったとおりに事が運ばないエファの焦りが感じられる。またエファが滑らかな9/8拍子で暗に誘う「娘代わりの私をお嫁さんにしてもらえるものと（思い込んでいた）」に対して、ザックスが9/8拍子で答え始め、すぐに3/4拍子に切り換えて「娘だけでなく、妻も（もらえるわけか）／気晴らしにしちゃ、素敵な思いつきだ〜」とはぐらかすくだりも、すぐれて喜劇的な瞬間だ。

(141) ここから4/4拍子に変わる。弦楽器の下行走句と〈靴屋の動機〉が現われるのは、ザックスの心境が〈ニワトコのモノローグ〉の「しょせんは哀れな凡夫」へと戻ってしまったことを意味しているのだろうか。エファの問い「歌学校でのことかしら〜」（低弦のシンコペーション）に対して、まず増三和音と半音階下行が特徴の〈不安の動機〉［譜例15］が答えていることに注目。ザックスは心ここにあらぬ体だが、エファはなおも食いさがる。〈不安の動機〉と反対に、ここでは「（馬鹿な）質問 Fragen」の変ロ音に向けた半音階上行線が際立つ。

EVA　So nehmt nur tüchtig Pech dazu:
da kleb' er drin und lass' mir Ruh!
SACHS　Er hofft, dich sicher zu ersingen.
1170 EVA　Wieso denn der?
SACHS　Ein Junggesell,
's gibt deren wenig dort zur Stell.
EVA　Könnt's einem Witwer nicht gelingen?
SACHS　Mein Kind, der wär' zu alt für dich.
1175 EVA　Ei, was! Zu alt? Hier gilt's der Kunst;
wer sie versteht, der werb' um mich.
SACHS　Lieb Evchen, machst mir blauen Dunst?
EVA　Nicht ich, ihr seid's, ihr macht mir Flausen!
Gesteht nur, daß ihr wandelbar.
1180 Gott weiß, wer euch jetzt im Herzen mag hausen!
Glaubt' ich mich doch drin so manches Jahr.
SACHS
Wohl, da ich dich gern auf den Armen trug?
EVA　Ich seh', 's war nur, weil ihr kinderlos.
SACHS　Hatt' einst ein Weib und Kinder genug.
1185 EVA　Doch starb eure Frau, so wuchs ich groß?
SACHS　Gar groß und schön!
EVA　Da dacht' ich aus,
ihr nähmt mich für Weib und Kind ins Haus?
SACHS　Da hätt' ich ein Kind und auch ein Weib!
1190 's wär gar ein lieber Zeitvertreib!
Ja, ja! Das hast du dir schön erdacht.
EVA　Ich glaub', der Meister mich gar verlacht?
Am End auch ließ' er sich gar gefallen,
daß unter der Nas ihm weg vor allen
1195 der Beckmesser morgen mich ersäng'?
SACHS
Wer sollt's ihm wehren, wenn's ihm geläng'?
Dem wüßt' allein dein Vater Rat.
EVA　Wo so ein Meister den Kopf nur hat!
Käm' ich zu euch wohl, fänd' ich's zu Haus?
SACHS
1200 Ach, ja! Hast recht: 's ist im Kopf mir kraus.
Hab' heut manch Sorg und Wirr erlebt:
da mag's dann sein, daß was drin klebt.
EVA　(wieder näherrückend)
Wohl in der Singschul? 's war heut Gebot?
SACHS　Ja, Kind! Eine Freiung machte mir Not.
1205 EVA　Ja, Sachs! Das hättet ihr gleich solln sagen,
quält' euch dann nicht mit unnützen Fragen. —
Nun sagt, wer war's, der Freiung begehrt?

エファ　じゃあヤニをたっぷり、おまけしてあげて。
あの人の足が張りついてしまえば、私も安心できるわ。
ザックス　あいつめ、歌で君を手にいれようと必死さ。
エファ　どうしてあの人が？
ザックス　なにせ独り身、
条件に合う独身となると限られるからな。
エファ　奥さんを亡くした人は、だめなの？
ザックス　いいかい、それじゃ年が離れ過ぎて……
エファ　なによ、年の差なんか、歌合戦なんだから
芸術の良き理解者なら求婚の資格があるはずよ。
ザックス　エフヒェン、いい大人をからかっちゃいけない。
エファ　私じゃないわ。からかっているのはあなたよ。
男心は変わりやすいって認めちゃいなさいよ。
あなたの胸の内に誰が住みついているか、わからないけれど
長いこと、そこにいるのは私だって思っていたのに。
ザックス
きっと、君をだっこしていた頃の話だろう。
エファ　そうね、子供がなかったからよね。
ザックス　女房や子供たちに恵まれた頃もあったが。
エファ　でも奥さんが亡くなり、私は大きくなった。
ザックス　こんなに大きく、きれいにね。
エファ　私、思い込んでいたのよ、
娘代わりの私をお嫁さんにしてもらえるものと。
ザックス　娘だけでなく、妻ももらえるわけか
気晴らしにしちゃ、素敵な思いつきだ。
はっ、はっ、なかなかうまいことを考えたね。
エファ　そうやって鼻で笑ってるけど
いつまでも平気な顔でいられるかしら、
明日、ベックメッサーが歌合戦に勝って
満座のなかから私を奪ってゆくのを見せつけられても。
ザックス
もし勝てば、仕方がないさ。
助け船を出すのは、お父上だけだからな。
エファ　マイスターのくせに、どこに頭をつけてるの。
家に名案がころがっていれば、お邪魔したりしないわよ。
ザックス
そりゃ、そうだ。どうも頭が混乱している。
今日はいろいろ紛糾して、心を痛めたものだから
それが尾を引いているのかもしれん。
エファ　（もう一度、すり寄って）
歌学校でのことかしら。今日、召集があったのね。
ザックス　そう、資格試験でひと苦労さ。
エファ　いやなザックス、それを先に言ってよ、
そうすれば馬鹿な質問でいじめたりしなかったのに。
ね、教えて、誰が応募したの？

(200)　時代設定は「16世紀半ば」、1494年生まれのハンス・ザックスが最初の妻クニクンデを亡くしたのは1560年。史実通りでは計算に無理があり、ここは詩的想像にゆだねるとして、婚期から考えて20歳前（後）とおぼしきエファが娘であっても不思議ではないとすれば、ザックスは40代後半から50代前半か。ちなみにワーグナーとマティルデは15歳、コジマとは24歳違い（→作品の成立5）。

(201)　「歌合戦なんだから Hier gilt's der Kunst」（→1175）は、直訳すれば「ここは芸術が問題なのよ」。エファは、はからずも第1幕第3場でのザックスのマイスターたちへの説教「求められるのは芸術だけ hier fragt sich's nach der Kunst allein」（→618）のお株を奪い、ザックスをやり込める。

(202)　「（男）心は変わりやすいって認めちゃいなさいよ」（→1179）とザックスを非難することで、はしなくもエファは自分の心の内を露呈してしまう。

(203)　1183行はもっと挑発的に「なによ、子供がなかったからっていうの？」とも読めるが、音楽は3/4拍子から9/8拍子に切り替わり（→音楽注140）、今は還らぬ日々の「小さなパラダイス」（→音楽注121）を「しみじみと sehr zart」（総譜の発想標語）懐かしむ。——結婚は親方の必須条件であり、妻を失った親方が長い間やもめ暮らしを続けることは現実にはありえなかった。歴史上のハンス・ザックスも、最初の妻（二人の間に生まれた七人の子供は早世）を失った翌年には二度目の妻バルバラと再婚している。

(204)　ザックスの台詞「どうも頭が混乱している 's ist im Kopf mir kraus」（→1200）は、ポークナーの述懐「頭がくらくらする Was geht mir im Kopf doch 'rum？」（→1070）を想起させる。総じて第4場は第2場の反復の趣があり（→注198）、新しい事態に対処しきれぬ旧世代の男たちの困惑ぶりを印象づける。

(205)　エファの来訪の目的は、①ザックスの自分に対する気持ちを探る、②ヴァルターの資格試験の首尾を知る、の二点にある。②についてはマクダレーネを介してダフィトからすでに情報を得ており、あとは詳細の確認だけ。そうなると比重は①にありそうだが、「それを先に言って」くれればという発言は、真のねらいが②にあったとも読める。しかし①のやりとりは、ほんとうに「馬鹿な質問」だったのか？　この場のエファは古い愛と新しい愛に二重に縛られ、身動きのとれぬ状態にあると考えられる。

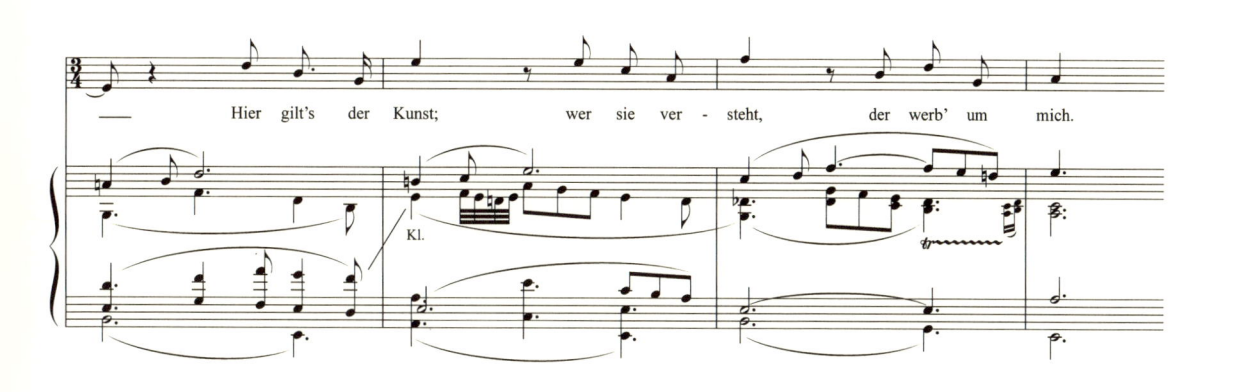

(142) エファは、資格試験の結果を知っているのに（→ 1073ff.）、「素知らぬ様子で」ザックスに問いかける。これも広い意味での「嘘」だが、エファの本心を確かめようとするザックスは、その上をゆく「大嘘」をついてみせる（思ってもいないことを口にすること→訳注208）。ここで当の〈シュトルツィングの動機〉[譜例46]が出現するのは筋が通っているが、この巧妙な腹の探りあいのなかに置かれると、期せずして話題の人物の脳天気さがあらわになる。

(143) ふたたびバスの保続音（シンコペーション）上に〈懸念の動機〉[譜例59]が繰り返され、エファの心境を代弁する。しかし、このフレーズで最も重要なのは、ザックスの台詞「生まれながらの巨匠でも／あんなにマイスターたちの受けが悪くてはね」に当てられた音楽だろう[譜例77]。それまでの旋律線は〈懸念の動機〉と連動して半音下行が支配的だった。ここでも〈懸念の動機〉から始まるが、ge(-boren) は予期されるヘ音ではなくホ音で、これを軸に旋律も和声も強引にト長調に固定される。ここに本意ではない発言をするザックスの心の葛藤を読み取ることもできよう。

(144) 〈エファの動機〉を用いて「食い下が」る相手に、ザックスは第1幕第3場におけるベックメッサーの旋律を引用する。「（ザックスは未熟者のために風穴を空けて／）そこから好きなように出入りさせ／したい放題をさせようというのだ」と「そこいらで民衆相手に歌うのは勝手だが／ここでは規則を守らぬ者を仲間に入れるわけにはいかん」（→ 829ff.）。したがってザックスは「みんな」とか「われら」と言いながら、落第の理由がベックメッサー個人にあることを暗に示しているとみてよい。なお陳腐な歌い収めも、ベックメッサーの嘲り「旋律の片鱗さえもない」（→ 809）の引用[譜例78]。

(145) エファは「怒りにまかせて立ち上がり」、ザックスの言葉を引き取って「（うじうじした男どもとはさよならして／）よそで anderswo（花を咲かせればいいのよ）」と叫び、無意識のうちに駆け落ちの可能性を口にする。怒りを向けるべき相手がザックスではなく、ベックメッサーであることに思い至らず（背景に彼と密接に結びついた〈嘲りの動機〉[譜例57]）、エファは「心に熱い炎が燃えている人たちのところでね」と〈春の促しの動機〉[譜例63]を幅広く歌い上げる。

SACHS Ein Junker, Kind, gar unbelehrt.
EVA *(wie heimlich)*
Ein Ritter? Mein, sagt! Und ward er gefreit?
SACHS
1210 Nichts da, mein Kind! 's gab gar viel Streit.
EVA So sagt, erzählt, wie ging es zu?
Macht's euch Sorg, wie ließ' mir es Ruh? —
So bestand er übel und hat vertan?
SACHS Ohne Gnad versang der Herr Rittersmann.
MAGDALENE *(kommt zum Hause heraus und ruft leise.)*
1215 Bst, Evchen! Bst!
EVA *(eifrig zu Sachs gewandt)*
Ohne Gnade? Wie?
Kein Mittel gäb's, das ihm gedieh'?
Sang er so schlecht, so fehlervoll,
daß nichts mehr zum Meister ihm helfen soll?
1220 **SACHS** Mein Kind, für den ist alles verloren,
und Meister wird der in keinem Land,
denn wer als Meister geboren,
der hat unter Meistern den schlimmsten Stand.
MAGDALENE *(vernehmlicher rufend)*
Der Vater verlangt.
EVA *(immer dringender zu Sachs)*
1225 So sagt mir noch an,
ob keinen der Meister zum Freund er gewann?
SACHS
Das wär' nicht übel, Freund ihm noch sein!
Ihm, vor dem sich alle fühlten so klein?
Den Junker Hochmut, laßt ihn laufen!
1230 Mag er durch die Welt sich raufen;
was wir erlernt mit Not und Müh,
dabei laßt uns in Ruh verschnaufen:
hier renn' er uns nichts übern Haufen;
sein Glück ihm anderswo erblüh'!
EVA *(erhebt sich zornig.)*
1235 Ja! anderswo soll's ihm erblühn,
als bei euch garst'gen, neid'schen Mannsen,
wo warm die Herzen noch erglühen,
trotz allen tück'schen Meister Hansen! —
Gleich, Lene, gleich! Ich komme schon!
1240 Was trüg' ich hier für Trost davon?
Da riecht's nach Pech, daß Gott erbarm':
brennt' er's lieber, da würd' er doch warm!
(Sie geht sehr aufgeregt mit Magdalene hinüber

ザックス ユンカーさ。それも、ずぶの素人でね。
エファ （素知らぬ様子で）
騎士ですって。ねえ、その方、受かったの？
ザックス
とんでもない、さんざんもめてね。
エファ それで、結果は？
親方が心を痛めたと聞いて、平静ではいられないわ——
で、成績が悪くて落第したの？
ザックス 武運つたなく、騎士殿は歌いそこねと相なった。
マクダレーネ
（家から出てきて、小声で呼びかける）
ねえ、エフヒェン、ねえ！
エファ （ザックスに詰め寄り）
武運つたなくって、どういうこと？
なんとかしてあげられなかったの？
そんなにひどかったの？　間違いだらけ？
マイスターへの道は断たれたってこと？
ザックス 残念だけど、万事休す。
どこへ行ったってマイスターにはなれないよ。
生まれながらの巨匠でも
あんなにマイスターたちの受けが悪くてはね。
マクダレーネ （今度は、はっきり聞こえるように呼びかける）
お父さまがお呼びですよ。
エファ （ますます激しくザックスに食い下がり）
じゃあ、もう一度聞くけど
親方たちは、誰ひとり親身になってあげなかったの？
ザックス
あの男と親しくなるのも、悪くはなかろう。
ただ、あの男を前にすると、みんな萎縮してしまう。
あの高慢殿下は、どこへなりと行くがいい、と。
角突き合わせて世間を渡るもよし。
だが、艱難辛苦の末にわれらが学び取ったものに
波風を立てないでほしいものだ。
ここで暴れまくるのはやめて
よそで花を咲かせろ、と。
エファ （怒りにまかせて立ち上がり）
そうよ、うじうじした男どもとはさよならして
よそで花を咲かせればいいのよ、
心に熱い炎が燃えている人たちのところでね。
意地悪なハンス親方が束になったって、負けるもんですか。
すぐ行くわ、レーネ、行きますってば。
これじゃ何しに来たんだかわからない。
ヤニが臭くてたまらないけど
せいぜい燃やして、冷えた心をあたためるがいいわ！
（興奮さめやらぬまま、マクダレーネをひろって小路の反対側へ移

(206)「武運つたなく Ohne Gnad」（→ 1214）には、「（マイスターたちが）無慈悲にも」、「（神や運命の）加護もなく」、「（ザックスから見ても）情状酌量の余地なく」といった意味が込められている。エファが「詰め寄る」のも、そのあたりが曖昧なことへのもどかしさから。——「騎士殿は歌いそこねと相なった versang der Herr Rittersmann」は、ベックメッサーの口吻（→ 695）をそっくり真似たもの。

(207) 議論が行きづまると、マクダレーネの声（姿）が状況の転換をうながす。この点でも第4場は第2場と相似の構図を示すが、ここでのエファはマクダレーネの声も耳に入らぬほどの逆上ぶり。ようやく我に返って「すぐ行くわ、レーネ、行きますってば」（→ 1239）と答えるものの、やり場のない怒りを捨て台詞「ヤニが臭くて～」（→ 1241f.）にぶつける。1240行「これじゃ何しに来たんだかわからない」（直訳：これでどんな慰めが得られたというの？）は、自分で自分がわからなくなった（→ 注205）ことへの苛立ちである。

(208)「残念だけど、万事休す」（→ 1220）以下、ザックスは自分の考えを表に出すのではなく、マイスターたちの意見を代弁することでエファの気持ちを試している。そのことは「高慢殿下」（→ 1229）、「波風を立てないでほしいものだ laßt uns in Ruh verschnaufen（直訳：惰眠を貪るままにまかせよ）」（→ 1232）というザックスらしからぬ言葉づかいにも表れている。

(209)「（生まれながらの）巨匠 Meister」（→ 1222）には、天才肌の芸術家という意味のほかに、ザックスから見て身分違いの「お殿様」といったニュアンスもこめられている。

(210)「うじうじした」は、「いやったらしい garst(i)gen」と「妬み深い neid(i)schen」を一語で訳した。garstig は『ラインの黄金』のアルベリヒ（→ Rh29）や『ジークフリート』のミーメ（→ S189）に冠せられる形容詞。「いやったらしい」→「妬み深い」→「意地悪（陰険）な tück(i)schen」というたたみかけは、自分自身の言葉に焚きつけられるように激してゆくエファの気持ちの高ぶりをなぞる。

[譜例78]

(146)「ヤニが臭くてたまらないけど／せいぜい燃やして、冷えた心をあたためる warm がいいわ」――エファがザックスに痛罵を浴びせると、オーケストラには〈靴屋の動機〉[譜例26]と〈嘲りの動機〉[譜例57]が同時に現われる。しかし、ここからヴァルターの登場に至る過程を支配するのは、もっぱらカンティレーネふうの〈懸念の動機〉[譜例59]とスケルツォふうの〈嘲りの動機〉。とくに後者は音楽外の意味「嘲り」から離れて〈懸念の動機〉を活性化する役割を担う[譜例79]。

(147)ゲシュトプフト奏法のホルンを伴った、意味ありげな増三和音。ここからの〈嘲りの動機〉は、半小節ないし1小節単位で反復され、マクダレーネの皮肉たっぷりな言葉(「弦に乗せて geigen」と「お気に召す(ものやら) Gefal(-len)」に当てられた幅広い跳躍上行)の下地を作る。

(148)ふたたび〈懸念の動機〉が優勢になってくるが、同時に〈エファの動機〉が「あそこに、誰か来るみたい kämen」で顕在化する前に、バス声部で周到に準備されていることにも注目しよう。「すれ違い」の対話(→訳注214)のさなか、エファの心のなかでは、抑えきれない情熱「お姿を見るまでは」がふつふつと沸き上がってくるというわけだ。もちろん〈懸念の動機〉と〈エファの動機〉が、冒頭の3音の音程関係(短2度→短3度)を共有していることも手伝ってのことだが、この部分は傑出した動機操作の好例といえるだろう[譜例80]。

(149)エファの心の高ぶりは、マクダレーネの言葉「私の見間違い」(→1263)と〈嘲りの動機〉によって一時中断される。ここで〈靴屋の動機〉が登場するのは「ダフィト(きっと焼き餅をやくわ)」を指すとも考えられるが、むしろこの対話から遠く離れて見守る「ザックス」の存在を印象づける、いわば対位法的な用法と捉えることもできよう。

und verweilt in großer Unruhe unter der Türe des Hauses.)
SACHS (*sieht ihr mit bedeutungsvollem Kopfnikken nach.*)
Das dacht' ich wohl. Nun heißt's: schaff Rat!
(*Er ist während des Folgenden damit beschäftigt, auch die obere Ladentüre soweit zu schließen, daß sie nur ein wenig Licht noch durchläßt; er selbst verschwindet so fast gänzlich.*)
MAGDALENE
Hilf Gott! Wo bliebst du nur so spät?
1245 Der Vater rief.
EVA   Geh zu ihm ein:
ich sei zu Bett im Kämmerlein.
MAGDALENE
Nicht doch, hör mich! Komm' ich dazu?
Beckmesser fand mich; er läßt nicht Ruh:
1250 zur Nacht sollst du dich ans Fenster neigen,
er will dir was Schönes singen und geigen,
mit dem er dich hofft zu gewinnen, das Lied,
ob das dir nach Gefallen geriet.
EVA   Das fehlte auch noch! — Käme nur er!
1255 **MAGDALENE**   Hast' David gesehn?
EVA   Was soll mir der?
(*Sie späht aus.*)
MAGDALENE   (*für sich*)
Ich war zu streng; er wird sich grämen.
EVA   Siehst du noch nichts?
MAGDALENE   (*tut, als spähe sie.*)
's ist, als ob Leut dort kämen.
1260 **EVA**   Wär' er's!
MAGDALENE   Mach und komm jetzt hinan.
EVA   Nicht eh'r, bis ich sah den teuersten Mann!
MAGDALENE
Ich täuschte mich dort; er war es nicht.
Jetzt komm, sonst merkt der Vater die Geschicht.
1265 **EVA**   Ach, meine Angst!
MAGDALENE   Auch laß uns beraten,
wie wir des Beckmessers uns entladen!
EVA   Zum Fenster gehst du für mich.
(*Eva lauscht.*)
MAGDALENE   Wie? Ich? —
(*für sich*)
1270 Da machte wohl David eifersüchtig?
Er schläft nach der Gassen: hihi! 's wär' fein!

り、落ち着かぬ様子で家の戸口の石段の下にたたずむ）

ザックス
（複雑な想いでうなずきながらエファを見送る）
そんなことだろうと思った。さて、なんとか手を打たねば。
（次のやりとりの間に、扉の上半分も閉めてしまう。かろうじてわずかな光が洩れるだけになり、ザックスの姿もほとんど見えなくなる）

マクダレーネ
あきれた。こんな遅くまで、どこに？
お父さまがお呼びですよ。
エファ　行ってちょうだい、
私はもう部屋で休んでいるって伝えて。
マクダレーネ
まあ、お聞きなさい、その話は口実。
ベックメッサーにつかまってね。うるさい男だこと、
夜が更けたら窓辺にお運びいただきたいって。
弦に乗せて美しい調べを披露したいようですが
お嬢さまの心を射止めようというその歌、
はたしてお気に召すものやら。
エファ　結構よ――あの方なら別だけど、まだかしら。
マクダレーネ　ダフィトを見かけませんでした？
エファ　知るもんですか。
（あたりをうかがう）
マクダレーネ　（独白）
きつく当たり過ぎたわ。あの人、きっと怒っているのよ。
エファ　まだ見えない？
マクダレーネ　（あたりをうかがうような所作）
あそこに、誰か来るみたい。
エファ　あの方だといいんだけど。
マクダレーネ　さあ、もう入りましょう。
エファ　お姿を見るまでは。
マクダレーネ
私の見間違い。あの方じゃありませんよ。
さあ、入りましょう。お父さまにばれてしまいますよ。
エファ　ああ、居ても立ってもいられない。
マクダレーネ　どうやってベックメッサーをかわすか
相談もしなければなりませんし。
エファ　私の代わりに、あなたが窓辺に立つのよ。
（聞き耳をたてる）
マクダレーネ　えっ、私が？
（独白）
ダフィト、きっと焼き餅をやくわ。
あの人が寝ているのは小路側、うふっ、これは面白い。

(211) 1243行下のト書きは、〈ニワトコのモノローグ〉を歌うザックスの位置を工房内（第3散文稿）から屋外（韻文台本）へ移した変更（→注188）をきちんと踏まえておらず、いささか唐突で、つながりが悪い。ザックスはこれまでの間に、どこかの時点で家の中へ引っ込んだのだろう。戸外での仕事をやめ、「扉の上半分も閉めて」灯が洩れないようにするのは、夜業をはばかる時間が近づいたから（→注186）という理由に加えて、ひそかに事のなりゆきを見守ろうという思惑から。

(212) マクダレーネの言いまわし「うるさい男だこと er läßt nicht Ruh」（→ 1249）は、女主人の台詞「私も安心できるわ lass' mir Ruh」（→ 1168）や「平静ではいられないわ wie ließ' mir es Ruh」（→ 1212）を下女が偉そうに使いまわすところに滑稽味を生む。

(213) 「弦に乗せて geigen」（→ 1251）の直訳は「ヴァイオリンを弾いて」。しかしベックメッサーがセレナーデの伴奏に使うのは、16～17世紀にヨーロッパ中に普及し「楽器の女王」と呼ばれたリュートであり、当時まだヴァイオリンは原型が誕生したばかり。ここであえて動詞 geigen を用いたのは、前行末の neigen と韻を踏むだけでなく、慣用語法「本当のことをきっぱりと言ってのける jm. Wahrheit geigen」を受けて、「美しい調べを披露（する）was Schönes～geigen」に「きれいごと was Schönes を大仰に囃し立てる」という辛辣なニュアンスを込めるためと考えられる（→音楽注147）。

(214) ダフィトのことで頭がいっぱいのマクダレーネと、ヴァルターを思いつめるエファとの会話は、すれ違いに終わる。

(215) 1264行、原文中の「一件 die Geschicht」は、ポークナーの目の届かないところでふたりが開始した行動すべてを指すため、あえて訳出しなかった。社会的な制約から本来ならば主体的な行動に移れない立場の人間（女性、召使い）が思いきった行動に出るのは、市民喜（悲）劇の骨法（→解題）。

(216) セレナーデに身代わりを立てるのは、歌う側と聴く側の違いはあるが、『ドン・ジョヴァンニ』第2幕第3場にも通じる喜劇の定石的トリック。

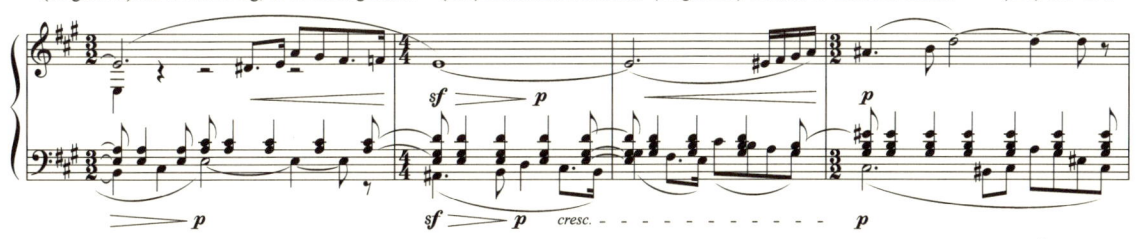

[譜例80]

(150) ティンパニのリズム打ちが「近づいてくる」「足音」を描写し、トランペットのシグナル音形が、足音の主が騎士であることを暗示する。さらに「おーい、レーネ」以降は、低弦の前打音つき8分音符のスタッカートとホルンのシグナル音形がこれを引き継ぎ、さらに〈求愛の動機〉[譜例2]から派生した弦の走句が高揚を重ね、その頂点で〈シュトルツィングの動機〉[譜例46]が姿を現わす。

(151) この〈シュトルツィングの動機〉は、さらに高揚と切迫を重ねて、エファの「あの方よ！」を引き出す [譜例81]。ただ、この重属七の和音（第5音下方変位）は、エファの興奮を反映して属和音→主和音には解決しない（→注152）。

(152) 〈エファの動機〉[譜例71]の執拗な反復が、彼女の「身も世もあらぬ様子」を体現。「強迫的な台詞まわし」から解放され、「憑きものが落ちたように」なるのは（→訳注220）、「（栄冠に輝く）勝者 Held」において、それまで〈エファの動機〉に縛られていた旋律線が独自の動きを始めるのと軌を一にする。この時点でエファの声部は、いってみれば高揚効果をヴァイオリンの半音階上行に任せ、みずからはイ長調の主音に向けた大きな身振りの終止定型を体現してみせるというわけだ（和声は偽終止）。

(153) 忘我の境地にあるエファは輝かしい「イ長調」を目指したが、打ちひしがれた感のあるヴァルター（〈懸念の動機〉[譜例59]の連鎖）は、ここで暗い「イ短調」を目指す（ここも和声は偽終止）。同じようでいながら異なる歌い収めが、再会の明暗両面をはっきりと描き分ける [譜例82]。

EVA Dort hör' ich Schritte.
MAGDALENE (zu Eva)
Jetzt komm, es muß sein.
EVA Jetzt näher!
1275 MAGDALENE Du irrst; 's ist nichts, ich wett'.
Ei, komm! Du mußt, bis der Vater zu Bett.
POGNERS STIMME (von innen)
He! Lene! Eva!
MAGDALENE 's ist höchste Zeit.
Hörst du's? Komm! Dein Ritter ist weit.
(Sie zieht die sich sträubende Eva am Arm die Stufen zur Tür hinauf.)

Fünfte Szene

Walther ist die Gasse heraufgekommen; jetzt biegt er um die Ecke herum; Eva erblickt ihn.

1280 EVA Da ist er!
(Sie reißt sich von Magdalene los und stürzt Walther auf die Straße entgegen.)
MAGDALENE
Da haben wir's! Nun heißt's: gescheit!
(Sie geht eilig in das Haus.)
EVA (außer sich)
Ja, ihr seid es;
nein! Du bist es!
Alles sag' ich,
1285 denn ihr wißt es;
alles klag' ich,
denn ich weiß es:
ihr seid beides,
Held des Preises
1290 und mein einz'ger Freund!
WALTHER Ach! du irrst: bin nur dein Freund,
doch des Preises
noch nicht würdig,
nicht den Meistern
1295 ebenbürtig:
mein Begeistern
fand Verachten,
und ich weiß es,
darf nicht trachten
1300 nach der Freundin Hand.

エファ　足音が聞こえる。
マクダレーネ　（エファに）
さあ、いらっしゃい。もう入らなきゃ。
エファ　近づいてくる。
マクダレーネ　空耳ですったら、絶対に。
さあ、いらっしゃい、お父さまがお休みになる前に。
ポークナーの声　（家の中から）
おーい、レーネ、エファ！
マクダレーネ　もういい加減に。
聞こえたでしょう。さあ！　騎士さまは、まだまだですよ。
　（抗うエファの腕をつかんで階段を上り、戸口に立つ）

第5場

小路に姿をあらわしていたヴァルターが、このとき角を曲がり、エファがそれに気づく。

エファ　あの方よ！
　（マクダレーネを振り切って通りへ駆け出し、ヴァルターに走り寄る）
マクダレーネ
さあ、おいでなすった。ここは気を引きしめて。
　（あわてて家に飛び込む）
エファ　（身も世もあらぬ様子で）
ああ、やはり騎士さまなのね。
いいえ、あなた、と呼ばせて！
私、包み隠さず申し上げます、
だって何もかも御存知ですもの。
ほんとうに悔しいわ、
私、信じていますのよ。
あなたさまこそは
栄冠に輝く勝者、そして
ただひとり、私の大切なお方だと。
ヴァルター　いや、誤解だ。君を大切に思いこそすれ
勝利の栄冠には
ほど遠い身、
マイスターさまには
及びもしない。
懸命の熱唱も
失笑を買った。
わかっているさ、
だいじな君に求婚する
資格などないのだ。

(217) ポークナー家の入り口の階段下にいる（→1242行下のト書き）エファからは通りしか見えず、小路は死角。したがって「小路に姿をあらわし」た（→1280行上のト書き）ヴァルターは「足音が聞こえる」（→1272）だけ。薄暗がりのなかでヴァルターの姿を見つけようとしていた前段（1258-1262行）の視覚中心の場面から、音だけが頼りの（ポークナーも声だけで加わる）展開に移る。ザックスの店の扉が閉められたことも相まって、舞台を包む闇はいっそう深まったように感じられる。

(218) 「（騎士さまは）まだまだですよ weit」は、直訳すれば「遠くにいます」。しかしマクダレーネはヴァルターが市外へ去ったと思っているわけではなく、まだ時間はかかっても必ず来ると確信している（→「さあ、おいでなすった」1281）。教会での別れ際に「かならずや今晩には！」（→125）と約束したヴァルターだが、世故に長けたマクダレーネのこと、公式な求婚への道を断たれた騎士が夜更けに訪問するからには、駆け落ちの可能性を十分視野に入れていたと考えるのが自然であろう。一方、エファの心中はどうか（→注229）。

(219) 「さあ、おいでなすった Da haben wir's」は、直訳すれば「われわれは手に入れた」。この一節からは、ヴァルターに首ったけのエファと違い、自分の身の振り方を含めて全体を仕切ろうとするマクダレーネのしたたかな意識が読みとれる。

(220) 呼びかけが敬称 ihr（→1282）から親称 Du（→1283）に切り替わり、ふたりの距離は一挙に縮まる。エファの「身も世もあらぬ様子」は、1282行以下、鋭い切迫音 es, -es を散らした同型反復（各行4音節）の強迫的な台詞まわしとなってあらわれ、ようやく最終行に至って「ただひとり、私の大切なお方」と心の底を打ち明けるところで、憑きものが落ちたように緊張から解放される（→音楽注152）。

(221) 「及び（もしない）(nicht) ebenbürtig」の原義は「生まれが等しい」。マイスターたちには能力的に太刀打ちできないと認める発言の底に、出自を意識した裏返しの差別意識（「マイスターさま」）が見え隠れする。

[譜例82]

Walther: und ich weiß es, darf nicht trach-ten nach der Freun-din Hand.

(154) ふたたび〈エファの動機〉[譜例71]と、半音進行を数多くふくんだ上行音形で音楽は高揚するが、今回は「ホ長調」を目指す（和声は偽終止）。

(155) ヴァルターの歌の背景では、性急なリズム（8分音符の3連音＋16分音符の4連音）が繰り返されるが、「永遠に私のものにはなれない」と嘆く時点でリズムは沈静化し、「娘が選べるのは、皆さんから栄冠を受けた／マイスタージンガーのみ」にハ長調の〈マイスタージンガーの動機〉が回帰してくる。しかし動機のゼクウェンツは途中で断ち切られ、和声も「（いかに取り消したくとも）できぬ kann nicht 相談」に向けて異様な進行（ハ長調の属七和音→変ホ音上の長三和音）をみせる[譜例83]。これは手詰まり状態におちいったヴァルターの無念さとみてよいが、「愛と情熱をこめて歌った」を〈春の促しの動機〉[譜例63]に乗せているように、まだ彼は愛と情熱さえあれば何でも許されるはずだ、と甘く考えている。

(156) 「怒りを爆発させ」たヴァルターはマイスターたちを罵倒し（1333行以下も同様）、これが「マイスターなんか、願い下げだ！」（→3048）の伏線となる。ただ、彼がひたすら求める「自由」が「内弁慶」（→訳注225）の身勝手さである印象は否めない。また「そこでは自分みずからが主人」で〈フォーゲルヴァイデの動機〉[譜例49]が引用されていることにも注目しよう。マイスターたちの古い芸術にヴァルターの新しい芸術が対置され、両者の葛藤がドラマに活力を与えていることは言うまでもないが、ヴァルターが範としているのはマイスターゲザングよりも古いミンネザング（→626ff.）。新しい芸術の旗手ヴァルターが、その内実において守旧派だったとすれば、ここでも「古さ」と「新しさ」が反転していることになるだろう（→注133）。

(157) この場のヴァルターは「遠方へのあこがれ」（→訳注225）にとりつかれ、やみくもに「自由」を求める点で『ジークフリート』第1幕のジークフリートと相似形をなしている。そして身分の低いマイスターたち、あるいは力の弱いミーメに対する執拗な差別的発言が、オーケストラによる動機の苛立つような機械的反復までふくめて、両者に共通しているのは明らかだろう。「お前が立っていたり／ちょこちょこ歩いたり／しきりにこっくりをして見せたり／目をぱちぱちやるのをみるにつけ／こっくり野郎の／首根っ子を押さえつけ／ぱちくり爺の／息の根を止めてやりたくなるんだ！」（→S182ff.）。

EVA Wie du irrst! Der Freundin Hand,
erteilt nur sie den Preis,
wie deinen Mut ihr Herz erfand,
reicht sie nur dir das Reis.
WALTHER
1305 Ach, nein! Du irrst: der Freundin Hand,
wär' keinem sie erkoren,
wie sie des Vaters Wille band,
mir wär' sie doch verloren!
„Ein Meistersinger muß es sein;
1310 nur wen ihr krönt, den darf sie frein!"
So sprach er festlich zu den Herrn;
kann nicht zurück, möcht' er auch gern!
Das eben gab mir Mut:
wie ungewohnt mir alles schien,
1315 ich sang mit Lieb und Glut,
daß ich den Meisterschlag verdien'.
Doch, diese Meister!
(wütend)
Ha! Diese Meister!
Dieser Reimgesetze
1320 Leimen und Kleister!
Mir schwillt die Galle,
das Herz mir stockt,
denk' ich der Falle,
darein ich gelockt.
1325 Fort, in die Freiheit!
Dahin gehör' ich,
dort, wo ich Meister im Haus!
Soll ich dich frein heut;
dich nun beschwör' ich,
1330 komm und folg mir hinaus!
Nichts steht zu hoffen;
keine Wahl ist offen!
Überall Meister,
wie böse Geister,
1335 seh' ich sich rotten,
mich zu verspotten:
mit den Gewerken,
aus den Gemerken,
aus allen Ecken,
1340 auf allen Flecken,
seh' ich zu Haufen
Meister nur laufen,
mit höhnendem Nicken

エファ 誤解しているのは、あなた。
栄冠を授けることができるのは、この手だけ。
あなたの心ばえに打たれた私、
勝利の若枝を捧げるのは、あなたをおいてほかにない。
ヴァルター
いや、やはり君の誤解だ。大切な人よ
いっそ誰のものにもならないでおくれ。
お父上の意向に従う限り
永遠に私のものにはなれないのだから。
「娘が選べるのは、皆さんから栄冠を受けた
マイスタージンガーのみ」と
親方衆に堂々と宣言した以上
いかに取り消したくとも、できぬ相談。
私もあの言葉に勇気を得て
生まれて初めての場で
愛と情熱をこめて歌ったのだ、
マイスターの芸術に恥じぬようにと。
それなのに、奴らときたら！
　　(怒りを爆発させて)
えーい、ここのマイスターたちときたら！
杓子定規に韻を貼りつける
ニカワ詩人にノリ野郎め。
胸は塞がり
腸は煮えくり返るが、
まんまと罠に落ちたと
気づいたときは後の祭。
さあ、外の世界へ飛び出そう！
われこそは自由の子
そこでは自分みずからが主人。
今日にも求婚すべきところだが
ここはお願いだ、ついてきておくれ
いっしょに町を出よう！
希望がついえた今
ほかに道はない。
いたるところマイスターが
悪霊みたいに
徒党を組んで
嘲笑いやがる。
仲間とつるんで
記録席から顔を出し、
どこへ行っても
四方八方から
雲霞のごとく
湧いて出てくる。
賢しらに頷きながら

(222)「誰のものにもならない」（直訳：誰にも選ばれない→1306）と「私のものにはなれない」（直訳：私から失われた→1308）は、行末の「選ばれた erkoren」と「失われた verloren」が交差韻（→歴史的背景10）を踏む。この韻の組合わせは、「私のために選ばれながら Mir erkoren／私から失われていった mir verloren」（→Tr99/100）、「あんな人、放っときましょうよ ihn verloren／私たちのものにしてみせるわ uns erkoren」（→P769/778）など、ワグナーが好んで用いたもの（→注398、431、442）。

(223)「マイスターの芸術」と訳した Meisterschlag（→1316）は「マイスターの流儀」という意味だが、マイスターたちを鳥になぞらえて扱(こ)き下ろした第1幕第3場〈資格試験の歌〉の流れを汲めば、「マイスターたちの（小うるさい）鳴き声（に合わせて）」という侮蔑の表現でもある。

(224)「ニカワ（詩人）Leimen」（→1320）には「鳥モチ」の意味もある。〈資格試験の歌〉で自分を鳥になぞらえたヴァルターにとって、マイスターたちの存在は歌人の自由な翼にひっつく「鳥モチ」のようなもの（→注415）。「ノリ（野郎）Kleister」には「箸にも棒にもかからぬ（食い）もの」という含意がある。

(225) ここでのヴァルターには、育ての親ミーメに向かって「俺の棲み家は遠くにあるのだ」（→S411）と叫ぶ「恐れを知らぬ」自然児ジークフリートと同じ「遠方へのあこがれ Fernweh」（→S注25）を認めることもできよう。だが「外の世界」「自由の子」と豪語しながらも、ヴァルターの頭のなかにあるのは第3散文稿までは「故郷の城館」。「自分みずからが主人 Meister im Haus」には、「おらが天下」という内弁慶の虚勢に加えて、抜け切らぬ名門意識（「お館の若殿」）が垣間見える。

(226) 1335行以下、10行にわたって同一語尾 -en による女性韻の対韻（→歴史的背景10）でたたみかける単調なリズムの連続は、機械的反復（→音楽注157）によって、「杓子定規に韻を貼りつける／ニカワ詩人にノリ野郎め」（→1319f.）への揶揄であると同時に、被害妄想の幻影にとらわれたヴァルターの憤激ぶりを活写する。「仲間」と訳した Gewerken（→1337）は、中高ドイツ語で「手工業の職人仲間」を意味する。

(158) ヴァルターの憤激は「(真一文字に)切り込んでやる！schla(-gen)」の高いイ音で頂点に達するが、それまでの高揚と切迫の効果は主としてオーケストラが担っている。前頁「希望がついえた今」(→ 1331)以降、詩型は隣接行どうしで脚韻を踏む2行1組の「対韻」に固執しているが、歌唱声部はむしろ、対応する音節を拍節上の同じ位置に置く(たとえば kreischend-heischend を小節の頭に置く)ことによって、対韻の効果を倍加することに心を砕いているようだ。そもそも『マイスタージンガー』は強迫観念にとりつかれたように脚韻を踏み続けるが、ここの対韻は、交叉韻など踏んでいる余裕はない、単なる語呂合わせの感がある。

(159) 夜警の角笛によって憑きものが落ちたように、音楽は抒情的な〈夏至の魔力の動機 Sommernachtszauber-Motiv〉へと転じる(ホルンの保続音上に、コントラバスを除いた弦楽器群)[譜例84]。とくに第1ヴァイオリンのたゆたうような動機の紡ぎ出しは、直前の性急で暴力的な楽想と好対照をなす。これは「ヴァルターの手を握り、なだめる」エファの仕草と連動し、やがて「逃げるのか？」「逃げなくてもいいの？」における〈愛の動機〉[譜例6]を導き出すことになる。

(160) 夜警の歌は完全な全音階[譜例85]。和声づけされているため、あまり露骨には聴こえないが、わずか4つの音(ヘーイーハーニ)しか使っていないことに注目すべきだろう。導音の欠けた旋律は、民俗的な音楽、あるいは夜警というプリミティヴな存在を強調する目的と思われる。なお、背景の和声も「主なる神を 讃えませ」では変格終止(S → T)を用いて、古色ないし宗教色を出している。いずれにせよ、他の登場人物とは接点がなく、すれ違いに終わるという設定だ。

frech auf dich blicken,
1345 in Kreisen und Ringeln
dich umzingeln,
näselnd und kreischend
zur Braut dich heischend,
als Meisterbuhle
1350 auf dem Singestuhle
zitternd und bebend,
hoch dich erhebend!
Und ich ertrüg' es, sollt' es nicht wagen,
gradaus tüchtig drein zu schlagen?
(Man hört den starken Ruf eines Nachtwächter-hornes.)
WALTHER *(Schrei)*
1355 Ha!
(Walther hat mit emphatischer Gebärde die Hand an das Schwert gelegt und starrt wild vor sich hin.)
EVA *(faßt ihn besänftigend bei der Hand.)*
Geliebter, spare den Zorn;
's war nur des Nachtwächters Horn.
Unter der Linde
birg dich geschwinde;
1360 hier kommt der Wächter vorbei.
MAGDALENE *(ruft leise unter der Türe)*
Evchen! 's ist Zeit: mach dich frei!
WALTHER Du fliehst?
EVA *(lächelnd)*
Muß ich denn nicht?
WALTHER Entweichst?
EVA *(mit zarter Bestimmtheit)*
1365 Dem Meistergericht.
(Sie verschwindet mit Magdalene im Hause.)
DER NACHTWÄCHTER *(ist währenddem in der Gasse erschienen, kommt singend nach vorn, biegt um die Ecke von Pogners Haus und geht nach links zu weiter ab.)*
Hört, ihr Leut, und laßt euch sagen,
die Glock hat zehn geschlagen;
bewahrt das Feuer und auch das Licht,
daß niemand kein Schad geschicht.
1370 Lobet Gott, den Herrn!
SACHS *(welcher hinter der Ladentüre dem Gespräche gelauscht, öffnet jetzt, bei eingezogenem Lampenlicht, ein wenig mehr.)*

厚かましくも君を睨めつけ
ぐるりと輪になって
ぴたりと取り囲み
鼻声や金切り声で
言い寄ってくる。
歌唱席の
色男ぶったマイスターは
ふるえ、おののく君を
高く抱え上げる。
こんな屈辱に耐えるくらいなら
ままよ、真一文字に切り込んでやる！
　　(夜警が高らかに吹き鳴らす角笛が聞こえる)

ヴァルター　(大声で叫ぶ)
ええい！
　　(大仰な身振りで剣に手をかけ、憤怒の形相で虚空を見すえる)

エファ　(ヴァルターの手を握り、なだめる)
いとしい人、どうかお怒りを鎮めて。
あれは夜警の角笛。
さあ、早く
菩提樹の下に隠れて
やり過ごしましょう。
マクダレーネ　(戸口から、そっと小声で)
エフヒェン、時間ですよ、帰ってらっしゃい。
ヴァルター　逃げるのか？
エファ　(微笑んで)
逃げなくてもいいの？
ヴァルター　逃げてくれるかい？
エファ　(優しいなかにも毅然とした態度で)
マイスターたちの審判からね。
　　(マクダレーネと家の中に消える)
夜警
　　(この間、小路に姿をあらわし、歌いながら前舞台に歩み出て、ポーク
　　ナーの家の角を左へまわり、去ってゆく)

皆さま　お知らせいたします
鐘が　十時を打ちました
灯火の始末　おこたらず
どちらさまも　つつがなく
主なる神を　讃えませ。
ザックス
　　(扉の後ろでふたりの話に聞き耳を立てていたが、ここでランプの
　　光を落とし、わずかに扉を開ける)

(227) 想いを寄せる女が無頼漢どもになぶられる様子を勝手に思い描き、興奮のあまり剣に手をかけるのは、ワーグナーも愛読した『ドン・キホーテ』ゆずり（→注7）。すっかり頭に血が上って妄想のなかのマイスターたちに「切り込」もうとするが、そこに轟く夜警の角笛を（ドン・キホーテの風車のように）新たな敵の出現と勘違いして「ええい！」と身構えるヴァルターは、もはや相手の見分けもつかぬ錯乱ぶり。

(228) ihr から du への呼称の切り替え（→注220）に続いて、「大切なお方 Freund」（→1290）から「いとしい人 Geliebter」（→1356）へと、エファの気持ちはさらに一歩深く踏みこむ。——1361 行「帰ってらっしゃい mach dich frei」の直訳は「その身を相手から振りほどいて自由になりなさい」。マクダレーネのなにげない言葉が字面上の符合によって、ヴァルターの意気軒高な叫び「さあ、外の世界（直訳：自由）へ in die Freiheit 飛び出そう！」（→1325）に水をさすという滑稽な図。あるいは、機を見るに敏なマクダレーネの計算ずくの介入か。

(229) 1362 行は、駆け落ちの意志確認とも、家の中へ「逃げ込むつもりか？」という猜疑心の発露とも解せる。ヴァルターの真っ正直な狼狽ぶりに思わず「微笑んで」、「逃げなくてもいいの？」とコケティッシュな謎かけをするエファのほうが明らかに上手をゆく。それにしてもエファは、どの時点で駆け落ちの決意を固めたのだろうか。「マイスターたちの審判から（ね）」という返答の仕方からみて、ヴァルターの提案（→1330）を俟つまでもなく、ザックスの煮え切らぬ態度にマイスターたちへの怒りを募らせたあたり（「うじうじした男どもとはさよならして／よそで花を咲かせればいいのよ」→1235f.)からと考えるのが妥当であろう。

(230) ドイツ中で使われていた夜警の「時を告げる定型文」（『ブロックハウス百科事典』）。ニュルンベルクでは、聖ローレンツ、聖ゼバルドゥスの二つの主要教会の鐘が時を告げた。これをもって労働が認められた昼の時間帯がいよいよ終わり、「灯火の始末」をして家の中で過ごす夜の時間帯が始まったことになる（→注186、歴史的背景4）。

[譜例85]

Der Nachtwächter:
Hört, ihr Leut, und laßt euch sa-gen, die Glock hat zehn ge-schla-gen; be-wahrt das Feu-er und auch das Licht, daß nie-mand kein Schad ge-schicht. Lo-bet Gott, den Herrn!

(161) 夜警が吹き鳴らす変ト音は、彼の歌（ヘ長調）とは異質の響き。これを〈靴屋の動機〉［譜例26］の嬰ヘ音（＝変ト音）が引き取り、〈夏至の魔力の動機〉［譜例84］が今度はホルン・ソロで再現される。ここでも保続音はロ長調のドミナント（嬰ヘ音）。『マイスタージンガー』の基本調性はハ長調であり、これと増4度ないし減5度の関係にある「嬰ヘ音」ないし「変ト音」は特別な意味をもつと考えられる（→注163）。

(162) ヘ長調への転調と〈愛の動機〉［譜例6］の再現が、エファの「ふっきれた」さまを音楽的に裏打ちする。しかし、「いとしい人、どうかお怒りを鎮めて～」（→1356ff.〈夏至の魔力の動機〉）と「逃げるのか？～」（→1362ff.〈愛の動機〉）が夜警の出現によって邪魔されたように、ここでも〈夏至の魔力の動機〉から〈愛の動機〉への流れがザックスの出現によって邪魔される。

(163) 音楽的にみると、今回の邪魔は「遠くから聞こえてくる」夜警の角笛（変ト音）と〈靴屋の動機〉（嬰ヘ音）、そして唐突な和音（増三和音から変ホ音上の短三和音）にある。なお「嬰ヘ音＝変ト音」の象徴的な意味については、第1幕第3場「この椅子に？」「ここの決まりです」（→723f.）の前後に置かれた嬰ヘ音（チェロ／ファゴット＋コントラバスのピッツィカート）が参考になるだろう。いずれにせよ、このわずか5小節の断片的挿入は、ランプの眩い光と、エファの困惑の言葉「まあ、靴屋よ！ 見つかったら大変／隠れて！ あそこに近寄ってはだめ」と相まって、まさに綜合芸術のおもむき［譜例86］。

(164) 1389行の「ほかに抜け道は？」以降、ふたたび〈夏至の魔力の動機〉が現われるが、来るべき〈愛の動機〉は訪れず、今度は〈靴屋の動機〉［譜例26］と、新たなる〈リュートの動機 Laute-Motiv〉［譜例87］によってふたりの駆け落ちが邪魔されることになる。

Üble Dinge, die ich da merk':
eine Entführung gar im Werk?
Aufgepaßt! Das darf nicht sein!
WALTHER *(hinter der Linde)*
Käm' sie nicht wieder? O, der Pein!
(Eva kommt in Magdalenes Kleidung aus dem Hause. — Walther, die Gestalt gewahrend)
1375 Doch ja, sie kommt dort? — Weh mir! Nein!
Die Alte ist's!
(Eva erblickt Walther und eilt auf ihn zu.)
Doch aber ja!
EVA Das tör'ge Kind, da hast du's, da!
(Sie wirft sich ihm heiter an die Brust.)
WALTHER *(hingerissen)*
O, Himmel! Ja, nun wohl ich weiß,
1380 daß ich gewann den Meisterpreis.
EVA Doch nun kein Besinnen!
Von hinnen! Von hinnen!
O, wären wir schon fort!
WALTHER Hier durch die Gasse, dort
1385 finden wir vor dem Tor
Knecht und Rosse vor.

Als sich beide wenden, um in die Gasse einzubiegen, läßt Sachs, nachdem er die Lampe hinter eine Glaskugel gestellt, durch die ganz wieder geöffnete Ladentüre einen grellen Lichtschein quer über die Straße fallen, so daß Eva und Walther sich plötzlich hell erleuchtet sehen.

EVA *(Walther hastig zurückziehend)*
O weh! Der Schuster! Wenn der uns säh'!
Birg dich, komm ihm nicht in die Näh!
WALTHER Welch andrer Weg führt uns hinaus?
1390 **EVA** Dort durch die Straße: doch der ist kraus,
ich kenn' ihn nicht gut; auch stießen wir dort
auf den Wächter.
WALTHER Nun denn, durch die Gasse.
EVA Der Schuster muß erst vom Fenster fort.
1395 **WALTHER** Ich zwing' ihn, daß er's verlasse.
EVA Zeig dich ihm nicht: er kennt dich.
WALTHER Der Schuster?
EVA 's ist Sachs!
WALTHER Hans Sachs? Mein Freund?
1400 **EVA** Glaub's nicht!

悪い話を聞いてしまった、
駈け落ちまでやらかすとは。
危い、危い、止めなくては。
ヴァルター　（菩提樹の陰に隠れて）
これっきり戻ってこなかったら、どうしよう。
　（エファがマクダレーネの服に着替えて家から出てくる――その人
　影に気づき）
ああ、よかった。あの人みたいだ――ああ、違う
年増の方だ。
　（エファはヴァルターを見つけて駈け寄る）
いやいや、彼女だ。
エファ　馬鹿な娘だけど、あなたのものよ、ね！
　（ふっきれたように彼の胸に飛び込む）
ヴァルター　（堰を切ったように）
ありがたい。そうか、わかったぞ
マイスターにはなりそこねたが、これが私の桂冠だ。
エファ　思案は後で
さあ、逃げましょう
少しでも遠くへ。
ヴァルター　この小路を抜ければ
市門の外に
従者と馬を待たせてある。

ふたりが踵を返し、小路へ曲がろうとすると、ザックスがランプを
ガラス球の後ろに置き、ふたたび扉を開け放つ。眩い光が通りの向
こうまで達し、エファとヴァルターの姿が忽然と浮かび上がる。

エファ　（あわててヴァルターを引き戻し）
まあ、靴屋よ！　見つかったら大変。
隠れて！　あそこに近寄ってはだめ。
ヴァルター　ほかに抜け道は？
エファ　通りの先にあるけど、曲がりくねっているし
よく知らないのよ。
それに、夜警に見つかってしまうわ。
ヴァルター　仕方がない、この小路を行くしかない。
エファ　靴屋が窓からどいてくれなくては。
ヴァルター　力づくでも、どかせよう。
エファ　姿を見せてはだめ。あなたのこと知ってるのよ。
ヴァルター　あの靴屋が？
エファ　ザックスよ。
ヴァルター　ハンス・ザックスだって！　味方じゃないか。
エファ　信用しちゃだめ。

(231) エファは使用人の目立たぬ服に身を包むことで夜陰に紛れて動きやすくなる一方、マクダレーネもエファの服を着て窓辺でベックメッサーを迎える準備が整う。だが服の交換が手早くすんだからといって(すんだからこそ)、マクダレーネがエファの着替えの目的を察知(ましてや了解)したとは考えにくい。「馬鹿な娘だけど」(→1378)という述懐は、むしろエファが独断で大胆な賭けに出たことをうかがわせる。

(232) heiter (→1378行下のト書き) は単に「明るく」ではない。エファの主観的な感情（鬱屈していた想いが一挙に解き放たれた晴れやかな気分→注182）が舞台全体に若やいだ雰囲気となってはじける、という主客両面にわたる形容。これに呼応して次のヴァルターのト書き中のhingerissenも「感動して」ではなく、「堰を切ったように」となる。同様の趣向は139行（→注25）にも見られる。

(233) 教会の鐘が夜を告げると（→注230）市門は閉ざされるので、脱出に残された時間はあとわずか。ヴァルターは最初から駈け落ちするつもりでエファを訪ねたことが、ここで問わず語りに明らかになる。

(234) 「当時の靴職人は夜業の手元を照らすため、水を満たしたガラス球をランプの前に置いて集光レンズとした」(阿部謹也『中世の窓から』)。ここでは強めたランプの光線を収束させてサーチライトがわりに使っている。「扉を開け放つ」については（→注239）。

(235) 直径2.5キロほどの小さな町なのに、箱入り娘のエファは市壁の外へ通じる「抜け道」を「よく知らない」。――「窓 Fenster」（→1394）は本来の窓ではなく、上下二段の上だけを開けて（→注188）窓のように見える店の扉を指す。

(236) 第1散文稿では「信用しちゃだめ」のあとに「父がよく言っていたわ」と続いていた。ポークナーのザックスに対する露骨な不信を示すこの表現は第2散文稿で削除された。

[譜例87]

DIE MEISTERSINGER VON NÜRNBERG

(165) 〈リュートの動機〉（前頁）を最後に、音楽は11小節にわたって鳴りをひそめる。示導動機は現われず、コントラバスを除く弦楽器のトレモロのみ（T.866ではオーボエとクラリネットが加わる）。ヴァルターとエファの会話を聞き取りやすくするための措置とも考えられるが、むしろ次注で指摘する特別な和声進行を強調するのが目的とみてよいだろう。

(166) 「リュートの響き Klang だ」から「あの記録係 Merker か！」まで、歌唱声部は地の台詞に限りなく接近するが、その背景をなす和声進行がまことに興味深い［譜例88］。
$A^7 \to B^{5\sharp} \to A^9 \to c \to D^7 \to c \to A^9 \to B^{5\sharp} \to A^7$
すなわちイ音の保続音上に、中央のD：「見えないの？」を軸として和音が左右対称に並んでいるわけで、しかも同じ和音の一組が歌詞の意味内容においても呼応しているのである。A：「リュートの響きだ」「あの記録係か！」、B：「どうしたの？（直訳：なぜおびえる bang の？）」「ベックメッサーが来ちゃった」、A：「靴屋が灯を落とした」「それに姿も（直訳：見えているさ）」、c：「突破するなら今だ！」「新手が陣取った」。

(167) 「（ひとくさり歌えば）立ち去るはず zieht er ab」で、ふたたび嬰ヘ音をふくむ増三和音〈靴屋の動機〉の邪魔が入り、これに〈リュートの動機〉も加わってくる。それにしてもエファの嘆き「殿方って、ほんとうに手がかかるわ」（→訳注242）は、小娘らしからぬ言動。姿を隠す際の捨台詞として、年増マグダレーネの口ぐせでも真似てみたのだろう。年齢や声質に不釣り合いな台詞を（観客に向けて）言わせるのは、喜劇の常套手段である。

Von dir Übles zu sagen nur wußt' er.

Sechste Szene

WALTHER
Wie? Sachs? Auch er? — Ich lösch' ihm das Licht.
EVA Tu's nicht! Doch horch!

Beckmesser ist, dem Nachtwächter nachschleichend, die Gasse heraufgekommen, hat nach den Fenstern von Pogners Haus gespäht, und, an Sachsens Haus angelehnt, stimmt er jetzt seine mitgebrachte Laute.

WALTHER Einer Laute Klang!
1405 **EVA** Ach! meine Not!
WALTHER Wie wird dir bang?
(Als Sachs den ersten Ton der Laute vernommen, hat er, von einem plötzlichen Einfall erfaßt, das Licht wieder etwas eingezogen und öffnet leise den unteren Teil des Ladens.)
Der Schuster, sieh! zog ein das Licht:
so sei's gewagt!
EVA Weh! Siehst du denn nicht?
1410 Ein andrer kam und nahm dort Stand.
WALTHER Ich hör's und seh's: ein Musikant.
Was will der hier so spät des Nachts?
EVA *(in Verzweiflung)*
's ist Beckmesser schon!
SACHS *(hat unvermerkt seinen Werktisch ganz unter die Türe gestellt: jetzt erlauscht er Evas Ausruf.)*
Aha! Ich dacht's.
(Er setzt sich leise zur Arbeit zurecht.)
1415 **WALTHER** Der Merker? Er? In meiner Gewalt?
Drauf zu! Den Lungrer mach' ich kalt!
EVA
Um Gott! So hör! Willst du den Vater wecken?
Er singt ein Lied, dann zieht er ab.
Laß dort uns im Gebüsch verstecken! —
1420 Was mit den Männern ich Müh doch hab'!
(Sie zieht Walther hinter das Gebüsch auf die Bank unter der Linde.)

Beckmesser, eifrig nach dem Fenster lugend, klimpert

あなたの悪口しか言わないんだから。

第6場

ヴァルター
なんと、ザックスまでもか！——あの灯りを叩き消してやる。
エファ　待って！　ほら、聞こえるでしょう？

夜警の後についてきたベックメッサーが小路に姿をあらわし、ポークナー家の窓辺をうかがう。そしてザックスの家の外壁にもたれて、持参したリュートを調弦する。

ヴァルター　リュートの響きだ。
エファ　さあ、困ったわ。
ヴァルター　どうしたの？
　（ザックスはリュートを耳にするや、ふと思い立ち、ふたたび光を少し落とすと、扉の下半分をそっと開ける）

しめた、靴屋が灯を落とした。
突破するなら今だ！
エファ　やめて！　見えないの？
あそこに新手が陣取ったわ。
ヴァルター　聞こえているさ、それに姿も——楽士のようだ。
こんな夜更けに、ここで何をしようというのだ。
エファ　（がっくりして）
ベックメッサーが来ちゃった。
ザックス
　（いつのまにか仕事机を戸口の際まで動かしていたが、ここでエファの絞り出すような声を聞きつけて）
やはり、思った通りだ。
　（そっと座り、静かに仕事にかかる）
ヴァルター　あの記録係か！　飛んで火に入る夏の虫
瘋癲野郎め、いざ、息の根を止めてくれよう。
エファ
めっそうもない。いいこと、父が目をさましたら大変よ。
ひとくさり歌えば立ち去るはず。
あそこの茂みに隠れましょう——
殿方って、ほんとうに手がかかるわ。
　（ヴァルターを茂みの陰へ引き入れ、菩提樹の下のベンチに腰をおろす）

ベックメッサーは、しきりに窓の様子をうかがっていたが、しびれ

(237)「ほら、聞こえるでしょう」(→1403)→「リュートの響きだ」(→1404)→「見えないの？」(→1409)→「聞こえているさ、それに姿も」(→1411)という具合に、聴覚に促されるように視覚的にも（ザックスの家の中の光が「少し落（ち）る」のに反比例して）舞台が闇の中から浮かび上がってくる（→注217）。ニュルンベルクの夜の街は文目（あやめ）もわかぬ漆黒の闇だが（→歴史的背景4）、登場人物の言葉につられて観客も心なしか夜の闇に目が慣れたように感じられる。

(238)ベックメッサーが夜警を露払いよろしく姿を見られないようにして現われたのは、セレナーデという無謀な試みに足を踏み入れながらも「市書記」の体面を気にしてのこと（→注68）。

(239) 1406行下のト書き、韻文台本では「扉の下半分も」とあるところを見ると、1386行下のト書き中の「扉を開け放つ」は、上半分だけを全開にしたという意味に解すべきであろう。

(240)中世では遍歴楽士は賤民扱いされた（→歴史的背景2）。「楽士」(→1411)「瘋癲野郎」(→1416)といったヴァルターの言葉づかいは、身分秩序に安住する者の差別意識のあらわれ。——「ベックメッサーが来ちゃった」(→1413)の原文中のschonには「(あれは)間違いなく(ベックメッサー)」と「予想外に早く」の両様の意味がある。

(241)ザックスがベックメッサーの到来を確信した（「思った通りだ」→1414）のは、エファがマクダレーネの服に着替えて現われた時点（→1374行下のト書き）か。

(242)複数形の「殿方Männer」は男性一般を指すが、すぐに刀に手をかけるヴァルター、やっかいな事態を引き起こしそうなベックメッサー、そして、なかなか本心を明かさぬザックスとポークナーを四人とも含意していると見るべきだろう（→音楽注167）。

(Walther)　　　　　　　　　　　　　　　　　　　　　(Eva)　　　(Sachs)　(Walther)
Ein andrer kam und nahm dort Stand. Ich hör's und seh's: ein Musikant. Was will der hier so spät des Nachts? 's ist Beckmesser schon! Aha! Ich dacht's. Der Merker?

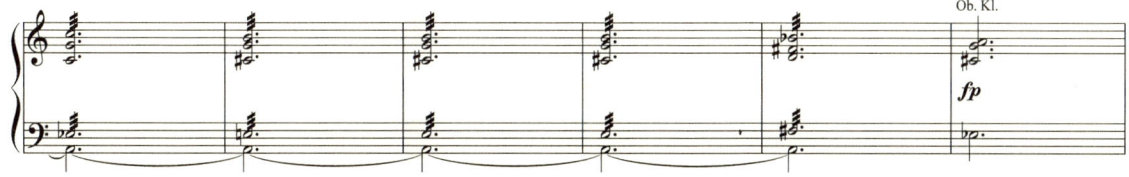

(168) ザックスの〈靴作りの歌〉は、第1節（→1421ff.）、第2節（→1450ff.）、第3節（→1496ff.）の計3節からなり、歌の本体は民謡、とくに仕事歌によくみられるような（→訳注243）同じ旋律を反復する単純素朴な有節歌曲の形式をとる。また各節冒頭に置かれたリフレインも、仕事歌の常套手段。

(169) ザックスの歌を基本に考えると、音楽の構造は、前奏（〈靴屋の動機〉と掛け声のリフレイン8小節）、第1節前半（「主なる神に／楽園を追われたエファは～」12小節）、第1節後半（「主はエファの足がお気に入り／心を痛めて天使を呼び出され～」24小節）、および後奏（「これは親方、こんな夜更けまで起きておられたか～」9小節）からなる。──歌詞の1行に2小節を当てる規則的な拍節法が支配的ではあるが、前半の歌い収め「はだし (dem) bloßen」には、ダフィトがヴァルターに聴かせた「徒弟 Schüler のメリスマ」（→181）が施され、さらにはコートナーの歌（→704ff.）でもそうだったように、このメリスマがオーケストラによって反復される［譜例89］。〈ニワトコのモノローグ〉であれほど繊細微妙な節回しを聴かせたザックスだが、ここではベックメッサーのセレナーデを妨害するため、意図的に武骨な歌唱スタイルに切り換えているとみてよいだろう。──なお「(しっかり歩いて行)ける kann (よう)」にフェルマータをかけ、一呼吸おいて最終行「あれにも長靴の寸法をとってやれ」を歌い収めるのも、いかにも紋切り口調だ。

(170) 他の三人の台詞は、ザックスの旋律の長い音符や休符のある箇所に挿入される。たとえばヴァルターの「時間が過ぎるばかりだ Die Zeit geht hin」が、ザックスの「これから先も (daß) recht fortan (er)」と重なり、8分音符の補塡リズムを形成しているところに注目されたい（→訳注246）。

(171) 最初のうちはふたりとも丁寧な、いや馬鹿丁寧ともいえる物の言いようだが、口喧嘩が一触即発であることは、ザックスの〈靴屋の動機〉［譜例26］とベックメッサーの〈嘲りの動機〉［譜例57］が併置されていることからも明らかである。ザックスの「靴 Schuh'（が心配でしかたがないんだろう）」に当てた減5度跳躍上行も嫌味たっぷり。そして「明日には morgen（履いてもらえるさ）」に嬰ヘ音をふくむ増三和音〈靴屋の動機〉が現われるところをみると、第2節は「イェールム！」に先立つこの小節から実質的に始まるとみてよい（第1節の冒頭を参照）。

voll Ungeduld heftig auf der Laute. Als er sich endlich auch zum Singen rüstet, schlägt Sachs sehr stark mit dem Hammer auf den Leisten, nachdem er soeben das Licht wieder hell auf die Straße hat fallen lassen.

SACHS (*sehr stark*)
Jerum! Jerum!
Halla hallo he! Oho!
Tralalei! Tralalei! Oho!
BECKMESSER (*springt ärgerlich von dem Steinsitz auf und gewahrt Sachs bei der Arbeit.*)
Was soll das sein?
1425 Verdammtes Schrein!
SACHS Als Eva aus dem Paradies
von Gott dem Herrn verstoßen,
gar schuf ihr Schmerz der harte Kies
an ihrem Fuß, dem bloßen.
BECKMESSER
1430 Was fällt dem groben Schuster ein?
SACHS Das jammerte den Herrn;
ihr Füßchen hatt' er gern:
und seinem Engel rief er zu:
da mach der armen Sünd'rin Schuh';
1435 und da der Adam, wie ich seh',
an Steinen dort sich stößt die Zeh,
daß recht fortan
er wandeln kann,
so miß dem auch Stiefeln an!
WALTHER (*flüsternd zu Eva*)
1440 Was heißt das Lied? Wie nennt er dich?
EVA (*flüsternd zu Walther*)
Ich hört' es schon: 's geht nicht auf mich:
doch eine Bosheit steckt darin.
WALTHER Welch Zögernis! Die Zeit geht hin.
BECKMESSER (*tritt zu Sachs heran*)
Wie? Meister! Auf? Noch so spät zur Nacht?
1445 **SACHS** Herr Stadtschreiber! Was? Ihr wacht?
Die Schuh' machen euch große Sorgen?
Ihr seht, ich bin dran: ihr habt sie morgen!
  (*arbeitet*)
BECKMESSER (*zornig*)
Hol' der Teufel die Schuh'!
Hier will ich Ruh!
1450 **SACHS** Jerum!

［譜例89］

を切らして弦を激しくかき鳴らす。ベックメッサーがいよいよ歌いだそうとすると、ザックスはふたたび灯りを強めて通りに眩い光を放ち、間髪入れず靴型をハンマーで思いきり強打する。

ザックス　（大音声で）
イェールム　イェールム！
ハラハロヘー　オホー！
「トラララーイ　トラララーイ　オホー！
ベックメッサー　（家の前の石に座っていたが、憤然として立ち上がり、仕事中のザックスに気づいて）
いったい何のつもりだ――
大声を上げやがって。
ザックス　主なる神に
楽園を追われたエファは
硬い小石を踏んづけて
はだしの足を痛める始末。
ベックメッサー
食わせ者の靴屋め、いったい何を考えている。
「**ザックス**　主はエファの足がお気に入り
心を痛めて天使を呼び出され
哀れな罪の女に
靴を作ってやれと命じられた。
「それに、見たところ下界では
アダムも石に爪先をぶつけたようだ。
これから先も
しっかり歩いて行けるよう
あれにも長靴の寸法をとってやれ」と。
ヴァルター　（小声でエファに）
何の歌だろう？　君の名前が出てきたぞ。
エファ　（小声でヴァルターに）
前にも聴いたことがあるけれど、私のことじゃないわ。
でも、どこか棘のある歌ね。
ヴァルター　えい、じれったい。時間が過ぎるばかりだ。
ベックメッサー　（ザックスに近寄り）
これは親方、こんな夜更けまで起きておられたか。
ザックス　いやあ、書記殿、そちらこそ。
靴が心配でしかたがないんだろう。
御覧のとおり頑張っているから、明日には履いてもらえるさ。
　　（仕事を続ける）
「**ベックメッサー**　（むかっ腹を立て）
靴なんか、どうでもいい
静かにしろと言ってるんだ！
ザックス　イェールム！

(243) ザックスの歌う〈靴作りの歌〉はジークフリートの〈鍛冶の歌〉（→S929ff.）などと同じ「仕事歌」。マイスター歌の技巧的なバール形式ではなく、単純な形式で歌われる（→音楽注168）。ほとんどの行を古ゲルマンの叙事詩『ニーベルンゲンの歌』のように素朴な男性韻（→歴史的背景10）で通しているのも民衆（土俗）性のあらわれ。――「イェールム Jerum」は「主イエスよ jesu domine」の短縮形 jemine に由来する詠嘆の間投詞「やれやれ」。1422/1451/1497行は韻文台本では「ハラ、ハラ、ヘー！ Halla halla he！」となっていたが、スコアでは3つの母音をバラバラに崩すことで剽軽な味わいをいっそう強めている。

(244) ザックスの歌は金細工師の娘エファを旧約聖書の原初の女エファ（エヴァ）と重ね合わせる。「楽園」がニュルンベルクのメタファーだとすれば、裸足のまま追放されたアダムとエヴァが足を痛めるという（宗教画の伝統にもある）モティーフは、駆け落ちの苦難に満ちた行く末への警告か。

(245) 久米の仙人ならぬ主の好色ぶりは、前場でのエファのコケティッシュな誘い（→注194）に対するザックスのエロティックな回答でもある。主なる神がアダムとエヴァのために靴を作らせたという筋立ては、「主なる神はアダムと女に皮の衣を作って着せられた」（創世記3-20）の変形。なおハンス・ザックスには謝肉祭劇『主なる神がアダムとエヴァの子供たちを祝福する』がある。

(246) 1436行「（アダムも）石に（爪先を）ぶつけた an Steinen ～ sich stößt～」は、「躓きの石 der Stein des Anstoßes」（イザヤ書8-14）との連想からヴァルターの不運（落第）にあてつける。――1437行 recht を訳文のように「歩いて行（く）wandeln」にかかる副詞ととれば、ヴァルターの駆け落ちの無謀さを皮肉ることになる。しかし「ずっと fortan」にかかる強調辞ととれば、アダムの彷徨が永遠の罰であることを強調し、この行に重ねて歌われるヴァルターの言葉（→1443）の裏にある（当人も意図せぬ）無常の嘆き「時は過ぎゆく Die Zeit geht hin」と響き合い（→音楽注170）、あたかもヴァルターがアダムになりきったような絶妙の効果を生む。なお長靴は騎士の履き物。

(247) 1445行「そちらこそ Ihr wacht？」には、「あなただって起きているではないか」と「（俺を）監視にでも？」の両方の意味が込められている。

(172) 第1節と同じく音楽の構造は、前奏（〈靴屋の動機〉と掛け声のリフレイン8小節）、第2節前半（「ああエファよ、エファ、悪い女め〜」12小節）、第2節後半（「ずっと楽園にいれば／小石も落ちていなかっただろうに〜」24小節）、および後奏（「イェー……／やめろったら！〜」17小節）からなる。——なお「ああエファよ、エファ、悪い女め」における「エファ」の繰り返しは旋律に必要な8音節（→1426）を確保するための措置だが、もちろんそれだけではない。直接の呼びかけと、三人称から二人称duへの変化によって、茂みにひそむエファは「胸が痛」み「悪い予感がする」のである（→訳注248）。

(173)「（こうして天使に）靴を作らせるとはschustern müssen！」（→1456）に装飾を施しているほかは、第1節の旋律に改変はない。ただし後半の冒頭行（第1節：Das jammerte den Herrn、第2節：Bliebst du im Paradies）のように、同じ音節数（6）でも抑揚が異なる場合は、拍節上の強い位置に強音節を当てなければならないため、旋律に若干の手直しが必要となる[**譜例**90]。また第1節の「爪先Zeh」（→1436）の付点4分音符が、第2節の「ピッチPech！」（→1468）で4分音符と8分休符に変えられているのは、後者の文章がここで閉じられているから。——しかし、第1節と第2節の相違はザックスの歌唱声部ではなく、その背景をなす管弦楽法にある。とくに第1節の前半が弦楽器のみで、いわば和声づけに徹しているのに対して、第2節の前半が和声づけを木管楽器にゆだね、弦楽器が執拗な前打音の反復で聴き手を挑発しているところに注目したい（[**譜例**91]は総譜の弦楽器部分）。

(174) ザックスは後奏ぬきで「イェー……」（→1477）と第3節に進みそうになるが、ベックメッサーが「やめろったら！」と止めて、ふたたび第1節と同じく対話がつづく。第1幕第3場の「ザックスも来たし」（→396、訳注72）以降、ベックメッサーが理由のあるなしにかかわらずザックスに突っかかり、ザックスのほうは、これを楽しみながら受け流すという図式に変わりはない。

Halla hallo he!
Oho! Tralalei! Tralalei! O he!
O Eva! Eva! Schlimmes Weib,
1455　das hast du am Gewissen,
daß ob der Füß' am Menschenleib
jetzt Engel schustern müssen!
WALTHER　(wie zuvor)
Uns oder dem Merker,
wem spielt er den Streich?
EVA　(wie zuvor)
Ich fürcht', uns dreien
1460　gilt er gleich.
O weh, der Pein!
Mir ahnt nichts Gutes!
SACHS　Bliebst du im Paradies,
da gab es keinen Kies:
1465　um deiner jungen Missetat
hantir' ich jetzt mit Ahl und Draht,
und ob Herrn Adams übler Schwäch
versohl' ich Schuh' und streiche Pech!
Wär' ich nicht fein
1470　ein Engel rein,
Teufel möchte Schuster sein!
WALTHER　Mein süßer Engel,
sei guten Mutes!
EVA　Mich betrübt das Lied.
1475　**WALTHER**　Ich hör' es kaum;
du bist bei mir: welch holder Traum!
(Er zieht Eva zärtlich an sich.)
SACHS　Je... *(sich unterbrechend)*
BECKMESSER　*(drohend auf Sachs zufahrend)*
Gleich höret auf!
Spielt ihr mir Streich'?
1480　Bleibt ihr tags
und nachts euch gleich?
SACHS　Wenn ich hier sing',
was kümmert's euch?
Die Schuhe sollen
1485　doch fertig werden?
BECKMESSER　So schließt euch ein
und schweigt dazu still!
SACHS　Des Nachts arbeiten
macht Beschwerden;
1490　wenn ich da munter

[**譜例**90]
Das— jam- mer- te den Herrn;

(943)
Bliebst du im Pa- ra- dies,

ハラハロヘー　オホー！
　トラララーイ　トラララーイ　オヘー！
ああエファよ、エファ、悪い女め
　少しは気が咎めるだろう、
　人間の身でありながら、足に合う靴を
　こうして天使に作らせるとは。
ヴァルター　（小声でエファに）
　誰をからかっているんだろう？
　私たちか、それとも記録係か。
エファ　（小声でヴァルターに）
　どうやら三人
　ひとまとめみたい。
どうしましょう、胸が痛むわ
　なんだか悪い予感がする。
ザックス　ずっと楽園にいれば
小石も落ちていなかっただろうに。
お前の若気のあやまちゆえに
こちらは錐を打っては糸通し、
アダムの旦那が誘惑に負けたばかりに
こちらは靴底張りにピッチ塗り。
気だてのよい
きよらかな天使の役など真っぴらだ。
靴屋なんか悪魔に譲ってやらあ！
ヴァルター　かわいい天使よ
元気をお出し。
エファ　気の滅入る歌だこと。
ヴァルター　耳にするまでもない歌さ。
こうして君がそばにいれば、とろけるような夢心地。
　（エファをやさしく胸に抱き寄せる）
ザックス　イェー……（中断）
ベックメッサー
　（ザックスに挑みかかるように）
やめろったら！
冗談にもほどがある。
あんたって人は
昼も夜もないのか。
ザックス　ここで歌われては
迷惑だとでも？
靴を仕上げなければ
話にならんだろうに。
ベックメッサー　じゃあ、中で
静かにやってもらいたいな。
ザックス　夜鍋仕事は
気骨が折れる。
精を出し

(248) ザックスが「ああエファよ、エファ」と何度も大声で呼びかけるのは、楽園追放の物語に託してふたりの駆け落ちを牽制しつつ、みずからの鬱屈した想いを暗闇の中のエファに聞かせるためだが（→音楽注172）、ポークナー家の二階に向かって呼びかけているとベックメッサーに信じこませることで、エファとマクダレーネのトリックに手を貸そうという悪戯心もはたらいている。おまけにザックスが実際に叩いているのはベックメッサーの靴。「三人ひとまとめ」（→ 1459f.）にからかわれているというエファの直感は、ザックスの心理とこの場の状況を的確につかんでいる。

(249)「気だてのよい fein」（→ 1469）は、エファの嫌味「もっといい人 feiner かと思ってた」（→ 1155, 注199）に対するお返し。ザックスは、「きよらか」(rein → 1470) で色恋抜きの「いい人」を返上してエファを愛の対象として直視したいという、心の底にわだかまる想いを、ベックメッサーの罵声「靴なんか、どうでもいい！（直訳：悪魔にさらわれてしまえ！）」（→ 1448）に悪乗りして爆発させる（「靴屋なんか悪魔に譲ってやらあ！」→ 1471）。──こうしたザックスの複雑な想いが込められた「天使 Engel」を「恋人」への甘い呼びかけ「かわいい天使」（→ 1472）に流用するなど、ヴァルターの反応は能天気そのもの。

(250) 実際の歌唱では、ヴァルター「耳にするまでもない歌さ Ich hör' es kaum」（→ 1475）は直前のエファ「気の滅入る歌だこと」（→ 1474）への応答であるだけでなく、ザックス「お前の若気のあやまちゆえに」（→ 1465）に対しても「知ったことか」と白を切るように聞こえる。また、ヴァルター「とろけるような夢心地」（→ 1476）にはザックス「アダムの旦那が誘惑に負けたばかりに」（→ 1467）が重なりあい、まことに皮肉な味わいを生む。

(251)「冗談にもほどがある（直訳：俺にピッチを塗るのか？）」は、「こちらは靴底張りにピッチ塗り」（→ 1468）を受けた地口。──ベックメッサーが「昼（も）夜（も）」のけじめに厳しいのは法令を扱う「市書記」として当然だが、これが天に唾することになろうとは当人も知る由がない（→注279）。ニュルンベルク市は夜業を厳しく禁じていたが（→歴史的背景 4）、法律に詳しい「書記殿」に 1486 行以下のような発言をさせているところを見ると、家の中で静かに仕事をする分には違法ではないとワーグナーは解したようだ。

[譜例91]

(175) 「夜鍋仕事は／気骨が折れる〜」（前頁→1488ff.）に〈靴屋の動機〉が現われるのは筋が通っているが、動機の変容によって一時的に明るいト長調へと逸脱し、軽快なスケルツォふうの楽想になっている（ザックスの心の余裕？）。それだけに第3節の「イェールム〜」に当てられた嬰ヘ音をふくむ増三和音が、ホルンのゲシュトプフト奏法による潰れた響きと相まって、すぐれて威嚇的な効果を上げるのだ（ベックメッサー「気が変になりそう」→1499）。

(176) 第1・2節と同じく、音楽の構造は前奏（〈靴屋の動機〉と掛け声のリフレイン8小節）、第2節前半（「おお、エファ、私の嘆きを聞いてくれ〜」12小節）、第2節後半（「同じ定めを引き当てた／天使が私を慰めようと〜」25小節、歌い収めに変ロ音ではなく高いヘ音を用いて1小節拡大）、および後奏（「あの歌を聴いていると、なぜか辛くなる〜」10小節）からなる。——ここでは「足 Füßen」のメリスマにおける3連音、「たまに楽園へ誘ってくれなければ (und) rief' mich (oft ins) Para(-dies)」における先取音、そして「靴という靴を放り出したいところだ〜 wie ich da Schuh' und Stiefel ließ'!〜」におけるテンポの変化などが新たに認められる。——しかし問題は、むしろ第3節前半に新しい動機を対位法的に組み合わせたところにあるだろう[譜例92]。第3幕に頻出する〈諦念の動機 Entsagungs-Motiv〉が管楽器群によって先取りされ、「快活で精力的な顔を世間に向けていた男の……諦念による悲痛な嘆き」（ジュディット・ゴーティエ宛ての手紙、日付なし）があらわになるのだ。——のちにエファが「あの歌を聴いていると、なぜか辛くなる」（→1515）と「ひどく気持ちを高ぶらせ」るが、その理由を、示導動機が問わず語りに示しているというわけである。

(177) 「あの歌を聞いていると、なぜか辛くなる」（→1515）以降の後奏は、第1・2節とは異なり、「おお、エファ、私の嘆きを聞いてくれ〜」（→1501）の音楽、すなわちザックスの旋律と〈諦念の動機〉を大々的に再現する。これはエファの心が、まだザックスとヴァルターのあいだを揺れ動いていることを暗示するものとみてよい。したがって「逃げましょう」「やっぱりだめ、抑えて」「どうかこらえて」はヴァルターではなく、彼女自身に向けられた言葉と解することもできよう。

bleiben will,
so brauch' ich Luft
und frischen Gesang:
drum hört, wie der dritte
1495 Vers gelang!
(Er wichst den Draht recht ersichtlich.)
Jerum! Jerum!
Halla hallo he!
Oho! Tralalei! Tralalei! O he!
BECKMESSER
Er macht mich rasend! Das grobe Geschrei!
1500 Am End denkt sie gar, daß ich das sei!
(Er hält sich die Ohren zu und geht, verzweiflungsvoll sich mit sich beratend, die Gasse vor dem Fenster auf und ab.)
SACHS O Eva! Hör mein' Klageruf,
mein' Not und schwer Verdrüßen!
Die Kunstwerk', die ein Schuster schuf,
sie tritt die Welt mit Füßen!
1505 Gäb' nicht ein Engel Trost,
der gleiches Werk erlost,
und rief' mich oft ins Paradies,
wie ich da Schuh' und Stiefel ließ'!
Doch wenn mich der im Himmel hält,
1510 dann liegt zu Füßen mir die Welt,
und bin in Ruh
Hans Sachs ein Schuh-
macher und Poet dazu!
BECKMESSER Das Fenster geht auf!
(Er späht nach dem Fenster, welches jetzt leise geöffnet wird, und an welchem vorsichtig Magdalene in Evas Kleidung sich zeigt.)
EVA *(mit großer Aufgeregtheit)*
1515 Mich schmerzt das Lied, ich weiß nicht wie!
O fort! Laß uns fliehen!
WALTHER *(auffahrend)*
Nun denn: mit dem Schwert!
EVA Nicht doch! Ach, halt!
BECKMESSER Herr Gott! 's ist sie.
WALTHER *(die Hand vom Schwert nehmend)*
1520 Kaum wär' er's wert!
EVA Ja, besser Geduld!
BECKMESSER
Jetzt bin ich verloren, singt er noch fort!
EVA O, bester Mann!

根気を保つには
ひと息ついて
歌で活を入れなければ。
だから、まあ聞いてくれ、
三節目がどうなるか。
　　　（これ見よがしに、糸に蠟を引く）
「イェールム　イェールム！
　ハラハロヘー　オホー！
　トラララーイ　トラララーイ　オヘー！
ベックメッサー
　気が変になりそう、なんという胴間声だ。
　放っておけば、あの人は私だと思うかも……
　　　（耳をふさぎ、途方に暮れて、窓に面した小路を行きつ戻りつする）

ザックス　おお、エファ、私の嘆きを聞いてくれ、
苦しさ辛さに、心の憂さも。
靴屋の作った芸術品を
世間は足で踏みつける。
同じ定めを引き当てた
天使が私を慰めようと
たまに楽園へ誘ってくれなければ
靴という靴を放り出したいところだ。
だが天上に迎え入れられ
足下に広がる世界を眺めていると
心がやすらぐのだ、
われこそはハンス・ザックス
靴屋にして詩人なり、と。
ベックメッサー　窓が開いたぞ。
　　　（今しがた音もなく開いた窓の様子をうかがう。窓辺にはエファに扮したマクダレーネが用心深く姿をあらわす）

エファ　（ひどく気持ちを高ぶらせて）
あの歌を聴いていると、なぜか辛くなる。
ここにはいられないわ。逃げましょう。
ヴァルター　（がばっと立ち上がる）
ならば、この剣で！
エファ　やっぱりだめ、抑えて。
ベックメッサー　ああ、あの人だ。
ヴァルター　（剣から手を離し）
刀の錆にも値しない奴め。
エファ　そうよ、どうかこらえて。
ベックメッサー
このまま歌い続けられては、お手上げだ。
エファ　かけがえのない方を

(252)「歌で活を（入れる）frischen Gesang」は、仕事に合わせた「即興の歌（が必要）」とも読める。

(253)「芸術品 Kunstwerk」（→1503）は靴の「逸品」と、近代的な意味での「芸術作品」としての歌の双方を指す。それに応じて「踏みつける tritt」（→1504）も「（靴を）履く」と「（詩を）悪しざまに言う」の両義にわたる。

(254)「同じ定めを引き当てた／天使 ein Engel〜／der gleiches Werk erlost」（→1505f.）は、直訳すれば「同じ Werk を籤で引き当てた天使（単数）」。Werk を靴作りの「仕事」と解し、歌詞の寓意に沿って訳出したが、これを芸術の「技」（→前注）ととればザックスの歌仲間を、また人に慰めを与える天使の「御わざ」ととれば、ヴァルターの呼びかけ「天使」（→1472）を受けてエファを含意するとも考えられる。

(255)「足下に広がる世界を眺めて liegt zu Füßen〜die Welt」（→1510）は「世間は足で踏みつける tritt die Welt mit Füßen」（→1504）のひねりだが、『ラインの黄金』第4場の冒頭で、天上世界へ連行されたアルベリヒに向かってローゲが言い放つ「足元に世界が広がっている dort liegt die Welt」（→Rh1337）を想起させる。──「心がやすらぐのだ und bin in Ruh」（→1511）は、ベックメッサーの苦情「静かにしろと言っているんだ！Hier will ich Ruh！（直訳：やすらぎがほしい）」（→1449）に対する、なんともとぼけた回答の態をなす。──詩の末尾を自分の名で結ぶのは歴史上のハンス・ザックスの流儀。「靴屋にして詩人 Schuhmacher und Poet」は『ヴィッテンベルクの鶯』（→歴史的背景6）の序文で用いられた表現。

(256) 間投詞「ああ Herr Gott」（→1519）は、直訳すれば「主なる神よ」。夜警の言葉「主なる神を 讃えませ」（→1370）に始まり、ザックスの呪文「イェールム」（主イエスよ→注243）、エファを楽園から追放しながらも靴を作ってやった「主なる神」（→1427）へと連なる伏線にまんまと搦め取られたベックメッサーは、もはやこの時点で自分を見失っている。

(257)「かけがえのない方」はヴァルターか、はたまたザックスか。ワーグナーはあえて曖昧なままにとどめるために（→音楽注177、178）、韻文台本の（一義的にヴァルターを指す→注228）「いとしい人 lieber Mann」から bester Mann に書き改めた。

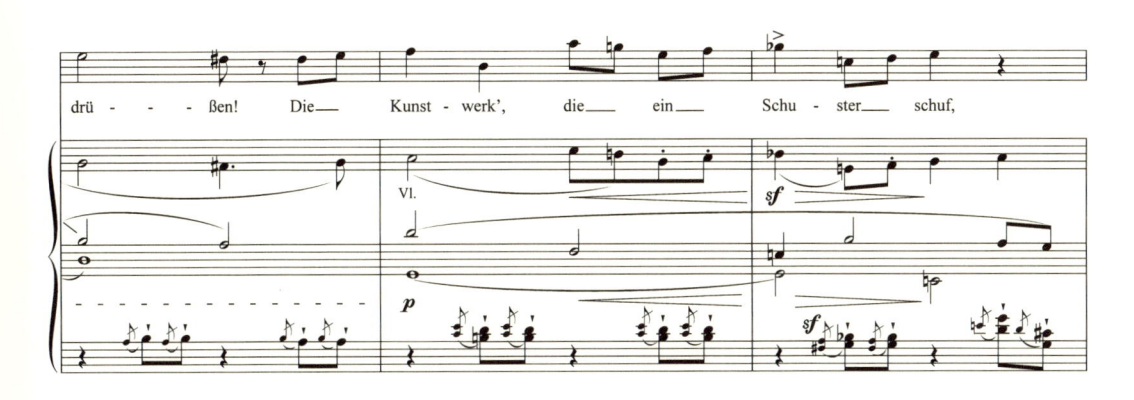

(178) そうしてみると両義的な「かけがえのない方」(→訳注257)は、むしろザックスを指す可能性が高く、自分のことだと信じて疑わないヴァルターには、すぐれて喜劇的な色合いが生じてくるというものだ。

(179) ベックメッサーは「このまま歌い続けられては、お手上げだ」(→1522)と判断して、ザックスを懐柔しにかかる。それに対してザックスは、〈靴作りの歌〉以来、口を閉ざしたまま。そのために、ただでさえ曖昧なヴァルターの台詞 (→訳注259) が、あたかもザックスの口から出たかのようにも聞こえてくる。「［靴のことは］きれいさっぱり忘れていた」――「ざまあ見ろ (だから仕返しして vergelten やったんだ)」。「あんたは私のだいじな靴屋さん」――「これが笑わずにいられるか (笑わせるな！)」。いずれにせよ、ワーグナーが台詞内容の許容限度ぎりぎりの振幅と、楽譜上の配列の妙によって「錯覚」を生じさせる意図をもっていたことは間違いないだろう [譜例93]。

(180) 「意見 (裁き) Urteil」(→訳注261) にはホルンの閉塞音を伴った不吉な増三和音。このザックスを象徴する〈靴屋の動機〉が、ベックメッサーの〈リュートの動機〉を取り囲みながら反復されるように、ベックメッサーは「意見」のひと言で、みずから罠にはまってゆく。

(181) ひさびさに口を開いたザックスは、第1幕第3場におけるベックメッサーの難癖「行きつけの靴屋がお偉い詩人になってからというもの／どうも靴の具合が悪くてね／ほら、こんなにブカブカで／しかも、あちこち当たるんだ」(→858ff.) を逆手に取って、じわじわと攻め始める。嫌味たっぷりな歌い回しから6/8拍子に転じて加速し、「分別」「洒落っ気」「蘊蓄」とたたみかけてベックメッサーを煽ってゆくように、相手の精神状態を混乱におとしいれるのがザックスの戦略。「声をうわずらせた」ベックメッサーは、さしあたり自制して下手に出るが (背景に威嚇する〈靴屋の動機〉)、ふたたびザックスの胴間声「イェールム！〜」(→次頁1566ff.) を聞かされて、とうとう「激昂して、わめき散らす」。

Daß ich so Not dir machen kann!

BECKMESSER *(tritt zu Sachs an den Laden heran und klimpert, während des Folgenden, mit dem Rücken der Gasse zugewendet, seitwärts auf der Laute, um Magdalene am Fenster festzuhalten.)*

1525 Freund Sachs! So hört doch nur ein Wort!
Wie seid ihr auf die Schuh' versessen!
Ich hatt' sie wahrlich schon vergessen.
Als Schuster seid ihr mir wohl wert,
als Kunstfreund doch weit mehr verehrt.
WALTHER *(leise zu Eva)*
1530 Wer ist am Fenster?
EVA *(leise)*
's ist Magdalene.
WALTHER Das heiß' ich vergelten!
Fast muß ich lachen.
EVA Wie ich ein End und Flucht mir ersehne!
WALTHER
1535 Ich wünscht', er möchte den Anfang machen.

Walther und Eva, auf der Bank sanft aneinandergelehnt, verfolgen des Weiteren den Vorgang zwischen Sachs und Beckmesser mit wachsender Teilnahme.

BECKMESSER *(klimpert wiederholt seitwärts, ängstlich nach dem Fenster gewandt.)*
Eu'r Urteil, glaubt, das halt' ich wert;
drum bitt' ich, hört das Liedlein doch,
mit dem ich morgen möcht' gewinnen,
ob das auch recht nach euren Sinnen.
(wie vorher)
1540 **SACHS** O ha! Wollt mich beim Wahne fassen?
Mag mich nicht wieder schelten lassen.
Seit sich der Schuster dünkt Poet,
gar übel es um eu'r Schuhwerk steht:
ich seh' wie's schlappt
1545 und überall klappt;
drum lass' ich Vers und Reim'
gar billig nun daheim,
Verstand und Witz, und Kenntnis dazu,
mach' euch für morgen die neuen Schuh'!
BECKMESSER *(kreischend)*
1550 Laßt das doch sein! Das war ja nur Scherz.

[譜例93]

こんなに苦しめてしまって。

ベックメッサー
　（ザックスの工房に近づき、小路に背を向けて以下のやりとりを交わすが、女を窓辺に引き止めておこうと、半身をひねってリュートをかき鳴らす）

ザックスさん、ちょいと聞いてはくれまいか。
どうやら靴しか眼中にないようだが
こちらはきれいさっぱり忘れていた。
あんたは私のだいじな靴屋さん
だが、もっとだいじな芸術の友。
ヴァルター　（そっとエファにたずねる）
窓辺にいるのは誰だ？
エファ　（声をひそめて）
マクダレーネよ。
ヴァルター　ざまあ見ろ
これが笑わずにいられるか。
エファ　もうおしまいにして、逃げ出したい。
ヴァルター
あいつめ、早くはじめないかな。

ヴァルターとエファは寄り添ってベンチに座ったまま、以下のザックスとベックメッサーのやりとりに聞き入り、しだいに引き込まれてゆく。

ベックメッサー　（ふたたび半身をひねってリュートをかき鳴らし、不安げに窓の方へ視線を走らせる）
なあ、あんたの意見には一目置いている。
その私のたっての願いだ、明日の勝負に
賭ける歌を聴いてはくれまいか、
はたして、あんたの意に染むかどうか。
　（窓の方へ半身をひねり、リュートを爪弾く）
ザックス　ははあ、私の思い上りをとっちめようというのか。
だが小言を食らうのは、もうごめんだ。
靴屋が詩人を気どるようになってから
ひどく靴の具合が悪くなった、なんてね。
ブカブカで、しかも、あちこち
当たるっていうんだろう。
だから詩も、韻も、おまけに
分別も、洒落っ気も、蘊蓄も
きれいに店じまいして
あんたの明日の靴を作ってるのさ。
ベックメッサー　（声をうわずらせて）
そんなことは水に流して！　あれは、ほんの冗談。

(258) 1525行上のト書きにある seitwärts は（舞台の）「脇の方で」とも読めるが、ベックメッサーは「ザックスの工房に近づ」いて立つ。また「小路に背を向けて」ザックスと「やりとりを交わす」以上、seitwärts を「横を向いて」と解するのも無理がある。背後のポークナー家の窓辺が気になり、ときおり「半身をひねって」リュートをかき鳴らすととるのが自然であろう。

(259) 1532行以下、ヴァルターの言葉は、実際の歌唱ではエファとベックメッサー双方への応答となる。「ざまあ見ろ Das heiß' ich vergelten!」(→1532) は、エファ「マクダレーネよ」(→1531) に対しては「ざまあ見ろ！」だが、ベックメッサー「こちらはきれいさっぱり忘れていた」(→1527) に対しては「それはけしからん！」。また「これが笑わずにいられるか」(→1533) は、やはり「マクダレーネよ」を受けると同時に、ベックメッサーの歯の浮くようなお世辞「あんたは私のだいじな靴屋さん」(→1528) への痛罵でもある（→音楽注179）。

(260) 板ばさみの苦境を「おしまい Ende」にしたいエファと、新たな状況の「はじまり Anfang」に期待するヴァルター。なにげない言葉にも逆向きのベクトルが交錯し、「寄り添」う二人の微妙な気分のずれをコミカルに印象づける。ドタバタ劇の「はじまり」が葛藤劇の「おしまい」への長い導火線になるとも知らずに、二人はザックスの仕組むドラマに「引き込まれてゆく」。

(261) 「意見 Urteil」(→1536) には「判決」の意味もある。ベックメッサーはザックスを黙らせてセレナーデを歌うための方便として「意見」を求めたに過ぎないが、はからずもライバルの「裁き」に身を委ねることになる（→注273、音楽注180）。

(262) 「分別 Verstand も～店じまい daheimlassen して」(→1546 ff.) は、ベックメッサーの説く社会常識（→注251）など聞く耳もたぬという居直りだが、これも相手の啖呵「（詞も韻も）御勝手に daheimlassen」(→863) を逆手にとったもの（→音楽注181）。また、この一節は作者の美学的立場の表明でもある。ワーグナーは「分別」あるいは「悟性 Verstand」を「身体と感情から切り離された賢(さか)しらな知性の動き」（『未来の芸術作品』1849年）と断じ、「洒落っ気」と訳した「機知 Witz」についても《詩学》が広く行なわれるようになるにつれて、詩のなかに機知が入り込んだ」（『詩作と作曲について』1879年）と批判した。「蘊蓄」という訳語を当てた「学識 Kenntnis」については（→注94）。

(182) ここからは、言葉の対応関係を踏まえると、「ザックスさん～」(→ 1525) 以降の繰り返しとみてよい。「(ちょいと) 聞いてはくれまいか」──「(それより、この胸の内を) 聞いてくれ」。「あんたは私のだいじな靴屋さん／だが、もっとだいじな芸術の友」──「あんたは民衆の尊敬を集め／ポークナーの娘にも慕われている」。「明日の勝負に／賭ける歌を聴いてはくれまいか」──「明日、天下晴れての大舞台で／あの人に求婚しようと思う／だから、じっくり聞いてほしいんだ」。「あんたの意見には一目置いている／はたして、あんたの意に染むかどうか」──「あんたに教わって直したいんだ／どこが良くて／どこが悪かったか言ってくれ」。そして、第1幕のベックメッサーの発言を逆手に取った、ザックスの嫌味がつづく (→ 1540ff.、訳注264)。

(183) 「はやり歌 Gassenhauer」の背景には、第1幕と同様に単純素朴な〈花の冠の動機〉[譜例31]。なお「だから、じっくり聞いてほしいんだ／歌った後で、どこが良くて／どこが悪かったか言ってくれ」(→ 1558ff.) には〈歌の道の動機〉[譜例24] が現われ、また「イェールム」以降には〈靴作りの歌〉[譜例89] の楽想が繰り返され、ベックメッサーは「気が変になりそう」になる。このあたりは、ジークフリートの苛立ちをつのらせるミーメの〈養育の歌〉と同工異曲 (→ S132)。

(184) ザックスの挑発に、とうとう「激昂して、わめき散らす」ベックメッサーだが、のちの〈セレナーデ〉のように詩型 (抑揚) に反する拍節法の乱れはない。むしろ「えーい、強情な奴め／冗談もいい加減にしろ」と「すぐに口を閉じないと／後悔するぞ。いいか！」を同じリズムで統一してみせるなど、「激昂して」も無意識のうちに型を守ってしまうベックメッサーの硬直ぶりがあらわになる [譜例94]。

(185) 同様に「妬いているんだろう、それしかないさ」(→ 1578) 以降も、1行に2小節を当て、小節の頭で脚韻を強調する律義さ (weiter-(ge)scheiter, schändlich-(in)wendlich, (ge)wählt-quält, lebt-klebt, gelt'-(be)stellt, wachs-Sachs)。さらに「いかにニュルンベルクが花咲き栄えようとも／ハンス・ザックスの旦那よ、覚えておくがいい」では、余裕たっぷり〈芸術の動機〉[譜例4] まで引用してみせるが……(→ 訳注269)。

Vernehmt besser, wie's mir ums Herz.
(wie vorher)
Vom Volk seid ihr geehrt,
auch der Pognerin seid ihr wert:
will ich vor aller Welt
1555 nun morgen um die werben,
sagt! könnt's mich nicht verderben,
(wie vorher)
wenn mein Lied ihr nicht gefällt?
Drum hört mich ruhig an,
und sang ich, sagt mir dann,
1560 was euch gefällt, was nicht,
(wie vorher)
daß ich mich danach richt'.
SACHS Ei! laßt mich doch in Ruh,
wie käme solche Ehr mir zu?
Nur Gassenhauer dicht' ich zum meisten:
1565 Drum sing' ich zur Gassen und hau' auf den Leisten!
Jerum! Jerum!
Halla hallo he! Oho! Tralalei!
BECKMESSER
Verfluchter Kerl! Den Verstand verlier' ich,
mit seinem Lied voll Pech und Schmierich!
1570 **SACHS** Tralalei! O he!
BECKMESSER
Schweigt doch! Weckt ihr die Nachbarn auf?
SACHS Die sind's gewöhnt, 's hört keiner drauf.
O Eva! Eva!
BECKMESSER *(in höchste Wut ausbrechend)*
Oh, ihr boshafter Geselle!
1575 Ihr spielt mir heut den letzten Streich:
Schweigt ihr jetzt nicht auf der Stelle,
so denkt ihr dran, das schwör' euch!
(Er klimpert wütend.)
Neidisch seid ihr, nichts weiter:
dünkt ihr euch gleich gescheiter;
1580 daß andre auch was sind, ärgert euch schändlich:
glaubt, ich kenne euch aus- und inwendlich!
Daß man euch noch nicht zum Merker gewählt,
das ist's, was den gallichten Schuster quält.
Nun gut! So lang als Beckmesser lebt,
1585 und ihm noch ein Reim an den Lippen klebt;
so lang ich noch bei den Meistern was gelt',
ob Nürnberg blüh' und wachs;
das schwör' ich Herrn Hans Sachs,

Sehr lebhaft

[譜例94] Beckmesser: Oh, ihr bos-haf-ter Ge-sel-le! Ihr spielt mir heut den letz-ten Streich: / Schweigt ihr jetzt nicht auf der Stel-le, so denkt ihr dran, das schwör' ich euch!

それより、この胸の内を聞いてくれ。
　　（窓の方へ半身をひねり、リュートを爪弾く）
　あんたは民衆の尊敬を集め
　ポークナーの娘にも慕われている。
　私は明日、天下晴れての大舞台で
　あの人に求婚しようと思うのだが
　歌を気に入ってもらえなければ
　　（窓の方へ半身をひねり、リュートを爪弾く）
　一巻の終わり……だろう？
　だから、じっくり聴いてほしいんだ。
　歌った後で、どこが良くて
　どこが悪かったか言ってくれ、
　　（窓の方へ半身をひねり、リュートを爪弾く）
　あんたに教わって直したいんだ。
ザックス　まあ、私のことなんか、いいじゃないか
　そんなに持ち上げるほどの者じゃない。
　作っているのは、はやり歌ばかり
　こうして小路に向かって歌いながら、靴型を叩くのさ。
⎡「イェールム　イェールム！
⎜ハラハロヘー　オホー　トラララーイ！
⎜**ベックメッサー**
⎜こん畜生め、ヤニと脂まみれの歌で
⎜気が変になりそうだ。
⎜**ザックス**　トラララーイ　オヘー！
⎜**ベックメッサー**
⎜黙れったら！　近所の連中を叩き起こす気か。
⎜**ザックス**　みんな慣れっ子になって、気にもとめやしないさ。
⎣　おお、エファ、エファ……
ベックメッサー　（激昂して、わめき散らす）
　えーい、強情な奴め
　冗談もいい加減にしろ。
　すぐに口を閉じないと
　後悔するぞ。いいか！
　　（怒りに燃えてリュートをかき鳴らす）
　妬いているんだろう、それしかないさ。
　誰にも負けぬ才知を鼻にかけ
　他人の器量は我慢がならぬ、
　あんたの表も裏も、すっかりお見通しさ。
　記録係に選ばれたことがない、
　それが嫌味な靴屋の癇の種。
　いいか、このベックメッサー、目の黒いうちは、
　そして口の端に韻のひとつも貼りついて
　マイスターたちの信を失わぬ限り、
　いかにニュルンベルクが花咲き栄えようとも
　ハンス・ザックスの旦那よ、覚えておくがいい、

（263）「じっくり（聴いて）ruhig」（→1558）には「静かに」という意味もある。これに対してザックスは「私のことなんか、いいじゃないか（直訳：私を静かに in Ruh 放っておいてくれ）」（→1562）とまぜっ返す。

（264）「作っているのは、はやり歌 Gassenhauer ばかり」（→1564）も、ベックメッサーの言いがかり（→569）に対する嫌味たっぷりな逆襲。Gassen（小路）＋hauer（叩くもの）という語の成り立ちから、「小路に向かって歌いながら、靴型を叩く（のも当然ではないか）」となる。

（265）1569行の「ヤニ」と「脂」は物質名を指すほか、それぞれ「不吉な（歌）」「いかがわしい（歌）」という形容辞にもなる。「気が変になりそうだ Den Verstand verlier' ich」を直訳すれば、ザックスの嫌味「分別も～店じまいして」（→1546ff.）に呼応して「分別を失うのは俺のほうだ」となる。

（266）「冗談もいい加減にしろ～ heut den letzten Streich」（→1575）は、「（今日も終わろうというのに）最後の最後まで俺を虚仮にしやがって」とも解せる。

（267）「表も裏も」（→1581）の原語は本来 aus- und inwendig のはずだが、韻を合わせるために強引な変形（aus- und inwendlich）が加えられている（→音楽注185）。「怒りに燃え」ながらも、しっかり押韻に気を配る（とくに1578行以下の最初の2組は女性韻でそろえた）ベックメッサーの面目躍如（→音楽注184）。それをザックスに「型は崩れているが」（→1592）とやられては、それこそ形なし。

（268）1574行以下、一人称「俺 ich」と二人称「あんた ihr」で語り始めたのを、いずれも取り澄ました三人称「彼 er, ihm」に呼び変え、いかにも慇懃ぶった「ハンス・ザックスの旦那」まで飛び出すのは、かえって興奮が頂点に達した証拠。

（269）「ニュルンベルクが花咲き栄え（ようとも）」については（→注79）。「ハンス・ザックス」の名を入れて詩をしめくくる流儀については（→注255）。いずれもザックスのお株を奪い、丸ごと否定しようというベックメッサーの必死の反撃ぶり。

(186) ベックメッサーが開放弦のみを爪弾く〈リュートの動機〉［譜例87］。ただし当時のリュートの標準的な調弦法（下からト－ホ－ヘ－イ－ニ－ト）ではなく、ギターの調弦法（ホ－イ－ニ－ト－ロ－ホ）による「小型の鋼線ハープ Stahlharfe」で演奏するよう指示されている。

(187) ベックメッサーは「聴いてくれるのか？〜hören?」のひと言で、さらに深みにはまってゆく（〈靴屋の動機〉［譜例26］）。「お好きなように／〜歌ってみたら In Gottes Namen/singt zu〜」は完全４度音程の連続で、とくに「歌ってみたら singt zu」はスタッカートで強調されている［譜例95］（→解題）。そしてホルンの閉塞音「変ト音」（→注161）は、ベックメッサーの警戒心「だが、口をはさんだりしないだろうな」の先取り。このようにコミカルな楽想に投げ入れられた不吉な楽想は、さきざき現実のものとなる懸念「まさか、ハンマーに合わせて歌えとでも？」と並行するバス声部の半音階上行音形にも現われている。

(188) これまでの基本調性は変ロ長調だったが、ザックスはきわめて多義的な台詞「もっとも、案外うまくいくかもしれんぞ──／人間も二本足がいちばん歩きやすいからな」（→訳注272）で、単純な伴奏を背景に、増４度離れたホ長調へと転じる。そして、ここからは流れるような〈芸術の動機〉［譜例４］を反復し、「教わるとすれば、余人の追随を許さぬ／あんたをおいてほかにない」と嫌味を混えつつも、最終的な取り決めへと持ち込む。

(189) それでも「手間をとらせやがって」と渋る相手に、ザックスは、跳躍上行ではなく同音反復で「はじめよ Fanget an」（歌の開始は近いぞ！）と煽り、さらには「いやなら私が歌うぞ」と脅迫する（おなじみのホルンの閉塞音を伴った増三和音〈靴屋の動機〉［譜例26］）。

nie wird er je zum Merker bestellt.
(Er klimpert in höchster Wut.)
SACHS *(der ihm ruhig und aufmerksam zugehört hat.)*
1590 War das eu'r Lied?
BECKMESSER　Der Teufel hol's!
SACHS
Zwar wenig Regel, doch klang's recht stolz.
BECKMESSER　Wollt ihr mich hören?
SACHS　In Gottes Namen,
1595 singt zu: ich schlag' auf die Sohl die Rahmen.
BECKMESSER　Doch schweigt ihr still?
SACHS　Ei, singet ihr,
die Arbeit, schaut, fördert's auch mir.
BECKMESSER
Das verfluchte Klopfen wollt ihr doch lassen?
1600 SACHS　Wie sollt' ich die Sohl euch richtig fassen?
BECKMESSER
Was? Ihr wollt klopfen, und ich soll singen?
SACHS
Euch muß das Lied, mir der Schuh gelingen.
BECKMESSER　Ich mag keine Schuh'!
SACHS　Das sagt ihr jetzt:
1605 in der Singschul ihr mir's dann wieder versetzt. —
Doch hört! Vielleicht sich's richten läßt;
zwei-einig geht der Mensch am best'.
Darf ich die Arbeit nicht entfernen,
die Kunst des Merkers möcht' ich erlernen;
1610 darin kommt euch nun keiner gleich:
ich lern' sie nie, wenn nicht von euch.
Drum, singt ihr nun, ich acht' und merk'
und fördr' auch wohl dabei mein Werk.
BECKMESSER
Merkt immer zu; und was nicht gewann,
1615 nehmt eure Kreide und streicht mir's an.
SACHS
Nein, Herr! Da fleckten die Schuh' mir nicht:
mit dem Hammer auf den Leisten halt' ich Gericht.
BECKMESSER
Verdammte Bosheit! — Gott, und 's wird spät!
Am End mir die Jungfer vom Fenster geht!
(Er klimpert eifrig.)
SACHS
1620 Fanget an, 's pressiert: sonst sing' ich für mich.
BECKMESSER　Haltet ein! Nur das nicht!

［譜例95］

あんたが記録係に選ばれることは、断じてない。
　　(激しい怒りにまかせて弦を弾く)
ザックス
　　(静かに、じっくりと聴き入っていたが)
これが、その歌か？
ベックメッサー　よくもまあ、ぬけぬけと。
ザックス
型は崩れているが、元気のよさだけは買おう。
ベックメッサー　聴いてくれるのか？
ザックス　お好きなように。
私は靴底に縁皮を打ちつけるから、歌ってみたら。
ベックメッサー　だが、口をはさんだりしないだろうな。
ザックス　ああ、そばで歌ってもらえば
仕事もはかどるだろうよ。
ベックメッサー
その癇にさわるハンマーはやめてくれないか。
ザックス　それではあんたの靴の底がうまく張れない。
ベックメッサー
まさか、ハンマーに合わせて歌えとでも？
ザックス
あんたは歌を、私は靴を仕上げねばならんからな。
ベックメッサー　靴なんか、どうだっていい！
ザックス　今はそう言っていても
歌学校で会えば、また文句をつけるんだろう。
もっとも、案外うまくいくかもしれんぞ──
人間も二本足がいちばん歩きやすいからな。
仕事の手は抜けないし
記録係のこつも学びたいが
教わるとすれば、余人の追随を許さぬ
あんたをおいてほかにない。
だから、あんたは歌い、私は耳を澄まして記録をとり
同時に仕事も進める、ということにしたらどうか。
ベックメッサー
片時も注意をそらさず、まずいところは
チョークで印をつけてくれ。
ザックス
いや、御同輩、それじゃ靴が捗らぬ。
ハンマーで靴型を叩いて判定を下すことにしよう。
ベックメッサー
この悪党め！──ちっ、手間をとらせやがって。
ぐずぐずしていると、あの人が窓辺から消えてしまう。
　　(いらだたしげに弦を弾く)
ザックス
はじめよ、さあ、いやなら私が歌うぞ。
ベックメッサー　それだけは勘弁してくれ。

(270)「これが、その歌か？」(→1590)は、激昂しながらも律儀に歌の型を守ってしまう(→音楽注184)ベックメッサーの悲しい性(さが)をついた嫌味なあげ足取り。──「元気のよさ stolz」(→1592)には「居丈高」に近い辛辣な響きがあるが、ベックメッサーは単純に褒め言葉ととり、「聴いてくれるのか？」と喜ぶ。──「よくもまあ、ぬけぬけと(直訳：悪魔がさらってゆくがいい)」「お好きなように(直訳：神の名において)」という受け答えが示すように、神と悪魔の名をぶつけ合っての応酬が続く第6場のやりとりは(→注249、256)、ゲーテ『ファウスト』の冒頭「天上の序曲」での主とメフィストフェレスの(後者が前者の掌の上で踊らされる結果に終わる)駆け引きを思い起こさせる。

(271) 1598行は、正確には「仕事も、ほら、こんな具合に schaut はかどるだろうよ」となる。韻文台本ではこの後にト書き「また靴型を叩く」が入っていたが、スコアではこれを削除しながら台詞中の挿入句 schaut を残したため、いささか原文テクストのつながりが不自然になった感がある。

(272)「二本足 zwei-einig」は「三位一体 dreieinig」をもじったワーグナーの造語。「一人二役」と解すれば、靴の仕上げと記録係のこつの修得を一挙にやってしまうことを意味し、「二人三脚」ととれば、「あんたは歌い、私は〜記録をとり／同時に仕事も進める」という協力関係を指す。ここは両方の可能性を汲み、靴屋にちなんで動詞 gehen を「歩く」とし、「足」にひっかけて訳した。さらに深読みすれば、人間は伴侶と「一心同体」で人生を歩むのがいちばん、というザックスの(隠れて聞いている若い二人を意識した？)述懐ともとれる。それとも、ベックメッサーが群衆に打ちのめされ脚を引きずるようになることを先取りした底意地の悪い揶揄(「両足が満足にそろって」)まで込められているのか。

(273)「ハンマーで〜叩いて判定を下す halt' ich Gericht」は「(司法の)槌を打って裁判を執り行なう」とも読める(→注261)。

(274)「はじめよ」は歌の開始を促す定型の合図だが(→注122)、ここは苛立ちながらもためらうベックメッサーを急かして決断へ追いこむのが主眼。いかにも気のなさそうな同音反復(→音楽注189)からして、ザックスのかけ声はまだ本気ではない。

(190) ふたたび〈芸術の動機〉［譜例4］が「記録係を気取ろうというのなら」以降に回帰してくるが、「仕事の手は抜けないし」（→1608）のときのように滑らかではない。不協和音やホルンの閉塞音によって歪められた〈芸術の動機〉は、ベックメッサーのいう「規則」とザックスのいう「規則」のあいだに埋めがたい溝があることを物語っている（→訳注275）。そして、すれ違いの応答「マイスターの名誉にかけてか？」と「もちろん、靴屋の心意気にかけて」の背景では、〈靴屋の動機〉と〈殴り合いの動機 Prügel-Motiv〉（初出、オーボエとフルート）が交替する。なお後者の動機の完全4度音程「ロ-ホ」は、〈リュートの動機〉とも共通する［譜例96］。

(191) ザックスの「裸足で (unbe-)schuht」は、この場の基本調性たる変ロ長調の主音に終止するが、夜警の角笛「嬰ヘ音」の侵入によって、音楽は半音ずれたロ長調の〈夏至の魔力の動機〉［譜例84］へと転じる。そこで語られる台詞は、まるで魔力に魅入られたように、ヴァルターとエファ、そしてザックスとベックメッサーという舞台上の区分けを超えた「錯覚」を引き起こす（→注179）。とくにヴァルターの「まだ歌唱席に座っているような気分だ」と、ベックメッサーの「（歌学校～でも）そうではないか wie's Brauch (in der Schul～)」には、第1幕のヴァルター「この椅子に？」、コートナー「(ここの)決まりです Wie's Brauch (der Schul)」がこだましているし、またベックメッサーの「声のほどをよく抑えるのも／～芸のうち」も、ヴァルターとエファへのあてこすりのように聞こえてくるのだ。

(192) 「はじめよ！Fanget an！」はダフィト（→156）やヴァルター（→728）の完全4度跳躍上行ではなく、ベックメッサー（→727）の威嚇的な完全5度跳躍上行。ここからザックスによる第1幕の資格試験のしっぺ返しが始まる（なお「D線を弛める」さまは第1ヴァイオリンのトリルつき下行「ホ→変ホ→ニ」が描写）。——さて肝心のベックメッサーの歌［譜例97］だが、旋律を繰り返すことを優先するあまり「(er-)scheinen」と対応する不定冠詞にすぎない「einen」で旋律を止めてしまう大失態。ザックスのハンマー打ちは、音節の強弱と拍節上の位置が一致しない点を突いているが、そもそも、攻撃的な短短長の「アナパイストス」のリズムも、短調の翳りを帯びた節回しも、セレナーデには似つかわしくない。

(immer wie vorher)
[Teufel! Wie ärgerlich!]
Wollt ihr euch denn als Merker erdreisten,
nun gut, so merkt mit dem Hammer auf den Leisten:
1625 nur mit dem Beding, nach den Regeln scharf,
aber nichts, was nach den Regeln ich darf.
SACHS
Nach den Regeln, wie sie der Schuster kennt,
dem die Arbeit unter den Händen brennt.
BECKMESSER   Auf Meisterehr?
1630 **SACHS**   Und Schustermut!
BECKMESSER   Nicht einen Fehler: glatt und gut.
SACHS   Dann ging't ihr morgen unbeschuht.
   (Nachtwächter, sehr entfernt auf dem Horn.)
WALTHER   (leise zu Eva)
Welch toller Spuk! Mich dünkt's ein Traum:
den Singstuhl, scheint's, verließ ich kaum.
EVA   (sanft an Walthers Brust gelehnt)
1635 Die Schläf umwebt mir's, wie ein Wahn:
ob's Heil, ob Unheil, was ich ahn'?
SACHS   (auf den Steinsitz vor der Ladentüre
   deutend)
Setzt euch denn hier!
BECKMESSER   (zieht sich nach der Ecke des
   Hauses zurück.)
Laßt hier mich stehen!
SACHS   Warum so weit?
1640 **BECKMESSER**   Euch nicht zu sehen,
wie's Brauch in der Schul vor dem Gemerk.
SACHS   Da hör' ich euch schlecht.
BECKMESSER   Der Stimme Stärk
ich so gar lieblich dämpfen kann.
   (Er stellt sich ganz um die Ecke dem Fenster
   gegenüber auf.)
1645 **SACHS**   [Wie fein!]
Nun, gut denn! Fanget an!
BECKMESSER   (Er stimmt die in der Wut unversehens zuvor hinaufgeschraubte D-Saite wiederherunter. — Sachs holt mit dem Hammer aus.)
„Den Tag seh' ich erscheinen,
der mir wohl gefalln tut(∧);
   (Sachs schlägt auf. — Beckmesser schüttelt sich.)
da faßt mein Herz sich einen(∧)
   (Sachs schlägt. — Beckmesser setzt heftig ab,
   singt aber weiter.)

（いらだたしげに弦を弾く）
[ええい、業腹な！]
記録係を気取ろうというのなら
それも結構、靴型を叩いて判定するもよし。
ただし条件がある。規則厳守で願いたいが
違反がなければ、絶対に叩かないでくれ。
ザックス
この靴屋が知っている規則通りにね。
なにせ仕事も佳境に入っていることだし。
ベックメッサー　マイスターの名誉にかけてか？
ザックス　もちろん、靴屋の心意気にかけて。
ベックメッサー　ひとつも間違えずに、すらすら歌い通すぞ。
ザックス　それじゃ明日は裸足で歩いてもらうことになるな。
　　（遠くから、夜警の角笛が聞こえる）
「**ヴァルター**　（小声でエファに）
とんだ騒ぎになった。これは悪夢か。
まだ歌唱席に座っているような気分だ。
エファ　（ヴァルターの胸にそっともたれかかり）
頭の中がぐるぐるまわって、気が変になりそう。
吉と出るか、凶と出るか、わからない。
ザックス
　　（扉の前の石を指し示す）
さあ、その席についてくれ。
ベックメッサー
　　（家の角まで下がり）
ここに立たせてもらうぞ。
ザックス　そんな遠くに？
ベックメッサー　あんたの顔が見えないようにね。
歌学校の記録席でもそうではないか。
ザックス　それじゃ、よく聴きとれないぞ。
ベックメッサー　声のほどをよく抑えるのも
私の芸のうち。
　　（ザックスの家の角に立ち、ポークナー家の窓を正面に見て身構える）
ザックス　[これは面白い]
よし、それでいいだろう。「はじめよ！」
ベックメッサー
　　（腹立ちまぎれに締め上げたD線を弛める。――ザックスはハンマーを構える）
「見よ、朝日が輝きを放ち
心地よくわれを照らす(∧)。
　　（ザックスが叩くと、ベックメッサーは思わず身震いする）
すると昂然の気がたちまち(∧)
　　（ザックスが叩くと、ベックメッサーはぐっとつまるが、歌い続ける）

(275) ザックスが歌学校の「規則に明るいのは御存知の通り」(→540)だが、規則といえばタブラトゥーアのことと信じて疑わぬベックメッサーは、ザックスの意味ありげな発言「この靴屋が知っている規則通りにね」を怪しみもせず、自信満々の様子。しかし歌いだしたとたん、ザックスのいう「規則」とは、ベックメッサーには思いもよらぬ「音（楽）と言葉の符合」(→1659)を指すことが明らかになる（→注281、音楽注190、193）。――「マイスターの名誉 Meisterehr にかけてか？／～靴屋の心意気 Schustermut にかけて」。同じ音節数で中間部 (-ster-) だけをそろえた応答は、すれ違いとはぐらかしの効果満点。

(276) 歌学校や資格試験では、最後まで規則違反を犯さずに歌い切ることを「完唱 glatt singen」（直訳：滑らかに歌う→歴史的背景9）と呼んだ。「すらすら（直訳：滑らかに、そして上手に）glatt und gut」(→1631)と頭の子音をそろえて気張ってみせたベックメッサーを、ザックスは「裸足で unbeschuht」と脚韻で搦め取って（足を掬って）おちゃらかす。

(277) 1640行以下は、「（記録係は）その姿が目に触れて／気を殺がれることのなきよう／～中に引きこもるのです」(→697ff.)を踏まえたもの。――1643行以下は、自分の能力を誇る気持ちと、ここなら好都合、声があらわにならなくてすむという気持ちがない混ぜになっての発言（→音楽注191）。

(278) ザックスの独白［これは面白い］はベックメッサーの細心さを揶揄する（直訳：なんと繊細 fein な）と同時に、しめしめ、うまく fein 仕組んだぞ、という満足の表現でもある。

(279) 真夜中にいきなり「見よ、朝日が輝きを放ち」とはじめる素っ頓狂な調子は、セレナーデとはいえ、頭の中はすでに明朝の本番そのもの。「御列席の皆様」(→1677)を前に歌っている気分だろうが、相手はマクダレーネひとり。舞台上の全員がはからずも観客（聴衆）になるというおかしさがある。以下、ザックスがハンマーを打つ位置に(∧)印を入れた。

[譜例97]

(1225) Beckmesser

„Den Tag seh' ich er-schei-nen, der mir wohl ge-falln tut; da faßt mein Herz sich ei-nen ———— gu-ten und fri-schen"

Laute

Str.

Hammer

(193)「gu-ten」でザックスがハンマーを叩いたのは、強音節が第2拍の「裏」に、弱音節が第3拍の「表」に置かれているからだが、ザックスの提案「こう歌うべきだろうに」には、それ以上に両者の立場の違いが鮮明に打ち出されている。ベックメッサーは同じ旋律を反復し、同じ箇所に韻を踏む言葉を当てることに固執しているが、ザックス／ワーグナーは tut-Mut の韻は小節の頭にそろえて尊重するものの、歌詞の意味内容「胸 Herz」に即して柔軟に旋律を改変するというわけだ[譜例98]。ザックスのいう「音と言葉の符合」とは、発音だけでなく意味（文章内における重要度）までふくめて、言葉に適切な拍節上の位置と、適切な長さの音符を当てることにある（→訳注281）。

(194)「すっかり調子が狂ってしまった」とあるように、ベックメッサーの〈セレナーデ〉は歌い直しでも、ぎくしゃくとしたまま。ザックスに語りかけるときは拍節上の処理に誤りがないのだが、歌になると緊張するせいか、すべてがひっくり返って収拾がつかなくなる（とくに→1681）。歌の間違いそのものもさることながら、台詞（正）と歌（誤）の落差にこそ笑いの原点があるとみてよいだろう。

(195)「妻問い Werben」と押韻するために、唐突に口をついて出てきた「死 Sterben」に象徴されるように、ベックメッサーの〈セレナーデ〉は旋律だけでなく、言葉の選びかたにも笑いを誘うものがある（→訳注285）。この対韻 Sterben-Werben には、4度跳躍下行を重ねるメリスマが付されているが、第2シュトレンの該当箇所では Vater に対して hat er と苦しい辻褄合わせ。ザックスは抑揚の転倒だけでなく、現在完了形を作る助動詞 hat にメリスマを付す愚行も見逃さない（「小さな叩きを数多く入れる」との指示あり）。

(196)ベックメッサーが「ますますいらつ」くのは、ザックスのハンマーによる介入だけではなく、自分自身が抑制できなくなった不安もあるからだろう。ザックスは、突拍子もなく出てきた「青天井 blau」の長ったらしいメリスマに規則的な叩き（拍裏）を入れ[譜例99]、「まさか、ハンマーに合わせて歌えとでも？」（→1601）を現実のものとする。

1650 guten(∧) und frischen"
　　　(Sachs schlägt. — Beckmesser wendet sich wü-
　　　tend um die Ecke herum.)
　　Treibt ihr hier Scherz?
　　Was wär' nicht gelungen?
　　SACHS　Besser gesungen:
　　„Da faßt mein Herz
1655 sich einen guten, frischen"?
　　BECKMESSER　Wie soll sich das reimen
　　auf „seh' ich erscheinen"?
　　SACHS　Ist euch an der Weise nichts gelegen?
　　Mich dünkt, sollt' passen Ton und Wort?
　　BECKMESSER
1660 Mit euch zu streiten? Laßt von den Schlägen,
　　sonst denkt ihr mir dran!
　　SACHS　Jetzt fahret fort!
　　BECKMESSER　Bin ganz verwirrt!
　　SACHS　So fangt nochmal an:
1665 drei Schläg ich jetzt pausieren kann.
　　BECKMESSER　(beiseite)
　　Am besten, wenn ich ihn gar nicht beacht':
　　Wenn's nur die Jungfer nicht irre macht!
　　„Den Tag seh' ich erscheinen,
　　der mir wohl gefalln tut;
1670 da faßt mein Herz sich einen
　　guten und frischen Mut:
　　da denk' ich nicht an Sterben,
　　lieber(∧) an Werben
　　um jung Mägde(∧)leins Hand.
1675 Warum wohl aller Tage
　　schönster(∧) mag dieser sein?
　　　(ärgerlich)
　　Allen(∧) hier ich es sage:
　　weil ein schönes(∧) Fräulein(∧)
　　von ihrem lieb'n(∧) Herrn Vater,
　　　(Sachs nickt ironisch beifällig.)
1680 wie gelobt(∧) hat(∧∧∧～) er(∧),
　　ist bestimmt(∧) zum(∧) Eh(∧)stand(∧).
　　　(sehr ärgerlich)
　　Wer sich getrau'(∧),
　　der komm' und schau'
　　da stehn(∧) die hold lieblich(∧) Jungfrau(∧),
1685 auf die ich all mein' Hoffnung bau'(∧);
　　darum ist der Tag(∧) so schön(∧) blau(6∧),
　　als ich(∧) anfäng(∧)lich fand(∧)."

爽やかに(∧)胸を……」
　(ザックスが叩くと、ベックメッサーは憤慨して建物の角越しに振り向く)
この期に及んでまだ冗談か。
どこがいけないというんだ。
ザックス　こう歌うべきだろうに。
「すると昂然の気が
たちまち爽やかに胸を……」
ベックメッサー　「見よ、朝日が輝きを放ち」と
韻を踏んでいないではないか。
ザックス　あんたは旋律を無視するのか？
音と言葉の符合こそ大切だと思うが。
ベックメッサー
論争はごめんだ。叩くのだけはやめてくれ。
さもないと、思い知らせてやるぞ。
ザックス　さあ、続けるがいい。
ベックメッサー　すっかり調子が狂ってしまった。
ザックス　では、もう一度、「はじめよ！」
これで三発分は叩かずにすむ。
ベックメッサー　(傍白)
はなから奴を無視してもいいのだが、
あの人の耳を混乱させては困るからな。
「見よ、朝日が輝きを放ち
心地よくわれを照らす。
すると昂然の気がたちまち
爽やかに胸を満たす。
わが想うは死にあらずして
むしろ妻問いて(∧)求めん、
うら若き乙女の(∧)手を。
なにゆえに、数あるなかでも
今日という日の(∧)無類の美しさ。
　(いらついて)
御列席の皆様に(∧)その訳を申し上ぐれば
さる麗しき(∧)娘子が(∧)
父上の(∧)思召しと
　(ザックスは皮肉たっぷりにうなずく)
立てし(∧)誓いに(∧∧∧〜)よりて(∧)
結婚の(∧)運びと(∧)なりし(∧)ゆえ(∧)。
　(ますますいらついて)
われと思わん者は(∧)
来たりて見よ、
そこに(∧)立てるたおやかな(∧)乙女こそ(∧)
わが希望の限りを賭けし人(∧)。
それゆえに、空の(∧)かくも美しき(∧)青天井(6∧)
先に(∧)覚えし(∧)ごとく(∧)なり」

(280)「この期に及んで」と訳した hier (→1651) は単なる場所の特定ではなく、歌う位置をめぐる角突き合わせ「さあ、その席 hier についてくれ／ここに hier 立たせてもらうぞ」(→1637f.) 以来ますます高じたベックメッサーの強迫的な気分のあらわれ。韻文台本では 1660 行も「いまさら hier 論争はごめんだ」となっていた。

(281)「音と言葉の符合」はワーグナーの芸術理論の核心。真のドラマは、女性(感性)的質料である「音の言語 Tonsprache」から流出した男性(知性)的な「ことばの言語 Wortsprache」をふたたび「音の言語」へと浸透させる、詩と音楽の共同作業とされる(『オペラとドラマ』→音楽注193)。

(282) ベックメッサーの〈セレナーデ〉は、2つのシュトレン(各7行)とアプゲザング(6行)からなるバール(→注38)を3つ連ねた構成(第1バール:1668-1687、第2バール:1697-1716、第3バール:第1シュトレン 1722-1728；第2シュトレン 1737-1743；アプゲザング 1756-1757/1759-1762)。

(283) 押韻にこだわるあまり、不定冠詞と形容詞 (einen/guten → 1670/1671)、動詞と助動詞(beerben/will → 1701/1702, brennen/muß → 1724/1725) の結びつきを強引に断ち切っての改行(息継ぎ)。ザックスは、こうした詩法や文法上の誤り(1684行「立てる stehen」の複数形)も見逃さない。——1674行「乙女 Mägdelein」は「マクダレーネ Magdalene」と音がまぎらわしく、窓辺の人影の正体を、それに騙されている当の本人の口から暴露させるような皮肉な効果がある。——1679行 lieb'n は、近代詩にはよく見られる短縮形だが、タブラトゥーアでは「糊づけ」の反則(→歴史的背景11)。ザックスのハンマーは、これも容赦しない。

(284) アプゲザング(→1682ff.) の6行中、5行までが同型の押韻(-au)なのは、いかにも芸がない。のちにベックメッサーが袋叩きにあって上げる悲鳴「いてっ、いてっ！Au au! Au au!」(→2359) への聴覚的な伏線か。

(285) ザックスが「皮肉たっぷりにうなずく」(→1679行下のト書き)のは、なぜか。詩句にとりたてて変わった点はないが、このト書きが作曲の段階で初めて書き加えられたことに注目したい。直前の一行「父上の思召しと」(→1679) を、この箇所とまったく同じ音型と特徴的なメリスマで歌われる「わが想うは死にあらずして」(→1672) とつなぎ合わせてみると、「わが想うは、彼女の愛すべき父上の死にあらず da denk' ich nicht an Sterben/von ihrem lieb'n Herrn Vater」と読める。ベックメッ

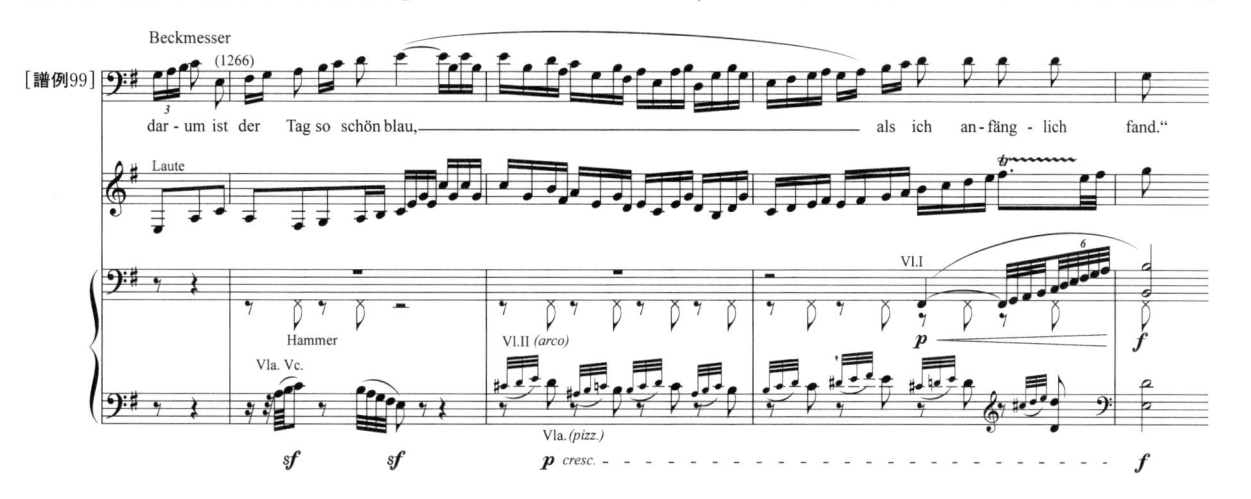

(197) ベックメッサーは「かんかんに怒って跳び上がる」が、落ち着き払ったザックスと同じく、早口とはいえ正しい拍節法を回復する（→注194）。

(198)「ああ、行ってしまう（Sie ent-)weicht」には、ホルンの閉塞音を伴った増三和音（ニ－嬰ヘ－変ロ）が当てられる。つづく「こうしてはおれぬ（ich）muß」と「この仕打ちは忘れんぞ（gedenk' ich die Ärger-)nuß」では〈靴屋の動機〉が現われるが、ここでは動機なしの増三和音の響きだけで特定のメッセージ（不安／衝撃）を送るということだ。これを示導動機ならぬ示導音響 Leitklang と呼ぶこともできよう（『指環』における〈災いの和音〉も同じ→W注13）。

(199) 第2バールに入ってからも、「跡目を継ぎ（財産を相続するため）beerben」と「妻に迎える werben」の押韻など、思わず本音をもらしてしまう滑稽さ、そして抑揚が転倒したまま止まらない滑稽さに変わりはない。ただザックスのハンマー叩きが、誤りの指摘にとどまらず、しだいに調子づけの「拍子取り」へと移行していることに注目［譜例100］。また第1バールのオーケストラは、ハンマー叩きと対話の部分だけに参加していたが、第2バールからは、ヴィオラ（第1シュトレン→ 1697ff.)、クラリネット＋ファゴット（第2シュトレン→ 1704ff.)、ヴィオラ／クラリネット＋ファゴット（アプゲザング→ 1711）が〈セレナーデ〉の旋律をなぞる。そのためにリュートの伴奏で自由にテンポを伸縮していた第1バールとは異なり、ベックメッサーの歌がオーケストラに乗せられてゆく印象は否めない（→訳注287）。これに追い討ちをかけるのが、第2シュトレンの最終行末（→1710）におけるハンマーの連打［譜例101］。第1バール最終行でも経験ずみの「拍子取り」だが、それに加えて、ここでは「地団駄を踏む」ベックメッサーの身振りに合わせたリズム打ちにもなっている。

(200) ここで4/4拍子から2/4拍子と転じ、「これで終わりかな Seid ihr nun fertig?」「え、なぜだ Wie fraget ihr?」の音価は、第1幕の該当箇所に比べると半分に縮小される。

(Er springt wütend auf.)
Sachs! Seht, ihr bringt mich um!
Wollt ihr jetzt schweigen?
1690 SACHS Ich bin ja stumm?
Die Zeichen merkt' ich: wir sprechen dann:
derweil lassen die Sohlen sich an.
BECKMESSER (gewahrt, daß Magdalene sich vom Fenster entfernen will.)
Sie entweicht! Bst! Bst! — Herr Gott, ich muß!
(Um die Ecke herum die Faust gegen Sachs ballend)
Sachs, euch gedenk' ich die Ärgernuß!
(Er macht sich zum 2. Vers fertig.)
SACHS (mit dem Hammer nach dem Leisten ausholend)
1695 Merker am Ort:
fahret fort!
BECKMESSER (immer stärker und atemloser)
„Will heut mir das Herz(∧) hüpfen(∧),
werben(∧) um Fräulein jung(∧),
doch tät der Vater knüpfen(∧)
1700 daran ein'(∧) Bedin(∧)gung
für den, wer ihn beerben
(∧)will, und(∧) auch werben(∧)
um sein(∧) Kinde(∧)lein fein(4∧).
Der Zunft ein biedrer Meister(∧),
1705 wohl sein'(∧) Tochter(∧) er liebt(∧),
doch zugleich(∧) auch(∧) beweist er,
was er(∧) auf die Kunst(∧) gibt(2∧):
zum Preise muß es brin(∧)gen(2∧)
im Meistersingen,
1710 wer sein(∧) Eidam(∧) will sein(6∧).
(Er stampft wütend mit den Füßen.)
Nun gilt es Kunst(∧),
daß mit Vergunst(∧),
ohn all schädlich(∧) gemeinen(∧) Dun(∧)st(∧)
ihm glücke des(∧) Preises(∧) Gewun(∧)st(2∧)
1715 wer begehrt, mit wahrer Inbrunst,
um die Jungfrau zu frein!"
SACHS (welcher kopfschüttelnd es aufgibt, die einzelnen Fehler anzumerken, arbeitet hämmernd fort, um den Keil aus dem Leisten zu schlagen. — über den Laden weit herausgelehnt)
Seid ihr nun fertig?
BECKMESSER (in höchster Angst)

（かんかんに怒って跳び上がる）
ザックス、やめろ！　おれを殺す気か。
いい加減、静かにしてくれないか。
ザックス　口ははさんでないはずだが。
バツをつけてはいるが、それはまた後で。
靴底の方も滑り出しは順調だ。
ベックメッサー
（女が窓際を離れようとするのに気づき）
ああ、行ってしまう。もし！――くそっ、こうしてはおれぬ。
（建物の角越しにザックスに向かって拳を突き出し）

ザックスめ、この仕打ちは忘れんぞ。
（2節目の用意にかかる）
ザックス
（ハンマーを靴型に向けて身構え）
記録係、準備完了。
続けよ！
ベックメッサー　（歌い進むにつれて、大声でせわしなくなる）
「うら若き乙女を(∧)射止めんと(∧)
今日こそ(∧)心は踊る(∧)。
だが父上は(∧)
ひとつ(∧)条(∧)件をつけられた(∧)、
その跡目を継ぎ
(∧)やさしき(∧)娘を(∧)
妻に(∧)迎える(∧)者に(4∧)。
組合の正統を引くマイスターにして(∧)
娘を深く(∧)愛する(∧)のみならず(∧)
芸術に(∧)賭ける(∧)気概を
身を(∧)もって(∧)証すべし(2∧)、
歌くらべの(∧)褒賞を(2∧)
授かる者こそ
わが(∧)婿(∧)たるべし、と(6∧)。
（地団駄を踏む）
芸術のためにも(∧)
よろしく御配慮を賜り(∧)
愚かしくも(∧)危険な(∧)妄想とは無縁の(∧)男が(∧)
褒賞の(∧)栄誉に(∧)あず(∧)かり(2∧)、
熱き真心によりて
かの乙女を娶るべし」
ザックス
（首を横に振ると、いちいち間違いを記録するのをやめ、そのまま
ハンマーを振るって靴型から楔を外す。――戸口からぐっと身を
乗り出して）
これで終わりかな。
ベックメッサー　（ひどく怯えきって）

サーの無意識の願望が（心理的な抑圧により否定形に歪められ）口をついて出たのだろうか。さらに第2バールの該当箇所（→1701/1708）をつなぐと、「彼の跡目を継ぐ者には、報償が入らねばならぬ für den, wer ihn beerben/zum Preise muß es bringen」となる。「皮肉たっぷりにうなずく」ザックスの背後から、底意地の悪い判じ物を仕掛けて楽しむ作者の顔がのぞく。

(286) 役人風の理屈っぽい説明に終始し、娘心の襞に入り込めないベックメッサーの歌は、愛のセレナーデとしては落第。韻文台本のト書きには「マクダレーネは不興げ」とある。――1694行「仕打ち Ärgernuß」は、正しくは Ärgerniß。捨て台詞にまで韻を踏もうとして、ぶざまに語尾を崩してしまうベックメッサーの悲しい習性をよそに、ザックスは規則通り平然と「続けよ！」の号令をかける。

(287) 第2シュトレンに入ると、ベックメッサーはザックスを無視するように「大声でせわしなく」（→1696行下のト書き）歌い進む。だが聴衆の耳には、逆に、靴を打つハンマーに煽られてベックメッサーがぴょこぴょこ「飛び跳ね hüpfen」（→1697）――精神分析では「靴」は女性器の象徴（→注195）であると同時に、足の代理表象として男性器の象徴ともなる――痛みに顔をしかめながら歌わされているような主客転倒のイメージが生まれる（→音楽注199）。フィーデルの旋律に合わせて茨の藪の中で踊らされるユダヤ人の物語（『グリム童話』）が下敷きになっているとの説もある（E・ブロッホ『ワーグナーの逆説と牧歌』1960年）。――1704行の形容詞 bied(e)r(er) は、体制の枠を出ない「愚直な」という意味だが、ベックメッサーの側から見ると「正統を引く」となり、はしなくも彼の保守的な体質を露呈する。

(288) 「(栄誉に)あずかり Gewunst」（→1714）は、正しくは Gewinst。押韻のために語尾を崩すのはタブラトゥーアの禁則「綴り違い blindes Wort」（→歴史的背景11）に抵触する。

(289) 1717行以下のやりとりは、ザックスとベックメッサーが攻守ところを変えて第1幕第3場のシーン（→778-781）を再現する。ザックスの報復は、なかなかねちっこい。

[譜例101]

DIE MEISTERSINGER VON NÜRNBERG

(201) ただし、「よし、これで靴の完成、と」は、「黒板が／終わったと言っているんだ」(→ 780f.) よりも音価を拡大してザックスの「余裕」を表明。第1幕のベックメッサーの判定が単なる判定に終わったのに対して、ここでは判定と並行して靴が仕上がる。つまり、他人の失敗が生産に直結するという痛烈な皮肉が込められていることも見逃してはなるまい。なお「これぞ正真正銘、記録係の靴〜」には、〈靴作りの歌〉の旋律がオーケストラに引用される。

(202) ベックメッサーは第3バールに入っても、学習能力の欠如というか、いっこうに誤り（とくに弱音節が続いたときの処理）を正せない。第1シュトレン (→ 1722) から、第2ヴァイオリンとヴィオラが彼の旋律を固定し、これに木管楽器の3連音の同音反復（『タンホイザー』の〈歌の殿堂〉参照）が加わることによって、音楽はさらに高揚する。オーケストラの編成を大きくしながら同じ音楽を反復する手法は、18世紀後半以来の「マンハイム・クレッシェンド」。フェルマータやリュートの間奏で息継ぎしていたベックメッサーが、オーケストラに煽られて「喘ぎ喘ぎ」になるのも無理はない。なお、これと同時進行するザックスの旋律はチェロが裏打ちする。

(203) 休みなしに第2シュトレンに突入したベックメッサーの旋律は、オーボエ＋クラリネット＋ファゴット＋ホルンが加わって、さらに音量が膨れ上がる（ザックスの旋律はホルンとチェロが裏打ち）。しかもオーボエ、クラリネット、ファゴット、ホルン、各セクションの奏者が4小節単位で交替しながら吹いているのをみると、ザックスだけでなくオーケストラも総出で、ベックメッサーひとりを「迫害」しているようにみえる。──もちろん、このような精神状態で「韻律と音数をきちんと守る」ことはできず、音節数をそろえようとするあまり、詩の韻律と音楽の拍節は一致せず、「よい歌は拍子を求める」とザックスに皮肉られる [譜例102]。──なお1741行は、直訳すれば「頭が気後れでいっぱいになる Kopf〜voll Zagen」。「気後れ Zagen」の主な原因は年齢差。いい年をして出過ぎたばかりに「見境いがつかなく Kopf voll」なったということか。

    Wie fraget ihr?
    SACHS (*hält die fertigen Schuhe triumphirend heraus.*)
    Mit den Schuhen ward ich fertig schier.
    (*Während er die Schuhe an den Bändern hoch in der Luft tanzen läßt.*)
1720 Das heiß' ich mir echte Merkerschuh':
    mein Merkersprüchlein hört dazu!
    BECKMESSER (*der sich ganz in die Gasse zurückgezogen hat und an die Mauer mit dem Rücken sich anlehnt, singt, um Sachs zu übertäuben, mit größter Anstrengung, schreiend und atemlos hastig, während er die Laute wütend nach Sachs zu schwingt.*)
    „Darf ich mich Meister nennen,
    das bewähr' ich heut gern,
    weil ich nach dem Preis brennen
1725 muß, dursten und hungern.
    Nun ruf' ich die neun Musen,
    daß an sie blusen
    mein' dichtrischen Verstand.
    SACHS (*sehr kräftig*)
    Mit lang und kurzen Hieben
1730 steht's auf der Sohl geschrieben:
    da lest es klar,
    und nehmt es wahr,
    und merkt's euch immerdar.
    DAVID (*hat den Fensterladen, dicht hinter Beckmesser, ein wenig geöffnet und lugt daraus hervor.*)
    Wer Teufel hier?
    (*Er wird Magdalene gewahr.*)
1735 Und drüben gar?
    Die Lene ist's, ich seh' es klar!
    BECKMESSER Wohl kenn' ich alle Regeln,
    halte gut Maß und Zahl;
    doch Sprung und Überkegeln
1740 wohl passiert je einmal,
    wann der Kopf ganz voll Zagen,
    zu frein will wagen
    um jung Mägdleins Hand.
    (*Er verschnauft sich.*)
    SACHS Gut Lied will Takt:
1745 wer den verzwackt,
    dem Schreiber mit der Feder

え、なぜだ。
ザックス
（でき上がった靴を取り出して誇らしげに示し）
よし、これで靴の完成、と。
（紐をつかんで靴を高く振りまわしながら）

これぞ正真正銘、記録係の靴。そのまた記録係を
努めた私の言葉も入れてある。聞かせて進ぜよう。
ベックメッサー　（すっかり小路の奥に引っ込んで、家の壁に背を
もたせて立っていたが、怒りをぶつけるようにリュートをザック
スの方へ振り向け、声を張り上げて喘ぎ喘ぎ歌い、ザックスに負
けじと頑張る）

⎧「マイスターを名乗るからには
⎪「実のあるところを示したい、
⎪　喉から手が出るほど欲しい
⎪　褒賞めざして熱く燃える今日こそ。
⎪　九人のミューズに呼びかけるのも
⎪　美神の息吹きを受けて
⎩　詩作の知識を増やすため。
ザックス　（ひときわ力をこめて）
⎧　長短とり混ぜ叩き込み
⎪　靴底に記した文字。
⎪　しっかり読んで
⎪　心に刻み
⎩　片時も忘れぬことだな。
ダフィト
（ベックメッサーの背後の窓を少し開けて、外をのぞく）

⎧　そこにいるのは、どこのどいつだ？
⎪　（マクダレーネの姿に気づき）
⎪　それに、向かいにも。
⎩　間違いない、レーネだ。
⎧**ベックメッサー**　規則という規則に通じ
⎪　韻律と音数をきちんと守る私でも
⎪　ときには跳びはねたり
⎪　ひっくり返ったりもする。
⎪　どうしても気後れするさ、
⎪　うら若き乙女に
⎩　求婚するとなれば。
　　（ひと息入れる）
ザックス　よい歌は拍子を求める。
⎧　ペンでこねくりまわす書記殿には
⎩　この靴屋が底皮に

(290)「言葉-sprüchlein」（→1721）については（→歴史的背景6）。動詞 hören には「聞く」と「入れてある（属する）gehören」の両義が込められている。

(291) 第3バールでは、2/4拍子（強弱：-U）に変わった音楽が、個々の言葉だけでなく、ベックメッサーの歌の基調をなすヤンブス（弱強格：U-）の韻律そのものの不自然さを浮き彫りにする。もともとギリシア語において音節の長短を基準に組まれていたヤンブスを、強弱・高低によるドイツ語の韻律に転用したために（→歴史的背景10）、「言葉本来のアクセントを切り刻んで、表現内容の正確な理解から目を背ける～跛行するヤンブス」（『オペラとドラマ』）が生まれたというワーグナーの持論を実証したかたちである。ベックメッサーは群衆に殴られる前から、すでに「跛行」していたということか。

(292) 1727行は、正しくは daß sie anbliesen（直訳：彼女たちが息を吹き入れてくれるように）となるはずだが、ここでも前行末の「ミューズ Musen」と女性韻（→歴史的背景10）を踏むために（文法的にも）無理な変形が行なわれている。ミューズの美神に対してさえ「知識 Verstand」（→注262）を求めるベックメッサーの衒学的体質は抜きがたい。――Hieben（→1729）には「叩き込（む）」のほかに、Hebung（アクセントのかかる強音節→歴史的背景10）の意味も込められており、「韻を叩き込み」といったところか。――「心に刻み nehmt es wahr」（→1732）はベックメッサーへの忠告であると同時に、ダフィト「それに、向かいにも」（→1735）→ザックス「目を開いてよく見るんだ nehmt es wahr」→ダフィト「間違いない、レーネだ」（→1736）という対話の流れをかたちづくる。ひとつの台詞を異なる文脈に二股がけすることで思わぬ効果を上げる多重的なテクスチュアの網の目は、群唱の細部にまで張りめぐらされている（→注295）。

(293) ベックメッサー「（韻律と音数を）きちんと守る私でも halte gut」（→1738）とザックス「よい歌は（拍子を）求める Gut Lied will (Takt)」（→1744）は重ね合わせに歌われるが、3音節とも言葉と旋律の強弱（U-U）を一致させて歌うザックスに対して、ベックメッサーの韻律は完全に逆転（-U-）している。抽象論に終わることなく相手の誤りをその場で炙り出してみせる実践家ザックスの面目躍如といったところ。なお「拍子 Takt」には聴き手を感動させるための「戦術 Taktik」という含みもあり、言外にベックメッサーの〈セレナーデ〉の「芸のなさ Taktlosigkeit」（→注286）を皮肉っている。

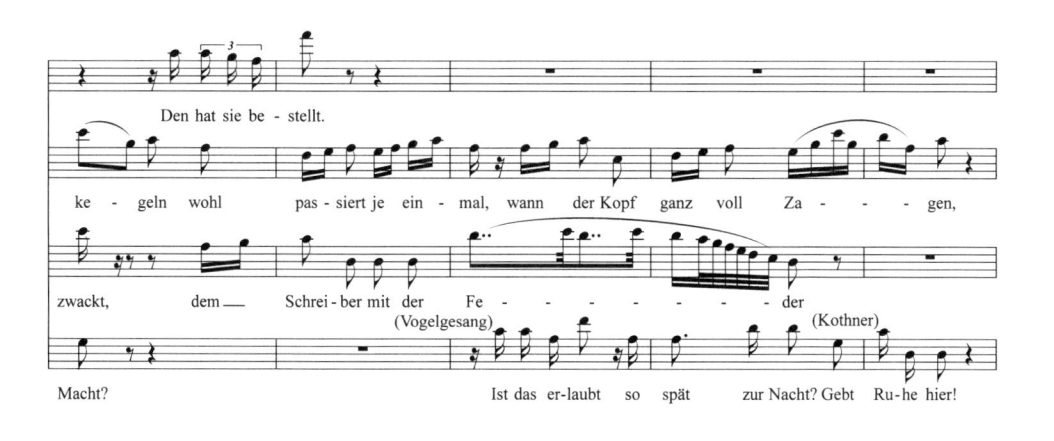

(204) スコアでは、1748 行をコートナーに、1749 行をナハティガルに、1750 行をフォーゲルゲザングに、1751 行をコートナーとフォルツに、そして 1752 行をフォーゲルゲザングとオルテル等々に割り振っているが、ここでは各人の個性が出ているわけではないので、一括して「隣人たち」として扱う（以下も同じ）。

(205) ベックメッサーは、アプザングの 6 行（1756〜1757、1759〜1762 行）を休みなしに歌い切り、長大なメリスマ（隣人たちによれば「ロバみたいな悲鳴」→1767）も披露するが、第 3 バールの第 2 シュトレン（→1737）からアプザングにかけての歌詞内容は、およそ〈セレナーデ〉にはふさわしくない泣き言。リュートを爪弾きながらの求愛の歌は、ザックスのハンマー叩きと、オーケストラの有無をいわせぬ拍子取りによって、乱雑な「囃し歌」と化してしまった [譜例103]。なお各人の言葉が台本ではなく、総譜の位置によって新たな文脈を獲得する事例については（→訳注292、295）。

(206) この第 7 場は〈殴り合いのフーガ Prügelfuge〉とも呼ばれるが、実際には冒頭部がフガート Fugato で始められるだけで、むしろ音楽の実態はベックメッサーの〈セレナーデ〉を定旋律 Cantus firmus とした「コラール幻想曲 Choral-fantasie」とみてよい。定旋律がバス声部「いったい何の騒ぎだ？〜Was gibt's denn da für Zank und Streit〜」（→1817）に置かれているのは、たとえばバッハのコラール幻想曲『来たれ聖霊よ、主なる神よ』（BWV651）と同じ。

---

haut ihn der Schuster aufs Leder.
NACHBARN *(erst einige, dann immer mehre, öffnen in der Gasse die Fenster und gucken heraus.)*
Wer heult denn da?
Wer kreischt mit Macht?
1750 Ist das erlaubt so spät zur Nacht?
Gebt Ruhe hier!
's ist Schlafenszeit.
DAVID Herr Je! Der war's! Den hat sie bestellt.
Der ist's, der ihr besser als ich gefällt!
1755 Nun warte, du kriegst's!
BECKMESSER Ein Junggesell
trug ich mein Fell,
DAVID Dir streich' ich das Fell!
(Er entfernt sich nach innen.)
BECKMESSER
mein' Ehr, Amt, Würd und Brot zur Stell,
1760 daß euch mein Gesang wohl gefäll',
(Magdalene winkt, da sie David wiederkommen sieht, diesem heftig zurück, was Beckmesser, als Zeichen des Mißfallens deutend, zur äußersten Verzweiflung im Gesangsausdrucke bringt.)
und mich das Jungfräulein erwähl',
wenn sie mein Lied gut fand."
SACHS Nun lauft in Ruh:
habt gute Schuh',
1765 der Fuß euch drin nicht knackt,
ihn hält die Sohl im Takt!
NACHBARN
Mein, hört nur, wie dort der Esel schreit!
Ihr da! Seid still und schert euch fort!
Heult, kreischt und schreit an andrem Ort!

Siebente Szene

DAVID *(ist, mit einem Knüppel bewaffnet, zurückgekommen, steigt aus dem Fenster und wirft sich nun auf Beckmesser.)*
1770 Zum Teufel mit dir, verdammter Kerl!
(Beckmesser wehrt sich, will fliehen; David hält ihn am Kragen.)
MAGDALENE *(am Fenster schreiend)*
Ach, Himmel! David! Gott, welche Not!

拍子を刻んでおいた。
隣人たち
　　　（まず数人が小路に面した窓を開け、外をのぞく。その数はしだい
　　　に増えてゆく）
大声を出しているのは誰だ？
すさまじい金切り声は、どいつだ？
こんな夜更けに喧嘩は御法度。
静かにしろ。
消燈時間も過ぎたぞ。
ダフィト　くそ！　あんなやつを、たらしこみやがって。
おれよりも、お気に入りというわけか。
待ってろよ、目にもの見せてくれる。
ベックメッサー　若造りの
皮をかむって……
ダフィト　皮ごとなめしてやろうか。
　　　（家の中へ消える）
ベックメッサー
名誉、官職、体面に、命の糧まで賭けたのは
その胸に心地よい調べを届け
　　　（ふたたび姿をあらわしたダフィトに気づいたマクダレーネは、し
　　　きりに合図を送ってダフィトを追い返そうとする。自分の歌が不
　　　評だったと誤解したベックメッサーは、ひどく捨て鉢な歌いっぷ
　　　りになる）
私の歌を気に入ってくれた
うら若き乙女に選ばれんがため」
ザックス　いい靴ができたから
文句を言わずに歩けるだろう。
底皮が拍子をとってくれるから
お前さんの足でもガタガタしないはず。
隣人たち
なんてこった、あっちでロバみたいな悲鳴が。
てめえら、静かにして、とっとと失せろ。
泣いたり、わめいたりは、よそでやれ。

第7場

ダフィト
　　　（棒切れを手につかんで戻ってくると、窓から飛び出し、ベックメ
　　　ッサーに襲いかかる）
くたばれ、この野郎。
　　　（ベックメッサーは身を庇いながら逃げ出そうとするが、ダフィト
　　　に襟首をつかまれる）
マクダレーネ　（窓辺で悲鳴を上げる）
まあ大変。ねえ、ダフィトったら！　どうしましょう。

(294)「消燈時間」(→1752)は各戸でまちまちな就寝時間ではなく、ニュルンベルクの町全体で決められていた法律上の刻限(→注230)。

(295) どうやら相手を楽士（→注240）と認識しての発言「あんなやつを、たらしこみやがって」(→1753)は、いかにもダフィトの考えそうなこと。これを直訳すれば、前半 Herr Je! Der war's!（畜生、あいつだ！）は、総譜の時系列のうえで隣人（コートナー）「大声を出しているのは誰だ？」(→1748)に、また後半 Den hat sie bestellt（そいつを彼女はたらしこんだ）は、ザックス「（それを）ペンでこねくりまわす（のは誰だ？）」(→1745f.)／隣人（ナハティガル）「すさまじい金切り声は、どいつだ？」(→1749)に期せずして答える格好になる。——1755行「目にもの見せてくれる（直訳：お前はそれを獲得するだろう）」は、ベックメッサー「求婚する（直訳：手を求める）となれば」(→1743)に対する辛辣な応答の態をもなす（→注292）。

(296)「（お前さんの）足 Fuß」(→1765)には韻律の最小単位である「脚」(→歴史的背景10)の意味もある。これだけ教えてやれば韻律もしっかりするだろうという嫌味。

(297)「底皮が拍子をとってくれるから」(→1766)は、訳文のほかにも「靴があんたをきちんと im Takt 連れていってくれよう」と解せる。また Takt を「叩き」ととれば、ハンマーでしっかり叩きこんでおいたから、というニュアンスも加わる。いずれにせよ、この一節は楽園から追放されたアダムを「これから先もしっかり／歩いて行（かせよう）」(→1437f.)とする「主なる神」の心境に通じる。ザックスはベックメッサー「乙女に選ばれん」(→1761)の長いメリスマに合わせてこの「拍子 Takt」という言葉を六度も繰り返すが、硬直な無声破裂音（t-k-t）の反復は、ハンマー連打のダメ押しの感がある。

(298) 1768行の Ihr はベックメッサーだけに向けられた敬称単数形ではなく、すでに誰が誰やらわからなくなっている群衆全体を指す二人称複数形と解す。

(299) 1771行上のト書き、韻文台本では、マクダレーネは「直前まで、記録係を遠ざけようと、いかにも気に入ったような大げさな身振りを示していたが〜」となっていた。

Würd und Brot zur Stell,

wie dort der E- sel schreit!

(207)「殴り合いの場 Prügelszene」は、数多くの登場人物が折り重なるように言葉を発するため、台本は時系列に従うことができない。したがって以下の音楽注も、台本の進行に合わせず、場面全体を一括して論じる。

(208) この場を構成する音楽的素材は以下のとおり。——a)定旋律たるベックメッサーの〈セレナーデ〉［譜例104］。親方衆の「いったい何の騒ぎだ？」（→1817）、「あっちも、こっちも、手がつけられぬ」（→1847）、「静まれ／一人残らず〜家に入らないと／目ん玉の飛び出る雷が落ちるぞ」（→1853ff.）、「さあ、とっとと家に入れ／いいか、雷が落ちるぞ」（→1894f.）、親方衆と隣人たちの「こんなところで揉み合うのは、いい加減にやめろ／さもないと、おれたちが相手だ」（→1931f.）、そして「万事休す／こうなったら、おれたちも」（→1956f.）に用いられ（歌詞の反復あり）、全体に統一性をもたらす。——b)〈殴り合いの動機〉［譜例105］。すでにベックメッサーの「マイスターの名誉にかけてか？」（→1629）と「ひとつも間違えずに、すらすら歌い通すぞ」（→1631）の背景に現われていた動機で、さらに遡れば、第1幕の徒弟たちの合唱「殴りの韻は、しっかり身につけ」（→303）にその原形をみることもできよう。軽快な4度跳躍上行／下行と、つづく4度順次進行が特徴。——c)半音進行をふくむ動機で、第1395小節以降に現われる［譜例106］。全音階が支配するなかで、いわば薬味のような効果をもたらす。——d)ベックメッサーの〈セレナーデ〉におけるコロラトゥーラ音形「(わが想うは)死 Sterben (にあらずして)」（→1672）が独立して用いられる［譜例107］。——e)ベックメッサーの〈セレナーデ〉におけるアプゲザングの動機「われと思わん者は Wer sich getrau'／来たりて見よ)」（→1682）［譜例108］。

(209) 全体の形式は以下のとおり。
序奏：動機 b によるフガート。定旋律（主調）の入りを際立たせるために属調が支配的。
1) 定旋律 a と動機 b　　11小節
2) 動機 c と動機 d　　　10小節
3) 動機 b と動機 e　　　15小節
4) 動機 c と動機 d　　　10小節
5) 定旋律 a と動機 b　　11小節

以上のように、舞台は混乱のきわみに達するが、音楽の構造は「完全なシンメトリー形式」(Lorenz 1931：109)。

Zu Hilfe! Sie schlagen sich tot!

Sachs beobachtet noch eine Zeitlang den wachsenden Tumult, löscht aber alsbald sein Licht aus und schließt den Laden so weit, daß er, ungesehen, stets durch eine kleine Öffnung den Platz unter der Linde beobachten kann. — Walther und Eva sehen mit wachsender Sorge dem anschwellenden Auflaufe zu; er schließt sie in seinen Mantel fest an sich und birgt sich hart an der Linde im Gebüsch, so daß beide fast ungesehen bleiben. — Die Nachbarn verlassen die Fenster und kommen nach und nach in Nachtkleidern einzeln auf die Straße herab.

BECKMESSER
Verfluchter Bursch! Läßt du mich los!
DAVID Gewiß! Die Glieder brech' ich dir bloß!
(*Beckmesser und David balgen sich fortwährend; bald verschwinden sie gänzlich, bald kommen sie wieder in den Vordergrund, immer Beckmesser auf der Flucht, David ihn einholend, festhaltend und prügelnd.*)
1775　**NACHBARN**　Seht nach! Da würgen sich zwei!
Springt zu! 's gibt Schlägerei!
(*Sie kommen herab, in die Gasse laut schreiend.*)
Heda! Herbei!
(*bereits auf der Gasse*)
Ihr da! Laßt los! Gebt freien Lauf!
Laßt ihr nicht los, wir schlagen drauf!
1780　Gleich auseinander da, ihr Leut!
LEHRBUBEN (*Einzeln, dann mehr, kommen von allen Seiten dazu.*)
Herbei! Herbei! 's gibt Keilerei!
'sind die Schuster! Nein, 'sind die Schneider!
Die Trunkenbolde! Die Hungerleider!
MAGDALENE David, bist du toll?
GESELLEN (*mit Knitteln bewaffnet, kommen von verschiedenen Seiten dazu.*)
1785　Heda! Gesellen 'ran!
Dort wird mit Zank und Streit getan;
da gibt's gewiß noch Schlägerei;
Gesellen, haltet euch dabei!
'sind die Weber! 'sind die Gerber!
NACHBARINNEN (*haben die Fenster geöffnet und gucken heraus.*)

［譜例104］ (1383) Meister
Was gibt's— denn da— für Zank und Streit?

Etwas schneller
［譜例105］ (1361) Vl. Ob. Kl. *staccato* f

［譜例106］ (1395) Vl.I *zusammen* f

誰か助けて、殺し合いになってしまう。

ザックスは以下の間、大きくなってゆく騒ぎをしばらく静観しているが、やがて灯りを消し、ひそかに菩提樹の下の一角を注視し続けるために、細い隙間を残して扉を閉める。——ヴァルターとエファは不安を募らせながら、どんどん膨れ上がる人の波を食い入るように見つめる。ヴァルターはエファを外套に包むようにかき抱き、菩提樹の幹にぴたりと身を寄せているので、ふたりの姿は茂みに隠れてほとんど見えない。——寝間着姿の隣人たちが続々と窓から路上へ飛び出してくる。

ベックメッサー　若造め、手を離せ。
ダフィト　上等だ。手足をばらしてやろうじゃないか。
（ベックメッサーとダフィトは、この後ずっと縺れ合ったまま。ふたりは、まったく見えなくなったかと思うと、また姿をあらわす。ダフィトは何度も逃げるベックメッサーに追いつき、つかまえては殴る）

隣人たち　見ろよ、首を締め合っているぞ。
殴り合いだ、とりおさえろ。
（小路へ出ながら、大声で叫ぶ）
おーい、出てこい。
（路上で）
そこの二人、手を放せ、道をあけるんだ。
やめないと、一発お見舞いするぞ。
皆の衆、即刻解散だ。
徒弟たち　（最初はちらほらと、やがてあちこちから飛び出してきて数を増す）
おーい、喧嘩だ、出てこい。
あれは靴屋どもだ。いや、仕立屋かも。
呑んだくれめが！　空きっ腹野郎め！
マクダレーネ　ダフィト、気でも違ったの？
職人たち
（棍棒を構えて、あちこちから集まってくる）
さあ、職人よ、かかれ。
喧嘩はあっちだ。
まだ殴り合いはおさまりそうにない。
みんな、退くんじゃないぞ。
あれは機織り。あれは皮鞣し屋だ。
近所の女たち
（開いた窓から身を乗り出し）

(300) ワーグナーは1835年7月26日、夜更けのニュルンベルクで乱闘騒ぎを目撃した（→作品の成立2）。「乱痴気騒ぎの一行はふたたびビアホールへ舞い戻った。だが行ってみると他の仲間たちが建物の前にいた。それは旅に出て修業中の職人たちで〜ついに大混乱が起こった。絶叫と暴力によって暴徒の集団はわけもわからぬまま膨れ上がり、またたく間に悪魔のような様相を呈した」（『わが生涯』）。——騒ぎに紛れて、ヴァルターはここではじめてエファを「かき抱（く）」。

(301) 「消燈時間」を過ぎてからは、家族はもちろん職人や徒弟も家長（親方）の許可なく外出できなかった。最初に飛び出した「隣人たち」とは、あとで判明するようにマイスタージンガーの親方たち（韻文台本では明示なし）。ベックメッサーを除く組合員がみな同じ一画に住んでいるという設定は、ニュルンベルク全体を舞台上に凝縮して表現するための詩的虚構。

(302) 1776行 Springt zu！は、直訳すれば「飛びかかれ！」。乱闘に加わろう、とも読めるが、親方たちは少なくとも最初は自分たちで喧嘩を止めるつもりであった（→1780）。ダフィトとベックメッサーの取っ組み合いを止めようとして加勢を呼んだのが裏目に出て、喧嘩っ早い若衆を呼び込んでしまう。

(303) 徒弟たちはアルトとテノールの2群に分かれ、それぞれのグループ内で混乱したまま、正体のわからぬ相手グループについて憶測を交わす。——靴屋は普段から一段低く見られる存在であった（→注161）。仕立屋は逆に「都市の住民のなかでは常に上層に位置し、収入も多かった」（阿部謹也『中世の窓から』）が、それゆえに（グリム童話「天国へ行った仕立屋」のように）嫉みの対象となることも多かった。

(304) 1784行、韻文台本では、ここでマクダレーネが「ベックメッサーよ！」と叫ぶことになっていた。スコアでは騒動が頂点に達して収拾がつかなくなるぎりぎりの時点までそれを遅らせることで（→1936）、ダフィトの誤解を解くと同時に、市の公職にある者の破廉恥な振舞いを天下に知らしめる瞬間をドラマトゥルギーのうえで最大限に生かした。

(305) 職種ごとのたわいない対抗心から罵声を浴びせあう徒弟たちに比べて、最初から「棍棒を構えて」かけつける職人たち。親方の家に寄居して雑用をこなし、外泊も許されず、結婚もできないなど、将来の見通しもない彼らには（→歴史的背景3）、年齢も高い分だけ日頃の鬱屈がたまりにたまっている。

[譜例107] Meister (1394)
Gebt Ruh und schert euch je-der gleich nach Hau-se heim,

[譜例108] Meister (1409)
Ei, so schlag' das Don-ner-wet-ter drein!

1790 Was ist das für Zanken und Streit?
Da gibt's gewiß noch Schlägerei?
Wär' nur der Vater nicht dabei!
Da ist mein Mann gewiß dabei!
Ach, welche Not! Mein, seht nur dort!
1795 Der Zank und Lärm! Der Lärm und Streit;
's wird einem wahrlich angst und bang!
LEHRBUBEN Kennt man die Schlosser nicht,
die haben's sicher angericht'!
Ich glaub', die Schmiede werden's sein.
1800 Nein, 'sind die Schlosser dort, ich wett'.
Ich kenn' die Schreiner dort.
Gewiß, die Metzger sind's!
Hei! Schaut die Schäffler dort beim Tanz!
Dort seh' die Bader ich im Glanz;
1805 herbei zum Tanz!
Immer mehr! 's gibt große Keilerei!
NACHBARN
ZORN (*Auf Vogelgesang stoßend*)
Ei seht, auch ihr hier?
VOGELGESANG (*Zorn entgegentretend*)
Was sucht ihr hier?
ZORN Geht's euch was an?
1810 **VOGELGESANG** Hat man euch was getan?
ZORN Euch kennt man gut!
VOGELGESANG Euch noch viel besser.
ZORN Wieso denn?
VOGELGESANG Ei, so!
(*Er schlägt ihn.*)
1815 **ZORN** Esel!
(*Er schlägt wieder.*)
VOGELGESANG Dummrian!
MEISTER (*Die Meister und älteren Bürger kommen von verschiedenen Seiten dazu.*)
Was gibt's denn da für Zank und Streit?
MAGDALENE (*mit größter Anstrengung*)
Hör doch nur, David!
So laß doch nur den Herren dort los,
1820 er hat mir nichts getan!
NACHBARINNEN Heda! Ihr dort unten,
so seid doch nur gescheit!
Ei hört, was will die Alte da?
Seid ihr alle denn nur immer gleich
1825 zu Streit und Zank bereit?
NACHBARN

何の騒ぎ？
まだ殴り合いはおさまりそうにないわ。
お父さんが入っていませんように。
きっと亭主もいるわ。
さあ、困った。まあ、あそこ！
怒鳴り声で耳がつぶれそう。耳をつんざく大騒ぎ、
本当にどうなるのかしら。

徒弟たち 皆さま御存知の錠前屋
たしかに奴らがおっぱじめたことさ。
鍛冶屋だと思うがな。
いいや、賭けてもいい、あそこの錠前屋たちだ。
あっちの指物師なら知ってるぞ。
肉屋に間違いない。
ほら、あそこで桶屋が騒ぎを起こしている。
向こうに、めかし込んだ床屋の一団が来たぞ。
みんな集まれ、喧嘩の輪に入ろうぜ。
もっとやれ。これは大騒動だ。

隣人たち
ツォルン （フォーゲルゲザングにぶつかる）
おや、お前さんもいたのか。
フォーゲルゲザング （ツォルンに詰め寄り）
ここに何の用だ？
ツォルン いらぬお世話だ。
フォーゲルゲザング おれが何をしたというのだ。
ツォルン お前さんのことなら先刻お見通しさ。
フォーゲルゲザング それはこっちの台詞。
ツォルン なんだと。
フォーゲルゲザング ふん、これが返事だ。
（叩く）
ツォルン うすのろめ！
（叩き返す）
フォーゲルゲザング この間抜け野郎！

親方衆
（親方や町の長老たちが方々から集まってくる）
いったい何の騒ぎだ？

マクダレーネ （せっぱつまって）
ねえダフィト、聞いて！
その方を放してあげて。
私に何をしたというわけじゃなし。

近所の女たち ねえ、下の人たち
少しは聞き分けをよくしたら。
そこのおばさんの言うことを聞きなさいよ。
そろいもそろって
喧嘩っ早いのね。

隣人たち

(306) 近所の女たちが顔を出すのは二階より上の窓から（「ねえ、下の人たち」→1821、注172）。群衆を上（内、女）と下（外、男）の2群に描き分けることによって立体感が強められる。『パルジファル』第1幕の幕切れを参照。

(307) 「鍛冶屋 Schmiede」は金属の種類——金細工師（ポークナー）、銅細工師（フォルツ）、錫細工師（ツォルン）——のほか、錠前、刃物、甲冑、蹄鉄、指環などの対象によって、それぞれ独立した数十の職種に分かれており、ニュルンベルクの誇る特産品の生産者として高い地位が認められる反面、市当局の厳しい規制を受けた。

(308) 都市の食料供給の根幹を担う肉屋は市当局の厳重な管理下にあった。ニュルンベルクでは14世紀に同業組合が一揆を起こした際、肉屋は市当局側につき、その後も特権を与えられたという経緯がある（→歴史的背景3）。

(309) 「床屋」と訳した「浴場主 Bader」は、理髪師と外科医も兼ねる。農民戦争の頃まで共同浴場は市民生活に欠かせぬ憩いの場であり、歌学校の勝者が皆を招待していっしょに入浴する「歌の湯浴み Singbad」や、結婚式前に新郎新婦が一族うちそろって浴場へ行く風習などもあったが、浴場主は賤民視されることが多かった（→歴史的背景2）。「めかし込んだ」と訳した im Glanz は、「派手に（喧嘩を）やらかしている」とも読める。——Tanz には「踊り」「喧嘩」の両方の意味があり、ここでは踊りの輪に加わるように嬉々として喧嘩に参加する若者たちの客気があらわれている。

(310) 最初に同時に飛び出したツォルンとフォーゲルゲザングが、ここではじめて（→1807f.）相手に気づくほど街中は暗いということ。

(311) 「町の長老たち Die～älteren Bürger」とは、すでに引退した老マイスターたちか。高齢の隠居（複数）まで（方々から）駆けつけるほどの騒ぎに、火元ともいえるポークナー家の当主の姿が見えないのはなぜか（→注329）。

(312) 「そこのおばさん die Alte」はマクダレーネのこと。緊急事態とあって「近所の女たち」の物言いも直截になり、マクダレーネはかなりの年増であることがはしなくも露呈する。

KOTHNER (stößt auf Nachtigal.)
Euch gönnt' ich's schon lange!
NACHTIGAL (schlägt Kothner)
Das für die Klage!
MOSER (im Streit mit Eisslinger)
Wird euch wohl bange?
EISSLINGER (im Streit mit Moser)
Hat euch die Frau gehetzt?
MOSER Schaut, wie es Prügel setzt.
   (Moser und Eisslinger schlagen sich.)
EISSLINGER Lümmel!
MOSER Grobian!
KOTHNER (holt einen Stock hervor)
Seht euch vor, wenn ich schlage!
NACHTIGAL Seid ihr noch nicht gewitzt?
KOTHNER Nun schlagt doch!
NACHTIGAL (schlägt)
Das sitzt!
KOTHNER
Daß dich Hallunken gleich ein Donnerwetter träf!
   (verfolgt Nachtigal)
NACHTIGAL (nachrufend)
Das für die Klage!
GESELLEN Dacht' ich mir's doch gleich:
spielen immer Streich'.
Die Preisverderber! Wischt's ihnen aus!
Gebt's denen scharf!
Immer mehr! Die Keilerei wird groß.
Dort den Metzger Klaus kenn' ich heraus!
's ist morgen der Fünfte.
's brennt manchem da im Haus!
MEISTER Das tost ja weit und breit!
LEHRBUBEN (jubelnd)
Krämer finden sich zur Hand,
mit Gerstenstang' und Zuckerkand;
mit Pfeffer, Zimmt, Muskatennuß,
sie riechen schön, doch machen viel Verdruß;
sie riechen schön und bleiben gern vom Schuß.
MEISTER Gebt Ruh und schert euch
jeder gleich nach Hause heim,
sonst schlag' ein Hageldonnerwetter drein!
GESELLEN Herbei! Hei! Hier setzt's Prügel!
Schneider mit dem Bügel! Zünfte heraus!
NACHBARINNEN
Mein! Dort schlägt sich mein Mann!

⎡コートナー　(ナハティガルにぶつかる)
│長年辛抱したお礼だ。
│ナハティガル　(コートナーを殴る)
│泣き言のお返しだ。
│モーザー　(アイスリンガーに嚙みつく)
│怖気づいたか？
│アイスリンガー　(モーザーに食ってかかる)
│そっちこそ、女房に尻でも叩かれたか？
│モーザー　よく見ておけ、これが喧嘩の仕方だ。
│　　　(モーザーとアイスリンガーが殴り合う)
│アイスリンガー　下衆野郎が！
│モーザー　山出しめ！
│コートナー　(杖を取り出し)
│気をつけろ、打たれたら痛いぞ。
│ナハティガル　まだ懲りないのか。
│コートナー　殴るなら殴れ。
│ナハティガル　(殴る)
│どうだ。
│コートナー
│お前みたいな悪党は、雷にでも撃たれちまえ。
│　　　(ナハティガルを追いまわす)
│ナハティガル　(捨て台詞を吐いて逃れる)
⎣泣き言のお返しさ。
⎡職人たち　こうなると思っていたぜ、
│喧嘩となりゃあ、毎度のこと。
│価格破りめ、叩きのめしちまえ。
│きつい一発をお見舞いしろ。
│もっとやれ。喧嘩の華を咲かせるんだ。
│あれはたしかに肉屋のクラウス。
│明日は五の日。
│どの家でも大騒ぎ。
│親方衆　あっちも、こっちも、手がつけられぬ。
│徒弟たち　(歓声を上げ)
│すぐそこにいるのは
│麦菓子に棒砂糖を商う行商人。
│胡椒に、肉桂に、ナツメグとくれば
│いい香りだが、鼻につく。
⎣香りはいいが、荒事は苦手。
⎡親方衆　静まれ。
│一人残らず、ただちに家に入らないと
│目ん玉の飛び出る雷が落ちるぞ。
│職人たち　みんな集まれ。さあ、乱闘だ。
│仕立屋は火鋏を忘れるな。どの組合も遅れをとるな。
│近所の女たち
⎣まあ、あそこで殴られているのは、うちの亭主。

(313) マイスタージンガーたちが混乱に乗じて鬱憤ばらしをするのは、組合のあり方の根幹に一石を投じた昼間の一件が引き金になり、つもりつもった内部矛盾が表面に吹き出したのかもしれない。

(314)「杖 Stock」は、コートナーが喧嘩を止めようと自宅から持ち出した得物。それを喧嘩のために「取り出し」たのは、若さゆえか（コートナーの年齢については→注73）。

(315) 1841 行、ニュルンベルクでは市参事会があらゆる製品の価格を統制していたが(→歴史的背景3)、なかにはその取り決めを破る者もおり、同業者の恨みを買っていたのだろう。

(316)「(明日は) 五の日 der Fünfte」(→ 1845) には次のような背景が考えられる。週の第5日にあたる金曜日（異教のエロス女神ヴェーヌスやフライアに捧げられた日）の起源はユダヤ教の安息日「シャバト」だが、それが転じた「サバト」はまた、ヨーロッパの民間伝承において悪魔が年に一度集まって乱痴気騒ぎを繰り広げる日とされた。職人たちは、プロテスタント信仰の根強い16世紀のニュルンベルク（→歴史的背景5）で口にするのを憚られる言葉を避け、仲間内で隠語のように「五の日」と呼んで年に一度の無礼講（→注81）を楽しみにしていたのだろう。折りあらばと待ち受けていた彼らにとって、ベックメッサーのセレナーデ騒ぎは渡りに船。なお少し先に「今日は五の日」（総譜第1400小節、本書では割愛）とあり、まだ日付が変わっていないのに（→ 1961）奇異な感じを受けるが、もともとが太陰暦による「シャ(サ)バト」は日没から翌日の日没までをいう。

(317) Gerstenstang'は大麦を原料とする棒状の菓子。Zuckerkandは褐色の砂糖をスティック状に固めたもの（今日では主に紅茶用）。昼間は甘味類を商う行商人たちも野次馬として騒ぎに紛れ込んでいるということであり、実際に店を広げているわけではないが、いずれもオリエント産の香料の列挙は殺伐とした騒動に一種の祝祭的な彩りを添える効果がある。まだ幼さの残る徒弟たちにいかにも似つかわしい「歓声」は韻文台本にはなく、スコアの段階で書き加えられた。

DIE MEISTERSINGER VON NÜRNBERG――――125

Ach! Gott! Säh' ich nur meinen Hans!
1860 Sind die Köpf vom Wein euch voll?
Säh' die Not ich wohl an?
Seid ihr alle blind und toll?
NACHBARN
Wartet, ihr Racker! Maßabzwacker!
MAGDALENE Ach! Welche Not!
1865 **LEHRBUBEN** Meinst du damit etwa mich?
Halt's Maul!
Mein' ich damit etwa dich?
Hei! Das sitzt.
Seht nur, der Has! Hat überall die Nas!
1870 Immer mehr heran! Jetzt fängt's erst richtig an!
Lustig, wacker!
MAGDALENE David! So hör doch nur einmal!
GESELLEN
Nur tüchtig drauf und dran, wir schlagen los!
Ihr da, macht! Packt euch fort!
1875 Wir sind hier grad am Ort!
NACHBARN Racker! Zwacker!
Wird euch bang? Wollt ihr noch mehr?
Packt euch jetzt heim,
sonst kriegt ihr's von der Frau!
1880 **NACHBARINNEN** Seht dort den Christian,
er walkt den Peter ab!
Mein! Dort den Michel seht,
der haut dem Steffen eins!
Hilfe! Der Vater! Ach, sie hauen ihn tot!
1885 Jesus! Der Hans hat einen Hieb am Kopf.
Sie schlagen meinen Jungen tot.
Peter! Hans! Ei, so höre doch!
Wie sie walken, wie sie wackeln hin und her!
Gott, welche Höllennot!
1890 Gott steh' uns bei, geht das so weiter fort!
Hei! Mein Mann schlägt wacker auf sie drein!
Wer hört sein eigen Wort?
Die Köpf und Zöpfe wackeln hin und her!
MEISTER
Jetzt schert euch gleich nach Hause heim!
1895 Ei, so schlag' das Donnerwetter drein!
MAGDALENE *(hinabspähend)*
Herr Gott, er hält ihn noch!
Mein' David, ist er toll?
NACHBARN Was geht's euch an,
wenn ich nun grad hier bleiben will?

ああ、神様、うちのハンスが無事でさえいてくれれば。
みんな、頭がワイン漬け？
悪夢のような光景だわ。
みんな、見境いがなくなったの？
隣人たち
待て、ごろつきめ。秤を誤魔化しやがって。
マクダレーネ　ああ、とんだことに。
徒弟たち　それは、おれのことか？
　黙れ。
└お前に当てつけているとでも？
┌ほお、みごと命中だ。
　見ろよ、臆病者めが。あちこち嗅ぎまわりやがって。
　さあ、どんどん集まれ。これからが見ものだ。
　陽気にぱっとやろうぜ。
マクダレーネ　ダフィト、ちょっとは耳を貸して！
職人たち
　さんざん叩きのめしてやれ。
　みんな急げ。ずらかるんだ。
└ここがおいらの踏んばりどころ。
隣人たち　ごろつきめ！　この鼻つまみ！
　怖気づいたか？　もう一発食らいたいか？
　尻に帆立てて家へ帰りな。
　ぐずぐずしてると女房にぶん殴られるぞ。
近所の女たち　ほら、向こうでクリスティアンが
　ペーターを叩きのめしている。
　まあ、あそこでミヒェルが
└シュテフェンに一発食らわせたわ。
┌助けて、お父さんが！　きゃー、殴り殺されちゃう。
　ひどいわ、ハンスが頭を打たれた。
　かわいそうに、息子が袋叩きにあっている。
　ペーター、ハンス、聞きなさいってば。
　殴り合いながら押したり引いたり。
　ああ、なんという修羅場。
　このまま続くなら、神様におすがりするしかないわ。
　まあ、うちの亭主ったら、後先も考えずに殴り込んでいく。
　自分の言葉さえ耳に届かない。
　石ころ頭も、とんがり頭も、あちらへ、こちらへ。
親方衆
　さあ、とっとと家に入れ。
　いいか、雷が落ちるぞ。
マクダレーネ　（下の様子をうかがい）
　どうしましょう、まだあの方をつかんだまま。
　ダフィトったら、頭がいかれてしまったの？
隣人たち　お前の知ったことか。
　おれはこの場を離れんぞ。

(318)「見境いがなくなった」（→1862）は、直訳すれば「盲目で、狂っている blind und toll」。toll は第3幕第2場〈迷妄のモノローグ〉冒頭の「（どこもかしこも）狂ってる Wahn」（→2054）と同じく、単に常軌を逸しているだけでなく、「ものに憑かれた」というニュアンスがある。「頭がいかれて toll しまったの？」（→1897）も同じ。

(319)「秤を誤魔化（す者）Maßabzwacker」（→1863）とは、ビールを注ぐときに泡で目盛りを誤魔化したり、布をわずかずつ短く切ったりして取り引きの量目を偽る者のこと。

(320) 婚礼の前の晩に食器を叩き割るなど街中で大騒ぎをし、悪霊を追い払って結婚を祝福する「シャリヴァリ Charivari」（「前夜に破目を外せば外すほど／結婚も上首尾」→2329f.）の風習はヨーロッパ中に広く認められ、ドイツでも16世紀以来「ポルターアーベント Polterabend」と呼ばれた（Polter はガタガタ、バリバリといった擬音語）。この場は期せずしてヴァルターとエファの結婚の露払いのシャリヴァリとなったわけだが、そこにはシャリヴァリのもうひとつの側面も認められる。もともと中世のシャリヴァリは、社会的な倫理規範に反する、金目当てや極端な身分差、年齢差の結婚に対して、適齢期の若者たちが日没後、角笛や銅器具を打ち鳴らして抗議する、法的にも認められた行動を意味した。ヨハネ祭の前夜に起こった騒擾は、ベックメッサーの求婚に対するニュルンベルク市民の（意図せぬ）異議申し立てでもある。シャリヴァリの意義は、抗議と祝福のいずれにせよ、共同体の安定を揺るがしかねない結婚という事件に対して、民衆の無意識の底にわだかまる不安と敵意のエネルギーを発散させることにあるといってよい。

(321) 揺れ動く群衆の頭また頭を階上から見下ろす女たちの叫びは、kara（ギリシア語の「頭」）＋bary（バリバリという擬音）に由来する「シャリヴァリ」（→前注）の原イメージを活写する。Zöpfe には「編んだ髷（まげ）」という意味があるが、男性のあいだに髷が流行るのは17世紀以降のこと。ここは Kopf（← Cuppa 開いた盃）、Zopf（← Zapf 尖った頂）の原義を生かして「石ころ頭」に「とんがり頭」と訳した。一般にヨーロッパでは「上流階級は下層階級に比べて丸顔ではなく面長が多い」（エルヴィン・ベルツ『日本人の身体的特徴』1883年）とされ、Zöpfe には「お偉いさん」の意味もある。

1900 Auf, schert euch heim!
Was geht's euch an, wenn mir's gefällt?
Schickt die Gesellen heim!
So gut wie ihr bin Meister ich!
Dummer Kerl! Macht euch fort! Haltet's Maul!
GESELLEN
1905 Wolltet ihr etwa den Weg uns hier verwehren?
Mach Platz, wir schlagen drein!
(rufend)
Gürtler! Spengler! Zinngießer!
Leimsieder! Lichtsieder! Schert euch selber fort!
LEHRBUBEN (jubelnd)
Hei! Nun geht's Plautz hast du nicht gesehn!
1910 Hat's auf die Schnauz! ⌈schlag!
⌊Ha, nun geht's: Krach! Pardauz! Hagelwetter-
⌈Wo es sitzt, da fleckt's,
da wächst kein Gras so bald nicht wieder nach!
Der hat's gekriegt!
NACHBARN, GESELLEN
1915 Nicht gewichen! Schlagt sie nieder!
Tuchscherer! Leinweber!
NACHBARINNEN   Franz, sei doch nur gescheit!
Ach, wie soll das enden?
Welches Toben! Welches Krachen!
MAGDALENE (schreiend)
1920 ⌊Ah!
⌈**LEHRBUBEN**
Bald setzt es blut'ge Köpf, Arm' und Bein'!
Dort der Pfister denkt daran:
hei! Der hat's! Der hat genug!
Scher sich jeder heim, wer nicht mit keilt!
1925 Tüchtig gekeilt!
NACHBARINNEN   Auf, schaffet Wasser her!
Wasser ist das allerbest für ihre Wut!
Da gießt's auf die Köpf hinab!
Auf, schreit zu Hilfe: Mord und Zeter, herbei!
(schreiend)
1930 Ah!
MEISTER UND NACHBARN
Stemm euch hier nicht mehr zuhauf,
oder sonst wir schlagen drein!
GESELLEN   Immer 'ran, wer's noch wagt!
Wacker zu! Immer drauf! Schlagt's ihn' hin!
1935 **MAGDALENE**   Ach! David,
(mit höchster Anstrengung)

さあ、とっとと家に入れ。
うるさい、おれの勝手だ。
職人たちを家に入れろ。
おれだって親方だ、お前の指図は受けぬ。
この馬鹿野郎。解散。黙りやがれ。
職人たち
ここで通せんぼしようというのか？
殴り込みだ、道を開けろ。
　　　（大声で呼ばわる）
革帯屋！　板金屋！　錫屋！
膠屋！　蠟燭屋！　引っ込みやがれ。
徒弟たち　（歓声を上げる）
ほら、バシーンときた。目にも止まらぬ速さだ。
鼻っ柱に命中したぞ。
おっ、今度はパシーン、ドシーン、鉄拳の嵐だ。
やられたあとは痣ばかり
当分はペンペン草も生えやしない。
あいつめ、一発食らいやがった。
隣人たち、職人たち
敵に後ろは見せぬ。叩きのめせ。
裁断師め！　リンネル織りめ！
近所の女たち　フランツ、どうか正気に返って。
ああ、いったいどうなるの。
すごい騒ぎで手がつけられない。
マクダレーネ　（悲鳴を上げる）
ああ！
徒弟たち
頭も、腕も、脚も、みるみる血だらけに。
パン屋め、あそこでぼんやりしているが、
あっ、やられた。散々やられているぞ。
殴り合いに加わらぬ奴は、みんな家に帰れ。
たっぷりお見舞いしてやったぜ。
近所の女たち　こうなったら水よ。
のぼせた頭には水がいちばん。
頭からぶちまけてやりましょう。
さあ、大声で助けを呼ぶのよ。人殺し、だれか来て。
　　　（絶叫する）
きゃー！
親方衆と隣人たち
こんなところで揉み合うのは、いい加減にやめろ。
さもないと、おれたちが相手だ。
職人たち　性根のある奴は、どんどん行け。
それ行け、やれ行け、打ちのめせ。
マクダレーネ　ああ、ダフィト！
　　　（あらん限りの力を振りしぼり）

(322) 親方たちも、職人や徒弟に対する統率力を失ったとたん、狭量ぶりを露呈する。この部分（→1898-1904）はスコアの段階で初めて書き込まれた。

(323) 以下、職名の連呼は、さながら（日本でも狩野吉信画・川越喜多院蔵「職人尽図屛風」や菱川師宣画「和国職人絵尽」などに見られる）職人づくしのような絵画的趣きがあるが、ニュルンベルクでは「手工業組合 Zunft」だけでなく、遍歴義務に対応する互助組織として各地に設立された同業の職人組合「兄弟団 Brüderschaft」の結成も禁止されており、職人たちが組合単位で繰り出すという設定（→1857、1954）はワーグナーの詩的虚構。

(324) 隣人（親方）たちと職人たちがときに歩調をそろえて立ち向かう共通の「敵」とは、おそらく商売仇であろう。16世紀に入ると、破れにくく持ちがよい毛織物の衣類が急速に普及した。「リンネル織りめ！」には、そうした新興勢力に対する反感がまじっているのかもしれない。「裁断師」と訳した Tuchscherer は、仕立屋に渡す前の段階で布を規格通りに裁断する職人、とりわけハサミの刃でウールの表面のケバ立ちを取り高級感を出す仕事に従事する者をいう。

(325) denkt daran には「思い知る」という意味もあるが、ここは「ぼんやりしてい（て）」殴られる隙を与えた状態と解す。この部分の徒弟たちの台詞（→1921-1925）も韻文台本にはない。

(326) この場の大騒動は所詮、男たちのシャリヴァリ（→注320）。女たちは家の中からなすすべもなく推移を見守るしかない。だが、当初はめいめい自分の身内（父親、亭主、恋人、兄弟）を気づかうだけだった女たちも、事ここに至り、心を合わせて実力行使に出ようとする。普段は男社会から疎外されている女たちが一致団結して男どもに痛棒を食らわせ、その「のぼせた頭」（→1927、注318）に「冷水を浴びせる」のは、ギリシア以来の喜劇の常套的手法。ワーグナーが愛読したアリストファネス『女の平和』にも、女たちのコロス（合唱隊）が戦争に血道を上げる男たちのコロスに水瓶の水をぶちまける場面がある。水のアイデアは韻文台本ではじめて採用された（→注331）。

hör: 's ist Herr Beckmesser!
LEHRBUBEN Immer lustig! Heisa, lustig!
Keilt euch wacker!
Immer mehr! Immer mehr! Keiner weiche!
1940 Nun haltet selbst Gesellen mutig stand!
Wer wich', 's wär' wahrlich eine Schand!
Hei! Juch-he!
  (jodelnd)
MEISTER UND NACHBARN
Gebt Ruh und scher sich jeder heim!
GESELLEN Jetzt gilt's: keiner weiche hier!
1945 **NACHBARINNEN** Wasser her! Hier ans Fenster!
Immer toller, wie sie lärmen, toben, schlagen!
Hier hilft einzig Wasser noch!
POGNER *(ist im Nachtgewand oben an das Fenster getreten)*
Um Gott! Eva! Schließ zu!
Ich seh', ob unt' im Hause Ruh!
  (Er zieht Magdalenen, welche jammernd die Hände nach der Gasse hinab gerungen, herein und schließt das Fenster.)
NACHBARINNEN
1950 Wasser nur, sonst schlagen sie sich tot!
Topf und Hafen! Krug und Kanne!
Alles voll, und gießt's ihn' auf den Kopf!
LEHRBUBEN
Wie ein Mann stehen wir alle fest zur Keilerei!
GESELLEN Zünfte! Zünfte heraus!
WALTHER *(der bisher mit Eva sich hinter dem Gebüsch verborgen, faßt jetzt Eva dicht in den linken Arm und zieht mit der rechten Hand das Schwert.)*
1955 Jetzt gilt's zu wagen, sich durchzuschlagen!
  (Er dringt mit geschwungenem Schwerte bis in die Mitte der Bühne vor, um sich mit Eva durch die Gasse durchzuhauen. — Da springt Sachs mit einem kräftigen Satze aus dem Laden, bahnt sich mit geschwungenen Knieriemen Weg bis zu Walther und packt diesen beim Arm.)
MEISTER UND NACHBARN Jetzt hilft nichts.
Meister! Schlagt selbst drein!

Sogleich mit dem Eintritte des Nachtwächterhornes haben die Frauen aus allen Fenstern starke Güße von Wasser aus Kannen, Krügen und Becken auf

ねえ、それはベックメッサーの旦那よ。
徒弟たち へい、陽気にやろうぜ、陽気にぱっと。
真っ向勝負の殴り込み。
繰り出せ、繰り出せ、断じて退くな。
相手が職人でも、めげずに渡り合え。
へっぴり腰は、いい恥さらし。
それ、やっほー！
（裏声にひっくり返る）
親方衆と隣人たち
静まれ。みんな家に入れ。
職人たち こうなれば、一歩も退くな、が合い言葉。
近所の女たち さあ、水を！　こっちの窓よ。
音も、騒ぎも、殴り合いも、どんどんひどくなる一方。
もう水をかけるしかないわ。
ポークナー
（寝間着姿で二階の窓辺に姿をあらわす）
なんたる有様。エファ、窓を閉めなさい。
わしは下の戸締りを見てくる。
（小路に突き出した両手をよじって悲嘆に暮れるマクダレーネを中に引き入れ、窓を閉める）
近所の女たち
水をちょうだい。これじゃ殴り合いで死人が出るわ。
鉢と瓶を！　壺と缶を！
一杯にして、連中の頭にかけてやるのよ。
徒弟たち
打って一丸となれば恐いものなし。
職人たち どの組合も出てこい。
ヴァルター （それまでエファといっしょに茂みの陰に隠れていたが、ここで左腕にエファをしっかと抱きかかえ、右手で剣を抜き放つ）
今が潮時、一気に血路を開こう。
（エファを抱えて小路を抜けようと、剣を揮い人波をぬって舞台中央へ出る。——するとザックスが勢いよく店から飛び出し、膝紐を振りまわしながら群衆をかき分けてヴァルターのところへたどり着き、その腕をつかむ）

親方衆と隣人たち　万事休す。
こうなったら、おれたちも。

夜警の角笛が響き、窓という窓から、女たちが壺や瓶や鉢に入った水をぶちまける。周囲を圧する角笛の音と、浴びせられた水に驚いて、もみ合っていた群衆は恐慌状態に陥る。近所の男たちや、職人、

(327) スコアの段階でマクダレーネがベックメッサーの名を告げるタイミングをこの位置に移すにあたって（→注304）、呼び捨てをやめ、「ベックメッサーの旦那 Herr Beckmesser」としたのは、乳母のうちに染みついた身分意識が言わしめたもの。

(328) 年齢的に幼い分だけ気軽な徒弟たちのはしゃぎぶりだが、そのなかにも徒弟と職人の身分差（→歴史的背景3）に由来する根深い対抗意識が剝き出しになる。

(329) ここでのポークナーの行動は以下の三点において重要である。①職人や徒弟たちの争いを超然と見下ろすようなポークナーの態度は、その社会的立場をうかがわせる（→歴史的背景2）。②金細工という高価な商品を家中にかかえるポークナーは、暴徒と化した一団による掠奪を恐れ、資産防御の姿勢（「わしは下の戸締りを見てくる」→ 1949）を示す。それに加えて、③おそらくポークナーはまんじりともせず、ベックメッサーがエファの心を射止めるならば、それもいたしかたないという気持ちで事態を静観していたのだろう（→ 968ff.、注157）。

(330) 「打って一丸となれば Wie ein Mann（〜wir alle）」（→ 1953）には「一人前の男のように」というニュアンスも含まれる。恐いもの見たさではしゃいでいた徒弟たちだが、背のびをして振舞ううちに気分が大きくなり（「相手が職人でも、めげずに渡り合え」→ 1940）、すっかり「恐いものなし」になる。群衆心理もここにきわまれり。

(331) 韻文台本では水を浴びせる相談だけで終わっており（→注326）、実際に窓から水をぶちまけるスペクタクルなシーン（およびその直前の準備の対話→ 1945ff.、1950ff.）はスコアで初めて取り入れられた。遠くから耳に飛び込んでくる角笛の音（男性社会の秩序を維持する公権力の象徴→次注）に加えて、じかに五感を揺さぶる水の衝撃（自然のエレメントを通じて発揮される女たちの底力）が重なり合い、「群衆（の）恐慌状態」はいっそう迫真の度を増す。

die Streitenden hinabstürzen lassen; dieses, mit dem besonders starken Tönen des Hornes zugleich, wirkt auf alle mit einem panischen Schrecken: Nachbarn, Lehrbuben, Gesellen und Meister suchen in eiliger Flucht nach allen Seiten hin das Weite, so daß die Bühne sehr bald gänzlich leer wird; die Haustüren werden hastig geschlossen; auch die Nachbarinnen verschwinden von den Fenstern, welche sie zuschlagen.

POGNER *(auf der Treppe)*
He! Lene! Wo bist du?
SACHS *(die halb ohnmächtige Eva auf die Treppe hinaufstoßend)*
Ins Haus, Jungfer Lene!

Pogner empfängt Eva und zieht sie am Arm in das Haus. Sachs, mit dem Knieriemen David eines überhauend und mit einem Fußtritt ihn voran in den Laden stoßend, zieht Walther, den er mit der anderen Hand fest gefaßt hält, gewaltsam schnell ebenfalls mit sich hinein und schließt sogleich fest hinter sich zu. — Beckmesser, durch Sachs von David befreit, sucht sich, jämmerlich zerschlagen, eilig durch die Menge zu flüchten.
Als die Straße und die Gasse leer geworden und alle Häuser geschlossen sind, betritt der Nachtwächter im Vordergrunde rechts die Bühne, reibt sich die Augen, sieht sich verwundert um, schüttelt den Kopf und stimmt, mit leise bebender Stimme, den Ruf an:

DER NACHTWÄCHTER
1960 Hört ihr Leut, und laßt euch sagen,
die Glock hat eilfe geschlagen:
bewahrt euch vor Gespenstern und Spuk,
daß kein böser Geist eu'r Seel beruck'!
Lobet Gott, den Herrn!

Der Vollmond tritt hervor und scheint hell in die Gasse hinein; der Nachtwächter schreitet langsam dieselbe hinab. — Als der Nachtwächter um die Ecke biegt, fällt der Vorhang schnell, genau mit dem letzten Takte.

(210) 殴り合いの大騒動は、夜警の角笛（嬰ヘ音）によって断ち切られ、さらに〈夏至の魔力の動機〉によって沈静化する。夜警の歌は、歌詞の変更に伴うリズムの変更はあるものの、前回とほぼ同じだが、背景のオーケストラに16分音符の4音列が残っていることに注目。夜警が「目をこすりながらいぶかしげにあたりを見まわし、空耳だったのかと首を振り」に対応するものとみてよいだろう［**譜例109**］。しかし、この騒動の余韻も「主なる神を 讚えませ」で終息し、ふたたび〈夏至の魔力の動機〉、〈殴り合いの動機〉、そして〈セレナーデの動機〉が現われる。後二者は「殴り合いの場」で威嚇的な切迫効果をもたらしていたが、ここでは緩急法、強弱法、楽器法の変化によって、まったく反対の鎮静効果をもたらす［**譜例110**］。

徒弟、親方衆は蜘蛛の子を散らして逃げ出し、またたく間に舞台はすっかり空になる。家々の扉があわてて閉じられ、女たちもいっせいに窓を閉めて姿を消す。

ポークナー　（石段の途中で）
おい、レーネや、どこにいるんだい？

ザックス　（半ば気を失っているエファを石段の上へ押し上げながら）
入りな、レーネさん！

ポークナーはエファを受け止め、腕をつかんで家の中へ引き入れる。ザックスは膝紐でダフィトに一発食らわせ、足で蹴り上げて店に押し込みながら、もう一方の手でヴァルターをしっかりつかむと、有無をいわせず家の中へ引きずり込み、後ろ手ですばやく扉をぴたりと閉める。――ザックスによってダフィトから解放されたベックメッサーは、ほうほうのていで群衆に紛れ込み、そそくさと逃げ出す。

通りも小路も人影が消え、家という家が扉を閉ざす。すると前舞台の右手に夜警があらわれ、目をこすりながらいぶかしげにあたりを見まわし、空耳だったのかと首を振り、かすかに声を震わせて呼ばわる。

夜警
皆さま　お知らせいたします
鐘が　十一時を打ちました
魑魅魍魎に　御用心
悪霊に　魂を抜かれぬよう
主なる神を　讃えませ。

満月が昇り、明るく照らし出された小路を夜警がゆっくり下ってゆく。――夜警が角を曲がると同時に、オーケストラの最後の音にぴたりと合わせて幕が落ちる。

(332) 前頁「周囲を圧する（角笛の音）besonders starken」は、直訳すれば「格別に強い」。10時を告げる巡回時の「高らか starken（直訳：強い）」(→1354行下のト書き)に比べていちだんと音量が大きくなっている。これは規則で定められた吹き方か、それとも（夜警、あるいは作者の）格別の意図が込められているのか。

(333) ひとりで事態の収拾をはかるザックスの八面六臂の活躍は、ギリシア悲劇の終幕に登場して大団円に導く「機械仕掛けの神 deus ex machina」さながら。アダムとエヴァの楽園からの遁走を心配する「主なる神」(→1427)にみずからを擬しての謎かけにはじまった(→注244)ザックスの目論見は途方もない混乱を招いたが、最後は「主なる神」がすべてをおさめたということか。「主なる神を　讃えませ」(→1964)は夜警巡回の常套句ながら、はからずも絶妙な味わいを残す。

(334) 群衆を軽蔑し、恐れているベックメッサーが群衆に守られるようにして逃げ出すのは、なんとも皮肉な図である。

(335) 夏至の前夜には妖精や物の怪（もののけ）が悪さをするという伝承は、（シェイクスピア『真夏の夜の夢』をはじめ）ヨーロッパ一帯に広くみられる。〈殴り合いの場〉全体が一場の夢であったかと思わせるような静寂のなかに、かそけき残響を聴き取ろうとでもするかのごとく、「目をこすりながらいぶかしげにあたりを見まわ（す）」夜警の仕草。その声の震えは、なおもあたりに残る「気」のようなものの作用か。

(336) 中世ヨーロッパでは、夜警は異界（夜）につながる存在として、首切り役人や水車小屋の番人などと同じく市民権を認められておらず(→歴史的背景2)、それゆえにこそ「悪霊」除けの役割を担っていた。ここでの夜警の言葉も定型通りだが、「魑魅魍魎（や）悪霊に　魂を抜かれぬよう」という（いまや後の祭りともいえる）警告は、まるで一部始終を見ていたかのようにぴたりと状況を言い当てている。

(337) 人影も定かでない夜の闇に包まれていた小路も(→注217、237、310)、気がつけば、いつのまにか月明かりに照らされている。中空にかかる満月は、息をもつかせぬ展開に視線を奪われていた観客を時間の流れに引き戻すとともに、ニュルンベルクの街というドラマ空間にあらためて想いを向けさせる。

[譜例110]

(211) 第3幕への前奏曲は『パルジファル』のそれと同じように、ドラマの内的進行にとって決定的な意味をもつ。ワーグナーはジュディット・ゴーティエに宛てた手紙（日付なし）のなかで次のような標題的注釈を記した。「弦楽器による最初の動機は、すでに第2幕における〈靴作りの歌〉の第3節（→注176）で聞こえてきたものです［譜例111］。そこでは、晴れやかで力強い顔を世間に向けてきた男が諦めの境地に達し、その痛ましい嘆きを表明しましたが、エファは彼の人知れぬ嘆きを理解しました。彼女の心は嘆きの声に締めつけられ、この一見愉快に聞こえる歌を耳にしたくない一心で、その場から逃げ出そうと思ったほどだったのです。ここ《第3幕前奏曲》では、まさにその動機が呈示・展開〔模倣による紡ぎ出し〕され、諦念を表わしつつしだいに消えてゆきます。それと同時に、はるか彼方から響いてくるように、ホルンがおごそかな旋律を歌うのです［譜例156］。この歌の歌詞は《実在の》ハンス・ザックスがルターと宗教改革を称えて書いたもので、これによって詩人ザックスは並ぶものなき人気を得たのでした。その第1節の旋律につづいて、弦楽器がとても優美かつ穏やかな動きで〈靴作りの歌〉の一部を再現します［譜例112］。それは、あたかも靴屋ザックスが手仕事に注いでいた眼差しを高みに向け、穏やかで心地よい夢想にふけるかのようです。そのときホルンが前よりも力強い響きで、くだんの大詩人の頌歌を歌い上げます。のちにハンス・ザックスがニュルンベルクの民衆のあいだを縫って祝祭の野原に入場するときも、彼は、この一同が声をそろえて高らかに歌う頌歌によって迎えられることになるのです。そして最初の動機が、深い感動に打ち震える魂を表現しつつ、ふたたび弦楽器に姿を現わします。つまり、それは和らげられ鎮められた、穏和にして至福の諦念がもつ究極の明朗さへと到達するのです」（原文はフランス語、独訳からの重訳）。

(212) 上記の標題的注釈が明らかにしているように、前奏曲はザックスの諦念を表現しているが、〈諦念の動機〉がフォルティッシモで回帰してくる第51小節の和音は、予期されるト長調の主和音ではなく、きわめて多義的な半減七和音（嬰ヘ−イ−ハ−ホ−ト）となっている。「穏和にして至福の諦念」へと導かれてゆくとはいえ、ザックスの心中には穏やかならぬものがあることをうかがわせる。「来る日も、来る日も靴作り。これがおれの運命だ」（→ 2544）。

Dritter Aufzug

Erste Szene

Der Vorhang geht auf. — In Sachsens Werkstatt. (Kurzer Raum.) — Im Hintergrunde die halb geöffnete Ladentüre, nach der Straße führend. Rechts zur Seite eine Kammertüre. Links das nach der Gasse gehende Fenster, mit Blumenstöcken davor, zur Seite ein Werktisch. Sachs sitzt auf einem großen Lehnstuhle an diesem Fenster, durch welches die Morgensonne hell auf ihn hereinscheint; er hat vor sich auf dem Schoße einen großen Folianten und ist im Lesen vertieft. — David zeigt sich, von der Straße kommend, unter der Ladentüre; er lugt herein und, da er Sachs gewahrt, fährt er zurück. — Er versichert sich aber, daß Sachs ihn nicht bemerkt, schlüpft herein, stellt seinen mitgebrachten Handkorb auf den hinteren Werktisch beim Laden und untersucht seinen Inhalt; er holt Blumen und Bänder hervor, kramt sie auf dem Tische aus und findet endlich auf dem Grunde eine Wurst und einen Kuchen; er läßt sich an, diese zu verzehren, als Sachs, der ihn fortwährend nicht beachtet, mit starkem Geräusch eines der großen Blätter des Folianten umwendet.

DAVID (*fährt zusammen, verbirgt das Essen und wendet sich zurück.*)
1965 Gleich, Meister! hier!
Die Schuh' sind abgegeben
in Herrn Beckmessers Quartier.
Mir war's, als rieft ihr mich eben?
(*beiseite*)
Er tut, als säh' er mich nicht?
1970 Da ist er bös, wenn er nicht spricht!
(*Er nähert sich, sehr demütig, langsam Sachs.*)
Ach, Meister! Wollt mir verzeihn;
kann ein Lehrbub' vollkommen sein?
Kenntet ihr die Lene, wie ich,
dann vergäbt ihr mir sicherlich.
1975 Sie ist so gut, so sanft für mich
und blickt mich oft an so innerlich.

第3幕

第1場

幕が上がると、ザックスの工房（手狭な空間）——背景には通りに向いた入口の扉が半開きになっている。右側には小部屋に通じる扉。左側には小路に面した窓に鉢植えの花が並べられ、その脇に仕事机がある。窓際の大きな肘掛け椅子にかけ、膝に大判の書物をのせて読みふけるザックスの上に、朝の陽が窓から明るく射し込んでいる。——ダフィトが通りから帰ってきて戸口から中をのぞき込み、ザックスの姿を認めて後ずさりする。——しかしザックスが自分に気づいていないことを確かめると、ダフィトはぬき足さし足で中へ入り、持ってきた手籠を奥の扉脇の仕事机にのせ、中味をあらためる。花やリボンを取り出して机の上に並べてゆくうちに、籠の底に入っていた腸詰めと菓子を見つけたダフィトは、むさぼるように食べはじめる。すると、それまでずっとダフィトに目もくれなかったザックスが、本の大きな頁をばさりとめくる。

ダフィト　（縮み上がって食べ物を隠すと、ザックスから身をそむけるように）
はい、親方、ただいま帰りました。
靴はベックメッサー旦那の
お宅へ届けてきました。
今のは、何かお呼びで？
　（独白）
気づかぬふりをしているのだろうか。
黙っているのは不機嫌な証拠。
　（おずおずとザックスに近寄る）
ねえ親方、勘弁してくださいよ
徒弟ふぜいに完璧を求めるのは無理な注文。
私とレーネの仲をお話すれば
きっとお目こぼしいただけると思うのですが。
私にはとてもやさしい、気だてのよい女
ときに私を見つめる瞳は女の真心そのもの。

(338) 舞台は、第1幕（教会内部）、第2幕（家並の街角）の公共的な空間から室内の私的な空間へ変わる。さらに「手狭な」部屋であることによって、第3幕前半の内省的な進行（→音楽注211）にふさわしい場が設定され（「この部屋の中で繰り広げられる情景全体は親密で心地よい雰囲気をおのずと求める」→カール・フォン・ペルファル宛、1868.6.1）、後半の開かれた公共空間（祝祭の野原）への鮮やかな場面転換（狭→広、暗→明）を準備する。

(339) Foliant は厳密には21×33センチの判型をいうが、一般に大型本を指す。「頁をばさりとめくる」音がするくらいだから、膝に余るほどの大きさであろう。第1散文稿には「ザックスの周囲には大型の書籍が散らばっている」とあり、デューラーの銅版画『書斎の聖ヒエロニムス』（→214頁図4）と『メランコリア』（→同図5）を重ね写しにしたような室内は学者の書斎風。阿部謹也は『中世を旅する』のなかで次のように述べている。「（ニュルンベルクの靴屋ハンス・ボミュッツァー〔？-1638年→215頁図8〕の）肖像画の背景には大部の書物が描かれていて、《彼は読書を好み、いつも本を読んでいた》と書き込まれています。ハンスだけでなく靴職人には一般に昔から知的に優れた人物が多かったのです。～ヘーゲルがドイツ最大の哲学者と呼んだ神秘主義者ヤコプ・ベーメも靴職人でした。～ベーメが靴職人であったことは彼の宗教的体験と不可分であったと思います。」

(340) 第1散文稿では、ダフィトは「絹の女性靴にとりかかって仕事中」。幕が上がる前にダフィトとマクダレーネが仲直りを果たしたという設定への変更は韻文台本から。手籠の底に隠されていた腸詰めと菓子は和解のしるし。ダフィトは言いつかった用事の途中で寄り道をしてマクダレーネに会ってきている。そのうしろめたさゆえの「ぬき足さし足」。

(341) 「勘弁してくださいよ」（→1971）は、マクダレーネのところに寄り道をしたことではなく、昨夜の騒ぎの発端を作ったことに対して。わざとらしい (m)ich-lich の押韻の反復は、ベックメッサー（→2487ff.）と同じく、気が動転して、それをとりつくろおうとするあまりの強迫的な反復とみてよい。第2・第3散文稿では、秋波を送ったのはダフィトのほう。また第3散文稿ではマクダレーネに「未亡人」という修飾がついていた。

[譜例112]

(213) 幕が上がってから〈ヨハネの歌〉までの音楽は、前半（T. 65ff.）と後半（T.140ff.）に分かれ、両者はさまざまな意味で相似形をなしている（Lorenz 1931：113f.）。

前半　　　　　　　　　　後半
〈ダフィトの動機〉　　　　〈ダフィトの動機〉
フェルマータつき総休止　　フェルマータつき総休止
〈ダフィトの動機〉　　　　〈ダフィトの動機〉
D：腸詰めと菓子を見つける　D：腸詰めと菓子を思い出す
S：頁をめくる（不協和音）　S：本を閉じる（不協和音）
D：縮み上がる　　　　　　D：よろめいて、ひざまずく
〈諦念の動機〉（無言）　　〈諦念の動機〉（無言）
〈ダフィトの動機〉断片化　〈ダフィトの動機〉断片化
D：のろける「私にはとても　S：現実に引き戻される「あ
やさしい、気だてのよい女」　そこに見えるのは花とリボン」

(214) 上記の動機のほかにも〈情愛の動機〉［譜例17］や〈殴り合いの動機〉［譜例96］などが文脈に応じて姿を現わす。また「（私とレーネの仲をお話すれば／）きっとお目こぼしいただけると思うのですが」（前頁→1974）では、クラリネットが第2幕の徒弟たちの合唱「うまいこと口説きやがって」（→1003）を想起させ、「とろけるような微笑で包んでくれるし」（→1978）では、オーボエが〈夏至の魔力の動機〉［譜例84］を変奏するなど、手の込んだ動機の用法もみられる。

(215) しかし、この場で最も注目に値するのは「愛らしくも、若やいだ雰囲気〜」に、〈ダフィトの動機〉のリズムを下地として〈エファの動機〉が導入されていることだろう［譜例113］。ここから物思いにふけっていたザックスは、しだいに現実に引き戻されてゆくわけだが、この動機の出現によって、物思いがエファに向けられていたと解するのは短絡的だろう。むしろ彼の物思いは「愛らしくも、若やいだ雰囲気」とは対極にある不可解な現実「狂ってる！　狂ってる！」（→2053）に向けられていたが、「花とリボン」が目に入って、一瞬救われた気持ちになったと解すべきではないか。いずれにせよワーグナー好みの、夢想と現実の境界線上をさまよう人間の心理描写（→訳注347）。

(216) 第1ヴァイオリンがダフィトの台詞とは無関係に〈エファの動機〉を再現し、これを長く紡ぎ出すのは、ザックスがまだ「ぼんやりとしたまま」だから（→注215）。

Wenn ihr mich schlagt, streichelt sie mich
und lächelt dabei holdseliglich;
muß ich karieren, füttert sie mich
1980　und ist in allem gar liebelich!
Nur gestern, weil der Junker versungen,
hab' ich den Korb ihr nicht abgerungen.
Das schmerzte mich: und da ich fand,
daß nachts einer vor dem Fenster stand
1985　und sang zu ihr und schrie wie toll,
da hieb ich dem den Buckel voll:
wie käm' nun da was Großes drauf an?
Auch hat's unsrer Liebe gar wohlgetan!
Die Lene hat mir eben alles erklärt
1990　und zum Fest Blumen und Bänder beschert.
　　(Er bricht in größere Angst aus.)
Ach, Meister! Sprecht doch nur ein Wort!
[Hätt' ich nur die Wurst und den Kuchen erst fort!]

Sachs hat unbeirrt immer weiter gelesen. Jetzt schlägt er den Folianten zu. Von dem starken Geräusch erschrickt David so, daß er strauchelt und unwillkürlich vor Sachs auf die Knie fällt. — Sachs sieht über das Buch, das er noch auf dem Schoße behält, hinweg, über David, welcher, immer auf den Knien, furchtsam nach ihm aufblickt, hin und heftet seinen Blick unwillkürlich auf den hinteren Werktisch.

SACHS *(sehr leise)*
Blumen und Bänder seh' ich dort?
Schaut hold und jugendlich aus.
1995　Wie kamen mir die ins Haus?
DAVID *(verwundert über Sachs' Freundlichkeit)*
Ei, Meister! 's ist heut festlicher Tag;
da putzt sich jeder, so schön er mag.
SACHS *(immer leise, wie für sich)*
Wär' heut Hochzeitsfest?
DAVID Ja, käm's erst so weit,
2000　daß David die Lene freit!
SACHS *(immer wie zuvor)*
's war Polterabend, dünkt mich doch?
DAVID
[Polterabend?... Da krieg' ich's wohl noch?]
Verzeiht das, Meister; ich bitt', vergeßt!
Wir feiern ja heut Johannisfest.

親方にぶたれたときには、そっとなでて
とろけるような微笑で包んでくれるし
食事抜きの罰を受ければ、差し入れもしてくれ
何事にも実に細やかな心づかいを見せます。
ただ昨日は、ユンカー殿の歌いそこねのとばっちりで
差し入れの籠をもらいそこねてしまいました。
それだけでも胸にこたえたのに
夜更けにあの人の窓の下に立って
狂ったように歌い散らす男を見つけたので
背中にたっぷりお見舞いしてやったという次第。
でも、それがどうしたっていうんです？
私たちの仲もかえって固まり
今さっき、レーネは何もかも打ち明けて
祭りの花とリボンを持たせてくれました。
　（不安がつのり、思わず声を張り上げ）
ねえ、親方、なんとか言ってくださいよ！
［腸詰めと菓子だけは片づけておくんだった］

一心不乱に読みふけっていたザックスがパタンと本を閉じる。その大きな物音に驚いたダフィトはよろめき、思わずザックスの足下にひざまずく。──ザックスは膝にのせた本越しに目を浮かせ、ひざまずいたまま恐る恐る自分を見上げているダフィトをながめやっていたが、それから奥の仕事机にふと視線を止める。

ザックス　（ぽつりと）
あそこに見えるのは花とリボンではないか。
愛らしくも、若やいだ雰囲気だが
どうして、この家の中に？
ダフィト　（ザックスの穏やかな口調をいぶかしみ）
いやですよ、親方、今日はみんなが
思い思いに装う祝日じゃないですか。
ザックス　（まだぼんやりとしたまま、独り言のように）
今日は婚礼の祝いでも？
ダフィト　そうあってほしいものですがね。
まずダフィトがレーネを娶る、と。
ザックス　（やはりぼんやりとしたまま）
あれは無礼講の晩。どうもそのようだが……
ダフィト
［無礼講だって！……また一発食らってはたまらん］
後生です、親方、どうか忘れてやってください。
今日は楽しいヨハネ祭なんですから。

(342)「とろけるような holdseliglich」は、韻をそろえるために重ねた余分な語尾 -lich によって、舌のもつれるようなぎこちなさ、まだるこしさを際立たせている。

(343) 動詞 karieren（→ 1979）は通常の用法「格子縞の模様をつける」（ラテン語 quadrare, フランス語 carrer＝四角にする）ではなく、ゲルマンの古い語根 kara（憂い、嘆き：派生語として Karfreitag＝受難の金曜日、karg＝つましい）からの造語。直訳すれば「物忌みをしなければならない」といったところか。「食事抜きの罰」を気どって言い換えたのだろう。

(344)「もらい（そこねて）」（→ 1982）の原語 abgerungen は、「（さんざん苦労して）もぎ取る」の意。ダフィトが前々からねらっていたマクダレーネをものにする機会（→注23、168）を逸したことを言外に匂わせている。──第2・第3散文稿では、沈黙に耐えかねたダフィトがマクダレーネとの結婚の許可を求めると、思わずザックスが本を閉じるという設定。

(345) 1992 行下のト書き中に unwillkürlich（逐語訳：意志の選択によらずして）という言葉が二度も使われているのは（訳語は、原文4行目「思わず」、同8行目「ふと」）、ダフィトもザックスも、なにか目に見えぬ力に圧倒された昨夜の余韻か。

(346)「ダフィトをながめやって über David」は、直訳すれば「ダフィトを超えて」。ザックスの視線はダフィトをとらえながらも、さらに突き抜けて虚空をさまよう。訳語「ながめやって」には日本語の古語「ながむ（眺む、詠む）」のニュアンス「思いに耽りながらぼんやりと見やる」（『岩波国語辞典』）を込めた。「本（越しに目を浮かせ）」→「ダフィト（をながめやり）」→「仕事机（に視線を止める）」と視線は動いてゆくが、まだ焦点は定まらない。ややあって、ようやく机の上の「花とリボン」（→ 1993）が視野に浮かび上がる（→音楽注215）。

(347) leise（← 1993 行上のト書き、1997 行下のト書き、2000 行下のト書き）は声が弱い（低い）だけでなく、有るか無きかのはかない感じ。ザックスの意識はまだ現実に引き戻されてはいない（→音楽注216）。──「無礼講」と訳した「ポルターアーベント Polterabend」については（→注320）。

Schaut hold und ju-gend-lich aus. Wie ka-men mir die ins Haus?

(217) 〈ダフィトの動機〉に刺激されたような問い「あの歌ができるかな？」で、ザックスは現実に返る。ダフィトがベックメッサーのセレナーデの旋律で歌ってしまうのは、昨夜の鮮烈な記憶が尾を引いているから[譜例114]。

(218) 〈ヨハネの歌〉はニ長調、2/4拍子。歌詞の1行に2小節を当て、2行1組で2＋2＝4小節単位を構成する拍節法も、全音階の順次進行が支配的な旋律法も単純素朴で、洗礼者ヨハネを讃える第1幕冒頭のコラールに限りなく接近している（たとえば完全4度跳躍の、上行形と下行形の対置）[譜例115]。ただ調性配置は、脚韻の位置とは裏腹に、前半(14小節、T→D)と後半(14小節、S→T)に分かれているとみてよい。なお「ドイツの国を見てみれば in deutschem Land gar bald sich fand's」からは、冒頭動機のゼクウェンツ、付点リズムの導入、そして音域上限（それまではホ音）の突破などによって自由な歌い収めになっている[譜例116]。

(219) 音楽はザックスの答えに向けてテンポを落とし、〈ダフィトの動機〉を断片化してゆく。「菓子 Kuchen」まではよかったが「腸詰め Wurst」になると、ダフィトが急に惜しくなったのか、腰くだけの感がある。

(220) ザックスの答えを導き出すのはホルン独奏による〈懸念の動機〉[譜例59]。まだ彼には確たる成算があるわけではない。みずからを鼓舞するかのように「立派に stattlich」の背景には〈ダヴィデ王の動機〉[譜例3]が現われる。

```
2005  SACHS    Johannisfest?
      DAVID    [Hört er heut schwer?]
      SACHS    Kannst du dein Sprüchlein, so sag es her!
      DAVID    (ist allmählich wieder zu stehen gekom-
               men)
               Mein Sprüchlein? Denk', ich kann's gut.
               ['s setzt nichts! Der Meister ist wohlgemut.]
               (Stark und grob)
2010           „Am Jordan Sankt Johannes stand"...
      SACHS    Wa... was?
      DAVID    (lächelnd)
               Verzeiht das Gewirr!
               Mich machte der Polterabend irr.
               (Er sammelt und stellt sich gehörig auf.)
               „Am Jordan Sankt Johannes stand,
2015           all Volk der Welt zu taufen;
               kam auch ein Weib aus fernem Land,
               aus Nürnberg gar gelaufen:
               sein Söhnlein trug's zum Uferrand,
               empfing da Tauf und Namen;
2020           doch als sie dann sich heimgewandt,
               nach Nürnberg wieder kamen,
               in deutschem Land gar bald sich fand's,
               daß, wer am Ufer des Jordans
               Johannes war genannt,
2025           an der Pegnitz hieß der Hans."
               (sich besinnend)
               Hans?... Hans!... Herr Meister!
               (feurig)
               's ist heut eu'r Namenstag!
               Nein! Wie man so was vergessen mag!
               Hier! Hier die Blumen sind für euch,
2030           die Bänder, und was nur alles noch gleich?
               Ja, hier, schaut! Meister, herrlicher Kuchen!
               Möchtet ihr nicht auch die Wurst versuchen?
      SACHS    (immer ruhig, ohne seine Stellung zu ver-
               ändern)
               Schön Dank, mein Jung! Behalt's für dich.
               Doch heut auf die Wiese begleitest du mich;
2035           mit Blumen und Bändern putz dich fein:
               sollst mein stattlicher Herold sein!
      DAVID    Sollt' ich nicht lieber Brautführer sein?
               Meister, ach! Meister, ihr müßt wieder frein.
      SACHS    Hättst wohl gern eine Meistrin im Haus?
2040  DAVID    Ich mein', es säh' doch viel stattlicher aus.
```

[譜例114] David (Stark und grob) (193)
„Am Jor-dan Sankt Jo-han-nes stand"...

[譜例115] David (201)
„Am Jor-dan Sankt Jo-han-nes stand, all Volk der Welt zu tau-fen;
kam auch ein Weib aus fer-nem Land, aus Nürn-berg gar ge-lau-fen:

ザックス　ヨハネ祭だと？
ダフィト　［今日は耳が遠いようだ］
ザックス　あの歌ができるかな？
ダフィト
　　（この間に、おもむろに立ち上がっていたが）
あの歌？　ええっと、できますとも。
［だいじょうぶ。親方の機嫌は悪くない］
　　（胴間声を張り上げ）
「ヨルダン河のほとりに聖ヨハネ立ちて……
ザックス　な、なんだそれは？
ダフィト　（照れ笑いを浮かべ）
すみません、混乱しちまって。
無礼講のせいで調子が狂ったようです。
　　（気持ちを落ち着かせ、きちんと体勢を立てなおす）
「ヨルダン河のほとりに　聖ヨハネ立ちて
もろびとに洗礼を施す。
うちに異国の女ひとりありて
遠くニュルンベルクより来たれり。
幼き息子を背負いて　岸辺にいたり
洗礼と命名を受く。
されど故郷めざして旅立ち
ニュルンベルクに帰り着き
ドイツの国を見てみれば
ヨルダン河のほとりで
ヨハネと呼ばれしかの人は
ここペグニッツの河畔では　ハンスなり」
　　（考え込み）
ハンス？……ハンス！……親方だ！
　　（顔を輝かせて）
今日は親方の守護聖人の日ではありませんか！
くそ！　どうして忘れていたんだ。
こ、この花束をどうぞ。
リボンも、何もかも。
ほら、親方、この菓子はいけますよ。
腸詰めも試してみませんか？
ザックス
　　（落ち着きはらって、身じろぎもせず）
ありがとうよ、それは徒弟のお前がとっておけ。
今日は会場の原っぱまで供をしてもらわねばならぬ。
その花とリボンで身を飾り立て
先触れの大役を立派に努めてもらいたい。
ダフィト　むしろ花嫁の先導を仰せつかりたいもので。
親方、ねえ親方！　もう一度奥方を迎えてくださいよ。
ザックス　お前も一家のおかみさんが欲しいのか？
ダフィト　その方がずっと世間体もいいと思うのですが。

(348)「歌」と訳した Sprüchlein は、祝賀行事などで読み上げられる2行ずつ韻を踏んだ簡単な機会詩「祝詞歌 Spruch」の縮小形。なかには同様の機会に語り継がれ、各種の組合や団体を象徴する「口上」として定着するものもあった。ハンス・ザックスをはじめマイスタージンガーたちも折にふれて Spruch を作り、読誦している（→歴史的背景6）。

(349) このあたりからザックスはダフィトを一人前に扱おうと心に決めたようだ（→2036）。「あの歌 dein Sprüchlein（直訳：お前の歌）」（→2007）は、おれが教えてお前の持ち歌となった、という意味。だがダフィトにはまだその自覚がないのか、一瞬、「あの歌？　Mein Sprüchlein？（直訳：私の歌？）」と言いよどむ。

(350) 2行1組の対韻による民謡風の詩型だが、偶数行（第10/12行を除く）を女性韻、奇数行を男性韻で結ぶ交差韻型で凝ってみせたのは、師匠の手が加わっている証拠か。

(351)「幼き息子を背負」った「異国の女」はイエスを連れたマリアとも読める。なんとも不可解な内容だが、16世紀の中頃、ルター派の拠点ニュルンベルクを象徴するように、宗教改革家や諸侯が証人として見守るなか、ペグニッツの流れに身を浸して洗礼を受けるイエスを描いた図像（→217頁図14）が出まわっていたことは事実である。また西の市壁の外側、ペグニッツ北岸の「ヨハネが原 Johanniswiese」（→注452）には、13世紀以来、洗礼者ヨハネを守護聖人とする（歴史上のザックスもその墓地に眠る）「聖ヨハネ教会」（→219頁図19、20）が存在するが、歌の内容をこの教会の（ハンセン病患者の施療院に由来する）縁起と結びつける根拠は見あたらない。ともあれ作者の意図は、ザックスをヨハネ祭の真の主人公として印象づけることにある。

(352) ハンス Hans はヨハネス Johannes（またはヨハニス Johannis）の短縮形。「守護聖人の日」は当人の洗礼名にゆかりの聖者の記念日。聖ヨハネの日の来歴については（→注81）。

(353)「一家のおかみさん」については（→注203）。「ずっと世間体もいい stattlicher」の比較級には、親方がこのまま独り身でいるよりも、という意味だけでなく、ザックスの発言「大役を立派に stattlich(-er)」（→2036）を踏まえて、私の先触れの話などよりも先に親方の結婚話を進めてほしいというダフィトの強い願いが込められている。

［譜例116］

David (220)
in deut-schem Land gar bald sich fand's, daß, wer am U-fer des Jor-dans Jo-han-nes war ge-nannt, an der Peg-nitz hieß der

Etwas lebhafter
f (sich besinnend)　　　　　　　　　　　　　　　(feurig)
Hans." Hans?... Hans!... Herr Mei-ster! 's ist heut eu'r Na-mens-tag!

DIE MEISTERSINGER VON NÜRNBERG

(221) 下のト書きに「ダフィトと言葉を交わしながらも、ずっと考え続けていた」とあるように、ザックスは心ここにあらずといったところ。「では名案が浮かぶのも遠からずか」の背景に現われる〈マイスタージンガーの動機〉のゼクウェンツも、心なしか不安定なままである。そして「今日こそは奴の面目も丸潰れだと思うけどな」には〈騒乱の動機〉[譜例55]が復活してくるが、それよりも「(普段から)いいgut(親方だが)」の〈靴屋の動機〉に増三和音とホルンの閉塞音が当てられているのは、すぐれて皮肉な効果をもたらす。

(222) 〈迷妄のモノローグ〉は次のように区分けされる。
 1) 省察「狂ってる！ 狂ってる！〜」(→ 2053ff.)
 2) 頌歌「温厚篤実な気風に包まれ〜」(→ 2077ff.)
 3) 回想「だが、ある晩遅く〜」(→ 2081ff.)
 4) 魔力「きっと小鬼が手助けした〜」(→ 2096ff.)
 5) 決意「ともあれ、祭りの朝がきた〜」(→ 2100ff.)
2)と4)は規模からみれば間奏ないし転回点とみてよい。また1)省察は、8＋8＋8行の構成で、最初の8行に〈迷妄の動機〉の前半が[譜例117]、次の8行に〈迷妄の動機〉の後半(模倣あり)が、第3幕前奏曲と同じように用いられる。調性が不安定(イ短調／ニ短調)であることも同じ。

(223) ただ1)省察の最後の8行は「その力を御せる者があろうか」を受けて、トランペットが〈迷妄の動機〉を強奏し、空白の総休止で断ち切られる。また「これ[迷妄]なくしては〜／いかなる事象も起こり得ない」に現われる順次進行の動機は[譜例118]、つづく〈春の促しの動機〉とともに、次の場面のザックスの台詞「力強い衝動に駆られて／はじめて愛の幸せを知り」を想起させる(→ 2156f.)。

SACHS　Wer weiß? Kommt Zeit, kommt Rat.
DAVID　's ist Zeit!
SACHS　Dann wär' der Rat wohl auch nicht weit?
DAVID
Gewiß! Gehn schon Reden hin und wieder;
den Beckmesser, denk' ich, sängt ihr doch nieder?
Ich mein', daß der heut sich nicht wichtig macht.
SACHS
Wohl möglich; hab' mir's auch schon bedacht.
Jetzt geh und stör mir den Junker nicht.
Komm wieder, wann du schön gericht'!
DAVID　(küßt Sachs gerührt die Hand.)
So war er noch nie, wenn sonst auch gut!
[Kann mir gar nicht mehr denken,
wie der Knieriemen tut!]
　(Er packt seine Sachen zusammen und geht in die Kammer ab.)
SACHS　(immer noch den Folianten auf dem Schoße, lehnt sich, mit untergestütztem Arm, sinnend darauf: es scheint, daß ihn das Gespräch mit David gar nicht aus seinem Nachdenken gestört hat.)
Wahn! Wahn!
Überall Wahn!
Wohin ich forschend blick'
in Stadt- und Weltchronik,
den Grund mir aufzufinden,
warum gar bis aufs Blut
die Leut sich quälen und schinden
in unnütz toller Wut!
Hat keiner Lohn
noch Dank davon:
in Flucht geschlagen,
wähnt er zu jagen;
hört nicht sein eigen
Schmerzgekreisch,
wenn er sich wühlt ins eigne Fleisch,
wähnt Lust sich zu erzeigen!
Wer gibt den Namen an?
's ist halt der alte Wahn,
ohn den nichts mag geschehen,
's mag gehen oder stehen!
Steht's wo im Lauf,
er schläft nur neue Kraft sich an:
gleich wacht er auf,

ザックス さあな。時がくれば名案も浮かぶさ。
ダフィト 今が潮時ですよ。
ザックス では名案が浮かぶのも遠からずか。
ダフィト
そうですとも。もう噂でもちきりですよ。
親方なら、あのベックメッサーを歌で打ちのめせるはず
今日こそは奴の面目も丸潰れだと思うけどな。
ザックス
そうかもしれぬ。私もとっくり考えてみた。
だが、もう行け。ユンカー殿を起こさぬようにな。
きちんと身仕度を整えてこい。
ダフィト (感きわまってザックスの手に口づけし)
普段からいい親方だが、こんなにおやさしいとは。
［これで膝紐を振りまわすなんて
とても想像できないが］
(もらったものを籠に詰め込み、小部屋へ下がる)

ザックス
(大型本を膝にのせたまま、両肱をついて深く椅子の背にもたれ、
物思いにふける。どうやらダフィトと言葉を交わしながらも、ず
っと考え続けていた様子)

狂ってる！　狂ってる！
どこもかしこも狂ってる！
都市や世界の年代記に
目を通すたびに
問わずにはいられない、
なぜ人は益もない妄執にとり憑かれ
血を流してまで
苦しめ合い、虐げ合うのか。
報われることも
有難がられることもないのに。
撃たれて逃げ出しながら
追い立てていると思い込み
痛さに悲鳴を上げながら
おのが叫びも耳に届かず
おのが肉を穿ちながら
それが快楽のはじまりと思い込む。
そこに正体をあらわすのは、いったい何者か？
それは、いつの世も変わらぬ迷妄だ。
これなくしては、動と静を問わず
いかなる事象も起こり得ない。
進行を止めたように見えても
迷妄はひと眠りして新たな力を貯えるだけ。
すぐに目ざめたあかつきには

(354)「待てば海路の日和あり Kommt Zeit, kommt Rat」といった程度の月並みなことわざを使ったのは、むしろザックスにその気がないからか。

(355) 2053行上のト書き「どうやら es scheint」以降は、スコアの段階で初めて書き込まれた。総じてスコアでは、ザックスがもの想いに耽っている時間を〈迷妄のモノローグ〉の直前ぎりぎりまで引き延ばそうという意図が顕著になる（→注344）。

(356) Wahn は作品全体をつらぬくキーワード。「馬鹿な考え Meisterwahn」（→ 265）、「憑かれた wahnbetört」（→ 1118）、「思い上がり (beim) Wahne (fassen)」（→ 1540）、「気が変（になりそう）(wie) ein Wahn」（→ 1635）、「邪推というもの in argem Wahn」（→ 2373）、「思い過ごし im Wahn」（→ 2380）など、人間が理性では測りがたい力にとり憑かれるさまをいう。しかし〈迷妄のモノローグ〉はそれを偶発的な異常事態と見るのではなく、「これなくしては～／いかなる事象も起こり得ない」（→ 2071f.) 世界の根本原理にして人間の真実態ととらえる。ワーグナーはこの思想を、「迷妄」とは人間を突き動かしてやまぬ「盲目の意志」の (仮象を通じた) 発露であり、「過度の歓喜や苦痛の根底には常に迷妄がある」(『意志と表象としての世界』正篇第57節) とするショーペンハウアーから受け継いだ。第1散文稿では「これで美しい詩作の時代は終わるのか」という詠嘆に終始していたモノローグのテーマを「迷妄」に変更したのは、1854年に強烈なショーペンハウアー体験を経た後の第2散文稿から。

(357) 思わずザックスの口をついて出たメランコリックな呻き声「ヴァーン！ヴァーン！（狂ってる！　狂ってる！）」は、嘆き（ああ！）であり、擬人化された「迷妄」神への訴え（ヴァーンよ！）であり、さらに後段の「全面的な価値転換」（→注360）を先取りすれば、「至福の願望」に酔い痴れる狂愚の神の咆哮（ウヮーン！→注362）さえも聞こえてきそうだ。韻文台本では Wahn und Wahn/Allüberall Wahn と説明調になっていたのをスコアの段階で下線部を削除したのは、複雑な音節の連なりを排し（音楽面でも）原初的な発声の生々しさを生かすため。本書ではこうした事情を考慮すると同時に文脈上のつながりをもたせて、名詞 Wahn を間投詞風に「狂ってる！」と訳したが、そこには上述の理由からして「狂えよ、狂え！」という副声も込められている。

(358)「世界（の）年代記 Weltchronik」（→ 2056）とは、ヨーロッパから中東にかけての歴史を天地創造から最後の審判に至る六段階に分けて記述し、各都市の地誌や博物図譜を収めた史書。ニュルンベルク出身のハルトマン・シェーデルによるもの(1493年)が有名。

[譜例118] (326) Sachs *kräftig*
's ist halt der al-te Wahn, ohn den nichts mag ge-sche-hen, 's mag ge-hen o-der ste-hen!

(224) 2）頌歌では調性がへ長調に確定されて〈ニュルンベルクの動機〉［譜例70］が現われるが、それと並行して分散和音の下行形（ハ→イ→ヘ→ニ）が対旋律として扱われていることに注目。これは、幕切れのザックスの演説「芸術が／つまらぬものであるはずがない」（→3060）を導き出すバス声部の逆行形。

(225) 3）回想では音楽がしだいに切迫して、「（ようやく憤怒の炎は）消えた löschen」でホ短調のⅦ度上の減七和音で断ち切られる。この過程では〈ニュルンベルクの動機〉が〈殴り合いの動機〉へと変容してゆく手際のよさが目立つところだが、この音楽の急速な進行（殴り合い）の土台にあるのが〈迷妄の動機〉であることも見逃せない。「だが、ある晩遅く Doch eines Abends spat」の背景には、ファゴットつづいてホルンによる〈迷妄の動機〉後半の3つの音が聞こえるし、「血気にはやる若者たちを／不幸な目にあわせまいと ein Unglück zu verhüten/bei jugendheißen Gemüten」は、まさにバステューバによる音価が拡大された〈迷妄の動機〉の前半を土台としている。

(226) 4）魔力に入るとロ長調→変イ長調（＝嬰ト長調）→ホ長調の進行が示すように、音楽は幻想的な色彩を帯びてくる。

(227) 5）決意の「きわめて幅広く」と指示された「ともあれ、祭りの朝がきた～」は、ザックスの属音から主音に向けた完全4度順次上行と、それによって確定されるハ長調（この作品の基本調性）で圧倒的な効果をもたらす。ごく短い部分調は例外として、第2幕に入ってからハ長調は現われていないから、まさに「祖型への回帰」がここにおいて果たされるのである。ただし、ここでは「(多少の) 俠気 Wahn（がなければ）」のように、〈衝動の動機〉、〈愛の動機〉、〈ヨハネ祭の動機〉が折り重なって現われる複雑な箇所もみられる［譜例119］。

(228) 前場面の最終和音（ハ長調の属九和音）から、和声は変ホ長調の属七和音へと思いがけない進行をみせる。木管群の持続音とハープの分散和音による響きは、場面を区切ると同時に、音楽を途切れさせない方策のひとつ。

dann schaut, wer ihn bemeistern kann!...
Wie friedsam treuer Sitten,
getrost in Tat und Werk,
liegt nicht in Deutschlands Mitten
2080 mein liebes Nürenberg!
  (Er blickt mit freudiger Begeisterung ruhig vor sich hin.)
Doch eines Abends spat,
ein Unglück zu verhüten
bei jugendheißen Gemüten,
ein Mann weiß sich nicht Rat;
2085 ein Schuster in seinem Laden
zieht an des Wahnes Faden:
wie bald auf Gassen und Straßen
fängt der da an zu rasen!
Mann, Weib, Gesell und Kind
2090 fällt sich da an wie toll und blind;
und will's der Wahn gesegnen,
nun muß es Prügel regnen,
mit Hieben, Stoß und Dreschen
den Wutesbrand zu löschen. —
2095 Gott weiß, wie das geschah?
Ein Kobold half wohl da:
ein Glühwurm fand sein Weibchen nicht;
der hat den Schaden angericht'.
Der Flieder war's: — Johannisnacht!
2100 Nun aber kam Johannistag!
Jetzt schaun wir, wie Hans Sachs es macht,
daß er den Wahn fein lenken kann,
ein edler Werk zu tun:
denn läßt er uns nicht ruhn,
2105 selbst hier in Nürenberg,
so sei's um solche Werk',
die selten vor gemeinen Dingen,
und nie ohn ein'gen Wahn gelingen.

Zweite Szene

Walther tritt unter der Kammertüre ein. Er bleibt einen Augenblick dort stehen und blickt auf Sachs. Dieser wendet sich und läßt den Folianten auf den Boden gleiten.

［譜例119］

さあ、その力を御せる者があろうか……
温厚篤実な気風に包まれ
赫々たる事績に安んじて
ドイツの中心に鎮座する
麗しのニュルンベルクよ！
　　（歓喜に昂ぶる気持ちを抑えて、静かに虚空を見つめる）

だが、ある晩遅く
血気にはやる若者たちを
不幸な目にあわせまいと
思案に暮れるひとりの男ありき。
店に籠もった靴屋が
迷いの糸をたぐるうちに
大路小路はたちまち
狂乱の嵐に包まれた。
男も、女も、職人も、小僧も
狂愚に盲いたように倒れ込む。
迷妄は恵みを垂れんと
鉄拳の雨を降らせ
押し合い、へし合い、小突き合いの末に
ようやく憤怒の炎は消えた。
どうしてそんなことになったのか、神のみぞ知る。
きっと小鬼が手助けしたのだろうが
蛍の雄が雌を見つけられずに
悪さをしでかしたのだ。
そうだ、ニワトコの香りだ——あれはヨハネ祭の前夜。
ともあれ、祭りの朝がきた。
ここはお手並み拝見
ハンス・ザックスがみごと迷妄の手綱をとり
もうひと花咲かせることができるかどうか。
このニュルンベルクでさえ
迷妄がわれらを駆り立ててやまぬとあらば
どうしてもその力を借りずばなるまい。
小事にめげず、そして、多少の俠気がなければ
どんな立派な企ても成就するはずがない。

第２場

小部屋へ通じる戸口にヴァルターが姿をあらわし、一瞬その場に立ち止まってザックスを見やる。ザックスは振り向いて、膝の大型本を床へおろす。

(359)「安んじて friedsam」は、あたかも時間が止まったようなアルカディア（芸術の黄金郷）としてのニュルンベルクを表わすが、しかしそこには「安住して」「あぐらをかいて」という否定的なニュアンスも込められている。

(360) 擬人化された「迷妄 Wahn」は、人々を次々と（嗜眠病のように）「盲（めし）い」させ、アルノルト・ベックリン画『ペスト』（1898年）のように大鎌を振るって「男も、女も」なぎ「倒」しながら「大路小路」を駆け抜けてゆく伝染性の病魔のようなイメージで描かれる。こうした「古い」迷妄観を印象づけたうえで、2104行からは一転して、近世の黎明期に生きるザックスの口を借りて Wahn にきわめて積極的な意味づけを与えている。しかし、この「全面的な価値転換」（ニーチェ）は単に「新しい」というだけではない（→注362）。

(361)「小鬼」と訳した Kobold（→ 2096）は、ドイツの民間信仰でおなじみの小人の霊。家に棲みつき、人の役に立つかと思えば悪戯をしかけたりもする。2095-2099行は、ザックスの想いが現実からメルヘン（小鬼）→自然（ニワトコの香り）へと移り、ふたたび現実（ヨハネ祭）に引き戻される一場の夢のような間奏曲。「蛍」は「ヨハネの甲虫 Johanniskäfer」とも呼ばれ、ちょうどヨハネ祭の頃から繁殖を始め、雄が雌を引きつけるために光を発するとされ、ここでは間奏曲の流れをつなぐ「メルヘン的（エキゾチック）な自然」の役割を果たす。——2101行以降は、ザックスが自分に言い聞かせると同時に、劇作家が観客に向かって次なる幕開けの口上を述べるおもむきがある。

(362)「迷妄」こそ創造力の源泉と考えるワーグナーは、「狂気はすべて有害とは限らない」（『愚神礼讃』）と喝破したエラスムス（→解題）に近く、この点においてショーペンハウアーの徹底的なペシミズムとは一線を画す（→注356）。もともと「（動物が）餌となる葉をむしり食らう」様子を活写したインド・ゲルマン系の語根 uen から生まれた Wahn（古高ドイツ語では wan）は、Wonne（歓喜）や Wunsch（希望）などと同じく、晴れやかな「至福の願望」を意味した。それが「狂気」や「迷妄」といった否定的なニュアンスを帯びるようになったのは、のちにまったく別種の語根 ua-（空虚、欠落）に由来する古高ドイツ語 wanwizzi（精神の喪失＝狂気）に Wahnwitz の綴りが当てられ、両者が混同されたためである。ワーグナーはここで知ってか知らずか Wahn の古層を掘り起こしたわけで、バイロイトの終の棲み家「ヴァーンフリート Wahnfried」の名も「ここで狂気がやすらいだ」にとどまるものではないだろう。

(229) ヴァルターは夢の名残りに浸っているのか「もの静か」なまま。意を決して〈夢解きの歌〉を試みるまでの心理的過程は、周到に制限された音域にも現われている。冒頭の「少しばかり (Ein) we(-nig)」に当てられた1点変ホ音は、音域の上限として設定され、「美しい schönes (歌と、マイスターの歌／その違いはどこにあるのでしょう?)」(→2153f.)の1点へ音まで突破されることはない。——それだけでなく「消えて vergehn (しまいそうで、怖いのです)」(→2116) の変ニ音、「(まだ)希望 Hoffnung (を捨てぬとは、あきれたお人だ)」(→2129f.) のニ音、そして昨夜の騒動を思い出す「それも Die (昨晩、勉強させてもらいました／小路に)響き渡った歌 Lärm (あれでしょう?)」(→2147f.) の変ホ音と、冒頭に設定された上限に向かって、しだいに接近するように組み立てられていることに注目。いってみれば音の高さが覚醒の段取りを踏んでいるというわけだ。——そして「美しい(歌)」のへ音は、ザックスの歌「友よ。青春の輝きに包まれ」(→2155ff.) に「気持ちを高ぶらせた」ヴァルターの「(わが生涯の)伴侶 Ehgemahl」(→2170) のト音で初めて突破されることになる。

(230) 第2場の冒頭は「友よ、自分の夢を／解き記すことこそ詩人のつとめ」(→2117f.) をはじめとして含蓄のある台詞が頻出するが、音楽はむしろ台詞を引き立てるかのように〈好意の動機〉を繰り返して画一的な背景を形づくる。この動機は、すでに第1幕第3場のザックスの台詞「私は騎士殿の詞や曲を／新しいと感じこそすれ、でたらめだとは思いません」(→819f.) を導き出していたが、ここでは音程の幅を広げて自由に展開される[譜例120]。ここから〈ヨハネ祭の動機〉との親近性を聴き取ることもできよう（示導動機相互の関連性）。

(231)〈好意の動機〉と並んで、ここに新たに導入されるのが〈夢の動機 Traumharmonien〉(→注238)。さきざき「自分で selbst 規則を立て、それに従うのだ／朝方 Morgen の美しい夢を思い浮かべ Gedenkt」(→2206f.) で十全に提示される和声進行（E→As⁶→Es）だが、ここではヴァルター「すばらしい夢 Traum を見たのです」(→2113) から、ザックス「それは吉兆 Guts」(→2114) にかけて先取りされる[譜例121]。この和声進行は先行する「しっかり熟睡しました fest und gut」(→2111) で準備され、後続する「消えてしまいそうで、怖いのです (ich) fürcht' ihn mir vergehn (zu sehn)」(→2116) で半音階的に変容する。なお〈夢の動機〉ソプラノ声部の音程関係「嬰ト(=変イ)→ハ=変ロ」が、第1幕第3場におけるヴァルターの自己紹介「父祖伝来の古い一巻 (ein) altes Buch, (vom) Ahn vermacht」と対応しているのは偶然だろうか。

SACHS
Grüß Gott, mein Junker! Ruhtet ihr noch?
2110 Ihr wachtet lang, nun schlieft ihr doch?
WALTHER *(sehr ruhig)*
Ein wenig, aber fest und gut.
SACHS　So ist euch nun wohl baß zu Mut?
WALTHER *(immer sehr ruhig)*
Ich hatt' einen wunderschönen Traum.
SACHS　Das deutet Guts: erzählt mir den!
2115 **WALTHER**　Ihn selbst zu denken wag' ich kaum:
ich fürcht', ihn mir vergehn zu sehn.
SACHS　Mein Freund! Das grad ist Dichters Werk,
daß er sein Träumen deut' und merk'.
Glaubt mir, des Menschen wahrster Wahn
2120 wird ihm im Traume aufgetan:
all Dichtkunst und Poeterei
ist nichts als Wahrtraumdeuterei.
Was gilt's, es gab der Traum euch ein,
wie heut ihr sollet Meister sein?
WALTHER *(sehr ruhig)*
2125 Nein, von der Zunft und ihren Meistern
wollt' sich mein Traumbild nicht begeistern.
SACHS　Doch lehrt' es wohl den Zauberspruch,
mit dem ihr sie gewännet?
WALTHER
Wie wähnt ihr doch nach solchem Bruch,
2130 wenn ihr noch Hoffnung kennet!
SACHS　Die Hoffnung lass' ich mir nicht mindern,
nichts stieß sie noch übern Haufen;
wär's nicht, glaubt, statt eure Flucht zu hindern,
wär' ich selbst mit euch fortgelaufen!
2135 Drum bitt' ich, laßt den Groll jetzt ruhn!
Ihr habt's mit Ehrenmännern zu tun;
die irren sich und sind bequem,
daß man auf ihre Weise sie nähm':
wer Preise erkennt und Preise stellt,
2140 der will am End auch, daß man ihm gefällt.
Eu'r Lied, das hat ihnen bang gemacht;
und das mit Recht: denn wohlbedacht,
mit solchem Dicht- und Liebesfeuer
verführt man wohl Töchter zum Abenteuer;
2145 doch für liebseligen Ehestand
man andre Wort' und Weisen fand.
WALTHER *(lächelnd)*
Die kenn' ich nun auch seit dieser Nacht:

ザックス
おはようユンカー殿、うるさくなかったかな?
昨夜は遅かったが、お休みになれたか?
ヴァルター (もの静かに)
少しばかり。でも、しっかり熟睡しました。
ザックス では気分は上々といったところか。
ヴァルター (もの静かな調子のまま)
すばらしい夢を見たのです。
ザックス それは吉兆。さあ、話してくれ。
ヴァルター 思い返すことさえ、ためらわれる。
消えてしまいそうで、怖いのです。
ザックス 友よ、自分の夢を
解き記すことこそ詩人のつとめ。
よいかな、人間の思いもよらぬ真実は
夢のなかにこそ姿をあらわすもの。
詩の芸術も、詞のすさびも
夢の兆しを解くことにほかならぬ。
きっと、今日にもマイスターになるという
夢のお告げに違いないのでは。
ヴァルター (もの静かに)
いや、組合や親方などに
私の夢は心動かされはしない。
ザックス だが彼らの心をつかむ
秘訣を教えてくれたのでは?
ヴァルター
あれだけ決裂したのに
まだ希望を捨てぬとは、あきれたお人だ。
ザックス 御破算になったわけでなし
いささかも失望してはいない。
さもなければ駈け落ちの邪魔などせず
私もいっしょに逃げ出していたはず。
だからここは、どうか遺恨は水に流して。
相手はいずれも御立派な紳士だが
心得違いをし、自分たちの流儀を
押しつけて安閑としているのだ。
他人を審査し、栄冠を授ける立場にある者は
どうしても自分の好みを通そうとするもの。
皆はあなたの歌に怖れを覚えたのだが
それも無理はない。よく考えてみれば
詩と愛に寄せる、あの灼熱の想いは
娘たちを危険な道に引き込みかねない。
幸せな結婚を讃える言葉と旋律は
昔から別にあるからな。
ヴァルター (笑みを洩らし)
それも昨晩、勉強させてもらいました。

(363) ヴァルターのト書き「もの静かに」は、〈迷妄のモノローグ〉で気分が盛り上がったザックスとは対照的に醒めているということのほかに、しっかりと夢をかみしめ、それを失いたくないという想いのあらわれでもある。

(364) 第3散文稿までは「気持ちを静めるために、愛する人のことを一心に思って詩を書いた」という設定。ヴァルターが見た夢を語り、ザックスがそれを書きとめるという筋立てに変更したことで、詩の象徴性が高まるとともに、ドラマの構想がいちだんと深みを増した。

(365) 歴史上のハンス・ザックスも「自分の夢を」多くの詩に「解き記」している。詩人の使命に目ざめた夢(19歳)を記した『九人のミューズ、もしくは芸術の女神に関する対話』(1536年)、職人遍歴中に愛した娘を諦めた後に見た夢(22歳)を歌った詩(1548年)、亡くなった妻が霊となって現われた夢を再録した『わが死せる妻クニクンデ・ザックスについての不思議な夢』(1560年)などがある。またワーグナーが〈夢解きの歌〉のイメージの源泉として利用した『ニュルンベルク市を讃える詩』(→歴史的背景6)も、「私」が見た「甘美きわまる übersüß」夢を老人が(眼前に広がるニュルンベルクの町を指し示しながら)解き明かしてゆくという構成をとる。

(366) 2119行 wahrster Wahn は直訳すれば「最も真実なる迷妄」だが、迷妄こそが人間の真実態であることを踏まえて(→注356、362)、逆方向から「思いもよらぬ(とても真実には見えぬ)真実」と訳した。「詞のすさび Poeterei」については(→注33)。

(367) 「あきれたお人だ Wie wähnt ihr」(→2129)は、直訳すれば「なんという妄念をいだいておられるのか」。事ここに至ってなお「希望を捨てぬ」ザックスを「迷妄 Wahn」と断じるヴァルターに対して、「失望し(てはい)ない」ことこそ「侠気 Wahn」(→2108)と信じるザックス。ユートピア(希望)が Wahn(狂気/侠気)と通底することについては(→解題)。

(368) Abenteuer の原意は「冒険」。ただし、ここは「愛に寄せる〜灼熱の想い」が社会規範を逸脱する心配がある(→解題「音楽」)というニュアンスを汲んで、「危険な道に引き込みかねない」という訳語を当てた。『トリスタン』第1幕第3場「ああ胸踊る冒険 Abenteuer は、私のもの」(→Tr373)にも通じる。

[譜例121] **Etwas zurückhaltend**

Walther: Ich hatt' ei-nen wun-der-schö-nen Traum.
Sachs: Das deu-tet Guts:

(232) ザックスの「マイスターの歌」の1点ヘ音に触発されたかのように、ヴァルターも「美しい歌」で1点ヘ音に達する（→注229）。ただし、前者の規則正しい変ロ長調のカデンツと、後者の流れるような〈求愛の動機〉との対照は、まだ両者に隔たりがあることをうかがわせる。またヴァルターの「マイスターの歌」が低音域にあることにも注目。

(233) 〈芸術家の動機 Künstler-Motiv〉は初出だが、完全４度の連続下行は〈求愛の動機〉[譜例２]などで経験ずみ[譜例122]。また第３小節の音形は、すでに〈迷妄のモノローグ〉で先取りされていた（→注223）。──この〈芸術家の動機〉は以降、ヴァルターのいかにも若者らしい疑問「でも、とうに春の盛りを過ぎた者が／歌の似姿によって青春を取り戻せるものでしょうか？」（→2189f.）までを主導してゆく。ただし、音楽の段落を区切るのは〈春の促しの動機〉[譜例63]。「春が彼らのために歌ってくれるからだ」（→2161）、〈マイスタージンガーの動機〉を伴った「晴れてマイスターと呼ばれるのだ」（→2168）、そして「でも、とうに春の盛りを過ぎた者が」（→2189）。

(234) ザックスの言葉と音楽が、ヴァルターの心を捉える。オーケストラの〈芸術家の動機〉が呼び水になって、ヴァルターの歌は〈芸術家の動機〉そのものとなり、「伴侶 Ehgemahl」で２点ト音に達するのだ（→注229）。この「気持ちを高ぶらせ」たヴァルターのさまを見て、ザックスはすかさず「それには、まずマイスターの規則を学びなさい」とたたみかける。

(235) 「貧しさにあえぐマイスターたち」には、ワーグナーが青春時代から親しんできたヨハン・ゼバスティアン・バッハの面影が透けてみえる。「それでは、これからバッハの応用を弾いてみよう」と言って『マイスタージンガー』前奏曲をピアノ連弾で演奏したことからも知れるように（CT：78.12.18）、ワーグナーは、この作品を「バッハの続編」と位置づけていた（CT：78.12.15）。フランスふう序曲の様式を援用した〈前奏曲〉、器楽間奏を挿入した〈コラール〉、コラール幻想曲の構造に基づく〈殴り合いのフーガ〉、そして何よりも複数の声部を対位法的に処理したところにバッハの影響が見て取れる。

es hat viel Lärm auf der Gasse gemacht.
SACHS (lachend)
Ja, ja! Schon gut! Den Takt dazu
2150 hörtet ihr auch! — Doch laßt dem Ruh
und folgt meinem Rate, kurz und gut:
faßt zu einem Meisterliede Mut!
WALTHER Ein schönes Lied, ein Meisterlied:
wie fass' ich da den Unterschied?
2155 **SACHS** Mein Freund, in holder Jugendzeit,
wenn uns von mächt'gen Trieben
zum sel'gen ersten Lieben
die Brust sich schwellet hoch und weit,
ein schönes Lied zu singen,
2160 mocht' vielen da gelingen:
der Lenz, der sang für sie.
Kam Sommer, Herbst und Winters Zeit,
viel Not und Sorg im Leben,
manch ehlich Glück daneben:
2165 Kindtauf, Geschäfte, Zwist und Streit:
denen's dann noch will gelingen,
ein schönes Lied zu singen,
seht: Meister nennt man die!
WALTHER (zart und begeistert anschwellend)
Ich lieb' ein Weib und will es frein,
2170 mein dauernd Ehgemahl zu sein.
SACHS Die Meisterregeln lernt beizeiten,
daß sie getreulich euch geleiten
und helfen, wohl bewahren,
was in der Jugend Jahren
2175 mit holdem Triebe
Lenz und Liebe
euch unbewußt ins Herz gelegt,
daß ihr das unverloren hegt!
WALTHER Stehn sie nun in so hohem Ruf,
2180 wer war es, der die Regeln schuf?
SACHS Das waren hoch bedürft'ge Meister,
von Lebensmüh bedrängte Geister:
in ihrer Nöten Wildnis
sie schufen sich ein Bildnis,
2185 daß ihnen bliebe
der Jugendliebe
ein Angedenken, klar und fest,
dran sich der Lenz erkennen läßt.
WALTHER
Doch, wem der Lenz schon lang entronnen,

小路に響き渡った歌、あれでしょう？
ザックス　（思わず笑う）
いやいや、これは参った！
おまけに、拍子取りまで聞かれてしまったか——
だが、それはそれ。この場は私の忠告を聞かれよ。
悪いことは言わぬ、マイスターの歌に挑むのだ。
ヴァルター　美しい歌と、マイスターの歌
その違いはどこにあるのでしょう？
ザックス　友よ。青春の輝きに包まれ
力強い衝動に駆られて
はじめて愛の幸せを知り
胸を膨らませる季節には、
美しい歌をみごとに
歌い上げる者も少なくない。
春が彼らのために歌ってくれるからだ。
だが夏も終わり、秋がきて、冬になり
人生の辛酸をたっぷりなめ
結婚の幸せも少しは味わい
子供を洗礼させ、仕事をこなし
諍いや争いを経験したあとでも
まだ美しい歌をうたえる者こそ
晴れてマイスターと呼ばれるのだ。
ヴァルター　（しみじみと、しだいに気持ちを高ぶらせて）
私も愛する女を娶りたい、
わが生涯の伴侶としたい！
ザックス　それには、まずマイスターの規則を学びなさい。
あなたを忠実に導く杖となり
支えとなってくれるはず。
そして青春の年月を経て
やさしい胸の疼きとともに
知らぬまに、あなたの胸に注ぎ込まれた
春と愛の息吹きをしっかり守り
不滅の宝に変えてくれるはず。
ヴァルター　それほどの規則を
いったい誰が作ったのでしょうか？
ザックス　それは貧しさにあえぐマイスターたち。
日々の暮らしに追い立てられ
砂を嚙むような苦しみのなかで
面影を似姿に作りなし、
若き日の愛の想い出を
いつまでも鮮やかにとどめて
青春の軌跡を確かめる
よすがにしようとしたのだ。
ヴァルター
でも、とうに春の盛りを過ぎた者が

(369)「拍子取り」と訳した Takt はザックスのハンマー叩きを指す。「悪いことは言わぬ kurz und gut」（→ 2151）は直訳すれば「簡潔かつ有益に」だが、ザックスは人生と芸術について滔々と自説を展開する。ヴァルターは「（規則について）たっぷり聞かされる gute Lehr うちに／夢もどこかへ消えてしまったようで」（→ 2199f.）と、同じ言葉 gut を異なるニュアンスで用いてザックスの長広舌を皮肉る。

(370) ザックスの説明は、マイスター歌のアウフゲザング（→歴史的背景10）の形式をとる。第1バール（2155-2161 行）と第2バール（2162-2168 行）が完全に同じ詩型をとりながら（規則に反して）旋律に違いがあるのは、みずから「格に入りて格を出ず」を実践してみせながら、「美しい歌」と「マイスターの歌」の「同じようでいて異なる」微妙な差異を表現したもの。

(371) 時あたかも夏至。むせかえるようなニワトコの香りに象徴される自然の生命力（→注162）が横溢する、まさにそのとき、過ぎ去った「春」（青春）を惜しみ、迫り来る「秋」（老年）と「冬」（死）を想う。それは（韻文台本で初めて採用された）ドラマ全体の基調であり、また人生の盛りを迎えたワーグナーの偽らざる実感でもあっただろう（→注441）。また「春」は「過ぎ去った芸術の栄光」の隠喩でもあり、その再生がこの作品の重要なテーマのひとつであることはいうまでもない（→注374）。——頭音をそろえた「春 Lenz と愛 Liebe」（→ 2176）の照応関係については、『ヴァルキューレ』第1幕第3場「愛が春を招き寄せたのだ」（→ W451、同注28）を参照。

(372) 2177 行以下には、無意識のうちに（「知らぬまに unbewußt」）心に刻まれたものは失われることがない（「不滅の unverloren（宝）」）という、のちの深層心理学にも通じるワーグナーの洞察が込められている。

(373) ワーグナー自身、債鬼に追われる「素寒貧の巨匠 hoch bedürft'ge(r) Meister」（→ 2181）であったが、bedürftig の意味は、単なる「貧しい」「哀れな」にとどまらない。哲学者ハイデガーは、詩人ヘルダーリンの言葉「乏しき時代 in dürftiger Zeit（にあって何のための詩人か）」（『パンと葡萄酒』1796年）を、「神々が逃げ去り、来るべきものがまだ立ち現われていない」と解釈しているが（『乏しき時代の詩人』1945年）、「神々」を「芸術」に置き換えればザックスの問題意識が浮き彫りになろう。2192 行の bedürft'ger も同様に「青春の力」との関連から「命の糧に乏しき者」と訳した。いずれも欠乏と渇望のベクトルが激しくせめぎあう状態を表わす。

(236) ザックスの「面影に生気を吹き込む青春の力に不足はない〜」には〈好意の動機〉［譜例59］がふたたび現われ、さらに「さあ、ここにインクと、ペンと、紙がある」（→2195）からは、〈芸術家の動機〉［譜例122］と〈好意の動機〉が交代して、あるいは対位法的に組み合わされてゆく。

(237) 「（今朝の）夢（Morgen-)traum」に一時的に現われるハ長調と、「（夢と詩は）たがいに助け合う stehn gern sich bei（兄弟みたいなもの）」における〈愛の動機〉［譜例6］は、ヴァルターの〈夢解きの歌〉の先取り。『トリスタン』で確立された「移行の技法」がここにも活用されている（→Tr解題）。

(238) なお「夢と詩は、たがいに助け合う兄弟みたいなもの」は、これに先立つ「（それじゃ夢でなく）詩ではありませんか」の偽終止（変ロ音上の長三和音ではなく増三和音）と同じく、変ホ長調の主和音ではなく、上方変位したIV度上の増六の和音（ロ-変ホ-ト-イ）へと進み、これがホ長調の属七和音（ロ-嬰ニ-イ）に読み換えられて〈夢の動機〉へと続く。これによってヴァルターは、詩の世界（論理的な和声進行）から夢の世界（非論理的な和声進行）へと導き入れられる。

(239) ヴァルター〈夢解きの歌〉の形式は次のとおり。
第1バール：シュトレン　　2209-2215行
　　　　　　シュトレン　　2221-2227行
　　　　　　アプゲザング　2243-2253行
第2バール：シュトレン　　2265-2271行
　　　　　　シュトレン　　2272-2278行
　　　　　　アプゲザング　2279-2289行
　　　　　　（長い中断をはさんで）
第3バール：シュトレン　　2556-2562行
　　　　　　シュトレン　　2564-2570行
　　　　　　アプゲザング　2572-2582行

(240) 第1シュトレンと第2シュトレンの詩型は、行数、音節数、押韻の位置からみて「そっくり同じ」型となっているが、旋律は「歓喜 Wonnen」と「誇らかに Prangen」から方向を変える［譜例123］。ザックスの「歌いおさめを変えた」は、直訳すれば「同じ音 Ton で終わらなかった」。たしかに同じ音ではないが、Ton(us)には旋法／調性の意味もある。重要なのはハ長調の枠内にとどまっていた第1シュトレンの旋律と和声が、第2シュトレンでト長調へと転じていることだろう。

2190　wie wird er dem im Bild gewonnen?
　　　SACHS　Er frischt es an, so gut er kann:
　　　drum möcht' ich, als bedürft'ger Mann,
　　　will ich die Regeln euch lehren,
　　　sollt ihr sie mir neu erklären.
2195　Seht, hier ist Tinte, Feder, Papier:
　　　ich schreib's euch auf, diktiert ihr mir!
　　　WALTHER　Wie ich's begänne, wüßt' ich kaum.
　　　SACHS　Erzählt mir euren Morgentraum.
　　　WALTHER　Durch eurer Regeln gute Lehr
2200　ist mir's, als ob verwischt er wär'.
　　　SACHS
　　　Grad nehmt die Dichtkunst jetzt zur Hand:
　　　mancher durch sie das Verlorne fand.
　　　WALTHER
　　　So wär's nicht Traum, doch Dichterei?
　　　SACHS　'sind Freunde beid, stehn gern sich bei.
2205　WALTHER　Wie fang' ich nach der Regel an?
　　　SACHS　Ihr stellt sie selbst und folgt ihr dann.
　　　Gedenkt des schönen Traums am Morgen:
　　　fürs andre laßt Hans Sachs nur sorgen.
　　　WALTHER　(hat sich zu Hans Sachs am Werktisch gesetzt, wo dieser das Gedicht Walthers nachschreibt.)
　　　„Morgenlich leuchtend in rosigem Schein,
2210　von Blüt und Duft
　　　geschwellt die Luft,
　　　voll aller Wonnen
　　　nie ersonnen,
　　　ein Garten lud mich ein,
2215　Gast ihm zu sein."
　　　SACHS　Das war ein „Stollen"; nun achtet wohl,
　　　daß ganz ein gleicher ihm folgen soll.
　　　WALTHER　Warum ganz gleich?
　　　SACHS　Damit man seh',
2220　ihr wählet euch gleich ein Weib zur Eh.
　　　WALTHER
　　　„Wonnig entragend dem seligen Raum,
　　　bot goldner Frucht
　　　heilsaft'ge Wucht,
　　　mit holdem Prangen
2225　dem Verlangen,
　　　an duft'ger Zweige Saum,
　　　herrlich ein Baum."
　　　SACHS　Ihr schlosset nicht im gleichen Ton:

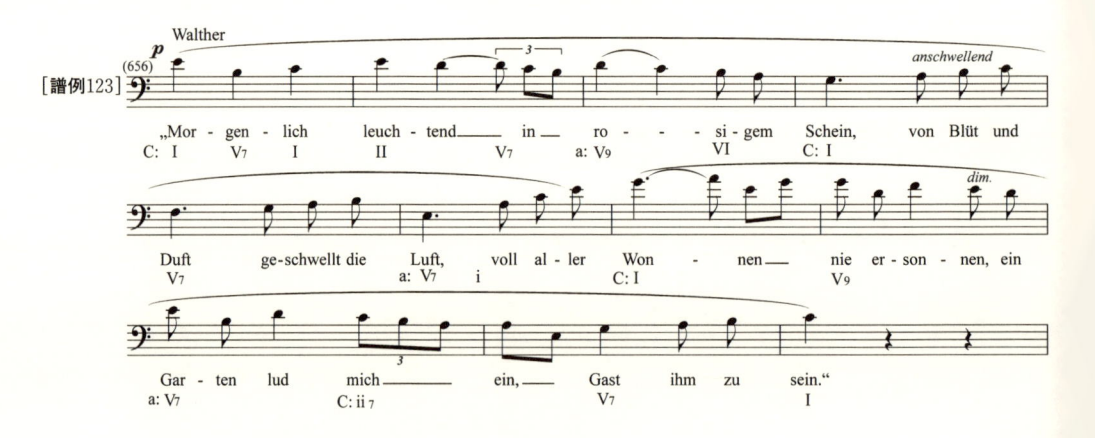

［譜例123］

（第3幕第2場）

歌の似姿によって青春を取り戻せるものでしょうか？
ザックス　面影に生気を吹き込む青春の力に不足はない。
だからこそ、私のように命の糧に乏しき者は
あなたに規則を教えながら、その新たな意味を
あなたから教わりたいと願うのだ。
さあ、ここにインクと、ペンと、紙がある。
あなたが語ってくれれば、書きとめよう。
ヴァルター　どう始めたらよいのか、見当もつきません。
ザックス　今朝の夢を語るがよい。
ヴァルター　規則についてたっぷり聞かされるうちに
夢もどこかへ消えてしまったようです。
ザックス
そんなときこそ、詩という芸術の力を借りるのだ。
それによって失われた記憶を取り戻した者も多い。
ヴァルター
それじゃ夢でなく、詩ではありませんか？
ザックス　夢と詩は、たがいに助け合う兄弟みたいなもの。
ヴァルター　どのように始めれば、規則に適うでしょうか？
ザックス　自分で規則を立て、それに従うのだ。
朝方の美しい夢を思い浮かべ
あとはこのハンス・ザックスにまかせるがよい。
ヴァルター　（仕事机に寄りかかる。ザックスはヴァルターの詩を
　　　　　　書きとめる）

「朝は薔薇色の光に輝き
咲き乱れる花の香りに
大気はあふれんばかり。
思いもかけぬ
歓喜に満ちて
誘われるまま
私は楽園に遊んだ」
ザックス　それが「シュトレン」。さあ気をつけて
そっくり同じ型を続けるのだ。
ヴァルター　なぜ、そっくり同じものを？
ザックス　自分に似つかわしい女を
伴侶に選んだことがわかるようにさ。
ヴァルター
「歓喜に燃えて至福の園に聳え立ち、
たっぷりと甘露を含んだ
金色の果実をたわわにつけ、
香わしき木陰を
求める者に
やさしくも誇らかに差し出す
一本のみごとな樹」
ザックス　歌いおさめを変えたのは

（374）第1散文稿では、ザックスはここで芸術の没落と再興について語るという設定。自分は「ドイツの詩芸術における最後の詩人」であり、やがて「文芸は長い時代にわたって忘れ去られ〜理性や哲学、それに剣が」幅をきかすようになるだろう。だが何世紀か後には自分の作品が見直され、ミンネゼンガーにまで遡って光が当てられるようになるはずだ、と。こうした19世紀の歴史主義的な中世復興の風潮を先取りするような予告に続いて、ザックスがヴァルターに授ける教えは、「あたら稀有な才能を浪費せず〜城館へ引き籠ってウルリヒ・フォン・フッテンやルターの著作を研究すべし」という消極的なもの。これに対して十余年の歳月を経て韻文台本でワーグナーが提示したのは、単なる復古の道ではなく、「教えながら〜教わり」、古きものに「新たな意味」を見出す方途であった（→注69、191、360）。

（375）夢と詩（芸術）の密接な関係についてのザックスの発言は、詩人を「白日の夢想者」になぞらえ、「夜の夢は空想と同じ願望充足である」（『詩人と空想』1908年）と説いたジークムント・フロイトに先がけるワーグナー自身の見解でもある（→注372）。——Freunde（→2204）は直訳すれば「友人たち」だが、ここは夢と詩の親近性にとどまらず、両者がその根を同じくすることにまで踏み込んで「兄弟」と訳した。

（376）ワーグナーは〈夢解きの歌〉をスコアの段階で全面的に書き換え（改訂前の歌詞については→巻末「5つの異稿」2、3）、ヴァルターを主人公としてドラマの筋立てをそのままなぞるような内容から、多様な解釈を許容するイメージを連ねた、きわめて象徴性の高いテクストに改めることで、夢の謎めいた性格を飛躍的に深めた（→注377、379、381、383、385、386）。

（377）ヴァルターが「薔薇色の光」のなかで遊んだ「楽園 Garten」（→2214）とは、①アダムとエヴァのいた旧約聖書の楽園とも、②ハンス・ザックス『ニュルンベルク市を讃える詩』に「薔薇の園 rosen-gart」として描かれたニュルンベルクの町ともとれる。さらに③マイスター芸術を庭園に譬える伝統があり、歌学校の開催を市民に知らせる「公示板」には花園の絵が描かれ、その下に「いにしえの12人のマイスターたちが／よく花園を守ってきた」という銘文が記されていた（→歴史的背景9）。ハンス・ザックスの詩『歌学校の芸術』（1527年）にも、「ニュルンベルクでは庭園は歌学校を意味する」とある。

(241)「春は、こうでなくてはなるまい」に〈エファの動機〉［譜例71］が現われるのは、ザックスがヴァルターだけでなく、エファのことも想い起こしているからか。またザックスは「選んだ finden」と「子供 Kinden」に同じ旋回装飾音形を施しているが、これは脚韻の強調だけでなく、ヴァルターに装飾法を教えようとする意図も働いているからだろう。事実、ヴァルターはアプゲザングに入ってから、初めて「やさしく sanft」に装飾を施している。

(242) アプゲザングは「独自のものをふんだんに盛り込む」とあるが、ここでは前奏曲以来おなじみの〈愛の動機〉［譜例6］が旋律の基本素材として用いられる（4拍子から3拍子へ）。動機にふくまれる半音下行「ト-嬰ヘ-ヘ」を幾度も反復し、さらにその反行形（2245-2246）も交えることによって、全音階的なシュトレンにはみられなかった色彩感を旋律にもたらす。またシュトレンではごく控えめにしか用いられていなかった「高いイ音」が長い音価「生命（の樹）Lebens(-baum)」で引き伸ばされているのも、歌いおさめにふさわしい［譜例124］。

(243) 第1バールは予期されるハ長調主和音ではなく、機能の曖昧な半減七和音（嬰ヘ-ハ-ホ-イ）で終わり、ホルンによる〈諦念の動機〉が続く。ト書きにザックスが「感じ入り」とあるが、そこにはヴァルターの芸術に対する賛同の意だけでなく、若者に圧倒されたザックスの羨望や嫉妬、ひいては無力感や敗北感も重なっているとみてよい。したがって、つづく「覚えにくいのが玉に瑕／年寄りたちは面白くなかろう」の「年寄り」に、ザックスがふくまれるのかどうかは微妙なところだ。

(244)〈夢解きの歌〉は管弦楽法の観点からみても興味深い。第1バールの第1シュトレンでは、基本的に弱音器つきの弦楽器群が伴奏をつとめ、第1ヴァイオリンが歌の旋律をオクターヴ上でなぞっていた。しかし第2バールの第1シュトレンでは、基本的に木管楽器群とハープが伴奏をつとめ、第1オーボエが歌の旋律をオクターヴ上でなぞる。さらに「彼女の瞳から aus ihren Augen」では弦楽器群（弱音器なし）も加わってくるように、管弦楽法＝音色の変化に対する細かな配慮が際立つ。

```
           das macht den Meistern Pein;
2230       doch nimmt Hans Sachs die Lehr davon,
           im Lenz wohl müss' es so sein.
           Nun stellt mir einen „Abgesang".
WALTHER    Was soll nun der?
SACHS      Ob euch gelang,
2235       ein rechtes Paar zu finden,
           das zeigt sich an den Kinden;
           den Stollen ähnlich, doch nicht gleich,
           an eignen Reim' und Tönen reich;
           daß man's recht schlank und selbstig find',
2240       das freut die Ältern an dem Kind;
           und euren Stollen gibt's den Schluß,
           daß nichts davon abfallen muß.
WALTHER    „Sei euch vertraut,
           welch hehres Wunder mir geschehn:
2245       an meiner Seite stand ein Weib,
           so hold und schön ich nie gesehn:
           gleich einer Braut
           umfaßte sie sanft meinen Leib;
           mit Augen winkend,
2250       die Hand wies blinkend,
           was ich verlangend begehrt,
           die Frucht so hold und wert
           vom Lebensbaum."
SACHS      (gerührt)
           Das nenn' ich mir einen Abgesang!
2255       Seht, wie der ganze Bar gelang!
           Nur mit der Melodei
           seid ihr ein wenig frei:
           doch sag' ich nicht, daß das ein Fehler sei;
           nur ist's nicht leicht zu behalten,
2260       und das ärgert unsre Alten!
           Jetzt richtet mir noch einen zweiten Bar,
           damit man merk', welch der erste war.
           Auch weiß ich noch nicht, so gut ihr's gereimt,
           was ihr gedichtet, was ihr geträumt.
WALTHER
2265       „Abendlich glühend in himmlischer Pracht
           verschied der Tag,
           wie dort ich lag:
           aus ihren Augen
           Wonne zu saugen,
2270       Verlangen einz'ger Macht
           in mir nur wacht'.
```

[譜例124]

マイスターたちの癇に障るだろうが
このハンス・ザックス、大いに勉強になった。
春は、こうでなくてはなるまい。
では「アプゲザング」をやってくれ。
ヴァルター　どうすればよいのでしょう？
ザックス　正しい伴侶を
選んだかどうかは
子供を見ればわかる。
シュトレンと似てはいるが、そっくり同じではなく
韻も、調べも、独自のものをふんだんに盛り込むがいい。
背丈が伸びて一人前になった子供の姿に
親たちは目を細めるものだ。
シュトレンに結びをつけて
遺漏なきようになさい。
ヴァルター　「わが身に起こった
すばらしい奇蹟をお話しよう。
私の傍らに立ったのは
これまで出会ったこともない優美な女。
花嫁のようにやさしく
私の体をかき抱くと
目で指し示し
手で瞬いてみせたのは
憧れつつ探し求めてきた
生命の樹の
貴い果実」
ザックス　（感じ入り）
それでこそ、私のいうアプゲザング。
さあ、バールの完成だ。
節まわしが
少しばかり奔放だが
欠点とは言うまい。
ただ、覚えにくいのが玉に瑕
年寄たちは面白くなかろう。
さあ、もうひとつバールを続けて
最初のバールを浮き彫りにするのだ。
韻はうまく合っていたが
詩も、夢も、まだ私にはつかみきれない。
ヴァルター
「夕焼けがみごとに空を染め
横たわる私を残して
一日が終りを告げる。
彼女の瞳から
歓喜の滴りを吸おうと
ひたぶる想いが
身内に目ざめる。

(378) 生殖モデルによるザックスの説明は、詩を「授精する男」、音楽を「受胎する女」にたとえ、両者の結婚から「未来の芸術作品」が誕生するとした『オペラとドラマ』の美学理論を踏まえたもの。――2240 行はスコアの現代風の表記 Eltern ではなく、韻文台本の Ältern を採用した。「親たち die Ältern」（直訳：年配の人々）は両親（Eltern）だけでなく、その親たちも、近所のおじさん、おばさんもふくむ。そこにはエファに対するザックスの想いも込められている。

(379) ヴァルターの夢にあらわれた「女」は楽園のエヴァか、あるいはニュルンベルクのエファか、はたまたミューズの詩神（→ 3008、3024）か、夢のなかでは定かではない（→注385）。なお韻文台本の〈夢解きの歌〉（→「5つの異稿」2、3）には「母」のイメージも盛り込まれていた。

(380) 「手で指し示し winkend／目で瞬いて blinkend みせた」とあるべきところが逆になっているのは（→ 2249f.）、ヴァルターの未熟さを示す、うっかりミスか。あるいはマイスタージンガーたちが好んで用いた「逆さ表現」――例：「ある百姓に村が住んでおり／ミルクとスプーンをパンで食べるのが好きでした」（ハンス・ザックス『あべこべ百姓』1531年）――を取り入れたとも考えられる。

(381) 「生命の樹」（→ 2253）は楽園に生える樹。アダムとエヴァが禁断の実を取って食べたとされる（創世記2）。ニュルンベルクを楽園に見立てれば（→注244）、ザックス家前のニワトコをそれに擬することもできよう（→注162）。

(382) 第1バール同様、第2バールも押韻規則に照らして間然するところなし。アプゲザングの最終行（→ 2253/2289）に -aum で「穀粒」韻（→歴史的背景10）を踏んでいるほかは、これといって複雑な技巧を凝らしておらず、〈資格試験の歌〉や〈栄冠の歌〉に比べて短く簡潔なのは夢の名残りか。

(383) 「瞳から滴りを吸おう」という暗喩が引き金となって「身内に目ざめ(た)ひたぶる想い」は、たちまち奔流のごとく溢れ出し、瞳＝泉＝星というイメージの螺旋連環をダイナミックに昇りつめた頂点「(月桂)樹の実」（→ 2289）で、第1バールの歌いおさめ「生命の樹の／貴い果実」（→ 2252f.）と二重映しになる（→注386）。

Leib; mit Au-gen win-kend, die Hand wies blin-kend, was ich ver-lan-gend be-gehrt, die Frucht so hold und wert vom Le - - bens - - baum."

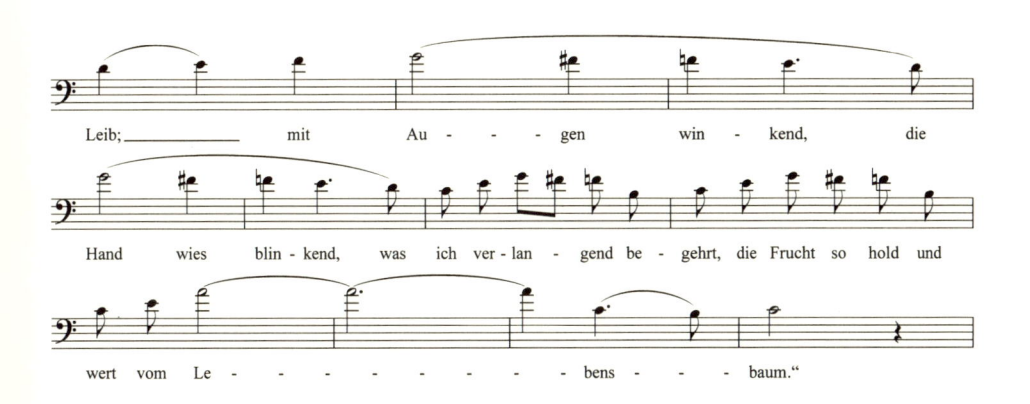

(245) 第2シュトレンでも管弦楽法が変容する。弱音器つきヴィオラ（歌唱声部とユニゾン）とチェロ、それにファゴットという薄い編成に始まり、「星 Sterne」からホルンも加わってくるが、歌いおさめの上行線は、夢幻的な歌詞「神々しく hehr」を反映してか弱音に絞り込んだまま。

(246) アプゲザングも歌唱声部に変更はないが、第1ヴァイオリンがオクターヴ下げられて歌唱声部をユニゾンで重複するため、積極的に介入してくるハープの輝き「満天の星」がいやますというものだ。また第1バールでも同じような試みがみられたが、「輪舞し、乱舞しながら／枝といわず、葉といわず Zu Tanz und Reigen/in Laub und Zweigen」において、動機反復を音色（第1＋2ヴァイオリンからヴィオラ＋チェロへ）で描き分け、さらにクラリネットとオーボエで〈愛の動機〉を対位法的に絡ませる。ともすれば歌唱声部が主導する音楽と受け取られがちな〈夢解きの歌〉だが、その実態は繊細微妙このうえない。

(247) 第2バールは半減七和音ではなく、増三和音で和声的には開かれたまま。ふたたび〈諦念の動機〉[譜例111]（今回はトロンボーンとチェロ）がザックスの心理を代弁し、また〈求愛の動機〉[譜例2]と〈夢の動機〉[譜例121]がザックスの言葉を裏打ちする[譜例125]。なおヴァルターの苛立ちと反発（〈衝動の動機〉の走句）の理由については（→訳注387）。

(248) 〈好意の動機〉から始まるザックスの言葉は、これまでの教育ないし戦略の総仕上げとみてよい。押すべきときには押し、引くべきときには引く。相手の心理を即座に見破って発言・行動するザックスは、根っからの教育者であり、また政治家でもある。──なお音楽（旋律）が先か、言葉（詩）が先かという議論は、オペラ史の「古くて新しい」問題。ワーグナーは両者の理想的な関係を、「語や句の織りなす脈絡の内に旋律の息の長さがあらかじめそっくり描きこまれている、つまり詩のかたちを借りながら、そのなかにすでに旋律が構築されている」（『未来音楽』）と表現する。ザックスの言葉（→2296f.）は音楽主導で進んだ『マイスタージンガー』制作の経緯を反映している（→作品の成立4）。

(249) 「では、しかるべき場で言葉と行動を！」以降（→2295ff.）を支配するのは変ホ長調だが、このいささか大仰な効果をもつ台詞と行動（以下のト書き参照）は、〈ニュルンベルクの動機〉によって倍化され、さらにひさびさに現われる完全終止によって裏打ちされる。

Nächtlich umdämmert, der Blick sich mir bricht:
wie weit so nah,
beschienen da
2275 zwei lichte Sterne
aus der Ferne,
durch schlanker Zweige Licht,
hehr mein Gesicht.
Lieblich ein Quell
2280 auf stiller Höhe dort mir rauscht;
jetzt schwellt er an sein hold Getön,
so stark und süß ich's nie erlauscht:
leuchtend und hell,
wie strahlten die Sterne da schön!
2285 Zu Tanz und Reigen
in Laub und Zweigen,
der goldnen sammeln sich mehr,
statt Frucht ein Sternenheer
im Lorbeerbaum."
SACHS *(sehr gerührt)*
2290 Freund, euer Traumbild wies euch wahr:
gelungen ist auch der zweite Bar.
Wolltet ihr noch einen dritten dichten,
des Traumes Deutung würd' er berichten.
WALTHER *(steht schnell auf.)*
Wo fänd' ich die? Genug der Wort'!
SACHS *(erhebt sich ebenfalls und tritt mit freundlicher Entschiedenheit zu Walther.)*
2295 Dann Tat und Wort am rechten Ort!
Drum bitt' ich, merkt mir gut die Weise:
gar lieblich drin sich's dichten läßt.
Und singt ihr sie in weitrem Kreise,
so haltet mir auch das Traumbild fest.
2300 WALTHER   Was habt ihr vor?
SACHS   Eu'r treuer Knecht
fand sich mit Sack und Tasch zurecht:
die Kleider, drin am Hochzeitsfest
daheim ihr wolltet prangen,
2305 die ließ er her zu mir gelangen;
ein Täubchen zeigt' ihm wohl das Nest,
darin sein Junker träumt'.
Drum folgt mir jetzt ins Kämmerlein:
mit Kleiden, wohlgesäumt,
2310 sollen beide wir gezieret sein,
wann's Stattliches zu wagen gilt.
Drum kommt, seid ihr gleich mir gewillt.

夜の帳に包まれ、遠目がきかなくなると
すぐそこに
輝き出でた
はるか彼方の
まばゆい星ふたつ、
細枝の残照を透かして
私の顔を神々しく照らす。
やさしい泉が
静寂の高みから私に囁きかけると
その心地よい音はたちまち膨れ上がり
聞いたこともないほど力強く、甘く響き渡る。
かしこに燦然と輝く星々の
なんと美しいこと！
輪舞し、乱舞しながら
枝といわず、葉といわず
その数を増してゆく黄金の点は
月桂樹の実とも見まがう
満天の星」
ザックス （さらに感じ入り）
友よ、これであなたの夢がはっきりした。
それに第二のバールも完成した。
三番目を作って
夢の答えを出してはどうか。
ヴァルター （すっくと立って）
答えなど、どこにある！　言葉は、もう結構！
ザックス
　（いっしょに立ち上がり、親しげに、しかし決然と）
では、しかるべき場で言葉と行動を！
そのためには、あの節をよく覚えておくのだ。
それに合わせて、言葉がすらすら浮かぶはず。
そして、おおぜいの聴衆の前で歌うときには
先ほどの夢をしっかり脳裏に想い描くのだ。
ヴァルター　何をなさるつもりか？
ザックス　ちょうど、あなたの御家来が
袋と鞄に荷物を詰めて見えたところだ。
故郷での婚礼に身を飾ろうと
考えておられた晴れ着を
うちへ届けにきたのだ。
きっと夢見る若殿のねぐらを
小鳩が教えてやったのだろう。
さあ、私の部屋へ！
われら両名、縁取りよろしき
礼服に威儀を正して
大事にあたるのだ。
心をひとつに、いざ、こちらへ！

(384) 2273行 wie weit so nah は、直訳すれば「遠くもあり、近くもある」。『トリスタン』第2幕第2場「やさしい近さ／さびしい遠さ Holde Nähe/Öde Weite」(→Tr1041f.) が「遠さと近さ（の）天地の違い」(→同1039ff.) を表わすとすれば、ここは遠近の差が識別できなくなった状態を指す。「すぐそこに／～／はるか彼方の」と行を越えて訳し分けた。

(385) 「星ふたつ」(→2275) は「優美な女」(→2245f.) の瞳でもあろうか。女の瞳が「夜の帳に包まれ」たかと思うと、いつのまにか星が「輝き出」るという、映画のフェイド・アウト（溶暗）→フェイド・イン（溶明）の手法を思わせる鮮やかなイメージ転換により、夜空いっぱいにいとしい面影が広がる。ヴァルターの夢に現われた「女」とは、あるいは人間を「やさしく～かき抱く」(→2248) 宇宙大に広がる「女性的なるもの」（ゲーテ）かもしれない（→注379）。

(386) 光と音の共感覚 Synästesie が織りなすイメージの横溢は、ワーグナーの「無限旋律」誕生の秘密にも通じる（→注123）。「しじまを圧して～膨れ上がったどよめきは～一本の大きな旋律なのだ。そういえばいつかも夜空の深い青に目を奪われて同じような気分に落ちていったことがあったが、あの時も、天空の壮観の底深く視線が沈んでゆくにつれてますますはっきりと、輝かしく、明るさを増して無数の星の軍団が見えてきたのであった」（『未来音楽』）。「満天の星」の海に「樹」のシルエットが浮かび上がり、その鬱蒼たる葉叢に無数の「黄金の点」が輝き出るという、「地」と「図」の逆転をはらんだ光と闇のエクスタシス。2289行「月桂樹」（勝利者に与えられる桂冠の樹）は、どうやら第1バール最終行「生命の樹」と同じ樹らしいが、まだ二重のイメージは揺れ動いたまま明確な像を結ぶにいたっておらず、「夢の答え」は先へ持ち越される。

(387) 2294行、怒って誤魔化しているが、ここで「言葉が尽きた genug der Wort'」というのが真相だろう。まだまだ未熟なヴァルターの限界が露呈したことになる。

(388) 「小鳩 Täubchen」は普通、恋人どうしの呼びかけの言葉。ここは「御家来」との連絡役＝伝書鳩のイメージも込めてエファを指す。ヴァルターが鳥づくしで歌った〈資格試験の歌〉の最後（→883ff.）を受けるが、韻文台本の〈夢解きの歌〉（→「5つの異稿」2、3）で「小鳩」と呼ばれていた女人像の名残りでもある。――2309ff.は「若殿、主役はあなたですぞ！」という、いささか芝居がかったザックスの振舞い（→音楽注249）。

(250) オーケストラ間奏は「移行の技法」の典型例。先行する場面の〈ニュルンベルクの動機〉[譜例70]、〈愛の動機〉[譜例6]（ヴァルターの歌）、〈好意の動機〉[譜例59]が尾を引くなか、後続する場面の〈セレナーデの動機〉[譜例37]と〈騒乱の動機〉[譜例55]が現われる。とくに歪んだかたちの〈セレナーデの動機〉が、〈諦念の動機〉を経て、本来の音程関係を取り戻してゆく過程に注目されたい[**譜例126**]。

(251) 幕開けはヴァルターとエファのパントマイムだったが、ここはベックメッサーひとりのパントマイム。〈諦念の動機〉[譜例111]と〈記録係の動機〉[譜例51]、のちの〈靴屋の動機〉[譜例26]と〈リュートの動機〉[譜例87]の組み合わせが、ここにはいないザックスと、ここにいるベックメッサーを鋭く対照づける。また〈記録係の動機〉の後に置かれた前打音つきの減七和音 sf は「痛み」が走る瞬間とみてよい。

(252) ベックメッサーが「忌まわしい記憶や妄想にさいなまれ」るさまは、〈殴り合いの動機〉[譜例96]から始まる。〈セレナーデの動機〉が中断され、これまでは並置されていた〈靴屋の動機〉と〈リュートの動機〉が争うように同時進行することによって、「迫害の記憶」が生々しくよみがえる。さらにベックメッサーが〈騒乱の動機〉や〈殴り合いの動機〉によって正気を失ってゆく様子は、あたかも『ジークフリート』第2幕のミーメを見るかのようだ（→ S1768ff.）。

(253) 「生気」なくは、クラリネットとファゴットのくすんだ響きを背景としたホルンのしわがれた〈殴り合いの動機〉が体現。また「騎士ヴァルターのことが頭をかすめる」ところでは、〈セレナーデの動機〉と〈シュトルツィングの動機〉[譜例46]が争うように同時進行する。とうにヴァルターを葬り去った（と信じている）ベックメッサーだが、このような錯乱状態になると、かえって真の競争相手が見えてくるのかもしれない。

(254) ベックメッサーは「ぴしゃりと窓を閉める」（ff の減七和音）によって幻聴を断ち切るが、そこにはふたたび〈諦念の動機〉が現われる。この動機再現は「諦念」そのものを指すというよりも、すべての成り行きにザックスの思惑が働いていると解すべきであろう。なお「新たな旋律を模索して」いるようなベックメッサーだが、音楽に現われてくるのは第2幕の〈セレナーデ〉で経験ずみの動機断片ばかり。

Walther schlägt in Sachsens Hand ein; so geleitet ihn dieser, ruhig festen Schrittes, zur Kammer, deren Türe er ihm ehrerbietig öffnet, und dann ihm folgt. — Man gewahrt Beckmesser, welcher draußen vor dem Laden erscheint, in großer Aufgeregtheit hereinlugt und, da er die Werkstatt leer findet, hastig hereintritt.

Dritte Szene

Beckmesser ist sehr aufgeputzt, aber in sehr leidendem Zustande. — Er blickt sich erst unter der Türe nochmals genau in der Werkstatt um. — Dann hinkt er vorwärts, zuckt aber zusammen und streicht sich den Rücken. — Er macht wieder einige Schritte, knickt aber mit den Knien und streicht nun diese. — Er setzt sich auf den Schusterschemel, fährt aber schnell schmerzhaft wieder auf. — Er betrachtet sich den Schemel und gerät dabei in immer aufgeregteres Nachsinnen. — Er wird von der verdrießlichsten Erinnerungen und Vorstellungen gepeinigt; immer unruhiger beginnt er, sich den Schweiß von der Stirn zu wischen. — Er hinkt immer lebhafter umher und starrt dabei vor sich hin. — Als ob er von allen Seiten verfolgt wäre, taumelt er fliehend hin und her. — Wie um nicht umzusinken, hält er sich an dem Werktisch, zu dem er hingeschwankt war, an und starrt vor sich hin. — Matt und verzweiflungsvoll sieht er um sich: — sein Blick fällt endlich durch das Fenster auf Pogners Haus; er hinkt mühsam an dasselbe heran und, nach dem gegenüberliegenden Fenster ausspähend, versucht er, sich in die Brust zu werfen, als ihm sogleich der Ritter Walther einfällt: ärgerliche Gedanken entstehen ihm dadurch, gegen die er mit schmeichelndem Selbstgefühle anzukämpfen sucht. — Die Eifersucht übermannt ihn; er schlägt sich vor den Kopf. — Er glaubt, die Verhöhnung der Weiber und Buben auf der Gasse zu vernehmen, wendet sich wütend ab und schmeißt das Fenster zu. — Sehr verstört wendet er sich mechanisch wieder dem Werktische zu, indem er, vor sich hinbrütend, nach einer neuen Weise zu suchen scheint. — Sein Blick fällt auf das von Sachs zuvor be-

ふたりは手と手を打ち合わせる。ザックスはゆったりと踏みしめるような歩調でヴァルターを小部屋へ誘い、恭しく扉を開け、ヴァルターを送り込み、あとに続く。──店の前にベックメッサーが姿をあらわし、ひどく神経を高ぶらせた様子で中をのぞき込み、工房に誰もいないのを見て、そそくさと中へ入る。

第3場

めかしこんだベックメッサーだが、ひどく痛々しげな様子。──まず戸口で工房内をもう一度探るように見まわす。──それから脚を引きずって前に歩み出るが、痛みに襲われて身を折り、背中をさする。──また数歩進んだところで、がくりときて、膝のあたりをさする。──靴屋の足乗せ台に腰をおろしかけるが、痛みに顔をしかめて飛び上がる。──じっと足乗せ台を見つめて、物思いにふけるうちに、どんどん頭に血がのぼってくる。──忌まわしい記憶や妄想にさいなまれ、みるみる落ち着きを失い、額の汗をぬぐいはじめる。──不自由な脚で、ますますせわしなく室内を歩きまわるが、目はうつろに見開いたまま。──まるで四方から追い立てられているように、よろめきながら右に左に逃げまどう。──ふらふらと仕事机のところまで来ると、くずおれそうになる体を机で支え、宙を見つめる。──生気のない、捨て鉢な視線を周囲にめぐらす。──と、窓越しにポークナーの家が目に入る。脚を引きずり、やっとのことで窓際に近づき、向かいの窓の様子をうかがいながら胸を張ってはみたものの、騎士ヴァルターのことが頭をかすめる。こみ上げる苦い思いを鎮めようと、自尊心を奮い立たせる。──悔しさに耐えかねて額をかきむしる。──自分を嘲笑う女子供の声が小路から聞こえたと思い、憤然と踵を返し、ぴしゃりと窓を閉める。──ひどく取り乱し、戻るともなく仕事机に戻るが、その間も新たな旋律を模索しているのか、ぼんやり考え込んだまま。──さきほどザックスが書き込んだ紙に目をとめ、はてこれは何だろうと手に取って走り読みするうちに、みるみる顔を紅潮させ、ついに狂ったように叫ぶ。

(389) ベックメッサーは最初から盗みを目的としていたわけではない（→注391）。しかるに da...（直訳：誰もいないことを確認できたので）というト書きは、早くもここで盗っ人のイメージを植え込もうという意地悪さ。

(390) 「めかしこんだ」姿から、ベックメッサーはそのまま会場へ向かうつもりで出てきており、家に戻る予定はなかったと考えられる。

(391) ワーグナーの作品には、『ヴァルキューレ』第2幕第2場〈ヴォータンの語り〉や『パルジファル』第1幕〈グルネマンツの語り〉のように、それまでの物語の流れを振り返って次の展開につなげる「叙事的な語り」を設けたものが多い。この場の冒頭は、いわばパントマイムによる「叙事的な語り」といえよう。しかも言葉がないぶんだけ身体表現が際立ち、それが音楽と相まって心理の襞を暴き出し、ぎくしゃくしたマリオネットのような体の動きが笑いを誘うわけだが、そこには一種「嗜虐嗜好 Schadenfreude」（相手を傷めつけることに喜びを感じる性向）の気配が漂う。また夢遊病者のような一連の動きから、ベックメッサーはなにか特定の目的（盗み、抗議、偵察など）があって来たのではなく、祭りの会場へ向かう途中ふらふらと引き込まれるように店に入ってしまったことがうかがえる。

(392) ポークナーの家に向かって「胸を張って」みせるのは、錯乱のなかにも身分意識が頭をもたげたため（→注62）。その延長線上に騎士階級のヴァルターが浮かんだのであり、目の上の瘤ではあってもライバル視しているわけではない（→注414、音楽注253）。

(393) 社会的名士の仮面がこそげ落ち、むき出しになった赤裸々な自意識にとって、幻聴に聞く「女子供の声」はその邪気のなさゆえに耐えがたいものとなる。

(394) 最初は「体を支える」だけだった仕事机に、「戻るともなく戻り」、しばらく「ぼんやり」したのち、ようやく机上に紙を見つける、といった具合に細かく段取りを踏むことで、スコアのト書きは韻文台本の何倍にも膨らんだ。ベックメッサーの「うつろ」な目が焦点を結び、正気に返るまでのドタバタぶりは、第1場でザックスが瞑想の世界から現実へ引き戻されるまでの静謐な時間の流れ（→注346、355）と好対照をなす。

(255)「紙に目をとめ」るところに、弱音器つき弦による、全音低い〈夢解きの歌〉。ぎくしゃくした楽想が支配的だっただけに、一瞬のユートピアが立ち現われるおもむきだ。

(256) しかし〈夢解きの歌〉が4小節と進まぬうちに、ヴィオラによる異質な音形が侵入してくる（同様の例：ウェーバー『魔弾の射手』の〈花冠の歌〉）。さらに歌の4度順次上行音形が短縮された音価で執拗に反復され[譜例127]、ベックメッサー「みるみる顔を紅潮させ、ついに狂ったように叫ぶ」。なおザックスの登場に合わせて〈好意の動機〉[譜例59]が現われるのは、歌合戦におけるヴァルターへの支持表明と見てよいが、「ベックメッサーに気づい」た瞬間、音楽に居丈高な〈靴屋の動機〉[譜例26]が回帰してくる。こうした変わり身の速さも、ザックスの十八番。

(257) ベックメッサーの抗議とザックスの「はぐらかし」の背景には、〈記録係の動機〉[譜例51]と〈嘲りの動機〉[譜例57]が歪んだ形で現われ、台本の軽妙なやりとりとは裏腹に、音楽はグロテスクな様相を呈してくる。つづく「おれを蹴落とそうとの一心で／不穏な騒ぎを仕組んだのだろうが」と「あれは無礼講～／前夜に破目を外せば外すほど／結婚も上首尾だというじゃないか」を読めば、どちらが正直で、どちらが嘘つきかは明らかだろう。目的と結果はどうあれ、まぎれもなくザックスは「狡智にまみれた靴屋」なのである。

(258) オーケストラと歌唱声部に初めて〈憤激の動機 Entrüstungs-Motiv〉が現われる[譜例128]。リズムはスタッカートの8分音符のみで、音高線は4度順次上行の変形とみてよい。第4音の変ロ音を避け、第5音のハ音へ跳躍しているため、全音階でありながら不安定な効果をもたらし、ベックメッサーの台詞の滑稽さに拍車をかける。1行に1小節を当てる規則的な周期構造も相まって、ほとんど機械的ともいえる楽想になり、ワーグナーが前作『トリスタン』でキーワードとして用いた「選んだ(aus-)erkoren」も、この文脈のなかではパロディーにしかなりえない（→訳注398）。――なお「余計な申し合わせ」の原語Klauselnは中世の音楽用語で終止定型を意味する。

schriebene Papier; er nimmt es neugierig auf, überfliegt es mit wachsender Aufregung und bricht endlich wütend aus:

BECKMESSER
Ein Werbelied! Von Sachs! Ist's wahr?
Ha! Jetzt wird mir alles klar!
(Da er die Kammertüre gehen hört, fährt er zusammen und steckt das Papier eilig in die Tasche.)
SACHS *(im Festgewande, tritt ein, kommt vor und hält an, als er Beckmesser gewahrt.)*

2315 Sieh da, Herr Schreiber: auch am Morgen?
Euch machen die Schuh' doch nicht mehr Sorgen?
BECKMESSER
Zum Teufel! So dünn war ich noch nie beschuht;
fühl' durch die Sohl' den kleinsten Kies!
SACHS Mein Merkerssprüchlein wirkte dies;
2320 trieb sie mit Merkerzeichen so weich.
BECKMESSER
Schon gut der Witz, und genug der Streich'!
Glaubt mir, Freund Sachs: jetzt kenn' ich euch!
Der Spaß von dieser Nacht,
der wird euch noch gedacht.
2325 Daß ich euch nur nicht im Wege sei,
schuft ihr gar Aufruhr und Meuterei!
SACHS 's war Polterabend, laßt euch bedeuten;
eure Hochzeit spukte unter den Leuten:
je toller es da hergeh',
2330 je besser bekommt's der Eh'!
BECKMESSER *(wütend)*
Oh, Schuster voll von Ränken
und pöbelhaften Schwänken!
Du warst mein Feind von je:
nun hör, ob hell ich seh'!
2335 Die ich mir auserkoren,
die ganz für mich geboren,
zu aller Witwer Schmach
der Jungfer stellst du nach.
Daß sich Herr Sachs erwerbe
2340 des Goldschmieds reiches Erbe,
im Meisterrat zur Hand
auf Klauseln er bestand,
ein Mägdlein zu betören,
das nur auf ihn soll't hören,

ベックメッサー
求愛の詩だ！　ザックスの！　まさか！
どうだ！　これで何もかも読めたぞ！
　（小部屋の扉が開く音に身をすくめ、あわてて紙片をポケットにしまう）

ザックス　（晴れ着姿であらわれ、何歩か前へ出たところで、ベックメッサーに気づいて足を止める）
これは書記殿。昨夜に続いて、朝からお出ましとは。
もう靴でやきもきすることはないだろうに。

ベックメッサー
何を言う！　こんなに底の薄い靴は、はじめてだ。
芥子粒みたいな小石ひとつまで足の裏に当たるぞ。

ザックス　記録係殿に進呈した銘が効いたかな。
判定の印を打ち過ぎて、底皮が薄くなったようだ。

ベクメッサー
冗談はよせ、人をからかうにもほどがある。
いいかザックス、今こそあんたの本性がわかったぞ。
よもや昨晩の悪ふざけを
お忘れではあるまい。
おれを蹴落とそうとの一心で
不穏な騒ぎを仕組んだのだろうが。

ザックス　あれは無礼講。考えてもみるがいい
街中があんたの嫁取りの噂で持ちきりだった。
前夜に破目を外せば外すほど
結婚も上首尾だというじゃないか。

ベックメッサー　（かんかんに怒って）
えーい、狡智にまみれた靴屋め
下手な茶番で人を煙に巻きおって。
昔からおれに逆らってばかりいるが
この目が節穴かどうか、教えてやろう。
おれが選んだのは、まさしく
おれのために生まれてきた娘、
その生娘にねらいをつけるとは
お前たち男やもめの面汚しもいいところ。
金細工師の莫大な財産を
ザックスの旦那が継げるようにと
親方衆の寄り合いで早手まわしに、
娘心をなびかせた者が勝ちという
余計な申し合わせに乗ったのだ。
自分には従順な娘だから

(395) Werbelied（← 2313）には「求愛の歌」と「歌くらべに応募するための歌」の二重の意味があるが、ベックメッサーの手がかりは詩の内容だけ。ここは前者を表に出して訳す。間投詞Ha!は「なるほど！」と膝を打つ得心の発声ではなく、音楽が示すようにもっと攻撃的な叫び「どうだ！」。──「扉が開く音」がベックメッサーの背中を押したことになるが、第1散文稿のA案（→注404）では、ベックメッサーはその前に紙片を「ポケットに入れたものかどうか逡巡する」。──ザックスの「晴れ着姿」は、ゲーテ『ハンス・ザックスの詩的使命』（→作品の成立 1）の冒頭の一節「日曜日の朝の仕事場に／かの親方が立っている／いつもの汚れた前掛けではなく／すがすがしい礼装の立ち姿」を彷彿とさせる。

(396)（Merker)sprüchlein（→2319）は、第2幕第6場のザックスの「歌」（→注348）を指すほか、ザックスがベックメッサー（記録係）の記録係として〈セレナーデ〉に下した「評決」ともとれる。ここは両方の意味を込めて「銘」とした。──「嫁取り」（→ 2328）の原語は Hochzeit（結婚式）。すでに話が式の日取りにまで及んでいるかのごときほのめかし。動詞 spuken は、幽霊 Spuk のように実態のない話が飛び交うという意味。

(397) Schwänken（→2332）には「冗談」のほかに「はやり歌 Gassenhauer」（→ 1564、注264）という意味もある。俗謡ばかり書いているから「下手な（下衆っぽい）茶番」がうまいのだろうという当てこすり。──2334行は、直訳すれば「おれがはっきり見て seh' いるかどうか、聞く hör がいい」。視覚と聴覚の共感覚的融合（→注386）ならぬ、興奮のあまりの言葉の脱臼が笑いを誘う。

(398) 2335行以下は erkoren-verloren というワーグナー愛用の対句（→注222）のもじり。運命によって「選ばれた」という意味の受動態（aus)erkoren が、ここでは能動態（自分が ich 自分のために mir 選び出した）で使われ、「おれのために für mich 生まれてきた geboren」という身勝手な台詞と結びついて、ベックメッサーの思い込みの強さが強調される。未婚者と男やもめの立場の違いは、常日頃からベックメッサーの腹の底にあったわだかまり（→ 578）。──2339行以下は、相手を責めるに急なあまり思わず自分の本心（→注285）を口走るという図。2344行は、直訳すれば「彼のことだけは聞くはずだ soll't hören」。助動詞 soll't には「お前はそう目論んでいたんだろうが」と決めつける調子がある。

[譜例128] (1006) Beckmesser
Die ich mir aus-er-ko-ren, die ganz für mich ge-bo-ren, zu al-ler Wit-wer Schmach der Jung-fer stellst du nach.

(259) 1行1小節単位で脚韻を踏んでゆく性急な音楽の流れは、「そうだ、そうに違いない！／そんなことも読めぬ、おれ様だと思うか？」（→2347f.）と「そうだ、そうに決まってる！／どうだ、図星だろうが？」（→2353f.）の〈記録係の動機〉［譜例51］によって一息つく。そして「いてっ、いてっ！／いとしい娘の前で赤っ恥をかかされ／体中、緑や青の痣だらけ」（→2359ff.）の「3行連韻」（→訳注400）では、3行目の8音節を反映して1行1小節の周期構造も崩れる［譜例129］。しかし、こうした箇所があるからこそ、「ふたたび活気づいて」（→2364ff.）と指示された歌いおさめが際立つというものである。

(260) ベックメッサーの激昂した音楽は、ザックスが口を開くことによって鎮静化する（弦楽器のみ、「きわめてゆっくりとテンポを落とす」との指示あり）［譜例130］。だが「名乗りを上げる（つもりなどない）zu werben」が、ふたたびベックメッサーの逆鱗に触れる（木管が加わったアッチェレランド、第1ヴァイオリンの音価縮小）。同じ示導動機〈憤激の動機〉でも、テンポや音色によって効果が大きく変わる好例。

(261) ふたりの対話の背景には、〈ダヴィデ王の動機〉［譜例3］に見られた上向きの刺繍音形や、〈マイスタージンガーの動機〉の紡ぎ出し音形が現われ、最後は〈記録係の動機〉の長2度音程（イ-ロ）が空白のゲネラルパウゼに吸い込まれる。

2345 und andren abgewandt
zu ihm allein sich fand.
Darum! Darum! —
Wär' ich so dumm? —
Mit Schreien und mit Klopfen
2350 wollt' er mein Lied zustopfen,
daß nicht dem Kind werd' kund,
wie auch ein andrer bestund.
Ja ja! — Ha, ha!
Hab' ich dich da?
2355 Aus seiner Schusterstuben
hetzt' endlich er den Buben
mit Knüppeln auf mich her,
daß meiner los er wär'!
Au au! Au au!
2360 Wohl grün und blau,
zum Spott der allerliebsten Frau,
zerschlagen und zerprügelt,
daß kein Schneider mich aufbügelt!
Gar auf mein Leben
2365 war's angegeben!
Doch kam ich noch so davon,
daß ich die Tat euch lohn':
zieht heut nur aus zum Singen,
merkt auf, wie's mag gelingen!
2370 Bin ich gezwackt
auch und zerhackt,
euch bring' ich doch sicher aus dem Takt.
SACHS Gut Freund, ihr seid in argem Wahn;
glaubt, was ihr wollt, daß ich getan;
2375 gebt eure Eifersucht nur hin;
zu werben kommt mir nicht in Sinn.
BECKMESSER
Lug und Trug! Ich kenn' es besser.
SACHS
Was fällt euch nur ein, Meister Beckmesser!
Was ich sonst im Sinn, geht euch nicht an;
2380 doch, glaubt, ob der Werbung seid ihr im Wahn.
BECKMESSER Ihr sängt heut nicht?
SACHS Nicht zur Wette.
BECKMESSER Kein Werbelied?
SACHS Gewißlich, nein!
BECKMESSER *(greift in die Tasche)*
2385 Wenn ich aber drob ein Zeugnis hätte?
SACHS *(blickt auf den Werktisch)*

ほかの男には背を向けて
自分の胸に飛び込んできたとでも。
そうだ、そうに違いない！
そんなことも読めぬ、おれ様だと思うか？
大声で喚き立て、ハンマーを叩いたのは
おれの歌に栓をして
おれという候補がいることを
あの娘に知らせまいとしたのだ。
そうだ、そうに決まってる！
どうだ、図星だろうが？
しまいには靴屋の工房から
小僧をけしかけて
棍棒でおれを襲わせ
片づけようとした。
いてっ、いてっ！
いとしい娘の前で赤っ恥をかかされ
体中、緑や青の痣だらけ
仕立て屋の火鑢も効かぬほど
叩かれ、小突かれ、コブだらけ。
殺すとまで
脅されたが
どっこい、こうして生きている。
このお返しはさせてもらうぜ。
今日は原っぱへ行って歌うんだろうが
見てろよ、結果はお楽しみ。
全身が切り刻まれるみたいに
きりきり痛むが、きっとてめえの
目論見を狂わせてやるからな。
ザックス ねえ、あんた。それは邪推というもの。
私の仕業と信じたければ、それも構わないが
変に張り合うのは願い下げ。
私は名乗りを上げるつもりなどない。
ベックメッサー
白々しい。こっちは、ちゃんとお見通しだ。
ザックス
何を血迷ったか、ベックメッサー親方。
私の胸の内を、いちいち説明する必要もないが
こと求婚については、あんたの思い過ごしだ。
ベックメッサー 今日は歌わないというのか？
ザックス 歌くらべではな。
ベックメッサー 求愛の詩も書かないというのか？
ザックス もちろん。
ベックメッサー （ポケットに手を入れ）
証拠があると言ってもか？
ザックス （仕事机の上に目を走らせ）

(399) 過去形 sich fand（→2346）には「胸に飛び込んできちゃったというわけか」というニュアンスが込められている。同じ関係文のなかで様態の異なる動詞形（soll't→前注、と fand）が使われ、ねじれた印象を与えるのは、語っているうちに突きつけられた現実への怒りが沸々と込み上げてきたのだろう。なお、ベックメッサーは〈セレナーデ〉を聴かせた相手をエファと信じて疑わない（→2361）。

(400) Au au!（→2359）は、アルベリヒに叩かれる小人ミーメの情けない悲鳴（→Rh1007）を思わせる。だが苦痛の叫びさえも au, blau, Frau と韻に織り込んでしまう習性は悲しくも滑稽である。2行ずつ延々と続いてきた対韻のリズムを破る3行連韻は激昂ゆえの乱調（4、4、8音節と飛び抜けて長い最終行は、思いの丈が余ったか）。これまでの「奴は er」と斜に構えたねちっこい嫌味の連発が、ここで一気に正面からの対決調「おれが ich」「てめえを euch」に変わる。

(401) 「目論見を狂わせ bring'〜aus dem Takt」（→2372）は、字義通りには「拍子を外す」。ザックスのハンマーで〈セレナーデ〉の調子が狂わされたことを思い出したのか。すっかり逆上して叩きつける捨て台詞は、またもや（4、4、9音節の）3行連韻（→前注）。

(402) 「(邪)推」（→2373）と「思い過ごし」（→2380）の原語は、いずれも Wahn。重要なキーワード（→注356）をまったく同じ平凡な構文にはめ込んでの反復は、ベックメッサーの Wahn が一面的で非生産的なものにとどまることを言外に指摘する。──「白々しい」（→2377）は、直訳すれば「詐術 Lug とまやかし Trug」。この韻を踏む対句は『トリスタン』第2幕第2場（→Tr1241f.）でおなじみのもの。

(403) 第1散文稿はザックスの心情吐露の場面（スコアでは第4場に相当）を特に設けておらず、ここで「とっくに妻を亡くした男が、この齢になって結婚するなんて、馬鹿でなければ思いつかぬことだ」（B案→次注）と説明するにとどめていた。「私の胸の内を、いちいち説明する必要もないが」は、次場の〈諦念のモノローグ〉を準備するための聴衆向けの伏線と読める。

(262) この〈夢解きの歌〉のアプゲザング冒頭句から始まる段は、3節からなる（2386～、2398～、2404-2416行）。理論的には前段の長2度（イ-ロ）を減3度（イ-変ハ）に読み換えて、変ロ音へと解決するので、変ホ長調が確立した印象は希薄である。むしろ、この段を支配する「ニ長調」のナポリ調（下方変位したⅡ度上の調）と解するのが妥当だろう。――この〈夢解きの歌〉も、ふたりのやり取りを受けて、半音上行（ハ-嬰ハ、ニ-変ホ、ホ-ヘ／ト-変イ、イ-変ロ-ロ-ハ）へと変容する［譜例131］。しかし、ザックスの余裕たっぷりのはぐらかしを反映してか、この半音進行の緊張は〈好意の動機〉［譜例59］の断片反復によって和らいでゆく。

(263) 第2節：〈記録係の動機〉の8分音符の連打「悪党中の悪党だってことよ」に対して、ザックスは柳に風とばかりにワルツふうの楽想（イ長調）で応える。2402行「あんたが後ろ指を指されることのないよう」の不吉な増三和音（ファゴット、ホルンのゲシュトプフト奏法、チェロのトリル）は、あらぬ疑いをかけられたベックメッサーの心理を代弁。それだけに「その紙は進呈しよう」の言葉を聞いた喜びようが際立つというものだ。

(264) 第3節：第2節と相似形をなす。ベックメッサーの懸念「新たな災いの種～」には〈記録係の動機〉の8分音符の同音連打、ザックスの念押し「あんたを盗っ人にさせないため」には種々の楽器によるワルツふうの楽想、そして「（喝采を博したら？／）それはめでたい限りだ」には、不吉な増三和音の代わりに予期しない休符が現われて、ザックスの心理を代弁［譜例132］。あまりにも事がうまく運びすぎて、彼の答えがしどろもどろになった感もある。

(265) ここからテンポは変わらないが、8分音符の動きによって楽想は活気づく（9/8、6/8、9/8、3/8拍子）。「すっかり心を許し」たベックメッサーは舞曲ふうのリズムで「舞い上が」るが、心を許したがゆえの泣き言「それに引き換え～」には〈記録係の動機〉［譜例51］と〈リュートの動機〉［譜例87］、そして〈騒乱の動機〉［譜例55］が重なり合う。なにかというと攻撃的になるベックメッサーだが、これが彼の本音だろう。自信喪失と自己卑下が裏返しとなって、彼の攻撃的な態度を決定づけているとみてよい。

Das Gedicht?... hier ließ ich's.
Stecktet ihr's ein?
BECKMESSER (das Blatt hervorziehend)
Ist das eure Hand?
SACHS Ja, war es das?
2390 BECKMESSER Ganz frisch noch die Schrift?
SACHS Und die Tinte noch naß!
BECKMESSER
's wär' wohl gar ein biblisches Lied?
SACHS Der fehlte wohl, wer darauf riet'!
BECKMESSER Nun denn?
2395 SACHS Wie doch?
BECKMESSER Ihr fragt?
SACHS Was noch?
BECKMESSER Daß ihr mit aller Biederkeit
der ärgste aller Spitzbuben seid!
SACHS
2400 Mag sein; doch hab' ich noch nie entwandt,
was ich auf fremden Tischen fand:
und daß man von euch auch nicht Übles denkt,
behaltet das Blatt, es sei euch geschenkt.
BECKMESSER (in freudigem Schreck aufspringend)
Herr Gott! Ein Gedicht? Ein Gedicht von Sachs?
2405 Doch halt, daß kein neuer Schad mir erwachs'!
Ihr habt's wohl schon recht gut memoriert?
SACHS Seid meinethalb doch nur unbeirrt!
BECKMESSER Ihr laßt mir das Blatt?
SACHS Damit ihr kein Dieb.
2410 BECKMESSER Und, mach' ich Gebrauch?
SACHS Wie's euch belieb'.
BECKMESSER Doch sing' ich das Lied?
SACHS Wenn's nicht zu schwer.
BECKMESSER Und, wenn ich gefiel'?
2415 SACHS Das wunderte mich sehr!
BECKMESSER (ganz zutraulich)
Da seid ihr nun wieder zu bescheiden;
ein Lied von Sachs,
  (gleichsam pfeifend)
das will was bedeuten!
Und seht nur, wie mir's ergeht,
2420 wie's mit mir Ärmsten steht!
Erseh' ich doch mit Schmerzen,
das Lied, das nachts ich sang,
dank euren lust'gen Scherzen! —

あの詩が？……ここに置いたはず。
あんたが隠したのか？
ベックメッサー　（紙を取り出し）
あんたの筆跡だろう？
ザックス　そうだが、これのことか？
ベックメッサー　書いたばかりのようだな。
ザックス　まだインクも乾いていないしな。
ベックメッサー
まさか、これを宗教歌だとでも？
ザックス　どう見ても、そうはとれないな。
ベックメッサー　それで？
ザックス　はて？
ベックメッサー　とぼける気か。
ザックス　何を？
ベックメッサー　いかにも実直そうな顔をして
あんたって人は悪党中の悪党だってことよ。
ザックス
そうかもしれぬ。
だが人様の机の上の物を失敬したことはない。
あんたが後ろ指をさされることのないよう
その紙は進呈しよう。とっておくがいい。
ベックメッサー
　（予想外の展開に飛び上がらんばかりに喜び）
夢ではないか！　この詩を？　ザックスの詩を？……
だが待てよ、新たな災いの種とも限らぬ。
きっともう、しっかり暗記してあるんだろう。
ザックス　私のことなら心配は無用。
ベックメッサー　これを、おれに？
ザックス　あんたを盗っ人にさせないためさ。
ベックメッサー　じゃあ、使わせてもらってもいいのか？
ザックス　お好きなように。
ベックメッサー　本当に歌ってもいいのか？
ザックス　歌えるのなら、どうぞ。
ベックメッサー　で、もしも喝采を博したら？
ザックス　それはめでたい限りだ。
ベックメッサー　（すっかり心を許して）
いつもながら奥ゆかしい御仁だ。
なにせザックスの詩
　（口笛でも吹きかねないほど舞い上がり）
きっとものをいうはず。
それに引き換え
おれなんて哀れなもんさ！
昨晩の歌だって
思い出すと涙が出てくる。
あんたが面白おかしく囃してくれたおかげで

(404) 第1草稿では次の二案が考えられていた（→作品の成立2）。A案：ベックメッサーは机上のメモをポケットに入れるものの、これを使うにはザックスの同意が必要と考え、盗みを告白したうえで歌詞を譲ってもらう。B案：ベックメッサーは昨晩だいなしにされた歌の代わりをザックスに求め、情にほだされたザックスは自分が若い頃に作った詩を提供する。『友人たちへの伝言』（1851年）では、「若き騎士が作った詩を〜出所不明と偽って」渡すという設定。第2草稿以降は、ほぼスコアと同じ筋立てとなるが、ベックメッサーがザックスを求婚レースの本命と見て立候補の意志を追及したあげくに「証拠」（→2385）を突きつける、という展開は韻文台本から。

(405) 次々と「証拠」を挙げつらうベックメッサーに、盗みの発覚を恐れる気配はない。そもそも盗んだという自覚がないのか。法曹官吏らしく証拠一点ばりのベクメッサーの追求は、ザックスの「いかにも実直そうな」受け答えに暖簾に腕押し。それに引きかえ「あんたが後ろ指をさされることのないよう」（→2402）、「あんたを盗っ人にさせないため」（→2409）と、おためごかしに寛大を装いながら一気に相手の首根っ子を押さえるザックスの強腕ぶりは、ベックメッサーならずとも「悪党中の悪党」と唸りたくなるほど。最初は婉曲な表現「隠す Stecktet〜ein」（→2387）にとどめ、機をとらえて、抽象的ながら誤解の余地のない言葉「失敬した entwandt」（→2400）を突きつける。ベックメッサーは一瞬、脳裏に嫌な予感が走るが（→音楽注264）、思いもかけぬ詩の進呈にすっかり舞い上がってしまい、「盗っ人 Dieb」ととどめを刺されても抗弁するどころではない。

(406) 「節を覚えて」おけば「言葉がすらすら浮かぶはず」（→2296f、音楽注248）と考えるザックスに対して、歌詞は「暗記」（→2406）するものと思い込み、「覚えてしま」おう（→2467）とするベックメッサー。この姿勢がベックメッサーの墓穴を掘るのだが、ザックスの返事「私のことなら心配は無用」はそのあたりを見透かした感がある。「歌えるのなら」（→2413）は、直訳すれば「むずかし過ぎなければ」。ザックスは早くもベックメッサーの失敗を確信している。

(407) この泣き言からもベックメッサーとミーメの相似性（「おれなんて哀れなものさ Mich Ärmsten, ach！」→ Rh1055）がうかがえる（→注400）。「涙が出てくる mit Schmerzen」は、直訳すれば「痛みとともに」。昨晩の歌の出来ばえが「慚愧に耐えない」という意味と、打ちのめされた体が「今も痛む」の両義をかけてある。

[譜例132]

DIE MEISTERSINGER VON NÜRNBERG

(266) ベックメッサーの間違いは「(急に代わりの)歌 Lied (を／用意しろといわれても)」に象徴されている。Lied には詩と音楽が組み合わされた一般的な意味での「歌」ばかりでなく、「あんたの詩 Ein Lied von euch (さえあれば)」とあるように「詩」だけを指すこともある。オーケストラに〈セレナーデ〉のコロラトゥーラ音形が頻出しているように [譜例133]、どうやら彼は旋律を変える気はなく、セレナーデの旋律に合う代わりの詩を求めているのだ。したがって歌合戦の失敗は、うろ覚えによる詩の読み違えだけでなく、ヴァルターの旋律から発想された「詩」を強引にセレナーデの「旋律」に当てはめるという、どだい無理な発想に原因がある。

(267) 「あの詩が？……ここに置いたはず～」(2386～)と「だが待てよ。罠だとしたら？～」(2439～)にも大きな相似形がみられる (Lorenz 1933：133)。

〈夢解きの動機〉	〈夢解きの動機〉
〈好意の動機〉の変形	〈好意の動機〉の変形
ザックス、詩を書いた紙を与える	ザックス、自作の詩だと言わないと誓う
ベックメッサーの喜び	ベックメッサーの喜び
〈記録係の動機〉	〈記録係の動機〉
コロラトゥーラ	コロラトゥーラ
「積年の反目はきれいさっぱり水に流そう」	「ニュルンベルクは靴屋で花咲き栄えるのだ！」
〈花の冠の動機〉	〈花の冠の動機〉

(268) 「嘘」は喜劇の活力源である。これまでも『マイスタージンガー』の嘘をいくつか明らかにしてきたが、その頂点をなすのが、この場でのザックスの嘘だろう。彼はベックメッサーが「物音に動転して」紙をポケットに入れた偶然を感謝して受け取り、あろうことか「窃盗」か「盗作」かの二者択一を迫るのだ。ヴァルターの作であることを言わないまま、彼はベックメッサーの求めに応じて「誓うさ、約束するよ／私の詩だと自慢したりはしない」(2449-2450)と誓うのだが、これを「まことの嘘」といわずして、なんと呼ぼうか (→訳注411)。

es machte der Pognerin bang.
2425 Wie schaff' ich mir nun zur Stelle
ein neues Lied herzu?
Ich armer zerschlagner Geselle,
wie fänd' ich heut dazu Ruh?
Werbung und ehlich Leben,
2430 ob das mir Gott beschied,
muß ich nur grad aufgeben,
hab' ich kein neues Lied.
Ein Lied von euch, dess' bin ich gewiß,
mit dem besieg' ich jed Hindernis:
2435 soll ich das heute haben,
vergessen, begraben
sei Zwist, Hader und Streit,
und was uns je entzweit'.
(Er blickt seitwärts in das Blatt; plötzlich runzelt sich seine Stirne)
Und doch! Wenn's nur eine Falle wär'?
2440 Noch gestern wart ihr mein Feind:
Wie käm's, daß nach so großer Beschwer
ihr's freundlich heut mit mir meint?
SACHS Ich macht' euch Schuh' in später Nacht:
hat man je so einen Feind bedacht?
BECKMESSER
2445 Ja, ja! Recht gut! Doch eines schwört:
wo und wie ihr das Lied auch hört,
daß nie ihr euch beikommen laßt,
zu sagen, das Lied sei von euch verfaßt.
SACHS Das schwör' ich und gelob' es euch:
2450 nie mich zu rühmen, das Lied sei von mir.
BECKMESSER *(sich vergnügt die Hände reibend)*
Was will ich mehr? Ich bin geborgen:
jetzt braucht sich Beckmesser nicht mehr zu sorgen.
SACHS Doch, Freund, ich führ's euch zu Gemüte
und rat' es euch in aller Güte:
2455 studiert mir recht das Lied;
sein Vortrag ist nicht leicht;
ob euch die Weise geriet',
und ihr den Ton erreicht'.
BECKMESSER
Freund Sachs, ihr seid ein guter Poet;
2460 doch was Ton und Weise betrifft, gesteht,
da tut's mir keiner vor.
Drum spitzt nur fein das Ohr,

ポークナーの娘御を怯えさせてしまったが。
急に代わりの歌を
用意しろといわれても
小僧っ子みたいに打ちひしがれて
今日は気もそぞろ。
たとえ神様の思召しに与ろうとも
新しい詩がなければ
歌くらべも、新妻との暮らしも
はなから諦めるしかない。
だが、あんたの詩さえあれば大丈夫
もう向かうところ阻むものなし。
今日のために、これを頂戴できるのなら
行き違いも、諍いも、争いも忘れて
積年の反目はきれいさっぱり
水に流そう。
　　（横目でちらりと紙片を眺める。突然、額に皺を寄せ）

だが待てよ。罠だとしたら？
つい昨日まで敵だった男が
あれだけ大もめにもめたあとで
親身になれるものだろうか？
ザックス　夜なべで靴を仕上げてやったじゃないか。
それほどまでして、憎い相手につくすと思うか？
ベックメッサー
うん、その通りだ。だが、ひとつだけ約束してくれ、
この詩がどこで、どのように歌われようとも
へたな料簡を起こして
自分の作だなどと言い出さないと。
ザックス　誓うさ、約束するよ
私の詩だと自慢したりはしない。
ベックメッサー
　　（満足そうにもみ手をして）
それさえ聞けば充分。これでもう安心。
このベックメッサー、大船に乗った気分だ。
ザックス　だが、これだけは言っておく
友人としての心からの忠告だ。
この詩はしっかり読み込まないと
そう簡単には歌えないぞ。
うまく旋律を見つけて
調子がとれるかどうか。
ベックメッサー
ザックスよ、あんたは優れた詩人だが
節と調べにかけては私の右に出る者はいないと
素直に認めてもらいたいね。
しっかり耳を傾けてくれれば

(408) 前頁2423行は上2行と次行の双方にかかるように読める。昨晩の歌が「涙が出てくる」ほどひどかったのも、「ポークナーの娘御を怯えさせ」たのも、みんな「あんたが面白おかしく囃してくれたおかげ」だという台詞は、相手に対する非難よりも、むしろ自己憐憫の調子を強くにじませる。

(409) 「大丈夫 bin ich gewiß」は、直訳すれば「私は確信している」。手に入れたのは間違いなくザックスの詩だという確信と、「向かうところ阻むものなし」という確信の両方が込められている。

(410) この場は、詩を手に入れて「すっかり心を許し」（→2415行下のト書き）たうえでの本音の吐露であるが、全体としてベックメッサーの自縄自縛の一人芝居という性格が強い。だからこそまた疑心暗鬼「だが待てよ。罠だとしたら？」にも陥りやすい。――「夜なべで靴を仕上げてやったじゃないか」という殺し文句に、あっさり納得してしまう。ここに（ザックスとは違って）人を疑うことに徹しきれないベックメッサーの限界がある。

(411) 「自分の作だなどと言い出さない」。確かにザックスは最後までこの約束を守り通す。それに、そもそも詩はヴァルターの作。その意味でザックスの誓いに「嘘」はない。しかしそこには、相手が自分から「罠」に落ちるように仕向けながら素知らぬ顔を決め込む「不作為の虚偽」がある（→音楽注268）。しかも「自慢したりはしない」という言葉で詩が傑作であることを印象づけ、ベックメッサーの期待をいやがうえにも煽るが、一方でこれはザックスのヴァルターに対する「嘘偽りのない」評価でもある。また、ベックメッサーの歌が「自慢」できるような出来ばえにはなるまいという皮肉な予言にもなっている。

(412) ザックスは「詩（を）しっかり読み込（む）」ことによって初めて「旋律（が）見つ（かり）geriet'」、「調子がとれる erreicht'」ようになると考えており（→音楽注248）、しかも旋律の方から芸術家の胸に飛び込んでくる geriet' のと、芸術家が調子を探り当てる erreicht' のを啐啄同時の稀有な瞬間ととらえている。これに対してベックメッサーは詩と旋律をまったく別のものと見なし、既成の「節 Weise」と「調べ Ton」（→注40）の知識を鼻にかける。第3散文稿には、「一年の日数を超える数の旋律を知っており、すてきな変奏を見つけることもお手のもの」とある。

(269) この場面には、しばしば既出の楽想が変形されたかたちで現われる。たとえば「それさえ聞けば充分。これでもう安心／このベックメッサー、大船に乗った気分だ」(前頁→ 2451f.)は、第1幕の「これはザックス親方、お気遣い痛み入る／私の足がどうかしたって？」(→ 854f.)のヴァリアンテとみることができよう [譜例134]。

(270) この場の主要動機は第2幕〈セレナーデ〉の4度跳躍下行をふくむコロラトゥーラだが、ここでは第2幕におけるザックスの思ってもいない言葉「よそで花を咲かせろ」(→ 1234)が想起され、両者の表面上の意見の一致と、表面下の意志の相違が炙り出される [譜例135]。また「あんなやつ so einer」(→ 2475)に当てられた幅広い跳躍下行音程は、つねに喜怒をあらわにするベックメッサーを特徴づけている。たとえば「ザックスよ Freund Sachs」(→ 2459)、「(恩に着るぜ)ハンス・ザックス」(→ 2471)、「さあ Ade!(おいとませねばならん)」(→ 2485)。これらは、第1幕の「流行歌 Gassenhauer (ばかり作っているからかね)」(→ 569)、「お気遣い痛み入る Ei! Was kümmert」(→ 854)、「それよりも／(少しは気を遣って) もらいたいね Ließ er doch」(→ 856)、「行きつけの靴屋が (お偉い詩人になって)から seit mein Schuster」(→ 858)、「どうも (靴の具合が) 悪くてね gar übel」(→ 859)、「糊づけ Klebsilben」(→ 917)、さらには第2幕の「ああ Herr Gott! (あの人だ)」(→ 1519)、「ザックスさん Freund Sachs!」(→ 1525)、「黙れったら！ Schweigt doch!」(→ 1571)、「冗談も (いい加減にしろ) Ihr spielt mir」(→ 1575)、「それが (嫌味な靴屋の癇の種) das ist's」(→ 1583) と関連づけられる。

(271) オーケストラはスケルツォふうの楽想で、舞い上がったベックメッサーの行動を裏打ちする。〈花の冠の動機〉[譜例31] を始めとして、これと同時に進行する〈リュートの動機〉[譜例87] や、不安定な〈騒乱の動機〉[譜例55]、さらには〈殴り合いの動機〉[譜例96] が姿を現わす。それらはコミカルな効果を挙げるとともに、きわめて辛辣な性格描写ともなっている。昨夜のセレナーデで自信を失っていたベックメッサーは、「だが待てよ、新たな災いの種とも限らぬ」(→ 2405)、「だが待てよ。罠だとしたら？」(→ 2439) と迷いつつも、ふたたび罠にはまってしまう。民衆や女どもに受けのよいザックスの詩ならば、きっとうまくいくだろう、と。

und: „Beckmesser!
Keiner besser!"
2465 Darauf macht euch gefaßt,
wenn ihr mich ruhig singen laßt.
Doch nun memorieren,
schnell nach Haus:
ohne Zeit zu verlieren,
2470 richt' ich das aus.
Hans Sachs, mein Teurer!
Ich hab' euch verkannt;
durch den Abenteurer
war ich verrannt:
(sehr zutraulich)
2475 [so einer fehlte uns bloß!
Den wurden wir Meister doch los!]
Doch mein Besinnen
läuft mir von hinnen!
Bin ich verwirrt
2480 und ganz verirrt?
Die Silben, die Reime,
die Worte, die Verse!
Ich kleb' wie am Leime,
und brennt doch die Ferse.
2485 Ade! Ich muß fort:
an andrem Ort
dank' ich euch inniglich,
weil ihr so minniglich;
für euch nun stimme ich,
2490 kauf' eure Werke gleich,
mache zum Merker euch,
doch fein mit Kreide weich,
nicht mit dem Hammerstreich!
Merker! Merker! Merker Hans Sachs!
2495 Daß Nürnberg schusterlich blüh' und wachs'!
(Beckmesser nimmt tanzend von Sachs Abschied, taumelt und poltert der Ladentüre zu; plötzlich glaubt er, das Gedicht in seiner Tasche vergessen zu haben, läuft wieder vor, sucht ängstlich auf dem Werktische, bis er es in der eigenen Hand gewahr wird: darüber scherzhaft erfreut, umarmt er Sachs nochmals, voll feurigen Dankes, und stürzt dann, hinkend und strauchelnd, geräuschvoll durch die Ladentür ab.)
SACHS *(sieht Beckmesser gedankenvoll lächelnd nach.)*

[譜例134] (1187) Beckmesser: Was will ich mehr? Ich bin ge-bor-gen: jetzt braucht sich Beck-mes-ser nicht mehr zu sor-gen.

(Ester Aufzug 1954) Beckmesser: Ei! Was küm-mert doch Mei-ster Sach-sen, auf was für Fü-ßen ich geh'?

「いよっ、ベックメッサー！
天下一！」と唸るはず。
じっくり歌わせてもらえば
大丈夫、まかしとけって。
おっと、早く家に帰って
覚えてしまわねば。
時間を無駄にせず
片づけてしまおう。
恩に着るぜ、ハンス・ザックス！
どうやらあんたを見そこなっていたようだ。
あのむこう見ずな騎士のせいで
とんだ道草を食わされたもんだ。
　（なれなれしげに）
［あんなやつ、いなくなればいいんだよ。
せっかく親方衆が門前払いにしたんだから］
だが、頭のなかが真っ白で
何も考えられない。
うれしさに取り乱し
頭がおかしくなったか。
綴りと、韻と、語と、句と！
それを貼りつける自分が
この場に膠づけになるとは。
なんだか踵がむずむずしてきた。
さあ、おいとませねばならん。
これほどの御厚情
いずれ機会を改めて
お礼はたっぷりと。
これからは、あんたに肩入れし
新作はすぐに買い求め
記録係にも推薦したい。
でもハンマーはやめて
白墨で上品に願いたいね。
記録係、記録係だ！　記録係ハンス・ザックスの誕生だ！
ニュルンベルクは靴屋で花咲き栄えるのだ！
　（ベックメッサーは小躍りしながらザックスに別れを告げ、よろめいて、あちこちぶつかりながら戸口へ向かう。ふと、ポケットに入れたはずの紙片を忘れてきたのではないかと勘違いし、舞台の前に引き返し、あせって仕事机の上を探すうちに、自分の手に握りしめていたことに気づく。その喜びを茶目っ気たっぷりに表わし、もう一度ザックスを抱擁して熱烈な感謝の気持ちを示すと、足を引きずり、躓きながら戸口から騒々しく飛び出してゆく）

ザックス　（思いをめぐらしながら、微笑を浮かべてベックメッサーを見送る）

(413)「ベックメッサー／カイナー・ベッサー」という陳腐な語呂合わせだが、これとてもベックメッサーの啖呵「ちゃんとお見通しだ kenn' es besser」（→2377）をいなしながら、「何を血迷ったか、ベックメッサー親方 Beckmesser」（→2378）と受けたザックスの洒落の盗用。

(414) ベックメッサーはヴァルターのことを、もはや歌合戦のライバルではなく（「せっかく〜門前払いにしたんだから」）、「とんだ道草を食わされた」に過ぎないと考えている。ベックメッサーが本命視していたのは、あくまでもザックス。──「取り乱し verwirrt」（→2479）は、現在形が示すように、昨夜の騒動ではなく、ザックスの詩を手に入れたことで舞い上がった気持ちを指す。このため「うれしさに」を補って訳す。

(415) 2483行の動詞 kleb'は「貼りつく」（自動詞）と「貼りつける」（他動詞）の両義にわたる。前者は引き寄せられるようにザックスの店に入り込んでしまったことを、後者はベックメッサーの詩作が「貼りつけ仕事」であることを指すが（→注224）、「口の端に韻のひとつも貼りついて ein Reim an den Lippen klebt」（→1585）いる限りはザックスを記録係にするものか、と大見得を切ったベックメッサーが、「鳥モチに貼りついたような kleb' wie am Leime」自縄自縛の状態に陥った（→注410）ことをも暗示する。こうした含意を汲んで、ここではくだいて「貼りつける自分が〜膠づけになる」と二重に訳した。

(416) 実在のハンス・ザックスが書いた歌謡 Lied、祝詞歌 Spruch、流行歌 Schwänke、散文対話、謝肉祭劇などは公刊されて人気を博した。マイスター歌は組合の共有財産として原則的に出版を禁じられていたが、旋律や韻型を変えて世に出ることもあった。ザックスは1558年から自選作品集の刊行にとりかかり、生前に3巻を上梓している（→歴史的背景6）。

(417) 2491行は直訳すれば「あんたを記録係にする」だが、記録係はマイスターどうしの互選。第3散文稿にも「次の記録係の選挙で一票を投じる」とある。次期の記録係はベックメッサーの一存で決まるわけではなく、また一票だけでは押しが弱い。ここは選挙における推薦人に立つと考えるのが妥当か。──ベックメッサーの歯の浮くようなおべんちゃらは、7回も繰り返される行末の -ch 音が滑稽で胡散臭い印象を振りまく。「花咲き栄える」については（→注79）。

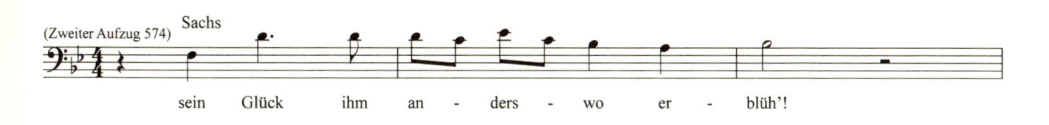

(272) 「腹の底まで真っ黒な (ganz) boshaft」の２音符には珍しくアクセント記号が付けられている。ここに強調の意図が働いていることは明らかだが、それはベックメッサーに向けられていると同時に、ザックス自身にも向けられていると解すべきではないか。ここでも「盗みをはたらいた」と念を押しているように、ザックスのベックメッサーに対する攻撃は執拗きわまりない。第１幕で記録係としての名誉を傷つけ、第２幕で身体を傷つけ、第３幕では公衆の面前で赤恥をかかせる。この場で窃盗か盗作かの二者択一を迫ったザックスこそ、じつは「腹の底まで真っ黒な人間」なのである。

(273) 第２幕第４場「私、思い込んでいたのよ／娘代わりの私をお嫁さんにしてもらえるものと」(→ 1187f.) 以来の〈優美の動機〉[譜例136]がヴァイオリンによって変イ長調で再現され、「眩いばかりの白い衣装」に讃嘆の念を禁じえないザックスの心の内理を描写。彼の大仰な物言い「老いも若きも、ふるいつきたくなっちまう」に、エファはオーボエによる〈困惑の動機 Beklommeheits-Motiv〉（初出）で応える [譜例137]。この動機は、冒頭の音程が変化して紡ぎ出され、さらにはストレッタふうに重ね合わされるなど徹底的に展開されてゆく。なお「じわじわと still」と「いじめる drückt」には、きわめて効果的な減七和音。

(274) エファの非難にはコケティッシュな〈困惑の動機〉も混っているが、ザックスの返答は意図的にそっけない。また「立ち止まると、急がされ／歩きだすと、邪魔される」に〈靴屋の動機〉[譜例26]が挿入されているのは、原文の「何か es」がザックスの存在である証拠（訳注421）。

(275) ザックスとエファのセクシャルなやりとりは、コケティッシュな〈困惑の動機〉と、破壊的な〈靴屋の動機〉の相克として描かれる。ザックス「（靴は）きちきちだ knapp」の減七和音と、それに対するエファのしらばっくれ「だから、そう言ったじゃないの／それで指に当たるんだわ」の変イ音上の長三和音が、みごとな対比効果を挙げる。

So ganz boshaft doch keinen ich fand;
er hält's auf die Länge nicht aus:
vergeudet mancher oft viel Verstand,
doch hält er auch damit haus;
2500 die schwache Stunde kommt für jeden;
da wird er dumm und läßt mit sich reden.
Daß hier Herr Beckmesser ward zum Dieb,
ist mir für meinen Plan gar lieb.
(Eva nähert sich auf der Straße der Ladentüre. — Sachs wendet sich und gewahrt Eva.)

Vierte Szene

SACHS
Sieh, Evchen! Dacht' ich doch, wo sie blieb'!
(Eva, reich geschmückt, in glänzend weißer Kleidung, auch etwas leidend und blaß, tritt zum Laden herein und schreitet langsam vor.)
2505 Grüß Gott, mein Evchen! Ei, wie herrlich
und stolz du's heute meinst!
Du machst wohl alt und jung begehrlich,
wenn du so schön erscheinst!
EVA Meister, 's ist nicht so gefährlich:
2510 und ist's dem Schneider geglückt,
wer sieht dann, wo's mir beschwerlich,
wo still der Schuh mich drückt?
SACHS Der böse Schuh! 's war deine Laun,
daß du ihn gestern nicht probiert.
2515 **EVA** Merk wohl, ich hatt' zu viel Vertraun;
im Meister hatt' ich mich geirrt.
SACHS Ei, 's tut mir leid! Zeig her, mein Kind,
daß ich dir helfe gleich geschwind.
EVA Sobald ich stehe, will es gehn;
2520 doch, will ich gehn, zwingt mich's zu stehn.
SACHS Hier auf den Schemel streck den Fuß:
der üblen Not ich wehren muß.
(Sie streckt einen Fuß auf dem Schemel am Werktisch aus.)
Was ist mit dem?
EVA Ihr seht, zu weit!
2525 **SACHS** Kind, das ist pure Eitelkeit;
der Schuh ist knapp.
EVA Das sagt' ich ja:
drum drückt er mich an den Zehen da.

あんなに腹の底まで真っ黒な人間は見たことがない。
あの調子で、いつまでももつはずがない。
分別を浪費する者は多いが
あいつは、それさえも出し惜しむ。
誰にでも窮地は訪れるものだが、そんなとき
あいつは分別を失い、他人に乗じられる。
ベックメッサーの旦那が盗みをはたらいたのは
こちらにとっては、もっけの幸い。
　　（通りにエファがあらわれ、戸口へ近づく。──ザックスは振り
　　　向き、エファの姿を認める）

第4場

ザックス
あ、エフヒェンだ。どこにいるかと思っていたが。
　　（眩いばかりの白い衣裳に、みごとな飾りをつけたエファが、心な
　　　しか面やつれした様子で工房に入ってきて、ゆっくり前へ歩み出
　　　る）
おはよう、エフヒェン、どうだい
今日は、さぞ晴れがましい気分だろう。
そんなに美しい姿でお出ましになると
老いも若きも、ふるいつきたくなっちまう。
エファ　親方ったら、大げさなんだから。
仕立屋さんが上手にやってくれただけ。
お次は誰かしら、じわじわと
私をいじめる靴の痛みがわかる人は？
ザックス　けしからん靴め！　だが昨日のうちに
履いてみなかったのは、どこのお天気屋さんかね。
エファ　ずいぶんね、すっかり信用していたからよ。
私、親方を見そこなっていたんだわ。
ザックス　これは失礼。じゃあ、見せてごらん
すぐになんとかしてあげよう。
エファ　立ち止まると、急がされ
歩きだすと、邪魔される。
ザックス　この台に足を乗せてごらん。
気持ちの悪いところは直しておかなければ。
　　（エファは仕事机の傍らの台に片足を乗せる）

ここは、どうかな？
エファ　ね、ブカブカでしょう。
ザックス　こら、見え透いた嘘をつくんじゃない。
靴は、きちきちだ。
エファ　だから、そう言ったじゃないの。
それで指に当たるんだわ。

(418) 2499行および2501行のerをベックメッサーとして訳したが、前者をmancher、後者をjedenととることも可能。その場合はschwache Stunde (→ 2500)の意味を下線部のように読み変えて、全体を次のように解することになる。「分別を浪費する者は多いが／それでもどこかで辻褄を合わせるものだ／誰にでも訪れる、ふと気弱になる瞬間／人は分別を失い、他人に乗じられる」。自分が手を出すまでもなくベックメッサーが自滅したことにザックスは感慨を覚え、確かな手応えをつかむ。

(419) 第3散文稿まではエファの服装についての記述がなく、「ザックスにひどく腹をたてて」入ってくるという設定。韻文台本ではこれを削除し、以下の靴をめぐるやりとりはエロティックな謎かけによる男女の腹の探り合いとなった。「眩いばかりの白い衣裳」は花嫁姿、エファはいよいよ土壇場に立たされる。スコアの段階で加えられたト書き「心なしか面やつれした様子」は、華麗な衣裳とのコントラストも相まって、それでもまだ決着のつかぬ葛藤の傷跡を物語る。

(420) 「老いも若きも、ふるいつきたくなっちまう」というザックスの挑発的な言葉を受けて、エファの訴え「じわじわと／私をいじめる靴の痛み」にもセクシャルな響きがこもる (→ 注195)。「けしからんböse靴め！」(→ 2513)は靴を男性に見立て、つい先ほどベックメッサーに冠した形容詞「腹～黒なboshaft」(→ 2496)を転用しての擬人化。

(421) 2519行以下は、直訳すれば「私が止まったとたん、何かが進もうとする／でも、私が進もうとすると、何かが止まらせる」。エファの足を思い通りに運ばせない「何かes」とは、ザックスの作った靴であり、ひいてはザックスその人の存在であろうか (→ 音楽注274)。背景にはドイツのメルヘンに登場する、ひとりで勝手に走りだす「七里靴 Siebenmeilenstiefel」(たとえば『ファウスト』第Ⅱ部10066行下のト書き) のイメージがあるのかもしれない。〈ニワトコのモノローグ〉でも男性名詞 Flieder を中性代名詞 es で受けており (→ 1099)、こうした表現には文法上の性だけでは理解しきれぬ「何か」がある。

(422) 「気持ちの悪いところ」(→ 2522)の原語 der üblen Not (直訳：困った災厄)は、①靴が痛むこと、②駆け落ちなどの好ましくない事態を招来すること、③ザックスに火の粉が降りかかること、を含意する。──ザックスは、足を小さく見せようとする女の「見栄 Eitelkeit」を見抜いただけでなく、「ブカブカで／しかも、あちこち当たる」(→ 860f.、1544f.)というベックメッサーの苦情を思い出し、即座に「見え透いた嘘 pure Eitelkeit」と一蹴する。

[譜例137]

(276) ザックスとエファの短い言葉のやりとりの背景にも〈困惑の動機〉が遍在する。その処理は、1小節単位の並列的呈示2小節（T.1395f.、オーボエ）、半小節単位のゼクウェンツの予示1小節（T.1397、木管）、そしてゼクウェンツによる連鎖的呈示2小節（T.1398f.）と、段取りを踏んで発展してゆく[譜例138]。その先にある意表をつく和音（変ホ－変ト－重変ロ－変ニ）を訳文に読み込むならば、「あら親方 Ach, Meister!」ではなく、むしろ「なによ親方」とすべきかもしれない。

(277) エファの「ああ！ Ah!」とザックスの「ああ Aha!」の入りが微妙にずれているように、両者の「ああ」には見過ごすことのできない差異が生じている。エファのそれがオランダ人に出会ったゼンタの叫びに近いとすれば、ザックスのそれは「やはりそうか」という納得の言葉とみてよい。もちろん、ここでは靴の不具合 der üblen Not が問題になっているわけだが（→訳注422）、ザックスの以下の言葉が含意しているのは、ヴァルターとエファの（社会的にみれば不具合な）恋の原因が、やむにやまれぬ衝動 Not にあるということだろう。音楽は幅広く〈夏至の魔力の動機〉を再現する[譜例139]。

(278) ザックスの不平・不満は、まだエファの〈困惑の動機〉が続いているように、爆発には至らない。2588行以下の「靴の苦情はこりごりだ Hat man mit dem Schuhwerk nicht seine Not!」を先に見据えたうえでの抑制といえるだろう。

(279) 「靴でも作っていろ mach deinen Schuh!」からは、ひさびさに〈靴屋の動機〉[譜例26]。以下の発言は、第2幕第6場「精を出し／根気を保つには／ひと息ついて／歌で活を入れなければ／だから、まあ聞いてくれ／三節目がどうなるか」（1490ff.）が下敷きになっている。

SACHS　Hier links?
2530　EVA　Nein, rechts.
　　　SACHS　Wohl mehr am Spann?
　　　EVA　Hier mehr am Hacken.
　　　SACHS　Kommt der auch dran?
　　　EVA　Ach, Meister! Wüßtet ihr besser als ich,
2535　wo der Schuh mich drückt?
　　　SACHS　Ei, 's wundert mich,
　　　daß er zu weit und doch drückt überall?
　　　　*(Walther, in glänzender Rittertracht, tritt unter
　　　　die Türe der Kammer.)*
　　　EVA　[Ah!]
　　　　*(stößt einen Schrei aus und bleibt, unverwandt
　　　　auf Walther blickend, in ihrer Stellung, mit dem
　　　　Fuße auf dem Schemel.)*
　　　SACHS　*(der vor ihr niedergebückt steht, bleibt mit
　　　　dem Rücken der Türe zugekehrt, ohne Walthers
　　　　Eintritt zu beachten.)*
　　　Aha! Hier sitzt's: nun begreif' ich den Fall!
2540　Kind, du hast recht: 's stak in der Naht.
　　　Nun warte, dem Übel schaff' ich Rat:
　　　bleib nur so stehn; ich nehm' dir den Schuh
　　　eine Weil auf den Leisten, dann läßt er dir Ruh!

*Walther, durch den Anblick Evas festgebannt, bleibt
ebenfalls unbeweglich unter der Türe stehen. Sachs
hat Eva sanft den Schuh vom Fuße gezogen;
während sie in ihrer Stellung verbleibt, macht er
sich am Werktisch mit dem Schuh zu schaffen und
tut, als beachte er nichts anderes.*

　　　SACHS　*(bei der Arbeit)*
　　　Immer schustern, das ist nun mein Los;
2545　des Nachts, des Tags, komm' nicht davon los.
　　　Kind, hör zu: ich hab' mir's überdacht,
　　　was meinem Schustern ein Ende macht:
　　　am besten, ich werbe doch noch um dich;
　　　da gewänn' ich doch was als Poet für mich.
2550　Du hörst nicht drauf? So sprich doch jetzt;
　　　hast mir's ja selbst in den Kopf gesetzt?
　　　Schon gut! — ich merk': „mach deinen Schuh!" —
　　　Säng' mir nur wenigstens einer dazu!
　　　Hörte heut gar ein schönes Lied:
2555　wem dazu ein dritter Vers geriet'?
　　　WALTHER　*(den begeisterten Blick unverwandt*

ザックス 左側かい？
エファ いいえ、右側よ。
ザックス 甲のあたり？
エファ 踵に近い方。
ザックス 踵までおかしいのか？
エファ あら親方、靴のどこが当たるか
私よりもよく御存知じゃなくって？
ザックス うーん、変だな。
ブカブカなのに、あっちもこっちも当たるなんて。
(絢爛たる騎士装束に着替えたヴァルターが、小部屋に通じる扉に姿をあらわす)
エファ ［ああ！］
(思わず叫び声を上げ、目はヴァルターに釘づけとなったまま、足を台に乗せ身じろぎもしない)

ザックス
(エファの前に屈み込み、扉に背中を向けたまま、ヴァルターが入ってきたことにも気づかず)
ああ、ここだ。原因がわかったぞ。
君の言う通り、問題は縫い目だ。
さあ待ってな。なんとかしよう。
そのままでいてくれ。靴を外して
ちょっと手をかけるだけで、すっきりする。

ヴァルターもエファの姿に魅入られたまま、身じろぎもせず、扉のそばに立ちつくす。エファの足からそっと靴を脱がせたザックスは、同じ姿勢をとり続けるエファの傍らで仕事机に向かって靴を直しながら、周囲のことが目に入らない様子。

ザックス (仕事をしながら)
来る日も、来る日も靴作り。これがおれの運命だ。
昼も、夜も、この仕事から逃れられない。
なあエフヒェン、お聞き。私もよくよく考えてみた、
どうすれば靴作りから足を洗えるかと。
いちばん楽なのは、年甲斐もなく君に求婚することだ。
そうなれば詩人としても得るところが大きいしな。
聞いていないのか？　じゃあ、あらためて聞くが
この考えを私に吹き込んだのは、君ではなかったか？
もういい。わかったよ。「靴でも作っていろ」というんだね。
せめて仕事に合わせて、誰か歌でも聞かせてくれれば。
今日はもう美しい歌を聴いたけれど
あの御仁、三節目もできたかな？
ヴァルター (高ぶる面持ちで視線をエファにじっと注いだまま)

(423)「だから、そう言ったじゃないの」(→2527)と白ばくれ、左といえば右、甲といえば踵と言い返し、あげくのはてに「私よりもよく御存知じゃなくって？」と性的なニュアンスもたっぷり利かせて嫌味を浴びせる、女性的で意地悪な言葉嬲(なぶ)りの典型……と思いきや、結果は「君の言う通り、問題は縫い目だ」(→2540)と判明。この肩透かしが人間喜劇の味わいを深めることになる……のは事実だが、それでもなおエファがザックスにしなだれ寄り、コケティッシュに鎌をかけていることは間違いない……ヴァルターが登場する瞬間までは。

(424) わずかにずれながら重なり合うエファ(→2538)とザックス(→2539)の二つの「ああ(！)」を契機に、ドラマは表層の台詞と底流の思いが交錯する二重進行に入る。ふたりの視線はそれぞれ別のものに「釘づけとな(り)」、「周囲のことが目に入らない」ように見えるが、内面では同じものを見つめて魂の対話が交わされ、それがザックスの内声として発せられる(→注426、432)。なお韻文台本は、この効果抜群の発声「ああ」を欠き、ト書き「エファはかすかな叫びを上げる」のみ。

(425) エファの［ああ！］は、独白記号が示すように、それまでの対話の流れを断ち切る内面の叫び。いよいよ追いつめられたエファが靴にかこつけてザックスを訪ねた目的は、①すねて甘えてみせることでザックスに最後のひと押しを試みる、とも、②ザックスの煮え切らぬ態度を責め、ヴァルターへの救いの手を求める、ともとれる。だが③エファ自身、自分がどうしたいのかわからないほど取り乱していたというのが真相であろう。そのザックスの家の奥から、あろうことかヴァルターが出てくる。しかも息をのむような「絢爛たる」盛装で。瞬時に状況を悟ったエファの胸の奥で何かがはじけ、言葉にならぬ声となってほとばしり出る。

(426) ザックスの「ああ」は、靴の不具合の原因を突き止めた得心の叫びにとどまるまい。扉に背を向けたままの姿勢ではヴァルターの登場にも気づかぬはずだが、エファの［ああ！］に感応してすべてを察知したのだろう。2539行 nun begreif' ich den Fall は「これで事態がつかめた」とも読める。「すっきりする dann läst er dir Ruh！」(→2543)の人称代名詞 er は靴を指すが、暗にヴァルターを含意する(「あとはあの人が君にやすらぎを与えてくれるだろう」)可能性も否定できない。

(427) ヴァルターの逆転勝利へ向けて「計画 Plan」(→2503)を練りながらも胸中複雑であったザックスだが、ここでふっ切れたように万感の想いをぶちまける。鬱憤晴らしの独白調は若いふたりを挑発しつつ誘導するが、その心情吐露に嘘偽りはない。2549行は、若い妻の生気を浴びて詩作も若返るということか。

[譜例139]

(280) ヴァルターの〈夢解きの歌〉第3バールは、着替えのために席を外したときに案出したとも考えられるが、歌詞内容が眼前のエファを描写したふしがあることから、この場での即興と考えることもできる。いずれにせよ旋律と和声に変化はないものの、第1バールが弦楽器のみの伴奏で始まったのに対して、第3バールはトロンボーン群もまじえた木管主体の伴奏。とくに3連音を多用したハープの響きは、エファの「眩いばかりの白い衣装」(→2504行下のト書き) の照り返しとみてよい。

(281) ハープのリズムは16分音符へと、さらに細分化される。ザックスは、第1シュトレンと第2シュトレンの「歌いおさめ」が異なると指摘したが(→2228)、ヴァルターは第2バールでも、そして第3バールでも、第1バールの「歌いおさめ」を踏襲している。文字通りの反復ではなく、「発展的」反復こそ音楽の奥義といわんばかりの歌いぶりだ。

(282) 第1シュトレンと第2シュトレンの終わりには、ザックスの台詞が挿入されて形式区分を明確にしていたが、このアプゲザングでは、ヴァルターとザックスの台詞が同時進行する。これは幕開けで、明確に区分けされていたコラールとオーケストラが、しだいに渾然一体となってゆくプロセスと軌を一にしている。このあたりについては訳注432が詳しいが、さらに付け加えるならば、このヴァルターの歌とザックスの言葉の対位法、あるいはザックスの言葉の内部での異なる意味の対位法に加えて、オーケストラによる〈愛の動機〉も対位法的に参加していることに注目すべきだろう [譜例140]。

(283) エファが「わっと泣きだ」すくだりには、エファに関わる示導動機ではなく、ザックスひとりに関わる〈諦念の動機〉[譜例92] が幅広く再現される。エファは第2幕で「あの歌を聴いていると、なぜか辛くなる」(→1515) とこぼしたが、この瞬間に「なぜ」という疑問が氷解した。

auf Eva geheftet)
„Weilten die Sterne im lieblichen Tanz?
So licht und klar
im Lockenhaar,
vor allen Frauen
2560 hehr zu schauen,
lag ihr mit zartem Glanz
ein Sternenkranz.
SACHS *(immer fort arbeitend)*
Lausch, Kind! Das ist ein Meisterlied.
WALTHER
Wunder ob Wunder nun bieten sich dar:
2565 zwiefachen Tag
ich grüßen mag;
denn, gleich zwei'n Sonnen
reinster Wonnen,
der hehrsten Augen Paar
2570 nahm ich nun wahr.
SACHS *(beiseite zu Eva)*
Derlei hörst du jetzt bei mir singen.
WALTHER Huldreichstes Bild,
dem ich zu nahen mich erkühnt!
Den Kranz, von zweier Sonnen Strahl
2575 zugleich geblichen und ergrünt,
minnig und mild
sie flocht ihn um das Haupt dem Gemahl:
⌈ dort huldgeboren,
  nun ruhmerkoren,
2580 gießt paradiesische Lust
  sie in des Dichters Brust —
⌊ im Liebestraum!"
SACHS *(hat den Schuh zurückgebracht und ist jetzt darüber her, ihn Eva wieder an den Fuß zu ziehen.)*
Nun schau, ob dazu mein Schuh geriet?
Mein endlich doch,
2585 es tät' mir gelingen?
Versuch's! Tritt auf!
⌊ Sag, drückt er dich noch?

Eva, die wie bezaubert, regungslos gestanden, gesehen und gehört hat, bricht jetzt in heftiges Weinen aus, sinkt Sachs an die Brust und drückt ihn schluchzend an sich. — Walther ist zu ihnen getreten; er drückt begeistert Sachs die Hand. — Län-

「可憐に踊る星たちが宿ったのか
彼女の波打つ髪のあいだから
明るく澄んだ光を放ち
女という女に先んじて
きよらかに輝き出でよと
やわらかな光を放つ
星の冠。

ザックス　(仕事の手を休めず)
ねえ、よくお聞き。これこそマイスターの歌だよ。

ヴァルター
奇蹟につぐ奇蹟に
私はこの一日に
二生を生きたいと願う。
汚れなき歓喜に満ちた
二つの太陽さながらに
気高い双の眸を
この目で見たからには。

ザックス　(エファに傍白)
この家では、こんな歌も聞けるのだよ。

ヴァルター　慈愛あふれる面影に
私は勇を鼓して近づこうとした。
二つの太陽の光を受けて
枯れては芽吹く冠を
彼女はいとしげに編み
伴侶の頭にそっと載せる。
「彼の地に恵みの生を受け
　いまや選ばれて栄光の高みに立つ彼女は
　楽園の歓びを
　詩人の胸に注ぎ込む――
　愛の夢のなかで」

ザックス　(この間に靴型から戻した靴を、またエファの足に履かせながら)

さあ、どうだね、靴の調子は？
いい加減に答えてくれないか、
うまくいったかどうか。
履いて、立ってごらん。
さあ、まだ当たるかい？

エファは魔法にかけられたように身じろぎもせず立ちつくし、ヴァルターを見つめ、歌に聴き惚れていたが、ここでわっと泣きだしてザックスの胸に身を沈め、しゃくり上げながらザックスをぎゅっと引き寄せる。――ヴァルターはふたりに歩み寄り、万感の想いを胸にザックスの手を握りしめる。――熱い感動が舞台を包み、しばし

(428) ここでも生命の樹の枝越しに星がきらめくという第2バール (→2272ff.) のイメージが反復される。「女という女に先んじて」には、楽園に遊ぶ「原初の女」(→注244) エヴァの姿が重ね合わされている。「星の冠」は髪飾りか。

(429) 「この一日」(→2565) は、彼女の伴侶として、そして詩人として新しい生に踏みこむ日となるはず、という意味での「二生」。「二つの太陽」は「眸」の隠喩だが、ハンス・ザックス『ニュルンベルク市を讃える詩』に登場する「真理の乙女」も「(複数の) 太陽 sunnen」を携えている。

(430) 「枯れては芽吹く zugleich geblichen und ergrünt」(→2575) の直訳は「枯れたと同時に緑の」。月桂樹 (→3002、3039 上ト書き) を指すが、ワーグナーは (同じく古代から勝者の栄冠とされてきた) オリーブの、表が濃緑、裏が枯れた白銀色の葉を思い描いているようだ。「太陽の光を受けて」月桂樹やオリーブの葉が風に輝く地中海的なイメージは、〈栄冠の歌〉で歌われる「パルナス (山)」(→注498) に収斂する。

(431) 「生を受け-geboren／選ばれて-erkoren」(→2578f.) の押韻は、ベックメッサー「(おれが) 選んだのは auserkoren／(おれのために) 生まれてきた geboren (娘)」(→2335f.) の逆転型。ベックメッサーの自己中心的な欲望 (→注398) とヴァルターの至純な想いとのコントラストが、いやがうえにも浮き彫りになる。

(432) エファが泣きじゃくりながら「ザックスの胸に身を沈め(る)」(→2587 行下のト書き) のはなぜか。「私の靴 mein Schuh」(→2583) をザックス本人に見立て、ヴァルターの歌詞 (→2577ff.) を一節ずつ受けながらエファに語りかけているように重唱部分 (→2583ff.) を訳し直してみると、次のようになる。
　W：伴侶の頭にそっと載せる。
　　S (Eに)：どうだね、私も満更ではないだろう。
　W：いまや選ばれて
　　S (〃)：さあ言ってくれないか、
　W：栄光の高みに立つ彼女は
　　S (〃)：私のねらいが当たったかどうか。
　W：楽園の歓びを注ぎ込む、
　　S (〃)：挑戦するんだ！
　W：詩人の胸に、
　　S (〃)：自分の足で立って！
　W：愛の夢のなかで！
　　S (〃)：まだ私のことで苦しんでいるのかい？
ザックスは歌と靴に事寄せてエファの背中を押してやったことになる。それを承知の上でのヴァルターの「万感の想い」か。

(284)「怒ったように wie unmutig」は、ト書きの後半に現われるバス声部の順次下行音形（枠音程は減5度）で裏打ちされる（→T.1489ff.）。この音形は、第2幕のザックスのかけ声「ハラハロヘー」（→1422）に基づくとみてよい。

(285) 以下の歌は、第2幕でザックスがベックメッサー、エファ、ヴァルターを牽制した歌と深い関わりをもっている。テクスト面では、「片方で詩人でも Poet dazu やっていなければ／とっくの昔に廃業していたはず」と「詩人と二足の草鞋 Poet dazu では／とても休みはとらせてもらえない」（→2600f.）が、「われこそは〜／靴屋にして詩人なり Poet dazu!」（→1513f.）と響き合い、「二足の草鞋」の功罪を明らかにする。また音楽面でも、同じ調性で「おお、エファ、私の嘆きを聞いてくれ」（→1501）の旋律が再現され、その裏にはホルンによる〈諦念の動機〉も聞こえてくる［譜例141］。

(286) ふたたび第2幕〈靴屋の歌〉の再現。「靴屋なら何でも知っていて当たり前」と「男日照りの小娘に」の背景には、エファの第一声「親方ったら、大げさなんだから」に当てられた〈困惑の動機〉［譜例137］（→訳注434）、「誘いに乗ろうと、撥ねつけようと、同じこと」には〈エファの動機〉［譜例71］が、「とどのつまりはヤニ臭いと嫌われて／愚図で、陰険で、厚かましいと決めつけられる」には〈靴屋の動機〉［譜例26］と〈嘲りの動機〉［譜例57］が現われて、やり場のない怒りを表明する。

(287) エファの発言（第2幕第4場）に対する「しっぺ返し」の音楽は「それにしても Ei!」で頂点に達する。文法的にみれば徒弟と乳母への非難につながる間投詞だが、音楽の流れからすると、大人気なく怒りを爆発させてしまった自分自身への驚き「おや Ei!」と読めなくもない。

(288) エファは「これまで口にできなかった思いの丈」（→訳注436）を、「大切な（人）Mein Freund」の高いロ音に向けたオクターヴ跳躍上行で体現する。彼女の音域がソプラノにしては低く設定されていただけに、「思いの丈」を歌い上げる高音がひときわ際立つ瞬間だ［譜例142］。またエファの決断がザックスの「気高い心」なしにはありえなかったことは、背景の〈諦念の動機〉［譜例92］が物語るとおり。また「あなたの愛がなければ Was ohne deine Liebe」以降では、心臓の鼓動を反映するかのような同音反復のリズム ♪♪♪♪ が繰り返し現われて、トリスタンふうの半音階上行線を支える。

geres Schweigen leidenschaftlicher Ergriffenheit. — Sachs tut sich endlich Gewalt an, reißt sich wie unmutig los und läßt dadurch Eva unwillkürlich an Walthers Schulter sich anlehnen.

SACHS
Hat man mit dem Schuhwerk nicht seine Not!
Wär' ich nicht noch Poet dazu,
2590 ich machte länger keine Schuh'!
Das ist eine Müh, ein Aufgebot!
Zu weit dem einen, dem andern zu eng;
von allen Seiten Lauf und Gedräng:
da klappt's,
2595 da schlappt's;
hier drückt's,
da zwickt's;
der Schuster soll auch alles wissen,
flicken, was nur immer zerrissen:
2600 und ist er nun Poet dazu,
da läßt man am End ihm auch da keine Ruh
und ist er erst noch Witwer gar,
zum Narren hält man ihn fürwahr:
die jüngsten Mädchen, ist Not am Mann,
2605 begehren, er hielte um sie an;
versteht er sie, versteht er sie nicht,
all eins, ob ja, ob nein er spricht,
am End riecht er doch nach Pech
und gilt für dumm, tückisch und frech.
2610 Ei! 's ist mir nur um den Lehrbuben leid;
der verliert mir allen Respekt:
die Lene macht ihn schon nicht recht gescheit,
daß aus Töpf und Tellern er leckt.
Wo Teufel er jetzt wieder steckt!
EVA (indem sie Sachs zurückhält und von neuem an sich zieht)
2615 O Sachs! Mein Freund! Du teurer Mann!
Wie ich dir Edlem lohnen kann!
Was ohne deine Liebe,
was wär' ich ohne dich?
Ob je auch Kind ich bliebe,
2620 erwecktest du mich nicht?
Durch dich gewann ich,
was man preist;
durch dich ersann ich,
was ein Geist;

沈黙が続く。――やがてザックスは意を決し、怒ったように身をふりほどくと、そのままエファをヴァルターの肩に預ける。

ザックス
靴の苦情はこりごりだ。
片方で詩人でもやっていなければ
とっくの昔に廃業していたはず。
まったく骨折り仕事の滅私奉公さ。
ゆるいも、きついも千差万別
客は右から左から押し寄せて
パクパクするだの
パタパタするだの
ここが当たるだの
そこが痛いだのと文句をつける。
靴屋なら何でも知っていて当たり前
ちょっとした綻びまで繕わされる。
おまけに詩人と二足の草鞋では
とても休みはとらせてもらえない。
まして男やもめときた日には
世間のなぶり者になること間違いなし。
男日照りの小娘に、私じゃどう？
なんて鎌をかけられたりもするが、
その魂胆を見抜こうと、見抜くまいと
誘いに乗ろうと、撥ねつけようと、同じこと。
とどのつまりはヤニ臭いと嫌われて
愚図で、陰険で、厚かましいと決めつけられる。
それにしても、ほんとうに困った徒弟だ
まるでいいところがない。
レーネのおかげで、すっかり行儀が悪くなり
料理の鉢皿までなめまわす始末。
畜生め、どこに隠れやがった。

エファ
（ザックスを引き戻し、あらためて抱き寄せ）
ああザックス！　大切な、かけがえのない人！
あなたの気高い心に、どう報いたらいいの。
あなたの愛がなければ、あなたがいなければ
私、どうなっていたかわからない。
あなたが私の目をさましてくれなければ
いつまでも子供のままでいたかもしれない。
あなたのおかげで
世にも大切なものをつかみ
あなたのおかげで
人の器量を思い知らされた。

（433）ここはなお不明瞭な事態を力業で打開せねばという意志力の激しい噴出（「意を決し sich Gewalt antun」）と同時に、やり場のない憤懣（「怒ったように」）が爆発する。「そのまま unwillkürlich」は、事のなりゆきにまかせて、という意味。エファは危うい宙吊り状態に放り出されるわけで、つづく不安定な時間の進行が、「ザックスを引き戻し、あらためて抱き寄せ」（→ 2614 行下のト書き）の着地効果をいやがうえにも高める。

（434）ザックスの憤懣の爆発は本心の発露であると同時に、自己韜晦の照れ隠しでもあり、捨て鉢な態度を見せつけてエファの幻想の残滓に水をかけようという演技でもある。靴屋稼業の辛さ→「男やもめ」の惨めな境涯→実（じつ）のない「小娘たち」（複数形に紛らしながら、もちろんエファへの当てこすり）と進み、徒弟と乳母にまで、いわれなく当たり散らすに及んで、エファにはザックスの気持ちが痛いほど通じたはずである。

（435）2608-2609 行は、ラインの娘たちに嬲（なぶ）られるアルベリヒを彷彿とさせる。「ヤニ臭い」はエファの捨て台詞（→ 1241）だが、アルベリヒは「硫黄が臭う」（→ Rh107）。

（436）各人の位置関係からみて 2614 行下のト書き「ザックスを引き戻し」がいささか不自然なのは、韻文台本にあった直前のト書き「ザックスはダフィトを探しに行くような素振り」を削除したため。――エファは心を決めたからこそ、これまで口にできなかった思いの丈を発散し、ザックスもそれに応えるように決定的な言葉「〜マルケ殿の幸福を望まなかった」（→ 2645）を口にして相手を、そして自分自身をも納得させる。

（437）2619 行以下は内容的に『ジークフリート』終幕のブリュンヒルデの言葉「私を目ざましたひとが／私を傷つけた！」（→ S2566f.）の逆転型。第 2 幕第 4 場、ザックスの真意を探りに出かけたエファは大いに自尊心を傷つけられて引き上げた。その傷が、まだ矛盾と葛藤を知らぬ「子供」から、酸いも甘いも噛み分けた一人前の「女」へとエファを成長させたということ。

（438）2624 行 Geist は直訳すれば「精神」だが、肉体や感性と対極をなす知的能力ではなく、生命の根源から湧き出す本質直観の力のようなもの。「Geist は根を一にする《注ぐ gießen》という言葉から解き明かされる。Geist とは私たちの内から《注ぎ出るもの das Ausgießende》である」（『オペラとドラマ』）。ここはその意を汲んで「器量」という訳語をあてた。

[譜例142]

(289) 前頁からの「対句」の処理には興味深いものがある。た　しかに2小節（2621f.）―2小節（2623f.）―1小節（2625）―1小節（2626）は、対句の単位行数を反映して整然としたかたちを示しているが、最初の2小節の冒頭音程が次の2小節で変化し（T.1562）、つづく1小節単位の対句を先取りしていること。また4分音符＋4分音符（T.1561、1563）が、8分音符＋付点4分音符（T.1565）へ、8分音符＋4分音符（T.1566）へと変化して文法的につながりのある次行を休みなしに引き出していること。さらには第2627行と第2628行を分かつ「；」があるにもかかわらず、減5度下行→半音階上行の動機で「自由に、大胆に」橋渡しをしていることなどが挙げられる [譜例143]。――なお「もしも自分で選べるのなら Denn, hatte ich die Wahl」以降は、愛を象徴するホ長調のカデンツ（最後は偽終止）。

(290) 『トリスタンとイゾルデ』から〈憧憬の動機B〉と〈マルケの動機〉の引用 [譜例144]。ザックスの台詞が種明かしをしているため、引用としては「あられもない」感がなきにしもあらずだが、これに至るまでの過程で、しばしば半音階上行音形が現われていただけに、唐突というよりも、むしろ必然という印象を与える（移行の技法）。なお「深入りしてしまったかもしれない am End doch hineingerannt」が常套的な歌いおさめとなっているのは、ザックスの照れ隠しか。いずれにせよ、ここからの音楽は鼓動のリズムに乗って、エファとザックスの私的な情景から、内輪とはいえ「洗礼」という公的な情景へと一歩を踏み出す。

(291) 「一同、いぶかしげにザックスを見つめる」には〈困惑の動機〉[譜例137]。しかしザックスは気にも留めずに先を続け、第1幕冒頭のコラールが再現されるわけだが、第1行（歌詞なし、クラリネット＋ファゴット＋ホルン）と第2行（歌詞あり、弦楽器群）は連鎖して呈示される。――「御列席の皆さま、ここに／お集まり願った訳をお聞きくだされ」は、言葉だけでなく音楽も、もったいぶっている（コートナー「タブラトゥーアを読み聞かそう」→703行以降の再現）。ザックスの（そしてワーグナーの）茶目っ気たっぷりな一面が顔をのぞかせる瞬間だ。

(292) ここからは詩篇唱を想わせるような同音反復によって、新しい調べの誕生と作者の名前が粛々と告げられる。この部分があるからこそ、「名づけ親 Gevatter」におけるコラール旋律の再現（ハ長調）が際立つというもの。

2625 durch dich erwacht,
durch dich nur dacht'
ich edel, frei und kühn;
du ließest mich erblühn!
Ja, lieber Meister, schilt mich nur;
2630 ich war doch auf der rechten Spur.
Denn, hatte ich die Wahl,
nur dich erwählt' ich mir;
du warest mein Gemahl,
den Preis reicht' ich nur dir.
2635 Doch nun hat's mich gewählt
zu nie gekannter Qual;
und werd' ich heut vermählt,
so war's ohn alle Wahl:
das war ein Müssen, war ein Zwang!
2640 Euch selbst, mein Meister, wurde bang.
SACHS Mein Kind,
von Tristan und Isolde
kenn' ich ein traurig Stück:
Hans Sachs war klug und wollte
2645 nichts von Herrn Markes Glück.
's war Zeit, daß ich den Rechten fand,
wär' sonst am End doch hineingerannt.
Aha! Da streicht die Lene schon ums Haus;
nur herein! He! David! Kommst nicht heraus?
(Magdalene, in festlichem Staate, tritt durch die Ladentüre herein. David, ebenfalls im Festkleid, mit Blumen und Bändern sehr reich und zierlich ausgeputzt, kommt zugleich aus der Kammer heraus.)
2650 Die Zeugen sind da, Gevatter zur Hand:
jetzt schnell zur Taufe! Nehmt euren Stand!
(Alle blicken ihn verwundert an.)
Ein Kind ward hier geboren:
jetzt sei ihm ein Nam erkoren!
So ist's nach Meisterweis und Art,
2655 wenn eine Meisterweise geschaffen ward,
daß die einen guten Namen trag',
dran jeder sie erkennen mag.
Vernehmt, respektable Gesellschaft,
was euch hier zur Stell schafft.
2660 Eine Meisterweise ist gelungen,
von Junker Walther gedichtet und gesungen:
der jungen Weise lebender Vater
lud mich und die Pognerin zu Gevatter.

[譜例143]

Eva: Durch dich gewann ich, was man preist; durch dich ersann ich, was ein Geist; durch dich erwacht, durch dich nur dacht' ich edel, frei und kühn; du ließest mich erblühn!

Ein wenig breiter

あなたによって眼を開かれ
あなたがいてくれたからこそ、誇りをもって
自由に、大胆に考えられるようになったのよ。
私の華を咲かせてくれたのは、あなた。
そうよ、ねえ親方、どうか私を叱って！
でも、私が道を間違えたんじゃない。
もしも自分で選べるのなら
選ぶ相手は、あなたを措いてほかにない。
あなたこそ、私から栄冠を受け
私の夫となっていたはず。
それが何のめぐり合わせか
私は思いもかけぬ苦しみを味わうことに。
今日はお相手が決まるというのに
私には口をはさむ余地もない。
有無を言わさぬ力に従うしかないとは。
きっと親方だって、まずいと思ったはずよ。
ザックス　　なあエフヒェン、
トリスタンとイゾルデの
悲しい末路はよく知っている。
ハンス・ザックスは賢いから
マルケ殿の幸福を望まなかったのさ。
折よく、君に似合いの人物を見つけたが
さもなければ、深入りしてしまったかもしれない。
やあ、レーネがもう家のまわりをうろついている。
さあ、お入り！　おい、ダフィト、出てこないか！
　　（マクダレーネが祭りの晴れ着をまとい、店の戸口から入ってくる。
　　同時に、花とリボンをふんだんに飾りつけ、同じようにめかし込
　　んだダフィトが小部屋から出てくる）

証人がそろった。名づけ親は、ここに。
さあ、すぐ洗礼にかかろう。各自、持ち場について！
　　（一同、いぶかしげにザックスを見つめる）
ここに、ひとりの子供が誕生した。
さあ、その子に名前を選んでやろう。
マイスターの名にふさわしい調べができると
誰にでもそれとわかる
良い名前をつけてやるのが
親方衆のしきたり。
御列席の皆さま、ここに
お集まり願った訳をお聞きくだされ。
すばらしい調べが完成した。
詩を作り、歌ったのは、騎士ヴァルター殿。
この生まれたての旋律の父なる人が
私とポークナー嬢を名づけ親に招いたのだ。

(439) 第3散文稿のエファは、「私がこれほど騎士様を愛していなければ、そして今日の歌合戦にザックスが優勝すれば、喜んでザックスを選んだでしょう」という（仮定の接続法によって条件を線引きしながらの）説明調。韻文台本以降、エファはヴァルターのことにいっさい触れず、引き裂かれた心底をさらけ出す。「選ぶ相手は、あなたを措いてほかにな（かった）」と直説法で言い切る、晴れやかなほどの真率さは（もはや過去形ながら）、第1幕冒頭のヴァルターへの叫び「あなた、あなたでなければ選ばない！」（→ 78）の真剣さに毫も引けをとらない。その生々しさをあえて現在形で訳す。

(440) 「有無を言わさぬ力 ein Müssen〜ein Zwang」（直訳：義務と強制）とはマイスター組合の決定を指すが、「何のめぐり合わせか hat's mich gewählt」の直訳は「何かが私を選んだ」。人知を超えた「何か es」に翻弄されたがゆえの（→注421）「思いもかけぬ nie gekannt 苦しみ Qual」（→注17）。——「きっと親方だって mein Meister」には、ザックス一個の心の揺れだけでなく、マイスターのひとりとして事態を憂慮したはずという含みがある。エファの口をついて出た「まずい bang」（直訳：不安な）に、ザックスもついに本心を明かす。

(441) 年老いたマルケ王はトリスタンのたっての勧めに従って若きイゾルデを娶り、この「幸福」が妻の姦通と、忠臣である甥の裏切りという不幸を呼び込むことになる。原文中のStück（→ 2643）は中世のトリスタン物語のような不定形の伝承文芸ではなく一個の（戯曲）作品、ここではワーグナーの前作『トリスタンとイゾルデ』を指す。あえて時代設定を無視した自己引用には、五十路を前に十五歳年下の人妻マティルデをあきらめたワーグナーの諦念が込められている（→作品の成立3、5）。

(442) ザックスの挨拶（→ 2652ff.）は「祝詞歌 Spruch」（→注348）の詩型。「誕生した geboren」と「選んで（やろう）erkoren」の押韻は、同じ韻を踏むヴァルターの歌の一節（→ 2578f.、注431）を受けての祝福。だが、これでヴァルターが正式にマイスターとなり、歌合戦への参加資格を得るわけではない（→注469）。——旋律に洗礼を施す場面は韻文台本で書き加えられた。「プッシュマンのタブラトゥーア」（→歴史的背景11）によれば、新しい調べを作ったマイスターは「みずからその旋律に名前をつけ、調べを代表するゲゼッツ（→同10）ひとつに年号と日付を添えて、櫃（→同9）に備え付けの登録簿に記載する」。その際、二人の「名づけ親 Gevatter」が「洗礼」に立ち合う決まりになっていた。名づけ親（の年長者＝ザックス）が命名し、証人二名が加わる儀式はワーグナーの創案。

(293)「ここに、ひとりの子供が誕生した Ein Kind ward hier geboren」(→2652)以降の音楽は、洗礼のコラールばかりでなく、コートナーが読み上げた「歌之掟」(→704ff.)の旋律も引用する。とりわけ「われら両名、調べによく耳を傾け Weil wir die Weise wohl vernommen」以降は、調性や伴奏もふくめて「一段にはシュトレン二連ありて Ein Gesätz besteht aus zweenen Stollen」(→708)以降とほぼ同じ。双方が「しきたり」を説いていることから筋は通っているが、ここではむしろ頭の固いコートナーの歌いぶりを真似することで、ある種の戯画が生じていることに注目したい(しきたりの大切さと煩わしさ?)。しかもザックスは、コートナーのコロラトゥーラの代わりに、洗礼のコラール旋律で歌いおさめてみせる(「小僧 Knaben」)。引用から生じる多角的効果の好例といえよう。

(294)洗礼のコラールに〈芸術の動機〉[譜例4]が加わり(→2672ff.)、ハ長調の〈マイスタージンガーの動機〉が出現することを期待させながら、音楽は〈夢の動機〉[譜例121]へと転じる。なお「マイスターぶり des Meisters Preise」からは、さまざまな跳躍下行→順次上行の音形を軸として、ハ長調から遠く変ト長調に転調。

(295)ここからの「五重唱」は、主役たるエファの台詞を基準にすれば、第1節「幸福の太陽が／私に晴れやかに笑いかけると〜」(→2682ff.)、第2節「あの方のやさしく気高い調べは〜」(→2690ff.)、第3節「でも、あの調べが〜」(→2712ff.)の3部分からなる。――なお、冒頭の跳躍下行→順次上行の動機(歌唱声部)には、反行形の跳躍上行→順次下行の動機(クラリネット)が対置される[譜例145]。

(296)第2節はエファによる〈夢解きの動機〉[譜例123]で始まり、ザックス→ヴァルター→ダフィト→マクダレーネの順で入声し、ここで初めて五重唱となる。第1節では、跳躍上行→順次下行の動機(器楽)と跳躍下行→順次上行の動機(歌)が補塡的に扱われていたが、第2節では基本的に歌と器楽が一体となって進む。――そして、この部分を特徴づけているのは〈夢解きの動機〉に「遅滞」が生じていることと(T.1704f.)、その反復において旋律と和声に「逸脱」が起きていることだろう(T.1709、変イ音ではなくイ音、変ニ音上の長三和音ではなくヘ音上の七の和音)[譜例146]。エファの旋律をヴァルターが模倣したり、エファとザックス(hold)、エファとヴァルター(gelingen)の言葉が同時に発せられることもあるとはいえ、この遅滞と逸脱には一筋縄でいかない五重唱の内容が反映されているとみてよい(→訳注447)。

Weil wir die Weise wohl vernommen,
2665 sind wir zur Taufe hieher gekommen;
auch daß wir zur Handlung Zeugen haben,
ruf' ich Jungfer Lene und meinen Knaben.
Doch da's zum Zeugen kein Lehrbube tut,
und heut auch den Spruch er gesungen gut,
2670 so mach' ich den Burschen gleich zum Gesell'.
Knie nieder, David, und nimm diese Schell!
 (David ist niedergekniet; Sachs gibt ihm eine
 starke Ohrfeige.)
Steh auf, Gesell, und denk an den Streich:
du merkst dir dabei die Taufe zugleich.
Fehlt sonst noch was, uns keiner schilt;
2675 wer weiß, ob's nicht gar einer Nottaufe gilt.
Daß die Weise Kraft behalte zum Leben,
will ich nur gleich den Namen ihr geben:
Die „selige Morgentraum-Deutweise"
sei sie genannt zu des Meisters Preise.
2680 Nun wachse sie groß, ohn Schad und Bruch.
Die jüngste Gevatterin spricht den Spruch.
 (Er tritt aus der Mitte des Halbkreises, der von
 den übrigen um ihn gebildet worden war, auf die
 Seite, so daß nun Eva in der Mitte zu stehen
 kommt.)
EVA Selig, wie die Sonne
meines Glückes lacht,
Morgen voller Wonne,
2685 selig mir erwacht;
Traum der höchsten Hulden,
himmlisch Morgenglühn:
Deutung euch zu schulden,
selig süß Bemühn!
2690 Einer Weise mild und hehr,
sollt' es hold gelingen,
meines Herzens süß Beschwer
deutend zu bezwingen.
Ob es nur ein Morgentraum?
2695 Selig deut' ich mir es kaum.
SACHS Vor dem Kinde, lieblich hold,
mocht' ich gern wohl singen:
doch des Herzens süß Beschwer
galt es zu bezwingen:
2700 's war ein schöner Morgentraum;
dran zu deuten, wag' ich kaum.
WALTHER Deine Liebe

われら両名、調べによく耳を傾け
洗礼を授けんと来場した次第。
式の証人になってもらおうと
レーネさんと、うちの小僧を呼んだが
徒弟では証人の役を果たせぬゆえ、
また今日は、あの歌をみごとに歌いこなしたゆえに
この場でただちに職人とする。
ひざまずけ、ダフィト！　そしてこの一撃を受けよ！
　　(ひざまずいたダフィトに、ザックスが強烈な平手打ちを食らわす)
職人よ、立て！　そして、この一撃を嚙みしめ
しっかりと洗礼を見届けるのだ。
ほかに行き届かぬ点もあろうが、誇りは受けまい。
急場の洗礼ゆえ、無作法は承知のうえ。
この調べに命の力を吹き込むべく
ただちに名前を与えるとしよう。
生みの親のマイスターぶりを讃えて
「きよらかな朝の夢――その夢解きの調べ」と名づける。
さあ、つつがなく、大きく育て。
では、うら若き名づけ親から祝いの言葉を。
　　(それまでザックスを囲んで皆が半円を描いていたが、ザックスが輪の外へ出て脇へ寄ると、入れ替わりにエファが中央に入る)

エファ　幸福の太陽が
私に晴れやかに笑いかけると
歓喜に満ちた朝が
至福の眼を開きました。
限りなく恵み深い夢――
天国を思わせる朝焼け。
これを皆さまに解き明かすのは
心楽しくも、骨の折れること。
「あの方のやさしく気高い調べは
　私の甘くせつない
　胸の内を読み解き
　鎮めようとしたのです。
　あれは朝の夢に過ぎなかったのでしょうか？
　この幸せの行き着く先は、私には見えません。
ザックス　あの、目に入れても痛くない娘の前で
存分に歌いたかった私だが
甘くせつない胸の内を
鎮めようと心に決めたのだ。
あれは美しい朝の夢。
あえて解き明かすまい。
ヴァルター　君の愛が

(443) 徒弟は自由身分でないため(→歴史的背景3)、証人にはなれない。「あの歌」は第1場の「ヨルダン河のほとりに～」(→2014ff.)を指す。職人への昇格儀礼は中世の騎士叙任式の「刀礼 Schwertleite」に倣ったもの。――「式（の証人）」と訳した Handlung は「洗礼」のことだが、ほかに「筋書き」という意味もある。ザックスにはこれから先のドラマの展開が読めており(→注446)、その始まりをよく目に焼きつけておくようにという含みであろう。――教会は非常時に非聖職者（非受洗者も可）が施す「緊急（急場の）洗礼 Nottaufe」(→2675)を認めていたが、ここは「筋書き」を優先させるために徒弟制度やマイスタージンガー組合の「しきたり」(→音楽注293)から逸脱したことに対するワーグナーの言い訳ともとれる。

(444) 2678行の原文 „selige Morgentraum-Deutweise" 中の selig は、これ以上望むべくもないほど幸福な、という意味。この作品のもうひとつのキイタームである類似語 heilig（神聖な）が、動詞 sancire（囲む、閉じる）から派生したラテン語 sanctus（鎖ざされた聖域）に対応するとすれば、selig には、その超絶的な「聖性に与る」（グリム『ドイツ語辞典』）ことで地上の霧が晴れて青空が広がってゆくような間(あわい)の変化(へんげ)の趣があり、そうしたニュアンスを込めて「きよらかな」と訳した。この箇所での selig は文法的には「調べ -weise」にかかるが、実質的には「朝の夢 Morgentraum」を修飾する仕掛け（連結ダッシュ）になっている。エファ、ヴァルター、ザックスの三人は次の五重唱でこれを selige Weise（霊妙な調べ）ととらえ直し、まだ晴れやらぬ謎に想いを凝らす。

(445) 2681行下のト書き、初めて五重唱を取り入れた韻文台本では、五人が一列に並ぶ。スコアはこれを「半円」形に改め、第1幕第3場冒頭のト書きの配置に擬すことで、小さなマイスター組合に見立てる。

(446) 2682行以下は、この場の冒頭でヴァルターがエファの前に姿を現わした場面を指す。だがエファは朝焼けを歌ったヴァルターの第1バールを聴いていない。この朝ヴァルターの姿を見た瞬間の燃え立つ想いが、ヴァルターの歌（夢）にも通じる言葉となって口をついて出たのだろう（一種の親和力がはたらいたのか）。「あれ es」(→2694) はヴァルターの、そしてエファの夢。――しかし、この燃え立つ想いが一場の夢としか思えないのも事実であり、はたして現実はどう展開するのかという不安をかかえ、①エファはその解答をヴァルターの歌に求めるが →まだ「私には見えません」、②ザックスには先が読めているが →「あえて解き明かすまい」、③ヴァルターの想いは、エファの

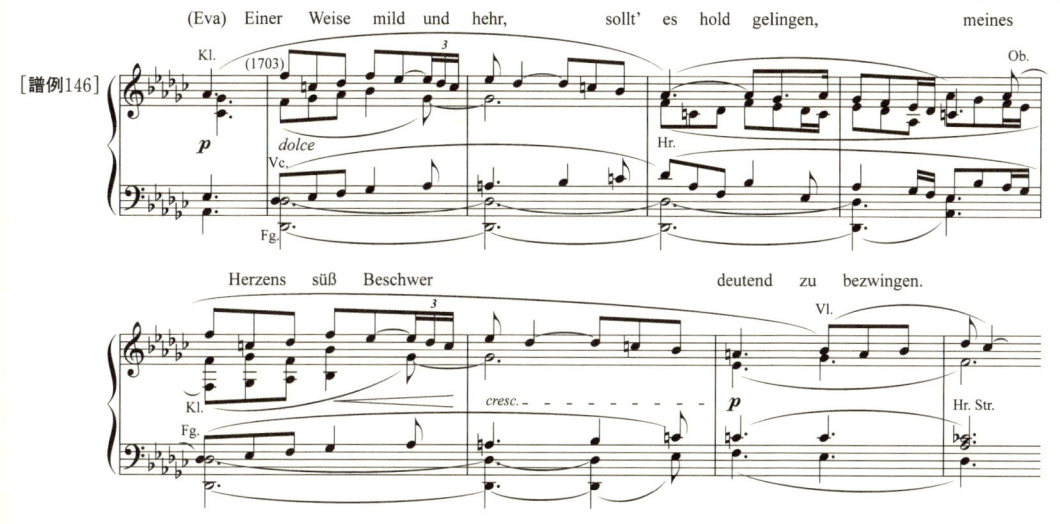

[譜例146]

(Eva) Einer Weise mild und hehr, sollt' es hold gelingen, meines
Herzens süß Beschwer deutend zu bezwingen.

(297) エファ、ザックス、ヴァルターの歌が三人三様であるのに対して、ダフィトとマクダレーネの歌は——歌詞が同じことからも知れるように——6度の平行進行（→ 2708）や縦線のそろった同一のリズム（→ 2709）で処理され、性格的な描き分けはされていない [譜例147]。いわゆる「沈思と観想のアンサンブル kontemplatives Ensemble」に、身分の低い素朴 naiv なカップルが歌う、全体の調子とずれた滑稽な（あるいは聴衆の幻滅を誘う身も蓋もない）発言を取り込むのは喜劇の常套手段。

(298) 第3節では第2712行-2745行が同時進行する。冒頭は変ト長調、エファの旋律も跳躍下行→順次上行で、第1節が再現されたような印象を与えるが、対旋律の跳躍上行→順次下行はザックス（チェロ）とヴァルター（ヴァイオリン＋ヴィオラ）の「調べ Weise」に委ねられる。——さらに音楽は五重唱の幕切れに向けて、エファの旋律に旋回音形、半音上行（変ヘ→ヘ）、そして後打音つきトリルなどを用いて、息長い高揚効果を演出する [譜例148]（簡略化したかたちで示す）。——なお五重唱における「微妙なずれ」については、訳注448を参照。

(299) 歌いおさめに向けた最後の3小節には、フルートとオーボエによる〈愛の動機〉[譜例6]が現われて五重唱を締めくくる。最後は縦線のそろったテクスチュアで終わるが、末尾の単語は「栄誉 Preis」（エファ、ヴァルター、ザックス）と、「（親方と／お内儀さんと）呼ばれる heiß'」（マクダレーネ、ダフィト）。たしかに韻を踏んではいるが、前三者と後二者の志が次元を異にしていることがあらわになる瞬間だ。

```
           ließ mir es gelingen,
           meines Herzens süß Beschwer
2705       deutend zu bezwingen:
           ob es noch der Morgentraum?
           Selig deut' ich mir es kaum.
           DAVID, MAGDALENE
           Wach' oder träum' ich schon so früh?
           Das zu erklären, macht mir Müh:
2710       's ist wohl nur ein Morgentraum?
           was ich seh', begreif' ich kaum.
           EVA  Doch die Weise,
           was sie leise
           mir vertraut,
2715       hell und laut
           in der Meister vollem Kreis
           deute sie auf den höchsten Preis.
           SACHS  Diese Weise,
           was sie leise
2720       mir vertraut,
           im stillen Raum,
           sagt mir laut:
           auch der Jugend ew'ges Reis
           grünt nur durch des Dichters Preis.
2725       WALTHER  Doch die Weise,
           was sie leise
           dir vertraut,
           im stillen Raum,
           hell und laut
2730       in der Meister vollem Kreis
           werbe sie um den höchsten Preis.
           DAVID  Ward zur Stelle
           gleich Geselle?
           Lene Braut?
2735       Im Kirchenraum
           wir gar getraut?
           's geht der Kopf mir wie im Kreis,
           daß ich Meister bald heiß'!
           MAGDALENE  Er zur Stelle
2740       gleich Geselle?
           Ich die Braut,
           im Kirchenraum
           wir gar getraut?
           Ja! Wahrhaftig, 's geht! Wer weiß,
2745       daß ich Frau Meistrin bald heiß'?
           SACHS  (zu den übrigen sich wendend)
```

[譜例147]

成就させてくれたのだ、
甘くせつないこの胸の想いを
読み解き、鎮めるのを。
まだ朝の夢の続きを見ているのだろうか？
この幸せの行き着く先は、私には読めそうもない。
ダフィト、マクダレーネ
起きているのか、朝から寝呆けているのか
はっきりさせるのは難しい。
きっと朝の夢に過ぎないのだろうが
自分のこの目が信じられない。

⎡**エファ**　でも、あの調べが
　そっと私に
　伝えてくれたことを
　満場のマイスターたちの前で
　高らかに臆することなく解き明かし
　最高の栄誉を勝ち得てください。
ザックス　だが、あの調べが
　静かな部屋のなかで
　そっと私に
　伝えたこと、
　それははっきりと告げている、
　永遠の青春のしるしである若枝も
　詩人の栄誉を受けてこそ緑に芽吹くと。
ヴァルター　だが、あの調べが
　静かな部屋のなかで
　そっと君に
　伝えたことを
　高らかに臆することなく
　満場のマイスターたちの前で披露し
　最高の栄誉を勝ち得よう。
ダフィト　この場で
　いきなり職人だって？
　レーネを花嫁に？
　教会で式を
　挙げられるのか？
　じきに親方と呼ばれるかと思うと
　頭がくらくらする。
マクダレーネ　あの人が、この場で
　いきなり職人とは。
　私が花嫁？
　教会で式を
　挙げられるのかしら？
　そうよ、夢なんかじゃない。
⎣お内儀さんと呼ばれる日も遠くないかも。
ザックス　(一同の方へ向きなおり)

愛が自分の苦しみを解消してくれたという一方通行にとどまり→先はまだ「私には読めそうもない」、という具合に微妙な温度差を見せる（→音楽注296）。

(447) 韻文台本ではエファ「そっと私に／伝えてくれたことを」(→ 2713f.)のあとに、「静かな部屋のなかで im stillen Raum」(ザックス→ 2721／ヴァルター→ 2728)と一字違いでそろえた１行「静かな夢のなかで im stillen Traum」が入っていた。スコアでは（第３節のエファの歌詞を他の四人よりも１行短くしてまで）これを削除することで、エファの歌いだしの情景（→ 2682ff.）が彼女自身の夢に由来するものかどうかを曖昧にし（→前注）、五重唱全体を謎の霧に包んだ。

(448) 五重唱の第３節からも微妙なずれが聞きとれる。エファとヴァルターが「満場のマイスターたちの前で〜Kreis」(→ 2716/2730)と歌い上げ、ダフィト「じきに親方と呼ばれるかと思うと〜heiß'」(→ 2738)、マクダレーネ「お内儀さんと呼ばれる日も遠くないかも heiß'」(→ 2745)と盛り上がるところで、テクストの上ではザックスも「永遠の〜若枝も Reis」(→ 2723)と韻をそろえる格好になっているが、実際の音楽ではザックスだけがずれて（Kreis, heiß'よりも１小節遅れて Reis と）歌う。それぞれに高揚した気分にのみ込まれる四人をよそに、ザックスは「若枝も／詩人の栄誉を受けてこそ緑に芽吹く」と自戒をこめて次の戦略に思いを凝らしているのだろう。もちろん、つづくリフレインの最後は Preis (→ 2717/2724/2731) と heiß' (→ 2738/2745)をぴたりとそろえて歌いおさめるのだが（→音楽注299）。

(449) 「いきなりマイスターだって Gleich Meister、せいぜい気張りなよ！」(→ 143)とヴァルターを揶揄したダフィトだけに、「いきなり職人だって Gleich Geselle?」と目を白黒させるのも当然。実際に職人が置かれていた身分的制約については（→歴史的背景3）。ダフィトとマクダレーネの胸に膨らむ結婚と親方昇格への期待は、ワーグナーの詩的創作によって二人に贈られたユートピアの夢。――わが身に起こった急変に「頭がくらくらする」(→ 2737)ダフィトと、すぐに頭を切り替えて（「そうよ、夢なんかじゃない」→ 2744）打算を膨らますマクダレーネ。こんなところにも年季の（あるいは男女の？）違いが顔をのぞかせる。

[譜例148]

(300) 五重唱が終わってからも、オーケストラには〈夢解きの動機〉[譜例123]と〈愛の動機〉[譜例6]の断片が余韻として残る。そして「エファとマクダレーネが去る」ところから場面転換の音楽が〈ニュルンベルクの動機〉[譜例70]で始まり、調性は異名同音で読み換えたロ長調から、ホ長調→イ長調→ニ長調→ト長調と進み、『マイスタージンガー』の基本調性たるハ長調を準備する。

(301) しかし、この晴れやかな祝祭音楽にも一筋縄ではいかない仕掛けが施されている。たとえば幕が閉じられた舞台上に対置されるホルンとトランペットのファンファーレ。途中に2/4拍子が挿入されているために、入声のタイミングがぎくしゃくした印象を与えるし、つづく舞台上のトランペットによるファンファーレ／シグナルは、いずれも1小節遅れで入声してくる。

(302) さらに第1764小節からは、ファゴット、バステューバ、チェロ、コントラバスによる〈芸術の動機〉を土台として、トロンボーン、ヴァイオリン、ヴィオラによる〈ヨハネ祭の動機〉、木管とホルンによるトリル音形、そして舞台上のトランペットによるファンファーレが多層的に現われる。冒頭の和音（D：VII）もふくめて、祝祭音楽としては異例の複雑さだ[譜例149]。

(303) トライアングルが鳴る幕開けの2小節前（T.1779）から、12小節の長きにわたってハ長調の属音がバス声部で保持され、その上で強拍に向けた4度跳躍上行音形が徹底的に展開される。

Jetzt all am Fleck!
　(zu Eva)
Den Vater grüß!
Auf, nach der Wies, schnell auf die Füß!
　(Eva und Magdalene gehen. — zu Walther)
Nun, Junker, Kommt! Habt frohen Mut!
2750　David, Gesell: schließ den Laden gut!

Als Sachs und Walther ebenfalls auf die Straße gehen, und David über das Schließen der Ladentüre sich hermacht, wird im Proszenium ein Vorhang von beiden Seiten zusammengezogen, so daß er die Szene gänzlich schließt.

Fünfte Szene

Die Vorhänge sind nach der Höhe aufgezogen worden; die Bühne ist verwandelt. Diese stellt einen freien Wiesenplan dar, im ferneren Hintergrunde die Stadt Nürnberg. Die Pegnitz schlängelt sich durch den Plan: der schmale Fluß ist an den nächsten Punkten praktikabel gehalten. Buntbeflaggte Kähne setzen unablässig die ankommenden, festlich gekleideten Bürger der Zünfte, mit Frauen und Kindern, an das Ufer der Festwiese über. Eine erhöhte Bühne, mit Bänken und Sitzen darauf, ist rechts zur Seite aufgeschlagen; bereits ist sie mit den Fahnen der angekommenen Zünfte ausgeschmückt; im Verlaufe stecken die Fahnenträger der noch ankommenden Zünfte ihre Fahnen ebenfalls um die Sängerbühne auf, so daß diese schließlich nach drei Seiten hin ganz davon eingefaßt ist. — Zelte mit Getränken und Erfrischungen aller Art begrenzen im übrigen die Seiten des vorderen Hauptraumes.

Vor den Zelten geht es bereits lustig her: Bürger, mit Frauen, Kindern und Gesellen, sitzen und lagern daselbst. — Die Lehrbuben der Meistersinger, festlich gekleidet, mit Blumen und Bändern reich und anmutig geschmückt, üben mit schlanken Stäben, die ebenfalls mit Blumen und Bändern geziert sind, in lustiger Weise das Amt von Herolden und Marschällen aus. Sie empfangen die am Ufer Aussteigenden, ordnen die Züge der Zünfte und

さあ、銘々に支度を。
　　（エファに）
お父上によろしく。
いざ、会場へ。急ぎなさい。
　　（エファとマクダレーネが去ると、ヴァルターに）
では騎士殿、胸を張って参ろう。
職人ダフィトよ、店の戸締りをしっかり頼む。

ザックスとヴァルターがそろって通りへ出て、ダフィトが店の戸締りにかかったところで、前舞台の両袖から幕が引かれ、完全に舞台が見えなくなる。

第5場

幕が上方に引き上げられると、場面は広々とした野原に変わっている。背景は彼方にニュルンベルクの街を望む。野原を蛇行するペグニッツの細い流れは、手前のあたりで、実際の演技に用いる船着場につながっている。祝祭の会場となる原っぱの岸辺には、色とりどりの旗を掲げた小舟が引きもきらず到着し、着飾った同業組合のお歴々が妻子を伴って上陸する。右側に一段高く組まれた桟敷席にはベンチや椅子が並べられ、すでに到着した組合の旗が飾られている。やがて次々に到着する組合の旗手が、それにならって自分たちの旗を周囲に立ててゆき、やがて桟敷席は林立する旗に三方をすっぽり包まれる。──中央の前舞台は両脇に天幕が張られ、ありとあらゆる種類の飲み物や茶菓が用意されている。

天幕の前には、女房子供や職人を引き連れた市民が陣取り、早くも陽気に盛り上がっている。──晴れ着に身を包み、こぼれんばかりの花やリボンを優雅に飾りつけたマイスタージンガーの徒弟たちは、同じように花とリボンで飾った細い棒を振りまわしながら、にこやかに伝令や接待の役をつとめている。彼らは岸辺で船を降りた人々を出迎え、組合ごとに列を組んで桟敷席へ案内する。そこに旗手が旗を立てると、親方や職人たちは、それぞれお目あての天幕へ散ってゆく。──場面転換を終えた舞台では、折しも靴屋たちがこうして岸辺での出迎えを受け、前の方へ案内されてくるところである。

（450）ザックスは格式ばったかけ声で皆に（そして自分にも）気合いを入れる。「職人ダフィトよ」という呼びかけも、いかにも改まった感じだが、言いつかる初仕事は（おそらく徒弟時代と変わらぬ）店の戸締まりという微笑ましさ。

（451）ニュルンベルクのマイスタージンガー組合は年に一度、三位一体の祝日（六月上〜中旬）にヴェールト（Wöhrd、市門の東、数百メートルの集落）へ出かけ、役場や教会で民衆をまじえて歌の会を催した（→歴史的背景8）。一方、手工業者が派手な仮装に身を包み、山車を引いて練り歩く行事としては、謝肉祭の流れを汲む「シェンバルト祭」が有名である（→同3、216頁図9）。またE・T・A・ホフマン『樽屋の親方マルティンと徒弟たち』（→注61、作品の成立1）の祝祭会場は、城壁の西に実在する「ハラーの野 Hallerwiese」に擬した「アラーの野 Allerwiese」。ワーグナーはこうした素材を虚実とり混ぜ巧みに折り込みながら、そのいずれとも異なる独自の祝祭空間を創り出している（→注465、解題）。

（452）「広々とした野原」は、第3散文稿までは「市門の外の《ヨハネが原 Johanniswiese》」。「アラーの野」（→前注）のさらに西に広がる（どちらも市門から数百メートル以内の距離）聖ヨハネ教会周辺の野原（→注351）を会場に想定したのは、ハンス＝ヨハネ（ス）の名に引っかけてのこと。しかし韻文台本以降はト書きから固有名詞が外された。

（453）都市の郊外に開けた野原を川が蛇行して流れるという舞台設定は『ローエングリン』に通じる。グランド・オペラ流の大スペクタクルに適した空間の広がりが得られるほか、川はケ（日常）とハレ（非日常）の二つの世界を切り離すと同時に結びつける媒体の役割を果たす。さらに（実際には至近の距離を→前注）わざわざ舟で乗り込むという趣向は、いやがうえにもユートピア的な遠さを印象づける（北欧には夏至祭を祝う島に人人が舟で参集する風習がある）。

（454）「桟敷席」と訳したSä[i]ngerbühneは、歌手が歌うための舞台ではなく、マイスタージンガーたちが座る一段高い観覧席。──「市民」については（→注85）。全市あげての祝祭であるかのような賑わいぶりだが、「市の番人」や「町楽師」（→2763行下のト書き、注457）など下級の雇い人は登場するものの、（ベックメッサーを除いて）参事会員など上層部のお歴々の姿は見えない（→解題）。

(304) スネアドラムも加わった第1787小節からは、前奏曲に頻出した強拍に向けての4度順次上行。しかし、ト音の保続音によって予期されるハ長調主和音は訪れない。

(305) 場面転換の音楽が一筋縄でいかなかったように、靴屋の合唱も「ひとひねり」してある。〈靴屋の動機〉［譜例26］の上で歌われる「聖クリスピンを／讃えよう！」は減4度音程で、一瞬、調性は宙吊り状態となり、つづく「聖人にして／靴屋の鑑」で、ようやくニ短調であることが確定される（すぐにへ長調へ転調）。また冒頭の6/4＝3/2拍子も異例だが、それによって通常の4/4拍子の安定感（〈靴作りの動機〉）がいやますというもの［譜例150］。——なお仕立屋の合唱が始まる前に、オーケストラ間奏「市の番人たちが〜登場し、町楽師やリュート作りなどがあとに続く」があり、その中間部は「子供の［おもちゃの］楽器をもった職人たち」と指定されている。ピッコロ、「弱」音器つきトランペットの「強」奏、そしてグロッケンシュピール。

(306) 朴訥な靴屋の合唱に対して、仕立屋の合唱は軽妙そのもの。「仕立屋 Schnei(-der)」に当てられたトリルは、「山羊の鳴き声のようなトリル Bockstriller」で歌うように指示されている。また「(山羊皮を着込んで) 縫い合わせ (einge-)näht」に現われるヴァイオリンの前打音つき音形は、縫い針の運びを模写したものか［譜例151］。

(307) パン屋の合唱は、器楽間奏なしでたたみかけてくる。「(腹ぺこだけは) 願い下げ」と、ダフィトの「死んだ貂［大食漢］の旋律」（→ 235）の類似性については注32を参照。

geleiten diese nach der Singerbühne, von wo aus, nachdem der Bannerträger die Fahne aufgepflanzt, die Zunftbürger und Gesellen nach Belieben sich unter den Zelten zerstreuen. — Soeben, nach der Verwandlung, werden in der angegebenen Weise die Schuster am Ufer empfangen und nach dem Vordergrund geleitet.

DIE SCHUSTER (*ziehen mit fliegender Fahne auf.*)
Sankt Krispin,
lobet ihn!
War gar ein heilig Mann,
zeigt', was ein Schuster kann.
2755 Die Armen hatten gute Zeit,
macht' ihnen warme Schuh';
und wenn ihm keiner 's Leder lieh',
so stahl er sich's dazu.
Der Schuster hat ein weit Gewissen,
2760 macht Schuhe selbst mit Hindernissen;
und ist vom Gerber das Fell erst weg,
dann streck, streck, streck!
Leder taugt nur am rechten Fleck!
 (*Die Stadtwächter ziehen mit Trompeten und Trommeln den Stadtpfeifern, Lautenmachern usw. voraus.*)
DIE SCHNEIDER (*mit fliegender Fahne aufziehend*)
Als Nürenberg belagert war,
2765 und Hungersnot sich fand,
wär' Stadt und Land verdorben gar,
war nicht ein Schneider zur Hand,
der viel Mut hatt' und Verstand.
Hat sich in ein Bocksfell eingenäht,
2770 auf dem Stadtwall da spazieren geht
und macht wohl seine Sprünge
gar lustig guter Dinge.
Der Feind, der sieht's und zieht vom Fleck:
der Teufel hol' die Stadt sich weg,
2775 hat's drin noch so lustige Meck-meck-meck!
Meeeeeeeck! Meeeeeeeck! Meeeeeeeck!
Wer glaubt's, daß ein Schneider im Bocke steck'!
DIE BÄCKER (*mit fliegender Fahne aufziehend*)
Hungersnot! Hungersnot!
Das ist ein greulich Leiden:

靴屋たち
　　（旗を翻して行進する）
聖クリスピンを
讃えよう！
聖人にして
靴屋の鑑。
貧しき者の束の間の幸せを願って
あたたかい靴を作ってやり
皮を頒けてもらえないときには
盗みさえ厭わなかったお方。
靴屋はみんな心が広い
苦労を買っても靴作り。
鞣し屋から届く皮を待ちかねて
トン、トン、トンと叩きのめす。
それでこそ皮も活きるというものさ。
　　（市の番人たちが喇叭や太鼓を手に登場し、町楽師やリュート作りなどがあとに続く）

仕立屋たち
　　（旗を翻して行進する）
ニュルンベルクが包囲され
食べる物も尽きたとき
勇気と知力に長けた
仕立屋がいなければ
町も田舎も滅んでいたはず。
山羊皮を着込んで縫い合わせ
城壁の上を行ったり来たり
面白おかしく
跳びはねる。
それを見た敵は、こんな町
悪魔にくれてやれと退却し
それをまた、中から山羊声で
メエ、メエ、メエと囃し立てる。
山羊が仕立屋だと、誰が思ったろう。

パン屋たち　（旗を翻して行進する）
腹ぺこ、腹ぺこ
腹ぺこだけは願い下げ。

(455) スコアの段階で各組合歌の前に挿入されたト書き「旗を翻して mit fliegender Fahne」は、組合の紋章を観客に見せるための配慮。だが風もなく、強く打ち振るわけでもないのに、行進の歩調に合わせて旗がきれいに開くとは考えにくい。頭に横棒を渡し、「波打って fliegend」見えるような形状にするのか、あるいは幟 Banner 状の長布が「なびく fliegen」のか。

(456) ローマ貴族出身の兄弟、クリスピヌスとクリスピニアヌスは靴屋と皮鞣しの守護聖人。マクシミヌス帝によるキリスト教迫害（287年頃）にあい、フランスへ逃れて靴屋をしながら布教にあたり、ついに殉教したと伝えられる。盗みのエピソードは不詳だが、その靴屋からの「盗みさえ厭わなかったお方」（ベックメッサー）への当てこすりにも聞こえる（→注460）。「心（が広い）」（→ 2759）と訳した（weit）Gewissen（良心）を装飾音型で際立たせているのも、何やら意味ありげ。――「束の間の幸せ」（→ 2755）の原語 gute Zeit は「（貧しき者には）良き時代（だった）」とも解せる。「暴利と銭しか眼中にない」（→ 473f., 注86）ニュルンベルクの現状に引き比べて黄金時代を懐かしく振り返りながら、ザックスの苦悩と迷い「まったく骨折り仕事の滅私奉公さ」（→ 2591）を吹き飛ばすかのように、靴屋の心意気「靴屋はみんな心が広い／苦労を買っても靴作り」を高らかに歌い上げる。

(457) 「町楽師」と訳した Stadtpfeifer は、市当局に雇われて祝祭や公式の行事に管楽器を演奏する楽人（弦楽器奏者は Stadtgeiger、本来は両者を総称して「町楽師 Stadtmusikant」と呼ぶ）。ときにはトランペットやナチュラルホルンを携えて戦場に赴くこともあった。

(458) 「町も田舎 Land も」は、韻文台本では「町も民衆 Volk も」。ニュルンベルクは城壁内の市域のほかに、買収や征服によって広大な版図を支配下に収めていた（→歴史的背景1）。ここは仕立屋の地位と影響力（→注303）をより大きく誇示させるための変更と考えられる。なおドイツ語の俗語表現で「(雄)山羊 Bock」は「仕立屋」を意味する。

(459) 靴屋も、仕立屋も、パン屋も、「エック -eck, エック -eg, エック -äck」の大合唱。町中がベックメッサーを囃し立てているかと思えるほどの騒々しさ。とりわけ -eck (-eg) の押韻を5行も重ねてダメを押したうえに、ヤギの真似をして「メ〜ック Meeeeeeeck」と鳴いてみせる仕立屋の歌は念が入っている（→次注）。

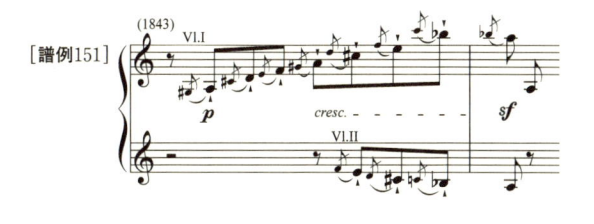

(308) 靴屋、仕立屋、パン屋と続いた組合の合唱は、ここからリフレイン（折り返し）に入るが、音楽的には〈靴作りの動機〉[譜例26]が再現される「トン、トン、トンと叩きのめす Streck, Streck, Streck!」からが組合の合唱のコーダとみてよい。

(309)「活気をもって Lebhaft」と指定された間奏は、上行走句と〈ヨハネ祭の動機〉からなり、第2幕冒頭の音楽が再現される。

(310)「中庸のワルツのテンポで Mäsiges Walzerzeitmaß」と指定された徒弟たちの踊りは、ベックメッサーの〈セレナーデ〉、さらには〈求愛の動機〉[譜例2]まで遡る4度下行のゼクウェンツ。また低声部に置かれた完全5度のドローンが、民俗的な色彩をもたらす。また中間部の幅広い跳躍音程は、第1幕の「なんてことだ！　私を靴屋にさせる気か」（→216）に現われる音程関係と関連づけられる [譜例152]。

(311) ひとつの旋律線のみに集中していた〈徒弟たちの踊りの動機〉が、対旋律を加えてくるところに注目しよう [譜例153]。ここにも対位法を多用する『マイスタージンガー』の基本的な特徴が見て取れる。

2780 gäb' euch der Bäcker nicht täglich Brot,
müßt' alle Welt verscheiden.
Bäck! Bäck! Bäck!
Täglich auf dem Fleck,
nimm uns den Hunger weg!
DIE SCHUSTER *(welche ihre Fahne aufgesteckt, begegnen beim Herabschreiten von der Sängerbühne den Bäckern.)*
2785 Streck, Streck, Streck!
Leder taugt nur am rechten Fleck!
DIE SCHNEIDER *(nachdem sie die Fahne aufgesteckt, herabschreitend)*
Meeeeeeeck! Meeeeeeeck! Meeeeeeeck!
Wer meint, daß ein Schneider im Bocke steck'!
(Ein bunter Kahn mit jungen Mädchen in reicher bäuerischer Tracht kommt an. Die Lehrbuben laufen nach dem Gestade.)
LEHRBUBEN
Herr Je! Herr Je! Mädel von Fürth!
2790 Stadtpfeifer, spielt! Daß 's lustig wird.
(Sie heben währenddem die Mädchen aus dem Kahn.)

Das Charakteristische des folgenden Tanzes, mit welchem die Lehrbuben und Mädchen zunächst nach dem Vordergrund kommen, besteht darin, daß die Lehrbuben die Mädchen scheinbar nur am Platz bringen wollen; sowie die Gesellen zugreifen wollen, ziehen die Buben die Mädchen aber immer wieder zurück, als ob sie sie anderswo unterbringen wollten, wobei sie meistens den ganzen Kreis, wie wählend, ausmessen und somit die scheinbare Absicht auszuführen anmutig und lustig verzögern.

DAVID *(kommt vom Landungsplatz vor und sieht mißbilligend dem Tanze zu.)*
Ihr tanzt? Was werden die Meister sagen?
(Die Lehrbuben drehen ihm Nasen.)
Hört nicht? Lass' ich mir's auch behagen!
(David nimmt sich ein junges, schönes Mädchen und gerät im Tanze mit ihr schnell in großes Feuer. — Die Zuschauer freuen sich und lachen. Die Lehrbuben winken David.)
LEHRBUBEN David! Die Lene sieht zu!
DAVID *(erschrocken, läßt das Mädchen schnell*

パン屋が毎日パンを焼かなけりゃ
みんなこの世とおさらばさ。
パン、パン、パン
毎日きちんと焼き上げて
みんなの腹を満たさねば。

靴屋たち
（桟敷席に旗を立てて下がってきて、パン屋とすれ違う）

トン、トン、トンと叩きのめす。
それでこそ皮も活きるというものさ。

仕立屋たち
（旗を立て、下へ降りながら）

メエ、メエ、メエ！
山羊が仕立屋だと、誰が思ったろう。
（晴れ着姿の若い田舎娘をおおぜい乗せた派手な小舟が到着し、徒弟たちは岸辺へ駆け寄る）

徒弟たち
いよっ、フュルトの別嬪さんたち！
楽師さん、ひとつ景気づけにお願いしますよ。
（そう言いながらも、娘たちを抱きかかえては舟からおろす）

以下の踊りは、どこか様子がおかしい。徒弟と娘たちは踊りながら、最初のうちは前の方へ出てくる。しかし、娘を席へ案内するというのは口実に過ぎないようで、職人たちが割り込もうとするたびに、徒弟たちは娘を引き戻す。よそへ連れ込もうという下心が、ありありと感じられる。気に入った娘を選び出そうと、ほとんどの徒弟が端から品定めをするうちに、席へ送り届けるという表向きの目的は、とろけるような甘い雰囲気に、どこかへ行ってしまう。

ダフィト
（船着場からあらわれて、踊りを見とがめ）
踊りなんか踊って、親方に叱られるぞ。
（徒弟たちはダフィトをからかう仕草をする）
聞こえないのか？ ええい、おれも楽しませてもらおう。
（ダフィトはひとりの若く美しい娘をつかまえ、火がついたように踊りだす。——見物人は大いに沸き、笑いころげる。徒弟たちがダフィトに合図を送る）

徒弟たち ダフィト！ レーネが見てるぞ。
ダフィト （驚いて、さっと放した娘を、すぐに徒弟たちが踊りの

(460) 意味を優先して訳した「パン（麺麭）」も、音はそのものずばり「ベック」。ここでも3行に渡って韻（-äck, -eck, -eg）を踏むが、三集団の間で「エック」の大合唱を受け渡すキイワードは、靴屋「（皮も）活きる am rechten Fleck」（→2763）、仕立屋「退却し vom Fleck」（→2773）、パン屋「きちんと auf dem Fleck」（→2783）。その火種は前場の終わりにザックスが放ったひと言「（銘々に）支度を am Fleck」（→2746）に仕込まれている。周到に仕掛けを用意し、華やかなパレードを隠れ蓑にベックメッサーに臆面もなく嘲笑を浴びせかける悪ふざけには、作者の「嗜虐嗜好」（→注391）が感じられる。

(461) 何やら怪しげな小舟が満載してきた「別嬪」たちは、娼婦ではないにせよ、都会的な気どりとは無縁の、性に開放的な田舎娘の雰囲気を漂わせる。「踊り（の）様子がおかしい」のはそのため。——フュルト Fürth はニュルンベルクの西数キロに位置する（当時は田舎）町。1835年にはニュルンベルクとフュルトの間にドイツ初の鉄道が開通している。

(462) 「14、15世紀の都市の聖職者や司直は、本来農民のものであった男女のペアの踊りが都市の市民の間に流行するのを恐れ、懸命に反対した。しかし男女がペアになって踊る習慣は市民の間にも浸透していった」（阿部謹也『中世を旅する人々』）。祝祭空間が自然と接する水際は、たちまち猥雑で健康なエロスの発散の場と化すが、そんな破目をはずした無礼講にも徒弟と職人の対立が持ち込まれる。

(463) もともと徒弟たちの兄貴分的な存在であったダフィトだが（→注28）、職人に昇格してますます口うるさくなったのか。だが、それも……（→次注）。2791行下のト書きは手で鼻をひねる仕草。

(464) 思いもかけず職人に昇格し、マクダレーネとの将来に光明が見えたダフィトだが、祝祭の雰囲気にのまれたのか、つい脱線してしまう。『パルジファル』第2幕〈花の乙女たち〉の場面にも似た束の間の官能的な戯れ（誘惑のベクトルは男女逆）は、年増女との仲が固まるほどに若い娘に「火がついたように」夢中になる男の性（さが）を露呈し、この一組の愛のドラマは「男は皆こんなもの」という喜劇調で終わることになる。——「レーネ」に定冠詞がついているのは、「ほらまた、あのレーネが」、「あんたのだいじなレーネが」といった調子。徒弟たちは、この間にダフィトとレーネの身の上に起こった変化を知らない。

[譜例153]

(312) 徒弟たちの踊りは、一見するところ単純な反復のようにみえるが、楽器法の変更や対旋律の追加（→前注）などによって細かく描き分けられている。たとえば「(おい、悪ふざけは)やめろ in Ruh!」以降は、木管楽器とホルンのみ（T.1978ff.）、グロッケンシュピールと弦楽器の追加（T.1985ff.）、ヴァイオリンに主旋律、ティンパニの追加（T.1992ff.）、オーボエ／クラリネットとヴァイオリンによる旋律の受け渡し（T.1996ff.）、主旋律のオクターヴ重複、ヴィオラ／チェロによる対旋律（T.1999ff.）など、数小節単位で楽器法が変化する。また〈芸術の動機〉［譜例4］にもみられたように、対旋律そのものが主旋律を背景に押しやらんばかりに自己主張するのは、『マイスタージンガー』の音楽を特徴づける対位法的手法である。

(313) 対位法的手法はオーケストラ内部にとどまらず、舞台上のトランペットをも巻き込んでゆく。バスに〈芸術の動機〉の断片、舞台上に〈祝祭のファンファーレ〉、そして木管楽器に〈マイスタージンガーの動機〉の断片［譜例154］。このような断片的・多層的なテクスチュアがあるからこそ、「行列が出発する」際の管楽器による〈マイスタージンガーの動機〉［譜例1］が際立つというものだ。———しかし、この〈マイスタージンガーの動機〉は楽器法からみてもまだ完全な姿ではなく、〈ダヴィデ王の動機〉［譜例3］をくぐりぬけて、ようやく前奏曲の最後に現われたかたちで回帰する。

(314) 徒弟たちの「静粛に」は、ハ長調の〈ダヴィデ王の動機〉に組み込まれているため和声的にも単純だが、「小声(Ge-)summ」（次頁）に当てられた終止和音は、予期されるハ長調主和音ではなく変イ音上の長三和音［譜例155］。制止を振り切る民衆のエネルギーがここで一気に爆発する。

fahren, um welches die Lehrbuben sogleich tanzend einen Kreis schließen: da er Lene nirgends gewahrt, merkt David, daß er nur geneckt worden, durchbricht den Kreis, erfaßt sein Mädchen wieder und tanzt nun noch feuriger weiter.)
Ach! Laßt mich mit euren Possen in Ruh!
(Die Buben suchen, ihm das Mädchen zu entreißen; er wendet sich mit ihr jedesmal glücklich ab, so daß nun ein ähnliches Spiel entsteht wie zuvor, als die Gesellen nach den Mädchen faßten.)
GESELLEN *(vom Ufer her)*
2795 Die Meistersinger!
LEHRBUBEN Die Meistersinger!
(unterbrechen schnell den Tanz und eilen dem Ufer zu.)
DAVID Herr Gott! Ade, ihr hübschen Dinger!
(Er gibt dem Mädchen einen feurigen Kuß und reißt sich los.)

Die Lehrbuben reihen sich zum Empfang der Meister: das Volk macht ihnen willig Platz. — Die Meistersinger ordnen sich am Landungsplatze zum festlichen Aufzuge. — Beginn des Aufzuges der Meistersinger. — Hier kommt Kothner mit der Fahne im Vordergrunde an. — Die geschwungene Fahne, auf welcher König David mit der Harfe abgebildet ist, wird von allem Volk mit Hutschwenken begrüßt. — Der Zug der Meistersinger ist hier auf der Singerbühne, wo Kothner die Fahne aufpflanzt, angelangt: — Pogner, Eva an der Hand führend, diese von festlich geschmückten und reich gekleideten jungen Mädchen, unter denen auch Magdalene, begleitet, voran. — Als Eva, von den Mädchen umgeben, den mit Blumen geschmückten Ehrenplatz eingenommen, und alle übrigen, die Meister auf den Bänken, die Gesellen hinter ihnen stehend, ebenfalls Platz genommen, treten die Lehrbuben, dem Volke zugewendet, feierlich vor der Bühne in Reih und Glied.

LEHRBUBEN Silentium! Silentium!
(Sachs erhebt sich und tritt vor. Bei seinem Anblick stößt sich alles an: Hüte und Mützen werden abgezogen: alle deuten auf ihn.)

輪に引き入れる。どこにもレーネの姿が見えないので、一杯食わされたことに気づいたダフィトは、輪のなかへ割って入り、ふたたび娘をつかまえると、以前にもまして激しく踊り続ける)

おい、悪ふざけはやめろ。
(徒弟たちはダフィトから娘を奪い取ろうとするが、そのたびにダフィトはうまくかわし、先ほど職人たちが娘に手を出したときのような光景が繰り広げられる)

職人たち　(岸辺から)
マイスタージンガーだ！
徒弟たち　マイスタージンガーだ！
(急いで踊りをやめ、岸辺へ駆けつける)

ダフィト　これはまずい！　さよなら、可愛い子ちゃんたち！
(娘に熱い口づけをして、身を振りほどく)

徒弟たちは整列してマイスタージンガーを出迎え、民衆は進んで道を空ける。——親方たちは船着場で、祝祭の行列を組む。——行列が出発する。——旗を掲げたコートナーが前舞台に達する。——竪琴を持つダヴィデ王を描いた旗が打ち振られ、群衆はこぞって帽子を振ってこたえる。——マイスタージンガーの行列は桟敷席に達し、コートナーが旗を打ち立てる。——先頭はエファの手を引いたポークナー。エファにつき従うのは、立派な装いにみごとな飾りをつけた若い娘たち。そのなかにはマクダレーネの姿も見える。——エファは娘たちに囲まれて、花で飾られた貴賓席に座る。マイスターはベンチに腰を下ろし、その後ろに職人が立つ。こうして全員が席につくと、徒弟たちが群衆の方を向いて前舞台に整列する。

徒弟たち　静粛に、静粛に！
(ザックスが立ち上がり、前に進み出る。その姿を見て、一同は肘を突き合ってザックスを注視し、帽子や頭巾を取る)

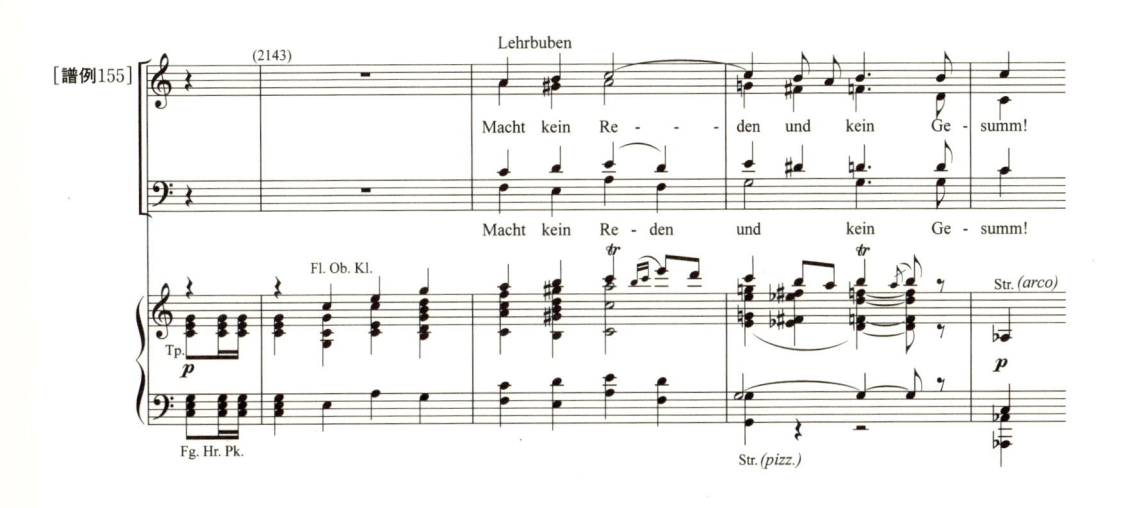

(465) 同業組合の結成が禁じられ(→歴史的背景3)、マイスタージンガー組合も市当局の厳重な監視下におかれていた(→同9)16世紀のニュルンベルクにおいて、かくも華麗な歌合戦の場への入場行進はありえない。ワーグナーの詩的虚構ではあるが、そこから読み取れるのは「ニュルンベルク民族祭」(1826年〜→224頁図30)、「芸術家の仮装祭」(1840年→同図31)、「全ドイツ歌唱祭」(1861年→同図32) など、ナショナリズムの波に乗って頻繁に行なわれるようになった19世紀の祝祭行列のイメージである (→作品の成立1)。

(466)「祝祭の行列」が進む様子を、段取りを踏みながらオーケストラによって絵巻模様のように描き出すのは、『ローエングリン』第2幕第4場〈教会への行列〉と同じグランド・オペラの趣向。ただし行列に向かって「帽子を振ってこたえる」のが「貴族たち」ではなく「群衆」であるところに大きな違いがある。

[譜例155]

(315)「目ざめよ」の合唱は、ハンス・ザックスの詩（16世紀）を引用しているばかりでなく（→訳注467）、パレストリーナの音楽（16世紀）をモデルとしている。とくに最初の2行は臨時記号なしの全音階。『トリスタン』に代表される半音階全盛の時代にあって、擬古的ともいえる古い響きだが、機能和声という観点からみると古いとばかりはいえない。たとえばト長調の属七和音 Tag が主音に解決せず、他の和音が挿入されていることからも明らかなように、ワーグナーは半音階を用いずに、全音階だけで機能和声を乗り越えようとしている［譜例156］。これは19世紀中葉の音楽界においては、きわめて新しい発想だった。「古い響き、それでいて新しい響き」（→1115）。

(316) ここに再現される〈諦念の動機〉［譜例92］は、前に民衆の単純素朴な「万歳！Heil！」があるだけに、その内省的かつ痛切な性格が際立つ。この楽想の交代は、ザックスのもつ二面性を象徴しているとみてよいだろう。すなわち民衆に人気があるばかりでなく、民衆を操る（と言って語弊があれば導く）カリスマ性を備えた公人としてのザックス。そして、年取って「二足の草鞋」（→2600）がきつくなったが、それでもエファに求婚することを諦めざるをえない私人としてのザックスである。したがって〈諦念の動機〉と〈好意の動機〉［譜例59］が支配する第2813-2820行は、「心ここにあらぬ体」の私人から、計画の総仕上げを目論む公人へと変化する過程、いってみれば演説の導入部にほかならない。

(317) ここからの演説には、第1幕第3場の音楽が大々的に再現される。
　第2821行〜　第1幕第352行〜
　第2825行〜　第1幕第365行〜
　第2829行〜　既出動機の新たな組み合わせ
　第2837行〜　第1幕第375行〜
　第2847行〜　〈ニュルンベルクの動機〉によるコーダ

(318) 各引用箇所の台詞は、ヴァルター「ごきげんよう、マイスター！」、ポークナー「クンツ・フォーゲルゲザング！」、同「やれうれしや／まるで昔がよみがえったようです」。いずれもドラマ上の関連性は希薄で、作曲家が手を抜く「使い回し」の感なきにしもあらずだが、〈資格試験の動機〉［譜例32］の繰り返しで淡々と進む楽想は、マイスターたちに異議をさしはさませないためには（→訳注469）、ザックスにとって好都合と言えるかもしれない。

　　　　　Macht kein Reden und kein Gesumm!
2800 VOLK　Ha! Sachs! 's ist Sachs!
　　　Seht, Meister Sachs!
　　　Stimmt an!
　　ALLE　„Wach auf, es nahet gen den Tag;
　　　ich hör' singen im grünen Hag
2805　ein' wonnigliche Nachtigall,
　　　ihr' Stimm durchdringet Berg und Tal;
　　　die Nacht neigt sich zum Okzident,
　　　der Tag geht auf von Orient,
　　　die rotbrünstige Morgenröt
2810　her durch die trüben Wolken geht."
　　VOLK　(nimmt wieder eine jubelnd bewegte Haltung an.)
　　　Heil dir, Sachs! Hans Sachs!
　　　Heil Nürnbergs teurem Sachs!
　　SACHS　(der unbeweglich, wie geistesabwesend, über die Volksmenge hinweggeblickt hatte, richtet endlich seine Blicke vertrauter auf sie und beginnt mit ergriffener, schnell aber sich festigender Stimme.)
　　　Euch macht ihr's leicht, mir macht ihr's schwer,
　　　gebt ihr mir Armen zu viel Ehr.
2815　Soll vor der Ehr ich bestehn,
　　　sei's, mich von euch geliebt zu sehn.
　　　Schon große Ehr ward mir erkannt,
　　　ward heut ich zum Spruchsprecher ernannt.
　　　Und was mein Spruch euch künden soll,
2820　glaubt, das ist hoher Ehren voll.
　　　Wenn ihr die Kunst so hoch schon ehrt,
　　　da galt es zu beweisen,
　　　daß, wer ihr selbst gar angehört,
　　　sie schätzt ob allen Preisen.
2825　Ein Meister, reich und hochgemut,
　　　der will heut euch das zeigen:
　　　sein Töchterlein, sein höchstes Gut,
　　　mit allem Hab und Eigen,
　　　dem Singer, der im Kunstgesang
2830　vor allem Volk den Preis errang,
　　　als höchsten Preises Kron
　　　er bietet das zum Lohn.
　　　Darum, so hört und stimmt mir bei:
　　　die Werbung steh' dem Dichter frei.
2835　Ihr Meister, die ihr's euch getraut,
　　　euch ruf' ich's vor dem Volke laut:

大声も、小声もなし！
民衆　ああ、ザックス！　ザックスだ！
見ろ、ザックス親方だ！
さあ、声を合わせて歌おう！
全員　「目ざめよ、夜明けは近い。
緑の木立に
胸はずむ鶯の歌が聞こえ
その声は山と谷にしみ渡る。
夜の闇は西へ退き
太陽は東に昇り
燃えるような朝焼けが
鈍色の雲間から射し込む」
民衆
　（ふたたび全体がざわついて、歓呼の声を上げる）
ザックス万歳！　ハンス・ザックス！
ニュルンベルクの宝、ザックス万歳！
ザックス
　（全員が歌うあいだ、身じろぎもせず、心ここにあらぬ体で群衆の
　方に視線を漂わせていたが、歓呼の声に応えて、以前にもまして
　親しみをこめて群衆を見つめる。そして、はじめは心動かされた
　様子だが、すぐに気をとりなおし、しっかりとした調子で）
皆さんは軽くおっしゃるが、私にとっては荷が重い
私ごとき不肖の者には過分の栄誉。
その栄誉に応えねばならぬのなら
皆さんの御愛顧を賜わりたい。
本日は口上役を仰せつかり
すでに過分の栄誉に浴している。
だが、これからお伝えする話こそ
栄誉のきわみと呼ぶにふさわしい。
これまで皆さんは芸術を崇めてきた。
ならば、いやしくも芸術にたずさわる者は
そのために何ものも惜しまぬという気概を
身をもって示すべきでしょう。
今日こそは、その実を示すべく
ひとりの裕福な、志高きマイスターが
目に入れても痛くない愛娘とともに
持てる限りの財産を差し出した。
歌の芸術の粋を広く民衆に披露して
勝利を収めた歌い手に
優勝の桂冠として
与えようと決めたのだ。
それゆえ、どうかよく聞いて、賛同してほしいのだが
詩人ならば誰でも、歌くらべに参加できることとしたい。
われこそはと思うマイスターには
民衆の前ではっきり申し上げておく。

(467) ハンス・ザックスは1523年7月8日、ルターの宗教改革を讃える詩『ヴィッテンベルクの鶯』を発表し、その名は一躍ドイツ中に鳴り響いた。ワーグナーが冒頭の一節をザックスへの讃歌としてニュルンベルクの民衆に歌わせることにしたのは、韻文台本から。そこには、内容的に近いエファの歌「幸福の太陽が～天国を思わせる朝焼け」（→ 2682ff.）を介してヴァルターの夢にも通じるこの歌によって、これから披露される〈栄冠の歌〉を支持する素地がもともと民衆の側にあったことを示そうというねらいがある。——「鶯」と訳した Nachtigall（→注76）は原詩ではルターを指すが、民衆はそこにザックスの姿を重ね合わせて歌う。ワーグナーは原詩中の「谺する durchklingen」を「しみ渡る durchdringen」に変更し、歌の響き（ルターの教え）が世界の隅々まで「浸透」してゆくさまを強調した（→注135）。——民衆につられて、マイスターたちもふくめた「全員」が唱和するが、スコアの注記によれば「ベックメッサーは他のマイスターたちの背後に隠れて詩の暗記に余念がなく、この場面では民衆から忘れられている」。

(468) 「群衆の方に～漂わせていた über die Volksmenge hinweggeblickt hatte」（→ 2812行下のト書き）視線のゆくえについては（→注346）。ザックスの想いが思索の彼方から現実へ戻ってくる様子が時間の経緯とともに段階を踏んで描かれ、舞台は動から静へと移行する。——ザックスは、最初はいかにも式辞らしく荘重な体裁をとりながら、まだ完全に醒めやらぬみずからの想いを反芻するかのように語り出す(2813-2820行：靄（もや）の底から響いてくるような4/4拍子の晦渋な調子)。そこで4度繰り返される「栄誉 Ehr(en)」という言葉は、ザックス個人に対する民衆の篤い信頼「皆さんの御愛顧」をマイスターたちとその芸術に向けるための布石であり、これを受けての経過説明とアピール(2821-2847行：3/4拍子の闊達な調子)も、「芸術を崇めてきた ehrt」に始まり、「芸術とマイスターを讃える ehrt」に終わる。

(469) ザックスは歌合戦について聴衆に説明しながら、いかにしてヴァルターに歌わせるか秘策をめぐらす。①「歌(い)手 Singer」（→ 2829）と「詩人 Dichter」（→ 2834）を、組合規約上の資格概念（→ 273ff.）とも普通名詞ともとれる曖昧さで演説に織り込み、歌と詩に心得のある者なら「誰でも参加できる」ような雰囲気を作り出す。そのうえで、②「花婿はどうあってもマイスタージンガーでなければなら（ない）」（→ 521）という条件には触れず、「われこそはと思うマイスター」（→ 2835）への語りかけにすり替える。③しかも、はぐらかしに気づかれぬよう、マイスターたちに参加の心がけを諄々と説くあたりは、なかなか巧妙。誰からも異議が出ぬまま、ザックスは思い通りに事を運んでゆく（→注471）。

(319)「心せよ、類い稀な褒賞ぞ」からは〈資格試験の動機〉に、ヴァルターに関わる動機が対旋律として加わる。もちろんザックスは一般論を説いているわけだが、そこにエファを譲ったヴァルターに対する心情がにじみ出ているとみてよい。——またコーダ「ニュルンベルクがその至宝を捧げて／芸術とマイスターを讃えるからには」は、〈ニュルンベルクの動機〉をもってト長調主和音に完全終止する。「観客全体がどよめ」き、ポークナーが「しんみりと」するように、みずからが好むと好まざるとにかかわらず、ザックスには演説者としての天賦の才があるのだろう。

(320) ふたたび〈資格試験の動機〉と〈ヨハネ祭の動機〉[譜例39]に乗ってポークナーが謝辞を述べるが、「しんみりと」したままで、ザックスに活を入れられる。このザックスがポークナーに語りかける箇所と、一転してベックメッサーに語りかける箇所は、〈資格試験の動機〉と〈芸術の動機〉[譜例4]が重なり合う点では同じだが、後者の台詞が切迫しているところに注目。いってみればベックメッサーの不意を突いた感がある。

(321) ベックメッサーの泣き言「まるで歯がたたぬ」の背景には〈資格試験の動機〉と〈芸術の動機〉が残ったままだが、「何をいまさら」以降にはひさびさに〈記録係の動機〉が現われる**[譜例157]**。第3幕第3場、ザックスの台詞「誰にでも窮地は訪れるものだが、そんなとき／あいつは分別を失い、他人に乗じられる」(→2500f.)が想い起こされる瞬間だ。——また「詩の中身は、きっと誰にも理解できないだろうが」(→2863)の背景には、〈記録係の動機〉と4度順次上行が組み合わされた音形が現われ、つづく〈芸術の動機〉へ橋渡しする**[譜例158]**。

(322) ここまではポークナー／ベックメッサーとの私的な会話だったが、ザックスは機が熟したとみたか、ここで唐突に歌くらべの開始を公的に要請する。

erwägt der Werbung seltnen Preis,
und wem sie soll gelingen,
daß der sich rein und edel weiß,
2840 im Werben wie im Singen,
will er das Reis erringen,
das nie, bei Neuen noch bei Alten,
ward je so herrlich hoch gehalten,
als von der lieblich Reinen,
2845 die niemals soll beweinen,
daß Nürenberg mit höchstem Wert
die Kunst und ihre Meister ehrt!
(Große Bewegung unter allen. Sachs geht auf Pogner zu.)
POGNER *(Sachs gerührt die Hand drückend)*
O Sachs, mein Freund! Wie dankenswert!
Wie wißt ihr, was mein Herz beschwert!
SACHS *(zu Pogner)*
2850 's war viel gewagt; jetzt habt nur Mut!
(zu Beckmesser)
Herr Merker! Sagt, wie steht's? Gut?
BECKMESSER *(zu dem sich jetzt Sachs wendet, hat schon während des Einzuges, und dann fortwährend, eifrig das Blatt mit dem Gedicht herausgezogen, memoriert, genau zu lesen versucht und oft verzweiflungsvoll sich den Schweiß getrocknet.)*
O! Dieses Lied!... Werd' nicht draus klug,
und hab' doch dran studiert genug!
SACHS
Mein Freund, 's ist euch nicht aufgezwungen.
BECKMESSER
2855 Was hilft's? Mit dem meinen ist doch versungen:
's war eure Schuld! Jetzt seid hübsch für mich:
's wär' schändlich, ließt ihr mich in Stich!
SACHS Ich dächt', ihr gäbt's auf.
BECKMESSER Warum nicht gar?
2860 Die andren sing' ich alle zu paar;
Wenn ihr nur nicht singt.
SACHS So seht, wie's geht!
BECKMESSER
Das Lied, bin's sicher, zwar niemand versteht;
doch bau' ich auf eure Popularität.
SACHS
2865 Nun denn, wenn's Meistern und Volk beliebt,
zum Wettgesang man den Anfang gibt.

心せよ、類い稀な褒賞ぞ。
みごとそれを受けんとする者は
愛においても、歌においても
高潔であらんと心がけよ。
勝利者の獲得する若枝を
古今にその例を見ぬほど
誇らかに高く掲げるのは
可憐にして、純真な乙女。
かの娘に、けして涙を流させてはならぬ、
ニュルンベルクがその至宝を捧げて
芸術とマイスターを讃えるからには。
　　（観衆全体がどよめく。ザックスはポークナーに歩み寄る）

ポークナー　（しんみりとしてザックスの手を握りしめ）
ああ、ザックス！　友よ、感謝の言葉もない。
私の苦しい胸の内を、よくもそこまで。
ザックス　（ポークナーに）
これだけ思い切ったことをしてきたのだ。あとはもう一息。
　　（ベックメッサーに）
記録係殿、調子は、いかがかな？
ベックメッサー　（入場行進がはじまってからずっと、しきりに紙
　　片を取り出して詩の暗記につとめ、細かく目を通そうとしては、
　　ときおり絶望に駆られて額の汗を拭っていたが、ここでザックス
　　に話しかけられ）

うーむ、なんという詩だ……まるで歯がたたぬ
一生懸命さらったというのに。
ザックス
おいおい、無理強いをしたわけじゃないよ。
ベックメッサー
何をいまさら。自前の歌でしくじったのは
あんたのせいだ。今度こそ、よろしく頼むぞ。
ここであんたに見限られたら、目も当てられん。
ザックス　諦めたかと思っていたが。
ベックメッサー　どういたしまして。
あんたさえ歌わなければ
ほかの連中など、蹴散らしてくれよう。
ザックス　じゃあ、やってみるんだな。
ベックメッサー
詩の中身は、きっと誰にも理解できないだろうが
おれはあんたの人望に賭けるね。
ザックス
さあ、マイスターと聴衆がよろしければ
そろそろ歌くらべをはじめてはどうか。

(470)「（かの娘に）けして涙を流させてはならぬ niemals soll beweinen」（→2845）は志願者への戒めであると同時に、「涙を流させるつもりはない」というザックスの決意表明でもある。これに「しんみりとして」しまったポークナーに、ザックスが活を入れる。だがベックメッサーの盗みの一件を知るはずもないポークナーに、ザックスの意図がのみ込めたとは思えない。

(471) ザックスの作戦を成功させるためには、最初にベックメッサーを歌わせることが不可欠。まずは軽く声をかけ（「記録係殿、調子は、いかがかな？」→2851）、挑発したうえで（「諦めたかと思っていたが」→2858）、ぐいっと引き込み（「じゃあ、やってみるんだな」→2862）、ようやく本題に入ったときには、「そろそろ歌くらべをはじめてはどうか」（→2866）と、すっかりお膳立てが整っている（→注474）。

(472) 韻文台本のト書きによれば、ベックメッサーは「こっそり heimlich」紙片を取り出して盗み見る。スコアでの変更（→「しきりに eifrig」）は余裕のなさを強調するため。ロルツィングのオペラ『ハンス・ザックス』（→作品の成立1）にも、ザックスの詩を盗んだ恋敵、アウクスブルクの参事会員エオバン・ヘッセがそれを暗記しようとして、時間不足から失敗する一幕がある。

(473) 自分の「しくじり」をタブラトゥーアの用語で「歌いそこね versungen」（→2855）と言ってしまうのは、思わずいつもの癖が出たのだろうが、なんとも滑稽。追いつめられたベックメッサーのなりふりかまわぬ心境が表われている。

(474) ベックメッサーは、ザックスさえ歌合戦に参加しなければ、相手が誰であれ、最後は判定に持ち込めると踏んで、そのときにザックスが民衆にひと言、口添えしてくれることを期待している。やはり（まったく違う意味で）自分の「人望に賭ける」ザックスは、ベックメッサーの八つ当たり気味の牽制発言にはとりあわず、ここで一気に事を運び、歌くらべの開始を求める。しかも「マイスターと聴衆（民衆）がよろしければ」とバランスをとりながらの舵とりは老獪そのもの。

[譜例158]

(323) ポークナーの「ああ、ザックス！ 友よ、感謝の言葉もない」(→2848)を引き出した〈ニュルンベルクの動機〉以来、トランペットは鳴りをひそめていたが、歌くらべの開始のファンファーレとして、ふたたび回帰してくる。また三連音をふくむ同音反復音形をオーボエとホルンで準備することによって、ファンファーレの真打ちたるトランペットの出現効果が倍化されていることにも注目（いわゆる「節約の技法」）。

(324) 木管楽器のみで始まるスケルツォふうの〈マイスタージンガーの動機〉[譜例1]は、前奏曲第122小節以降の再現（ただし〈衝動の動機〉[譜例4]の挿入はなし）。──ベックメッサーは第1幕でザックスに名誉を傷つけられ（「記録係は／判定に際して〜／目の曇らぬ者たるべし」→844ff.）、第2幕でダフィトに身体を傷つけられ（「くたばれ、この野郎」→1770）、この第3幕ではザックスの気転で道徳的にも失墜させられ（「あんたが後ろ指をさされることのないよう／その紙は進呈しよう。とっておくがいい」→2402f.）、最後には公衆の面前で赤恥をかかされることになる。彼が「歌いそこね」るのは、本番に弱い性格ということもあろうが、徒弟たちや民衆の（一見すると）悪気のない笑い（軽妙なスケルツォふう楽想）が、しだいに「迫害」の様相を呈して、ベックメッサーを追い詰めてゆくからだろう。このことは、「お似合いとは思えぬ Scheint mir nicht der Rechte!」から〈芸術の動機〉[譜例4]に〈嘲笑の動機〉[譜例57]が加わり、両者が声部交換されたあと、「あれっ、きちんと立てないようだ Ach! der kann ja nicht mal stehn!」から〈嘲笑の動機〉が高揚を重ねる音楽の流れからも読み取れよう。

(325) ベックメッサーがザックスから盗んだ、あるいはザックスに押しつけられた紙には、ヴァルターの詩が書かれているだけで、旋律は書かれていなかった。みずから「急に代わりの歌を／用意しろといわれても／小僧っ子みたいに打ちひしがれて／今日は気もそぞろ」(→2425ff.)と白状しているように、ベックメッサーは他人の詩を自分の旋律〈セレナーデ〉で歌わざるをえなかったのである[譜例159]。なお、原詩は以下のとおり。

 Morgenlich leuchtend in rosigem Schein,
  von Blüt und Duft
  geschwellt die Luft,
  voll aller Wonnen
  nie ersonnen,
 ein Garten lud mich ein,
 Gast ihm zu sein.
  (→2209ff.)

KOTHNER (*hervortretend*)
Ihr ledig Meister! Macht euch bereit!
Der Ältest sich zuerst anläßt!
Herr Beckmesser, ihr fangt an: 's ist Zeit!
(*Die Lehrbuben führen Beckmesser zu einem kleinen Rasenhügel vor der Singerbühne, welchen sie zuvor festgerammelt und reich mit Blumen überdeckt haben; Beckmesser strauchelt darauf, tritt unsicher und schwankt.*)
BECKMESSER
2870 Zum Teufel! Wie wackelig! Macht das hübsch fest!
(*Die Buben lachen unter sich und stopfen lustig an dem Rasen.*)
VOLK (*stößt sich gegenseitig an.*)
Wie? Der? Der wirbt?
Scheint mir nicht der Rechte!
An der Tochter Stell ich den nicht möchte!
Seid still! 's ist gar ein tücht'ger Meister!
2875 Still! Macht keinen Witz!
Der hat im Rate Stimm und Sitz.
Ach! der kann ja nicht mal stehn!
Wie soll es mit dem gehn?
Er fällt fast um.
2880 Stadtschreiber ist er, Beckmesser heißt er!
Gott! ist der dumm!
(*Viele lachen.*)
LEHRBUBEN (*in Aufstellung*)
Silentium! Silentium!
Macht kein Reden und kein Gesumm!
KOTHNER Fanget an!
BECKMESSER (*der sich endlich mit Mühe auf dem Rasenhügel festgestellt hat, macht eine erste Verbeugung gegen die Meister, eine zweite gegen das Volk, dann gegen Eva, auf welche er, da sie sich abwendet, nochmals verlegen hinblinzelt; große Beklommenheit erfaßt ihn; er sucht, sich durch ein Vorspiel auf der Laute zu ermutigen.*)
2885 „Morgen ich leuchte in rosigem Schein,
  von Blut und Duft
  geht schnell die Luft;
  wohl bald gewonnen,
  wie zerronnen;
2890 im Garten lud ich ein
 garstig und fein."
(*Er richtet sich wieder ein, besser auf den Füßen*

コートナー　(前に進み出て)
独り身のマイスター諸君、用意を！
年上から順にはじめてもらおう。
ベックメッサー殿、さあ、あなたから。
　(マイスタージンガーたちが居並ぶ桟敷席の前には、先ほど徒弟たちが芝地を突き固めて、たくさんの花で覆った盛り土の舞台ができている。徒弟たちはそこへベックメッサーを先導する。ベックメッサーは躓きながら舞台にのぼり、覚束なげに足をつき、ぐらつく)
ベックメッサー
畜生、ぐらぐらしやがる。しっかり固めろ！
　(徒弟たちは、たがいに顔を見合わせて吹き出し、はしゃぎながら盛り土の穴を埋める)
民衆　(肘を突き合い)
え、あれが？　求婚するって？
お似合いとは思えぬが。
自分があの娘さんなら、願い下げだな。
黙れ！　なんてったって、立派なマイスターだぞ。
ふん、笑わせるな！
参事会に議席をお持ちだとか。
あれっ、きちんと立てないようだ。
いったい、どうなることやら。
いまにも引っくり返りそうだ。
市の書記で、ベックメッサーというんだって！
まあ、あきれた頓馬だね！
　(笑う者、多数)
徒弟たち　(起立して)
静粛に、静粛に！
大声も、小声もなし！
コートナー　はじめよ！
ベックメッサー
　(さんざん苦労して、ようやく舞台の上にしっかり立つと、まずマイスターたち、ついで民衆、そしてエファにお辞儀をする。しかしエファが顔を背けると、うろたえて、もう一度彼女の方を向いて目をしばたく。途方に暮れたベックメッサーは、リュートの調弦で気分を奮い立たせようとする)

「朝の私は薔薇色の光に輝き
血なまぐさい香りが
吹き抜ける。
たまさかの勝利も
はかなく溶けゆき
私は庭に立ちて招く、
えげつなくも、しとやかに」
　(足場を固めようと、ふたたび体勢を立て直す。――こっそり紙

(475)　コートナーが「前に進み出」て差配することからも、祝祭の歌合戦があくまでも「歌学校」の延長として企画されていることがわかる。だが「誰でも参加できる」(→注469)ということならば、(まずはその提案自体を認めるかどうか諮ったうえで)会場から出場者を募って順番を決めるのが筋だが、コートナーはまんまとザックスの戦略に乗せられて(音楽上も、それまでの速い流れに乗って、仕切り直しもせずに)、自明のことのように開始を宣言し、ベックメッサーを指名してしまう。そもそも自分たちの決めごとを破っているという自覚があるのかどうか定かではない。――2870行「ぐらぐらしやがる wackelig」には、試験に「落第する wackelig stehen」という俗語表現の不吉な響きがある。

(476)　民衆の嘲笑は、もっぱらベックメッサーの身体の不自由な動きに対する「嗜虐嗜好 Schadenfreude」(→注391)に発する。ただし第3場のパントマイムとは違い、嗜虐嗜好を満足させる民衆を、さらにわれわれ(劇場の観客)が見るという二重仕掛けになっているため、舞台上の民衆といっしょになってベックメッサーを笑いのめすことも、民衆のうちに残酷さを見てとることも、はたまたこのシーン全体を嗜虐嗜好のパロディーと読むことも可能である。ベックメッサーに好意的な声(→2874、2876)はテノールとバス。権威や肩書に弱い高齢者か。

(477)　「はじめよ！」の合図をするのは記録係と決まっているが(→注122)、ここではベックメッサー本人が歌うため、世話役のコートナーが代行する。徒弟たちの「静粛に！」の合図も含めて、進行の主導権はまだマイスタージンガー組合の手にある。

(478)　ベックメッサーは、まるで昨晩の闇のなかからそのまま抜け出してきたようにリュートを手放さない。昼間の幽霊さながら生彩を欠いたまま「朝の私は薔薇色の光に輝き」と歌いだすが、いっこうに意気が上がらず、たちまち失速する。真夜中に「見よ、朝日が輝きを放ち」と高らかに歌い上げた〈セレナーデ〉と同様(→注279)、書記殿はここでも間の悪さをさらけ出す。

(479)　ワーグナーはスコアの段階で、ヴァルターの〈夢解きの歌〉の全面改訂(→注376)に合わせてベックメッサーの〈本選歌〉を差し換えた(韻文台本版の歌詞については→「5つの異稿」4)。その結果、単に支離滅裂なだけでなく、シュールでグロテスクな印象がよりいっそう際立つことになった(→注485)。「えげつなくも garstig」については(→注210)。

(326) ベックメッサーの歌の第1シュトレン［譜例159］（前頁）は、さながら晴れやかな祝祭空間に「フクロウ」（→884）が紛れ込んできたかのよう。詩のうろ覚えもさることながら、詩の韻律法と音楽の拍節法の齟齬は相変わらず。6/8拍子で1行目のダクテュロス（強弱弱格）を処理したまではよいとしても、すぐに2行目のヤンブス（弱強格）で馬脚を現わしてしまう。と思うと「えげつなくも、しとやかに garstig und fein」では突然、正常に戻る。まさに「変な歌だな Sonderbar！」と呼ぶにふさわしい調べだ。

(327) 第2シュトレンの原詩（→2221ff.）：
　Wonnig entragend dem seligen Raum,
　bot goldner Frucht
　heilsaft'ge Wucht,
　（「紙をのぞき込む」1小節挿入）
　mit holdem Prangen
　dem Verlangen,
　an duft'ger Zweige Saum,
　herrlich ein Baum.

(328) 前段の合唱にも現われていた〈記録係の動機〉［譜例51］が、より明確なかたちで現われ、民衆やマイスタージンガーたちの反応も、より激しくなってくる（→注326）。

(329) アプゲザングの原詩（→2243ff.）［譜例160］：
　Sei euch vertraut,
　welch hehres Wunder mir geschehn:
　an meiner Seite stand ein Weib,
　so hold und schön ich nie gesehn:
　gleich einer Braut
　umfaßte sie sanft meinen Leib;
　mit Augen winkend,
　die Hand wies blinkend,
　was ich verlangend begehrt,
　die Frucht so hold und wert
　vom Lebensbaum.
第1・2シュトレンのあとには合唱が続いたが、ここでは「哄笑 ein dröhnendes Gelächter」のみ。

zu stehen. — Er zieht das Blatt verstohlen hervor und lugt eifrig hinein: dann steckt er es ängstlich wieder ein.)

DIE MEISTERSINGER　(leise unter sich)
Mein! Was ist das? Ist er von Sinnen?
Höchst merkwürd'ger Fall! Was kommt ihm bei!
Woher mocht' er solche Gedanken gewinnen?
2895　Verstand man recht?
VOLK　(leise unter sich)
Sonderbar! Hört ihr's? Wen lud er ein?
Verstand man recht? Wie kann das sein?
Garstig und fein lud er bei sich ein?
Was sagt er?
BECKMESSER
2900　„Wohn' ich erträglich im selbigen Raum,
hol' Geld und Frucht,
Bleisaft und Wucht…
　(Er lugt in das Blatt.)
Mich holt am Pranger
der Verlanger,
2905　auf luft'ger Steige kaum,
häng' ich am Baum."
　(Er wackelt wieder sehr: sucht im Blatt zu lesen, vermag es nicht; ihm schwindelt, Angstschweiß bricht aus.)
VOLK　Schöner Werber! Der find't seinen Lohn.
Bald hängt er am Galgen! Man sieht ihn schon.
DIE MEISTERSINGER　Was soll das heißen?
2910　Ist er nur toll?
Sein Lied ist ganz von Unsinn voll!
BECKMESSER　(rafft sich verzweiflungsvoll und ingrimmig auf.)
„Heimlich mir graut,
weil es hier munter will hergehn:
an meiner Leiter stand ein Weib;
2915　sie schämt und wollt' mich nicht besehn;
bleich wie ein Kraut
umfasert mir Hanf meinen Leib;
mit Augen zwinkend
der Hund blies winkend,
2920　was ich vor langem verzehrt,
wie Frucht so Holz und Pferd
vom Leberbaum!"
　(Alles bricht in ein dröhnendes Gelächter aus. — Beckmesser verläßt wütend den Hügel und stürzt

を取り出し、懸命にのぞき込み、また不安そうにしまう)

マイスタージンガーたち (声をひそめて、ささやき合う)
えっ! 何だ、あれは? 正気か?
空いた口がふさがらぬ。何を考えているのやら。
なんでまた、こんなことを思いついたのか?
こっちの頭がおかしいのか?
民衆 (声をひそめて、ささやき合う)
変な歌だな。聞いたかい? 誰を招いたって?
こっちの頭がおかしいのかな? 一体、どういうことだ?
えげつなくも、しとやかに招いたって?
何が言いたいんだ?
ベックメッサー
「私は同所にて、かつかつに暮らし
お金と果実をもぎ取り
煮え湯を飲まされ、鉄拳を食らい……
　　(紙をのぞき込む)
求める者ありて
さらし柱から解かれ
天の懸け橋ならぬ
樹に吊される」
　　(また大きくよろめく。紙を読もうとするが、うまく読めない。目がくらみ、冷汗が吹き出す)

民衆 御立派な求婚者だ。きっと天罰が下るだろう。
やがて絞首台行きさ。今から目に見えるようだ。
マイスタージンガーたち どうしたことだ。
気でも狂いおったか。
あいつの歌は、たわごとだらけ。
ベックメッサー (捨て鉢になり、怒懣やる方なく力をふりしぼって)
「私がひそかに怖気づいたのは
この場がにわかに活気づいたから。
梯子の傍らには、ひとりの女が立ち
恥ずかしげに、私から目をそらす。
キャベツのごとく青白い麻縄が
私の体に絡みつく。
犬が目を瞬かせ
吐く息で示すのは
はるか昔に私が平らげた
肝臓の樹の
実と幹と馬」
　　(会場は哄笑の渦に包まれる。——ベックメッサーは、かんかんになって舞台を下り、ザックスに詰め寄る)

(480) ニュルンベルクのタブラトゥーアでは「マイスター歌はすべて暗唱で歌い、書かれたものを見てはならない」とされていた。これはあくまでも歌学校や資格試験の規則であり、野外での歌くらべに適用されるわけではないが(事実、それを見咎める者は誰もいない)、たびたびのカンニングが見苦しい印象を与えることは間違いない。

(481) もちろんベックメッサーの歌は覚えそこねによって無意味な戯れ言と化しているが、そこには無意識裡に、さまざまな記憶の断片が織り込まれている。第2シュトレン冒頭の3行(→2900ff.)は、「かつかつ(な)暮らし」を余儀なくされ、他人の屋敷の「果実をもぎ取」って飢えをしのいだこともあるワーグナーの第1次パリ滞在(1839-42年)の記憶の再現ともとれる。それから20年の星霜を経て韻文台本を書き上げたパリで(→作品の成立3)、かつて「煮え湯を飲まされ」たマイヤーベーアへの怨念がベックメッサーに乗り移りでもしたのか。

(482) ロルツィングのオペラ『ハンス・ザックス』(→作品の成立1)では、ザックスの恋敵エオバン・ヘッセが次のような歌をうたう。「そやつめ(旧約聖書「サムエル記下」でダヴィデの部下に討たれるアブサロム)は／頭が引っかかったまま／樹に宙吊りになった an einem Baum hangen とさ」。

(483) マイスターたちのなかでもコートナーが先頭を切って(ナハティガルに)「どうしたことだ／気でも狂いおったか」とささやきかける。守旧派に動揺が走る瞬間である。

(484) 先へ進むにつれて覚えきれなくなったのか、原詩との乖離が大きくなるが、アプゲザング冒頭の2行「私がひそかに怖気づいたのは〜」(→2912f.)は、この瞬間におけるベックメッサーの実感が思わず口をついて出たとみてよいだろう。

(485) 「梯子」は、足下が「ぐらぐら」して、高所に立たされたように覚束ないベックメッサーの不安な心理の投影。「目をそらす」女は、ベックメッサーのお辞儀に「顔を背けた(エファ)」(→2884行下のト書き)の幻影か。——哲学者エルンスト・ブロッホは、意味連関の箍(たが)が外れたようなベックメッサーの歌に、20世紀のCh・モルゲンシュテルン『絞首台の歌』(1905年)や表現主義、ダダイズムにつながるモダンな要素を認めている(『ベックメッサーの本選歌の歌詞について』)。

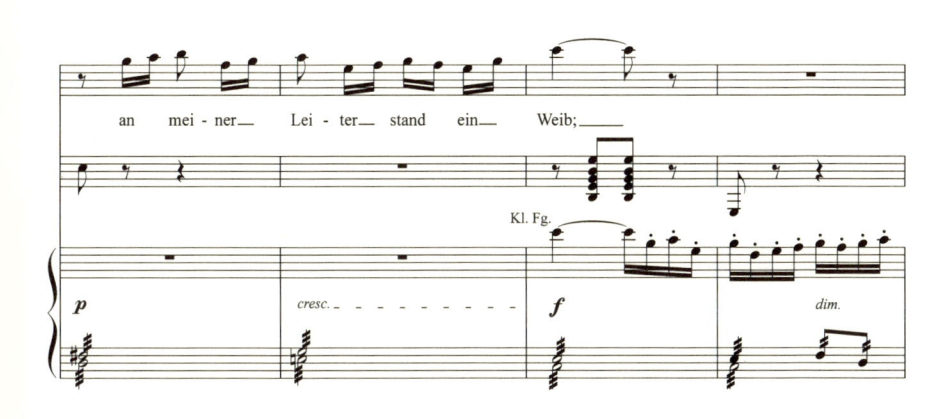

(330) オーケストラが民衆の「哄笑」をスタッカートの下行音形（切迫・半音階）で描写。ベックメッサーがザックスに詰め寄る背景には〈嘲りの動機〉[譜例57]、そして〈憤激の動機〉[譜例128]。後者は「おれが選んだのは、まさしく／おれのために生まれてきた娘」（→ 2335f.）を想い起こさせる。

(331) オーケストラが民衆の「混乱」を同じスタッカートの下行音形（切迫・半音階）で描写。ただし今回は、さらに展開されることなく、オルテルとフォルツの「妙なことになってきたぞ Welch eigner Fall!」で鎮静化される（ナハティガル「なんとも妙な具合だ Merkwürd'ger Fall!」→ 677）。

(332) ザックスは弁明に必要な「経緯」を語ることなく、「これほど美しく作られた詩」と断言して、まずマイスターたちと民衆を困惑させる。「その経緯は Wie er dazu kam」に先立つ〈好意の動機〉（第1・2ヴァイオリンによる対位法的処理）には、老獪な人間がもつ、ある種の余裕すら感じられる [譜例161]。

(333) 「（この歌を）理解すれば（und wer dies）verstünd'」以降には〈民衆判定役の動機〉[譜例42]。ザックスはマイスターたちだけでなく、第1幕で主張したとおり（→ 552ff.）、民衆も判定役に巻き込む布石を打つ。――なお「御同僚に（申し上げるが、これは美しい）歌だ（Ich sag' euch）Herrn, das Lied ist（schön）」に現われる「順次進行の4音列」は [譜例162]、2950、2956、2958行を導き出す重要な役割を担っている。

(334) ザックスは鮮やかな論法で証人を召喚するが、ヴァルター（トランペット）が姿を現わす「前」から、〈愛の動機〉[譜例6]がオーボエとクラリネットに登場し、異議をさしはさむ隙を与えない。

auf Sachs zu.)
Verdammter Schuster, das dank' ich dir!
Das Lied, es ist gar nicht von mir:
2925 vom Sachs, der hier so hoch verehrt,
von eurem Sachs ward mir's beschert.
Mich hat der Schändliche bedrängt,
sein schlechtes Lied mir aufgehängt.
(Er stürzt wütend fort und verliert sich unter dem Volke.)
VOLK   Mein! Was soll das sein?
2930 Jetzt wird's immer bunter!
Von Sachs das Lied? Das nähm' uns doch Wunder!
KOTHNER   *(zu Sachs)*
Erklärt doch, Sachs!
NACHTIGAL   *(zu Sachs)*
Welch ein Skandal!
VOGELGESANG   *(zu Sachs)*
Von euch das Lied?
2935 ORTEL, FOLTZ   Welch eigner Fall!
SACHS   *(hat ruhig das Blatt, welches ihm Beckmesser hingeworfen, aufgenommen.)*
Das Lied, fürwahr, ist nicht von mir:
Herr Beckmesser irrt, wie dort so hier.
Wie er dazu kam, mag selbst er sagen;
doch möcht' ich nie mich zu rühmen wagen,
2940 ein Lied, so schön wie dies erdacht,
sei von mir, Hans Sachs, gemacht.
DIE MEISTERSINGER   Wie? Schön?
Das Lied wär' schön, dieser Unsinnswust?
VOLK   Hört! Sachs macht Spaß!
2945 Er sagt es nur zur Lust.
SACHS   Ich sag' euch Herrn, das Lied ist schön;
nur ist's auf den ersten Blick zu ersehn,
daß Freund Beckmesser es entstellt.
Doch schwör' ich, daß es euch gefällt,
2950 wenn richtig Wort' und Weise
hier einer säng' im Kreise;
und wer dies verstünd', zugleich bewies',
daß er des Liedes Dichter
und gar mit Rechte Meister hieß',
2955 fänd' er gerechte Richter.
Ich bin verklagt und muß bestehn:
drum laßt mich meinen Zeugen ausersehn.
Ist jemand hier, der Recht mir weiß?
Der tret' als Zeug in diesen Kreis!

くそ靴屋め、覚えてろ！
この詩はおれのじゃない。
ザックスのさ、お前たちが
散々ちやほやしたザックスの詩だよ。
この恥知らずが自分の出来そこないを
無理やりおれに押しつけたのさ。
　　（猛り狂って駆け出し、観衆のあいだに姿を消す）

民衆　なんだと！　どういうことだ？
ますます、わけがわからない。
ザックスの詩だって？　こりゃ驚いた。
コートナー　（ザックスに）
説明してくれ、ザックス。
ナハティガル　（ザックスに）
けしからん話だ。
フォーゲルゲザング　（ザックスに）
あんたの詩だって？
オルテル、フォルツ　妙なことになってきたぞ。
ザックス　（ベックメッサーが投げ捨てていった紙を悠然と拾い上げ）
この詩は、断じて私のものではない。
ベックメッサー殿の思い違いは、今に始まったことではない。
その経緯は本人の口から語ってもらうとして
これほど美しく作られた詩を
このハンス・ザックスのものだと
自慢するつもりは毛頭ない。
マイスタージンガーたち　なんだって、美しいだと？
この詩が美しいって？　この戯れ言の寄せ集めが？
民衆　おいおい、冗談だろう。
人をかつぐにも、ほどがある。
ザックス　御同僚に申し上げるが、これは美しい歌だ。
ただ、ひと目見ればおわかりのように
ベックメッサーが台無しにしてしまったのだ。
しかし、誓ってもいい、ここで聴衆を前に
正しい言葉と旋律で歌える人がいれば
きっと皆さんも気に入ってくれるはず。
そして、この歌を理解すれば
その人物こそ、これを書いた詩人であり
公正な審判によりマイスターの称号を
受けて当然と太鼓判を押されるはず。
私は嫌疑をかけられた身、濡れ衣を晴らさねばならぬ。
どうか、そのための証人を選ばせてほしい。
私の潔白を証明できる方はおられぬか？
おられれば、証人として裁きの場に歩み出よ！

(486) 捨て台詞のなかで（自分の信じる）真相をぶちまけるベックメッサーは、『ローエングリン』の終幕でゴットフリート失踪の秘密を得意気に暴露して倒れるオルトルートの喜劇版。

(487) 2932行以降、コートナーは世話役としての責任感から、ナハティガルはザックスへの反感を剥き出しにして、そしてフォーゲルゲザングは好奇心から、それぞれザックスを問い質す。──2937行「今に始まったことではない」の原文は wie dort so hier（直訳：あそこでも、ここでも）。「思い違い」がザックスの工房に端を発するとすれば、誤解を放置したザックスにも責任があるはずだが、姿を消した「本人」に説明責任を負わせ、あまつさえ「濡れ衣を晴ら（す）」（→2956）ことにかこつけてヴァルターを舞台に立たせる環境を整えるしたたかさ。

(488) 「詩 das Lied」（→2936）はベックメッサーの歌だが、「詩 ein Lied」（→2940）はヴァルターの原詩。まぎらわしい言葉づかいが引き起こす誤解と混乱を計算に入れたうえで、「これほど美しく作られた詩を」と思わせぶりに持ち上げてみせ、とくにマイスターたちの口から改めてベックメッサーの「落第」を確認させようという高等戦術。コートナーとナハティガル（→注486）を含む五人のマイスターが「この戯れ言の寄せ集めが？」と声をそろえたところで、ザックスのねらいはみごと的中する。

(489) 2946行、Herrn は観客ではなく、マイスタージンガーたち（「御同僚」）を指す。「ひと目見ればおわかりのように」と言いながら、ザックスが紙片を回覧するのはヴァルターを登場させてから（→2974行下のト書き「紙をコートナーに渡し」）。

(490) 2959行 in diesen Kreis は直訳すれば「この輪の中に」。観衆の輪であると同時に、『ローエングリン』第1幕第3場のような「裁き」の環でもある。Richter（直訳：裁判官）、verklagt（「嫌疑をかけられた」）、Recht（直訳：正義）、Zeuge（「証人」）といった言葉が示すように、この場は一種の法廷劇に仕立てられる。ザックスの呼びかけ「歩み出よ！ Der tret'!」も、『ローエングリン』第1幕第2場の伝令使の呼び出し「（エルザのために馳せ参じる者）歩み出よ！ Der trete vor!」を思わせる。マイスター資格に（「太鼓判を押」しながらも）触れず、ヴァルターを歌合戦の応募者（求婚者）としてではなく、人望あるザックスの「潔白を証明」する「証人」として登場させることこそ、ザックスの秘策中の秘策。

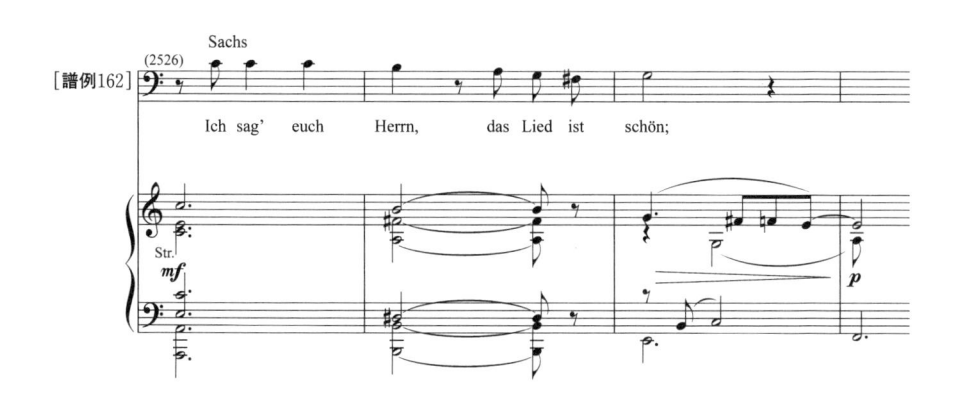

[譜例162]

Sachs: Ich sag' euch Herrn, das Lied ist schön;

(335) ヴァルターがトランペットによる〈愛の動機〉と、ヴァイオリンの上行走句に導かれて登場。ここで〈シュトルツィングの動機〉[譜例46]が現われるのは筋が通っているが、この管楽器とティンパニによる軽快な行進曲ふうの楽想は、途中から弦楽器が加わって〈フォーゲルヴァイデの動機〉[譜例49]へと発展してゆく（精密な管弦楽法の好例）。

(336) 〈フォーゲルヴァイデの動機〉（旋回音形つき）は、まず木管楽器で、つづいて弦楽器で幅広く歌い上げられる。ザックスが「私のものでない」と述べるのは、自作の詩ではないという意味を超えて、自分（マイスタージンガー）ではなくフォーゲルヴァイデ（ミンネゼンガー）を範としていることを含意しているとみてよいだろう。——つづくマイスターたちと民衆の反応には、ふたたび〈シュトルツィングの動機〉。まだマイスターたちと民衆のあいだには温度差が感じられるが（→訳注491、492）、ザックスの思惑どおり（→注334）民衆の参加がこの場の雰囲気を変えつつある。——なお「マイスターも、民衆も」から、〈フォーゲルヴァイデの動機〉と〈エファの動機〉が連結されるのも意味深長だ（「学識に曇らされぬ女心は／民衆の心と変わらぬもの」→ 527f.）。

(337) これまで「静粛に！」は〈ダヴィデ王の動機〉[譜例3]に伴われて二度歌われているが（→ 2798、2882）、ここでは〈夢の動機〉[譜例121]に取って代わられる。

(338)〈栄冠の歌 Preislied〉。ワーグナーは当初、ここで〈夢解きの歌〉の3つのバールをそのまま反復させるつもりだったが、最終的にはその内容を1つのバールに集約し、シュトレン–シュトレン（各7行から13行へ）—アプゲザング（11行から15行へ）と拡大した。それに伴って、音楽も〈夢解きの歌〉から〈栄冠の歌〉へと大きく変容を遂げることになる。——〈栄冠の歌〉の第1シュトレンは2981行までは〈夢解きの歌〉と同一だが、「夢見心地に引き込まれ」た瞬間から（あるいはコートナーが「紙をとり落とし」たのをきっかけに→訳注495）、旋律を長々と紡ぎ出してゆく[譜例163]。その拡大された部分は、同じ順次上行音形（ト→ロ→ハ→ニ→ホ）と、音楽的にも韻を踏んだ同じ音形（ホ→ヘ→ニ）、そして上行→下行の似た音形からなる。ただし「愛欲への飽くなき想いを was höchstem Lustverlangen」では、旋律が半音階的に変容し（〈愛の動機〉の断片）、さらに歌いおさめ（Lustver-）langenにオーボエが加わって、次行への橋渡しをしているところにも注目されたい。

Walther tritt aus dem Volke hervor und begrüßt Sachs, sodann nach den beiden Seiten hin die Meister und das Volk mit ritterlicher Freundlichkeit. Es entsteht sogleich eine angenehme Bewegung; alles weilt einen Augenblick schweigend in seiner Betrachtung.

2960 **SACHS** So zeuget, das Lied sei nicht von mir;
und zeuget auch, daß, was ich hier
vom Lied hab' gesagt,
zu viel nicht sei gewagt.
DIE MEISTERSINGER Wie fein ist Sachs!
2965 Ei, Sachs, ihr seid gar fein!
Doch mag es heut geschehen sein.
SACHS Der Regel Güte daraus man erwägt,
daß sie auch mal 'ne Ausnahm verträgt.
VOLK Ein guter Zeuge, stolz und kühn;
2970 mich dünkt, dem kann was Guts erblühn.
SACHS Meister und Volk sind gewillt
zu vernehmen, was mein Zeuge gilt.
Herr Walther von Stolzing, singt das Lied!
Ihr Meister, lest, ob's ihm geriet.
(Er übergibt Kothner das Blatt zum Nachlesen.)
LEHRBUBEN *(in Aufstellung)*
2975 Alles gespannt! 's gibt kein Gesumm:
da rufen wir auch nicht „Silentium!"
WALTHER *(beschreitet festen Schrittes den kleinen Blumenhügel.)*
„Morgenlich leuchtend im rosigen Schein,
von Blüt und Duft
geschwellt die Luft,
2980 voll aller Wonnen,
(An dieser Stelle läßt Kothner das Blatt, in welchem er mit andren Meistern eifrig nachzulesen begonnen, vor Ergriffenheit unwillkürlich fallen; er und die übrigen hören nur teilnahmvoll zu.)
nie ersonnen,
ein Garten lud mich ein,
(wie entrückt)
dort unter einem Wunderbaum,
von Früchten reich behangen,
2985 zu schaun in sel'gem Liebestraum,
was höchstem Lustverlangen
Erfüllung kühn verhieß,

民衆のあいだからヴァルターが姿をあらわし、ザックスに一礼してから両側を向き、騎士道に則った仕草でマイスターと民衆に丁重な挨拶を送る。たちまち会場に心地よいざわめきが走り、一瞬の沈黙とともに、みんなの視線がヴァルターに注がれる。

ザックス では、あの詩が私のものでないという証拠を。
そしてまた、私がここで
あの詩について述べたことに
何ひとつ誇張がないという証しも。
マイスタージンガーたち お見事、ザックス！
おい、ザックス、なかなかやるじゃないか。
だが、今日の結末やいかに。まずは、お手並み拝見。
ザックス 時に応じて例外を受け入れる
それもまた良き規則の証し。
民衆 立派な証人じゃないか。堂々と胸を張ってるぞ。
あの人なら、みごとにひと花咲かせそうな気がする。
ザックス マイスターも、民衆も
君の証言を聞きたがっている。
ヴァルター・フォン・シュトルツィング殿、さあ歌いたまえ。
諸君、読んでみるがいい、彼に授かった詩かどうか。
　　（紙をコートナーに渡し、読むようにうながす）
徒弟たち　（起立して）
満場、固唾を呑んで、しわぶきひとつ聞こえない。
「静粛に」の呼びかけは、やめておこう。
ヴァルター
　　（しっかりした足どりで、舞台に上がり）
「朝は薔薇色の光に輝き
咲き乱れる花の香りに
大気はあふれんばかり。
思いもかけぬ
　　（コートナーは、ほかのマイスターたちといっしょに、紙に書かれた詩を熱心に読みはじめたが、ここまで聴いて、打たれたように紙をとり落とし、あとは皆といっしょに一心不乱に聴き入る）

歓喜に満ちて
私は楽園へ誘われる。
　　（夢見心地に引き込まれ）
そこで、実もたわわな
この世のものとも思えぬ大樹のもと
心洗われる愛の夢に見たものは
愛欲への飽くなき想いを
満たさんと大胆にも約束せし

(491)「騎士道に則った仕草」は市民の目には異質に映る。身分差による違和感はぬぐえないが、ここではそれが好感に転じ（「心地よいざわめき」）、まだヴァルターが口を開かぬうちに、民衆の口から「立派な証人じゃないか」（→ 2969）という感想がもれる。「堂々と胸を張ってる stolz (und kühn)」のは、名（シュトルツィング Stolzing）は体を表わすということか。

(492) 最初に声を上げるマイスターたちの反応は好意的だが、コートナーとナハティガルが疑念をさしはさむと（→ 2966）、一同は次々に付和雷同する。──ヴァルターの飛び入り参加に、ザックスは最後の強引なダメ押しをする（「時に応じて例外を受け入れる／それもまた良き規則の証し」→ 2967f.）。

(493) 2974 行 ob's ihm geriet は「歌の出来ばえを（確かめてほしい）」とも読めるが、マイスターたちに紙片を見せたのは、あくまでも作者の同定を行なわせるため。

(494) 徒弟たちの「静粛に！」の合図も、コートナーの「はじめよ！」の発声もないまま、ヴァルターは歌い出す。すでに事態は歌学校の制度の枠を超えて進んでいる。

(495) 韻文台本では、ここで〈夢解きの歌〉の3つのバール（→「5つの異稿」2、3）をそのまま反復することになっていたが、ワーグナーはスコアの段階で（ヴァルターの成長と進歩に合わせ、夢の内容を凝縮して一個の芸術作品へと結晶させるために）1バールの新たな歌に書き直した。──第1シュトレンの6行目（→ 2982）まではザックスが書きとめた原詩に忠実に歌われるため、原詩は明らかにヴァルターの作であると確認できるが、耳を打つ美しい響きは作者問題など吹き飛ばしてしまい、さしものコートナーも歌のとりこになる。──もはやマイスターたちが紙片をチェックしていないことに気づいたのか、ヴァルターは7行目（→ 2983）から自由に歌い始める。

(496)「飽くなき höchstem」は「畏れ多くも至高の」とも解せる。神の愛欲さえも満たそう、ということか。となると「大胆にも kühn」からは「神をも恐れぬ大胆不敵な」というニュアンスが読みとれる。ザックスを「主なる神」に擬し、楽園追放のエヴァを歌った〈靴作りの歌〉を暗に指しながら（→注244）、エファのザックスへの想いをそれとなく読み込んだもの。

(339) 第1シュトレンの歌いおさめは、長く引き延ばされた「(絶世の美)女 (das schönste) Weib」、「エファ Eva」と「パラダイスの im Paradies!」の前に置かれた休符（修辞学でいう「頓呼法」）によって、バールの歌いおさめと見紛うばかりの強い終止感をもたらす [譜例164]。なお第1シュトレンと第2シュトレンを結ぶ民衆の合唱は〈求愛の動機〉[譜例2] を歌って、ヴァルターの歌に引き込まれてゆくさまを体現する。

(340)〈栄冠の歌〉第2シュトレン。「歌いおさめを変えたのは／マイスターたちの癪に障るだろうが／このハンス・ザックス、大いに勉強になった／春は、こうでなくてはなるまい」(→ 2228ff.) に勇気づけられてか、ヴァルターは〈夢解きの歌〉の第2シュトレンと同じく「歌いおさめ」をト長調に終止させている。またそれだけでなく「そこで〜月桂樹のもと dort unter einem Lorbeerbaum」からは遠隔調のロ長調へとさまよい出る。第2982行下のト書き「夢見心地に引き込まれ」は、むしろこの箇所にこそふさわしいと思われるほどだ [譜例165]。

(341) 背景の管弦楽法が絶えず変容しているところにも注目。第1シュトレン：クラリネット＋ホルン＋ファゴット＋ハープの分散和音＋弦4部（最後に管楽器を追加）。第2シュトレン：分割されたヴィオラとチェロ＋ホルン＋ファゴット→ロ長調に転じるところからハープの豊かな伴奏＋弦楽器と管楽器の参加→終止形にはトランペットとトロンボーンも参加。

(342)〈栄冠の歌〉アプゲザング「火がついたように sehr feurig」。管弦楽法はハープの伴奏を背景に置き、木管＋ホルン＋チェロ→「夢に見た（かの楽園は）Das ich erträumt, (das Paradies)」で一時的に弦楽器（＋第4ホルン）のみ→しだいに楽器の種類を増やし、合唱の入りからはトロンボーンも加わり、終止和音にはティンパニ。——しかし、それよりも重要なのは「歌」が主体のテクスチュア（旋律は〈夢解きの歌〉のアプゲザングと3024行まで同じ）が、「オーケストラ」主体のテクスチュア（〈愛の動機〉断片の反復提示）へと変化していることだろう。これはワーグナーが提唱した「オーケストラのメロディー」にほかならない。——なお「パラダイスのエファ」（旧約聖書）、「パルナスのミューズ」（ギリシア神話）を受けた「パルナスにしてパラダイス」は、ヘブライズムとヘレニズムの対立を止揚する理想と読むこともできよう。

das schönste Weib:
Eva im Paradies!

VOLK (*leise flüsternd*)
2990 Das ist was andres, wer hätt's gedacht!
Was doch recht Wort und Vortrag macht!
DIE MEISTERSINGER (*leise flüsternd*)
Ja wohl, ich merk', 's ist ein ander Ding,
ob falsch oder richtig man sing'.
SACHS Zeuge am Ort,
2995 fahret fort!
WALTHER
Abendlich dämmernd umschloß mich die Nacht;
auf steilem Pfad
war ich genaht
zu einer Quelle
3000 reiner Welle,
die lockend mir gelacht:
dort unter einem Lorbeerbaum,
von Sternen hell durchschienen,
ich schaut' im wachen Dichtertraum,
3005 von heilig holden Mienen,
mich netzend mit dem edlen Naß,
das hehrste Weib,
die Muse des Parnaß!
VOLK Wie hold und traut so fern es schwebt,
3010 doch ist's grad, als ob man alles selber miterlebt!
DIE MEISTERSINGER
's ist kühn und seltsam, das ist wahr;
doch wohlgereimt und singebar.
SACHS Zeuge, wohl erkiest!
Fahret fort, und schließt!
3015 **WALTHER** Huldreichster Tag,
dem ich aus Dichterstraum erwacht!
Das ich erträumt, das Paradies,
in himmlisch neu verklärter Pracht,
hell vor mir lag,
3020 dahin lachend nun der Quell den Pfad mir wies;
die, dort geboren,
mein Herz erkoren,
der Erde lieblichstes Bild,
als Muse mir geweiht,
3025 so heilig ernst als mild,
ward kühn von mir gefreit;
am lichten Tag der Sonnen,
durch Sanges Sieg gewonnen

絶世の美女、
これぞパラダイスのエファ！
民衆　（声をひそめて、ささやく）
まるで別物だ。思いもかけなかった。
言葉も、節まわしも、しっかりしている。
マイスタージンガーたち　（声をひそめて、ささやく）
うん、別物だということはよくわかる、
規則通りの歌い方かどうかは別にしても。
ザックス　証言に戻って
続けるのだ！
ヴァルター
日も暮れて夜の帳に包まれ
険しい小径を
私は登りゆく。
近づくほどに
泉は澄んだ水をうねらせ
誘うがごとく笑いかける。
そこで、光を放つ星の群れを
葉叢に透かす月桂樹のもと
歌びとが、うつつの夢にみたものは
神々しくも、おだやかな顔で
霊泉の雫を振りかけてくれた
至高の女性、
これぞパルナスのミューズ！
民衆　なつかしい調べが、はるか遠くで響いたが
まるで、その場に居合わせているようだ。
マイスタージンガーたち
たしかに大胆奇抜だ。
韻も合っているし、歌いまわしも無理がない。
ザックス　証人の選択に誤りはなかった。
さあ続けて、歌を締めくくるのだ。
ヴァルター　詩人の夢からさめて迎えた
今日という日の恵みの深さよ。
夢に見た、かの楽園は
天上の光に洗い浄められて
眩くも晴れやかに目の前に広がり
泉は朗らかに音をたてて、そこへ通じる道を教えていた。
彼の地に生を受け
私の心を選び取った
世にも愛しき面影の主は
厳粛にして、たおやかな
ミューズとなって私の胸に飛び込み
果敢な求愛を受けてくれた。
燦々と降り注ぐ陽光のもと
歌に勝利して手に入れたのは

(497) ヴァルターの歌に魅せられ、陶酔の波に溶け入るようなレガートの「ささや（き）」で唱和する民衆に対して、マイスターたちは短く切れぎれに、その驚きを「ささや」き交わす。――途中から「証言」の趣旨をそれて独自色を出し始めたヴァルターを、ザックスは引き戻そうとする。「続けるのだ！ Fahret fort！」とかけ声をかけるのは本来、記録係の役目（ただしアブゲザングのあとで→注122）。ヴァルターをマイスター芸術の枠内につなぎ止めようという気持ちが早くもはたらき始めているのか。

(498) 第2シュトレン冒頭「日も暮れて Abendlich dämmernd」は、〈夢解きの歌〉第2バール第1シュトレン冒頭「夕（焼けが）Abendlich」(→2265)と、同第2シュトレン冒頭「夜の帳に包まれ Nächtlich umdämmert」(→2272)を組み合わせたもの。われわれの耳に既視（聴）感を吹き込み、「なつかしい調べが、はるか遠くで響いたが」(→3009)という民衆の言葉を実感させる効果は、3002f.（←2288f.）、3021f.（←2578f.）なども同じ。――パルナ（ッソ）ス山はアポロンの神託で有名なギリシアの聖地デルフィの背後に聳える山。古くからミューズの美神たちが集う場所とされてきた。

(499) 民衆の感想「なつかしい調べが、はるか遠くで響いたが」は、ザックスの想い「古い響き、それでいて新しい響き」(→1115、注191)と符合する。一方、マイスターたちの意見「（大胆）奇抜 seltsam」には、まだ否定的なニュアンスが残る。

(500) 3018行、副詞 neu（直訳：新しく）には、「楽園」が「天上の光」（〈靴作りの歌〉に照らせば「主なる神」ザックスの影響）を受けて新たな相貌の下に現われるという「再生」のイメージが込められている。「泉」は愛の源泉（「そこ〔泉〕にこそ／僕は愛の真の姿を認めるのだ」『タンホイザー』第2幕第4場）であると同時に、芸術的創造の源泉でもある。

(501) 「厳粛に」の原文 heilig ernst（直訳：神聖にして厳格）は、韻文台本では heilig hehr（直訳：神聖にして高貴）。エファがヴァルターを導く詩神ミューズとなって「果敢な求愛を受け」るには、その「たおやか mild」な面影（女性原理）だけでなく、ザックスによって芸術（人生）の厳しさ（男性原理、ernst の原義は「戦い」）を教わる必要があった。――最後の対韻 Sonnen/gewonnen (→3027/3028) はハンス・ザックス『ニュルンベルク市を讃える詩』の押韻 sunnen/gewunnen (→同75/76) に倣ったもの（その変形は→2212/2213、2567/2568 にも）。

[譜例165]

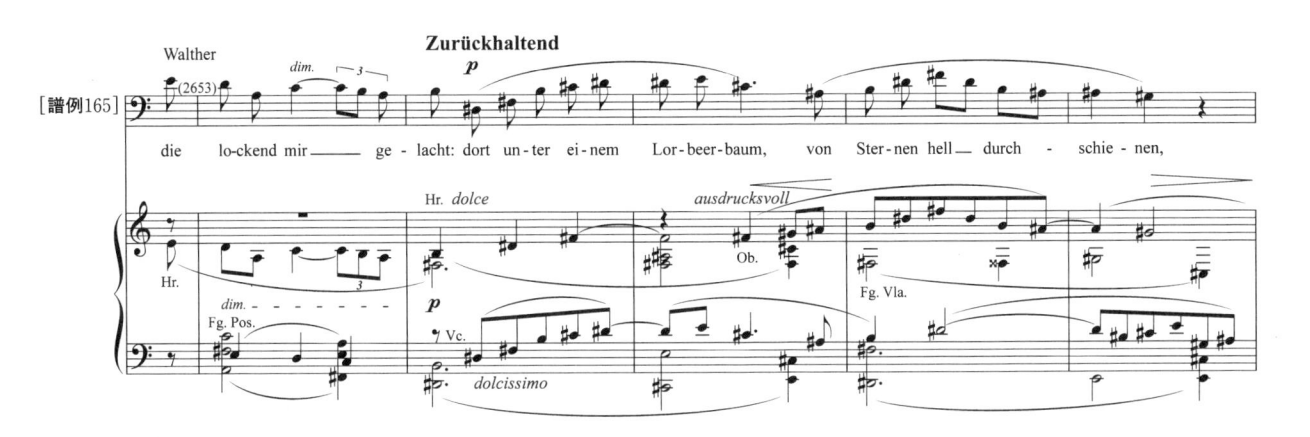

(343) 〈栄冠の歌〉の段取りは、第1シュトレン→合唱+ザックス「証言に戻って／続けるのだ」→第2シュトレン→合唱+ザックス「さあ続けて、歌を締めくくるのだ」→アプゲザング→合唱+ポークナー「ああ、ザックス！〜」となっているが、すでに第2シュトレン直後の間奏では合唱とザックスの要請が重なり合い、さらにアプゲザングが終わる前に合唱「揺られ揺られて、美しい夢に引き込まれるようだ Gewiegt wie in den schönsten Traum」が入声してくる。このあたりは第1幕冒頭と同工異曲で（→注3）、規則正しく段取りを踏んでいるばかりでは、望む結果は得られないということだろう。

(344) マイスタージンガーたちと民衆の意見は、3032行以降で完全に一致し、この場はエファの「これほど心ときめく求婚はありません」によって締めくくられる。ただし、終止和音は予期されるハ長調主和音ではなく半減七和音（嬰ヘ-イ-ハ-ホ）。これを限りにと言わんばかりに〈諦念の動機〉が姿を現わすが[譜例166]、当のザックスは感情に溺れることなく、もったいぶった言い回し「悪く思わんでくれ」で歌合戦に最後の始末をつける。

(345) 無骨な〈ダヴィデ王の動機〉[譜例3]がポークナーの言葉を裏打ちし、つづく〈求愛の動機〉[譜例2]と著しい対照をなす。なおヴァルターの拒絶は、マイスタージンガーに対する反感の根強さを物語ると同時に、ザックスの最終演説を引き出す機能も果たしている。

(346) 〈マイスタージンガーの動機〉を導き出すアウフタクトは「フランスふう序曲」の特徴（→次頁）。

Parnaß und Paradies!"
VOLK Gewiegt wie in den schönsten Traum, 3030
hör' ich es wohl, doch fass' es kaum.
DIE MEISTERSINGER (*sich erhebend*)
Ja, holder Sänger, nimm das Reis;
dein Sang erwarb dir den Meisterpreis!
Keiner so, wie nur er, so hold zu werben weiß!
VOLK (*zu Eva*)
Reich ihm das Reis, sein sei der Preis; 3035
keiner wie er so hold zu werben weiß.
POGNER (*mit großer Rührung und Ergriffenheit zu Sachs sich wendend*)
O Sachs! Dir dank' ich Glück und Ehr:
vorüber nun all Herzbeschwer!
(*Walther ist auf die Stufen der Singerbühne geleitet worden und läßt sich dort vor Eva auf ein Knie nieder.*)
EVA (*zu Walther, indem sie ihn mit einem Kranz aus Lorbeer und Myrthe bekränzt, sich hinabneigend*)
Keiner wie du so hold zu werben weiß!
SACHS (*zum Volk gewandt, auf Walther und Eva deutend*)
Den Zeugen, denk' es, wählt' ich gut: 3040
tragt ihr Hans Sachs drum üblen Mut?
VOLK (*bricht schnell und heftig in jubelnde Bewegung aus.*)
Hans Sachs! Nein! Das war sehr schön erdacht!
Das habt ihr einmal wieder gut gemacht!
DIE MEISTERSINGER (*feierlich sich zu Pogner wendend*)
Auf, Meister Pogner! Euch zum Ruhm,
meldet dem Junker sein Meistertum! 3045
POGNER (*mit einer goldenen Kette, dran drei große Denkmünzen, zu Walther*)
Geschmückt mit König Davids Bild,
nehm' ich euch auf in der Meister Gild!
WALTHER (*mit schmerzlicher Heftigkeit abweisend*)
Nicht Meister! Nein!
(*Er blickt zärtlich auf Eva.*)
Will ohne Meister selig sein!
(*Alles blickt mit großer Betroffenheit auf Sachs.*)
SACHS (*schreitet auf Walther zu und faßt ihn bedeutungsvoll bei der Hand.*)

「パルナスにしてパラダイス」
民衆 揺られ揺られて、美しい夢に引き込まれるようだ。
耳には聞こえるが、ぼうっとしてわからない。
マイスタージンガーたち（立ち上がり）
さあ、天晴れな歌びとよ、若枝を受けたまえ。
あなたの歌はマイスターの座を射止めた。
これほどみごとな求愛の歌は、彼にしか歌えまい。
民衆（エファに）
あの方に若枝を、褒賞は彼の手に！
これほどふさわしい相手はいない。
ポークナー（しみじみと、そして深い感動に包まれて、ザックスに）
ああ、ザックス！　この幸せと誉れは、あんたのおかげだ。
これで心のつかえが、すっかりとれた。
（ヴァルターはマイスターたちの居並ぶ席の階段へ導かれ、そこでエファの前にひざまずく）

エファ
（身を屈めて、月桂樹とミルテで編んだ冠をヴァルターの頭に載せ）
これほど心ときめく求婚はありません。
ザックス
（民衆の方を向いて、ヴァルターとエファを指し示し）
われながら良い証人を選んだものだ。
そのことで、このハンス・ザックスを悪く思わんでくれ。
民衆
（たちまち大歓声が起こり、会場が沸き立つ）
とんでもない、ハンス・ザックス、お見事！
またしても、やってくれたじゃないか。
マイスタージンガーたち（ポークナーの方に振り向き、晴れやかに）
さあ、ポークナー親方！　栄えある役は、あなたに。
ユンカー殿にマイスターの称号を授けられよ。
ポークナー（三枚の大きな記念メダルがついた黄金の鎖を手に、ヴァルターに語りかける）
ダヴィデ王の姿を刻んだメダルをかけ
あなたをマイスターの組合に迎えよう。
ヴァルター
（むっとして、言下に拒み）
マイスターなんか、願い下げだ！
（エファをやさしく見つめ）
マイスターなしに、幸せになりたい。
（一同、あっけにとられてザックスを見やる）
ザックス
（ヴァルターに歩み寄り、想いをこめてその手を握る）

(502) ここでも民衆の意見は、はからずもザックスの述懐「感じることはできるが、わからない」(→1108)と合致する。

(503) 第2、第3散文稿では、歓呼の声を上げる民衆の勢いに押されてマイスターたちも「同調せざるを得なくなる」。韻文台本以降は、マイスターたちも心からヴァルターの歌を支持するという設定。ヴァルターの歌の余韻をなぞる群唱の後半部（→3032ff.）では、（早めに台詞が切れるポークナーを除く）マイスターたち、民衆、（そしてスコアになると）エファまでも zu werben weiß という共通の一節で歌いおさめる。同じ -eis で韻を踏みながら、Kreis, heiß', Reis とばらばらだった第4場の五重唱（→注448）とはうって変わって皆の気持がぴたりとそろう……かと思いきや、やはり三者同時ではなく、最後は民衆とエファだけが weiß とそろえて歌い終わるところが、なかなかに意味深長である（→注94）。

(504) 月桂樹はアポロンの神木。古代ギリシア以来、競技の勝利者を讃える冠として用いられた（→注430）。ミルテはアフロディテ（ヴィーナス）の花で、その冠を花嫁の飾りとするのは、バビロニアからユダヤを経由してヨーロッパに伝わった風習。

(505) ザックスにとって、最終的に民衆に受け入れられるかどうかは決定的。「お見事 sehr schön erdacht」は、直訳すれば「とてもすばらしく考え出した」。民衆は結果だけでなく、ザックスが策をめぐらしたことも見抜いたうえで、すべてを良しとする。

(506) ポークナーが取り出したのは、歌学校の優勝者に与えられる「ダヴィデの勝者 Davidsgewinner」。ただし黄金の鎖は史実と異なる（→歴史的背景8）。

(507)「マイスターなしに、幸せになりたい」(→3049)は、自分がマイスターの称号を拒絶するだけでなく、そもそもマイスター制度なしでうまくやってゆきたいという意志表明。エファを伴侶に得たうえで、あくまでもニュルンベルクを去ろうという考えを捨てていないのか。

(347) ハンス・ザックスの演説は、相前後する２行ずつで韻を踏んでゆく「対韻」を主体とし、明確に区分けされた「第１シュトレン12行（→3050-3061）、第２シュトレン12行（→3062-3073）、そしてアプゲザング16行（→3074-3089）」の「バール形式」をとる。ヴァルターの〈夢解きの歌〉とは異なり、ザックスの旋律にはシュトレン相互の対応関係は認められず、オーケストラ（前奏曲の再現）が歌い手の代わりに対応関係を形成する（→次注）。なおワーグナーは冒頭の２行を、次の２行と交叉韻を踏む「詩型」によってではなく、スローガンを掲げる「内容」によって処理していることに注目したい［譜例167］。

(348) このスローガンのあとに、オーケストラはシュトレン相互の対応関係を明確に打ち出す。第１シュトレン：８＋８＋８＝24小節、第２シュトレン：８＋８＋８＝24小節。各部分の示導動機は、第１シュトレン：ハ長調、〈マイスタージンガーの動機〉（バス）＋〈愛の動機〉→ヘ長調、〈マイスタージンガーの動機〉（バス）＋〈愛の動機〉（紡ぎ出し）→〈芸術の動機〉（バス）＋対旋律。第２シュトレン：ヘ長調、〈ダヴィデ王の動機〉→ヘ長調、〈芸術の動機〉（上声部）＋対旋律上行→ハ長調、〈芸術の動機〉（上声部）＋対旋律下行、半終止。以上のようにワーグナーは「バール形式」を基礎に据えながらも、与えられた型を自在に打ち破ってみせる。

(349) ハ音上の短三和音から始まるアプゲザング（39小節）は、晴れ渡った空に突如として暗雲が垂れ込めるおもむき。どの演説にも欠かせない「危機感の喚起」ではあるが、第１＋２シュトレンにおける邪気のない過去礼讃を超えて、ここでは国粋主義・排他主義へと一歩を踏み出している。とくに「ドイツの真正な芸術も人々の記憶から失われようwas deutsch und echt, wüßt' keiner mehr」には鼻白むものがあり、現代の演出家にとっても躓きの石となっているが、そもそもザックスの発言を字句どおりに受け取ることが適切かどうか。〈ニワトコのモノローグ〉や〈迷妄のモノローグ〉でみせた私人ザックスの瞑想的な一面は、この演説でみせる公人ザックスの煽動的一面と真っ向から対立するが、おそらく、そのパラドックスにこそザックスの本質「政治的（にならざるをえなかった）人間」が透けて見えてくるというものだろう。

(350) ザックスの警告には示導動機が現われなかったが、「栄えあるドイツのマイスター」からは〈ニュルンベルクの動機〉［譜例70］が再現され、歌いおさめは〈芸術の動機〉［譜例４］によって締めくくられ、異議なしの大団円へと導かれる。

3050 Verachtet mir die Meister nicht,
und ehrt mir ihre Kunst!
Was ihnen hoch zum Lobe spricht,
fiel reichlich euch zur Gunst.
Nicht euren Ahnen, noch so wert,
3055 nicht eurem Wappen, Speer noch Schwert,
daß ihr ein Dichter seid,
ein Meister euch gefreit,
dem dankt ihr heut eu'r höchstes Glück.
Drum, denkt mit Dank ihr dran zurück,
3060 wie kann die Kunst wohl unwert sein,
die solche Preise schließet ein?
Daß unsre Meister sie gepflegt
grad recht nach ihrer Art,
nach ihrem Sinne treu gehegt,
3065 das hat sie echt bewahrt:
blieb sie nicht adlig, wie zur Zeit,
wo Höf und Fürsten sie geweiht;
im Drang der schlimmen Jahr'
blieb sie doch deutsch und wahr:
3070 und wär' sie anders nicht geglückt,
als wie wo alles drängt und drückt,
ihr seht, wie hoch sie blieb in Ehr:
was wollt ihr von den Meistern mehr?
Habt acht! Uns dräuen üble Streich':
3075 zerfällt erst deutsches Volk und Reich,
in falscher welscher Majestät
kein Fürst bald mehr sein Volk versteht,
und welschen Dunst mit welschem Tand
sie pflanzen uns in deutsches Land;
3080 was deutsch und echt, wüßt' keiner mehr,
lebt's nicht in deutscher Meister Ehr.
Drum sag' ich euch:
ehrt eure deutschen Meister!
Dann bannt ihr gute Geister;
3085 und gebt ihr ihrem Wirken Gunst,
zerging' in Dunst
das heil'ge röm'sche Reich,
uns bliebe gleich
die heil'ge deutsche Kunst!

Während des folgenden Schlußgesanges nimmt Eva den Kranz von Walthers Stirn und drückt ihn Sachs auf; dieser nimmt die Kette aus Pogners Hand und hängt sie Walther um. Nachdem Sachs

［譜例167］

マイスターをないがしろにせず
その芸術を敬ってもらおう。
世間も認める彼らの業績は
立派にあなたの役に立ったではないか。
いかに高い身分とはいえ、あなたの祖先や
紋章や、槍や、剣の力によってではなく、
あなた自身が一個の詩人であり
マイスターによって認められたからこそ
こうして今日、幸福の絶頂に立てたのだ。
だから、感謝をこめて思い返してほしい
数々の顕彰を受けてきた芸術が
つまらぬものであるはずがない。
マイスターたちが
きちんとその流儀に則って保護し
その精神に従って大切に育んだからこそ
芸術はその純粋さを守ってこれたのだ。
宮廷や君主に捧げられた時代の
高貴な輝きを失いはしたが
それでも厳しい歳月の風雪に耐えて
ドイツらしい真の姿を守り抜いた。
そして世界中から袋叩きにあったころの
域を抜け出ることはなかったにせよ
これほどの尊敬を保ってきたではないか。
そのマイスターたちに、このうえ何を望むというのか。
気をつけるがいい、不吉な攻撃の手が迫っている。
ドイツの国も民も散り散りになり
異国の虚仮おどしに屈すれば
王侯はたちまち民心を見失い
異国の腐臭ただようがらくたを
ドイツの地に植えつけるであろう。
栄えあるドイツのマイスターに受け継がれぬ限り
ドイツの真正な芸術も人々の記憶から失われよう。
だからこそ、言っておこう。
ドイツのマイスターを敬うのだ！
そうすれば、心ある人々をとらえることができる。
そしてマイスターの仕事を思う心があれば
神聖ローマ帝国は
煙と消えようとも
ドイツの神聖な芸術は
いつまでも変わることなく残るであろう！

以下の結びの歌のあいだに、エファはヴァルターの額から冠を取ってザックスにかぶせる。ザックスはポークナーの手から鎖飾りを受け取り、ヴァルターの首にかける。ザックスがヴァルターとエファをいっしょに抱きしめたあとも、若いふたりは両側からザックスの

(508) 3050行以下mir（直訳：私に）の反復は、あくまでも軸足をマイスターの側に置いて（マイスターたちの立場を「おのが」立場として）発言しようとするザックスの姿勢のあらわれ。演説はヴァルターを諭すという目的を超えて、大時代的なものものしい警告の色調を帯びる。しかも（「古い響き、それでいて新しい響き」への想いもどこへやら）一方的に伝統の尊重を説く3052-3073、3082-3085行、政治や軍事から文化に及ぶ排外主義を鼓舞する3074-3081行、覇権を超越した芸術の永遠性を讃える3086-3089行と、必ずしもベクトルのそろわぬ主張が入りまじったおさまりの悪さは、作者の内なる矛盾が露呈したのか（→作品の成立7、解題）。

(509)「一個の ein 詩人」（→3056）に対するは、やはり単数不定冠詞付きの「（一個の ein）マイスター」（→3057）。迷いを吹っ切ったザックスの、マイスタージンガーの道を貫く覚悟と自信がにじみ出る。3064行 Sinn(e) は個人の「感性」ではなく、ある集団の「意のあるところ」という意味での集合的な「精神」。

(510)「ドイツらしい真の（姿）deutsch und wahr」（→3069）、「ドイツの真正な（芸術）deutsch und echt」（→3080）。いずれも形容詞 wahr, echt は deutsch（ドイツ的）と同義に使われている。ワーグナーは論文『ドイツ的とは何か』（1865年）のなかで、deutsch は「明瞭な deutlich」に由来するというヤーコプ・グリムの語源考証を引き合いに出し、これは「国家利益」とは明確に一線を画す理念であり、魂の故郷である「内面への沈潜」を意味する、とルートヴィヒ王に説いている。

(511)「不吉な攻撃の手」（→3074）とは、16世紀前半のドイツを震撼させたオスマン・トルコの脅威（1529年にはウィーンを包囲、ハンス・ザックスは『血に飢えたトルコ人に抗して』を書く）を指すと同時に、1860年代にドイツ統一を阻む仮想敵として盛んに煽り立てられたフランスの脅威を暗示する（→作品の成立7）。――ケルト人を意味するラテン語 volcae から転訛した形容詞 welsch（異国の）は、もともと（フランスなど）ラテン系の民族を指した。ハンス・ザックス『ニュルンベルク市を讃える詩』にも wellisch という言葉が（ただし、ニュルンベルクの建物は「イタリア様式」で飾られている、という誇らしげなニュアンスで）使われている。

(512)「心ある人々gute Geister」（→3084）は、すぐれた人々、善良な人々のどちらをも含み、またそのいずれでもない。「神聖ローマ帝国は／煙と消えようとも～」（→3086ff.）については（→作品の成立7）。――3089行下のト書きにおけるエファの行動は、ザックスこそが芸術における（そして愛と人生においても？）真の勝利者であることを告げている。

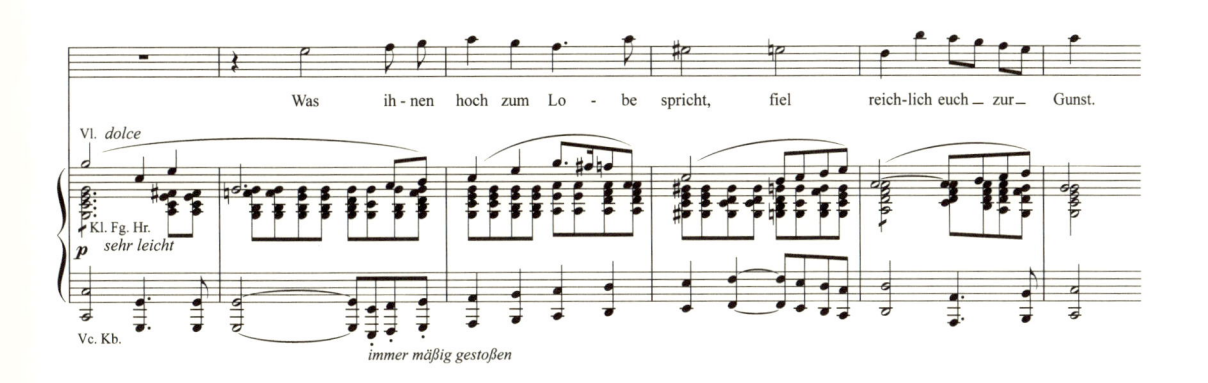

(351) 異議なしの大団円は、〈ダヴィデ王の動機〉［譜例3］から始まり（→ 3090f.)、〈ダヴィデ王の動機〉と〈芸術の動機〉［譜例4］の組み合わせ（→ 3092ff.)、そして高揚をかさねる〈芸術の動機〉によって（→ 3094ff.)、音楽はふたたび〈マスタージンガーの動機〉で「祖型への回帰」（→前奏曲音楽注）を果たす。

(352) 民衆の合唱［譜例168］は、ザックスの演説の最後の7行を鸚鵡返しに唱えるのみ。ここではマルセル・ライヒ＝ラニツキの言葉が参考になるだろう。「ドイツの祝祭オペラ『ニュルンベルクのマイスタージンガー』は全3幕からなっているが、その各幕にリヒャルト・ワーグナーは民衆——もちろんドイツの民衆——を登場させる。第1幕の民衆は、お行儀よく祈り、第2幕の民衆は、激しく殴り合う……が、彼らはたったひとりの夜警が吹く角笛のシグナルに狩り立てられ、蜘蛛の子を散らすように逃げ去ってしまう。そして第3幕の民衆は、ひとりの演説者に心を奪われ、声高に《ハイル！》と叫んで彼に忠誠を誓う。まこと、ドイツのオペラだ」(Reich-Ranicki : 1993)。

das Paar umarmt, bleiben Walther und Eva zu beiden Seiten an Sachsens Schultern gestützt; Pogner läßt sich, wie huldigend, auf ein Knie vor Sachs nieder. Die Meistersinger deuten mit erhobenen Händen auf Sachs, als auf ihr Haupt. Alle Anwesenden schließen sich dem Gesange des Volkes an.

3090 **VOLK** Ehrt eure deutschen Meister,
dann bannt ihr gute Geister;
und gebt ihr ihrem Wirken Gunst,
zerging' in Dunst
das heil'ge röm'sche Reich,
3095 uns bliebe gleich
die heil'ge deutsche Kunst!
　　(Das Volk schwenkt begeistert Hüte und Tücher; die Lehrbuben tanzen und schlagen jauchzend in die Hände.)
Heil! Sachs!
Nürnbergs teurem Sachs!
　　(Der Vorhang fällt.)

肩に身を預けたまま。ポークナーは忠誠を誓う騎士のごとく、ザックスの前に片膝をつく。マイスタージンガーたちは、まるで盟主を仰ぐようにザックスに向かって両手を高く挙げ、一同、民衆の歌に唱和する。

民衆 ドイツのマイスターを敬え！
そうすれば、心ある人々をとらえることができる。
そしてマイスターの仕事を思う心があれば
神聖ローマ帝国は
煙と消えようとも
ドイツの神聖な芸術は
いつまでも変わることなく残るであろう！
　　（ここで民衆は夢中になって帽子や布を打ち振る。徒弟たちは踊り
　　だし、歓声を上げながら、たがいに手と手を打ち合わせる）

ニュルンベルクの宝
ザックス万歳！
　　（幕が落ちる）

(513) 三角形の安定した構図で決めのポーズをとる四人を中心に群像を配した、活人画を思わせる大仰なシーンは、「盟主ザックス」という扱いもふくめて、これまでの人間喜劇 Commedia（→解題）の流れから明らかに乖離している。あるいは、これもまたパロディーか。

(514) 3090-3096行、民衆によるザックスの言葉（→ 3083-3089）の復唱は韻文台本にはなく、スコアで追加された、まさしく絵に描いたような大団円。だが「unsre（われわれの）マイスターを敬おう！」ではなく、「eure（あなたの／あなたがたの）マイスターを敬え！」と人称代名詞まで鸚鵡返しの盲従ぶりは、（民衆に寄せるザックスの期待とは裏腹に）芸術もマイスターも所詮は他人事という深層意識のあらわれか。あるいは、民衆とはその程度のもの、ということか。

解題（台本）
ユートピアの政治学

池上純一

コメディアの伝統に棹さして

　『ニュルンベルクのマイスタージンガー』は当初「大喜歌劇 große komische Oper」（→作品の成立3）とうたわれていたように、ワーグナーが完成させた唯一のコメディアである。ギリシア語のコンモス（仮装した男たちが巨大な男根をかたどった柱をかつぎながら歌い踊る行列）とオイデー（歌）に語源を発するコモイディアは、もともと人間集団の猥雑なエネルギーへの讃歌に発し、やがて権力への批判や世相の風刺など、神々や英雄の世界ならぬ人間社会を題材とするドラマを指すようになった。その原型は、都市国家アテネの凋落と人心の荒廃ぶりを痛烈に批判したアリストファネスに代表される古アッティカ喜劇である。コメディアは紀元五世紀頃から、おおむね滑稽さを基調とする「喜劇」という意味で定着してゆくが、この言葉の本来の内実は、ダンテの『神曲 Divina Commedia』やバルザックの『人間喜劇 Comédie humaine』といった、必ずしも「喜劇的」とはいえない作品にしっかりと受け継がれた。こうした広義におけるコメディアの流れを特徴づけるのは、キリスト教精神が地に落ちた中世の秋であれ、資本主義勃興期のブルジョワ市民社会であれ、ひとつの時代を生きる人間群像を浮き彫りにすること、そして、そこに注がれるイロニーに満ちた視線によって、愚かしいまでに「人間的な、あまりに人間的な」世界の素顔を暴き出すことであり、眼前に映し出される虚実の落差に、観客（読者）は思わず知らず、われとわが身を笑い飛ばすのである。

ユートピアとしてのニュルンベルク

　モリエールの性格喜劇『人間嫌い』のアルセストのように、いかに個性的な人物が登場しようとも、コメディアの真の主役は、良くも悪くもこの浮き世（憂き世）をたくましく生き抜く人間たちの群像である。ワーグナーは作品のタイトルを『ハンス・ザックス』とせず、複数形の『マイスタージンガーたち Die Meistersinger』としたことで、まずはコメディアの「古い響き」に調弦を合わせたといえよう。

　しかし、そこに描き出されるマイスターたちやニュルンベルクの社会は、アリストファネスのように辛辣な戯画化や、ダンテのごとく倫理的な吟味と断罪の視線にさらされているわけではない。むしろ、われわれの目に飛び込んでくるのは美化されたニュルンベルクであり、理想化されたマイスター芸術のアルカディア（桃源郷）である。

　『マイスタージンガー』はワーグナーの作品のなかでただひとつ、神話や伝説ではなく歴史に取材したドラマである。舞台設定は、実在のハンス・ザックスやアルブレヒト・デューラーが活躍した「16世紀半ば頃のニュルンベルク」。しかしワーグナーは、高揚するナショナリズムの波に乗って「ドイツ精神の揺籃の地」の栄光を再現しようとしたのではなく、ヴァーゲンザイルの『ニュルンベルク年代記』をはじめとする文献を丹念に読み込みながら、大鉈を振るって枝葉を落とし、そこから独自のドラマ空間を切り出した。

　訳注と巻末の「歴史的背景」においてつぶさに洗い出したように、歌学校、資格試験、記録係、タブラトゥーアなど、マイスタージンガーにまつわる制度や仕組みをドラマに取り込むにあたって、ワーグナーは史実に大胆な変更を加えた。これは進行の筋道をすっきりさせることで舞台の印象を際立たせるという作劇法上の要請によるところが大きいが、ワーグナーが仕掛けた最大の虚構は、マイスタージンガーたちの世界があたかもニュルンベルクそのものであるかのごとく描いたこと、言いかえれば、ニュルンベルクを仮想上の芸術家共和国に仕立て上げたことである。その結果、第3幕第5場の歌合戦の場面は、あたかも「ニュルンベルクの全市を挙げて」（→1050）の祝祭であるかのごとき錯覚を生み出すことになる。ワーグナーのねらいは、広い意味での「政治的なるもの」を極力排して、芸術とその母体となる共同体のユートピアを現出せしめることにあったといってよいだろう。ドラマの進行に合わせて〈自己紹介の歌〉→〈資格試験の歌〉→〈夢解きの歌〉→〈栄冠の歌〉と歌い進んだヴァルターが、「歌に勝利して手に入れたのは／パルナスにしてパラダイス」（→3028f.）と歌い上げるクライマックスは、まことにユートピアの成就した至福の瞬間といえよう。

　しかし…さはさりながら…。いろいろ苦労はあったけれど、幾多の曲折を経て、めでたしめでたしの大団円。実際、そのような演出が多い『マイスタージンガー』だが、それではコメディア本来のイロニーに満ちた視線は、どこへ行ってしまったのか？　そして、ワーグナーの「新しい響き」は？

市民喜劇の精神を受け継いで

　『マイスタージンガー』の筋立ては、16世紀のニュルンベルクに伝わる物語でもなければ、ハンス・ザックスの作品を下敷にした翻案でもなく、ワーグナー独自の考案による。しかしそこには、もうひとつの演劇的伝統が引き継がれ、「古い響き、それでいて新しい響き」（→1115）を奏でている。それは18～19世紀初頭の啓蒙の時代に生まれた「市民劇」の流れである。もともとフランスで誕生し、ドイツに定着したこのジャンルは、封建制の圧力の下でようやく力をつけ始めた市民（町人、農民）を主人公とし、いまだに隷属状態を脱しきれぬまま古い力に翻弄される彼らが、結婚や恋愛に介入してくる領主や貴族、裁判官など「お上」との間に繰り広げる葛藤のドラマをいう。レッシングの『エミリア・ガロッティ』（1772）やシラーの『たくらみと恋』（1784）のように、こうした「政治的なるもの」の力に圧し潰される市民の姿を描いた作品は「市民悲劇 bürgerliches Trauerspiel」と呼ばれ、逆に既成の権威を笠に着て介入する側が自縄自縛の滑稽な姿をさらす場合には、ボーマルシェの『フィガロの結婚』（1784）のような「市民喜劇 bürgerliche Komödie」となる。

　町娘エファの結婚をめぐって、登場人物のなかでただひとり権力の一端に連なるベックメッサー（「参事会に議席をお持ちだとか」→2876）と、一介の靴屋に過ぎぬザックス（「しょせんは哀れな凡夫」→1102）がしのぎを削り、ベックメッサーが自滅に追い込まれるという筋立ては、こうした市民喜劇の伝統に負うものである。たとえばハインリヒ・フォン・クライストの『こわれ甕』（1806）と比べてみれば、両者の物語の構図はきわめて興味深い相似性を示すことがわかる。――オランダのさる村の村長が、横恋慕した村娘の部屋に夜這いに入る。不意に訪ねてきた婚約者に驚いて逃げ出す際に、村長は大切な甕を割ってしまう。翌朝、娘の母親は婚約者の若者を訴え出る。職責上、裁判を開くことになった村長は、折

悪しくその日首都から視察に訪れた顧問官の目の前で自分自身を裁くはめに陥り、醜態を演じて失脚する。

共同体が内部に抱え込んだ問題に風穴を空けるのは、かたや遠い首都から来た顧問官、かたや故郷を出奔した若き騎士という違いはあるが、いずれも共同体には属さない外来者である。そして権力（権威）にあぐらをかく者が公開の裁きの場（歌合戦 Gesangsgericht の直訳は「歌の裁き」）で天下に大恥をさらすことで決着がつき、すべてが丸くおさまるという筋立ても共通している。おまけに村長の名前がアダム、村娘がエファ（ェ）、顧問官がヴァルターという、『マイスタージンガー』を思わせる配役名もなにやら暗示的である。アダムとエヴァという旧約聖書の人物像を重ね合わせる共通の手法は、まだ信仰が生活に根づいていた時代の物語として寓話風に仕立てることをねらうとともに、天上の存在ならぬ地上の偉物が「あまりに人間的な」行動に出てしまう滑稽さを演出するものだが、その背後には人間が人間らしく自由に生きられる（追放前のアダムとエヴァが暮らした）楽園＝ユートピアを望む視線が秘められているとみてよいだろう。

ヴァーン（迷妄／狂気／侠気）とユートピア

政治的抑圧から「純粋に人間的なるもの」を救い出すべく『芸術と（による）革命』を指向したワーグナーが、そのコメディアのうちに市民喜劇のユートピア指向を受け継いだのはきわめて自然のなりゆきであった。しかしドレスデン革命の挫折から幾星霜を経て、いまや時代の主人となり市民的自由を謳歌しているかに見えるブルジョワ社会を前に、ワーグナーがユートピアに注ぐまなざしは、アンシャン・レジームの重圧下にあえいでいた前世代とはおのずから異なるものであったはずである。

ザックスがユートピアの実現へ向けて突破口を切り開くうえで決定的な転回点となるのは、第3幕第1場の〈迷妄 Wahn のモノローグ〉である。前夜の大騒動を振り返り、世界中が「どこもかしこも狂ってる！ Überall Wahn!」（→ 2054）という慨嘆の思いを深め、「これ（迷妄 Wahn）なくしては～いかなる事象も起こり得ない」（→ 2071）と達観するにいたったザックスは、さらにその悟りの底をぶち破るかのごとく思索のベクトルを反転させ、忽然と開眼する。「多少の侠気 Wahn がなければ／どんな立派な企ても成就するはずがない」（→ 2107f.）と。理性や常識や節度の埒を超え出るヴァーンこそがユートピアへの原動力であるという、どこか危うさをはらんだ洞察は、しかしながら必ずしもワーグナーの独創ではない。それはユートピアという概念が誕生した当初から、その奥に萌芽として懐胎されていたものである。

理想郷への憧れは人類の歴史とともに古い。しかし、その思いに初めてユートピアという名を与え、人口に膾炙するきっかけを作ったのはトーマス・モア（1477-1535）である。その『ユートピア』（1516）は、戦乱に明け暮れ、宗教的不寛容と道徳的退廃のはびこる修羅の巷を狂愚の女神 moria の独壇場に見立てた『愚神礼讃』（1509）の著者、デシデリウス・エラスムス（1466/69-1536）との精神的交流のなかから、いわば『愚神』の双子の姉妹として誕生した。エラスムスは自著の献辞のなかで、親友のラテン語名前 Morus から狂愚 moria という言葉を思いついたと冗談に紛らしながら『愚神礼讃』をモアに捧げている。一方『ユートピア』は、エラスムスの弟子ペーター・ヒレスとの対話から想を得て書き上げられた。両者とも、不条理のはびこる世の愚劣さを厳しく糾弾する一方で、エラスムスは狂気にある種の生産性を認め（→注362）、モアはウートポス（どこにもない場所）を構想することは常識の立場からすればアートポス（途方もない不条理）、すなわちヴァーンにほかならないとの逆説的な認識を示した。ユートピアの実現には侠気のなせる荒わざが必要だという作中のザックスの述懐もまた、ワーグナーがハンス・ザックスと同時代の精神から受け継いだ「古い響き」であった。

ザックスの政治性

マイスタージンガーの何たるかも知らぬ若い騎士が金細工師の娘を見そめる。彼女を手に入れるには歌合戦に優勝するしかないが、そのためにはマイスターでなければならないという条件がつけられている。ここはベックメッサーのように、「無理が通ったためしはないぞ」（→ 390）と見るのが健全な市民常識であろう。だがザックスは不可能の裂け目を巧妙に渡って、次々と無理筋を通してゆく。しかも、自分から手を下さずともおのずから道が開けたかのように舞台まわしをしながら、みずからの本心を偽ることもなく。その芸術家らしからぬ（？）「政治性」には目を見はるものがある。

ザックスの老獪さは、早くも第1幕第3場でヴァルターに挑戦の機会を与えるべきかどうかという最初の関門において遺憾なく発揮される。ベックメッサーの異議申し立てによってポークナーが受け身に立たされたと見るや、「失礼ながら／議論が先走り過ぎてはいませんか」（→ 523f.）と大所高所から助け船を出す……と思いきや、いっそ「民衆も審判に加えたらいかがでしょう」（→ 533）と、さらに過激な提案をする。これはもともとザックスの持論であり、そこに嘘はない。しかしマイスターたちがポークナーの当初の案に賛意を示したとたん、「あの娘の鶴の一声でよしとしよう」（→ 574）とあっさり自説を撤回するところをみると、この間の駆け引きは「より過激な提案をすることによって、ポークナーの提案が通りやすくなることを見越した上での高等戦術」（→音楽注68、73）であったことが明らかになる。

第2幕第4場、資格試験でのヴァルターの首尾を確かめようと食い下がるエファに、ザックスは「あの男と親しくなるのも、悪くはなかろう（が）～ここで暴れまくるのはやめて／よそで花を咲かせろ」（→ 1227-1234）と答え、相手の怒りに油を注ぐ。もちろんこれはザックスの本心ではないが、「親方たちは、誰ひとり親身になってあげなかったの？」（→ 1226）というエファの問いに正直に答えるかたちで他の親方たちの反応を伝えているわけだから嘘でもない。しかし、伝聞の接続法とザックス自身の捨て台詞とも聞こえる直説法の命令形をない混ぜにし、ベックメッサーの嫌味な旋律をかぶせながらの（→音楽注144）台詞まわしは、「エファの本心を確かめようとする（ための）《大嘘》」（→同142）である。憤然として出てゆくエファを見送りながら、「そんなことだろうと思った。さて、なんとか手を打たねば」（→ 1243）と独りごつザックスは、まさしく「政治的人間」の素顔をのぞかせる。

ザックスの政治性が遺憾なく発揮される最大の見せ場は、なんといっても第3幕第3場、ベックメッサーの「盗み」の場面であろう。仕事場に置き忘れた紙片からザックスの立候補の可能性を邪推するベックメッサーの追求を逆手にとり、盗みを認めさせ、あまつさえその詩が「自分の作だなどと言い出さない」（→ 2448）と約束する（かたちのうえでは、約束させられる）までの一連の流れには、「相手が自分から《罠》に落ちるように仕向けながら素知らぬ顔を決め込む《不作為

の虚偽》がある」（→注411）。

ユートピアのパラドクス——同床異夢のアンサンブル

　まことにベックメッサーの言い分通り、ザックスは「狡智にまみれた靴屋」（→2331）であり、「いかにも実直そうな顔をし（た）／～悪党中の悪党」（→2398f.）である。ただし、それは個人的な野心のなせるわざではない。むしろ、つもる不満（「来る日も、来る日も靴作り」→2544）や欲望（できれば「年甲斐もなく君に求婚」したい→2548）を完全に振り払った「諦念」の境地からこそ、ひたすらユートピアへ向かって邁進する無私の侠気が生まれるのだ。

　ザックスの政治性——それはまるで、そもそも「政治的なるもの」を排除したはずが、いや、むしろ排除したことによって、皮肉にも芸術共和国のユートピア空間が自己貫徹のために政治性を求めることになり、それがザックスの強烈な意志へと凝集した感がある。そこにはユートピアの理念そのものに内在するパラドクスが露呈している。ヴァーン（迷妄）からヴァーン（侠気）に目ざめたザックスは、ユートピアを「夢想する人」から「行動の人」へと脱皮した。しかし、およそユートピアなるものが、いかなるかたちにせよ政治的現実に対するアンチテーゼとして生まれ出るものであるとすれば、それが輝きを放つのは、あくまでも「希望の原理」として「希望なき人々のために」未来に掲げられている限りにおいてであろう。それをこの地上に実現することによって、ユートピアは暴力的ともいえる政治性を内に呼び込むのではないか。そしてそのとき、ユートピアそのものも実現と引きかえに空洞化する運命にあるのではないだろうか。

　ザックスの力わざによるユートピア実現のプロセスのなかで、登場人物たちの思いは、けして一点に収斂してゆくわけではない。人間的な欲望のぶつかり合いは、むしろバラバラな方向を向いて生きてゆく人間群像を浮き彫りにする。〈殴り合いの場〉の喧騒も知らぬ存ぜぬとばかりに様子見を決め込むザックスの盟友ポークナーは、良縁を秤にかけた保身ぶりを露呈する。エファ「これほど心ときめく求婚はありません」（→3039）の半減七和音による終止（→音楽注344）は、いったい何を意味するのか。もう一方の当事者であるヴァルターは幕切れに至っても「マイスターなしに、幸せになりたい」（→3049）と口走る能天気ぶりで周囲をあわてさせる始末だが、足並みの乱れは第3幕第4場で心を一にして歌われるはずの五重唱に顕著に現われている。舞台の動きを止め、それぞれが自己の内面に思いを凝らしながら歌うことから、一般に「沈思と観想のアンサンブル kontemplatives Ensemble」と呼ばれる五重唱であるが、ここではテクストにも音楽にも微妙なきしみが生じており（→注448）、むしろ「同床異夢のアンサンブル」というに近い印象を受ける。ワーグナーのコメディアがその透徹した視線の先に描き出したのは、こうしたユートピアのパラドクスのなかで同床異夢の夢を紡ぎ合う、すぐれて現代的 modern な人間模様であり、その「新しい響き」はユートピアの挽歌にも聞こえる。

ベックメッサー——疎外と排除の構図

　『マイスタージンガー』のユートピアには、もうひとつ痛々しい傷が口を開いている。それはベックメッサーに対する底意地の悪い仕打ちである。台詞のやりとりを介した「いじめ」については訳注と音楽注で逐一拾ったが、ほかにも〈ベックメッサーのセレナーデ〉の歌詞のなかに、いかにも魂胆ありげな言葉を判じ物のように忍ばせたり（→注285）、〈殴り合いの場〉に「オーケストラも総出で、ベックメッサーを《迫害》しているような」音楽を書いたり（→音楽注203）、ベックメッサーの身体の不自由な動きを民衆（観客）の笑いものにしたりと（→注476）、作者の仕掛けは執拗をきわめる。そこにワーグナーの反ユダヤ感情や、年来の仇敵である音楽批評家エドゥアルト・ハンスリックに対する怨念を読みとることもできようが、この作品のコメディアとしての構えに由来するところを見落としてはなるまい。

　「政治的なるもの」を排してニュルンベルクを純然たる芸術空間として描こうとした結果、ベックメッサーは政治的強者というコメディアにつきものの（ドラマのなかではマイナス符号に転ずる）特権的立場を失い、権威ある名士ではあるが人間的な弱点をさらけ出すだけの俗物へと矮小化された。「（ザックスとは違って）人を疑うことに徹しきれず」（→注410）、その一見攻撃的な態度も「自信喪失と自己卑下（の）裏返し」（→音楽注265）に過ぎないベックメッサーは、ザックスの政治性の前にひとたまりもない。『こわれ甕』の村長のように、政治的強者が非政治的弱者にやり込められる逆転の快感こそは喜劇のカタルシスである。しかし、いまや政治的強者となったザックスが非政治的弱者であるベックメッサーを徹底的にやりこめる図は、なんとも後味の悪さを残す。同質性になじまぬ異分子の疎外と排除。これもまたユートピアの宿痾なのか。

ザックスの最終演説をめぐって

　ヴァルターはザックスの説得「ドイツのマイスターを敬うのだ！」（→3083）を受け入れて、はたしてエファといっしょに「幸せにな（る）」（→3049）のだろうか？　そしてザックスは？　トリスタンになぞらえた諦念の述懐「ハンス・ザックスは賢いから／マルケ殿の幸福を望まなかった」（→2644f.）において、「幸福」とは「不幸」のシノニムにほかならなかったはずだが……

　ザックスの大詰めの演説、なかでもスコアの段階で加筆された「気をつけるがいい、不吉な攻撃の手が迫っている」以下の9行（→3074ff.）は、あまりにも露骨な国粋主義的トーンゆえに作品全体の雰囲気にそぐわないとされ、とくにドイツ民族主義がナチズムへと突き進み、第二次大戦の惨禍を招いたことを知る世代にとっては、なんともやっかいなお荷物と考えられてきた。ワーグナー自身、作曲の最後の段階まで、この部分を削除すべきかどうか悩んだと伝えられる（→作品の成立5）。しかし結局この一節を残したのは、コジマの説得によるものかどうかはともかく、ワーグナー自身の芸術家としての決断であったことは間違いない。それは、普仏戦争とドイツ帝国の樹立へ向けてナショナリズムの高揚をみた1860年代の空気の反映にとどまるものではないだろう。

　ワーグナーはユートピアを追求した先に待ち受けるであろう、美しい夢ではすまされないものの影を点描したのかもしれない。侠気の産物であるユートピアは、狂気への転落の危険をはらんでいる。この地上にユートピアを、という政治的スローガンを額面通り実行に移すことで阿鼻叫喚の地獄絵を現出した悲劇は、20世紀の歴史のなかで何度も繰り返された。その悪夢を先取りするかのように、ザックスを盟主と仰ぐ民衆の歓呼の声「ハイル（万歳）、ハイル」（→3097）に包まれて、音楽は駆け抜けるようにコメディアの幕を下ろす。

解題（音楽）
パンテトラコルド Pantetrachord

三宅幸夫

音楽学者ヴェルナー・ブライクは『マイスタージンガー』を特徴づける要素として「全音階法」、「コラール」および「対位法」の三つを挙げている（Breig 1986）。これらの古めかしい効果をもたらす要素は、作品から受ける第一印象とみごとに合致するがゆえに、さらなる吟味に手をつけにくくなってしまった感がある。あまりにも自明であるがゆえに、かえって扱いにくくなったというわけだ。

ところが「全音階法」ひとつ取ってみても問題は根が深い。たとえばブライク自身も認めているように、〈マイスタージンガーの動機〉の上声部と低声部は臨時記号なしの単純な全音階進行だが、両者のあいだに摩擦が生じるため、和声的仲介を果たすべく音階固有音ではない嬰ハ音が、いわば辻褄あわせのように導入された［譜例1a］。つまり「全音階法」とは言っても、それは単純素朴な全音階法ではなく、きわめて人工的に操作・処理された全音階法であり、より美しく表現するならば「夢見られた全音階法 geträumte Diatonik」（Dahlhaus 1977）ということになろうか。

あるいは「コラール」にしても、実在するプロテスタント・コラールが引用されているわけではない。第1幕の「かくして汝のもとに 救い主きたりて」の旋律形態は、実在のコラールを手本としているとは到底思えないし［譜例10］、第3幕の宗教改革歌「目ざめよ」の旋律形態もコラールというよりは、むしろカンティレーネと呼ぶにふさわしい［譜例156］。だが、それにもかかわらず、聴き手は縦線のそろったホモフォニックな書法によって「コラール」を連想してしまう。

また「対位法」についても事情は同じだ。たしかに前奏曲の再現部冒頭における3つの異なる動機の同時進行や［譜例9］、展開部のフーガ書法によって強く印象づけられるものの、本来の対位法がもつ多様な技法、たとえば主題の転回や逆行、拡大や縮小などを徹底して使用しているわけではない。ワーグナーはこれらの技法をテーオドル・ヴァインリヒのもとで習得しているから、ここでは故意に使わなかった、あるいは抑制したと考えるのが妥当だろう。厳格なフーガを書くのではなく、聴き手にフーガを想起させれば事足りる。つまり「そのもの」よりも「それらしさ」を優先させたというわけで（→注4）、ここに『マイスタージンガー』におけるワーグナーの基本戦略を読み取ることができよう。

全音階からテトラコルドへ

それはさておき、この解題では前述の「全音階法」を突破口として、さらなる一歩を踏み出してみたい。たしかにワーグナーは前作『トリスタン』の前奏曲においてオクターヴを上行する半音階進行をデモンストレーションしてみせ（→Tr前奏曲）、さらに『マイスタージンガー』の前奏曲においてはオクターヴを上行する全音階進行をデモンストレーションしてみせた［譜例169］。しかし、ここで注目に値するのは、むしろオクターヴが第3・4小節の頭に向けた二つの完全4度順次上行音形で分割されること、そして二つの音形の音程関係ホ―ヘ―ト―イ（半音―全音―全音）とロ―ハ―ニ―ホ（半音―全音―全音）が同一であることだろう。これはまさに古代ギリシアの音楽理論に端を発した「テトラコルド」（原意は、4本の弦）の発想にほかならない。

テトラコルドとは、両端が完全4度で固定され、中間音が変化する四つの音からなる音列。ちなみに冒頭の完全4度跳躍下行は中間音を欠いているが、これを補って下から読めばト―イ―ロ―ハ（全音―全音―半音）、また第3小節のバス声部も視野に入れるならば、これも下から読んでニ―ホ―ヘ―ト（全音―半音―全音）となり、これで全音階にふくまれるテトラコルドの三つの可能性がすべて汲みつくされたことになる。ワーグナーの興味は「全音階法」を超えて、その祖型たる「テトラコルド」に向いていたのではないだろうか。

遍在するテトラコルド

それが証拠に〈マイスタージンガーの動機〉にとどまらず、前奏曲に現われる「示導動機相互の関連性」は、まさに（広義の）テトラコルドによって保証されていたことを想い起こそう。そして幕開けのコラールは、第1行が完全4度跳躍下行→完全4度順次上行、第2行が完全4度跳躍上行→完全4度順次下行。欠けていた中間音があとから埋められ、同一のテトラコルドが反行形のかたちで対照的に描かれるという念の入れようだ［譜例170］。先に「実在のコラールを手本としているとは到底思えない」とした理由はここにある。

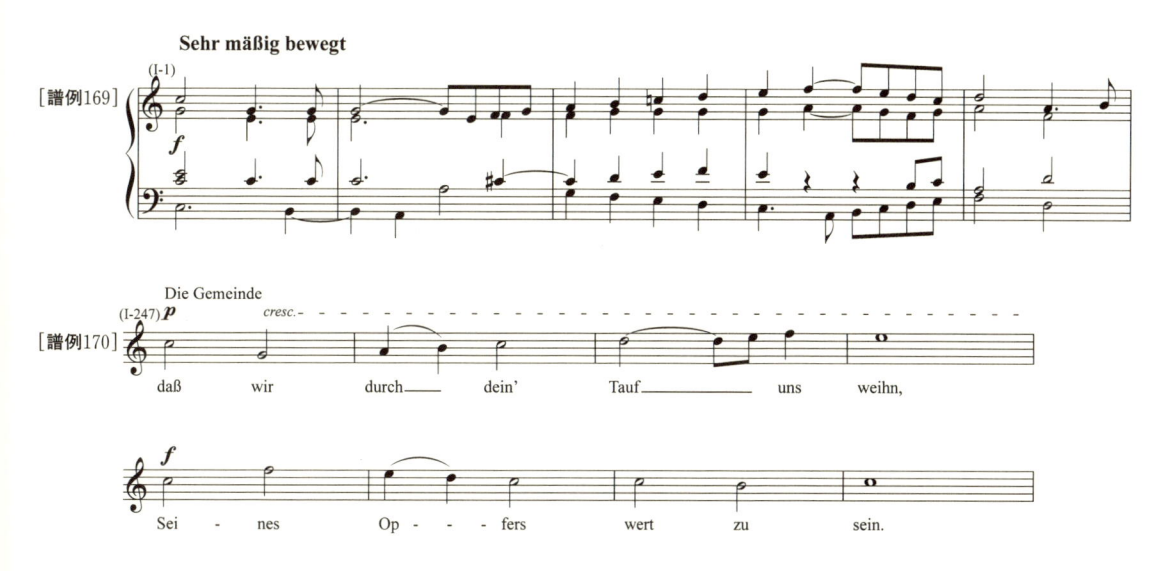

あるいはダフィトが歌う〈花の冠の動機〉[譜例31]、ヴァルターが歌う〈フォーゲルヴァイデの動機〉[譜例49]、ベックメッサーが歌う〈セレナーデの動機〉[譜例99]のメリスマ、そして第2幕の群集による〈騒乱の動機〉(T.1357ff.)や〈殴り合いの動機〉[譜例96]、さらには〈徒弟たちの踊りの動機〉[譜例152]も参考になるだろう。登場人物の身分の違いを超えて、時と所に捉われることなく、またドラマの内的・外的状況とも関わりなしに、テトラコルドはあまねく作品の隅々にまで浸透しているのである。

たとえば〈ヨハネ祭の動機〉[譜例171]は、「はずむ胸に心なごませ」(→447)とあるように長6度の跳躍上行が特徴だが、この動機の出発点と到達点の音程は完全4度(ハ―へ)。テトラコルドの枠音程を守りながら新たな示導動機を生み出してゆく好例だが、それは〈ヨハネ祭の動機〉から最も離れているようにみえる〈諦念の動機〉[譜例172]にも現われている。諦念を象徴する長く尾を引いた下行線のなかにも、二つのテトラコルドが認められるのだ。

もちろん「示導動機相互の関連性」ばかりではない。前奏曲冒頭で〈マイスタージンガーの動機〉が呈示されたあと、この動機を形成していたテトラコルドは、きわめて入念に展開されてゆく[譜例173]。第6小節後半の上行形に第7小節前半の上行形が「並列」され、これに後半の下行形が「連鎖」する(第8‐9小節も同じ)。第10小節では下行形がふたたび並列されるが、第11小節では、これに上行形が連鎖する(第2音と第3音の交換)。なお第12‐13小節では枠音程が減4度(嬰ハ―へ)となって緊張感をもたらすが、それは第14小節における冒頭動機の再現で解決する。さらに第15小節からは、上声部と低声部で補填的にテトラコルドが応答し……という具合に、まさにテトラコルドづくしの音楽が展開されてゆくのである。

たしかに「テトラコルド」は、民族音楽の分析モデルにも使われていることからも知れるように、いってみれば音楽そのものの基本的な枠組みである。いま西洋音楽に限ってみても、たとえばブラームス『ピアノ四重奏曲第1番』の冒頭主題にみられるように、テトラコルドの存在自体は決して珍しいことではない。さらにワーグナーに限ってみても、たとえば『ジークフリート』における〈苛立ちの動機〉(→S注12)ひとつをみれば、そのことが理解できよう。

いや、そもそもテトラコルドが存在しない作品など考えられないわけで、テトラコルドが『マイスタージンガー』の専売特許ではないことは明らかだ。しかし、テトラコルドが存在するかしないかという「定性分析」ではなく、上記の例のようにテトラコルドがどれだけ存在するかという「定量分析」を行なうことによって、はじめて『マイスタージンガー』におけるテトラコルドの不可欠性が認識できるというものだろう。ワーグナーは前作『トリスタン』において、だれもが使う半音階法を極端に押し進めることによって、和声法に新たな地平を切り拓いた。そして、この『マイスタージンガー』でも、だれもが使うテトラコルドを極端に多用することによって「古い響き、それでいて新しい響き」(→1115)を獲得した。筆者が新しい概念「パン(汎)テトラコルド」を提唱するのも、そこに理由がある。

テトラコルドの変容

さて、すでに[譜例171]で経験ずみのことだが、テトラコルドはさまざまな変容の可能性を秘めている。前奏曲第11小節では、上行する4音列の第2音と第3音が交換されていたが、同じく前奏曲に登場する〈哄笑の動機〉[譜例8]では、下行する4音列の第3音と第4音が交換される。また完全4度跳躍/順次下行を重ねてきた〈求愛の動機〉[譜例2]が、完全4度上行へと転じるところでは「嬰ヘ―ト―嬰ト〔正しくはイ〕―ロ」と中間音に半音階進行が生じている。この箇所を通常のテトラコルドで処理することは可能だから、ワーグナーに中間音を操作する意図があったことは明らかだろう。(ちなみに、この〈求愛の動機〉に導入された半音階進行は〈愛の動機〉に下行形のかたちで現われる)。

さらに変容の可能性は、完全4度の枠音程にも及んでいる。半音階進行をふくむ〈愛の動機〉[譜例174]については前奏曲の項で触れているが、最も象徴的な事例と思われるので、重複を厭わずに指摘しておこう。ここにも第3拍から「ロ―嬰ハ―嬰ニ―ホ」というホ長調の主音に向けた完全4度順次上行音形が用いられているが、それに至るまでの音程は「5度下行―3度上行―6度下行」。これは、〈求愛の動機〉の「4度下行―3度上行―4度下行」における下行音程を4度から5度、さらには6度へと拡大したものとみることができる。

もっとも、あらゆる音程は完全4度の拡大・縮小として捉えることができるから、それだけでは意味をなさない。この場合は〈マイスタージンガーの動機〉や〈求愛の動機〉の度重なる4度下行が耳に残っているからこそ、5度下行と6度

下行がおのずと際立ってくるのである。ちなみに、ヴァルターの〈夢解きの歌〉と〈栄冠の歌〉において、第1・第2シュトレンを完全4度跳躍下行で始め、アプゲザングを完全5度と長6度跳躍下行をふくむ〈愛の動機〉で始めているのも同様の趣向とみてよいだろう。

完全4度と増減4度

　ここまでくると、テトラコルドの枠組みをなす完全4度の変容を、意味論的に解釈する必要性が生じてくる。上述の例でいえば、ときとして社会の規範（完全4度）を逸脱しかねない愛（完全4度を突破する完全5度と長6度）ということになろうか。もっともヴァルターの台詞に「愛の旗を高く掲げ／希望に向かって歌い上げます」（→682f.）とあるように、この愛はいささか単細胞的であるから、ここでは完全4度より半音広い増4度と、半音狭い減4度という微妙な音程に注目してみよう。場面はニワトコの香りが濃くたちこめる第2幕の夜である。

　「なんとふくよかなニワトコの香りよ／こんなにやさしく、強く、たっぷりと漂って！」（1097f.）——ザックスは一対のホルンによる〈自然の動機〉と、弦楽器の「駒の上で」と指定されたトレモロの「さざめき」のなかでモノローグを語りだす。同音反復で始まった歌唱声部が、にわかに「ニワトコ Flieder」で増4度跳躍上行に転じるくだりだ [譜例175]。背景にある属七和音の構成音程であるとはいえ、この増4度がいかに突出した効果をもたらしているかは、だれの目にも明らかだろう。古来、この音程は跳躍進行であれ順次進行であれ、上行形であれ下行形であれ、もっぱらネガティヴな意味（たとえば「死」）の表出に用いられてきた（→三宅1981）。ところがワーグナーはこれをポジティヴな意味「五体の凝りをほぐしてくれる」（直訳→1099）の表出に反転させたのだ。

　いや、おそらくそれだけではあるまい。ザックスは第3幕の〈迷妄のモノローグ〉で、いま一度「ニワトコ」に言及し（→2099）、それが大乱闘を誘発したと暗示している。自然の生命力が頂点に達するヨハネ祭の前夜に、ニワトコは「甘やかで少し疎ましく、そこはかとないが芯のある」香りを放つ（→訳注190）。それはザックスの「五体の凝りをほぐしてくれる」だけでなく、すべての人間の官能中枢を刺激して、それぞれの「迷妄」へと導いてゆくのである。

　かくしてニワトコ（増4度）は奥深い両義性を獲得するのだが、これと隣接して用いられる〈春の促しの動機〉に減4度がふくまれていることも興味深い [譜例176]。普通ならば、この嬰ト音はイ音に解決する非和声音であるから、枠音程は短3度（ハーイ）ということになるが、この動機が執拗に反復されること、そして何よりも次の場面に現われる〈エファの動機〉[譜例177] と関連づけられることから（後者の第3音を頭に置けば、前者の音程関係が再現）、この減4度も新たな意味を獲得する。〈エファの動機〉が「問い」と結びついていることを考慮に入れるならば、「促し」と「問い」の減4度は、つねに「応える／答える」ことを要求しているのである。

宥和と和解

　このように『マイスタージンガー』の音楽は、増減4度をふくめた広義のテトラコルドから成り立っているが、さて台本の方はどうだろうか。ベックメッサーのヴァルターに対するゆえなき反感「ユンカーくずれの若造、碌なことはない」（→614）から始まって、それぞれの登場人物は差別、おもねり、恫喝などなど、人間の負の要素をむき出しにして、他の登場人物と鋭く対立する。もちろん「まことの嘘」をつくザックスとて例外ではない（→注268）。それでは、この収拾不可能にみえる対立抗争を大団円に導くのは何か。

　ザックスのもとで一致団結したようにみえる〈五重唱〉も、各人の台詞をつぶさに読めば、微妙な温度差が生じていることに気づくだろう（→訳注448）。またヴァルターの〈栄冠の歌〉とザックスの〈最終演説〉によって迎える幕切れも、露骨に言うならば、「付和雷同」ないし「集団ヒステリー」のなせるわざ。たしかに喜劇では予測のつかない無責任な終わり方が許されるが、この『マイスタージンガー』にはたがいに対立する異質な要素を統合する課題がある。それを実現するのは、台本ではなく音楽。まさに音楽が「パンテトラコルド」によってドラマに宥和と和解をもたらすのである。

　ワーグナーは、ザックスの「古い響き、それでいて新しい響き」を「パンテトラコルド」によって実現したわけだが、ニーチェは、そのあたりの機微を『人間的な、あまりに人間的な』の第2部「さまざまな見解と箴言 200」で鋭く見抜いている。いわく「独創的——何か新しいものを最初に見ることではなく、古くから知られ、だれもが目にしながら見過ごしてきた古いものを、新しいもののように見ることこそ、真に独創的な人間の証しである」と。

ニュルンベルクとマイスタージンガー
歴史的背景

池上純一

1　耀ける中世都市ニュルンベルク

　ニュルンベルクの名がはじめて史料に登場するのは1050年のことである。神聖ローマ帝国（ザリア朝）のコンラートⅡ世（在位1024-39）がペグニッツ河の左岸に館を建て、息子のハインリヒⅢ世（同1039-56）が右岸の丘に砦（Nuorenberc＝岩の城）を築いて以来、それぞれ聖ローレンツ、聖ゼバルドゥスの教会を核に集落が形成され、やがてひとつの町を作り上げた。12世紀にはフリードリヒⅠ世バルバロッサ（赤髭王、同1152-90）が砦を皇帝の巡行用の居城に改装し、1219年にフリードリヒⅡ世（同1212-50）によって「都市特権 Stadtrechte」を賦与されたニュルンベルクは、中世の政治・経済・文化の中心として発展する。

[図1]「世界の四方に通じる都市ニュルンベルク」
コンラート・ケルティス『四つの愛の書』（1502）所収の木版画

　1356年、カールⅣ世（在位1347-78）の「金印勅書 Goldene Bulle」は、新しく選ばれた皇帝に最初の「国会 Reichstag」をニュルンベルクで開催することを義務づけた。また1424年には、ワーグナーの『パルジファル』にも登場する聖槍をはじめ「帝国秘宝 Reichskleinodien」の保管を委託されるなど、ニュルンベルクはさながら帝都の趣きを呈し、「市民の意識のなかでは、自分たちの町が《帝国》そのものを体現しているとさえ考えられる」（阿部謹也『中世の窓から』）ようになった。
　その一方で、ニュルンベルクは「帝国直属 reichsunmittelbar」の地位にもとづく関税免除、通貨鋳造などの特権を行使し、世俗諸侯や教会権力から独立した一種の都市国家として勢力を伸ばしてゆく。16世紀半ばには、戦争や買収によって拡張した広大な版図（東京都の2/3の面積と多数の農奴）と5万の人口（当時パリは10万）を擁し、ケルン、アウクスブルクと並ぶドイツ屈指の大都会となった。また北はバルト海から南は地中海、東はクラカウから西はリスボンを結ぶ国際貿易網の要として商業活動も盛んであり、市当局が厳しく品質を管理してNの刻印を押した金属製品や精密機械、武器などの輸出によって繁栄を誇った。ここに、帝国への帰属意識とは裏腹に、旺盛な自治の精神が市民のあいだに芽生えたであろうことは想像にかたくない。
　ルネサンスを迎えて、ニュルンベルクは多くの学者や芸術家を輩出する。数学者にして天文学者レギオ・モンタヌスことヨハネス・ミュラー（1436-76）、彫刻家のファイト・シュトース（1447/48-1533）やアダム・クラフト（1460？-1508/09）、世界初の地球儀の制作で知られる地理学者マルティン・ベハイム（1459-1507）、鋳造美術家ペーター・フィッシャー（1460-1529）、人文主義者ヴィリバルト・ピルクハイマー（1470-1530）、そして『マイスタージンガー』にも名前が登場するドイツ・ルネサンスの画匠、アルブレヒト・デューラー（1471-1528）など枚挙にいとまがない。ハンス・ザックス（1494-1576）の活躍した時代、まさしく「ニュルンベルクは全ドイツに輝く太陽」（ルター、ニュルンベルク市参事会書記ラツァルス・シュペングラー宛、1530）であった。

[図2] アルブレヒト・デューラー画『教会用衣裳のニュルンベルクの女』（1500）

[図3] アルブレヒト・デューラー画『毛皮の上衣を着た自画像』（1500）

[図4] アルブレヒト・デューラー画『書斎の聖ヒエロニムス』（1514）

[図5] アルブレヒト・デューラー画『メランコリアⅠ』（1514）

2　政治と身分社会のピラミッド

　しかし当時のニュルンベルクは、ワーグナーの作品に漂う自由で市民的な共和制の雰囲気とはほど遠い、貴族的な寡頭制の厳格な統制下にあった。頂点に君臨するのは、ニュルンベルクに定住した廷臣の末裔を中心とする34家族の「名門 Patrizier」と8名の大手工業者によって構成される「小参事会

Der kleine Rat」である。実質的にはそのうち7名による「枢密参事会 Geheimer Rat」が決定権を握り、互選により3名(総務2名、軍事1名)の「頭領 Oberste Hauptleute」を任命して市政の執行にあたらせた。

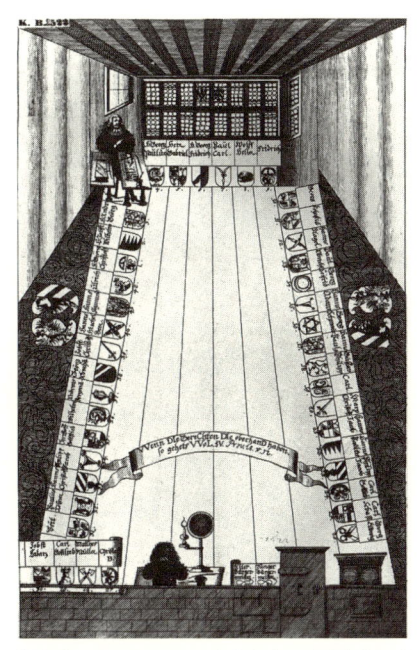

[図6] ニュルンベルク市参事会の席次表(1677)。手工業者8名は結束を防ぐため、隣り合わせにならないようにしてある。

ニュルンベルクでは早くから(慣習法的な)ゲルマン法を廃して(合理主義的な体系による)ローマ法を採用し、裁判手続きや財産・契約・相続などに関する規定を成文化(1484年にはドイツ初の印刷された都市法典を公刊)したことも手伝って、参事会の統制は市民生活の隅々にまで浸透した。

こうした法務にたずさわる法曹官吏(ベックメッサーのような)のほか、富裕な大商人や医者などを含む400家族の上流層は「名流 Genannte」と呼ばれ、「大参事会 Der große Rat」への参加資格を有するものの、重要な決定はすべて小参事会が下し、大参事会は追認に終始した。

大半が手工業者からなる中流階級(ベックメッサー以外のマイスタージンガーたち)は、人口の過半数を占めるにもかかわらず、手工業組合の力が市政に反映された他の帝国都市とは異なり、8つの職種(金細工師、牛肉屋、ビール醸造、皮鞣し、毛織物、パン屋、仕立屋、毛皮屋)に限って代表者(裕福な金細工師ポークナーは、おそらくこのランク)をオブザーバーとして大参事会へ送るだけで、政治的決定からは完全に締め出されていた。

こうした「市民 Bürger」の下には、職人や徒弟(ダフィト)、商家の小僧、家事使用人(マクダレーネ)、下級吏員(夜警)、浮浪者、売春婦、廃疾者などの下層民がいた。

階層のピラミッドは政治的、経済的な力の格差を反映するだけでなく、社会の隅々まで浸透した差別意識につらぬかれていた。死(闇)と触れ合う職業(刑吏、墓堀り、夜警、浴場主=外科医)、動物に接触する業種(皮剥ぎ、羊飼い)、性に関わる人々(娼婦)、一所不住の民(乞食、遍歴楽師、ジプシー)は「不名誉民 Unehrliche」とされ、裁判を受ける権利や教会での葬儀さえ認められなかった。下層階級の多くがこのような無権利状態に置かれていたことに加えて、ニュルンベルクでは1498年にユダヤ人の永久追放と家産没収が行なわれたことにも留意する必要があろう。

3　徒弟制度とギルドの現実

「徒弟 Lehrling」「職人 Geselle」「親方 Meister」の3段階からなる手工業の職階制度も、厳しい身分的制約に縛られていた。徒弟は「農奴 Leibeigene」などと同じ「不自由身分 Unfreie」と見なされ、「下人 Gesindel とともに市民から体罰を受けて殺されることもあり、まさしく奴隷として扱われた」(橡川一朗『ドイツの都市と農村』)。一人前の技能を身につけた職人も、親方の家に寄居して内向きの雑用までこなし――「市民」の家では、一階が仕事場兼店舗、二階が家族の居室、三階以上が使用人の部屋となっており、家庭と職場の区別は無きに等しかった――外泊も許されず、結婚もできない従属身分であったうえに、時代が進むにつれて親方への昇進の道も狭まっていった(昇格のための遍歴義務は問題を先送りするための窮余の策でもあった)。

[図7] 靴屋の工房。16世紀後半の木版画

一国一城の主である親方といえども、「市参事会の権力が圧倒的に強かったニュルンベルクでは、金銀細工などの特産品を製造する手工業については、技術を他の町に伝えないために参事会の許可なしに町を離れることはできず」(阿部、前掲書)、市外との通信は当局の検閲を受けねばならなかった。『マイスタージンガー』に描かれたポークナーとヴァルターの親密な接触は、史実としてはきわめて考えにくい。

[図8] ニュルンベルクの靴屋の親方ハンス・ポミュッツァー。身寄りのない老齢の手工業者を収容する「12兄弟館」の職人絵

参事会に議席がないことに不満を募らせた手工業者たちが1348/49年に蜂起し、鎮圧されて以来、「同業組合 Zunft, Gilde」の結成は禁止された。参事会が(「吟味役 Schaumeister」を置いて)原材料の買いつけから製品の規格、数量、価格まで統制する一種の計画経済体制が敷かれ、労働時間(冬は7時間、夏は16時間)や賃金の規定、火災予防の見地からの夜業の禁止など、営業規制の網が細かくかけられたことはいうまでもない。親方に雇用を義務づける職人や徒弟の数、マイスター資格の授与など、他の都市では同業組

DIE MEISTERSINGER VON NÜRNBERG―――215

合の専権事項であったことも、ニュルンベルクでは参事会が決定した。

中世の都市には、組合ごとに親方や職人が着飾って町中を練り歩く祝祭行事がつきものである。ニュルンベルクにおいても、長いあいだ、手工業者たちが盛大に謝肉祭を祝うならわしであったが、蜂起の失敗を機に市当局は祭りを禁止した。反乱に加わらなかった肉屋と刃物師だけは祭りの継続を許され、そこから仮装行列と山車が賑やかに練り歩くニュルンベルク名物「シェンバルト行列 Schembartlauf」が生まれた。やがて他業種の者も参加を認められるようになるものの、1457年以降は大商人の子弟に祭りの主導権が移る。『マイスタージンガー』第3幕第5場〈祝祭の野原〉に描かれたような組合の結束を誇示する行進の機会は、現実にはありえなかった。

[図9] 1539年のシェンバルト行列の山車「地獄」。この年、ルター派宣言以降中止されていた祭りが復活したが、説教者オジアンダーを揶揄する出し物が当局の禁忌に触れ、ふたたび禁止された。

4 厳しい都市生活——治安と夜の闇、劣悪な居住環境

中世の闇を抜け出してもなお、都市は平和な楽園ではなかった。外敵の侵入を防ぐため周囲に城壁と水濠をめぐらし、夜間は市門を閉ざして人の出入りを遮断するという警戒態勢は、宗教改革にともなう混乱のなかで強化されこそすれ、解かれることはなかった。ことにニュルンベルクでは非常時の防衛にそなえて住民を8つの街区ごとに組織し、「市民」には武器の保管（平時の携行は禁止）が義務づけられた。また市民生活の隅々まで治安優先の厳罰主義がつらぬかれたことは、今も市庁舎の地下に残る陰惨な監獄「穴牢 Loch」と、他の都市に比べて圧倒的に多い処刑数が示すとおりである。

[図10] ハンス・ザックスが1542年から死ぬまで住んだシュピタル小路（現ハンス・ザックス小路）の家。アダム・クラインの版画

こうした体制下にあって、ふたつの主要教会の鐘が告げる昼夜の区分は厳格に守られていた。ニュルンベルクでは14世紀以来、春・秋分の日の昼夜等分を基点として、季節の推移にあわせて昼と夜の長さを30分刻みに増減してゆく不定時法がとられた。夏至にあたる聖ヨハネ祭には、午前5時（これを「昼0時」と呼ぶ）からの16時間が昼、午後9時（これを「夜0時」と呼ぶ）からの8時間が夜となる。商取引や法律行為は昼間しか認められず、夜の鐘が鳴り響くと同時に、屋内外を問わず労働作業は御法度となる。許可なく外出する者は拘留され、居酒屋も閉まり、芝居もはねた灯りのない街中は人気のない真っ暗闇の世界と化す。ベックメッサーのセレナーデや、若いふたりの駆け落ち騒ぎなどは、法をわきまえぬ向う見ずな行動といえよう。

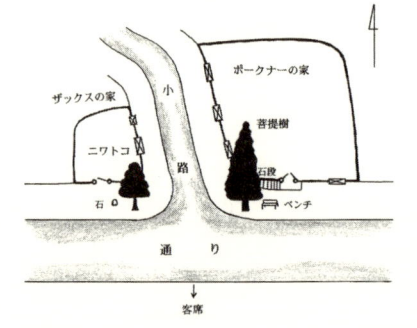

[図11] ザックスとポークナーの家（第2幕の舞台）

近世になって発達した都市の例にもれず、活発な経済活動によって急激に人口が膨張したニュルンベルクの生活環境はきわめて劣悪であった。狭い城壁内に居住空間を確保する必要から、ぎっしり軒を連ねた3〜4階建ての家並みは道路ぎりぎりまで迫り出していた。歩道もなく、（第2幕のように）家の前に繁る（ニワトコや菩提樹の）大樹の木陰が憩いの場を提供することなどおよそ考えられず、ましてや仕事机を外へ持ち出す余地はない。一軒の家におおぜいの人間が詰め込まれ、塵芥処理は自然まかせ（そのために家畜を飼う家もある→注188）となれば、裏側の中庭はゴミの山。汚物（水）が道にまであふれ出すことも珍しくなかった。煙突のない竈を使う家も多く、室内は煙がこもって煤だらけ。こうした不衛生な環境から伝染病の発生をみることも稀ではなく、1561年にペストが流行した際には人口の5分の1にあたる1万人の死者を出している。

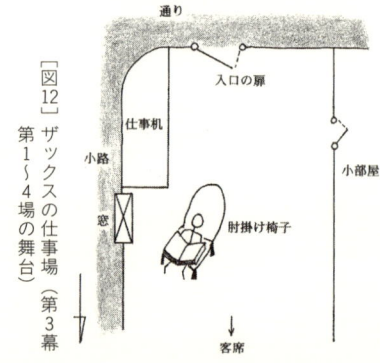

[図12] ザックスの仕事場（第3幕第1〜4場の舞台）

5 宗教改革とその余波

1517年10月31日、ローマ教皇庁の贖宥状販売に抗議してマルティン・ルター（1483-1546）がヴィッテンベルクの城教会の扉に掲げた「95個条の提題」に端を発した宗教改革の波は、またたくまにドイツ全土に及んだ。ルターの聴罪司祭をつとめたヨハネス・フォン・シュタウピッツ（1465？-1524）を通じて早くから改革の思想に親しんでいたピルクハイマー、デューラー、シュペングラー、豪商アントン・トゥーヒャー、参事会顧問クリストフ・ショイエルルなど、ニュルンベルクの有力者たちは「マルティン信心会 Sodalitas Martiniana」を結成する。そして改革を訴えるパンフレットを続々と印刷し、各地に発信するなど（ルター訳聖書をはじめ宗教改革の文書が広く庶民に読まれたのは、グーテンベルクによる印刷革命の力が与って大きかった）、ニュルンベルクはさながら第二のヴィッテンベルクの観を呈した。1518年10月、アウクスブルクの国会に喚問されたルターは、往復路ともニュルンベルクに立ち寄り、新しい信仰の情報センターとなったニュルンベルクを「ドイツの耳であり眼である」と讃えている。

216——歴史的背景

ルターの教会批判は封建的ヒエラルヒーからの解放を求める中流市民層に支持されただけでなく、それまでバンベルク司教に管轄権を握られていた教会資産に経済的関心を示す参事会の思惑とも合致した。だが、帝国都市として皇帝＝カトリックとの関係にも配慮せざるをえない市当局は、慎重に事を進める必要に迫られた。実際、皇帝側は1521年、ヴォルムスの国会において帝国政庁のニュルンベルク移転を決議するなど、盛んに牽制の動きを見せた。参事会はルター派の熱烈なアジテーターであるアンドレアス・オジアンダー（1498-1552）とファイト・ディートリヒ（1506-49）を聖ゼバルドゥス、聖ローレンツの二つの主要教会の説教師に招聘する一方で、反教皇的な文書の配布を禁じたヴォルムス勅令を形式的にせよ遵守していたが、ついに1525年、公開討論の末にルター派への移行を宣言し、市内8教会を管轄下に置いた。ペグニッツ河の南岸、カタリーナ僧院の中庭にあり、ワーグナーが『マイスタージンガー』の舞台としたカタリーナ教会もそのひとつである。

[図13] ルーカス・クラナッハ（父）画『マルティン・ルター』(1529)

[図14] ニュルンベルクを望むペグニッツ河の流れで、宗教改革者と諸侯を証人として洗礼を受けるキリスト。16世紀半ばの木版画

　改革のうねりはルターの意図を超えて、社会のひずみに溜っていたマグマを爆発させた。封建体制の重圧に呻吟していた農民たちは一斉に立ち上がり、南ドイツ一帯に農民戦争（1524-26）の火の手が上がったが、ニュルンベルクは版図内の農民の動きを未然に封じ込めた。深刻な打撃を与えたのは、むしろ（ヴァルターの属する）騎士階級の蜂起である。「騎士層は時代の進展に取り残され、近世初頭には経済的にも行きづまっていた。多くの騎士たちは物価高のなかで旧来の生活様式を維持すべく所領の農民を圧迫し、辻強盗を働く者さえ続出した」（林健太郎『ドイツ史』）。フランツ・フォン・ジッキンゲンを首魁とする騎士戦争（1522-23）の惨禍は免れたものの、ニュルンベルクは1552年から辺境伯アルブレヒト・アルキビアデスの攻撃に悩まされ、制圧に5年の歳月を要した。

[図15] 騎士アルブレヒト・アルキビアデス。同時代の銅版画

　宗教改革はマイスタージンガーたちの芸術傾向にも大きな影響を及ぼした。以前はカトリック信仰に根ざしたマリア崇拝を中心テーマとしていたマイスター歌は、さながらルターの教えを拡げる「プロテスタンティズムの道具と化した」（R・ハーン『マイスターゲザング』）。

6　ハンス・ザックスの生涯

　ハンス・ザックスは1494年11月5日、ザクセン地方のツヴィッカウから移り住んだ仕立屋イェルク・ザックスと妻クリスティーナのひとり息子としてニュルンベルクに生まれた。7歳で教会付属のラテン語学校に入り、15歳から靴屋に奉公するかたわら、リンネル織りの親方リーンハルト・ヌネンベックから歌の手ほどきを受けた。1512年、職人の年季が明け、遍歴修業の旅に出る。途中でミュンヘンの娘と恋仲になり、修業の妨げとなることを心配した父親に呼び戻される一幕もあった。16年秋に帰郷。19年9月19日、17歳のクニクンデ・クロイツァーと結婚し、翌年1月には靴屋の親方として独立する。すでに遍歴中から「ミュンヘンで歌学校の運営に協力し、いくつかの都市で教えた」という『わが詩業のすべて』（後出）の記述から判断するかぎり、歌の道では出発前にマイスターの称号を得ていたものと考えられる。

　ルターの思想に深く傾倒したザックスは、1523年7月8日、『ヴィッテンベルクの鶯』を発表して新時代の到来を高らかに歌い上げた。寓意版画入りの詩はたちまち版を重ね、ザックスの名はドイツ中に鳴り響いた。翌24年には『司教座参事会員と靴屋の対話』、『聖職者の見せかけの善行と誓願について』、『強欲など社会の悪徳に関する対話』、『福音派キリスト教徒とルター派教徒の対話』によって教権批判の調子を一段と高める。しかし27年3月にはオジアンダーとの共著『教皇の奇妙な予言を解く』が慎重な舵取りを心がける参事会の逆鱗に触れ、出版禁止の処分を受ける。

[図16]『ヴィッテンベルクの鶯』の表紙　ザックスは画中の動物の寓意を次のように解き明かしている。鶯——マルティン・ルター／ライオン——ローマ教皇レオ10世／ドレスデン宮廷付司祭ヒエロニムス・エムザー／ヨハン・エック博士（ライプツィヒ論争のルターの相手）——フランチェスコ会修道士、文筆家トーマス・ムルナー／山羊・猪・猫・狼——僧侶たち／蛇——尼僧たち

　1530年、当局との和解の意味を込めた『ニュルンベルク市を讃える詩』によってふたたび創作活動を再開したザックスは、生涯に4374篇のマイスター歌（→本稿10）、約2000の「祝詞歌 Spruch」（→219頁注＊）、120以上の悲喜劇、謝肉祭劇85本、散文対話7篇を残した。作品のテーマは、ルター訳聖書の一節、古い教会制度への風刺、時事的な出来事の記録（1529年：トルコ軍のウィーン包囲、45年～：トリエント宗教会議、

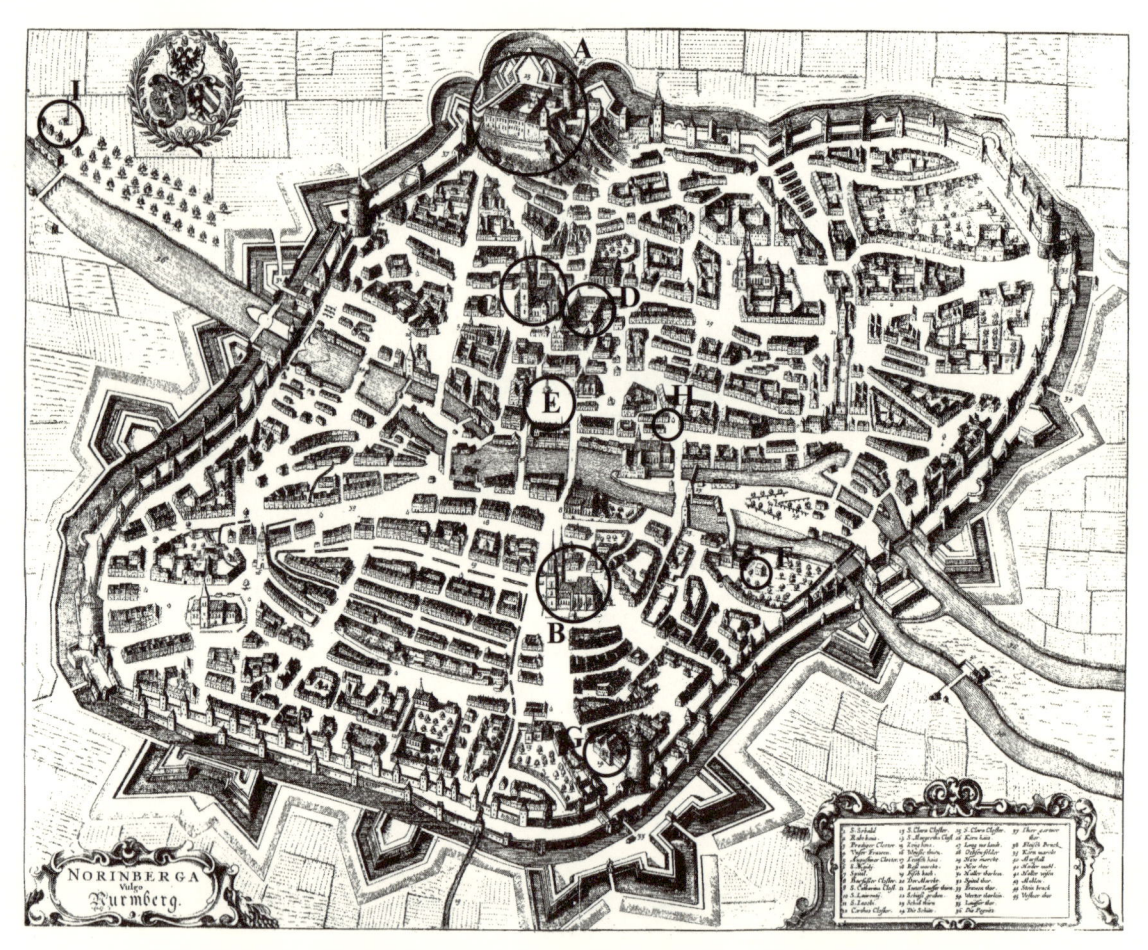

［図17］ニュルンベルク今昔、上──16世紀半ば／下──1976年
　　　　A：城砦　B：聖ローレンツ教会　C：聖ゼバルドゥス教会　D：市庁舎　E：マルクト（市場）
　　　　F：カタリーナ教会　G：マルタ教会　H：ハンス・ザックスの家　I：ヨハネが原

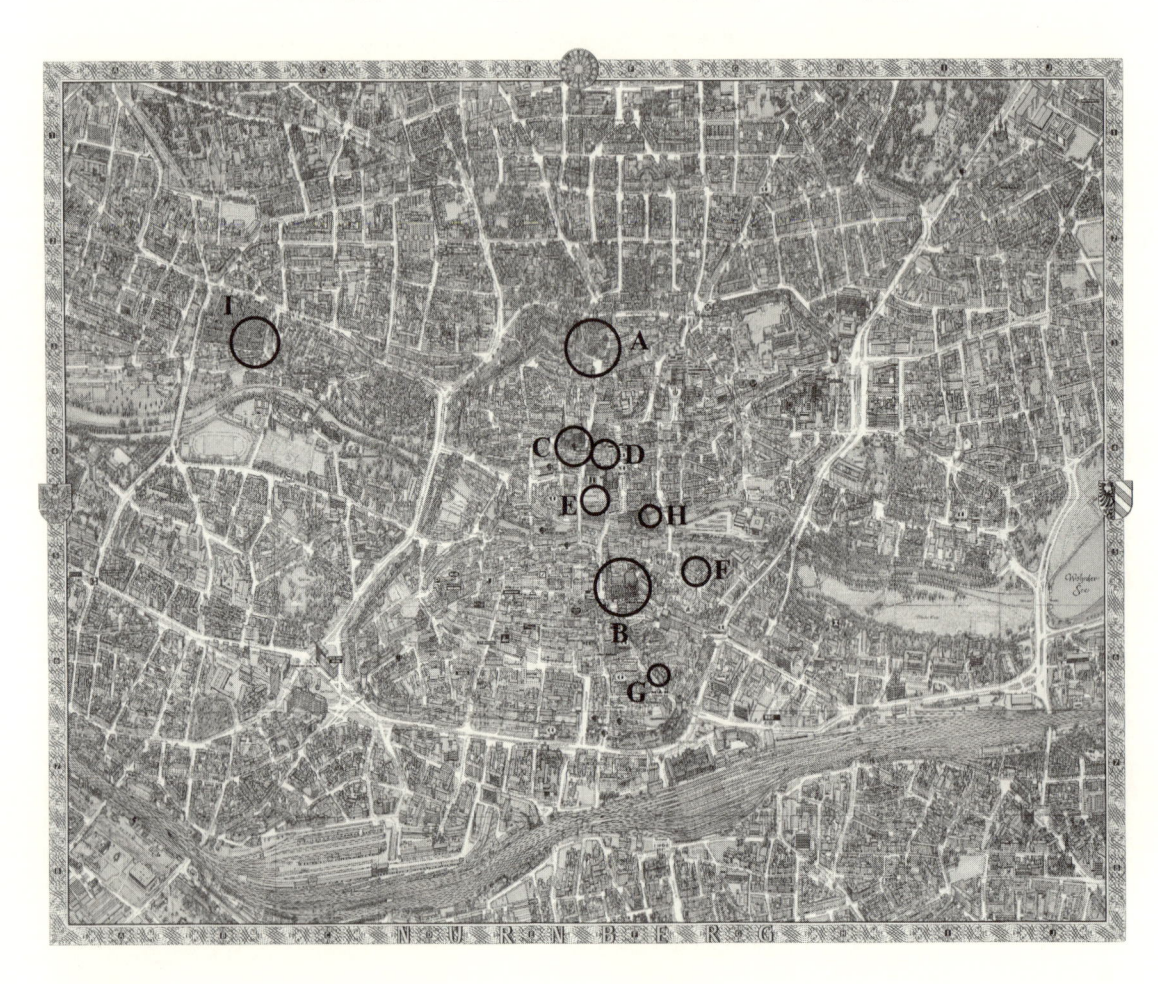

218──歴史的背景

46年：ルターの死、57年：アルキビアデスの敗死、61年：ペストの流行）、道徳的教訓を盛り込んだ寓話など多岐にわたる。こうした旺盛な詩作を支えたのは、プリニウス、プルタルコス、アイソポス、オウィディウス、ボッカッチョなど古典を中心とした、当時の職人階級には珍しく豊富な読書体験である。またエラスムス『愚神礼讃』（→注362、解題）の翻訳者でもある放浪の思想家ゼバスティアン・フランクの著作に親しむなど、同時代の動向にも敏感であった。音楽面では13の新しい「マイスター旋律」のほかに16の旋律を生み出している。

* 2行1組の脚韻を連ねた詩で、節をつけずに語られる。狭義には行事などの折に先触れ役をつとめる「口上語り Spruchsprecher」が述べる祝辞などの機会詩をいうが（→注348）、広くは『ヴィッテンベルクの鶯』のような思想詩や、『ニュルンベルク市を讃える詩』のような文学的な内容のものも含まれる。

ザックスは晩年、自作の集大成を思い立ち、「フォリオ版全集」3巻（1558〜61、残り2巻は死後に刊行）を上梓する。1560年、妻クニグンデが死去（息子2人と娘5人はすでに早世）。亡き妻への哀惜の想いを綴った『わが死せる妻クニグンデ・ザックスについての不思議な夢』（1560）からは、こまやかな愛情にみちた結婚生活であったことがうかがえる。翌61年9月2日、40歳近く離れた寡婦バルバラ・エンデルス（旧姓ハルシャー、蠟燭作りの前夫とのあいだに6子）と再婚。ふたたび生と創造への意欲を燃やしたザックスは、愛を歌った抒情詩を数多く残したほか、自伝詩『わが詩業のすべて』（66/67）を著わしている。1576月1月19日没。「ヨハネが原 Johanniswiese」（→注452）の聖ヨハネ教会墓地に葬られた。

[図18] 51歳のハンス・ザックス
ザックス『悲喜劇傑作集』（1588）より

[図19] アルブレヒト・デューラー画『聖ヨハネ教会』（1489頃）

[図20] 現在の聖ヨハネ教会。墓地にはデューラー、ピルクハイマー、V.シュトース、A（および）L.フォイエルバッハなどが眠る。ハンス・ザックスの墓の位置は不明。

ージンガー』においてヴァルターの師匠とされるヴァルター・フォン・デア・フォーゲルヴァイデ（1170？-1230？）をはじめ、コンラート・フォン・ヴュルツブルク（1220/30？-1287）、フラウエンロープ〔本名ハインリヒ・フォン・マイセン〕（1260？-1318）、バルテル・レーゲンボーゲン（？-1318以降）といった中世の詩人たちにまじって、『パルジファル』と縁深い伝説上の人物クリングゾルまで含まれている。おそらくは各地の宮廷を遍歴していたミンネゼンガー（吟遊詩人）たちが、中世貴族の没落とともに成長いちじるしい都市に住み着いたのが始まりであろう。最初の「歌学校」は1315年頃にフラウエンロープがマインツで開いたとされるが、記録にあらわれるのは16世紀初頭からである。

文書に記されたニュルンベルク最古のマイスタージンガーはフリッツ・ケットナー（在住1392-1430、職業不詳→下の一覧表）。ニュルンベルクのマイスタージンガー組合は、1459年にヴォルムスから移り住んだ外科医（床屋）ハンス・フォルツ（1435/40？-1513）のもとで隆盛期を迎えた。新しい調べを生み出した者だけがマイスターになれるという決まりを導入し、先例墨守の旧弊に風穴をあけたのもフォルツである。確認される最も古い「タブラトゥーア」は1540年にニュルンベルクで定められている。

なおワーグナーがヴァーゲンザイルの『ニュルンベルク年代記』（→作品の成立3）から抜き出した、ザックスを除く12人のマイスタージンガーは次の通りである（ニュルンベルク市の記録で『年代記』と異なる名前が確認されている場合は［ ］中に示し、ワーグナーが『年代記』を踏襲したものは右列に〃で略記した。左列、氏名の下の生没年・職業・在住期間等のデータは、市の居住記録による）。

【ヴァーゲンザイル】	【ワーグナー】
Veit Pogner [Hans Bogner] (1441市民権取得-1484/85、職業不詳)	〃 （金細工師）
Cuntz Vogelsang (1436-84/85、板金屋の親方)	Kunz Vogelgesang （毛皮屋）
Conrad Nachtigal [Nachtigall] (1410/15-1484/85、パン屋)	Konrad Nachtigal （板金屋）
Sixtus Beckmesser (記録なし、少なくとも市書記ではない)	〃 （市書記）
Fritz Kothner [Kettner] (在住1392-1430、職業不詳)	〃 （パン屋）
Fritz Zorn (1442「製釘師の親方」との記録あり)	Balthasar Zorn （錫細工師）
Ulrich Eisslinger (1469-1501在住記録あり、床屋・外科医)	〃 （香料屋）
Augustin Moser	〃

7 マイスタージンガー芸術の由来と伝統

meistersanc という言葉がはじめて文献に登場するのは13世紀。手工業者の親方や職人、徒弟たちが組合に集い、詩と歌の腕を磨き合うマイスタージンガーの芸術は、15〜16世紀に南ドイツの諸都市を中心に栄えた。その始祖と仰がれる「いにしえの12人のマイスター」には、ワーグナーの『マイスタ

(1486市民権取得)	(仕立屋)
Hermann Ortel［Örtel］———	〃
(1459「留め金作りの親方」との記録あり-84/85)	(石鹸屋)
Hans Schwarz	〃
(記録なし)	(靴下屋)
Hans Foltz	〃
(1459から在住記録-1512、床屋・外科医・印刷屋)	(銅細工師)
Niclaus Vogel———	Niklaus Vogel
(記録なし)	(第1幕で欠席)

[図23] マルタ教会（17〜18世紀の版画）。17世紀初頭にオランダから移り住んだカルヴァン派の教会となったことで、歌学校の会場として使われなくなった。

8 マイスタージンガー組合の組織と活動

最盛期には250名を数えたニュルンベルクの「会員 Gesellschafter」は、手工業ギルドの階梯にならって「生徒 Schüler」、「学友 Schulfreund」、「歌手 Sänger」、「詩人 Dichter」、「マイスター Meister」の5階級（違いについては→272ff.、286ff.、注31、48）に分かれ、次のような活動を行なった。

1)「歌学校 Singschule」——字面から連想されるような教育機関ではなく、誰でも参加できる公開の歌唱コンクール。自前の建物を持たず、市当局の援助も期待できなかったマイスタージンガー組合は、宗教改革によって使われなくなった教会など市内各所に転々と会場を求め、ときには屋外での開催を余儀なくされることもあった。1572年からは南の市壁沿いのマルタ教会が会場となることが多く、カタリーナ教会が用いられるのは1620年以降であるが、いずれも聖ゼバルドゥス、聖ローレンツの主要教会とは比べものにならぬ小さな教会である。通常は、ほぼ毎月1回、日曜ないし祭日の午後の礼拝のあとに催された。

歌学校は「本歌唱 Hauptsingen」と「自由歌唱 Freisingen」の2部門からなる。本歌唱は宗教歌に限られ、芸術性の高さではなく、持ち点7の減点方式により規則からの逸脱の少なさを競う。同点者が複数の場合は「決定戦 (Ver)Gleichen」となる。「優勝者 Übersinger」は、竪琴を手にしたダヴィデ像をかたどり金メッキをほどこした3枚の大きな銀メダルのついた鎖「ダヴィデの勝者 Davidsgewinner」を、また準優勝者は絹の造花を編んだ花環を授与され、次回の歌学校まで手もとに保持した。さらに優勝者は、次回の歌学校で記録席に立ち入る権利を認められた。

本歌唱に先立って行なわれる自由歌唱はテーマに制約なし。審査も表彰もなく、聴衆の拍手だけが褒賞となるが、多少の金品が贈られる場合もあったようだ。歌学校の帰りなどに行きつけの酒亭で会員だけで楽しむ「宴会歌唱 Zechsingen」もこれに準じる。

[図21] カタリーナ教会。G・Ch・ヴィルダーによる内部のスケッチと見取り図（1849）

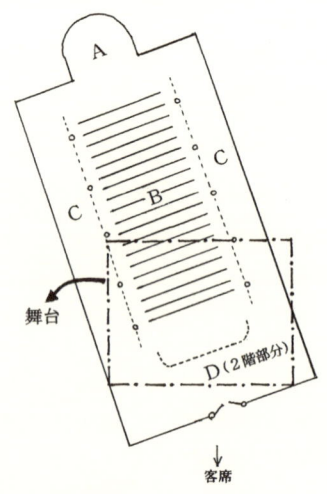

[図24] カタリーナ教会の内部（第1幕の舞台）
A：内陣　B：身廊（会衆席）　C：側廊　D：合唱隊席（2階）

[図22] 第2次大戦で廃墟と化した現在のカタリーナ教会。中庭にこの教会を擁していたカタリーナ僧院は「マイスタージンガー音楽院」として使われている。

2)「寄り合い Sitzung」——組合の運営に関する事項は、マイスターたちを酒亭に召集して相談することになっていた。

3)「資格試験 Probe」——組合への加入から「詩人」昇格までの試験は寄り合いの酒亭が会場となる。入門審査は聖トーマスの日（12月21日）の前の会合と決められており、マイスターに師事した経験の有無、歌学校への定期的な出席、酒亭で会員への紹介がすんでいるかどうか、賤民でないことなど資格要件を確認したうえで、詩と歌の基礎知識に関する口頭試問と、持ち点7での歌唱試験が行なわれた。「マイスター昇格試験 Freiung」は歌学校の場を借りて教会で実施され、紹介者による歓迎挨拶ののち、マイスタージンガーの歴史やタブラトゥーアに関する質疑応答を経て、志願者が自作の「資格試験の歌 Probelied」を披露し、判定を仰いだ。

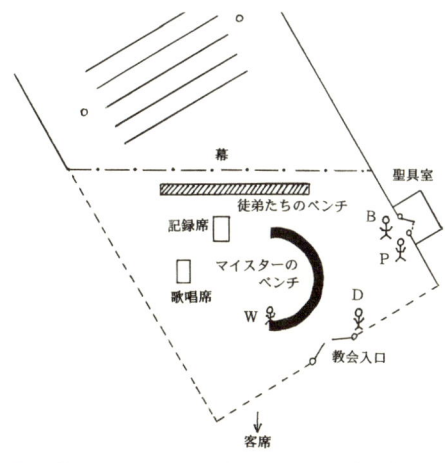

[図25] 資格試験の配置（第1幕第3場の舞台）

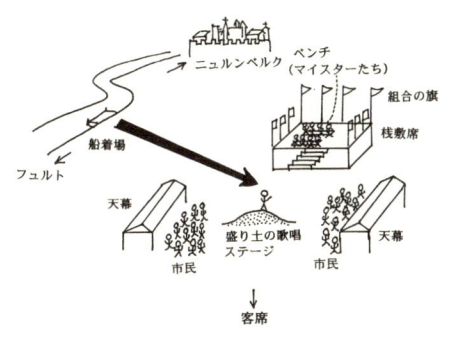

[図26] 祝祭の野原（第3幕第5場の舞台）

4）祝祭の遠出——ニュルンベルクの組合では年に一度、三位一体の祝日（6月上〜中旬）に会員たちが市門の東の郊外ヴェールト Wöhrd へ出かけ、当地の教会や役場で民衆をまじえて歌の会を催すならわしであった。

こうした活動は、入門審査の日に「金庫役 Büchsenmeister」が徴収する年会費によって賄われた。

9　歌学校の運営のしくみ

集まりの数日前に最年少のマイスター（作中ではコートナー）が会員のもとに赴き、その旨を伝える。出席できない者は人を立てて理由を申し述べる義務があった。公開を原則とする歌学校の開催にあたっては、個別連絡とは別に、会場となる教会の外扉と市場の柱に「公示板 Tafel」と「告示文（Schul）Zettel」が掲げられる。公示板には、花園（マイスター芸術の象徴）を野獣（嫉みと内輪もめを寓意）から守る「いにしえの12人のマイスター」と、竪琴を手に十字架上の救い主の前にひざまずくダヴィデ、キリストの生誕、そして（ハンス・ザックスの死後は）ザックスの肖像が描かれていた。

歌学校は点呼に始まり、自由歌唱ののち、全員の斉唱を経て本歌唱に移る。判定はマイスタージンガーたちのなかから互選された「記録係 Merker」が担当する。ゲルヴィヌス（→作品の成立2）やプッシュマン（→本稿11）はその数を3名としているが、「ニュルンベルクのタブラトゥーア」（→同）では4名と定められ、それぞれ、ルター訳聖書の文言との照合、歌詞の規則違反の点検、押韻の書き取り、旋律の確認を分担した。最初は判定の合議を意味した Gemerk という言葉は、やがて四方に幕を垂らし机を囲んで4人が座る「記録席」を指すようになった。記録係は審査にあたるだけでなく、集まりの召集をかけ、歌学校の一週間前に出場者に歌詞を提出させ、公序良俗や市当局の禁令に触れていないか検閲するのも重要な仕事であった。ハンス・ザックスの発禁処分（→本稿6）にみられるように、組合は常に市当局の厳重な監視下に置かれており、マイスタージンガーたちはけして芸術の自由を謳歌していたわけではない。

歌い手は「歌唱席 Singstuhl」に座る。講壇風の威圧的な造りは、もともと組合の重鎮のために用意された「名匠席 Meisterstuhl」の名残りである（当初、歌手は着席せず、一同の中央に立って歌った）。歌い手はしばし息を整えたのち、記録係の「はじめよ！ Fanget an!」の合図で歌いだす。記録係は黒板にチョークで「罰印 Strafsilbe, Kreuzlein」をつけてゆく。歌い手はゲゼッツやアプゲザング（→次章）が終わるたびに休みを入れなければならず、記録係の「続けよ！ Fahret fort!」の合図を待って先を続ける。

[図27] 歌学校。歌唱席と記録席——ニュルンベルクの「フィリップ・ハーガー、歌手、記録係にして靴屋が1637年に」寄進したガラス絵。記録席の上に花環、右に「ダヴィデの勝者」が見える。

反則が7点を超えると「歌いそこね versungen」を宣告される。ただし、記録係は間違いを大勢の前で指摘するのではなく、本人にだけこっそり教えなければならない。減点ゼロで歌い通す「完唱 glatt gesungen」はもちろん、減点が7以下であれば「マイスター歌 Meistergesang, Meisterlied」として認められ、子供の洗礼にならって「名づけ親 Gevatter」2名の立会いのもとに命名の儀式が執り行なわれる。生まれたてのマイスター歌の名と誕生年月日を記載した「マイスター歌登録簿 Meistergesangbuch」は「櫃 Polpet, Pult」に収められ、「鍵役 Schlüsselmeister」がその鍵を保管する。

10　マイスタージンガーの詩学

マイスター歌の詩型はバール形式（今日のゲルマニスティクの用語では Kanzonenform）と呼ばれ、行数・韻律・押韻パターンとも同型の詩節「シュトレン Stollen」（A）を2つ並べた「アウフゲザング Aufgesang」を、Aとは異型の詩節「アプゲザング Abgesang」（B）で受ける、A—A—Bの3部構成をとる。この一連を「バール Bar」と称し、3連（ときに5ないし7連）をつらねる。

「シュトレン」と「アブゲザング」の行数に関しては、A＜B、A＜B＜2A、まったく自由、と諸説あるが、「ニュルンベルクのタブラトゥーア」には明文規定はない（ヴァルターの〈資格試験の歌〉や〈ベックメッサーのセレナーデ〉はいずれもA＞B）。ただし6行以下の短い詩節（「過小の調べÜberkürzter Ton」）や、全体で100行を超える詩（「過大の調べÜberlanger Ton」）は認められない。

なお、一般に複数行からなる「詩節Strophe」のまとまりを「ゲゼッツGesätz」と呼ぶが（→204、706）、この言葉は「アウフゲザング」を指すこともある。さらに「ニュルンベルクのタブラトゥーア」では、ワーグナーのいう「バール」を「ゲゼッツ」と呼び、それを何連かつらねた詩の全体を「バール」と称しており、これにならった記述も類書に見られるため混乱を招きやすい（→注120）。

次に第3幕第2場〈夢解きの歌〉第1バールの構造を例示する（最初の数字は音節数、括弧内の数字は脚〔強拍〕数、mは男性韻、fは女性韻、○内の数字は押韻タイプの別）。

A――第1シュトレン（2209-2215行）

Mórgenlich léuchtend in rósigem Schéin,	10(4)m	①
von Blüt und Duft	4(2)m	②
geschwellt die Luft,	4(2)m	
voll aller Wonnen	5(2)f	③
nie ersonnen,	4(2)f	
ein Garten lud mich ein,	6(3)m	
Gast ihm zu sein.	4(2)m	

A――第2シュトレン（2221-2227行）

Wónnig entrágend dem séligen Ráum,	10(4)m	④
bot goldner Frucht,	4(2)m	⑤
heilsaft'ge Wucht,	4(2)m	
mit holdem Prangen	5(2)f	⑥
dem Verlangen,	4(2)f	
an duft'ger Zweige Saum,	6(3)m	
herrlich ein Baum.	4(2)m	

B――アブゲザング（2243-2253行）

Sei euch vertraut,	4(2)m	⑦
welch hehres Wunder mir geschehn:	8(4)f	⑧
an meiner Seite stand ein Weib,	8(4)m	⑨
so hold und schön ich nie gesehn:	8(4)f	
gleich einer Braut	4(2)m	
umfaßte sie sanft meinen Leib;	8(4)m	
mit Augen winkend,	5(2)f	⑩
die Hand wies blinkend,	5(2)f	
was ich verlangend begehrt,	7(3)m	⑪
die Frucht so hold und wert	6(3)m	
vom Lebensbaum.	4(2)m *

詩の性格は韻律と押韻によって決定される。

「韻律Maß」とは、性質の異なる「音節Silbe」（母音を一個含む音の最小単位）の組み合わせによって構成される詩の言語的リズムをいう。音節の性質には、長短（Tag↔Sachs）、硬軟（Gott↔Tod）、明暗（母音e, i↔母音o, u）などがあるが、ドイツ語の詩ではアクセントの強弱により「強（揚）音節Hebung」(-)と「弱（抑）音節Senkung」(U)に分け、その組み合わせによってヤンブス（U-:Verbót）、トロカイオス（-U:Váter）、ダクテュルス（-UU:Héilungen）といった韻律の最小単位「脚Fuß」を形成する。音節数および1行中の脚数を「音数Zahl」と呼び、押韻する行どうしは音数をそろえなければならない。上の例では各シュトレンの1行目は「10音節4脚のダクテュルス」でそろえられている。

マイスター歌の1行は息継ぎなしで歌われるため、13音節を超えてはならないと定められていた。なおMaßはギリシア語metronからの訳語であり、詩の「韻律法Metrik」は音楽の「拍節法Metrik」にも通じている。

行末の「韻Reim」は、1音節による「男性（鈍い）韻」（Duft/Luft）と、2音節からなる「女性（響く）韻」（Wonnen/ersonnen）に大別される。左例の②や③のように隣接する行どうしの押韻を「対韻Paarreim」、⑧のように1行おきの押韻を「交差韻Kreuzreim」と呼ぶ。またアブゲザング最終行（＊）のように、その詩節中では韻を踏まないが、他節の行（④）とは押韻するものを「穀粒Korn」、まったく押韻しないものを「孤児Waise」と呼ぶ。また冒頭の1音節だけからなる短い行が（長い中断を経て）末尾（ときには中ほど）の、やはり1音節だけからなる行と押韻するのは「休止Pause」。詩節の中間に並んだ2音節だけからなる2行が（ぶつかりあうように）押韻するものを「打ちつけ韻Schlagreim」と称する（たとえばヴァルターの〈資格試験の歌〉→743/744、772/773）。

こうした韻律・押韻による詩に音楽旋律をつけた「マイスターの調べMeisterton」は、歌詞や譜面を見ずに無伴奏の単旋律で歌われる。2つのシュトレンは同じ旋律によって歌うことと定められていた。

［図28］ハンス・ザックス「短い調子」自筆譜（1519）

11 タブラトゥーア

ラテン語で「表tabula」を意味し、数字式記譜法をあらわす音楽用語からとられた「タブラトゥーアTabulatur」は、「歌学校の規則Schulordnung, Schulzettel」を指す。各都市により内容に若干の違いがあるが、「ニュルンベルクのタブラトゥーア」（1540年版のほか、ハンス・ザックスの弟子アダム・プッシュマンが記した1571/74年版が残っている）には、序にあたる「歌之掟Leges Tabulaturae」（→704-721、注120）に続いて、一般的な規則のほかに、減点対象となる33の禁則が記されている。

［図29］ニュルンベルクのタブラトゥーア（1635）。「記録係」の役割に関する部分

以下にワーグナーの『マイスタージンガー』と関連の深い項目を挙げる。（[ ]内は減点数）

Ⅰ）作詩上の禁則
① 「糊づけ Klebsilbe」——言葉の途中を縮めたり(keinem → keim)、複数の言葉をくっつけてひとつにすること(zu dem → zum) [決定戦に限り－1]。
② 「ダニ Milbe」——ダニのようにちっぽけな誤りという意味で、押韻のために行末の綴りを無理に縮めること (〜Dinge/〜singe[← singen)) [－1]。
③ 「短過ぎ、長過ぎ zu kurz, zu lang」——申告した調べの音節数を違えること [過不足の音節数を減点]。
④ 「舌足らず blinde Meinung（直訳：盲目の発言）」——Ich und du sollen kommen（我と汝は行くべし）とすべきところを Ich du soll kommen（我汝行くべし）とするなど、必要な語や音節を省いたために文の意味が不明瞭になること [－6]。
⑤ 「綴り違い blindes Wort（直訳：盲目の言葉）」——綴りの間違い (sich とすべきところを sig) により語の意味が不明瞭になること [－2]。
⑥ 「結び違い Falsch Gebänd」——申告した調べと韻の踏み方を違えること [－2]。
⑦ 「乱れ言葉 unredbare Worte」——mein Vater（わが父）を Vater mein（父わが）とするような配語の乱れ [－1]。
⑧ 「ふしだら Laster」——押韻のため無理に母音をそろえること (Sohn〔息子〕と韻を踏むために、Mann〔男〕をニュルンベルク方言 Mon に置き換える)。schullende Reime とも呼ばれる [－1/2]。
⑨ 「二股がけ Aequivoca」——まったく同じ文字配列ながら意味の異なる言葉 (Stecken〔杖〕と stecken〔隠れる〕) による押韻 [－1]。
⑩ 「筋違い Differenz」——Dieb（盗み）を Deib と記すような綴りの順序違い [－1]。

Ⅱ）歌唱上の禁則
① 「二行一息 Zwei Verse in einem Atem」——行末に休符を入れずに2行続けて歌うこと [－4]。
② 「高過ぎ、低過ぎ zu hoch, zu tief」——歌い出しの音を高く（低く）とり過ぎて、最後まで歌い通せないこと [－6]。
③ 「前後の雑音 Vor- und Nachklang」——歌詞を発音する前（後）に口から雑音が漏れること [－1]。
④ 「花やコロラトゥーラの誤り Falsche Blumen und Koloratur」——申告した調べと違う装飾音で歌うこと [装飾音の長さにより－1ないし－2]。
⑤ 「節の変更 Veränderung der Töne」——同じ旋律で歌わなければならないシュトレン（バール）どうしに変化をつけること [1行ごとに－1]。
⑥ 「旋律違い Falsche Melodie」——申告した調べとまったく異なる旋律で歌うこと [失格]。
⑦ 「取り乱し Irren oder irre werden」——歌詞や旋律を大きく取り違えて混乱に陥ること [失格]。
⑧ 「歌唱中の発言 Singen und Reden」——「はじめよ！」の声がかかってからは、途中で歌詞以外の言葉を発してはならない [しゃべった音節数の減点]。

12　帝国都市の没落とマイスタージンガー芸術の衰退

　大航海時代と植民地獲得競争の幕開けとともに世界経済の中心が大西洋岸に移るにつれて、南ドイツの帝国都市は衰退の一途をたどり、やがて歴史の表舞台から退場していった。1806年、ナポレオンによる神聖ローマ帝国の解体にともないバイエルン王国に編入されたニュルンベルク市の人口は、わずか2万5千を数えるに過ぎなかったという。

　規則と伝統に縛られたマイスタージンガーたちの活動は、ハンス・ザックスの生前からすでに形骸化の兆しを見せはじめていた。加えて内紛による士気の低下が乱脈に拍車をかけ、ニュルンベルク市当局は何度か歌学校の解散を命じている。事情は他の帝国都市でも同様であり、三十年戦争（1618-48）を境にマイスタージンガー組合はほとんど有名無実な存在と化し、わずかに残っていた組織もニュルンベルクでは1778年に解散し、19世紀にはドイツ全土から完全に姿を消した（1839年：ウルム、1875年：メミンゲン）。

作品の成立／テクストの確定／訳出の指針

池上純一

1 ハンス・ザックスの復権——ワーグナーの先行作品群

マイスタージンガーが活躍した16世紀ドイツ・ルネサンスの輝きも消え、17～18世紀のバロックから啓蒙期にかけて、ドイツ人はギリシア・ローマの古典やイタリア文学、フランス演劇に憧れの視線を向ける反面、自国の民衆に根ざした職匠詩人たちの芸術を忘却の闇に追いやった。ザックス復興の引き金となったのは、没後二百年にあたる1776年、クリストフ・マルティン・ヴィーラントがヴァイマルで発行していた『トイチャー・メルクール』誌の特別記念号に寄せたゲーテの詩『ハンス・ザックスの詩的使命』である。とはいえザックスの名が広く国民に知れ渡るには、なおほど遠い状況であった（最初のまとまった著作集の刊行は1870年）。

やがてロマン主義とナショナリズムの高揚を背景に、中世の面影を残す地方都市ニュルンベルクは民族精神の揺籃の地として注目を集めるようになり、ヴィルヘルム・ヴァッケンローダー『芸術を愛する一修道僧の心情吐露』(1797)、ジャン・パウル『再生、ニュルンベルクおよびその近郊でのジャン・パウルの運命と作品』(1798)、E・T・A・ホフマン『樽屋の親方マルティンと徒弟たち』(1817/18)

[図30] ニュルンベルク民族祭

などの文芸作品に好個の舞台を提供する。こうした潮流に乗って、「ニュルンベルク民族祭」(1826～)、ニュルンベルク―フュルト間にドイツ初の鉄道開通(1835)、「芸術家の仮装祭」(1840)、「ゲルマン博物館」の開設(1852、ワーグナーは61年8月に訪問)、「全ドイツ歌唱祭」(1861)など、来たるべき国民国家の樹立へ向けてニュルンベルクをドイツ民族統合の象徴に押し上げようという動きが加速する。一方、ノヴァーリス、アヒム・フォン・アルニム、ハインリヒ・フォン・クライスト、ヨーゼフ・フォン・アイヒェンドルフといった作家たちは、折に触れて魅力あふれるザックス像を描き出した。ワーグナーがこうした文献に接し、創造の糧としたであろうことは想像にかたくない（→注61、451）。なおドレスデン時代のワーグナーの蔵書には、戯曲、寓話、滑稽譚などをおさめた

[図31] 芸術家の仮装祭

[図32] 全ドイツ歌唱祭の祝祭行列

ハンス・ザックスの二巻本選集（G・ビュシング編、1816/19）と、F・フルハウによる評伝『ハンス・ザックス』(1820)が含まれていたことが確認されている。

19世紀中に20篇ほど書かれたザックスを主人公とする劇作品のなかで、ワーグナーの『マイスタージンガー』を除いて最も大きな反響を呼んだのは、ウィーンのブルク劇場副支配人ルートヴィヒ・フランツ・ダインハルトシュタインの劇詩『ハンス・ザックス』(1827)であろう。各国語に翻訳され、ドイツでは40以上の劇場で上演されたという。1828年のベルリン初演に際して、老ゲーテは『詩的使命』に新たな序文を書き下ろしている。また同年、15歳のワーグナーがライプツィヒでこの作品の舞台を見たという説があるほか、ヴュルツブルク時代（1833-34）のワーグナーが「その他大勢として」上演に参加した可能性も指摘されている。ダインハルトシュタインのいくつかのモティーフは『マイスタージンガー』にも取り入れられている（→注161）。また1840年には、これをフィリップ・レーガーが脚色し、アルベルト・ロルツィングが作曲したオペラ『ハンス・ザックス』がライプツィヒで初演された。当時パリに滞在していたワーグナーは、帰国後の1842年にドレスデンでの上演を観たものと思われる（→注161、472、482）。

2 若き日のニュルンベルク体験と最初の作品構想

1835年7月、マクデブルクの劇場と契約を結び、歌手集めの旅に出たワーグナーは、ニュルンベルクの酒場で歌自慢の指物師の親方が満座の笑い者にされる場面に出くわした。またその直後、些細なきっかけから起こった乱痴気騒ぎが高じて、あわや暴動かと思った瞬間、鉄拳の一撃を合図にさっと潮が引くように騒ぎがおさまる光景を目撃した。このときの体験は、ベックメッサーが歌いそこねて恥をさらす場面（第3幕第5場）と群衆による〈殴り合いの場〉（第2幕第7場）に投影されている。

1845年4月に『タンホイザー』を完成させ、マリーエンバート（現在はチェコ領マリアンスケー・ラーズニェ）へ夏の保養に出かけたワーグナーは、ゲオルク・ゴットフリート・ゲルヴィヌス『ドイツ国民文学の歴史』(1835-42)に読みふけり、「その短い記事から、ハンス・ザックスを含むニュルンベルクのマイスタージンガーたちの姿がひときわ鮮やかに眼前に浮かび上がった」（『わが生涯』）という。ヤーコプ・グリム『古いドイツのマイスター歌について』(1811)にも興味をそそられたワーグナーは、7月16日、「3幕の喜歌劇」と題して「第1散文稿 Erster Prosaentwurf」①を一気に書き上げる。

この草稿には、ザックスの〈ニワトコのモノローグ〉と〈迷妄のモノローグ〉が欠けている。また第3幕でヴァルターの「偉大な皇帝たちを讃える歌」を読んだザックスは、「美しい詩芸術が終わりを告げ」、自分が「最後の詩人」となる運命を嘆き、ふたたびザックスの真値が認められる日を期して「城に引きこもり、ウルリヒ・フォン・フッテンやルターの書物を研究する」ようヴァルターに勧めるという設定になっている。ザックス、ダフィト、マクダレーネを除き、まだ登場人物に固有名はついていない（「若者」「娘」「老人」「記録係」）。またベックメッサーがザックスの詩を盗む場面については2案が並記されている（→注404）。本書テクストとの異同については（→注65、90、109、176、236、339、340、356、374、395、403、404）。なお第1散文稿の最終頁に残された「神聖ローマ帝国は煙と消えようとも／ドイツの神聖な芸術は残るであろう」という鉛筆による書き込みはドイツ書体であることから、ワーグナーがラテン書体に切り替えた1848年12月以前に記入されたものと推定される。

　のちにワーグナーは『友人たちへの伝言』（1851）のなかで、「古代アテネにおいて悲劇のあとに陽気なサテュロス劇が上演されたように、『ヴァルトブルクの歌合戦』に真に続き得る喜劇」を書く計画があったことを明かしている。この計画は、同じく1845年夏に着想した『ローエングリン』（1848完成）の構想の陰で立ち消えになったが、それは「《イロニー》のかたちをとってようやく姿を現わした気分が〜人生そのものに根ざす私の本質の核心にまだ触れていなかった」からだという。ジングシュピール風の喜歌劇をめざした『女の浅知恵にまさる男の知恵、別題、幸福な熊の一家』（1838）が未完に終わって以来、オペラ・コミックともヴォードヴィルとも違う喜劇のスタイルを模索していたワーグナーは、ドレスデン革命に連座して国外亡命の身となることで、いったん喜劇の構想から遠ざかる。ふたたび『マイスタージンガー』に取り組むには、『指環』の台本を書き上げて『ジークフリート』第2幕の途中までの作曲を終え、『トリスタンとイゾルデ』を完成させる十余年の歳月を要したのである。

3　傷心のヴェネツィア旅行から台本の完成まで

　1861年11月7〜11日、ワーグナーはチューリヒ時代のパトロンである（オットーとマティルデ）ヴェーゼンドンク夫妻の招待でヴェネツィアに旅し、アカデミア美術館で見たティツィアーノの『アスンタ（聖母昇天図）』に「かつての気力がまた身内に燃え上がるのを感じ〜『マイスタージンガー』を仕上げようと心に決めた」（『わが生涯』）という。一方、出発に先立って音楽出版社主フランツ・ショットに宛てた手紙（1861.10.30）のなかで、ワーグナーは「できるだけ早く各地の劇場にかかるような〜大喜歌劇」を一年以内に完成させるという提案を行なっている。

［図33］ティツィアーノ画「アスンタ」（二五一八）

　真の動機は芸術的・実存的なインスピレーションか、あるいは実務的・経済的な思惑か、にわかには決めがたい。ワーグナーには「ラ・スペツィアの幻影」（→Rh「序奏」や「聖金曜日の奇蹟」（→P「台本の確定と訳出の指針」）など、作品の端緒を創作神話の霧に韜晦する傾向がある。それに、この年の夏に一泊だけとはいえ（8月9/10日）ニュルンベルクを訪れていることからも、事前にそれなりの心づもりがあったと見るべきであろう。とはいえ晩秋のヴェネツィア行きが大きな転機となったことは疑いない。ヴェーゼンドンク夫妻の招待は八方塞がりに陥っていた芸術家を慰めようという好意から出たものだが、ワーグナーの心底には、道ならぬ恋に踏み迷いながら一度は想いを断った15歳年下のマティルデと縒りを戻したいという淡い期待があった。しかし到着早々、仲むつまじい夫婦の姿を見せつけられ、かなわぬ愛に終止符を打つ決心をする。「ようやく今、私は完全に諦めました。〜私が離れることだけが、思いのまま自由に動く力をあなたに与えるのです」（マティルデ宛、1861.12）。聖母像は、地上での愛の実現を断念し、芸術によるエロスの昇華をめざすべくワーグナーの心を突き動かしたといえよう。後年、ワーグナーは妻のコジマに「アスンタは愛の浄めを受けたイゾルデだ」（『コジマの日記』1882.10.22）と語ったという。この「愛の諦念」が「ハンス・ザックスは賢いから／マルケ殿の幸福を望まなかったのさ」（→2644f.）という台詞に結実するには、なお韻文稿（→④）を待たねばならない。ワーグナーはヴェネツィア滞在中、蜜月時代にマティルデに贈った第1散文稿①の返却を求め、マティルデはこれを12月25日、パリのワーグナーのもとへ送り返している。

　ヴェネツィアからウィーンに帰ったワーグナーは、11月14〜18日、「第2散文稿 Zweiter Prosaentwurf」②を書き上げる。ザックスを除く配役は、金細工師ボークラー、その娘エンマ、その乳母カトリーネ、騎士コンラート・フォン・シュトルツィング、書記ハンスリヒ。他のマイスターたちに固有名はついていない。本書テクストとの異同については（→注1、61、65、90、103、236、341、344、356、404、503）。

　また、この間にペーター・コルネリウスの協力を得てオーストリア帝室図書館でヨハン・クリストフ・ヴァーゲンザイル『ニュルンベルク年代記』（1697）の一章「マイスタージンガーの優雅な芸術について」を調べ、「いにしえのニュルンベルクの12人のマイスターたち」、「タブラトゥーア」、「誤りと罰則」、「歌唱席」、「マイスターの調べ一覧」について抜き書きを作り②に収めている。さらに②を修正し、浄書した「第3散文稿 Dritter Prosaentwurf」③が11月19日、ショットに送られた。配役は、ハンスリヒにファイト、ボークラーにトーマスという名がつき、その娘がエファとなり、乳母がマクダレーネに戻った以外は②と変わりがない。本書テクストとの異同については（→注8、61、71、88、103、112、118、188、211、225、341、344、364、412、417、419、439、452、503）。

　②③とも大筋に差はなく、第1幕で芸術を愛する市民気質の衰えを嘆くボークラー（ポークナー）の演説や、ザックスの二つのモノローグが加わり、ザックスが市書記のセレナーデに振るうハンマーに、記録係の技を学ぶという理由づけがなされるなど、かなり現行のかたちに近づいている。しかし第3幕でコンラート（ヴァルター）は夢に見た内容を歌うのではなく、眠れぬ夜に気持ちを鎮めるために作曲したことになっているなど、まだ最終形態にはほど遠い。

　1861年12月3日、ワーグナーはマインツのショット社で朗読会を開いて草稿を披露したのち、パリへ向かう。年末からオテル・ヴォルテールに滞在してとりかかった韻文稿は、翌1862年1月25日に完成した。この「韻文初稿 Erstschrift des Textbuches」④（この段階で「大喜歌劇」という標記は消えて

いる）を1月31日にマティルデに送り、ワーグナーは翌日パリを離れる。同時に④をもとに作られた「韻文浄書稿 Reinschrift des Textbuches」⑤は9月29日ショットに送られ（⑤の作成時には、まだ第1幕冒頭のコラールの歌詞がなく、発送までの間に書き入れたと思われる）、1863年の春までに「印刷台本初版 Erstdruck des Textbuches」⑥が出版された。

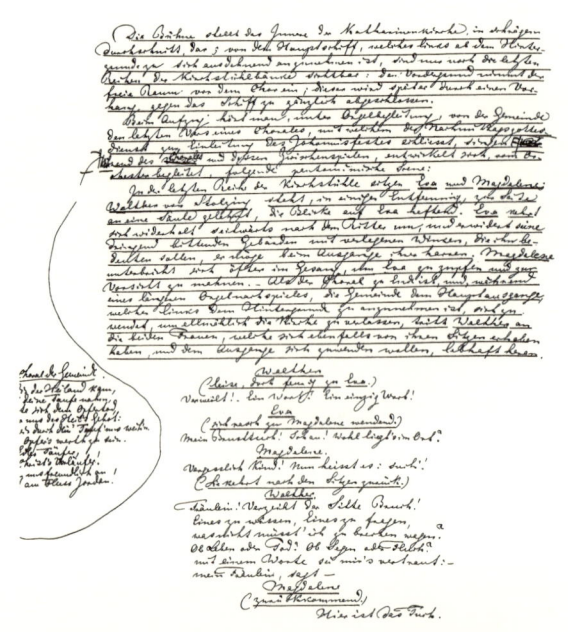

［図34］「ニュルンベルクのマイスタージンガー」韻文浄書稿、第1幕冒頭部分。左下にコラールの歌詞の加筆が認められる。

4 詩と音楽——作曲とテクストの徹底的な改変

ワーグナーの芸術哲学の核心はオペラ批判にあるといっても過言ではない。オペラでは「詩人は音楽家に従属し、台本を素材として提供するに過ぎない」（『オペラとドラマ』1851）。これに対して楽劇においては、人間の意識下に流れる「原旋律」を内にはらんだ詩人の「ことば＝言語 Wortsprache」が作曲家の「音＝言語 Tonsprache」に授精することによって旋律が産み落とされる。（原）音楽→詩→音楽という螺旋循環的な生成プロセスであるが、『マイスタージンガー』誕生の軌跡はその持論からの例外的な逸脱を示している。

『わが生涯』によれば、ヴェネツィアからウィーンへの帰途（1861年11月11～13日）、「まだ台本の最初の構想が頭に浮かぶかどうかという時点で、まず『マイスタージンガー』の音楽が姿をあらわし、たちまちハ長調の前奏曲の主要部分がきわめて鮮やかに脳裏に浮かんだ」という。だがこれを裏づける資料は残されていない。前奏曲中の〈ダヴィデ王の動機〉（第41小節以降）を歴史上のマイスター旋律〈ハインリヒ・ミュクリングの長い調べ〉から取り出すにはウィーン帰着後のヴァーゲンザイル研究を待たねばならぬことを考え合わせれば、これも「音楽の精神からの喜劇の誕生」を演出する自己神話化の試みと見ることができよう。実際には、一刻も早くショットに新作を提示して経済的苦況を乗り切りたいという焦りにも似た気持ちから、音楽とは切り離して台本の完成を急いだというのが真相であろう。パリからドレスデンの妻ミンナに宛てたワーグナーの手紙は、その間の事情を正直に物語る。「まずは作曲でなく、韻文台本を作成するために、ピアノのない静かな小部屋で足りたのです」（1861.12.8）。

［図35］〈ダヴィデ王の動機〉の最初のスケッチを記したメモ

しかし1862年3月末に始まった作曲は、こうして完成した台本通りに進められたわけではない。他の作品と同様、『マイスタージンガー』も作曲スケッチ→オーケストラ・スケッチ→スコアという手順を踏んではいるが、必ずしもドラマの流れに沿って音楽を紡ぎ出してゆく「通作」スタイルを厳守したわけではない。時系列にこだわらず、適宜、作曲されたユニットをはめ込む「ナンバー・オペラ」に近い手法がとられることも多かった。確認される限り最初に書かれたのは、パリ滞在中に「タヴェルヌ・アングレーズ」という料理店名の入った紙に記された「目ざめよ！」の旋律メモである。また第1幕第2場の作曲スケッチも終わらぬ1862年5月に、早くも第3幕前奏曲のスケッチが書かれるといった具合である。

あまつさえ、作曲に合わせてテクストは徹底的に改変された。ワーグナーは作業用の底本として印刷台本初版⑥を一冊用意し、そこに追加や訂正を書き込んでいった（「初版書き込み本 Erstdruckexemplar mit autographen Eintragungen」⑦）。だが、すべての変更が余すところなく⑦に記録されたわけではない。いちいち底本にあたらず記憶を頼りに作曲することも多く、スコアのテクストは⑦を大きく超えるものとなった。「おい、ザックス、馬鹿も休み休み言え」（→537f.）の発言者が⑥のフォーゲルゲザングから⑦ではナハティガルとなり、最終的にはコートナーに落ち着くといった些細な変更にとどまらず、（スコアの行数にして）3098行のうち1100行以上の台詞に手が加えられ、ト書きも全面的に修正・削除・増補された。とりわけ第2幕〈殴り合いの場〉の群唱テクストは、譜面上では台本よりも同時多元的な表記が可能になるという事情も手伝って、親方、職人、徒弟、隣人、女たちの台詞や所作がこと細かに描き込まれ、質量ともに面目を一新した。

音楽に合わせてテクストを差し替えた最も顕著な例としては、ヴァルターの〈栄冠の歌 Preislied〉が挙げられる。韻文台本では、ヴァルターはザックスの仕事場（第3幕第2・第4場）と祝祭の野原（同第5場）で同じ歌をうたうことになっており、すでに1862年3月には図36に示すような旋律がスケッチされていた。しかし1866年9月、ワーグナーは新しい旋律を着想し、それに合わせて12月24日、テクストを全面的に書き変えた。だが、なおしばらくはそれを両方の場面で歌

［図36］ヴァルターの〈栄冠の歌〉。最初の旋律構想

わせるつもりでいた。その方針を変更して二つの歌を旋律・歌詞とも（密接に関連づけながらも）別のものにするとともに、〈ベックメッサーの本選歌〉のテクストを書き改めたのは翌1867年1月末のことである（→「5つの異稿」2、3、4）。

5　詩と真実（愛）──スコアの完成と初演まで

ワーグナーは「愛の諦念」を口にしたのちも、1863年までは作曲の進捗状況をマティルデ・ヴェーゼンドンクに逐一報告している。──62年の晩秋までに作曲を終える予定であること（62.2.13）。ヴァルターの〈栄冠の歌〉の最初の旋律スケッチ（→前章）を思いついたこと（62.3.12）。第3幕前奏曲の着想と、「福音のように」響く「目ざめよ」の音楽（→前章）について（62.5.22）、など。ワーグナーは自分とマティルデをザックスとエファに重ね合わせ──ふたりは手紙のなかで、たがいに「私のマイスター mein Meister」、「わが子よ mein Kind」と呼び合っている（→ 2640/2641、注95）──マティルデから贈られた鳶色の紙入れを大切にして、書きつけた楽想のスケッチをおさめていった（結局、紙入れは65年1月に返却）。しかし経済的に追いつめられた流浪の身にとっては、人妻への未練よりも、オットーがポークナーのモデルであることをほのめかす手紙（62.7.26）が示すように、財政支援と「隠れ家」を求める気持ちのほうが強くなっていったようだ。その一方でワーグナーは、62年2月から仕事場としたライン河畔ビープリヒで親しくなったもうひとりのマティルデ（マイアー）をエファに見立てて口説いたこともあった。

1864年5月、ルートヴィヒII世との宿命的な出会いは、破産寸前のワーグナーを救い、創作に没頭する余裕を生む反面、『指環』や『パルジファル』などロマンティックな異界の物語に魅かれる王の求めに応じることで「人間喜劇」との取り組みは遅滞を余儀なくされた。またこの間に進んだコジマとの世をはばかる関係、ミュンヘン政界との軋轢、念願の『トリスタン』初演などに忙殺され、1863年秋から66年1月まで『マイスタージンガー』の作曲は中断する。皮肉なことに、ミュンヘンからの退去を命じられてルツェルン近郊トリープシェンに居を定め、コジマとの同棲生活が始まったことで、ワーグナーはふたたび『マイスタージンガー』に取り組む時間と精神的な余裕を手にし、66年1月12日、作曲を再開する。

中断前の『マイスタージンガー』が二人のマティルデへの想いをにじませるとすれば、再開後のそれはコジマの影を色濃く映し出している。66年12月に書き直された新しい〈栄冠の歌〉（→前章）の一節「私の傍らに立ったのは／これまで出会ったこともない優美な女」（→ 2245f.）は、ついにコジマを得た沸き立つような喜びの表現と見ることもできよう。ちなみにコジマ（当時はまだハンス・フォン・ビューロー夫人）との間に67年2月17日に生まれた第2子を、ワーグナーはピアノで「マイスターの歌」を弾いて祝福し（『鳶色の本』の年譜67年2月の項、『コジマの日記』1869.2.17）、その名も「エファ」と名づけている。いまやワーグナーは、ザックスにしてヴァルターであった。24歳も若い伴侶（正式な再婚は1870.8.25）となるコジマは、エファ＝「愛の浄めを受けたイゾルデ」に擬せられて新たな「詩と真実」を紡ぎ出すだけでなく、制作の過程にも深く関わってゆく。〈栄冠の歌〉の改訂にまつわる事情をルートヴィヒ王に伝えるコジマの手紙（1867.1.31）は、あわせて終幕のザックスの演説に削除と追加の筆を加えたこと（→本稿7）を報告するとともに、「ヴァルターの詩でドラマを終わらせ〜ザックスの大演説をやめにしよう」と考

[図37]『ニュルンベルクのマイスタージンガー』手書きスコア

えるワーグナーと「まる一日、議論をして」翻意させた、と創作の内幕の一端を披露している。1867年2月7日に完成した作曲スケッチの掉尾には、「聖リヒャルトの日に／とくにコジマのために／作成」と入れられている。

周囲に迫られて一度はワーグナーを追放したルートヴィヒ王であったが、ワーグナーの誕生日にお忍びでトリープシェンに現われ（1866.5.22）、戸口で「ヴァルター・フォン・シュトルツィング」と名乗ったのは和解の気持ちからであろう。ふたたびワーグナーに思いを傾けた王がニュルンベルク遷都を決意する一幕もあった（1866.7）。こうした紆余曲折の末に、1867年10月24日、「手書きスコア Partitur」⑧が完成し、ワーグナーはクリスマスにミュンヘンへ出向いて王に献呈する（現在はニュルンベルク・ゲルマン博物館蔵）。翌68年6月21日、ハンス・フォン・ビューローの指揮によるミュンヘン宮廷歌劇場での初演は大成功を収め、同年7月2日、⑧をもとに「スコア初版 Erstdruck der Partitur」⑨がショット社から刊行された。

6　詩と真実（憎）──ベックメッサーとハンスリック

ワーグナーが市書記の名を、ヴァーゲンザイル『年代記』から選んだ「ベックメッサー」（→歴史的背景7）に変更したのは韻文台本以降のことである。それ以前の第2・第3散文稿では「ハンスリヒ」となっていたが（→本稿3）、これは絶対音楽派の急先鋒であるウィーンの音楽学者・音楽批評家、エドゥアルト・ハンスリック（1825-1904）の名前をもじったものである。

ふたりの最初の出会いは1845年、奇しくもワーグナーが『マイスタージンガー』の着想を得たボヘミアの保養地、マリーエンバートでのこと（→本稿2）。まだ法律の学生であったハンスリックは『リエンツィ』と『オランダ人』の崇拝者としてワーグナーに接し、翌年「ウィーン一般音楽新聞」の連載記事に『タンホイザー』を取り上げて、「現存する作曲家のなかで最も偉大な劇的才能の持ち主」と讃えた。だがそこにもすでに、「性格描写の美」が「形式美」を圧し殺すという後年の主張の萌芽が認められる。

1854年、ハンスリックがその主著『音楽美について』において音楽の本質を「響きつつ運動する形式」と規定し、『オペラとドラマ』（1851）の主張を全面的に否定してワーグナーの楽劇を「音楽の妖怪」と批判したことで、両者の対立は決定的となる。

二度目の出会いは、1861年5月11日。『ローエングリン』のウィーン初演の稽古を見にきたハンスリックの挨拶を、ワーグナーは冷たくあしらう（その後、ヴェネツィアから帰ったあと、知人宅の夜会で一時的に和解）。草稿に「ハンスリヒ」と書いたのは積年の意趣返しといえよう。翌62年11月23日、ワーグナーはウィーンの友人シュタントハルトナーの屋敷で『マイスタージンガー』の朗読会を開き、ハンスリックも出席する。このときに読んだのは韻文台本だが、風評が耳に入っていたのか、自分が笑いものにされていることに気づいたハンスリックは憤然として立ち去ったという。

ミュンヘンでの『マイスタージンガー』初演を見たハンスリックは、「喜劇的なものの表現においてワーグナーの音楽はまったく悲惨である」と酷評する。これに対してワーグナーは1869年、『音楽におけるユダヤ性』(1850)を改版し、ハンスリックがユダヤの出自であることを指摘して反撃に出た。

7　ザックスの最終演説をめぐって

　ここで、終幕を飾る〈ザックスの演説〉の構成と、その生成の過程に触れておきたい。
　第1散文稿(1845)では、マイスターになることを拒否するヴァルターに対して、ザックスは「半ば皮肉をまじえ、半ば真剣に」マイスタージンガー組合を讃える。一同がそれに賛同すると、ただちに花嫁行列が組まれ、町へ向けて出発する、という筋立て。あとから書き込まれた「神聖ローマ帝国は煙と消えようとも／ドイツの神聖な芸術は残るであろう」というメモ(→下記III)については(→本稿2)。
　第2・第3散文稿(1861)では、マイスタージンガー組合は芸術の振興に寄与しただけでなく、「市民どうしの諍いをも、ことごとくおさめてきた」と讃えられ、全員で「神聖ローマ帝国は～」を唱和する。
　初めて台詞をつけた韻文台本(1862)のテクスト(→下記I)は、(本書の行数で)3073行のあとに(「5つの異稿」5に収めた)23行分のテクストが入り、3083行へと続いている。この23行中には「戦いをやめよ！／かすかに残った伝統の息吹を／砲弾や硝煙の力で集め直すことはできぬ」という特徴的な一節が含まれていた。
　スコア(1867)は上記の23行を削除し、3074行以下の9行「気をつけるがいい、不吉な攻撃の手が迫っている／～／だからこそ、言っておこう」(→下記II)を加筆している。
　それゆえ本書で採用した最終版は、三つの異なる時期に書かれたテクストが貼り合わされていることになる。

　Iの1：3050「マイスターをないがしろにせず」-3073
　II　　：3074「気をつけるがいい、不吉な攻撃の～」-3082
　Iの2：3083「ドイツのマイスターを敬うのだ！」-3085
　III　　：3086「神聖ローマ帝国は～」-3089

　これまでのドラマの流れを受けてマイスターたちへの尊敬の必要を説くIは別としても、覇権を超越した芸術の永遠性を高らかに歌い上げる(最も古い)IIIと、政治・軍事的な排外主義の生臭さを漂わせる(最も新しい)IIは、明らかにトーンを異にする。
　「戦いをやめよ～」を削り、「不吉な攻撃の手が迫っている」と書き加えた背景には、フランスに抗してドイツ統一国家を樹立しようという1860年代に激しく盛り上がったナショナリズムの気運がある。ワーグナー自身、バイエルン王ルートヴィヒII世の身近にあって、プロイセン主導の小ドイツ主義と、フランスと結んでそれを牽制しようとするオーストリアの大ドイツ主義の熾烈なせめぎ合いをつぶさに見ている。それどころか、普墺戦争(1866)に勝利したプロイセンに「フランス文明を顔色なからしめる新しい力を歴史の内に樹立する可能性」(『ドイツの芸術とドイツの政治』1867)を認め、王への影響力を行使して、親プロイセン派のクロートヴィヒ・フォン・ホーエンローエ＝シリングスフュルストの首相就任を画策したフシさえある。だがその一方で、政治的な覇権主義に深い嫌悪感をいだき続けていたことも間違いない。ワーグナーはルートヴィヒ王への指南の書『ドイツ的とは何か？』(1865)のなかで、実態としてドイツとは何の関係もない「神聖ローマ帝国」の幻影に「ドイツの栄光」を託し、強大なドイツ国家の復興を夢見るような国粋主義を斥け、「(ドイツ)民族が救われたところで、ドイツ精神が世界から消滅するようなことがあれば、われわれにとっても、世界にとっても悲劇である」と述べている。
　IIとIIIの肌合いの違いは、ワーグナー自身が抱えていた矛盾の反映である。だが一時的にせよ「ザックスの大演説をやめにしよう」とまで思いつめたとすれば(→本稿5)、本人もその矛盾に、そしてまた演説のおさまりの悪さに、けして無自覚であったわけではない。
　なお『ニュルンベルクのマイスタージンガー』の代名詞となった感のある「神聖ローマ帝国は煙と消えようとも～」の一節は、ワーグナーがドレスデン時代から所持し、愛読した『コッタ版シラー全集』第2巻に収められている詩の断片『ドイツの偉大さ』(1801)によるものと思われる。19世紀初頭、イギリス・フランス両大国に翻弄されるドイツの政治的惨状を嘆きながら、その精神的・倫理的優位を高らかに歌い上げたシラーの詩には、二箇所に同様の表現が見られる。

und wenn auch das Imperium unterginge,	そして、たとえ帝国は滅ぶとも
so bliebe die deutsche Würde unangefochten.	ドイツの尊厳は揺るぎもすまい
…………………	
Stürzte auch in Kriegsflammen Deutschlands Kaiserreich zusammen,	たとえ戦火のなかにドイツの帝国が崩壊しようとも
Deutsche Größe bleibt bestehn.	ドイツの偉大さは不滅である

　また反宗教改革の狼煙を上げたトリエント宗教会議(1545-63)に抗してハンス・ザックスが書いた詩には、「(カトリックの聖職者たちは)たとえドイツが滅ぼうとも、かえって好都合 besser sey, Deutschland verderb、自分たちの権力が失われることがなければ(と考えている)」という一節がある。

8　諸版のテクストについて

　これまでに公刊された『マイスタージンガー』の主なテクストと、それぞれが依拠する版は以下の通りである。

(1) Richard Wagner: Gesammelte Schriften und Dichtungen, Bd.7, 1873.（「GS版」）——作曲途中のテクスト変更の痕跡をとどめる「初版書きこみ本」⑦からワーグナー自身が版を起こした「印刷台本第2版」(1868)を再録。

(2) Richard Wagner: Sämtliche Schriften und Dichtungen, 1911-16, Bd.7（「SS版」）——(1)を再録。

(3) Wagner: Die Meistersinger von Nürnberg, hrsg. v. A. Champai/D.Holland, Rowohlt 1981.（「ローヴォルト版」）——「現在進行中の(7)に使われたテクストと同一」という(7)の編者 Egon Voss の添書があるが、詳細は不明。

(4) Richard Wagner: Dichtungen und Schriften, Jubiläums-ausgabe in zehn Bänden, Bd. 4, Insel 1983.（「インゼル記念全集版」）——(1)のほか「第1散文稿」①、「第2散文稿」②、「第3散文稿」③を再録。

(5) Richard Wagner: Die Meistersinger von Nürnberg: Faksimile der Reinschrift des Textbuchs von 1862, Schott 1983.（「ファクシミリ版」）——「韻文浄書稿」⑤のファクシミリ版。

(6) Richard Wagner: Sämtliche Werke, Bd.9, Schott 1979-83.（「全集版スコア」）——「手書きスコア Partitur」⑧と「スコ

ア初版 Erstdruck der Partitur」⑼を原典とする批判校訂版スコア。ただしテクストについては校訂報告がない。

(7) Richard Wagner: Die Meistersinger von Nürnberg, Textbuch Einführung und Kommentar, in: Serie Musik, Atlantis-Schott 1982．(「アトランティス・ショット版」)——「オリジナル・テクスト」とあるが、典拠不詳。

(8) Richard Wagner: Die Meistersinger von Nürnberg, in: Universal-Bibliothek, Reclam 1984．(「レクラム版」)——「スコアのテクストを再録し、ヴァリアントを括弧書きで記載」とあるが、典拠不詳。

(9) Richard Wagner: Die Meistersinger von Nürnberg, Eulenburg 2000．(「オイレンブルク版スコア」)——⑹を再録し、誤記・誤植等を修正した版。

9　本書テクストの決定

　こうしたテクスト群は、韻文台本にもとづく⑴⑵⑷⑸と、おおむねスコアによる⑶⑹⑺⑻⑼に大別される。本書では、前述のごとき作品の成立過程からして、韻文台本ではなくスコアを完成態と見るのが妥当であると判断し、基本的に「全集版スコア」⑹を底本とした。

　韻文台本については、スコアにいたる中間形態を示す「GS版」⑴ではなく「ファクシミリ版」⑸を完結形と見なし(特に断わり書きのない場合、本書にいう「韻文台本」はこの版を指す)、重要な異同を訳注に拾った(→注1、5、8、13、42、51、128、138、149、184、188、211、239、243、257、271、280、286、299、301、304、317、322、325、326、327、331、340、355、357、371、374、376、378、379、388、394、404、419、424、436、439、442、445、447、452、455、458、467、472、479、495、501、503、514)。〈迷妄のモノローグ〉の削除された部分、全面的に書き換えられたヴァルターの〈栄冠の歌〉(→本稿4)と〈ベックメッサーの本選歌〉(→同)、〈ザックスの最終演説〉の削除された部分(→同5、7)については「5つの異稿」に韻文台本のテクストを示した。なお改訂の結果、ヴァルターの〈栄冠の歌 Preislied〉は、ザックスの仕事場で歌われるものと、祝祭の野原で歌われるものが別になった。スコアのテクストを問題にする場合、両者を同じく〈栄冠の歌〉と呼ぶのは誤解を招きやすいため、本書では前者を〈夢解きの歌 Traum-Deutweise〉、後者を〈栄冠の歌 Preislied〉、そして第1幕でヴァルターが歌うものを〈資格試験の歌 Probelied〉と呼ぶことにする。

　譜面と台本では表現上の制約が大きく異なるため、テクストの確定にあたってはいくつかの問題を克服する必要があった。

　1) スコアの歌詞は行や節によって区切られた「詩 Dichtung」の体裁をなしておらず、そこからリブレットを起こすには、どうしても韻文台本の詩型に頼らざるをえない。ヴァルターやベックメッサーが披露する歌だけでなく、他の台詞もすべて韻律を意識して書かれている『マイスタージンガー』のような作品では、特にこの作業が重要になる。

　2) 群唱の場面では、譜表上に散在する台詞を紙上に簡潔に再現するため、韻文台本の方式を援用して役名を「Mehrere Meister マイスターたち(多数)」と括るなど工夫した。

　3) 独白や、対話中で前後の相手とは違う人物に向けられた台詞(たとえば→1061)は［　］に入れて示した。

　4) アンサンブルで歌われる台詞は文頭を縦線で括った。群衆が次々に言葉を投げかわす〈殴り合いの場〉は、マクダレーネの悲鳴(→1920)など進行のキイポイントとなる台詞を核に全体を10ブロックに分け、各ブロックごとに縦線でまとめた。同じ内容の台詞がさまざまなヴァリエーションで語られる場合には典型的なものを採用し、前のブロックの繰り返しとなる台詞は、やりとりに支障のない限り割愛した。

　5) スコアでは歌唱パートの真上に書かれているト書きがリブレットでは台詞のあいだにまぎれ、人称代名詞が誰を指すのか不明になる場合(→78行下のト書き)や、複数のト書きをまとめることで行為の主体が誤解される恐れがある場合(→1374行下のト書き)には、実名に変えて(を加えて)表記した。

　6) スコアでは演技所作に関するト書きと同じ書式で記されているが、明らかに音楽上の注記と認められるものはテクストから除き、音楽注に記した(→音楽注23、113、305)。

　7) 第2幕第6場でベックメッサーのセレナーデにザックスが入れるハンマーは、楽譜では正確な打点を特定できるが、それをテクスト中に再現するのはむずかしい。原則として、誤りと判定された綴りのあとに記号(／)を入れたが、ザックスのハンマーの叩き方が途中から変わるうえに(→音楽注199)、1702行頭の(／)のように、音楽と切り離しては理由(前行末 beerben と行頭 will の間に休符を入れたため)が理解できない箇所も多い。このため必要な説明を注によって補った。

　さらに底本とした「全集版スコア」⑹の校訂も問題なしとはしない。本書では、コンマ、ピリオド、ダッシュの間違い、大文字・小文字の取り違え、誤植等について、「オイレンブルク版スコア」⑼が訂正した3箇所に加えて8箇所に修正を施した。そのうち、単なる表記の訂正の域を超えて内容にまで関わるものは次の5箇所である。

　A　617行——⑹⑼とも「beschießt 射撃する」となっているが、ここは前後の脈絡からして韻文台本の通り「beschließt 決定する」でなければならず、近年のバイロイトでの実演の音源(1999年、ダニエル・バレンボイム指揮)によって確認したうえで beschließt に改めた。

　B　645行——⑹は「dann それなら」だが、⑼は「denn だから」に修正している。ここはいま聞いたばかりの歌についての感想なので、韻文台本にもならって denn をとる。

　C　1242行下のト書き1行目——⑹⑼とも「über die Straße hinüber 通りを渡って」となっているが、ここは第2幕冒頭に示された位置関係からして「die Gasse 小路」でなければならず、韻文台本に従って hinüber だけを残す。

　D　2240行——⑹⑼とも Eltern だが、注378に記した理由により韻文台本の Ältern を採用した。

　E　2790行——⑹⑼とも「Stadtpfeifer spielt 楽師(単数)が演奏している(現在形)」だが、ここは韻文台本のようにコンマを入れ、「Stadtpfeifer, spielt 楽師たちよ(複数)、演奏しておくれ(命令形)」とするのが適当と判断した。

10　正書法について

　全集版スコアは台詞とト書きを現代ドイツ語の正書法(ここでは1998年8月1日から施行された新正書法以前の書法をいう)に改めている。一方、韻文台本は19世紀の正書法によっており、Noth, Maaß, Brod, Hinderniß, Gemüthe, Urtheil, Wittwer などの表記は、ワーグナーが独特の含みをもたせて使っているキイワードが多いだけに捨てがたいものがあるが、本書では全集版スコアにならい、すべて現代正書法で記した。

　ただし省略記号アポストロフ(')については全集版スコア

もおおむね韻文台本を踏襲しており、いささか煩瑣であるだけでなく、必ずしも統一がとれているとはいえない（たとえば作品の重要概念である「調べWeise」の短縮形はほとんどすべてがWeis'で表記されているが、804行だけはWeis）。そこで本書では原典への忠実さと現代性を秤にかけながら、おおむね次の基準で整理を行なった。

アポストロフを削除する場合——1）名詞単数形の語尾-eの省略（Tauf', Lieb'）、2）名詞語尾-enの省略（bei Nenn' und Nam', neuer Schad'）、3）名詞2格語尾sの前の'（Beckmesser's）、ただしSachs'のようにアポストロフを取ると区別がつかなくなるものは残す、4）男性・中性名詞3格語尾-eの省略（mit Stoß', am End'）、5）名詞複数形で語尾を省略しても識別できるもの（Leut', Tön'）、ただしワーグナーの造語Geschlamb'（→1014）は残す、6）名詞複数形の語尾-enのeを省略した形（Frau'n）、7）形容詞の格変化語尾の省略（Ein einzig' Wort, Vergeßlich' Kind）、ただしGut' Lene（善良なレーネ）など、他の意味（いいわよ、レーネ）にとられかねない場合は除く、8）定冠詞類の格変化語尾の省略（manch' Gesätz, jed' Zierat）、9）中性変化語尾-esのeの省略（Fein's, was Gut's）、10）動詞不定形語尾中eの省略（soll'n, ruh'n）、11）動詞命令形の語尾-eの省略（Behüt' es）、12）前置詞＋定冠詞の融合形に残るアポストロフ（für's）、13）語尾-eの省略された形が現行の辞典に併記されているなど、一般に使われていて違和感のないもの（nah', eh'）、14）母音抑制の傾向から現在も日常的に省略が行なわれている言葉（abgeschied'ne, finst'rer）。

アポストロフを残す場合——1）指示代名詞esのeを省略する場合（liegt's, 's ist）、2）二人称単数の人称代名詞duの省略（Kommst' her?, Wirst' dich）、3）名詞複数形で語尾を省略したら識別できなくなるもの（Der Lehrling' Meister, Unklare Wort'）、4）不定冠詞類の格変化語尾の省略（ein' Einladung, kein' Koloratur）、5）前置詞と不定冠詞の融合形（bei'nem, zu'nem）、6）不定冠詞ein-を省略し語尾だけ残した形（'nem Ungemach, 'ne harte Arbeit）、7）指示代名詞2格dessenの簡略形（dess' Lied）、8）形容詞の語尾-lich, -ig, -ischのiの省略（flücht'ger, heim'schen）、名詞中の-igもこれに準じる（Bräut'gam）、9）形容詞の格変化語尾中eの省略（gut'n Abend, lieb'n Herrn）、10）形容詞・副詞の比較語尾など-er中のeを省略する場合（eh'r, eu'r）、11）形容詞・副詞の最上級の付加語尾-enの省略（am best'）、12）動詞1人称・単数・現在形の語尾-eの省略（ich mein', sag' ich）、13）規則（混合）変化動詞・過去形の語尾の省略（lernt' ich, schaut'st du）14）動詞・過去分詞形の語尾の省略（gericht', gemeld't）、15）動詞接続法の語尾-eの省略（müßt' ich, blüh' und wachs'）、16）省略部分が長い言葉（'s ← eines, 'ran ← voran, 'ne ← eine, Hoff' ← Hoffnung）、17）アポストロフなしでは別の言葉と取り違えられるもの（ihn'＝ihnen, ihnではない）。

11　翻訳にあたっての指針

最後に、日本語テクストの作成にあたって留意した点をあげておきたい。訳文は日本語としての読みやすさを第一に考え、1）文章記号（句読点、感嘆符、疑問符、ダッシュなど）は必ずしもドイツ語テクストの記号にとらわれず大幅に簡略化した。2）対訳であることを重視し、ドイツ語と日本語が各行ごとに対応するよう心がけたが、日本文の流れをスムーズにするため、何箇所かで詩行を入れ替えざるをえなかった。

3）「魑魅魍魎（ちみもうりょう）」「蘊蓄（うんちく）」のようにむずかしい漢字や、「茴香（ういきょう）」「鶸（ひわ）」のように特殊な漢字、「十八番（おはこ）」「戯れ言（ざれごと）」「愛（かな）し」のように古風な訓読みも、「詞（し/ことば）」「口の端（は）/端（はな）から」のように複数の読み方を区別する必要がある場合も、視覚的な流れを妨げないよう、あえてルビや割ルビは用いなかった。

具体的な訳出にあたっては可能なかぎり原文に忠実な翻訳を目ざしながらも逐語訳を避け、ドラマの流れを的確にとらえるために次のような工夫を凝らした。

1）原文にある2つの言葉を1語で訳出する——831行：Markt und Gasse は直訳すれば「市場や小路で」だが、一般市民を見下す特権意識を「そこいらで」の一語に集約させた。1236行：garst'gen, neid'schen（いやったらしく、嫉み深い）は凝縮して「うじうじした」ですませた。

2）逆に、前後の関係から原文にはないニュアンスを訳出する必要があると判断した場合には、そのニュアンスを補って訳し、そのことを注記した——825行以下：der eignen Spur vergessen/sucht davon erst die Regeln auf!（みずからの痕跡を忘れ／まずそこから規則を求めよ）→「規則に至る筋道を忘れずに／規則のよってきたるところを求めなくては」＋注136。

3）感嘆や罵倒の文章は逐語訳をせず、その場の感情の発露にふさわしい日本語の表現に置き換えた——2377行：Lug und Trug（嘘とまやかし）→「白々しい」。2396行：Ihr fragt（お前がたずねるのか）→「とぼける気か」。

4）逆に短い発語ながら、前後の脈絡を明らかにする必要があると判断した箇所については、原文の音にこだわらずそのニュアンスを汲んで日本語に訳した——2314行：Ha!（はあ！）→「どうだ！」＋注395。

5）作品全体にわたって多義的に使われるキイワードは、あえて統一的な訳語を当てず、それぞれの文脈に従って訳し分け、必要に応じて注記した——Wahn（迷妄）には、「馬鹿な考え」（→265）、「憑かれた」（→1118）、「思い上り」（→1540）、「気が変（になりそう）」（→1635）、「狂ってる」（→2053）、「侠気」（→2108）、「あきれた（お人だ）」（→2129）、「邪推」（→2373）、「思い過ごし」（→2380）といった訳語を当て、注47、155、318、356、357、360、362、366、367、402によってニュアンスを補足した。

6）特にト書きにおいて辞書的な意味で逐語訳したのでは状況の把握が不可能と判断した箇所については、例外的に思いきった意訳を試みた——1378行下のト書き：heiter（明るく）はエファの「晴れやか」な気分と舞台全体の「若やいだ」雰囲気（→注232）を含んで→「ふっきれたように」。

7）矛盾をはらんだ表現については、あえて原語の構造を逆方向から読むことで文脈を明らかにした場合もある——2119行：wahrster Wahn（最も真実なる迷妄）→「思いもよらぬ真実」。

8）地口（423行：Juckt dich das Fell?「生意気なやつめ」↔「皮がかゆくてむずむずしているのか」）や、複数の相手に向けての多面的な発言（1732行：und nehmt es wahr ベックメッサーに向けて「心に刻み」↔ダフィトに向けて「目を開いてよく見るんだ」）、二重の意味を含む言葉（782行：Frauen Preis「女性を讃える」↔「褒賞として女性を得る」）など、原文に複数の意味が込められている場合には、前後の文脈により近いほうを訳出し、他の意味はドラマの理解に不可欠な場合に限り注記した。

5つの異稿──スコアで削除された（差し替えられた）韻文台本のテクスト

1　第3幕第1場：〈迷妄のモノローグ〉

2090	fällt sich da an wie toll und blind;	狂乱に盲いたように倒れ込む。

【スコアで削除されたテクスト】

Gott weiß, wie das geschah?	どうしてそんなことになったのか、神のみぞ知る。
Ein Kobold half wohl da?	小鬼でも手助けしたのだろうか。
Der Flieder war's: Johannisnacht,	そうだ、ニワトコの香りだ──あれはヨハネ祭の前夜。
drob ist der Wahn so leicht erwacht.	だからこそ、あれほど簡単に狂気が目ざめたのだ。
Ein Glühwurm fand sein Weibchen nicht;	蛍の雄が雌を見つけられずに
der hat den Schaden angericht':	悪さをしでかした。
ängstlich suchend flog er dahin	雌を追っておろおろと飛び去った蛍が
durch manches müde Menschenhirn;	人間たちの惰弱な脳味噌をすり抜けるうちに
dem knistert's nun wie Funk und Feuer,	彼らの耳は火花のはぜる音を聞き
die Welt steht dem in Brand;	眼は燃え上がる世界の炎を映し出す。
das Herz erwacht dem Ungeheuer,	胸に巣食う物の怪は眠りからさめ
und weckt mit Pochen die Hand;	その鼓動は掌を目ざめさせる。
die ballt sich schnell zur Faust,	たちまち固く握られた拳は
den Knüppel die gern umspannt;	嬉々として丸太を鷲づかみ
mit Faust und Knüppel da zaust,	勇名を馳せんと思う者は
wer gern als tapfer bekannt:	鉄拳と棍棒で挑み合う。
und will's der Wahn gesegnen,	狂愚の神はこれを嘉せんとて
nun muß es Prügel regnen,	殴打の雨を降らせ
mit Hieben, Stoß und Dreschen	小突き合い、ど突き合い、殴り合いの果てに
den Weltenbrand zu löschen!	ようやく世界の劫火は消えんとす。
Ein Koboldswahn!—Johannisnacht!	小鬼に狂わされた──ヨハネ祭の前夜。

2100	Nun aber kam Johannistag!	ともあれ、祭りの朝がきた。

2　第3幕第2場：〈夢解きの歌〉第1・第2バールの韻文台本版

【第1バール】

（第1シュトレン：2209-2215 行に相当）

Fern	遠く
meiner Jugend goldnen Toren	わが青春の
zog ich einst aus,	金色の門を出でて
in Betrachtung ganz verloren:	目にするものすべてに心奪われた私。
Väterlich Haus,	父祖の館よ
kindliche Wiege	幼き日の揺りかごよ、さらば！
lebt wohl! ich eil', ich fliege	新しき世界めざして
einer neuen Welt nun zu.	いざ、飛び立たん。

（第2シュトレン：2221-2227 行に相当）

Stern	星よ
meiner einsam trauten Nächte,	孤独な夜の慰めとなってくれた星よ、
leuchte mir klar,	わが行く道に幸あれと
daß mein Pfad zum Glück mich brächte,	明るく照らしておくれ。
mütterlich wahr	瞳よ
helle mein Auge,	母の真心のごとく澄み渡れ！
daß es treu zu finden tauge,	わが心やすらぐ面影を
was mein Herz erfüll' mit Ruh.	あやまたず探し当てよ。

(アプゲザング：2243-2253 行に相当)
Abendlich	夕さりて
sank die Sonne nieder:	陽も沈み
goldene Wogen	黄金の雲波が
auf den Bergen reihten sich;	山の端に襞を織りなす頃
Türme und Bogen	眼の前に開けたのは
Häuser, Straßen breiten sich:	尖塔とアーチの街並み。
durch die Tore zog ich ein,	城門をくぐり市中に入れば
dünkte mich	故地に帰り来たる
ich erkenn' sie wieder:	心持ちに似て
auch der alte Flieder	ニワトコの老木も
lud mich ein sein Gast zu sein:	あたたかくわれを迎え
auf die müden Lider	疲れた両の瞼に
labendlich	振りかける眠りの雫は
goß er Schlaf mir aus,—	父祖の館のように
gleich wie im Vaterhaus.	わが心を潤す──
Ob ich die Nacht	今宵、見しは
dort wohl geträumt hab', ob gewacht?	夢か、現か。

【第2バール】
(第1シュトレン：2265-2271 行に相当)
Traum	愚かしくも
meiner törig goldnen Jugend,	輝かしき、わが青春の夢よ
wurdest du wach	お前を目ざめさせたのは
durch der Mutter zarte Tugend?	母にも似た、たおやめぶりか。
Winkt sie mir nach,	手招きされるまま
folg' ich und fliege	私は後につき従い
über Stadt und Länder heim zur Wiege,	町を飛び出し、野山を越えて
wo mein' die Traute harrt.	待ちわびる愛しきひとの懐へ急ぐ。

(第2シュトレン：2272-2278 行に相当)
Kaum	近づいたとも
daß ich nah zu sein ihr glaube,	思えぬうちに
blendend und weiß	眩くも白く浮かび上がる
schwebt sie auf als zarte Taube,	可憐な鳩に似た乙女、
pflückt dort ein Reis,	若枝を手折りて掲げ
ob meinem Haupte	この頭に巻きつけるを
hält sie's kreisend, daß ich's raubte,	奪い取らんとする我が身は
in holder Gegenwart.	夢の現に抱かれたまま。

(アプゲザング：2279-2289 行に相当)
Morgenlicht	朝の光が
dämmerte da wieder:	ふたたび明けそめ、
scherzend und spielend	小鳩は遊び戯れて
Täubchen immer ferner wich;	ぐんぐん遠ざかると見せては
fliegend und zielend	塔から塔へとねらいを定め
zu den Türmen lockt' es mich;	飛び交いながら私を誘う。
flattert' über Häuser hin,	都大路の空高くはばたいて
setzte sich	降り立ちたるは
auf dem Haus, dem Flieder	ニワトコの樹の
gegenüber, nieder,	向かいに立てる家、
daß ich dort das Reis gewinn',	われに勝利の若枝と歌の誉れを
und den Preis der Lieder.	獲させんとて。──
Morgenlich	朝見た夢は
hab' ich das geträumt:	こんな夢。
nun sagt mir ungesäumt,	さあ、はっきり教えてくれ、

was wohl am Tag	今日という日を解き明かす
der holde Traum bedeuten mag?	心浮き立つ夢の意味を。

3　第3幕第4場：〈夢解きの歌〉第3バールの韻文台本版

(第1シュトレン：2556-2562行に相当)

Tag,	今日という
den ich kaum gewagt zu träumen,	思いもかけぬ一日よ、
brachst du nun an	親しき者たちの憩う街の家並みに
in der Freundschaft trauten Räumen?	汝は、はや明けそめたのか。
Ist es kein Wahn?	これぞ現か、幻か、
Sie, die ich liebe,	この胸を甘く、せつなく高鳴らせた
die das Herz mir schwellt mit süßem Triebe,	愛しき乙女は、花も盛りと
sie steht voll Glanz vor mir?	今、ここに立つ。

(第2シュトレン：2564-2570行に相当)

Sag,	さあ、教えておくれ、
ist es nicht die weiße Taube,	あれは白鳩ではないのか。
lieblich und treu,	一途に信じる少女のように
wie der Jugend holder Glaube?	素直な、可愛い小鳩では。
Ihr ohne Reu	その胸に、悔ゆることなく
ganz mich zu geben,	わが身をゆだね、
ihr zu weihen mein Glück, mein Herz, mein Leben,	わが幸と、心と、命を捧げようとは、
wie, Mutter, dacht' ich's dir?	母よ、夢にも思わざりき。

(アプゲザング：2572-2582行に相当)

Sonniglich	陽光の下
will sie nun erglänzen:	その姿は輝かんばかり。
nächtliche Schleier	もはや夜の帳が
decken mehr die Augen nicht;	瞳を隠すこともない。
heller und freier	見たこともない
sah ich nie ein Angesicht:	晴れやかな顔。
ob dem Haupt ihr schwebt ein Reis;	頭に載せる若枝は、
ob sie das bricht	春に芽生えた
von dem Zweig des Lenzen,	小枝を手折り、
huldvoll ohne Grenzen	慈しみの限りを注いで
mir die Stirn um Sanges Preis	歌の勝利を寿ぎ、
hold damit zu kränzen?	わが額に掛けんがためか。
Wonniglich	歓喜に命沸き立つ
Schönster Lebenstraum!	こよなく麗しき夢！
Des Paradieses Baum,	汝が手渡す若枝こそ
reichst du dies Reis,	晴れてここに姿を仰ぐ
wohl unversehrt ich blicken weiß!	楽園の樹。

4　第3幕第5場：〈ベックメッサーの本選歌〉の韻文台本版

(第1シュトレン：2885-2891行に相当)

Fern	遠く
meiner Tugend goldnen Tonen	わが徳の
bog ich einst aus,	金色の門を避けて
in Verachtung ganz verloren:	すっかり見下げられた私。
Vater im Haus,	家なる父よ
Kind in der Wiege!	揺りかごの童よ
lebet wohl! Denn eilig pflüge	いざ、さらば！　わが新畑に
ich mein neues Feld nun zu.	急ぎ鍬を入れんがためなり。

(第2シュトレン：2900-2906行に相当)
Gern	願わくは
auf der heilsam kranknen Fläche,	有難くも痩せた土地で
deuchte mich dar	わが馬が蜂の巣を
daß mein Pferd 's Gewirk mir bräche;	引っかけたと思いたい。
bitterlich gar	目は凄まじく
gellte mein Auge,	がんがん響き
Daß wie Brei es nimmt und Lauge,	粥のごとき灰汁がしみて
und viel Schmerz ich fühlt' ohn Ruh!	ひっきりなしに激痛が走る。

(アプゲザング：2912-2922行に相当)
Haben dich!	さあ！
klang Gesumme wieder:	と、また唸り声が聞こえる。
goldene Wagen,	黄金の車は
auf den Bergen ritten sie:	山々を駆け、
Würste und Magen	腸詰めと胃袋を
auf den Häusern brieten sie:	家々の屋根で炙り、
und mich Toren zog man ein,	阿呆な私を混ぜ込んで
tünchte mich;	壁に塗りこめてしまった。
ach! ich brenne nieder!	ああ、この身が燃え落ちる！
Brau't mir kalten Flieder!...	所望するは冷たいニワトコ茶！……

5 　第3幕第5場：〈ザックスの演説〉

3073　was wollt ihr von den Meistern mehr?　　　　そのマイスターたちに、このうえ何を望むというのか。

【スコアで削除されたテクスト】
Verliebt und sangesvoll, wie ihr,	このニュルンベルクをめざす
kommen nicht oft uns Junker hier	ユンカーは数あれど
von ihren Burgen und Staufen	あなたのように愛に生き、歌一筋
nach Nürnberg her gelaufen:	城も館もうちやって、とは珍しい。
vor ihrer Lieb und Fang-Begier	愛の獲物に飢えた騎士方を相手に
das Volk oft mußten scharen wir;	こちらは衆を頼まねばならぬことも多かった。
und findet sich das im Haufen,	ひとが集まれば、つまらぬことで
gewöhnt sich's leicht ans Raufen:	すぐ喧嘩になるのは世のならい。
Gewerke, Gilden und Zünfte	いろんな組合の仲間どうしが繰り出して
hatten üble Zusammenkünfte	けしからぬ振舞いに及んだこともある。
(wie sich's auf gewissen Gassen	(せんだっても、どこぞの小路で
noch neulich hat merken lassen!)	見かけたものだ)
In der Meistersinger trauten Zunft	だが、いつだって連中を正気に引き戻したのは
kamen die Zünft immer wieder zur Vernunft.	一目置かれるマイスタージンガーの親方衆。
Dicht und fest,	その水も漏らさぬ結束は
an ihr so leicht sich nicht rütteln läßt;	多少のことでは、びくともしない。
aufgespart	皆で大切に護ってきた宝は
ist euren Enkeln, was sie bewahrt.	あなたの孫子の代まで貴重な貯えとなるはず。
Welkt manche Sitt und mancher Brauch,	よき慣わしや美風も、大方は廃れ
zerfällt in Schutt, vergeht in Rauch,—	跡かたもなく崩れて、煙と消える。
Laß ab vom Kampf!	戦いをやめよ！
nicht Donnerbüchs' noch Pulverdampf	かすかに残った伝統の息吹を
macht wieder dicht, was nur noch Hauch!	砲弾や硝煙の力で集め直すことはできぬ。

3083　ehrt eure deutschen Meister!　　　　ドイツのマイスターを敬うのだ！

主要参考文献

Adler, Günter/Mahnke, Lutz/Meier, Bernhard/Schubert, Dietmar: Poet Hans Sachs, Leben-Zeit-Werk-Wirkung, Anhand Zwickauer Quellen. Sächsisches Druck- und Verlagshaus 1997.
Bernstein, Eckhard: Hans Sachs. rororo 1993.
Bollmann-Bildkarten-Verlag(Hg.): Nürnberg. 1968.
Bowen, Anna Maude: The sources and text of Richard Wagner's Opera „Die Meistersinger von Nürnberg". München 1897.
Breig, Werner: Kompositorisches Werk, in: Müller/Wapnewski(Hg.), Richard Wagner-Handbuch. Kröner, 1986.
Champai, Attila/Holland, Dietmar(Hg.): Die Meistersinger von Nürnberg. Rowohlt 1981.（邦訳あり）
Deathridge, John/Geck, Martin/Voss, Egon(Hg.): Wagner Werk-Verzeichnis. Schott 1985.
Germanisches Nationalmuseum Nürnberg(Hg.): Die Meistersinger und Richard Wagner. Ausstellungskatalog 1981.
Germanisches Nationalmuseum Nürnberg(Hg.): Hans Sachs und die Meistersinger in ihrer Zeit. Katalog der Ausstellung im Neuen Rathaus in Bayreuth 1981.
Goethe, Johann Wolfgang von: Werke (Hamburger Ausgabe), Bd.3. C. H. Beck 1986.（邦訳あり）
Gregor-Dellin, Martin: Richard Wagner. Piper 1980.
Grimm, Jakob u. Wilhelm: Kinder und Hausmärchen. Reclam 1980.（邦訳あり）
Hanslick, Eduard: Vom Musikalisch-Schönen. 1854.（邦訳あり）
Heidegger, Martin: Holzwege. Vittorio Klostermann 1972.（邦訳あり）
Hoffmann, E. T. A.: Meister Martin der Kufner und seine Gesellen, in; E. T. A. Hoffmann Werke 2. Insel 1967.（邦訳あり）
Lorenz, Alfred: Das Geheimnis der Form bei Richard Wagner. Der musikalische Aufbau von Richard Wagners „Die Meistersinger von Nürnberg". Berlin 1933.
Mey, Curt: Der Meistergesang in Geschichte und Kunst. Hermann Seemann Nachfolger 1901.
Meyer-Eisfeld, Ursula: Die Glasmalerei in der St. Martha-Kirche zu Nürnberg. Hofmann Druck 2000.
Pahlen, Kurt/König, Rosmarie: Richard Wagner, Die Meistersinger von Nürnberg. Serie Musik Atlantis-Schott 1982.
Pilz, Kurt: St. Martha-Kirche zu Nürnberg. Evang.-Reformiertes Pfarramt Nürnberg 1979.
Pilz, Kurt: Das Handwerk in Nürnberg und Mittelfranken. H. P. Jffland 1954.
Sachs, Hans: Geschichten und Gedichte (bearbt. v. Stefan Frisch). Verlag R. Wagner. 1993.
Sachs, Hans: Meistergesänge Fastnachtsspiele Schwänke. Reclam 1969.
Schatke, Karin: Evangelische Gemeinde St. Johannis in Nürnberg. PEDA-Kunstführer 1997.
Schedel, Hartmann: Weltchronik 1493. Taschen 2001.
Schiller, Friedrich: Don Carlos. Reclam 1969.（邦訳あり）
Schiller, Friedrich: Sämtliche Werke in 16 Bdn, Bd.2. Cotta.
Schopenhauer, Arthur: Die Welt als Wille und Vorstellung, in; Sämtliche Werke. Surkamp 1986.（邦訳あり）
Schultz, Klaus(Hg.): Programmheft der Neuinszenierung 1979 „Die Meistersinger von Nürnberg". Bayerische Staatsoper 1979.
Vazsonyi, Nicholas(ed.): Wagner's Meistersinger/Performance, History, Representation. University of Rocester Press 2002.
Viebig, Johannes u.a.: Die Lorenzkirche in Nürnberg. K. R. Lngewies 1971.
Voss, Egon: Die Entstehung der Meistersinger von Nürnberg. Geschichten und Geschichte, in; Richard Wagner/Die Meistersinger von Nürnberg — Textbuch und Faksimile. Schott 1983.
Wackenroder, Wilhelm Heinrich: Herzensergießungen eines kunstliebenden Klosterbruders. Reclam 1973.（邦訳あり）
Wagner, Cosima: Die Tagebücher. 4 Bde. Piper 1982.
Wagner, Margarete: Nürnberger Handwerker, Bilder und Aufzeichnungen aus den Zwölfbrüderhäusern 1388-1807. Guido Pressler 1977.
Wagner, Richard: Briefe (asg.u.hrsg. von Hans-Joachim Bauer). Reclam 1995.
Wagner, Richard: Briefe (asg.u.komt. von Hanjo Kesting). Piper 1983.
Wagner, Richard: Dichtungen und Schriften. Jubiläumsausgabe in zehn Bdn. Insel 1983.
Wagner, Richard: Gesammelte Schriften und Dichtungen. C. F. W. Siegel's Musikalienhandlung 1907.
Wagner, Richard: Mein Leben. List 1994.（邦訳あり）
Wapnewski, Peter: Die Oper Richard Wagners als Dichtung, in; Richard Wagner-Handbuch. Kröner 1986.
Westernhagen, Curt von: Wagner. Atlantis 1968.（邦訳あり）
Wildgruber, Jens: Das Geheimnis der ‚Barform' in R. Wagners Die Meistersinger von Nürnberg. Pladoyer für eine neue Art der Formbetrachtung, in; Festschrift Heinzbecker zum 60. Geburtstag. Laaber 1982.
阿部謹也『中世を旅する人々　ヨーロッパ庶民生活点描』、平凡社，1978.
阿部謹也『中世の窓から』、朝日新聞社，1981.
田辺幹之助「冠のついた袋　宗教改革とドイツの聖堂内装について」、小学館（『バッハ全集』第10巻所収），1999.
橡川一朗『ドイツの都市と農村』、吉川弘文館，1989.
中島悠爾「《マイスタージンガー》の台本をめぐって――いかにしてワルターは一夜のうちにマイスタージンガーになり得たか」、『年刊ワーグナー 1989』（日本ワーグナー協会編、音楽之友社，1989）所収.
森田安一『ルターの首引き猫　木版画で読む宗教改革』、山川出版社，1993.
林健太郎（編）『ドイツ史』、山川出版社，1977.
三宅幸夫「音楽の悪魔」、『年刊ワーグナー 1981』（日本ワーグナー協会編、福武書店，1981）所収.
三宅幸夫「ハンス・ザックスのパラドックス」、同学社（『思索する耳／ワーグナーとドイツ近代』所収），1994.
ヴェルドン，J.『夜の中世史』池上俊一訳，原書房，1995.
エラスムス，D.『痴愚神礼賛』渡辺一夫・二宮敬訳，中央公論社（『世界の名著 17』所収），1989.
シュトリューダー，P.『デューラー』勝國興監訳，中央公論社，1996.
シュミット，F.『ある首切り役人の日記』藤代幸一訳，白水社，1987.
ベイリー，M.『デューラー』岡部紘三訳，西村書店，2001.
ヘーベル，J. P.『ドイツ暦物語』有内嘉宏訳，鳥影社，1992.
『新共同訳　聖書』日本聖書協会，1998.
『ハンス・ザックス謝肉祭劇全集』藤代幸一・田中道夫訳，高科書店，1994.

あとがき

　本書は、日本ワーグナー協会創立25周年記念事業の一環として企画された。着手から５年の歳月を経てようやく上梓の日を迎えるに至ったわけだが、この間、辛抱強く見守ってくださった協会員をはじめとする読者各位に大幅な遅延をお詫びするとともに、ここで本書における編訳の方針と経緯について報告しておきたい。

　1990年の『トリスタンとイゾルデ』に始まり、『ニーベルングの指環』4部作から『パルジファル』へと続いてきた対訳シリーズは、本書の刊行によって「ロマン的オペラ」3篇を除き、ワーグナーの「楽劇」全7篇を完結させたことになる。このたびも、一個の文学作品として味読に耐えうる訳文を試み、これを訳注、音楽注、譜例と有機的に連動させることによって「綜合芸術」を紙上に再現することを心がけた。『マイスタージンガー』の文学的・音楽的テクストを読み解くうえで、これまでのシリーズの成果が活用されたことはいうまでもないが、それに加えて四半世紀にわたり定期的に例会を催し、機関誌『年刊ワーグナー』『ワーグナー・ヤールブーフ』『ワーグナー・フォーラム』を出版してきた日本ワーグナー協会のたゆまぬ研究活動の蓄積に負うところは大きく、それなくして本書が日の目を見ることはなかったであろう。

＊

　とはいえ、これまでにない難題に直面したことも、また事実である。なによりも『マイスタージンガー』は神話や伝説ではなく歴史に取材したドラマであり、その組み立てを知るには、作者が歴史的素材をどのように取り入れ、どのように手を加えたのかという検証が欠かせない。そのため従来のシリーズにはなかった「歴史的背景」を巻末に配し、16世紀のニュルンベルク社会とマイスタージンガー芸術の実像を示した。これに照らして丹念に異同や齟齬を拾ってゆくことで、歴史的な事実を咀嚼しながら大胆に換骨奪胎し、芸術共和国のユートピアを構築してみせたワーグナーの手法が浮き彫りにされたと思う。

　また喜劇の魂は細部に宿るといってよいが、このため、やりとりされる台詞の分量も膨れ上がり、群唱部の重複を整理しても、なお見開きで200ページと『ジークフリート』をはるかに超える大冊となった。しかも個々のディテイルは、必ずしも整合性をもって関係づけられているとは限らない。随所に矛盾や、はぐらかしや、強引な舞台まわしや、嘘すれすれの駆け引きがあり、字面を追うだけでは登場人物や作者の意図を汲み取れない場合も多く、訳注や音楽注によって、これを補う必要が生じてくる。また他人の言葉を借用してひねりをきかせ、チクリと刺すことで滑稽味を出す喜劇の常道も、参照注を増やす一因となった。細かく書き込むほどにおさまりが悪くなるのは台詞に限らず、舞台設定のト書きにまで及んでいる。参考のため「歴史的背景」で各幕の舞台図を示したが、それでもト書きを厳密にとれば随所に亀裂や歪みが生じることは否めない。部分を抜き出した途端に全体が崩れてしまう、いわば「だまし絵」のようなもので、これもまた現実のどこにも存在しないユートピア空間の証といえよう。

　しかし最大の躓きの石は、これまでの経験では予期しえなかった作品の成立過程にあった。われわれは当初、ワーグナー自身が初演後に編んだ「著作全集（GS）版」を決定稿と見なし、これを底本として訳出を進めた。ところが一通り訳文が仕上がったところで、半年かけて手書きの「韻文台本」をファクシミリ版から読み起こし「スコア」と突き合わせたところ、あまりの違いに愕然とした。ワーグナーは台本を完成させたのち、作曲の過程で大幅にテクストを書き換えるという、彼としては異例の手順をとっていたのである。著作全集版が両者の中間段階を示すに過ぎないことが判明した以上、この間のテクスト変更の事情を巻末の「作品の成立」に明記し、「5つの異稿」を付したうえで、改めてスコアをもとにテクストの確定からやり直したことはいうまでもない。

＊

　このような事情も手伝って、三宅と池上が力を合わせて取り組んだ訳出の作業は難航をきわめた。いったん決まった訳文が注を書くことで再考を促され、またそれが逆に注の修正を迫るという試行錯誤の連続だったが、それはテクストの読みを深めることにもつながった。さらに各自が作成した音楽注と訳注を持ち寄り、忌憚なく意見を交わすことで、音楽と言葉の相互浸透が明らかになったと思う。

　訳文は平明を心がける一方で、池上の担当した訳注では重層的な文脈の掘り起こしに努めた。たとえば作品全体の要ともいえる発語 Wahn! Wahn! は前後の流れに即して詠嘆調に「狂ってる！　狂ってる！」と訳し、そこに込められた副声「狂えよ、狂え！」や、Wahn の古義にひそむ「至福の願望」を擬人化した「迷妄神」への訴え「ヴァーンよ、ヴァーン！」を訳注に拾った。ひとつの言葉や文章に多義的な意味合いを持たせることで輻輳した流れを生み出すワーグナーのドラマトゥルギーは、この作品においてもひときわ顕著である。

　また三宅が担当した音楽注は、これまでの作品と基本的に変わるところはないが、叙述の対象と内容を選定するにあたっては『マイスタージンガー』を特徴づける「示導動機相互の関連性」に重点を置いた。その結果、ドラマだけではなく音楽においても、「祖型＝テトラコルド」への回帰（願望）が認められたことは貴重な収穫といえよう。

　こうした作業を通じて浮かび上がったのは、万事めでたしの喜劇とは一味も二味も違う作品像である。あくまでも能天気なヴァルター、悪辣なほどにしたたかな政治的人間ザックス、人を疑いきれぬ弱さを露呈するベックメッサー、娘可愛さと名利を両天秤にかけた俗物ポークナー。「あまりに人間的」な登場人物たちの織りなすユートピアの陰画に一条の救いの光が射すとすれば、それは音楽の「古い響き、それでいて新しい響き」にほかなるまい。三宅と池上がそれぞれの解題で示した読みは、先鋭的かつ時には露悪的と映るかもしれないが、これが言葉と音楽の両面にわたるテクストを徹底的に読み込んだ、われわれなりの結論なのである。

＊

　かくして本書がかたちをなすまでには、多くの方々からお力添えを頂戴した。バイロイト祝祭劇場のドロテア・グラット女史には、音楽祭の終了間際の貴重な時間を割いていただき、当方の用意した質問の数々に懇切丁寧な教示を賜った。音楽注を視覚化する譜例作りの込み入った作業は、今回も後藤洋氏の練達の手をわずらわせた。そして編集に当たられた藤原一晃氏は、遅々たる歩みを叱咤激励しつつ刊行へと導く名伯楽ぶりを発揮された。三氏をはじめ、陰に陽にわれわれを支えてくださったワーグナー協会の諸兄姉に心から感謝の言葉を捧げるとともに、ともすれば挫けそうになる心を励ますよすがとして、われわれの胸に刻んできたザックスの言葉をもって本書を世に送り出したい。──「小事にめげず、そして、多少の侠気がなければ／どんな立派な企ても成就するはずがない」。

2006年玄冬　　　　　　　　　　　　　　　三宅幸夫・池上純一

監修————————日本ワーグナー協会
編集協力————後藤　洋
ブックデザイン——大石一雄

ワーグナー
ニュルンベルクの
マイスタージンガー

2007年4月25日印刷
2007年5月10日発行

編訳者　ⓒ　三宅幸夫　池上純一
発行者　川村雅之
印刷所　凸版印刷株式会社
製本所　松岳社(株)青木製本所
発行所　株式会社　白水社
　　　　東京都千代田区神田小川町3-24　〒101-0052
　　　　電話　営業部　03-3291-7811
　　　　　　　編集部　03-3291-7821
　　　　振替　00190-5-33228
　　　　Hakusuisha Publishing Co., Ltd.
　　　　3-24, Kanda-Ogawamachi, Chiyoda-ku,
　　　　Tokyo 101, Japan

Printed in Japan
ISBN978-4-560-02665-6

Ⓡ〈日本複写権センター委託出版物・特別扱い〉
本書の無断複写は、著作権法上での例外を除き、禁じられています。
本書は、日本複写権センターへの特別委託出版物ですので、包括許諾
の対象となっていません。本書を複写される場合は、日本複写権セン
ター(03-3401-2382)を通してそのつど当社の許諾を得てください。

ワーグナー・オペラ対訳シリーズ
日本ワーグナー協会 監修
各定価 5040〜6300円

【京都音楽賞（研究・評論部門）受賞】

『トリスタンとイゾルデ』 三光長治、高辻知義、三宅幸夫 編訳

◎『ニーベルングの指環』四部作

『ラインの黄金』（「ニーベルングの指環」序夜）三光長治、高辻知義、三宅幸夫 編訳

『ヴァルキューレ』（「ニーベルングの指環」第一日）三光長治、高辻知義、三宅幸夫、山崎太郎 編訳

『ジークフリート』（「ニーベルングの指環」第二日）三光長治、高辻知義、三宅幸夫、山崎太郎 編訳

『神々の黄昏』（「ニーベルングの指環」第三日）三光長治、高辻知義、三宅幸夫 編訳

『パルジファル』 三宅幸夫、池上純一 編訳

『ニュルンベルクのマイスタージンガー』 三宅幸夫、池上純一 編訳

ワーグナー
クルト・フォン・ヴェステルンハーゲン 著
三光長治、高辻知義 訳

ワーグナー研究の第一人者による最も正統的な評伝。主要な文献を渉猟した上で、同時代人の証言や、妻コジマの日記、ワーグナー自身の手紙や手記などからその芸術世界の内面に光を当てる。
■定価10290円

ワーグナーと《指環》四部作
ジャン＝クロード・ベルトン 著
横山一雄 訳

ワーグナーのオペラの項点に立つ《指環》の源流、成立過程を解説し、《指環》の音楽構造をはじめ、この作品の特質を追究し、全貌を紹介したワーグナーファン必読のユニークな一冊。
【文庫クセジュ】■定価999円

新グローヴ オペラ事典
スタンリー・セイディ 編
中矢一義、土田英三郎 日本語版監修

究極の一巻本オペラ参考文献。作品の詳細な梗概、キャスト一覧、歌手・作曲家の紹介、オペラ作品の文学ならびに社会背景の解説、遺された映像・録音のデータ、さらに多くの情報を満載。
■定価19950円

定価は5％税込価格です．
重版にあたり価格が変更になることがありますので，ご了承下さい．

（2007年4月現在）